मथुरा ईश

धर्म और राष्ट्र उत्थान की गाथा

मथुरा ईश

धर्म और राष्ट्र उत्थान की गाथा

संजय त्रिपाठी

MANJUL

मंजुल पब्लिशिंग हाउस

मंजुल पब्लिशिंग हाउस

कॉरपोरेट एवं संपादकीय कार्यालय

द्वितीय तल, उषा प्रीत कॉम्प्लेक्स, 42 मालवीय नगर, भोपाल-462003

विक्रय एवं विपणन कार्यालय

7/32, अंसारी रोड, दरियागंज, नई दिल्ली-110002

वेबसाइट : www.manjulindia.com

वितरण केन्द्र

अहमदाबाद, बेंगलुरू, भोपाल, कोलकाता, चेन्नई,
हैदराबाद, मुम्बई, नई दिल्ली, पुणे

यह संस्करण 2017 में पहली बार प्रकाशित

ISBN 978-81-8322-800-8

मुद्रण व जिल्दसाज़ी : थॉमसन प्रेस (इंडिया) लिमिटेड

स्वर्गीय माँ श्रीमती प्रेमवती को समर्पित

आभार

मेरी जीवन संगिनी मंजुल त्रिपाठी एवं पुत्री शालिनी का आभार।

मंजुल पब्लिशिंग हाउस के विकास रखेजा, कपिल सिंह, विनोद तैलंग, संजय दोगने एवं राजीव जैन का आभार, जिन्होंने मेरी पूर्व प्रकाशित *मेरा राम मेरा देश* और *मथुरा ईश* के प्रकाशन में मेरा उत्साह बढ़ाया।

मित्रों, परिवार, पिता एवं भाइयों का आभार।

आमुख

कृष्ण - जन्म लेते ही जीवित रहने का संघर्ष। जब मातायें अपने नवजात शिशुओं को कई महीनों तक घर से बाहर नहीं निकलने देतीं, वहीं पैदा होते ही कृष्ण भादों की रात, मूसलाधार बारिश में पिता के साथ निकल पड़ते हैं गोकुल की ओर।

जहाँ माता पिता सन्तान की परवरिश 'ये मत करो,' 'वहाँ नहीं जाना,' जैसी निषेधात्मक बातों के साथ करते हैं। वहीं नन्द ने कृष्ण को उन्मुक्त वातावरण दिया। यह जानते हुए भी कि मथुराराज से बालक के जीवन पर संकट आ सकता है, नन्द ने कृष्ण को रोका नहीं, स्वतन्त्र रखा। सामने आये संकट से निपटने, अपनी समस्याओं का समाधान ढूँढ़ने, अपनी जिज्ञासाओं का उत्तर खोजने, अपनी अन्वेषक प्रवृत्ति को विकसित करने में कृष्ण को स्वतन्त्रता मिली और फलतः कृष्ण वह बने, जो उन्हें बनना चाहिए था। निर्भय, आत्मविश्वास से भरे, निर्बल असहाय की सहायता करने वाले तथा तर्क की कसौटी पर अपने ज्ञान को सही सिद्ध करने वाले। मनुष्य के लिये कुछ भी असंभव नहीं, वह चाहे तो छलाँग लगा आकाश छू सकता है। आवश्यकता है कि माता-पिता अपनी सन्तान का नैसर्गिक विकास होने दें। कृष्ण की असीमित क्षमताओं ने यह सिद्ध किया।

धर्म की दुर्दशा ने कृष्ण को आहत किया। ब्राह्मण-पुरोहितों द्वारा अपनाये गये समय साध्य, श्रम साध्य और अति ख़र्चीले कर्मकांडों ने तत्समय जन मानस को लाचार बना दिया। धार्मिक क्रियाओं को करने पर सब कुछ लुट जाने की चिंता, नहीं करने पर अनिष्ट का भय। ऐसे में कृष्ण ने सरल उपासना विधि समाज को दी। उपनिषदों के अध्ययन ने कृष्ण को धर्म क्षेत्र में सुधार का मार्ग दिखाया और उन्होंने ज्ञान, कर्म और भक्ति का मिश्रित स्वरूप दिया।

सिकन्दर के आने के सैकड़ों वर्षों पूर्व यवनों ने भारत के पश्चिम क्षेत्र में अपनी घुसपैठ की, अपनी बस्तियां बसायीं, व्यापार फैलाया और भारत के अंदर तक अपनी सत्ता स्थापित करने का प्रयास किया। काल यवन को मार कर कृष्ण ने विदेशी प्रभाव को बढ़ने से रोका और अनेक यवनों को आर्यों में सम्मिलित कराया। इस घटना के बाद शताब्दियों तक विदेशी भारत में अपना प्रभाव नहीं बना सके।

वृष्णि, भोज, अंधक, कुक्कुर, शूर आदि ने मिलकर यादवों का संगठन बनाया और कृष्ण उसके संघ-मुख्य बने। कृष्ण ने समय की माँग को समझ राष्ट्र को धार्मिक एवं राजनीतिक नेतृत्व दिया और यादवों के संघ-मुख्य के दायित्वों से ऊपर उठते हुए पूरे देश के, सभी जातियों के मुखिया बन गये।

आत्मा, जीवागमन, मोक्ष, कर्म सिद्धांत जैसे उपनिषद के ज्ञान से रोमांचित कृष्ण को घोर आंगिरस ऋषि ने उपदेश दिया तू "अक्षित-अक्षय" है, "अच्युत-अविनाशी" है, और कृष्ण ने कुरुक्षेत्र में रथ पर खड़े हो, दोनों भुजाओं को फैला, अर्जुन के सम्मुख हुंकार भरी - "मेरा न आदि है, न अंत है। मैं जल मैं हूँ - मैं थल में हूँ।"

"अपना कर्म कर फल की चिंता न कर। फल की चिंता कर्म का आनंद समाप्त कर देती है। पूरे मनोयोग से कर्म कर, कर्म का आनन्द ले, कर्म प्रक्रिया का आनन्द ले। फल तो अनुकूल आयेगा ही।" कृष्ण का दिया यह दर्शन संख्या बल में कम पांडवों को विजयी बना गया।

"इस संसार में ऐसा कोई सर्वशक्तिशाली आततायी पैदा नहीं हुआ जिसे मारने ईश्वर को जन्म लेना पड़े," कृष्ण ने कहा। मनुष्य अति क्षमतावान है, वह चाहे तो इसी धरा पर अपना कर्म करते हुए अपने को ईश बना सकता है। अपने ज्ञान को परिष्कृत कर अपनी आत्मा को परमात्मा के स्तर तक ले जाया जाये अथवा अपना कर्म करते हुए किसी ऐसे की भक्ति की जाये जो अपने ज्ञान से साधक को परमात्मा तक ले जाये, ब्रह्म तक ले जाये। कृष्ण ने सिद्धांत दिया और लोगों ने उन्हें ही ईश मान लिया। इष्ट बना लिया अपना। मुनि नारद सहित कई ऋषियों ने 'नारायण, नारायण' का मन्त्र दे कृष्ण को विष्णु स्वरूप में स्थापित कर दिया।

मथुरा ईश

1

मथुरा में जिधर देखो, उत्सव का रंग था। पूरा नगर वन्दनवारों से सजाया गया था। जगह-जगह वाद्ययंत्र बज रहे थे। सुगन्धित द्रव्यों का छिड़काव सभी मार्गों पर किया गया था। प्रतीत हो रहा था कि वर्षों बाद मथुरा में कोई हर्ष का कारण आया है। इसीलिये तो क्या बच्चे, क्या बूढ़े और क्या स्त्री, क्या पुरुष कोई भी राजा कंस की बहन देवकी के विवाह आयोजन में सम्मिलित होने का अवसर खोना नहीं चाहता था। कंस ने भी मुक्त हृदय से पूरी मथुरा नगरी को आमन्त्रित किया था। वह स्वयं ही पूरे उत्साह से सभी तैयारियों को देख रहा था। महाराज उग्रसेन को बंदी बनाने व स्वयं मथुरा राज्य का शासक बनने के पश्चात यह पहला अवसर था जब प्रजा में अपनी छवि को निखारा जा सकता था। कंस इस अवसर को खोना नहीं चाहता था।

वसुदेव की बारात सायं होते होते मथुरा पहुँच चुकी थी। कंस ने नगर के प्रवेश द्वार पर पहुँच कर आगवानी की और मित्रों, सम्बन्धियों सहित बारात को ले समारोह स्थल तक पहुँचा। देर रात्रि तक विवाह की विधियाँ चलती रहीं। विवाह सम्पन्न होने तक कंस ने तनिक भी विश्राम नहीं किया। जब देखा सभी कार्य निर्विघ्न हो गये हैं एवं अब भोर में विदाई होगी तो सबके कहने पर कंस कुछ घड़ी आराम करने के उद्देश्य से अपने भवन में पहुँचा। अपने मित्रों भौम और बाण को भी साथ लेता गया।

कार्य की अत्यधिक थकान के कारण निद्रा भी नहीं आई तो मित्रों ने आग्रह किया कि मैयार मदिरा का सेवन किया जाये। कंस को आग्रह मानना ही पड़ा और सेवक को टेर लगा मैयार का चसक मँगवाया। सोचा तो था कि सभी मित्र थोड़ी-थोड़ी मदिरा पीकर विश्राम करेंगे किन्तु मदिरा जो सोचती है होता वही है, न कि पीने वाला।

"मित्र, आज तो तुमने अथक श्रम किया अपनी भगिनी के विवाह में।" मैयार पीते हुए पड़ोसी राज्य प्रमुख भौम बोला।

"हाँ कंस, लग ही नहीं रहा था कि जिस राजा को प्रजा निर्दयी मानती हो पितृ बंदी के कारण, वह प्रजा में इतना घुल-मिल कर हर्षोल्लास से सब कार्य करेगा।" बाण ने भी हाँ में हाँ मिलाई।

"मित्रो! देवकी से मुझे बचपन से ही अत्यधिक स्नेह रहा है। मेरा और कोई भाई-बहन नहीं है इसलिये देवकी सदैव ही मुझे अति प्रिय रही है," कंस ने कहा।

"मित्र, सत्य कह रहे हो और वैसे भी देवकी तो बहन है उससे राज्य में क्या चुनौती मिलती? हाँ, कोई भाई होता तो अवश्य खुटका रहता कि यादव संघ कहीं उसे अपना प्रमुख न चुन ले।" बाण ने कटाक्ष किया।

"इसमें इतना प्रसन्न होने कि क्या बात है? वसुदेव भी तो यादव हैं और वो भी शूर कुल के। क्या ये संभव नहीं होगा कि वसुदेव देवकी के पुत्र को भविष्य में यादव संघ का मुखिया मान लिया जाये? तब तो मित्र कंस को अपनी गद्दी छोड़नी पढ़ सकती है!" भौम हँसते हुए बोला

"क्या कहना चाहते हो तुम?" भौम की ओर आँखें तरेर कर कंस बोला।

"अरे मित्र! उपहास में कही गयी बात को इतना गंभीरता से न लो।" वातावरण को हल्का करने के उद्देश्य से भौम बोला।

"किन्तु तुम्हारा साहस कैसे हुआ मेरे सम्मुख यह कहने का?" मैयार के नशे में कंस उखड़ गया।

"तो ग़लत ही क्या बोला मैंने? यादव संघ का तो विधान ही यही है कि जो संघ प्रमुख वही शासक। वैसे भी तुमने तो ज़ोर से सत्ता हथियाई है। तुम्हें तो यादव संघ ने अपना प्रमुख भी घोषित नहीं किया है।" भौम मदिरा के नशे में चिल्ला पड़ा।

"मित्रों! आपस में उलझने से क्या लाभ?" बाण बोला।

"नहीं बाण, भौम को यह नहीं कहना चाहिये था।" मैयार का नशा हावी हो गया था कंस पर।

"वैसे भौम ने कुछ मिथ्या भी नहीं बोला। मथुरा गणराज्य है और यहाँ अन्य राजतंत्रों की तरह राजा सर्वशक्तिमान नहीं होता है। उसे यादव संघ, अन्य गण प्रमुखों, प्रजा प्रतिनिधियों आदि के प्रभाव में ही अपना कार्य करना पड़ता है। और इसीलिये यहाँ वसुदेव-देवकी के पुत्र को भी संघ प्रमुख बनाये जाने की संभावना से इनकार नहीं किया जा सकता। यह तो तुम जानते ही हो कि वसुदेव मथुरा गणराज्य के संस्थापक शूरसेन वंश से सम्बन्ध रखते हैं। जो प्रजा में सदैव स्वीकार्य रहा है," बाण ने समझाया।

"यहाँ मैं सर्वशक्तिमान हूँ। मेरे होते यह संभव नहीं कि कोई और यहाँ का राजा बने," कंस आपे से बाहर हो गया।

"इसमें इतना उखड़ने की क्या बात है? इतना आगे की सोचने की अभी आवश्यकता ही क्या है? और फिर यदि तुम्हारा पुत्र होता है तो वह भी तो संघ प्रमुख बन सकता है!" बाण बोला।

"क्षमा करना, मुझे बीच में बोलना पड़ रहा है। यदि मित्र कंस के पुत्र होता है तो उसके यादव संघ प्रमुख बनने की सम्भावना देवकी वसुदेव के पुत्र के सम्मुख न्यून होगी। क्योंकि देवकी, वसुदेव दोनों यादव हैं जबकि कंस कि पत्नी यादव नहीं है। और मित्र भूल गये, जब गालव ऋषि के आश्रम में हम तीनों पढ़ते थे तब कंस की उद्दंडताओं से तंग आकर उन्होंने एक दिन कहा था कि यह अत्यंत उद्दंड है, इसलिये यह किसी अपने के द्वारा ही मारा जायेगा। ऋषि मुख से निकली वह वाणी भी तो सच हो सकती है," भौम ने फिर आग में घी डाला।

"तो मैं वह कारण ही मिटा दूँगा जो मेरी सत्ता को चुनौती दे।" मैयार का कुल्हड़ एक झटके में रिक्त कर कंस बोला।

"क्या करोगे? क्या यादव संघ का विधान बदल दोगे?" भौम ने फिर छेड़ा।

"मैं उन दोनों को ही समाप्त कर दूँगा जिनकी संतति मुझे चुनौती देगी।"

"अधीर न बनो मित्र। जिस बहन को तुम इतना प्यार करते हो क्या उसी की हत्या कर दोगे? भविष्य से इतना भी नहीं डरना चाहिये।" बाण ने झिड़का।

"यह सत्य है कि मैं देवकी को बहुत स्नेह करता हूँ। किन्तु यह भी सत्य है कि मैं अपने आप से सबसे अधिक प्रेम करता हूँ और मेरे रास्ते

के कंटक को, चाहे वह मेरी भगिनी ही क्यों न हो, मैं हटा के ही मानूँगा" नशे में लड़खड़ाते हुए कंस खड्ग ले उठा।

"किन्तु उन्हें मार कर क्यों प्रजा में अपनी आज ही बनी छवि को पुनः धूमिल करना चाहते हो? तुम्हें तो उनके होने वाले पुत्र से ख़तरा है, तो जब वो हो तब उसे ही मार देना।" अप्रिय प्रसंग को टालने के उद्देश्य से बाण बोला।

• • •

मैयार का नशा तो उतर गया था किन्तु रात वाली बात मस्तिष्क से नहीं उतरी थी। तभी तो विदा कराने वाला रथ स्वयं हाँकते हुए कंस जब मुख्य मार्ग छोड़ कर कारागृह की ओर मुड़ा तो देवकी को समझ ही नहीं आया कि क्या हो रहा है। अनुमान लगाया कि कदाचित पूर्व महाराज उग्रसेन से मिलाने ले जा रहे हैं भ्राता श्री। सोच कर संतोष हुआ, वैसे भी बड़े पिता को देखने की अभिलाषा पूरे विवाह आयोजन में बनी रही देवकी को।

कारागृह के मुख्य द्वार पर पहुँच कर रथ रुका। कारापति प्रद्योत ने आकर अभिवादन किया। कारा का द्वार खुला और रथ वेग से अंदर पहुँचा। कंस रथ से उतर देवकी और वसुदेव को ले कर अंदर चला जहाँ उग्रसेन बंदी थे।

राजा को देख प्रहरियों ने उग्रसेन की कोठरी के द्वार खोल दिए। कंस ने संकेत किया और देवकी, वसुदेव उग्रसेन से मिलने अंदर पहुँच गये। बाहर कंस कारापति से बातें करने लगा।

"अब आप दोनों भी यहीं रहेंगे। मैंने कारापति को निर्देश दे दिए हैं। पूज्य पिता के बग़ल वाली कोठरी आप दोनों का आवास होगी।" उग्रसेन की कोठरी से जैसे ही देवकी, वसुदेव बाहर निकले कंस का तेज़ स्वर सुनायी दिया।

"क्या..." देवकी बोली किन्तु वसुदेव ने टोक दिया।

"अरे भार्ये! इतना भी नहीं समझती बहनोई से ठिठोली करने की परम्परा निभा रहे हैं भ्राता!"

"न ये ठिठोली है और न मेरा स्वभाव है ठिठोली करने का। आप दोनों सचमुच राज बंदी हैं आज से।"

"राज बंदी, किन्तु हमारा अपराध क्या है बड़े भ्राता?" हतप्रभ देवकी बोली।

"तुम्हारा अपराध ये है कि तुम दोनों से उत्पन्न पुत्र संभव है कि मुझे चुनौती दे। संभव है कि यादव संघ प्रमुख बन जाये। इसलिये जो भी तुम्हारी संतति होगी, तुम मुझे सौंप दोगे ताकि मैं उसका वध कर सकूँ।"

"भ्राता श्री, ये कैसी भयानक और घृणित बातें कर रहे हैं आप? ये कैसी विक्षिप्तता है आपकी? क्या सत्ता का मोह आपको इतना हो गया है कि उसके आगे न पिता, न बहन, और न ही बहन की सन्तान! सब आपको शत्रु दिखाए देते हैं?"

"हाँ, सब मेरे शत्रु हैं, मैं सबको मार दूँगा। सबको मार दूँगा, सबको..." कंस ज़ोर-ज़ोर से बड़बड़ाते हुए आगे बढ़ा।

"किन्तु ये बात आपके विचार में आयी कैसे कि मेरी सन्तान आपकी सत्ता छीन लेगी? आपकी गद्दी आपको ही भाये, मुझे न मेरी सन्तान को उसकी लेशमात्र भी चाह न होगी।" देवकी बिफ़र पड़ी।

"किन्तु व्यवस्थागत निर्णय ही हो गया तो क्या करोगी तुम और क्या करूँगा मैं? नहीं, मैं कोई भी चूक नहीं कर सकता। तुम दोनों को अपनी सन्तानें मुझे देनी ही होंगी अन्यथा मैं तुम दोनों का भी वध कर दूँगा," कंस चिल्लाया।

"नहीं, मैं यह..." देवकी कुछ बोलती किन्तु हाथ से संकेत कर वसुदेव ने रोका और स्वयं बोल पड़े।

"ठीक है, राजन। जैसी आपकी आज्ञा हम अपनी सन्तान को आपको सौंप देंगे," वसुदेव यह सोच कर बोले कि कंस पर अभी पागलपन सवार है समय के साथ संभव है यह हट जाये।

"तब यह निर्णय हुआ कि जब तक देवकी की वय सन्तान उत्पत्ति योग्य रहेगी तब तक तुम दोनों इसी कारागृह में रहोगे," कंस बोला और कारापति को संकेत से समझा कर तेज़ी से बाहर निकल गया।

2

"महाराज! आपको देखता हूँ तो गहरी पीड़ा से मन भर जाता है। इन दस वर्षों में आप अपनी वय से दुगुने दिखने लगे हैं," कारापति प्रद्योत, उग्रसेन से बोला।

"मुझे देखकर क्यों द्रवित होते हो प्रद्योत? मेरी तो अवस्था हो चली है अब। उन्हें देखो, वसुदेव और देवकी को, कैसे पिछले आठ वर्षों में दोनों सूख कर काँटा हो गये हैं।" कहते कहते आवाज़ भर्रा गयी उग्रसेन की।

"हाँ, महाराज! मथुरा ने ऐसा विक्षिप्त और निर्दयी शासक नहीं देखा जैसा कंस है। किस निर्दयता से इन दोनों के सभी पुत्रों को जन्म लेते ही समाप्त कर दिया है। कौन माता-पिता इस अघात से सामान्य और स्वस्थ रह सकता है?"

"सच कहते हो प्रद्योत। अवश्य मेरे ही पूर्व जन्मों के पाप प्रकट हुए हैं, जो कंस जैसा पुत्र पाया।"

"महाराज, आप क्यों ग्लानि करते हैं? संसार में हर मनुष्य के अपने गुण-अवगुण होते हैं। हर एक का स्वतंत्र व्यक्तित्व होता है। ऐसे तो अनेक उदाहरण हैं जब अत्याचारी का बेटा धर्मात्मा और धर्मात्मा का पुत्र आततायी हुआ है।"

"पर पुत्र के ऐसे दुष्ट रूप के बारे में कभी सुना नहीं होगा, न भाई ऐसा देखा होगा और न ही राजा ऐसा जाना होगा तुमने।"

"और मथुरा का दुर्भाग्य तो देखिये कि सब कुछ सह कर भी शांत है। कंस के हर अत्याचार को चुपचाप सह लेती है फिर चाहे वह प्रजा पर हो या बहन पर।" गहरी साँस ले कर प्रद्योत बोला, "सुना है देवकी फिर माँ बनने वाली है।"

"तुम्हें कैसे पता चला? क्या कंस को ज्ञात है?"

"सुवासिनी, देवकी की परिचारिका ने बताया है। कंस तक सूचना उसी के द्वारा भेजी गयी है।"

"अवश्य ही कंस देवकी के इस बच्चे को भी मारना चाहेगा। प्रद्योत क्या कुछ किया नहीं जा सकता, इसे बचाने को?"

"क्या कर सकते हैं महाराज? हम सब तो सेवक हैं। राजाज्ञा मानना हमारा कर्तव्य है।"

"किन्तु राजवंश को बचाना राष्ट्र भक्ति नहीं है? और क्या राष्ट्र भक्ति, राज भक्ति से बड़ी नहीं है?"

"हाँ, महाराज! आप सत्य कह रहे हैं किन्तु निर्मम राजा के भय से सभी राज कर्मचारी साहस हीन हो गये हैं। कैसे उनमें देश भक्ति जगाई जाये, साहस जगाया जाये?"

"प्रद्योत तुम जैसा वीर पुरुष कैसे निरुत्साही हो गया? ध्यान रहे उत्साह सबसे बड़ा बल है। विषम परिस्थिति को भी साहस से बदला जा सकता है, उत्साह से पलटा जा सकता है।"

"सच है महाराज! यदि हम हाथ पर हाथ धरे कंस के अत्याचार सहते रहे तो इतिहास हमें कभी क्षमा नहीं करेगा। आप ही मार्गदर्शन दें कि हमें क्या करना चाहिए?"

"प्रद्योत हमें देवकी-वसुदेव के इस बच्चे को बचाना होगा। क्योंकि यही होगा, जो नैराश्य में डूबी मथुरा को नयी आशा देगा।"

"तो आज्ञा दें कि हमें क्या करना है?"

"प्रद्योत, मातृभूमि की सेवा में अपना सब कुछ निछावर करने वालों की किसी भी राष्ट्र में कमी नहीं होती। ऐसे देशभक्त अपना, अपने परिवार का यहाँ तक कि अपने बच्चों का जीवन भी बलिदान कर देते हैं। ढूँढ़ो प्रद्योत, ऐसे देशभक्तों को ढूँढ़ो जिनके यहाँ उसी समय सन्तान का जन्म होने वाला है जब देवकी की सन्तान जन्म ले।"

"किन्तु महाराज इससे क्या होगा?" प्रद्योत को जैसे उग्रसेन की पहेली अबूझ लग रही थी।

"राजवंश को बचाने के लिये देवकी का बच्चा जन्म लेते ही बदलना होगा।"

"क्या...?" विस्मय से प्रद्योत बोल पड़ा।

"हाँ, प्रद्योत। यह समय चौंकने का नहीं, कुछ करने का है।"

"किन्तु कैसे होगा यह सब?"

"राज्य निष्ठ कर्मचारियों को चिन्हित करो। उन्हें प्रेरित करो कि वे राष्ट्र की सेवा के बड़े उद्देश्य में सहर्ष सहयोग करें। तुम्हारी कारा यमुना नदी के किनारे है जिसके उस पार छोटे-छोटे अनेक ग्राम हैं उनमें अभी से ढूँढ़ने का प्रयास करो कि किस घर में आने वाले दिनों में सन्तान का जन्म होने वाला है। ऐसे सभी परिवारों को सूचीबद्ध करो और उनमें कौन है जो अपने देश, देश वासियों के हित में बलिदान को आगे आ सकता है, को खोजो।"

"जो आप सोच रहे हैं, क्या वह संभव हो सकेगा महाराज?"

"अवश्य हो सकेगा। वह मनुष्य ही है जिसके लिये कुछ भी असंभव नहीं। तुम्हारी कारा के कर्मचारियों में चर भी होते हैं, जो कारागृह से भागे बंदियों के सम्बन्ध में सूचना लाते हैं। उन्हीं में से अपने विश्वासपात्र चरों को भेजो, जो गुप्त रूप से निकट के ग्रामों में जाकर यह पता लगायें। साथ ही कारा में भी विश्वसनीय प्रहरियों को लगाओ - देवकी-वसुदेव की कोठरी के पास। और हाँ, वसुदेव की भी इसमें विशेष भूमिका होगी सो उन्हें कहना मुझसे आकर मिलें गुप्त रूप से।"

"मैं समझ रहा हूँ कि आपने क्या विचारा है। किन्तु कारागृह तक कौन लायेगा बच्चे को जिससे देवकी की सन्तान बदली जा सके?"

"कारागृह तक नहीं, देवकी के बच्चे को ले जाना होगा ग्राम तक।"

"देवकी के बच्चे को? कारागृह से बाहर? यह कैसे होगा महाराज?" हक्का-बक्का हो कर प्रद्योत बोला।

"यही विशेष भूमिका तो निभानी है, वसुदेव को। वे ही लेकर जायेंगे अपने बच्चे को और बदल कर लायेंगे। क्योंकि यह विनिमय असाधारण है यह वस्तुओं का नहीं, व्यक्तियों का विनिमय है, सन्तानों का विनिमय है। इसमें पिता ही पिता से व्यवहार करे तभी उचित परिणाम मिल सकेगा।"

"किन्तु कारा से बाहर कैसे जायेंगे वसुदेव?"

"तुम भेजोगे उन्हें बाहर। तुम्हारे विश्वसनीय प्रहरी खोलेंगे कारा का ताला वसुदेव के लिए।"

"क्या... ये क्या कह रहे हैं महाराज? मैं यह सब कर सकूँगा? आपको मुझ पर इतना भरोसा है?" प्रद्योत रोमांच और भय से काँपते हुए बोला।

"मुझे ही नहीं पूरे मथुरा गणराज्य को तुम पर भरोसा है और अब तुम्हीं हम सबकी आशा हो। प्रद्योत ध्यान रहे, तुम मथुरा का इतिहास ही नहीं इस राष्ट्र का भविष्य भी बदलने जा रहे हो। इसलिये तुम्हारा हर हाल में सफल होना नितांत आवश्यक है।" बोलते-बोलते स्वर भर्रा गया उग्रसेन का।

"महाराज, जो विश्वास आपने मुझमें जताया है आशीर्वाद दें कि प्राणों की बाज़ी लगाकर भी मैं उसे क़ायम रख सकूँ।" कहते हुए प्रद्योत झुका उग्रसेन के चरणों में।

"विजयी भव, यशस्वी भव। ईश्वर तुम्हें सफलता दिलाये," कहते हुए सिर पर हाथ रखा उग्रसेन ने। प्रणाम की मुद्रा में ही खड़ा हुआ प्रद्योत और पलट कर तीव्रता से बाहर निकल गया।

• • •

"मित्रों! आप सभी मेरे अति विश्वसनीय सहयोगी रहे हैं। हम सब ने अभी तक अपनी निष्ठा और कर्तव्य परायणता से सारे कार्य किये हैं। किन्तु आज कठिन परिस्थिति निर्मित हुई है जब राष्ट्र हमसे अपने जीवन का सर्वश्रेष्ठ श्रम देने की, सबसे बड़ा त्याग करने की और सबसे बड़ा साहस दिखाने की अपेक्षा कर रहा है।"

प्रद्योत अपने चुनिन्दा साथियों के सम्मुख बोला तो सब एक-दूसरे की ओर प्रश्न सूचक मुद्रा से देखने लगे।

"आप सब सोच रहे होंगे कि मैं क्या पहेलियाँ बुझा रहा हूँ? मित्रों! मैं कोई पहेली नहीं कह रहा हूँ, अपने राज्य, अपने देश, अपनी मथुरा के बारे अपने कर्तव्यों की ओर इंगित कर रहा हूँ। जब देश में संकट हो, देश वासियों का जीवन और सम्मान दांव पर लगा हो, तो क्या हम हाथ पर हाथ रखे नियति की ओर देखते रहें, जबकि नियति स्वयं हमारी ओर आशा

से ताक रही है," प्रद्योत बोला। इसका क्या प्रभाव पड़ा सुनने वालों पर, अनुमान लगाने लगा।

"आप क्या कह रहे हैं, हम सबकी समझ में नहीं आ रहा है। स्पष्ट करें स्वामी," एक अधेड़ वय के अनुभवी प्रहरी ने कहा।

"मित्रों! आप सब जानते हैं कि हमारी कारा में बंदी वसुदेव और देवकी के सभी पुत्रों को जन्म लेते ही राजा कंस ने समाप्त कर दिया। कारण कि राजवंश का कोई भी उत्तराधिकारी जीवित न रहे। चूँकि राजा स्वयं निःसन्तान है और उसे सन्तान होने की कोई आशा भी नहीं है। देवकी और वसुदेव दोनों ही यादव कुल के हैं इसलिये इनकी सन्तान को ही यादव संघ प्रमुख बनाये जाने की सम्भावना है। मथुरा गणराज्य का विधान है कि यादव संघ प्रमुख ही मथुरा राज्य की सत्ता का प्रधान होता है। महाराज उग्रसेन यादव संघ प्रमुख होने के कारण ही मथुरा के शासक थे। संघ प्रमुख कोई भी यादव बन सकता है किन्तु प्राथमिकता राजपरिवार के वंशज को ही दी जाती है। राजा कंस ने सत्ता हथियाई है और अभी तक उन्हें संघ प्रमुख नहीं माना गया है।"

"संघ प्रमुख चयन हेतु गण परिषद की बैठक आहूत ही कहाँ हुई है लम्बे समय से? संभव है जब भी हो राजा कंस को ही प्रमुख चुन लिया जाये," एक अन्य प्रहरी ने संभावना जताई।

"गण परिषद आयोजित न करना भी राजा कंस की सुनियोजित चाल है। क्योंकि वे जानते हैं कि जिस तरह उन्होंने अपने ही पिता को अपदस्थ किया है, कोई भी गण पति उन्हें यादव संघ प्रमुख बनाने हेतु सहमत नहीं होगा। इसीलिये वे नहीं चाहते कि गण परिषद की बैठक हो और कोई इसकी माँग भी न कर सके। उन्होंने दबाव बनाने हेतु अपने श्वसुर की सहायता से मागधी सैनिक मथुरा में बुलाये हैं।"

"यह तो आप ने सत्य कहा। मगध के सैनिकों कि संख्या दिन व दिन मथुरा में बढ़ती जा रही है। उनकी हठधर्मिता और निरंकुशता भी बढ़ गयी है। राजा का साला व्रतघ्न तो मथुरा में ही पड़ा रहता है और राज-काज में हस्तक्षेप करता रहता है। आये दिन ये लोग मथुरा के सैनिकों, हमारी प्रजा को अपमानित करते हैं।" एक विश्वसनीय चर ने दीर्घ साँस ले कर कहा।

“इन्हीं सब स्थितियों से मथुरा को निकालने का हमें अवसर मिला है। यद्यपि तत्काल राहत नहीं, किन्तु यही एकमात्र आशा की किरण दिखती है मथुरा के भविष्य की,” प्रद्योत ने कहा।

“क्या कहना चाह रहे हैं, किस अवसर की बात कर रहे हैं आप?” पास खड़े प्रहरी ने पूछा।

“देवकी-वसुदेव की सन्तान जन्म लेने वाली है। इसे हमें बचाना होगा क्योंकि यही अंतिम आस है - मथुरा के दुर्भाग्य को सौभाग्य में बदलने की,” प्रद्योत ने अवसर जान बात कह दी।

“हम सब चाहते हैं कि उनकी सन्तान बचे, किन्तु हम बचायेंगे कैसे?” एक बुजुर्ग प्रहरी बोला।

“हमारे चर आस-पास के ग्रामों में उसी समय जन्म लेने वाले बच्चों की जानकारी लायेंगे और देवकी की सन्तान के जन्म लेते ही वसुदेव उसे ले जायेंगे बदलने।”

“वसुदेव जायेंगे? किन्तु कारागृह से बाहर कैसे जा सकेंगे वे?” अन्य प्रहरी ने शंका प्रकट की।

“हम निकालेंगे उन्हें बाहर, हम सब निकालेंगे... हाँ, हम सब... अपनी मातृभूमि की सेवा हमें करनी ही होगी।” प्रद्योत कहते जा रहे थे, सब मन्त्रमुग्ध हो सुन रहे थे। कुछ क्षण सभी निःशब्द रहे तभी वय में सबसे अधिक प्रहरी बोला।

“ठीक है आप हम सब के मुखिया हैं, ज्येष्ठ हैं इस कारा के। सदैव से हम सब आपकी कार्यशैली के कारण बिना प्रश्न किये आप में पूरा विश्वास करते आये हैं। आप भी हमें अपने परिवार जैसा मानते हैं। जो आप को उचित लग रहा है हम सब करेंगे। अपने देश के लिए, अपने राजवंश की रक्षा के लिये हम सब अपने प्राणों की आहुति देने से भी पीछे नहीं हटेंगे।”

“सुवासिनी, तुम्हारी बड़ी भूमिका होगी अब से। तुम निरंतर देवकी की परिचारिका के रूप में अपना कार्य करो। देवकी के स्वास्थ्य की देखभाल के साथ यह भी सुनिश्चित करो कि प्रसव के समय की पूरी गोपनीयता रखी जाये। राजा तक भी भ्रामक सूचनाएं भेजी जायें। जब तक बच्चा बदल नहीं जाता तब तक जन्म की सूचना किसी को न दी जाये।”

"आपने मुझमें विश्वास जताया है। मैं बड़भागी हूँ कि मुझे इतने बड़े उद्देश्य की पूर्ति में सहभागी बनने का अवसर मिला है। मैं वचन देती हूँ कि जब तक मेरी एक भी साँस है कोई प्रयास नहीं छोड़ूँगी स्वामी," भावुक हो सुवासिनी बोली।

"तब यह निर्णय हुआ कि सभी अपने कार्य में आज से ही लग जायेंगे। गुप्तचर अभी से निकलें और यमुना पार किनारे के ग्रामों से सूचना एकत्र करें किन्तु ध्यान रहे कि सावधानी आवश्यक है। कोई चूक न हो किसी के भी दायित्वों में," प्रद्योत ने कहा और सभा विसर्जित की।

• • •

"महाराज, मेरे चरों ने सूचना दी है कि आस-पास के ग्रामों में आठ परिवारों में आने वाले समय में सन्तान का जन्म होना है। इनमें गोकुल ग्राम प्रमुख नन्द भी सम्मिलित हैं। उनके बारे में सुना है कि वे वसुदेव के मित्र भी हैं और उन्हीं के शूर कुल के हैं," प्रद्योत ने आकर कहा।

"सचमुच तुम्हारे चरों ने आशा से बढ़कर कार्य किया है। नन्द मथुरा दरबार में सामंत का महत्त्व रखते हैं। आस-पास के ग्रामें में बड़ा सम्मान है उनका। वे सच्चे देशभक्त हैं, और यदि वसुदेव के पुराने मित्र हैं तब तो कार्य सिद्ध में कोई बाधा नहीं होनी चाहिए," उग्रसेन उत्साहित हो बोले।

"किन्तु महाराज नन्द मानेंगे? हम उन्हें मना पायेंगे?" शंका प्रकट की प्रद्योत ने।

"क्यों नहीं मानेंगे? अवश्य मानेंगे। देश सेवा का अवसर बिरलों को मिलता है। नन्द जो करेंगे, वह आने वाले समय में उन्हें यशस्वी बनाएगा। राष्ट्र उनसे बलिदान माँग रहा है। उन्हें और उनकी पत्नी को यह बलिदान करना ही होगा। संकट के समय राष्ट्र की सेवा करना उसका ऋण उतारने जैसा है। नन्द इस ऋण से अवश्य उऋण होना चाहेंगे।"

"किन्तु उनसे यह सब कहेगा कौन जाकर?" प्रद्योत ने जिज्ञासा प्रकट की।

"हाँ, यह अति महत्त्वपूर्ण कार्य है और इस दायित्व को तुम्हें ही निभाना होगा प्रद्योत।"

“मुझे? किन्तु मेरे गोकुल जाने को शंका की दृष्टि से नहीं देखा जायेगा महाराज? यह प्रश्न नहीं उठेगा की मथुरा करापति गोकुल में क्या कर रहा है?”

“स्वाभाविक है, यह प्रश्न उत्पन्न हो। इसलिये वेश बदल कर जाओ, किन्तु जाओ तुम्हीं और किसी की सामर्थ्य नहीं नन्द और उनकी पत्नी को इस कार्य हेतु तैयार करने की।”

“जैसी आपकी इच्छा, महाराज।”

“जाओ प्रद्योत समय अल्प है। हमारी विगत तीन माह कि तैयारियों के परिणाम प्राप्त करने का अवसर आया प्रतीत होता है। हाँ, जाते-जाते सुवासिनी और वसुदेव को कहते जाना कि पृथक-पृथक समय पर मुझसे मिलें आकर,” उग्रसेन बोले।

“जो आज्ञा महाराज,” प्रद्योत ने झुक कर प्रणाम किया और विदा ली उग्रसेन से।

• • •

रात्रि का एक प्रहर जाने को था। सुवासिनी गहरी निद्रा में थी कि बग़ल की कोठरी से देवकी के पीड़ादायक स्वर सुनायी दिए। चौंक कर उठी, आँखें मलते हुए देवकी कि कोठरी की ओर देखा। देवकी छटपटा रही थी, वसुदेव सिरहाने बैठे सांत्वना दे रहे थे। *‘यह तो प्रसव पीड़ा है,’* सुवासिनी ने सोचा और देवकी के पास पहुँचने से पूर्व उग्रसेन और प्रद्योत को भाग कर सूचना दी। वहाँ से पलटी और शीघ्र देवकी की कोठरी में पहुँची।

“धीरज से काम लें राजकुमारी मैं आ गयी हूँ। आप जी कड़ा कर कुछ घड़ी की पीड़ा सह लें,” कहते हुए सुवासिनी ने देवकी के चारों ओर चादर लपेट दी। वसुदेव कोठरी से बाहर निकल गये उग्रसेन के पास जाने को।

एक-एक घड़ी देवकी को पीड़ा की अधिकता से एक-एक कल्प जैसी लग रही थी। सुवासिनी की सभी प्राथमिक तैयारियाँ पूर्ण थीं। देखते ही देखते कुछ समय की छटपटाहट के बाद अचानक देवकी और सुवासिनी का श्रम कार्य कर गया। बाहर से बादलों की गड़गड़ाहट का तीव्र स्वर आया और उसी क्षण अंदर कोठरी में शिशु के रोने का स्वर सुनाई दिया। सुवासिनी ने झपट कर उठाया, देखा, बालक को जन्म दिया है देवकी ने। कोठरी बालक के

रुदन से भर गयी थी, जीवंत हो गयी थी। सुवासिनी किंकर्तव्यविमूढ़ कि बच्चे को देखे या तत्काल उग्रसेन की कोठरी में जाये। अधिक समय तक सुवासिनी को आगामी कार्य के लिये सोचना नहीं पड़ा। तभी तीनों आते दिखाई दिए।

उग्रसेन, प्रद्योत और वसुदेव शीघ्रता से देवकी के पास पहुँचे। वसुदेव के पास समय नहीं था कि देवकी को संभालें। उग्रसेन ने संकेत किया, वसुदेव ने बच्चे को उठा लिया। प्रद्योत वेग से कोठरी से बाहर निकले। पूर्व से तैयार खड़े प्रहरियों को संकेत किया। प्रहरियों ने कारा का पीछे का द्वार खोल दिया। वसुदेव बच्चे को उठाये निकल गये टोकरे में रख, कारागृह से बाहर।

जैसा प्रद्योत ने समझाया था गोकुल की दिशा में बढ़ गये वसुदेव। आधी से अधिक रात्रि बीत चुकी थी। *'भादों माह के कृष्ण पक्ष की रातें ऐसी डरावनी प्रतीत होती हैं, जैसे कोई काली नागिन रेंगती जा रही हो।'* वसुदेव सोचते जा रहे थे कि यमुना तट आ गया। कुछ दिनों से वर्षा हो रही थी। आज भी बहुत पानी गिरा होने से यमुना का जल स्तर बढ़ गया था। अभी भी वर्षा हो रही थी।

खड़ी लगा कर पानी में तैरने की कला वसुदेव जानते थे। नन्हें बालक को देखा, द्रवित हो गये। *"जन्म लेते ही जीवित रहने के लिये इतना संघर्ष। यह संघर्ष ही मेरे बच्चे, मनुष्य को विजयी बनाता है। जिसका जितना बड़ा संघर्ष वो उतना बड़ा योद्धा, उतना बड़ा विजेता।"* वसुदेव जैसे अपने हाल के जन्मे बच्चे से बातें करते जा रहे थे और यमुना पार करते जा रहे थे।

• • •

नन्द के यहाँ एक दिन पूर्व ही बेटी ने जन्म लिया था। उग्रसेन का आग्रह लेकर आये प्रद्योत को नन्द, यशोदा को राष्ट्र सेवा के लिये तैयार करने में अधिक परिश्रम नहीं करना पड़ा था। नन्द तो राष्ट्र भक्त योद्धा होने के कारण हाल मान गये। यशोदा माँ होने के कारण मान नहीं पा रहीं थीं। प्रद्योत ने समझाया। नन्द ने राजवंश की रक्षा में स्वयं को उत्सर्ग करने का अवसर आया जान पीछे न हटने के तर्क दिए। स्वयं को बड़भागी मानते हुए हर्ष सहित यह दायित्व लेने नन्द दम्पति तैयार हो गये। देश पर माँ की ममता निछावर हो गयी। बेटी के जन्म को पूर्ण गुप्त रखा गया था। प्रद्योत कह गये थे कि जब तक वसुदेव अपने बच्चे को लेकर न आयें, नन्द दम्पति को अपनी सन्तान का जन्म गुप्त रखना होगा।

रात्रि का अंतिम प्रहर, तभी द्वार खटखटाया किसी ने। नन्द उठे, जाकर द्वार खोला। देखा मित्र वसुदेव खड़े हैं पूरे भीगे। सिर पर टोकरा, टोकरे में नन्हा शिशु। झपट कर अंदर लिया। टोकरे को यशोदा के पास रख नन्द से गले मिले वसुदेव।

"मित्र बहुत दिनों से मिलने की इच्छा थी। किन्तु ऐसे मिलना होगा, कल्पना नहीं की थी," वसुदेव बोले।

"हाँ, मित्र! जीवन पथ पर कर्तव्यों के निर्वहन में ही लगे रहते हैं हम सब। किसी कर्तव्य पथ पर एक साथ आ जाने से मिलना हो जाता है अन्यथा जीवन अवसर ही कहाँ देता है।" नन्द बोले। यशोदा के बग़ल से उठाई कन्या और सौंप दी वसुदेव को।

"मित्र देश सेवा हेतु इतना बड़ा त्याग, इतना बड़ा बलिदान कौन करता है भला। धन्य हैं आप दोनों। मैं कैसे आभार मानूँ आपका?"

"कैसा आभार? राष्ट्र हमें जीवन भर देता है कभी प्रत्युत्तर में कुछ माँग ले तो सहर्ष राष्ट्र को समर्पित करना हर नागरिक का कर्तव्य है और हमने अपना कर्तव्य निभाया है अपने देश के प्रति। अब आप शीघ्रता करें, आपको अँधेरे में ही मथुरा की कारा में पहुँचना है।"

नन्द ने कहा तो बालिका को टोकरे में लिटा चल दिए। द्वार पर पहुँचे, पलटे और नन्द को देख बोले, "मित्रों! इस बालक को बचाने हम दोनों ने इतना कष्ट उठाया है। इसे मात्र मथुरा के राजवंश को बचाने जैसे संकीर्ण उद्देश्य हेतु नहीं, इतना श्रम कर, प्राणों पर संकट ले बचाया है। मथुरा इस बालक के बिना भी चल सकती है। व्यक्ति को राष्ट्र की आवश्यकता होती है। राष्ट्र को व्यक्ति की नहीं। व्यक्ति बदलते रहते हैं किन्तु राष्ट्र चलता रहता है सदैव।" वसुदेव बोले।

"क्या कहना चाह रहे हैं, मित्र?" नन्द वसुदेव की अबूझ पहेली सुलझा रहे थे।

"यही कि जिस बालक को बचाने हमने इतना कष्ट उठाया है। उसे अब संसार में बड़े उद्देश्य के लिये जीवित रहना होगा। मात्र राजपरिवार, राजवंश को चलाने, किसी राज्य की गद्दी लेने जैसे लघु उद्देश्य की पूर्ति हेतु नहीं बचाया है हम दोनों दम्पतियों ने इसे। इसे विश्व संपदा बनाना होगा

और हर कठोर प्रशिक्षण इसे देने की व्यवस्था करनी होगी। राष्ट्र की रक्षा हेतु आगे बढ़कर जिम्मेवारियाँ उठाने हेतु प्रेरित करना होगा। ये मुझसे कभी न मिले स्वीकार्य है किन्तु निर्बल, निर्धन और असहाय की सहायता हेतु सदैव तत्पर रहे। हर जोखिम उठाने को तैयार रहे। हँसते-हँसते अपनी भूमिका राष्ट्र उत्थान में लगाये," वसुदेव बोले।

"निश्चिन्त रहें मित्र! अब यह बालक तुम्हारा या हमारा नहीं रहा हम सबका हो गया है। राष्ट्र की सम्पत्ति होगा यह बालक। इसकी परवरिश उन्मुक्त, किन्तु कठोर होगी।" नन्द ने कहा और गले लग विदा किया वसुदेव को।

3

"बाबा, आज कन्हैया कालिया नाग की बामी के पास तक चला गया था। मैंने रोका भी पर इसने सुना नहीं," सायं को ब्यारु करते समय बलराम बोले।

"कालिया नाग के पेड़ के पास? क्या ये सच है कान्हा? बोलो क्यों गये थे वहाँ तक जब दाऊ ने मना किया था?" ममता से भरी यशोदा ने अनेक प्रश्न कर डाले।

"अरे! उसे भोजन तो कर लेने दो, एक साथ इतने प्रश्न? लगता है प्रश्नों से ही पेट भरना होगा कन्हैया को," नन्द हँस कर बोले।

"आप कभी इसे रोकते नहीं हैं। आये दिन इसकी शरारतें बढ़ती जा रही हैं। हर दिन कोई न कोई इसकी शिकायत लेकर द्वार पर खड़ा रहता है। कभी गोपियों का माखन चुराता है, उनके बच्चों को लिये दिन भर ग़ायब रहता है। कभी उनकी गायों को दूर वन में ले जाता है। कल ही कपिला उलाहने दे रही थी कि उसकी बेटी राधा भी कृष्ण के साथ दिन-दिन भर घूमती रहती है।"

"अरे बच्चे हैं, अभी नहीं खेलेंगे तो कब खेलेंगे? और फिर उन गोपियों ने तुम्हें यह नहीं बताया कि जब से कान्हा गायों को दूर वन में चराने ले जाने लगा है तब से वे दूध अधिक देने लगीं हैं," नन्द बोले।

"वो सब ठीक है किन्तु इससे कहो ये तनिक भी उस वृक्ष के पास नहीं जायेगा जहाँ वो भयानक नाग रहता है। क्या आप को पता नहीं उसने कितनी गायों को मार दिया, कितने ग्वाले डँस लिये हैं।" यशोदा जैसे बोलते-बोलते भयभीत हो गयीं थीं।

“ठीक हैं माँ, यदि तुम कहती हो तो नहीं जाऊँगा। अब गुस्सा न करो।” नन्द बोलते इससे पहले ही कृष्ण बोल पड़े।

“क्यों नहीं जाओगे कान्हा, क्या भय है वहाँ जाने में? क्या वह सर्प तुमसे अधिक बलशाली है? क्या तुमसे अधिक बुद्धिमत्ता है उसमें? बिना लड़े हार मान लेने की सीख कब दी है मैंने तुम्हें?” नन्द का स्वर कठोर हो गया था।

“यह क्या कह रहे हैं आप? आठ साल के एक बालक को कह रहे हैं कि उस विषधर के पास जाये, उससे डरे नहीं।” यशोदा चिल्ला पड़ीं, स्वर काँप रहा था उनका।

“उससे क्या? मैंने तो किसी से भी नहीं डरने की सीख दी है पुत्र कृष्ण को। यशोदा, इस धरा पर मनुष्य सबसे शक्तिमान प्राणी है।”

“वह तो हम माता-पिता होते हैं जो अपनी सन्तान को छाती से लगा कर रखते हैं। बचपन से ही रोक-टोक करते रहते हैं। यह नहीं करना, वह नहीं करना, यहाँ न जाओ, वहाँ न जाओ। वात्सल्य और मोह के कारण माता-पिता अपनी ही सन्तान को कमज़ोर बना देते हैं, उसका नैसर्गिक विकास रोक देते हैं। मैं इन्हीं सब बातों के विरुद्ध हूँ। यशोदा स्मरण रहे माता-पिता सन्तान को जन्म देते हैं किन्तु सन्तान उनकी सम्पत्ति नहीं होती। कदाचित वह सम्पत्ति है भी, तो राष्ट्र की है, समाज की है। इसीलिये सन्तान का उन्मुक्त विकास देश के लिये, समाज के लिये होने दो। उनकी असीमित क्षमता को बाहर निकलने दो। उसे अवरुद्ध न करो। बढ़ने दो, जैसे आँधी बढ़ती है। चलने दो, जैसे तूफ़ान चलता है। बहने दो जैसे वर्षा ऋतु में यमुना बहती है। इस संसार में कुछ भी ऐसा नहीं, जो मनुष्य के लिये असंभव हो और उसे बचपन से ही यह बात जान लेनी चाहिये।” यशोदा अवाक् अपने पति का मुख देख रहीं थीं, नन्द बोलते जा रहे थे।

“इसलिये कान्हा, पूरे जीवन भर भयहीन रहना। इस भूलोक में ऐसा कोई नहीं जो तुम्हें हरा सके। यदि कभी हारोगे तो अपनी साहस हीनता के कारण, अपने उत्साह हीनता के कारण। इसलिये विषम से विषम परिस्थिति में भी साहस न खोना, उत्साह न खोना। क्योंकि ये वो दो अस्त्र हैं, जो हारी बाज़ी पलट देते हैं। इसलिये साहसी रहना, उत्साही रहना, निर्भय रहना। क्या हुआ जो तुम अभी आठ साल के हो, वो विषधर तो तुमसे छोटा ही होगा

वय में इसलिये निडर होकर जाना उसके क्षेत्र में। अपनी तरफ़ से छेड़ना नहीं किन्तु सामने आ जाये तो छोड़ना नहीं," नन्द बोलते जा रहे थे। मन्त्रमुग्ध कृष्ण सुन रहे थे। आज उन्हें अपने बाबा पर गर्व हो रहा था।

"आप कृष्ण से ही ऐसी चर्चा कर रहे थे बलराम को क्यों नहीं कहते?" भोजन उपरांत दोनों बालकों के अपने कक्ष में जाने के बाद यशोदा बोलीं।

"हर मनुष्य का अपना व्यक्तित्व होता है यशोदा और वह बचपन से ही दिखने लगता है। जहाँ कृष्ण की अन्वेषक प्रवृत्ति है वहीं बलराम स्वभाव से यथास्थितिवादी है। जहाँ बलराम जो जैसा है वैसा ही स्वीकार कर लेता है वहीं कन्हैया हर बात को अपने तर्क की कसौटी पर परखने के बाद ही मानता है।" नन्द बोल रहे थे, यशोदा सुन रहीं थीं ध्यानमग्न।

"कृष्ण में जुझारूपन है, बुद्धिमत्ता है, साहस है, ऊर्जा है। यशोदा जिस प्रकार कान्हा हमारे पास आया है उसके प्रति राज्य स्तर से षड्यंत्र होना स्वाभाविक है। हमें उसके बचपन से ही यह आभास भी होता रहा है। तब भी मैंने कभी कृष्ण को घर में सुरक्षा घेरे में रखने की चेष्टा नहीं की। सदैव उसे उन्मुक्त रखा क्योंकि मेरा मत है कि मनुष्य अपने संघर्षों से स्वयम् सीखता है, अपने बचाव के रास्ते स्वयम् निकालता है। चुनौतियाँ व्यक्ति की बुद्धि तीक्ष्ण करती हैं, मनुष्य को बलवान बनाती हैं। मनुष्य क्या नहीं कर सकता यशोदा, यदि चाहे तो छलाँग लगा कर आकाश छू सकता है। इसलिये माता-पिता को अपने बच्चों की मूल प्रवृत्ति जान कर उसका विकास करना चाहिए। बलराम के अपने शौक़, अपना आराम पसंद है जबकि कान्हा में जीवटता है। इसीलिये मैं कहता हूँ यशोदा हमें उसके इन गुणों को बढ़ाना है," दृढ़ता भरे स्वर में बोले नन्द। चकित थीं यशोदा अपने पति का यह व्यक्तित्व देख कर।

• • •

यमुना नदी के किनारे गोकुल ग्राम की ओर जाने वाली पगडंडी के पास पेड़ों का झुरमुट था। उन्हीं घने पेड़ों में विशाल वट वृक्ष के पास बड़ी-सी बामी थी। वहीं रहता था, छह हाथ लम्बा और मोटे सोटे से भी अधिक मोटा विशाल काला नाग, जिसे ग्रामीणों ने कालिया नाम दे दिया था। आये दिन

उस नाग का शिकार या तो कोई गाय हो जाती थी या नदी से आते-जाते कोई ग्रामीण। बालक कृष्ण के मन में उस नाग को देखने और अपने ग्राम से भगाने की इच्छा थी इसीलिये अक्सर उधर साथियों के साथ खेलते हुए निकल जाते थे। साथियों के मना करने पर अधिक पास तक कभी नहीं जा पाए थे। किन्तु रात्रि में बाबा कि बातें सुनकर साहस बढ़ा, सोचा आज तो हर हाल में उस नाग तक पहुँचना है। मित्रों के साथ गेंद खेलते-खेलते पहुँच गये पेड़ों के झुरमुट के पास। कुछ समय तक झुरमुट के पास तक खेल चलता रहा। अचानक गेंद, जैसे ही कृष्ण के पास आयी, उछाल दी वट वृक्ष के पास।

"ये तुमने क्या किया कान्हा, एक तो हम सबको यहाँ तक लाते हो अब गेद फेंक दी उस वट के पास जहाँ कालिया नाग का घर है। कौन जायेगा उसे लेने?" श्री दाम ने असंतोष जताया।

"क्यों चिढ़ते हो श्री दाम, मैंने जान-बूझकर नहीं फेंकी गेंद। अब तुम कहते हो तो मैं लेकर आता हूँ।" कहते हुए कृष्ण बढ़े झुरमुट में अंदर वट की ओर।

"नहीं कन्हैया, रहने दो दूसरी गेंद ले लेंगे।" उद्धव चिल्लाया।

"कान्हा रुक जाओ, वहाँ नहीं जाना।" पास के ग्राम बरसाना की ओर से दौड़ कर आती हुई राधा ने जब कृष्ण को झुरमुट में अंदर जाते देखा तो टेर लगाई।

अक्सर राधा की बात मान लेने वाले कृष्ण ने उस दिन राधा को भी अनसुना कर दिया। बढ़ गये अंदर झुरमुट के। वट के पास पहुँचे। गेंद ढूँढ़ने का तो बहाना था, ढूँढ़ तो कुछ और ही रहे थे कृष्ण। वट के आसपास, बामी के पास ज़ोर-ज़ोर से पैर पटक रहे थे कि कहीं होगा विषधर तो निकलेगा। वट की नीचे तक आ रही जड़ों को पकड़ा, तने पर प्रहार किया चारों ओर। यही क्रम चल रहा था तभी वट की कोटर से फुंफकारता हुआ निकला बड़ा नाग। एक क्षण को देखकर तो भयभीत हो गये कृष्ण किन्तु अगले ही क्षण बाबा कि कही बात याद आयी और साहस बटोर कर खड़े रहे अपने स्थान पर।

फुंफकारता हुआ विषधर बढ़ रहा था कृष्ण की ओर। अचानक बंसी निकाली कमर पर लिपटी धोती से और शुरू किया बजाना। बंसी को हिलाते

जा रहे थे और बजाते जा रहे थे। इस छोटी उम्र में ही बंसी से सम्मोहित करने वाली मधुर धुनें निकालने लगे थे कृष्ण। गोकुल और आसपास के ग्रामों में उनकी बंसी के स्वरों की धाक जम गयी थी। कहते हैं कि जब तन्मय होकर कृष्ण बंसी बजाते हैं, तो जो जहाँ होता है वहीं रुक जाता है। गोपियाँ मटकी लिये ही झूमने लगतीं, दूर जाती गायें लौट आती थीं, झगड़ते यादव लड़ाई भूल कर गले मिलने लगते थे। जब ठीक से चलना शुरू भी नहीं किया था तभी नन्द ने कृष्ण को बाँसुरी लाकर दी और वह ऐसी भायी कृष्ण को कि कभी छूटी नहीं उनसे। गायें चराते जब एकांत मिलता, बाँसुरी पर धुन छोड़ते, नित नयी धुनें बनाते।

अब तक तो आनन्द के लिये ही बजायी थी बंसी। आज पहली बार शस्त्र के रूप में उपयोग में ले रहे थे। सामने शक्तिशाली शत्रु था, यदि प्रभाव नहीं पड़ा तो कोई दूसरा उपाय करना होग। बंसी की मधुर ध्वनि, लयबद्ध हिलती बंसी ने जादू-सा असर डाला कालिया पर और कृष्ण तक पहुँचने के पूर्व ही खड़ा हो, फन फैलाये झूमने लगा।

'यह क्या, अभी तक तो राधा को ही इतनी मस्ती से मेरी बंसी पर नृत्य करते देखा है। क्या इसमें सचमुच इतना सम्मोहन है कि विष से भरे नाग को भी झूमने पर विवश कर दे?' कृष्ण सोच रहे थे और देख रहे थे कालिया की मस्ती, मासूमियत से भरी उसकी मुद्रा को देख लग ही नहीं रहा था कि कोई ख़तरनाक प्राणी है।

श्री दाम, उद्धव और राधा भी यह तमाशा देख पास आ गये। एक हाथ से बंसी को पकड़ धुन निकलते रहे और दूसरे हाथ से संकेत किया मित्रों की ओर। उद्धव समझ गये कि कृष्ण क्या चाह रहे हैं। दौड़ कर गये और गायों को चारा देने वाला बेंत की डलिया ले आये। थोड़ी दूर जाकर कृष्ण के पास धीरे से फेंक दी डलिया। बाँसुरी बजाते-बजाते कृष्ण ने एक हाथ बढ़ा कर डलिया उठायी। साथियों को संकेत किया कि कोई निकट नहीं आये। एक हाथ से बाँसुरी बजाते, दूसरे हाथ में डलिया लिये धीरे-धीरे बढ़े कालिया की ओर। बाँसुरी मधुर स्वर निकाल रही थी, साथ ही घूम भी रही थी। कालिया जैसे सम्मोहित हो कर फन फैलाये झूम रहा था। उसे आभास ही नहीं हुआ कि बंसी वादक कब उसके निकट तक पहुँच गया। अवसर जान कृष्ण ने कालिया के फैले फन के ऊपर से डलिया डाल दी। जैसे ही

कालिया को डलिया से ढँका कृष्ण ने उन्होंने ऊपर से डलिया को दोनों हाथों से दबा दिया।

कालिया को भान हुआ कि उसके साथ छल हुआ है तो क्रोध में फन पटकने लगा डालिया पर। डलिया की दीवारों से फन टकरा रहा था इसलिये कृष्ण के हाथों को कोई ख़तरा नहीं था किन्तु कालिया का संघर्ष जारी था। तत्काल उपाय आवश्यक जान एक और डलिया व डंडा लाने का संकेत किया साथियों को।

उस समय तक बलराम को गाँव में सूचना मिल गयी कि कान्हा कालिया के पास चला गया है। कूप पर जाकर माँ को बताया। यशोदा, बलराम को ले दौड़ी उस ओर। कूप पर उस समय पानी लेने आयीं अन्य गोपियाँ भी पीछे दौड़ीं। ग्राम से बाहर निकल झुरमुट के पास जा सबने अद्भुत दृश्य देखा कि डलिया में कालिया और उसके पास दोनों हाथों से डलिया दबाये कृष्ण! जो जहाँ था वहीं रुक गया।

जब कालिया के फन पटकने कि आवृत्ति बढ़ गयी तो कृष्ण धीरे से डलिया के ऊपर बैठ गये और बाँसुरी बजाने लगे। नाग फिर सम्मोहित हो शांत खड़ा रहा फिर धीरे-धीरे बैठ गया। कृष्ण की बंसी बज रही थी कि उद्धव और श्री दाम डलिया और गाय चराने का डंडा ले आये। दोनों वस्तुएँ कृष्ण ने लीं साथियों से और थोड़ा पीछे हटने को कहा।

"तुम दोनों पीछे हटो और कुछ लताएँ ले आओ डलिया बाँधने को," कहते हुए कृष्ण डलिया से उतरे वेग से और कालिया को ढँकने वाली डलिया उलट दी। फुंफकार कर उठा कालिया किन्तु कृष्ण ने चपलता से डंडे को नाग के बीच में फँसाया और भूमि से थोड़ा ऊपर उठा डलिया में पलट दिया कालिया को। दूसरी डलिया को उल्टा कर उसके ऊपर रख दिया। तब तक उद्धव और श्री दाम कुछ लताएँ तोड़ लाये। विपरीत दिशा में दो स्थानों पर दोनों डलियाओं को लताओं से बाँध दिया कृष्ण ने फुर्ती से। अब दोनों डलियाओं की बड़ी गेंद बन गयी थी।

कृष्ण ने गेंदनुमा डलियाओं को यमुना की ओर लुढ़काना शुरू किया। अब तो दोनों मित्र भी सहायक बन गये। गति से लुढ़कती गेंदनुमा डलिया यमुना तट पर पहुँची। कृष्ण ने यमुना में उतार दी डलिया। थोड़ा अंदर तक स्वयं गये डलियाओं के साथ और एक सिरा लताओं का खोल दिया।

"जाओ मित्र, यमुना तुम्हें बहा ले जायेगी। आगे घना वन है। एक ही सिरा बँधा है प्रयास करोगे तो ढक्कन की तरह खुल जायेगी ऊपर की डलिया। आगे जिस भी तट पर लगो, निकल कर चले जाना वन में।" कहते हुए कृष्ण ने ज़ोर का धक्का दिया और डलिया नाव की तरह तेज़ चलती हुई बीच धारा में पहुँच गयी।

कृष्ण बाहर निकल आये यमुना से। तब तक दौड़ कर यमुना तीर पर यशोदा, बलराम, राधा और गोपियाँ भी आ गयी थीं। यशोदा ने झपट कर आलिंगन में लिया, दुलार करने लगीं। मित्रों ने कंधे पर उठा लिया, ले चले गाँव की ओर।

"डंगी-डंगा पालकी, जय कन्हैया लाल की," आवाज़ लगाते कृष्ण को कंधे पर लिये मित्र आगे और पीछे यशोदा, बलराम, राधा और गोपियाँ। जिसने सुना वही हर्ष और विस्मय से साथ हो लिया और देखते-देखते जुलूस बन गया गाँव तक जाते-जाते। जहाँ से जुलूस निकलता, वहाँ के लोग सब काम छोड़ कर चल देते। पूरा ग्राम घूमने के बाद घर पहुँचे। नन्द आस-पास के ग्रामों के लोगों से कर संग्रहण का कार्य कर रहे थे, कि शोर सुन कर बाहर आये। साथ में अन्य ग्रामों के ग्रामीण भी निकल आये। देखा कन्हैया को कंधे पर बिठाये उसके मित्र चले आ रहे हैं और पीछे पूरा ग्राम।

"डंगी-डंगा पालकी, जय कन्हैया लाल की।"

"क्या है यह सब?" प्रश्न सूचक मुद्रा में नन्द ने पूछा।

"बाबा कन्हैया ने कालिया को परास्त कर भगा दिया," भीड़ से निकल बलराम बोले।

"जय कन्हैया लाल की, जय कन्हैयालाल की।"

'अरे! यह क्या?' नन्द कुछ कहते इससे पूर्व ही अन्य ग्रामों के ग्रामीण भी भीड़ में सम्मिलित हो नारे लगाने लगे। नन्द कृष्ण को देख मुस्कराने लगे। कृष्ण भी नन्द को देख रहे थे जैसे मन ही मन कह रहे हों बाबा आपकी ही सीख का परिणाम है यह सब।

• • •

"महाराज! सुना है गोकुल में एक बालक ने विषधर भुजंग को नाथ दिया है। ग्रामवासी उसे कोई दैवीय गुणों वाला बलशाली बालक मानने लगे हैं।" मंत्री बहुक बोला।

"क्या कहना चाहते हो बहुक? क्या विषधर भुजंग?" कंस की जिज्ञासा बढ़ी।

"महाराज गोकुल में यमुना किनारे एक विशाल काला नाग रहता था। उसने गोकुल और आसपास के ग्रामों की अनेक गायों और ग्वालों को डँस लिया था। कई की तो मृत्यु हो गयी थी। पूरा क्षेत्र उससे भयभीत रहता था। ग्राम प्रमुख और सामंत नन्द के आठ वर्ष के बालक ने कल उसे वश में कर ग्राम से बाहर कर दिया। सारे लोग उसकी जयकार कर रहे हैं।"

"क्या कहा? आठ वर्ष का बालक!!" ...कंस सोचने लगा... *'आठ वर्ष पूर्व तो देवकी की अंतिम सन्तान उस कन्या को मैंने मारा था।'*

"क्या सोच रहे हैं महाराज?"

"बहुक तुम्हें स्मरण है कि आठ वर्ष पूर्व मैंने देवकी की पुत्री की हत्या की थी।"

"उसे कैसे विस्मृत किया जा सकता है? उसी घटना ने तो आपको न सिर्फ़ मथुरा में अपितु आसपास के गणराज्यों में भी अलोक प्रिय बना दिया था। घृणा का पात्र बना दिया था।"

"बहुक कभी-कभी तुम इतना कटु बोल देते हो कि लगता है तुम्हें हटा दूँ। फिर विचार आता है कि एक तो तुम हमारे अंधक कुल के हो और दूसरा विपरीत परिस्थितयों में भी मेरे शुभचिन्तक रहे हो।"

"मेरी कोई बात आपको कटु लगी तो क्षमा करें। हाँ, आप कुछ कहना चाह रहे थे?" बहुक बोला।

"यद्यपि मैंने उस कन्या को मार दिया था। किन्तु क्यों मुझे लगता है कि कोई गड़बड़ हुई है। कुछ तो है जो मुझसे छिपाया गया है। कहीं ऐसा तो नहीं कि राजपरिवार की सन्तान को बचाने के षड्यंत्र में बच्चों को बदला गया हो।"

"आपकी शंका निर्मूल नहीं है। यह संभव है, क्योंकि आपके प्रति असंतोष तो प्रजा और कर्मचारियों में पूर्व महाराज उग्रसेन को बंधक बनाये जाने के बाद ही शुरू हो गया था। हो सकता है कि आपके द्वारा देवकी की सभी सन्तानों को जन्म लेते ही मार देने के कारण प्रहरियों ने यह किया हो और फिर उग्रसेन जी भी तो वहीं बंदी हैं उन्होंने भी कर्मियों को प्रेरित किया हो।"

"यदि ऐसा है तो मैं कारागृह के सभी कर्मियों को मार दूँगा," कंस उत्तेजित हो कर बोला।

"उत्तेजित न हों महाराज। बिना पर्याप्त प्रमाण कोई भी ऐसा क़दम न उठायें, जो आपके प्रति प्रजा व कर्मियों में आक्रोश उत्पन्न कर दे।"

"तब क्या करना चाहिए बहुक? क्यों मुझे शंका हो रही है कि हो न हो वह बालक देवकी पुत्र है, जो नन्द के यहाँ पल रहा है।"

"विवेकवान व्यक्ति वही होता है महाराज, जो हर सम्भावना पर विचार करे। हो सकता है कि वह बालक वसुदेव देवकी का हो, हो सकता है नन्द का ही हो।"

"क्यों न मैं उसे देवकी का मान कर समाप्त कर दूँ? जैसे इतने बच्चे मारे एक और सही।"

"क्षमा करें म्हाराज! आपका यह क़दम आत्मघाती होगा। अभी तक जितने शिशुओं की आपने हत्या की है वे सभी देवकी अर्थात आपकी बहन के थे। प्रजा ने, अन्य गणों ने, आपके प्रति घोर घृणा के बाद भी, इसे आपके परिवार का विवाद मान कर आपको छोड़ दिया। किन्तु यदि आपने राज्य के किसी अन्य परिवार के बच्चे की हत्या कराई तो न आपकी गद्दी रहेगी और न ही आपके प्राण!" बहुक ने कहा तो कंस के मुख पर भय की रेखाएँ उभर आयीं

"बहुक तुम्हीं मेरे सलाहकार हो, जो तुम परामर्श दोगे मैं वही करूँगा। किन्तु इस शंका का समाधान तो आवश्यक है।" लाचारी का अभिनय करते हुए कंस बोला।

"यदि आप के मन में उस बालक को लेकर शंका है, तो पर्याप्त परीक्षण आवश्यक है। अपने विश्वसनीय चरों को लगायें, जो मात्र आपको सूचनायें

देते हैं। राज्य के अन्य किसी पदाधिकारी से उनका सम्पर्क न हो। एक या दो की संख्या में वे चर बिना किसी अधीरता के उस बालक की वास्तविकता का पता लगायेंगे। इस कार्य में संभव है उन्हें कई मास लग जाएँ क्योंकि यदि वह बालक वही है जो आप सोच रहे हैं, तो यह एक अत्यंत गोपनीय जानकारी होगी। यह मात्र नन्द को या नन्द के साथ अधिक से अधिक किसी को पता होगी तो वह होगी नन्द की पत्नी।"

"सच कह रहो हो बहुक। मैं ऐसे ही दो चरों की टुकड़ी को भेजूँगा, जो वहाँ रह कर इसका पता लगायेंगे। यदि वह देवकी पुत्र हुआ तो उसे वहीं मारने का यत्न किया जायेगा।"

"आप फिर विचलित हो रहे हैं महाराज। यदि आपके चरों ने पता लगा भी लिया कि वह देवकी पुत्र है तो इससे क्या होगा। यह तो सिर्फ़ आप जान रहे होंगे, लोगों को बतायेंगे तो वे भरोसा नहीं करेंगे क्योंकि वे तो उसे नन्द का पुत्र और अपने गोकुल का बेटा ही मानते हैं। ऐसी स्थिति में यदि आपने कोई भी दुस्साहस प्रजा में किसी बच्चे को मारने का किया तो पहले से ही घृणा का पात्र राजा, प्रजा द्वारा रौंद दिया जायेगा।" जैसे-जैसे बहुक बोलता जा रहा था, कंस के मुख का रंग उड़ता जा रहा था।

"तब मैं क्या करूँगा पता लगा कर?" कुछ देर की चुप्पी के बाद कंस बोला।

"पता लगाना आवश्यक है, महाराज। यही राजनीति है, जो शत्रु है, जिस पर शंका है, जिससे ख़तरा है उसके बारे में सम्पूर्ण सूचनाएं एकत्र करनी चाहिए। ताकि उन्हें लेकर भविष्य की रणनीति बनाई जा सके। यह भी कूटनीति है कि भूतकाल का निर्बल शत्रु यदि वर्तमान में शक्तिशाली हो गया हो, चाहे शस्त्र बल से या जनबल से, तो उससे मैत्री कर लेना चाहिए उसे अपने साथ मिला लेना चाहिए।"

4

"चाणूर पधारे हैं महाराज," कंस शयनकक्ष में जाने को उठा ही था अपने एकाकी कार्यकक्ष से कि द्वारपाल ने सूचना दी।

"चाणूर... हँ, हाँ भेजो उन्हें और देखो, जब तक वह कक्ष में रहें कोई भी अंदर नहीं आना चाहिए।"

"जो आज्ञा महाराज," कहते हुए द्वारपाल झुका, अभिवादन किया, और निकल गया कक्ष से।

मथुरा के अक्षवाट का प्रमुख चाणूर विकट मल्ल था। मल्ल युद्ध कंस को अति प्रिय था और आये दिन अखाड़े में जाकर मल्ल में भाग लेना, राज्य के बड़े समारोहों में मल्ल प्रतियोगिता आयोजित कराना कंस का प्रमुख मनोरंजन था। चूँकि कंस भी मल्ल का उत्तम योद्धा था इसलिये चाणूर को कर्मी न मानकर मित्रवत ही मानता था।

"महाराज की जय हो!" अभिवादन करते हुए चाणूर अंदर घुसा।

"आओ चाणूर, मेरे मित्र। बहुत दिनों से अक्षवाट में न जाने से तुमसे भेंट नहीं हो पाई थी। इसलिये मिलने बुलवाया।"

"मेरे अहो भाग्य महाराज, जो आपने मुझे स्मरण किया।" पुलकित हो चाणूर बोला।

"मित्र चाणूर। मैं एक समस्या से जूझ रहा हूँ। ख़ूब विचार किया, चारों ओर दृष्टि डाली, मात्र तुम ही दिखे जो मेरी सहायता कर सकते हो।" स्वर में अत्यंत मिठास भर कंस बोला।

"महाराज, आप मुझे इस योग्य समझ रहे हैं यह तो मेरा सौभाग्य है। मैं आपका भरोसा बनाये रखने में कोई कसर नहीं छोड़ रखूँगा। बतायें मैं क्या करूँ आपके लिए?"

"चाणूर यह तो तुम जानते ही हो कि मैंने भगिनी देवकी की सभी सन्तानों की हत्या की थी। किन्तु जो अंतिम सन्तान थी वह देवकी की पुत्री नहीं थी। मेरे साथ छल किया गया था कारा कर्मियों ने।"

"छल किया था, आपके साथ, आपके कर्मियों ने? क्या कह रहे हैं महाराज। यदि वह देवकी की नहीं, तो किसकी कन्या थी? फिर देवकी की सन्तान कहाँ थी?"

"चाणूर उसे बदला गया था गोकुल प्रमुख नन्द की कन्या से। और इस षड्यंत्र में कारा पति सहित कारा के सभी प्रहरी, पूर्व महाराज उग्रसेन, वसुदेव-देवकी, नन्द और उनकी पत्नी यशोदा सम्मलित थे।"

"क्या?" अवाक् रह गया चाणूर। "यह कैसे संभव है महाराज? कहीं आपको भ्रम तो नहीं हुआ?"

"नहीं चाणूर, सारी शंकाओं का समाधान करने पर ही मैं यह बोल रहा हूँ। गोकुल और उसके आसपास के ग्रामों में मेरे चर विगत आठ माह से कार्य कर रहे थे। नन्द, यशोदा की नज़दीकी प्राप्त कर पूरी जानकारी के साथ उन्होंने कल ही आकर प्रमाण दिए हैं कि नन्द का बालक वास्तव में वसुदेव और देवकी की अंतिम सन्तान है।"

"आश्चर्य, घोर आश्चर्य!... अब क्या चाहते हैं महाराज?"

"चाणूर मैं उस बालक का वध चाहता हूँ। तुम ही हो जो यह कार्य कर सकते हो। गुप्त रूप से किसी अपने विश्वसनीय व्यक्ति को यह दायित्व दो। ध्यान रहे जो जाए वह यह भेद न खोले कि किसके कहने पर किया जा रहा है।" चाणूर के कंधे पर हाथ रख कंस बोला।

चाणूर सोचता रहा कुछ देर, फिर अचानक बोला।

"हाँ महाराज, है मेरे पास एक व्यक्ति। हाँ,... बका है जो यह काम कर सकता है," जैसे कंस से भी बात कर रहा था चाणूर और अपने आप से भी।

"बका? ये कैसा नाम है।"

"उसका वास्तविक नाम तो किसी को नहीं पता। उसके बगुला जैसे गुणों के कारण ही सब उसे बका कहने लगे हैं," चाणूर बोला।

"बगुला जैसे गुण? आख़िर बगुला में ऐसे कौन से गुण हैं, जो इतने विशेष हैं?" कंस ने जिज्ञासा प्रकट की।

"महाराज, आपने सुना होगा कि बगुला अर्थात बक एक स्थान पर एकाग्रचित्त हो खड़ा रहता है। शिकार स्वयं उस तक आता है वह शिकार के पीछे नहीं जाता। यही गुण बका का है। उसकी भी यही कार्य प्रणाली है। वह भी एक स्थान पर रुक कर धैर्य से अपने शिकार की प्रतीक्षा करता है और ऐसी स्थितियाँ निर्मित कर देता है कि शिकार स्वयं उस तक पहुँचता है। महाराज वह दुर्दांत हत्यारा है, जो धन के लिये कार्य करता है।" चाणूर ने रहस्य खोला।

"उत्तम, अति उत्तम। सब कुछ समझा कर बका को सौंपो यह कार्य। उससे कहना जितना धन उसने कल्पना में भी नहीं सोचा होगा, उतना दूँगा।"

• • •

"रुक क्यों गये कान्हा? बजाओ न बंसी," राधा बोली। वह इस समय कृष्ण के साथ आम के पेड़ के नीचे बैठी थी। अक्सर ही दोनों सबकी दृष्टि बचा इसी तरह एकांत में आकर बैठ जाते थे।

"राधा, तुम चाहती हो कि मैं बंसी बजाऊँ और मेरी इच्छा होती है कि सब कुछ छोड़ कर सिर्फ़ तुम्हें देखता रहूँ।"

"हाँ, कान्हा जाने क्यों जब तुम पास होते हो तो लगता है कि मैं रहूँ और तुम रहो और कोई भी पास न हो।"

"यह क्या है जो मुझे और तुम्हें एक-सा भाव देता है राधा? मुझे अपने सारे सखा अति प्रिय हैं और सबके साथ रहना मुझे भाता है किन्तु जब तुम होती हो तो लगता है हमारे आसपास भी कोई न हो," अपलक राधा को निहारते कृष्ण बोले।

"मुझे भी यही लगता है जब तुम बंसी बजाओ तो सिर्फ़ मैं सुनूँ। कोई और गोपी जब तुम्हारी बंसी की लय में नाचती है, तो मुझे बड़ी ईर्ष्या होती है।"

"मेरा तो मन करता है कि मैं माँ, बाबा से कहूँ कि वो मेरा विवाह तुमसे करा दें।"

"धत! ये तो बेमेल विवाह होगा। कहाँ 9 बरस का लड़का और कहाँ 12 की लड़की।"

"राधा प्रीति में आयु नहीं देखी जाती जब तुम्हें मैं और मुझे तुम अच्छी लगती हो तो वय की बात कहाँ?"

"कान्हा आज तो तुम बड़ी-बड़ी बातें कर रहे हो। अभी तो हम दोनों ही छोटे हैं कुछ और बड़े हो जायें तब दोनों ही अपने माता-पिता से बात कर उन्हें राज़ी करेंगे," राधा बोली ही थी कि दौड़ते हुए आते उद्धव पर दोनों की दृष्टि गयी।

"क्या हुआ उद्धव तुम ऐसे क्यों दौड़ते आ रहे हो?"

हड़बड़ा कर उठते हुए कृष्ण ने पूछा। "कान्हा ...कान्हा," हाँफते हुए उद्धव कुछ बोलना चाह रहे थे किन्तु स्पष्ट स्वर नहीं आ रहा था।

"हाँ, हाँ उद्धव बोलो क्या बात है?"

"कान्हा एक बहेलिये ने मथुरा जाने वाले मार्ग के पास आम के बाग में कई दिनों से डेरा डाल रखा है। पक्षियों को पकड़ता है। कई मोर उसने मार दिए हैं। मथुरा जाने वाली गोपियों ने रोका तो उनसे वाद-विवाद करने लगा।"

"अभी कहाँ है?"

"उसी बाग में है। गोपियाँ उससे लड़ रहीं हैं किन्तु उस उद्दण्ड के आगे असहाय दिख रहीं हैं।"

"चलो मेरे साथ," कहते हुए कृष्ण ने दौड़ लगा दी बाग की ओर। पीछे-पीछे राधा और उद्धव। बाग में पहुँचे, देखा एक हृष्ट-पुष्ट लम्बा काला व्यक्ति खड़ा है। पास में बहेलियों वाला जाल, जाल में अनेक पंछी। गोपियाँ अभी भी उससे पंछियों को छोड़ने का कह रही हैं किन्तु वह उनकी गुहार सुनकर भी अनसुनी कर रहा है।

"देखो कान्हा, हम इसे कह रहे हैं कि हमारे गाँव में पंछियों को न पकड़ते हैं और ना ही उन्हें मारते हैं। पर ये मान नहीं रहा।" कृष्ण को पास आते देख एक गोपी बोली।

बहेलिये ने गर्दन घुमा कर देखा उधर जिधर से कृष्ण दौड़े आ रहे थे।

'तो ये है मेरा शिकार,' बका ने सोचा।

"हाँ, कन्हैया। कितना हट्टा-कट्टा मनुज और कितना घृणित कार्य। हम इससे कह रहे हैं कि चार गाय बाँध ले उनके घृत-दूध से जीवन कट जायेगा। क्यों इन पंछियों को मारता है?"

"छोड़ दो सारे पंछी," कृष्ण पास आकर कठोर स्वर में चिल्लाये।

"नहीं छोड़ूँगा। इनसे तो मेरा जीवनयापन होता है। बड़े श्रम से पकड़े हैं कैसे छोड़ दूँ?"

"मैं कहता हूँ छोड़ दो। निरीह पंछियों को हम तुम्हें यहाँ से नहीं ले जाने देंगे।"

"कौन रोकेगा मुझे?"

"मैं रोकूँगा और इन सबको छुड़ाऊँगा तुम्हारे चंगुल से!"

"तुम छोटे बालक बड़ी-बड़ी बातें करते हो। चले जाओ, नहीं तो पंछी समझ कर तुम्हें भी जाल में बंद कर लूँगा। मथुरा के बाजार में बेचूँगा तो अच्छा मूल्य मिल जायेगा।" उद्दंडता से बोला बका।

"मैं कितना भी छोटा हूँ, किन्तु तुम्हें परास्त करने के लिये पर्याप्त हूँ।"

"तो ठीक है यदि तुमने मुझे परास्त कर दिया तो मैं ये सारे पंछी छोड़ दूँगा और कभी भी यहाँ नहीं आऊँगा और मैं जीत गया तो मेरे कार्य में कभी कोई ग्रामीण हस्तक्षेप नहीं करेगा।"

"मुझे स्वीकार है," कहते हुए कृष्ण आगे बढ़े।

उद्धव, राधा और सभी गोपियाँ रोकने लगीं किन्तु कृष्ण ने बका की ओर छलाँग लगा दी। बका के निकट पहुँचे और चपलता से उसे छूते हुए विपरीत दिशा में दौड़ लगा दी। बका पीछे-पीछे दौड़ा। कृष्ण वेग से भागे जा रहे थे कि अचानक एक पेड़ पर चढ़ गये। बका भी पीछे से पेड़ चढ़ा ही था कि कृष्ण छलाँग लगा कर पेड़ से भूमि पर आये और फिर दौड़ पड़े। बका पेड़ से कूदा और पीछे दौड़ पड़ा कृष्ण के। आगे-आगे कृष्ण,पीछे बका। कृष्ण बड़ा-सा घेरा बना कर दौड़ रहे थे पूरी गति से और पीछे बका। बका ने सोचा भी नहीं था कि दूध, दही माखन से पोषित, ऊर्जा से भरा यह बालक उसे इतना छकायेगा। भागते-भागते अब तो थकने लगा था बका। भागते हुए कृष्ण फिर एक पेड़ पर चढ़ गये। बका भी पीछे से पेड़ के नीचे पहुँचा ही

था कि कृष्ण ने छलाँग लगा दी उसके ऊपर। ऊँचाई से पूरे वेग से गिरे कृष्ण बका पर। बका भार सह न सका और भूमि पर गिरा। धक्का दिया कृष्ण को और ऊपर आ गया। गर्दन पकड़ ली कृष्ण की और दबाने लगा ज़ोर से। *'मुझे मात्र पराजित करना नहीं, इसका उद्देश्य तो मुझे मारना है,'* कृष्ण की छठी इन्द्रिय काम करने लगी।

नीचे दबे-दबे ही कृष्ण ने पैर की ठोकर मारी बका के सिर पर। बका उलट कर पेट के बल गिरा भूमि पर। बिना अवसर दिए कृष्ण बका के दोनों पैर पकड़ विपरीत दिशा में खींचने लगे जैसे लकड़ी चीरते हैं। असहनीय दर्द से कराह उठा बका। एक पैर की जंघा पर चढ़ दूसरे को पकड़ पूरे बल से दबाया बका के सिर की ओर। हाथी-सी आवाज़ से चिंघाड़ने लगा बका। तभी पूरी शक्ति से ठोकर मारी और चित्त भूमि पर उलट गया बका। पूरी शक्ति से उछले कृष्ण और छाती पर गिरे बका की। ज़ोर की चीख़ निकली और बका के शरीर से प्राण निकले।

बका हत हुआ जानकर सबने दौड़ लगा दी कृष्ण की ओर। गोपियाँ, उद्धव और राधा सब कृष्ण की ओर। तभी बका के जाल को खोल दिया राधा ने। अनेक मोर निकले फड़फड़ा कर जाल में से। एक मोर का पंख निकाल लिया राधा ने। दौड़ कर कृष्ण के पास पहुँची और घुंघराले बालों में मोर पंख खोंस दिया राधा ने कृष्ण के।

"ये है तुम्हारा विजयी मुकुट। मोरपंख। आज बका हत करने के उपलक्ष्य में तुम्हें मुकुट देते हैं हम सब गोकुल वासी।"

"यह तूने अच्छा किया राधा। मोर पंख सिर में कितना शोभायमान हो रहा है कान्हा के। इसे कभी हटाना नहीं कन्हैया," एक गोपी बोली।

5

गोकुल के आसपास बरसाना, वृंदावन और कई छोटे-बड़े ग्राम थे। पूरे क्षेत्र को ब्रज क्षेत्र कहा जाता था। सभी ग्रामीण जातियाँ उन ग्रामों में निवास करती थीं, किन्तु बहुलता यादव जाति की थी। इन सबका मुख्य व्यवसाय पशु पालन था। पशुओं में भी गायों, जो आर्यों का प्रारम्भ से ही महत्त्वपूर्ण पशु था, की अधिकता थी। सभी गायें पालते थे इसलिये सभी पुरुष ग्वाले और सभी नारियाँ गोपी कहलाती थीं। यद्यपि कृषि योग्य थोड़ी-बहुत भूमि भी सभी के पास थी, जिसमें खाने योग्य अन्न और पशुओं का चारा कर लेते थे। मथुरा नगर के पास होने से ब्रज क्षेत्र के ग्वाले, गोपियाँ सभी ग्रामीण दूध, दही, मक्खन, घृत निरंतर मथुरा ले जाकर बेचते थे और होने वाली आय से परिवार का भरण-पोषण करते थे और बचत से नये पशुओं की संख्या बढ़ाते थे। चूँकि आर्यों ने अधिकांश स्थानों पर कृषि को मुख्य व्यवसाय के रूप में अपना लिया था, किन्तु कृषि कार्य करते हुए भी ब्रज क्षेत्र का मुख्य व्यसाय पशु पालन होने के पीछे मुख्य कारण मथुरा जैसे बड़े नगर के पास होना था, जहाँ उनके दुग्ध उत्पादों को अच्छा बाज़ार उपलब्ध था।

गोकुल प्रधान नन्द गोकुल सहित आसपास के ग्रामों से कर संग्रहण कर राजा को भेजते थे और उस क्षेत्र के लिये राजदरबार से सौंपे गये सामन्तीय कार्यों को भी सम्पादित करते थे। नन्द ऊँचे विचारों के सहृदय व्यक्ति थे और सभी उनका बड़ा सम्मान करते थे। नन्द की पत्नी यशोदा ममतामयी महिला थीं। उनके स्नेहिल स्वभाव के कारण बड़ा मान था उनका।

नन्द और यशोदा ने अपने दयालु स्वभाव और न्यायप्रिय छवि के कारण समुदाय में अपनी जगह बनाई थी। किन्तु उनके छोटे पुत्र कृष्ण ने तो अल्पायु में ब्रज क्या उसके आगे तक अपनी कीर्ति स्थापित कर दी थी। नन्द की विशेष परवरिश, जिसने कृष्ण को उन्मुक्त होकर नित नये ख़तरों

से खेलते हुए, आगे बढ़ कर निर्बल निसहाय की सहायता करते हुए, अपने लोगों के लिये प्राणों की बाज़ी लगाकर भी सकुशलता लाते हुए, नये प्रयोग, नये परीक्षण करते हुए, निर्भय और निडर रहते हुए बढ़ने का अवसर दिया था। उसी परवरिश का परिणाम था कि चौदह वर्ष की वय तक आते-आते उनकी ख्याति उनके द्वारा किये गये चमत्कारिक कार्यों के कारण चहुँओर फैल गयी थी। कालिया नाग के दमन और बका वध से तो लोगों में उनके दैवीय गुणों की चर्चा होने लगी थी।

• • •

नन्द के पास आने वाले अन्य ग्रामों के ग्रामीण भी अवसर तलाशते थे कृष्ण से बात करने का। उनकी मंशा भाँपते हुए अक्सर नन्द, कृष्ण को चर्चाओं के समय पास बुला लेते थे। कृष्ण भी कभी अपनी बाल बुद्धि से लोगों को हँसाते थे तो कभी अपनी तीक्ष्ण बुद्धि से उन्हें हतप्रभ भी कर देते थे।

ऐसी ही एक सायं, नन्द के पास गोकुल और आसपास के ग्रामीण बैठे थे। कृष्ण को गायें चराकर घर लौटा जान नन्द ने वहीं अपने पास बुला लिया।

"नन्द जी, कुछ तो उपाय बतायें। यदि कृषि इस वर्ष ख़राब न हुई होती तो हम सब यह न कहते," बरसाने के वृषभान बोले।

"हाँ बाबा, हम तो सदैव ही इन्द्र पूजा बड़ी धूमधाम से मनाते आये हैं। किन्तु इस बार स्थिति ही विकट है। पशुओं भर को चारा हो पाया है। ऐसे में इन्द्र पूजा कैसे हो पाएगी?" गोकुल का एक ग्वाल बोला।

"ब्राह्मणों से भी क्या कहें, वे तो हर बार इस पूजा को जटिल और महँगी करते जा रहे हैं। संक्षिप्त पूजा का विचार करने के मैंने उनसे बोला था, किन्तु वे तो यह कह कर भयभीत करते हैं कि पूजा में कोई कमी रह गयी तो इन्द्र कुपित होकर कड़ा दंड देंगे हमें," वृंदावन प्रमुख बोला।

"किन्तु हम इन्द्र की पूजा करते ही क्यों हैं बाबा?" बहुत देर से चर्चा सुन रहे कृष्ण ने प्रश्न किया।

"पुत्र, इन्द्र देव हमें वर्षा देते हैं, वर्षा से प्राप्त जल से हमारा, हमारे पशुओं का जीवन चलता है। खाद्यान्न होता है खेतों में। सभी कुछ जल पर

ही तो निर्भर है। इसीलिये हम इन्द्र का पूजन करते हैं ताकि वे हम पर प्रसन्न रहें और हमारे गाँव पर, हमारे खेतों में वर्षा का आशीष दें," नन्द बोले।

"किन्तु जिस प्रकार समय और धन का अपव्यय कर हम हर वर्ष इन्द्र को पूजते हैं, प्रसन्न करने, वह तो लगता है कि इन्द्र को नहीं वास्तव में ब्राह्मणों को प्रसन्न करते हैं हम इस पूजन से," कृष्ण ने तर्क दिया।

"नहीं कन्हैया ऐसा नहीं कहते इन्द्र देव रुष्ट हो जायेंगे," वृषभान बोले।

"काका, इन्द्र तो देव हैं और भला देव अपने ही उपासकों पर कभी रुष्ट हो सकता है? यह तो सब इन ब्राह्मणों ने अपने हित के लिये फैलाया है ताकि लोग भयभीत होकर अधिक से अधिक धन इस प्रकार की पूजाओं में व्यय करें। यह धन अन्ततोगत्वा उन्हें ही मिलता है," कृष्ण बोले।

"किन्तु इन्द्र देव ही वर्षा देते हैं यदि उनकी पूजा नहीं हुई और उन्होंने वर्षा रोक दी तो?" बरसाने का एक युवा ग्वाला बोला।

"वर्षा इन्द्र नहीं देते वह तो प्राकृतिक क्रिया है, भैया। गर्मी की अधिकता में भूमि का पानी वाष्प बन कर ऊपर उठता है और मेघों में बदल जाता है। यही मेघ पर्वतों से टकरा कर बरस जाते हैं। इसलिये यदि कोई इसमें हमारा सबसे बड़ा सहायक है तो वह है हमारा गोवर्धन पर्वत। यदि पूजना है तो उसे पूजो," कृष्ण बोले।

"क्या? पर्वत की पूजा? कहीं पहाड़ भी पूजे जाते हैं?" वृंदावन प्रमुख बोला।

"क्यों नहीं पूजे जाते काका? हाँ, आर्यों ने तो सदैव ही जड़ में चेतन की कल्पना की है। क्या हम हिमालय को नहीं पूजते? गंगा को नहीं पूजते?" कृष्ण ने तर्क दिया।

"कह तो कन्हैया ठीक रहा है। हमने कभी सोचा ही नहीं कि हमारा गोवर्धन पर्वत हमें कितना देता है। हमारे पशुओं को चारा, हमें ढेरों फल, हमारे गाँवों की सुरक्षा और जैसा कान्हा कह रहा है, यदि वर्षा भी, तब तो सचमुच हमें गोवर्धन को पूजना चाहिए," नन्द बोले।

"जैसा आप निर्णय लें नन्द जी हम सबको मान्य होगा। वैसे भी ब्राह्मणों द्वारा पूजन विधियाँ इतनी क्लिष्ट और धन व समय का व्यय कराने वाली बना दी हैं कि ऊब होने लगी है उनसे," वृषभान बोले।

"तब यह निर्णय रहा कि हम सब इस बार इन्द्र की पूजा न कर गोवर्धन को पूजेंगे। पूजा विधि सरल रहेगी। सभी अपने घर से भोजन बनाकर लायेंगे जिसे भोग स्वरूप गोवर्धन को भेंट कर वहीं प्रसाद के रूप में हम सब उसे ग्रहण करेंगे। सारे परिवार के सभी सदस्य सभी नर-नारी, बच्चे-बूढ़े सभी रहेंगे पूजन में," नन्द बोले।

"बाबा, क्यों न हम अपने सारे पशुओं को भी पूजन में सम्मिलित करें? आख़िर गोवर्धन उन्हें भी तो बहुत देते हैं।" कृष्ण ने जोड़ा।

"उत्तम विचार है कान्हा का," वृंदावन प्रमुख बोले।

• • •

तीन दिन से वर्षा थमने का नाम नहीं ले रही थी। जैसे ही गोवर्धन को भोग लगाया ब्रज वासियों ने, वर्षा प्रारम्भ हो गयी थी। पहले तो सब प्रसन्न हुए कि गोवर्धन का आशीष मिला है। किन्तु जब लगातार वर्षा होने लगी तो, सब चिंतित होने लगे। कृष्ण और उनके साथी अक्सर गायें चराने इस पर्वत पर आते रहे थे। पानी बरसने और अधिक धूप पड़ने के समय गायों को लेकर गोवर्धन की खोहों में चले जाते थे, जो स्थान-स्थान पर पर्वत में बनी थीं। उन्हीं खोहों में से एक बड़ी खोह में कृष्ण के कहने पर सब ब्रजवासी अपने पशुओं को लेकर आ गये थे। सोचा था कि जैसे ही पानी रुकेगा, चले जायेंगे। किन्तु अति वृष्टि थी कि रुक नहीं रही थी। अब तो सबको लगने लगा कि सचमुच इन्द्र कुपित हो गये है।

खोह की दरारों में स्थान-स्थान से पानी गिरने लगा था। मेघों की भयानक गर्जन और बिजली की चमक से प्रतीत होता था कि खोह की छत किसी भी क्षण भरभराकर कर गिर पड़ेगी और यहीं, इसी गोवर्धन में ब्रजवासियों की उनके पशुओं सहित समाधि बन जायेगी।

"कान्हा क्या बात है? तुम क्यों इतने चिंतित हो? तुम्हारी वह मोहक मुस्कान कहाँ ग़ायब है, जो अन्य चिंतायुक्तों को विश्रांति दे देती है?" एक कोने में खड़े कृष्ण के पास पहुँच राधा बोली।

"राधा मैं चिंतित इस अतिवृष्टि को लेकर नहीं हूँ। यह तो सदैव ही रुकती आयी है, सो रुकेगी। मेरी चिंता तो इन ब्रजवासियों को लेकर है, जो निराशा में डूबे जा रहे हैं।"

"उनको लगता है कि उन्होंने इन्द्र की पूजा न कर इन्द्र को और ब्राह्मणों को कुपित कर दिया है," राधा ने शंका जताई।

"किंतु राधा मैंने तो इन सरल ग्रामीणों को ब्राह्मणों के शोषण से बचाने यह सब किया था स्वेच्छाचारी ब्राह्मण धर्म को अपने अनुसार चलाने लगे हैं, कहते हैं कि देव भी उनके वश में हैं. वे चाहेंगे तो सुफल मिलेगा, वे चाहेंगे तो कुफल। उनका लालच बढ़ता जा रहा है। वे अधिक से अधिक धन की माँग करते हैं साधक से और न मिलने पर अनिष्ट का भय दिखाते हैं। धर्मभीरु सीधे-सादे ग्रामीण अपना विवेक खो कर जैसा ब्राह्मण कहते हैं वैसा करने लगते हैं।"

"मैं उनके मन से धर्म का भय मिटाना चाहता था। धर्म में तो प्रेम होता है, भय नहीं। इसीलिये मैंने गोवर्धन का पूजन प्रारंभ कराया कि वे अपने ग्राम देव को पूजें तो उसके पीछे प्रेम हो, भय न हो। अनिष्ट की आशंका नहीं हो। यदि आज मैं इनके विश्वास को नहीं रख पाया तो यह मेरी हार होगी राधा," कृष्ण शून्य में ताकते हुए बोले।

"कान्हा, ग्रामीणों का भय बढ़ता जा रहा है। अब तो बाबा जैसे धैर्यवान का भी धैर्य खोने लगा है। कुछ सोचो, क्या करना चाहिए?" बलराम कृष्ण को खोजते-खोजते उनके पास आकर बोले।

"दाऊ मेरा अभी भी दृढ़ विश्वास है कि यह सामान्य प्राकृतिक क्रिया है। किसी बरस सामान्य से अधिक वर्षा हो जाती है, तो किसी बरस कम। हमेशा ऐसा पानी नहीं बरसता रहेगा और जैसा अक्सर होता आया है, यह वर्षा भी जल्द थम जायेगी," आत्मविश्वास से भरे कृष्ण बोले।

"पर उससे पहले तो इन सबकी भय से साँस ही थमी जा रही है उसका क्या? ऐसा नहीं कन्हा कि उन्होंने इतनी वर्षा पहले कभी देखी नहीं। किन्तु इस बार इसे वे उनके स्वयं के द्वारा बुलाये गये अनिष्ट से जोड़ कर देख रहे हैं। वे सोच रहे हैं कि उन्होंने तुम्हारी बात मानकर बैठे-बिठाये आफ़त बुला ली है। इन्द्र को कुपित कर दिया, ब्राह्मणों को रुष्ट कर दिया इसलिये यह महाविनाश आया है," बलराम बोले।

'बाबा कहते हैं कि जब चारों ओर निराशा हो, कोई रास्ता न दिख रहा हो, डर हो तब एक ही रास्ता बचता है। डर के सामने डट कर खड़े

हो जाओ। डर भागेगा, निराशा हटेगी और आस दिखेगी,' कृष्ण सोचते जा रहे थे। मस्तिष्क में मंथन चल रहा था कि अचानक जैसे कोई निर्णय लिया हो, बोल पड़े।

"ठीक है दाऊ, यदि मैंने ही मर्ज़ दिया है तो मैं ही दवा दूँगा। चलिये मेरे साथ," कहते हुए कृष्ण बढ़ गये सबकी ओर।

"यह क्यों नहीं सोचते यदि कान्हा हम सबको यहाँ इतने ऊपर गोवर्धन की खोह में न ले आते तो नीचे ग्राम में तो इस अति वृष्टि में हमारी जल समाधि बन जाती। लगता है उसे भान हो गया था तभी तो पशुओं तक को साथ ले आया," कपिला, राधा की माँ, सबको समझा रही थी।

"और यही गोवर्धन जब हमारे ऊपर गिरेगा, तो यहाँ एक साथ नर-नारी, पशुओं की समाधि बन जायेगी। देखो ये छत, प्रतीत होता है कि गिरने ही वाली है। अब कहाँ है वो जिसने हमको इस स्थिति में पहुँचाया है?" बरसाने का ही एक उग्र युवक बोला।

वार्तालाप को कृष्ण ने सुना, लोगों की अधीरता देख, बीच में पहुँचे, सबको सुनाते हुए तेज़ स्वर में बोले।

"यदि आप सबको लगता है कि मैं ही हूँ जिसने आपको इस स्थिति में फँसाया है तो निश्चिन्त रहें मैं ही इसका निदान निकालूँगा। जैसा विश्वास अब तक मुझमें रहा वैसा ही बनाये रखें," कहते हुए कृष्ण ने अपनी तर्जनी लगा दी खोह की छत में।

देखते-देखते सभी एकत्र होने लगे कृष्ण के पास। कृष्ण में दैवीय गुणों का आभास तो ब्रजवासियों को यदा-कदा होता ही रहा है। सो आज पर्वत को गिरने से बचाने का जब उन्होंने उपक्रम किया तो सबको भरोसा होने लगा उनके चमत्कार पर। धैर्य से कृष्ण खड़े रहे, एक स्थान पर, तर्जनी छत पर लगाये हुए।

'आज मुझे इनका भरोसा बनाये रखना होगा हर हाल में, हर क़ीमत पर। चाहे कितना भी समय क्यों न निकालना पड़े, कितना ही श्रम क्यों न करना पड़े, मुझे ऐसे ही खड़ा रहना होगा, एक मुद्रा में,' कृष्ण मन ही मन सोच रहे थे।

एक प्रहर बीता, दूसरा बीत चला। किन्तु कृष्ण थे कि अथक, बिना भय के, बिना किसी सहारे के, अविचलित खड़े थे - एक योद्धा की तरह। पानी को तो रुकना ही था सो रुकने लगा। धीरे-धीरे उधर पानी थमता जा रहा था इधर लोगों का विश्वास कृष्ण पर और बढ़ता जा रहा था।

“जय हो कन्हैया लाल की, जय गोवर्धन धारी की, जय गिरधर गोपाल की!” क्या नारी, क्या पुरुष सब समवेत स्वर में हर्ष से चिल्लाने लगे।

6

कृष्ण गायों को चराकर गोधूलि बेला में घर लौटे ही थे कि यशोदा बोली।

"बाबा राह देख रहे हैं, कहा है जैसे ही कन्हैया आये, तत्काल भेजें," कृष्ण बाबा की बैठक कक्ष की और बढ़ चले।

'क्या बात है जो बाबा ने तत्काल बुलाया है, माँ भी उदास दिख रहीं हैं। हाल ही में मैंने कोई शरारत की हो, यह भी याद नहीं। अब तो सब कहते हैं कि कान्हा जबसे सोलह वर्ष का हुआ है कुछ ज्यादा ही गंभीर हो गया है,' सोचते-सोचते कृष्ण पहुँचे नन्द के कक्ष में। देखा वय में बाबा से कुछ छोटे कोई सभ्रांत व्यक्ति बैठे हैं, पहनावे से ग्राम के नहीं जान पड़ रहे थे।

"कन्हैया ये अक्रूर जी हैं, मथुरा से आये हैं," नन्द बोले तो कृष्ण ने झुककर अभिवादन किया।

"कान्हा, अक्रूर जी का यहाँ आने का प्रयोजन सुनाने से पूर्व मैं तुम्हें कुछ रहस्य बताना चाहता हूँ," नन्द पुनः बोले।

"क्यों आप अनावश्यक उस बात को कह रहे हैं, जो मेरे कान्हा को दुःख पहुँचाए?" द्वार के ओट में खड़ी यशोदा बोलीं।

"नहीं यशोदा, हमने अपने पुत्र कान्हा की परवरिश इस प्रकार की है की जीवन की प्रत्येक परिस्थिति में वह समभाव रह सके, विपरीत से विपरीत स्थिति में धैर्य न खोये, मनोभावों को नियंत्रित रखे, जीवन की हर सच्चाई को सहज रूप से स्वीकार करे बिना अति प्रसन्नता के, बिना अति भावुकता के," नन्द समझाने लगे यशोदा को।

'क्या कह रहे हैं बाबा? कौन-सा रहस्य है जो मुझे बताना चाह रहे हैं,' कृष्ण व्याकुल हो कर सोच रहे थे।

"सुनो कन्हैया, वास्तव में तुम हमारे पुत्र नहीं, देवकी और वासुदेव के पुत्र हो। तुम मथुरा राजपरिवार के वंशज हो और ये अक्रूर जी तुम्हारे चाचा हैं," एक साँस में बिना रुके बोल गये नन्द, जैसे रुक गये तो बोल नहीं पायेंगे।

"क्या..., नहीं बाबा, कह दो कि यह झूठ है। माँ, देखो बाबा कैसी बातें कर रहे हैं आज? मुझसे ही ठिठोली करने की सूझी है बाबा को," कृष्ण फट पड़े, बिना पर्दे की चिंता किये यशोदा दौड़ पड़ीं कृष्ण की ओर। छाती से भींच लिया उन्होंने कृष्ण को। वे रोये जा रही थीं।

"क्यों पराया कर दिया एक झटके में मेरे बेटे को? मैंने आपको रोका था," रोते-रोते नन्द को उलाहना देने लगीं यशोदा।

"माँ तुम भी.... मैं तुम्हारा और बाबा का बेटा हूँ। मैं गोकुल का बेटा हूँ, मैं आप दोनों का बेटा हूँ। मुझे आप दोनों से कोई पृथक नहीं कर सकता," यशोदा से चिपटे हुए कृष्ण बोलते जा रहे थे, रोते जा रहे थे।

"नहीं कान्हा, तुम साधारण बालक नहीं हो, न ही हमने तुम्हें ऐसा बनाया है। तुम्हें तो हमने जीवन संग्राम का वह योद्धा बनाया है जो सुख हो या दुःख, लाभ हो या हानि, जय हो या पराजय हर हाल में समभाव रहे। इसलिये भावुक न बनो पुत्र और जीवन की सच्चाई का सामना करो," नन्द समझाते जा रहे थे, यशोदा सिर पर हाथ फेरती जा रही थी।

कुछ समय बात मनःस्थिति सामान्य हुई कृष्ण की। नन्द और अक्रूर ने पास बिठाया।

"पुत्र कृष्ण, तुम भाग्यशाली हो कि तुम्हें नन्द और यशोदा जैसे पालहनहार मिले। उनकी परवरिश ने तुम्हें असाधारण बालक बना दिया है। कदाचित उन्हें भान था कि आने वाले समय में तुम्हें क्या क्या विकट स्थितियाँ देखनी हैं," अक्रूर बोले तो कृष्ण आश्चर्य से उन्हें देखने लगे अक्रूर ने फिर बोलना शुरू किया।

"हाँ पुत्र, मैं तुम्हें लेने आया हूँ पर सुखों का उपभोग करने को नहीं अपितु और बड़ी जिम्मेदारियाँ उठाने के लिये। जो मैं तुमसे कहने जा रहा हूँ, जी कड़ा कर सुनना कान्हा," थोड़ी देर रुक कर जैसे पूरी शक्ति समेटी हो बोलने को, पुनः अक्रूर बोले।

“कान्हा, तुम मथुरा नरेश कंस की बहन देवकी और वसुदेव के पुत्र हो। तुम्हारे माता-पिता के विवाह के तुरंत बाद कंस ने उन दोनों को बंदी बना लिया था। राजपरिवार का कोई वारिस न रहे इसलिये विक्षिप्त कंस ने तुम्हारे सारे भाई जन्म लेते ही मार दिए। जब तुम्हारा जन्म होने वाला था तब कंस पिता पूर्व महाराज उग्रसेन, जो स्वयं कंस के बंदी थे, ने और वसुदेव और देवकी, कारा कर्मियों ने तुम्हें बचाने की योजना बनाई। इसमें सहयोगी बने नन्द और यशोदा जिनका बलिदान कभी भुलाया नहीं जा सकता।”

कुछ क्षण रुके अक्रूर, कृष्ण की ओर देखा जिनके भाव स्थिर होते जा रहे थे मुख पर, फिर बोले, “जानते हो कान्हा? तुम्हें बचाने इन दोनों ने अपनी नवजात पुत्री से तुम्हें बदल दिया। तुम यहाँ आ गये और इनकी पुत्री देवकी के पास पहुँची, जिसे दुष्ट राजा कंस ने मार दिया। नन्द और यशोदा ने कभी अपनी पीड़ा व्यक्त नहीं होने दी और तुम्हारी परवरिश अपनी ही सन्तान की तरह करते रहे।” बाबा, माँ की ओर देखा कृष्ण ने आँखों से झर-झर आँसू बह रहे थे तीनों के। वातावरण को अधिक भावुक जान बोलते-बोलते रुक गये अक्रूर।

“क्यों उस क्रूर राजा ने यह सब किया?” कृष्ण भराए स्वर में बोले।

“तुम्हारा मामा कंस सन्तानहीन है, उसे यह भय था कि कहीं देवकी, वसुदेव के पुत्र को यादव संघ का प्रमुख न बना दिया जाये और उसे गद्दी छोड़नी पड़े। जिस सिंहासन को लेने उसने अपने पिता तक को बंदी बना लिया, उसे छोड़ कैसे दे? इसी भय ने कंस से यह जघन्य अपराध करवाया। वो अभी भी नहीं रुक रहा है। तुम्हारी पहचान नन्द यशोदा ने भरसक छिपाई किन्तु जैसे-जैसे तुम्हारे कार्य उसे ज्ञात होते रहे वैसे-वैसे तुम्हारे बारे में वह शंकालु होता गया। अपने चर भेज कर कंस ने पता लगा ही लिया कि तुम वास्तव में देवकी की अंतिम सन्तान हो। गोवर्धन पूजा की घटना के बाद तो वह अवसर तलाशने लगा तुम्हें मथुरा बुलाने का।”

“मथुरा बुलाने को किन्तु क्यों?” कृष्ण बोले मुख पर कठोरता आती जा रही थी।

“वह मथुरा तुम्हें स्नेह देने नहीं बुला रहा अपितु तुम्हारी हत्या करने का विचार है। उसने यहाँ भी तुम्हें मारने के उपाय किये थे, किन्तु सफलता नहीं मिली। इसलिये अपने सम्मुख हत्या का षड्यंत्र कर उसने मल्ल

प्रतियोगिता आयोजित कराई है, और तुम्हें निमंत्रित किया है। मैं विशेष रूप से राजा की आज्ञा अनुसार तुम्हें निमंत्रित करने व प्रतियोगिता में भाग लेने हेतु ले जाने आया हूँ। यद्यपि उसने मुझसे झूठा दिखावा किया है कि स्नेहवश वो तुम्हें बुला रहा है और तुम्हारे सम्मान में उसने यह मल्ल प्रतियोगिता आयोजित की है, जो मात्र एक खेल है। किन्तु उसके कपट को मैं उसकी आँखों में पढ़ आया हूँ," अक्रूर ने रहस्य प्रकट किया।

"मैं अपने पुत्र को वहाँ नहीं जाने दूँगी उस दुष्ट राजा के पास। क्या पता वह मेरे कान्हा के साथ क्या करे?" यशोदा का सब्र टूट गया।

"यशोदा निर्बल न बनो ममता में। तुमने तो सदैव न्याय का साथ दिया है। न्याय और धर्म की स्थापना हेतु तुमने बड़े से बड़े बलिदान दिए हैं, फिर आज यह मोह कैसा? मैं जानता हूँ कि कृष्ण-सा पुत्र किस माता-पिता से छोड़ा जायेगा, किन्तु हमने तो उसे विश्व संपदा बनाया है। इसलिये विश्व कल्याण हेतु उसे जाने दो। अपने कर्तव्यों का पालन करने दो क्योंकि निज कर्मों से कोई नहीं छूट सकता और जो अपने कर्तव्यों को पूर्ण करने से भागता है उसे इस लोक में सदैव अपकीर्ति ही मिलती है और यशोदा अपकीर्ति से मृत्यु हर हाल में उत्तम होती है," नन्द बोले तो कृष्ण उठकर माँ के पास आ गये।

"माँ मैं तेरा पुत्र हूँ और सदैव रहूँगा। यदि सामान्य स्थिति में चाचाश्री मुझे लेने आते तो नें कभी नहीं जाता, आप सबको छोड़ कर। किन्तु बाबा सही कह रहे हैं ऐसी स्थिति में न जाना अपने कर्तव्य से मुख मोड़ना होगा। मुझे यह शिक्षा न आप दोनों ने दी है और न गर्गाचार्य जी ने। यदि मैं अपने कर्म से आज मुँह छिपाता हूँ तो सच जानो माँ, मैं कभी चैन से नहीं जी सकूँगा। इसलिये मुझे आशीष दो आप दोनों कि मैं अपने कर्तव्यों का पालन अपने प्राणों पर खेल कर भी करता रहूँ, कभी उनसे मुँह न मोड़ूँ," कृष्ण ने कहा तो मनःस्थिति सामान्य हुई यशोदा की।

"तब यह उचित होगा अक्रूर जी कि आप कान्हा को लेकर कल भोर में जल्दी निकलिए। और हाँ, बलराम को भी लेते जायें। दोनों भाई एक दूसरे के सहयोगी बनेंगे। एक दूसरे की देखभाल करेंगे। भोर में जल्दी निकलने का इसलिये कह रहा हूँ कि यदि गोकुल के लोग जाग गये तो कान्हा को ले जाना आपके लिये सहज नहीं हो पायेगा," नन्द बोले।

"जैसी आपकी इच्छा नन्द जी," अक्रूर बोले।

• • •

मथुरा नगर की सुन्दरता बरबस ही कृष्ण, बलराम का ध्यान खींच रही थी। अक्रूर के साथ रथ पर आरूढ़ दोनों नगर के बीच से चले जा रहे थे। यमुना किनारे बसी थी मथुरा, जहाँ की स्वच्छ चौड़ी सड़कें, अट्टालिकाओं वाले भवन, सजे बाज़ार, उपवन व लोगों की आवाजाही से किसी बड़े व्यापारिक नगर की तसवीर दिखाई देती थी।

"चाचा श्री, नगर इतना सुंदर किन्तु नगरवासी इतने तनाव ग्रस्त क्यों दिख रहे हैं? न कोई प्रफुल्लता, न उत्साह? ऐसा क्यों?" कौतूहलवश कृष्ण पूछने लगे।

"कन्हैया राजा ही है जो प्रजा की प्रसन्नता या क्लेश का निर्धारक है। न्यायप्रिय, प्रजा पालक राजा के राज में प्रजा सुखी रहती है और दूने उत्साह से कार्य करती है। उसका परिणाम व्यक्तिगत एवं राज्य दोनों को हितकारी होता है। वहीं सनकी एवं अन्यायी राजा के राज में सदैव अनिष्ट की आशंका से ग्रसित प्रजाजन अपना सर्वश्रेष्ठ श्रम व ऊर्जा नहीं दे पाते अन्तोगत्वा उनकी एवं राज्य की उत्पादनशीलता घटती है। नये व्यापर, उद्योग नहीं आ पाते, धन की आमद कम होती है," अक्रूर बोलते जा रहे थे।

राजाज्ञा अनुसार कृष्ण, बलराम को राजकीय अतिथि गृह में ठहराया गया था। अक्रूर ने कह दिया था कि राजा की ओर से अतिथीय सम्मान दिया जायेगा किन्तु वह सब दिखावा है। अक्षवाट में भी स्नेह से बात की जायेगी किन्तु वास्तविक उद्देश्य कंस का, कृष्ण की हत्या करना ही होगा। दोनों भाइयों को भी अक्रूर ने समझाया।

"झूठे अपनत्व का प्रतिकार भी झूठे अपनत्व से ही देना है। कंस को यह लेश मात्र भी भान न हो कि मैंने तुम दोनों को उसके कपट के बारे में किंचित भी आगाह किया है।"

"आप तनिक भी चिंतित न हों हम भी वैसा ही व्यवहार करेंगे जैसे मामा के स्नेह ने हमें यहाँ बुलाया है," मंद-मंद मुस्कराते हुए कृष्ण बोले।

• • •

कृष्ण बलराम जलपान कर उठे ही थे कि रथवान अंगारक आ गया। राजा की मंशा सुनयी।

"रंगशाला आपके स्वागत को आतुर है कुमार। राजा की आज्ञा से मैं आपको लिवाने आया हूँ। महाराज कंस की इच्छा है कि भरी रंगशाला में मल्ल प्रतियोगिता जीतने के पश्चात वे सबके सामने आपको हृदय से लगायें। पूरी मथुरा इस सुखदायी रहस्य को जानकर अति प्रसन्न होगी।"

बिना क्षण गँवाए रथारूढ़ हो चल दिए अक्षवाट की ओर कृष्ण एवं बलराम। रथ के पहिये तेज़ी से चल रहे थे और तेज़ चल रहा था कृष्ण का मस्तिष्क। प्रतीत होता था, बलराम को भी बिना कुछ बताये, अपने ही विचारों पर आरूढ़ थे कृष्ण।

रंगशाला के द्वार पर पहुँचा रथ। हाथियों की क़तार मुख्य द्वार पर सजी-धजी प्रतियोगियों के स्वागत हेतु खड़ी थी। रथ से उतरे दोनों भाई, तेज़ पग रखते हुए रंगशाला प्रमुख अपने दो सैनिकों के साथ अगवानी को आया, जैसे विशेष प्रतियोगी होने की सूचना उसे थो। अक्षवाट में ले चला दोनों को। भीतर जाकर देखा कृष्ण, बलराम ने बड़ा-सा गोल मैदान जिसके घेरे को घेरती हुई ईंटों की सीढ़ियाँ बनी थीं, जिन पर लोग बैठे थे। एक ओर सीढ़ी के ऊपर भाग में बड़ा-सा मंच काष्ठ तख़्तों का बनाया गया था, जिसकी रंगीन सजावट आकर्षण का केंद्र थी। प्रतीत होता था कि राजा की बैठक है। मैदान के बीच में अखाड़ा बनाया गया था। अक्षवाट से बाहर निकलने और अंदर आने का एक ही द्वार था। उसके किनारे पर ही प्रतियोगियों के बैठने की व्यवस्था थी। पूरी रंगशाला खचाखच भरी थी लोगों से।

कृष्ण, बलरान अपने स्थल पर बैठे ही थे कि नगाड़े बजने लगे। घोषणा हुई की महाराज कंस पधार रहे हैं। कंस ने अपना स्थान ग्रहण किया। सभी मंत्री, सेनापति अपने-अपने स्थानों पर बैठ गये।

रंगशाला प्रमुख ने कंस के पास जाकर प्रतियोगिता के विधिवत प्रारम्भ करने की घोषणा का आग्रह किया। कंस अपने स्थान से उठा, तेज़ स्वर में बोलने लगा।

"मथुरा एवं दूर स्थानों से आये प्रतियोगी, राज्य की प्रिय प्रजा सभी कर्मचारी आप सब को यह बताते हुए हर्ष हो रहा है कि हर वर्ष की भाँति

इस वर्ष भी हम राज्य मल्ल प्रतियोगिता आयोजित करने जा रहे हैं। मेरी प्रसन्नता इस वर्ष गत वर्षों की तुलना में अधिक है क्योंकि इस वर्ष भाग लेने वाले प्रतियोगियों में एक विशेष प्रतियोगी भी है। इस प्रतियोगिता का प्रारम्भ उसी के द्वारा होगा। वह विशेष प्रतियोगी मथुरा के अक्षवाट प्रमुख चाणूर के साथ मल्ल कर आज के आयोजन को आरम्भ करेगा। मल्ल प्रतियोगिता में भाग लेने के पश्चात उस विशेष प्रतिभागी के सम्बन्ध में आपको भेद बताया जायेगा और आप विश्वास करें कि वह सूचना आपको आश्चर्यजनक सुखदायी होगी। अब मैं महादंड नायक को आदेशित करूँगा कि वे कार्यवाही को आगे बढ़ाएँ।"

"महाराज की आज्ञा अनुसार मैं पहले प्रतियोगी को अखाड़े के बीच में बुलाना चाहूँगा। आज के पहले प्रतियोगी हैं चाणूर," महादंडनायक ने पुकारा तो चाणूर अविलम्ब अखाड़े के बीच में पहुँचा।

"प्रतियोगिता के दूसरे प्रतियोगी, जिन्हें महाराज ने विशेष कहा है और जिनके बारे में आश्चर्यजनक किन्तु सुखद रहस्य बताया जायेगा, वे हैं गोकुल ग्राम से आये हुए कृष्ण।" महादंड नायक के नाम पुकारते ही बलराम चिंतातुर हो गये। किंकर्तव्यविमूढ़ थे कि क्या करें किन्तु कृष्ण नाम सुनते ही शीघ्रता से अखाड़े में पहुँचे।

सबने देखा १६-१७ वर्ष का किशोर। औसत से लम्बा क़द, बलिष्ठ शरीर, साँवला वर्ण, मुख पर निर्भय भाव लिये मंद-मंद मुस्कराता अखाड़े में खड़ा कभी मंच को देखता, कभी चाणूर को। प्रतियोगिता के नियमों के अनुसार सर्वप्रथम प्रतियोगी अपना परिचय देते हैं, फिर राजा की कृपा हेतु आग्रह करते हैं, धरती की कृपा माँगते हैं और अंत में अपने ईश को स्मरण करते हुए विजय का वर माँगते हैं।

चाणूर ने संक्षिप्त परिचय दिया क्योंकि सभी उसे भलीभाँति जानते थे और यह भी कि मल्ल युद्ध का वह दुर्धष योद्धा था। सबके कौतूहल का विषय तो किशोर था, जो तरुण बनने की तैयारी में था। उसका व्यक्तित्व आकर्षण का केंद्र था।

अपनी बारी आने पर कृष्ण अपना परिचय देते हुए बोले।

"सभी उपस्थित जनों को प्रणाम करते हुए मैं अपना परिचय देता हूँ। जैसा कि आपको बताया गया, मैं गोकुल से आया कृष्ण ग्वाल हूँ। महाराज

ने मेरे रहस्य के सम्बन्ध में आपकी जिज्ञासा बढ़ा दी है। महाराज का कहना है कि मल्ल प्रतियोगिता के बाद वे इसे खोलेंगे। क्षमा करें आप सभी सुधिजन। इसे मेरी किशोर अवस्था जानकर क्षमा करेंगे किन्तु मैं रोमांच को रोक नहीं पा रहा हूँ और न ही अपनी प्रसन्नता को। मथुरावासियों मेरा रहस्य यह है कि मैं देवकी पुत्र कृष्ण, महाराज कंस का भांजा हूँ।" कृष्ण ने कहा तो सभी हर्ष और आश्चर्य से अपने स्थानों पर खड़े हो गये।

कंस ने सुना तो अवाक् रह गया। *'यह तो मैंने सोचा न था कि यह दुष्ट बालक मरने से पूर्व ही अपना राज खोल देगा। इसने तो भरी रंगशाला में सहानुभूति ले ली। सचमुच यह असाधारण है। अति सावधानी आवश्यक है इसे मारने में।'* इधर कंस सोच रहा था और उधर कुछ क्षण रुक कर सभी ओर प्रतिक्रिया देख कर कृष्ण ने पुनः बोलना शुरू किया।

"मेरे सम्बन्ध में ज्ञात होते ही महाराज की ममता जागी और अपनी प्रिय बहन के पुत्र और अपने प्रिय भांजे को देखने का लोभ संवरण नहीं कर पाए और मुझे बुलवा लिया। मैं जानता हूँ कि मामा श्री मुझे अपने हृदय से लगाने को लालायित हो रहे हैं और मैं भी इन औपचारिकताओं को छोड़ कर शीघ्र अपने प्रिय मामा श्री के हृदय से लगना चाहता हूँ। इसलिये इसे मेरा बाल हठ समझ सभी बड़े मुझे क्षमा करेंगे और मेरे मामाश्री अपने भांजे की इच्छा अवश्य पूर्ण करेगे।" कहते हुए कृष्ण पुनः रुके सबको देखा घूमकर पूरी रंगशाला में, जैसे हर कोई शांत होकर कृष्ण को ही सुनना चाह रहा था और अपने महाराज की मन ही मन प्रशंसा भी कर रहा था कि चलो महाराज के हृदय में स्नेह तो जागा। कंस चकित था, समझ नहीं पा रहा था की यह बालक चाहता क्या है? तभी कृष्ण फिर बोले।

"और मेरी इच्छा है कि मैं यह मल्ल युद्ध अपने मामा श्री के साथ लडूँ।"

'साधु, साधु' की आवाज़ें पूरी रंगशाला से आने लगीं। भौंचक्का रह गया कंस! *'मैंने तो चाणूर के हाथों इसके वध की योजना बनाई थी। किन्तु इस चालाक बालक ने तो स्वरूप ही बदल दिया प्रतियोगिता का। भरी रंगशाला में न भी नहीं कह सकता। वैसे भी सब लोग उससे प्रभावित ही दिख रहे हैं। मुझे ही अब इस का वध करना होगा और वह भी अति शीघ्र, इससे पूर्व कि इसके पक्ष में सहानुभूति ज़ोर पकड़ती जाये।"* कंस ने सोचा

और तत्काल निर्णय लिया। अपने स्थान से उठा, हाथ उटा कर बोला।

"जो भी कृष्ण ने कहा वह सत्य है, मैं तो प्रतियोगिता जीतने के बाद बुला कर आप सब के सम्मुख इसे छाती से लगाता, तब भेद खोलता और उस समय आप सबके मुख पर आश्चर्यमिश्रित ख़ुशी देखकर मैं अपनी प्रसन्नता की कल्पना कर रहा था। किन्तु बाल अवस्था की अधीरता ने पहले ही कृष्ण से रहस्य खुलवा दिया। किन्तु मुझे हर्ष है कि आप सब यह जानकर हर्षित हैं और आपके वे भाव देख मुझे प्रसन्नता हुई। मैं भांजे कृष्ण की इच्छा अवश्य पूर्ण करूँगा," कहते हुए कंस उतरने लगा अक्षवाट में। 'साधु, साधु' की ध्वनि सब ओर से आ रही थी। चाणूर ने देखा कि महाराज स्वयं आ रहे हैं तो अखाड़े से हट गया।

हाथी जैसी मदमस्त चाल से कंस अखाड़े में पहुँचा। कृष्ण की ओर भुजाएँ फैलायीं। कृष्ण ने भी दौड़कर मामा श्री के गले लगने का अभिनय किया। अंक में भर कंस ने पूरे बल से दबाया कृष्ण को। एक हाथ को लहरा कर कंस ने चारों ओर देखा, जैसे सबको आभास कराना चाहता था कि वह भांजे से मिलकर अति प्रसन्न हो।

"कुछ तो बात है," कृष्ण के शरीर सौष्ठव और बल का अनुमान लगाते हुए कंस बोला धीरे से।

"गायों का दूध पिया है, बछड़ों के साथ दौड़ा हूँ, साँड़ों से लड़ा हूँ मामा श्री," दो पग पीछे हटते हुए कृष्ण बोले।

"तो हो जाये फिर साँड़ और बछड़े का मल्ल युद्ध," कहते हुए कंस झपटा कृष्ण की ओर। पंजे बढ़ाये, कृष्ण ने पंजों से रोका। कुछ क्षण एक दूसरे के पंजे गुँथे रहे। अचानक कंस ने एक पंजे को छुड़ाया और कृष्ण की कमर में फंसा कर खींचा और कृष्ण चित्त गिरे भूमि पर। गिरते समय दोनों पैरों को फँसाया कंस के पेट पर और पलट दिया अपने सिर के पीछे। अब गिरने की बारी कंस की थी। *'इस वय में भी मामा में अपार बल है। जैसे बका को दौड़ा-दौड़ा कर छकाया था, वही रणनीति अपनानी होगी।'* कृष्ण ने सोचा और खड़े होकर कंस से उलझने के स्थान पर तेज़ी से दौड़े अखाड़े से बाहर। कंस उठा और पीछे दौड़ने लगा। कृष्ण ने बड़ी-सी परिधि बनाई और गोल मैदान की पूरी त्रिज्या को ले दौड़ने लगे वेग से। पीछे-पीछे कंस पकड़ने के पूरे प्रयास में। एक घेरा पूरा किया, दूसरा पूरा किया, तीसरे घेरे

को पूर्ण करने वाले थे कि पलट कर देखा, कंस कुछ थकने लगा है कृष्ण को पकड़ने के प्रयास में।

घेरा पूरा होने से पूर्व ही अखाड़े की ओर दौड़ पड़े कृष्ण, गति मद्धिम कर ली, ताकि कंस उन तक पहुँच सके। हाँफते हुए कंस पहुँचा कृष्ण के पास और बीच अखाड़े में कंधों पर पीछे से धक्का दिया। कृष्ण मुँह के बल गिरे। बिना पल गँवाए कंस चढ़ बैठा कृष्ण की पीठ पर। गर्दन में हाथ का फंदा फँसाया, दबाने लगा पूरे ज़ोर से। धरती पर पट्ट पड़े कृष्ण दोनों हाथों को छटपटाहट में ऊपर-नीचे करने लगे। पूरी रंगशाला आश्चर्य में थी कि राजा आख़िर करना क्या चाहता है? यह सौहार्द भरा खेल तो नहीं लग रहा। कृष्ण को कंस के नीचे छटपटाते देख व्याकुल हो बलराम भागे अक्षवाट की ओर। सैनिकों ने तेज़ी से जाकर रोक दिया बलराम को। बलराम ने बहुत प्रयास किया भाई को बचाने हेतु जाने का, किन्तु प्रतियोगिता के नियमों की दुहाई देते हुए उन्हें रोका गया कर्मियों द्वारा।

उधर, नीचे छटपटाते कृष्ण के दोनों हाथ धरती पर गिरे और शांत हो गये, कुछ क्षण ऐसे ही पड़े रहे कृष्ण। पूरी रंगशाला किसी अनिष्ट की आशंका से ग्रसित हो दम साधे बैठी थी। यह कैसा खेल, क्या मामा ने भान्जे को मार दिया? क्या जिस तरह बहन की अन्य सन्तानों को मारा कंस ने उसी तरह आज कृष्ण को भी समाप्त कर दिया? क्या यह मल्ल युद्ध एक बहाना था, कृष्ण को मारने का? क्या स्नेह एक दिखावा था कंस का? रंगशाला में उपस्थित प्रत्येक जन क्या दर्शक, क्या प्रतियोगी, क्या राजकर्मी सभी यही सोच रहे थे। अकस्मात सबने देखा कृष्ण के पीछे से दोनों पैर उठे और कंस की गर्दन को घेरते हुए कैंची की तरह फँस गये। अचानक वेग से झटका दिया कृष्ण ने और कंस पीछे गिरा चित्त। चपलता से कृष्ण उठे और कंस के पेट पर सवार हो गये।

“मैं तो आपका वध करूँगा ही। किन्तु मैं चाहता था कि मथुरा के लोग जान लें कि यदि मैं आपको नहीं मारता, तो आप मुझे मार देते।” कहते हुए कृष्ण ने दोनों हाथों की मुष्टिका का प्रहार किया कंस की छाती पर। प्रहार इतना घातक था की कंस का सर और पैर दोनों उठ गये धरती से। बिना पल गँवाए एक और प्रहार किया और मरणासन्न हो गया कंस। खड़े हुए कृष्ण कंस की गर्दन को फँसाया भुजा में और पूरे बल से झटक

दिया। गर्दन टूटने की ध्वनि सबने सुनी और कंस के प्राण निकल गये शरीर से। मृत शरीर को भुजा में फँसाए कृष्ण गोल घेरे में घूम गये। सब ओर लोगों ने देखा, कृष्ण की भुजा कैंची में फँसा था कंस का मृत शरीर। हर कोई सन्न था। अनापेक्षित था यह सब, किन्तु सबने यह भी देखा था कि कैसे कंस कृष्ण को मारे ही दे रहा था और यदि कृष्ण पैंतरा नहीं बदलते तो परिणाम भिन्न होता।

पूरी रंगशाला में सन्नाटा इतना भीषण था कि सुई भी गिरे तो आवाज़ आये। किसी को कुछ सूझ नहीं रहा था। महादंडनायक अपने स्थान से उठे सभी को संबोधित कर बोले।

“जो भी हुआ वह दुखद है, अप्रत्याशित है। किन्तु प्रतियोगिता के प्रावधानों के प्रतिकूल नहीं है। यद्यपि किसी प्रतियोगी की मृत्यु न हो यह इस खेल का उच्च आदर्श है और इसकी अपेक्षा सभी प्रतियोगियों से की जाती रही है। किन्तु इसे मानने को कभी भी किसी प्रतिभागी को विवश नहीं किया गया। इसलिये यदा-कदा प्रतिभागियों की मृत्यु भी होती आयी है और इस कारण प्रतियोगिता में भाग लेने वाले किसी भी प्रतिभागी को दंडित नहीं किया गया और न ही इससे प्रतियोगिता के परिणामों पर कोई प्रभाव पड़ा है।” कुछ क्षण रुके महादंड नायक पुनः बोलना शुरू किया।

“यह सच है कि मथुरा के लिये यह घटना अत्यंत निराशाजनक है। महाराज कंस का प्राणांत एक योद्धा के रूप में हुआ है क्योंकि रंगभूमि को भी युद्ध भूमि की संज्ञा दी गयी है। इस वज्रपात को मथुरा राज्य सहन कर सकेगा ऐसी ईश्वर से कामना है। मेरा कर्तव्य है कि मैं इस प्रतियोगिता के विजेता का निर्णय दूँ। विजेता का नाम है - कृष्ण। उनसे अनुरोध है कि वे मंच पर आकर विजेता हेतु निर्धारित स्थान ग्रहण करें।”

कृष्ण मंच की ओर बढ़े। बलराम ने दौड़ कर गले लगा लिया। बलराम का हाथ पकड़ कृष्ण चढ़ गये मंच पर। विजेता हेतु निर्धारित स्थान पर कृष्ण को बिठाया गया। मंत्रिपरिषद के सदस्य, सेनापति सभी मंच पर थे। कोई कुछ बोलता इससे पूर्व ही महामात्य ने आकर सबको तेज़ स्वर में बैठने का आग्रह किया।

“चूँकि महाराज ने स्वयम् ही प्रतियोगी बनने का निर्णय लिया था इसलिये उनकी मृत्यु को राजनयिक रूप से सामान्य मृत्यु मानते हुए हमें शीघ्र आगे के

निर्णय लेने होंगे। पूरी मंत्रिपरिषद यहीं उपस्थित है इसलिये औपचारिक बैठक इसी समय, यहीं किया जाना उचित होगा ताकि प्रजा में विप्लव न फैले।"

"आप जैसा निर्णय करेंगे, हम सबको मान्य होगा। आप ही बताएं कि क्या किया जाना उचित होगा?" मंत्री शटक बोला।

"मेरे विचार से तो श्री कृष्ण को ही हम नये राजा के रूप में चुन सकते हैं। चूँकि महाराज ने यह घोषणा कर दी थी कि कुमार कृष्ण राजवंश के हैं। इसलिये नैसर्गिक रूप से वे ही उत्तराधिकारी हैं," महामात्य ने कहा तो सर्वत्र हर्ष की लहर दौड़ गयी। इससे पूर्व मंत्रिपरिषद उस निर्णय को मान्य कर पाती, शीघ्र अपने स्थान से उठे कृष्ण और सबको सुनाते हुए उच्च स्वर में बोले।

"क्षमा करें आप सभी सुधि जन। किन्तु किसी निर्णय पर पहुँचने से पूर्व मेरा मत अवश्य सुना जाये। मेरा आग्रह है कि चूँकि मथुरा के पूर्व महाराज अभी जीवित हैं, कारा में हैं, उन्हें राजा कंस ने बालात् पदच्युत किया था। यह न्यायोचित नहीं था और उसे यादव संघ द्वारा मान्यता भी नहीं दी गयी थी। इस नाते अभी भी वैधानिक रूप से महाराज उग्रसेन ही इस मथुरा के शासक हैं। उन्हीं का पुनः राज तिलक किया जाये तो सर्वथा उचित होगा और मथुरा के हित में भी।"

"अत्यंत उचित है यह विचार," "...साधु, साधु ..." "कृष्ण की जय हो" जैसी आवाज़ें सभी ओर से आने लगीं। महामात्य पुनः उठे, बोले। "जैसा कुमार कृष्ण ने कहा और जिसमें यहाँ उपस्थित सभी की सहमति दिखी। मथुरा की मंत्रिपरिषद यह निर्णय लेती है कि महाराज उग्रसेन को शीघ्र कारा से ससम्मान लाकर उनका राजतिलक प्रातःकाल ही किया जायेगा ताकि राजगद्दी ख़ाली न रहे। राज तिलक के पश्चात हुतात्मा कंस महाराज की अंत्येष्टि पूरे राजकीय सम्मान के साथ की जायेगी।"

• • •

महाराज उग्रसेन का दरबार। श्वेत धवल दाढ़ी और वैसे ही श्वेत वस्त्रों में उग्रसेन राजा कम और राजर्षि अधिक जान पड़ रहे थे। सभी पदाधिकारी अपने-अपने स्थान पर बैठ गये थे। कृष्ण और बलराम विशेष आमंत्रित थे। महाराज सबको संबोधित कर बोले।

"इस राज्य सभा में उपस्थित मथुरा की राज्य परिषद, सेनानी, श्रेष्ठी वर्ग और विशेष रूप से रत्निन व विशेष आमंत्रित सदस्य। आप सभी जानते हैं कि किन परिस्थितियों में मथुरा का शासन कल मैंने संभाला है। राजतिलक के तुरंत बाद मुझे अपने पुत्र कंस की अंत्येष्टि करनी पड़ी। कंस मेरे पुत्र के साथ-साथ मथुरा के शासक भी थे, इसलिये पूरे राज्य में शोक होना स्वाभाविक है। पुत्र की मृत्यु का दुःख है किन्तु जिस प्रकार निरंकुश एवं स्वेच्छाचारी शासन कंस ने किया उससे प्रजा आहत हुई इसलिये ऐसे राजा का मारा जाना प्रजा हित में है। राजतिलक के पश्चात रत्निन को भेंट-उपहार देने की परम्परा है जिसका निर्वाह न करने के पीछे मंत्रिपरिषद का तर्क था कि एक तो मुझे बालात् सिंहासन से हटाया गया था जिसकी मान्यता यादव गण परिषद संघ ने नहीं दी थी, इसलिये मैंने अपनी पूर्व की गद्दी को ही संभाला है, कोई नवीन राजतिलक नहीं है और दूसरे कंस के वध से राज्य में राजकीय शोक है। इसलिये आप सभी स्थिति के अनुसार सहयोग करेंगे।"

"हम सब आपके साथ हैं, पूर्व में भी थे, आज भी हैं," समवेत स्वर उभरा सभा से।

"आप सभी का धन्यवाद। हम सब मिलकर धर्म को स्थापना करेंगे। राज्य लोक कल्याणकारी हो, यह प्रयास करेंगे। गंभीर अपराधों को छोड़कर शेष सभी बंदी मुक्त किये जायें। मित्र राज्यों को सन्देश भेजा जाये कि मथुरा सदैव उनके समर्थन की अभिलाषी रहेगी। हमारा सौभाग्य है कि इस सभा में कृष्ण एवं बलराम उपस्थित हैं। राज्य उनकी सेवाओं की आकांक्षा रखता है। वे सदैव मथुरा राज्य के हित में होंगे यही आशा है।" कहते हुए उग्रसेन ने वाणी को विराम दिया ही था कि द्वारपाल ने आकर सूचना दी।

"आपकी आज्ञा अनुसार वसुदेव जी एवं राजकुमारी देवकी को लेकर अक्रूर जी उपस्थित हैं। राजदरबार में आने की अनुमति चाही है।"

"अक्रूर जी से को कहें कि तत्काल उन्हें ससम्मान लेकर आयें," महाराज ने आदेश दिया।

अक्रूर, वसुदेव और देवकी को लेकर उपस्थित हुए राज सभा में। सभी दरबारी हर्ष और आश्चर्य से खड़े हो गये। सभा को कौतूहल में जान उग्रसेन ने जिज्ञासा शांत की सबकी।

"आप सबको आश्चर्य होगा कि ये दोनों अभी तक कहाँ थे। देवकी की अंतिम सन्तान को मारने के कुछ दिनों उपरांत कंस ने इन दोनों को कारावास से मुक्त कर दिया था। सन्तान बदले जाने का रहस्य खुल जाने पर कंस के आसन्न क्रोध के भय से इन दोनों ने मेरे विश्वसनीय साथी के यहाँ गुप्त वास किया था। सभी पदाधिकारी भी देख लें कि दोनों सकुशल हैं इसलिये दरबार में ही इन्हें बुलवा लिया।"

"महाराज की जय हो, महाराज की जय हो," सर्वत्र एक ही स्वर था।

"वसुदेव और देवकी तुम दोनों की प्रसन्नता बढ़ाते हुए हम सब चाहेंगे कि पहले अपने पुत्र से मिलो फिर आगे की बातें होंगी।"

महाराज ने कहा ही था कि अक्रूर कृष्ण को ले गये देवकी के पास। पुत्र को हृदय से लगा माँ की ममता फूट पड़ी और हर्षातिरेक में अश्रुओं की धारा बह निकली देवकी की आँखों से। जिसने देखा वह दृश्य, वही द्रवित हो गया। बहुत देर तक कृष्ण को छाती से भींचे रही देवकी। कृष्ण भी जैसे माँ को छोड़ना नहीं चाह रहे थे। वसुदेव ने गले लगाया। बलराम से मिले दोनों, अपने पास बिठा लिया दोनों को। राजदरबर में हर कोई भावुक था। स्थिति को सहज करने के उद्देश्य से उग्रसेन ने पुनः बोलना शुरू किया।

"तुम दोनों के दरबार में आने से पूर्व हम सभी कृष्ण और बलराम की ही चर्चा कर रहे थे। मेरे मन में एक सुंदर विचार आ रहा था और इससे पूर्व की मैं बताता, तुम लोग आ गये। किन्तु उत्तम यह है कि माता-पिता के सम्मुख ही पुत्र के सम्बन्ध में अति महत्त्वपूर्ग घोषणा हो," कहते हुए उग्रसेन कुछ क्षण के लियेरुके, सब के भाव देखे फिर बोले।

"मथुरा के रत्निन, श्रेष्ठी, उच्च पदाधिकारी सभी इस समय दरबार में उपस्थित हैं। इस अवसर का लाभ उठाते हुए क्यों न हम आज मथुरा के युवराज के रूप में कृष्ण को चुन लें। आप सभी जानते हैं कि मेरी अवस्था हो चली है। मथुरा को शीघ्र से शीघ्र नया राजा मिलना आवश्यक है। कृष्ण सब प्रकार से योग्य हैं। यादव संघ भी उन्हें सहर्ष अपना प्रमुख मान लेगा, ऐसा मेरा अनुमान है।"

"उत्तम अति उत्तम। जय हो मथुरा नरेश की, जय जय श्री कृष्ण," समवेत स्वर उठा दरबार से।

“महाराज धृष्टता के लिये क्षमा प्रार्थी हूँ। किन्तु मेरा अनुरोध है कि किसी निर्णय पर पहुँचने से पूर्व मेरी विनती सुन ली जाये,” इससे पूर्व कि कोई निर्णय हो पाता, वसुदेव बोल पड़े।

“अवश्य। बोलें क्या कहना चाहते हैं आप?” महाराज ने जानना चाहा।

“महाराज एवं मथुरा का सम्माननीय दरबार। जब कृष्ण को लेकर मैं गोकुल गया था तब मैंने और मेरे प्रिय मित्र नन्द ने यह तय किया था कि हम इस बालक को असाधारण बनायेंगे। यह मात्र मथुरा के लियेही नहीं अपितु जगत के लिये कल्याणकारी हो, विश्व संपदा बने। मैं आज इस मथुरा दरबार को यह बताना चाहूँगा कि गोकुल प्रमुख नन्द और उनकी पत्नी यशोदा ने बलिदान का उत्कृष्ट उदाहरण प्रस्तुत किया है। जो उन्होंने किया वह करना साधारण नर-नारी के वश की बात नहीं। अपनी सन्तान को मृत्यु के मुंह में धकेल कर इस बच्चे को हृदय से लगा कर ऐसे पाला जैसे उन्हीं का जाया हो। भरपूर वात्सल्य दिया, ममता उड़ेल दी किन्तु साथ ही इसे वज्र के सामान कठोर, धरती-सा सहनशील, सूर्य जैसा तेजोमय, सिंह जैसा बलशाली, सागर-सा धीरज वाला, बृहस्पति जैसा विवेकवान और बुद्धिमान बनाया है। नन्द यशोदा ने तो अपना कार्य कर दिया अब हमारी बारी है। यह सच है महाराज कि कौन माता-पिता अपने पुत्र को युवराज बनते देख आनन्दित नहीं होगा? किन्तु हमने प्रण किया है कि कृष्ण को लेकर हम अपने सुख नहीं देखेंगे और वही करने की इससे अपेक्षा रखेंगे, जो जगत हित में हो। कृष्ण युवराज बने, हमारे पास रहे इससे बड़ा सुख और क्या होगा मेरे और देवकी के लिए? मैं फिर भी यह चाहूँगा कि अभी कृष्ण को युवराज न बनाया जाये।”

“अभी युवराज न बनाया जाये। क्यों? क्या तात्पर्य है आपका?” उग्रसेन व्यग्र हो बोले।

“महाराज कृष्ण ने सांसारिक ज्ञान की उत्तम शिक्षा ली है अपने माता-पिता नन्द और यशोदा से, गोकुल वासियों से, अपने सखाओं से तथा अक्षर ज्ञान, लेखन, पाठन सिखाने में गर्गाचार्य जी ने कोई कसर नहीं छोड़ी। जब भी उन्हें समय मिलता था, नन्द के आग्रह पर गोकुल जाकर बच्चों को शिक्षा देते थे। किन्तु महाराज अभी कृष्ण, बलराम का उपनयन संस्कार नहीं हुआ है। बिना इस संस्कार के न ये आर्य कहलायेंगे और न द्विज। धर्म,

शास्त्र और शस्त्र की विधिवत शिक्षा भी उपनयन संस्कार के पश्चात गुरु के यहाँ रह कर ही लेनी होती है। क्षत्रिय बालकों का उपनयन बारह वर्ष की आयु में होना चाहिए किन्तु इस अवधि को बढ़ाया भी जा सकता है। कृष्ण और बलराम की आयु सोलह वर्ष से अधिक हो चुकी है इसलिये विलम्ब करना उचित नहीं होगा। इन्हें शीघ्र किसी योग्य गुरु के यहाँ विद्याध्ययन हेतु भेजा जाना आवश्यक है।"

"मैं वसुदेव जी के विचार से सहमत हूँ महाराज। बालकों का उपनयन संस्कार और विद्यार्थियों की तरह गुरु के आश्रम में दो वर्ष का वास आवश्यक है," गर्गाचार्य बोले।

"उचित विचार किया है। मथुरा के कुमारों के लिये योग्य गुरु संदीपनी जी से उत्तम कौन होगा? मथुरा पर उनकी सदैव विशेष कृपा रही है। वे अवश्य इन बालकों को उचित शिक्षा देंगे। हम उन्हीं के आश्रम में भेज देते हैं कृष्ण और बलराम को। संदीपनी जी का आश्रम अवन्तिराज की राजधानी उज्जयिनी में है। उज्जयिनी, मथुरा से दूर दक्षिण-पश्चिम में रमणीक नगर है। अक्रूर जी आप ही को जाना होगा बालकों को गुरु के आश्रम में छोड़ने। गुरुदेव से मेरा आग्रह कहना और कुमारों को उनके आचार्यत्व में छोड़ना। यह निर्णय राज दरबार का है कि बालकों को उज्जयिनी भेजना है, किन्तु कब भेजना चाहेंगे, कितने दिनों बाद भेजना चाहेंगे, यह निर्णय माता-पिता को करना है," उग्रसेन बोले।

"अविलम्ब भेजना चाहेंगे हम, महाराज। यदि अक्रूर सहमत हों तो भोर में ही प्रस्थान करें कृष्ण, बलराम," वसुदेव बोले तो आश्चर्यजनक किन्तु हर्षित करने वाली लगी उनकी वाणी, सभी को।

7

“यदि इस बार तुम्हारी सूचना असत्य निकली, तो मैं तुम्हारा शीश काट दूँगा” गिरिवृज में अपने राजदरबार में बैठा जरासंध दहाड़ा।

“मेरा विश्वास करें महाराज, पहले दोनों बार की मेरी सूचनाएँ थोड़ी-सी चूक से ग़लत हो गयी थीं। पहली बार कृष्ण आपके मथुरा पहुँचने से दो दिवस पूर्व ही उज्जयिनी को निकल गये थे और उसके दो बरस बाद, हमारे अनुमान के अनुसार, जब उन्हें मथुरा वापस आ जाना चाहिए था, तो वह अपने गुरु पुत्र को छुड़ाने सौराष्ट्र चले गये थे। पर मैंने इस बार कोई चूक नहीं की। अपने श्रेष्ठ चरों को मथुरा में ही छोड़ दिया था, जो कृष्ण के मथुरा में होने की पक्की सूचना दें और तीव्रता से चलने वाले सन्देशवाहकों को रखा, जो चरों से प्राप्त सूचना अविलम्ब मुझ तक पहुँचाएँ। मेरे सन्देशवाहक ने आकर आज ही यह सूचना दी है कि कृष्ण मथुरा आ गये हैं। वे अभी वहीं रहेंगे क्योंकि यादव संघ प्रमुख चुना जाना है कुछ दिनों में।” मगध का गुप्तचर प्रमुख बोला।

“यदि ऐसा है तो हम अपनी सम्पूर्ण तैयारियों के साथ मथुरा पर आक्रमण करेंगे। मथुरा हमारे जामाता कंस की है और उस नाते उस पर हमारा ही अधिकार है। किन्तु हम मथुरा को जीत कर उस पर राज्य नहीं करेंगे अपितु वार्षिक कर के आधार पर ऐसे किसी को सौंप देंगे, जो मथुरा पर ख़ूब अत्याचार करे और हमें ख़ूब कर दे।”

“किसी को सौंप देंगे। किसे महाराज?” प्रधान सेनापति ने असमंजस से पूछा।

“मैं पहले दो आक्रमणों की तरह इस बार कोई त्रुटि नहीं करूँगा। हम मथुरा को पूरब से घेरेंगे और पश्चिम से मथुरा पर चढ़ाई करेगा काल यवन,” जरासंध बोला।

"काल यवन, यह कौन है महाराज?" सेनापति विक्षर ने पूछा।

"काल यवन भारत के दक्षिण-पश्चिम क्षेत्र का राजा है। तुम सबने कदाचित यवनों का नाम सुना होगा। यवन विदेशी जाति है। ये लम्बे, भूरे-गोरे लोग सदियों से हमारे देश के साथ व्यापार करते थे। यहाँ की सामग्रियों, जैसे - कपड़े, मसाले, रत्न, हाथी दाँत आदि को रोम तक ले जाते और वहाँ से सोना, शराब और दासियाँ लेकर आते थे। इनके पास उन्नत क़िस्म के जलपोत थे, जिनसे इन्होंने समुद्र व्यापार पर अपना एकाधिकार कर लिया। व्यापार की आवश्यकतानुसार इन यवनों ने अपनी बस्तियाँ दक्षिण-पश्चिम क्षेत्र में सागर तट पर बसानी शुरू कीं और वहाँ के राजा को सभी कर दिए, अच्छे नागरिकों की तरह। स्वभाव से चालाक और धूर्त यवनों ने धीरे-धीरे अपना राजनीतिक प्रभाव बढ़ाना शुरू किया।"

"उन्हीं यवनों का एक सरदार अति महत्त्वाकांक्षी होने के कारण उस क्षेत्र का क्षत्रप बन बैठा। काल यवन उसी का नाम है। काल यवन की महत्त्वाकांक्षा बढ़ती जा रही है। अब वह भारत राष्ट्र के अंदर तक अपनी सत्ता स्थापित करना चाहता है ताकि उसका व्यापार बढ़े और यवनों को देश के अंदर बसने का अवसर मिले।"

जरासंध ने विवरण दिया।

"किन्तु मथुरा पर क्यों आक्रमण को राज़ी होगा, काल यवन?" वृतघ्न ने पूछा।

"हम राज़ी करेंगे उसे। वृतघ्न तुम ही जाओ उसके पास मेरे दूत बनकर। उससे जाकर कहना कि मगध नरेश जरासंध आपसे मित्रता चाहते हैं। उनके जामाता की मथुरा में हत्या हुई है, इस नाते वे मथुरा और कृष्ण से प्रतिशोध लेना चाहते हैं। मथुरा उनके जामाता कंस का राज्य है इसलिए मथुरा पर मगध का नैसर्गिक अधिकार है। उससे कहना कि मथुरा को हम मिलकर जीतेंगे। जीत के बाद मथुरा का राज्य महाराज जरासंध आपको देना चाहते हैं। मथुरा से उन्हें सालाना कर में भाग के अतिरिक्त कुछ नहीं चाहिए, वे तो कृष्ण की हत्या करना चाहते हैं। उसे कृष्ण के बारे में भी बताना। तुम मथुरा में रहे हो, मथुरा के भूगोल को तुम भलीभाँति जानते हो, उसे मथुरा की पूरी जानकारी देना। मुझे विश्वास है कि मेरा नाम सुनकर वह न नहीं कहेगा और मथुरा प्राप्ति के स्वप्न देखने लगेगा। वह जानता होगा कि मथुरा

जीत के बाद उसका प्रभाव पश्चिम से पूर्व तक फैल जायेगा।" जरासंध बोला।

"किन्तु मथुरा को मगध आसानी से जीत सकता है, तो उसे काल यवन के साथ बाँटने की क्या आवश्यकता है महाराज?" सेनापति विक्षर आश्चर्य से बोला।

"मेरा लक्ष्य मात्र मथुरा जीतना नहीं है। यदि ऐसा होता तो मैं उसे बार-बार बिना रौंदे छोड़ नहीं देता। मुझे तो कृष्ण से कंस की हत्या का बदला लेना है। उसे उसी प्रकार सब के सामने निर्ममता से मारना है, जैसे उसने कंस को मारा था। मैं यह भी जानता हूँ कि कृष्ण अत्यंत बुद्धिमान, चपल और स्थितियों को अपने अनुसार बदलने में कुशल है। उसे मारना इतना आसान नहीं है। इसीलिए मुझे किसी एसे योद्धा के सहयोग की आवश्यकता है, जो आर्यावर्त की राजनीति से अप्रभावित हो और किसी भी तरह कृष्ण के प्रभाव में न आये।"

"वर्तमान में मुझे काल यवन ही दिखाई देता है, जो इस अभियान में हमारा सहायक होगा। उसके सहयोग से हम मथुरा और कृष्ण दोनों का एक साथ दमन करेंगे।" जरासंध बोलते-बोलते उत्तेजित हो गया।

"महाराज का निर्णय अत्यंत उचित है। मगध का जामाता मारा जाये और मथुरा चैन से रहे यह उचित नहीं, मगध की प्रतिष्ठा के लिए," महामंत्री ने कहा।

"महाराज मुझे आज्ञा दें। मैं कब निकलूँ काल यवन से भेंट करने?" वृतघ्न बोला।

"कल ही जाना होगा। महामंत्री, कुमार वृतघ्न को मगध का दूत नियुक्त करने का अधिकार पत्र और काल यवन को हमारा सन्देश तैयार कर मगध की मुहर के साथ आज ही दिया जाये।"

"जो आज्ञा महाराज," महामंत्री ने शीश झुका कर कहा।

• • •

"क्या बात है उद्धव, ब्रज से आने के बाद तो तुम्हें प्रफुल्लित होना चाहिए था और तुम उदास दिख रहे हो। क्या यादव संघ प्रमुख के चुनाव आयोजन में सम्मिलित होने बाबा नहीं आ रहे? क्या ब्रजवासी मेरे इस तरह

उन्हें छोड़ कर चले आने के कारण रुष्ट हैं? क्या माँ ने भी आने से मना कर दिया?" कृष्ण ने पूछा।

"कान्हा, वे सब आ रहे हैं और पूरे उल्लास से आ रहे हैं क्योंकि तुमने निमंत्रित किया है। किन्तु मेरे मित्र, जो मैंने वहाँ देखा, अभी तक मेरे नेत्रों में जीवंत दृश्य जैसा चल रहा है। मन कहता है कि जो देखा वह सत्य था और बुद्धि कहती है कि कहीं स्वप्न तो नहीं था?" अपने में ही खोये-खोये उद्धव बोले।

"क्या कह रहे हो? कैसी पहेलियाँ बुझा रहे हो? पूरी तरह स्पष्ट कहो," कृष्ण की वाणी में व्यग्रता दिखी।

"कान्हा, तुम कल्पना भी नहीं कर सकते कि पूरा ब्रज, मथुरा के आसपास के ग्राम सभी तुम्हारी पूजा करने लगे हैं।" उद्धव बोले।

"पूजा करने लगे हैं... कैसी पूजा?" आश्चर्यचकित हो कर कृष्ण ने पूछा।

"कन्हैया, यह तो तुम जानते ही हो कि गोकुल में रहते हुए तुमने कालिय मर्दन, बका वध जैसे कार्य किये, उसके बाद ही वे तुम्हें चमत्कारी गुणों वाला मानने लगे थे। फिर तुमने गोवर्धन पूजा प्रारम्भ कराई, तभी कहीं उन ग्रामीणों के मन में यह बात बैठ गयी कि इस प्रकार प्रतीक पूजा या प्रतिमा पूजा की जा सकती है। जैसे ही तुमने कंस का वध किया, उन्होंने तुम्हें ही अपना देव मानकर तुम्हारी पूजा प्रारम्भ कर दी। पहले तो ब्रज क्षेत्र में ही इसे शुरू किया गया बाद में मथुरा के आसपास के सभी ग्रामों में यह तेज़ी से लोकप्रिय हो गई।"

"क्या कह रहे हो उद्धव, कैसे पूजा करते हैं मेरी?"

"उन्होंने अपने कान्हा को देव रूप दिया है जैसा उनका कान्हा गोकुल में था वैसा ही। सारे प्रतीक ब्रज में तुम्हारे रहते समय के हैं। तुम्हारी प्रतिमा के साथ गाय है, बंसी है, मोर मुकुट है और सबसे बड़ी बात राधा है।"

"क्या... राधा है? राधा का तो विवाह हो गया होगा फिर वह क्यों?" कृष्ण के आश्चर्य का ठिकाना नहीं रहा। *'सचमुच यह उद्धव कोई स्वप्न तो नहीं सुना रहा।'*

"हाँ कान्हा, राधा... जानते हो तुम्हें देव रूप दिलाने में राधा का बहुत बड़ा हाथ है। तुम्हें तो भान भी नहीं होगा कि राधा ने तुमसे कितना निश्छल प्रेम किया है। वह सिर्फ़ तुम्हारे रूप में ही खोई रहती है, तुम्हारे बारे में ही सोचती रहती है। माता-पिता ने बहुत चाहा कि उसका ब्याह कर दें पर उसने मना कर दिया। कहती है कि जीवन भर अपने कन्हैया को चाहूँगी बिना किसी प्रतिफल के। उसके इस स्वरूप में देवी का रूप दिखता है लोगों को और इसीलिए उन्होंने तुम दोनों को ही अपना इष्ट मान लिया है," उद्धव बोलते जा रहे थे और कृष्ण की आँखों से झर-झर आँसू बहते जा रहे थे।

"यह तो दीवानगी है उद्धव। माँ-बाबा तो समझदार हैं। क्या उन्होंने लोगों को नहीं रोका?" व्याकुल हो कर कृष्ण बोले।

"तुम रोकने की बात करते हो। यशोदा माँ ने तो जिस बाल रूप में तुम्हें पाया था, उसी बाल रूप को ही मूर्ति बना कर वे पलने में झुलाती रहती थीं तुम्हारे गोकुल से जाने के बाद। अब तो तुम्हारा वह बाल-गोपाल रूप भी सब गोपियों द्वारा पूजा जा रहा है।"

"रुक जाओ उद्धव, अब कुछ न बोलो। मुझे तो डर लग रहा है। इतना प्रेम, इतना भरोसा, कैसे निभा पाऊँगा मैं यह सब," बोलते-बोलते आवाज़ भर्रा गयी कृष्ण की।

"कान्हा, वे सब तुममें देवत्व देखने लगे हैं। उन सबका भरोसा तुम्हें रखना ही होगा। यह कोई वर्ष दो वर्ष की बात नहीं है। तुम्हें तो अब सारा जीवन देना होगा। हाँ, कान्हा... उनके विश्वास को बनाये रखना होगा तुम्हें। अपने देवत्व को मानना होगा, पहचानना होगा तुम्हें," उद्धव बोलते जा रहे थे और कृष्ण शून्य में खोये जा रहे थे।

• • •

मथुरा के राजदरबार में आज विशेष चहल-पहल थी। महाराज उग्रसेन के सिंहासन से ठीक नीचे क़तार में दस रत्न जटित आसन लगाये गये थे। दरबार के बाहर वन्दनवार सजाये गये थे। पणवानक, तुरही जैसे वाद्य द्वार पर बजाए जा रहे थे। सारे दरबारी आकर्षक वस्त्रों में आ रहे थे। द्वारपाल प्रमुख विक्रदु स्वयं सभी बाहर से आने वाले अथितियों का स्वागत कर रहा था।

दरबार में नगर के श्रेष्ठी, रत्निन, राज पुरोहित, वाणिज्य एवं कृषि कर भागदुघा, संग्रहीता, सेनानायक, सूत, अक्षवाप आदि उपस्थित थे। सभा और समिति के पदाधिकारी उपस्थित थे, गर्गाचार्य उपस्थित थे। वसुदेव, दस ग्रामिणी नन्द, अक्रूर, उद्धव के पिता देवभोग, बलराम, बृहद्बल, सात्यकि आदि उपस्थित थे। कृष्ण उपस्थित थे और नन्द तथा वसुदेव के बीच में बैठ कर माताओं के हाल जान रहे थे। बाबा नन्द ने बताया कि माँ यशोदा भी आयी हैं और माता देवकी ने उन्हें अपने पास रोक लिया। पांचाल राज द्रुपद के महामंत्री, हस्तिनापुर के प्रतिनिधि विदुर उपस्थित थे। सबसे महत्त्वपूर्ण वे यादव गण प्रधान उपस्थित थे जिन्हें आज नये यादव संघ प्रमुख का चुनाव करना था। अंधक, वृष्णि, शूर, भोज, कुक्कुर, सात्वत जैसे प्रधान आये थे। चेदि के शिशुपाल, लवण क्षेत्र के राजा चारुपाद, सौम का राजा शाल्व और वसुमित्र पुत्र भद्रक दरबार में थे। यादव गण प्रधानों के लिए चिन्हित रत्न जटित आसनों पर सब विराजमान हो गये। कुछ क्षणों के बाद दरबान ने ऊँचे स्वर में महाराज उग्रसेन के आने का समाचार दिया।

"महाराज ने अपना स्थान ग्रहण कर लिया है। अब मैं उनसे अनुरोध करूँगा कि वे सभा को संबोधित करने का कष्ट करें।" महामंत्री प्रलम्ब के कहने पर सभा को संबोधित करने ही वाले थे उग्रसेन कि द्वारपाल प्रमुख विक्रदु, मुनि नारद को लेकर उपस्थित हुआ सभा में। महाराज मुनि को देख उठ खड़े हुए, स्वागत किया, आसन पर विराजित कराया और सभी को संबोधित करते हुए बोले।

"हमारे अहोभाग्य हैं कि इस महान क्षण में, जब हम अपने नये यादव संघ प्रमुख का चुनाव करने जा रहे हैं, महामुनि नारद पधारे हैं। हम सब अनुग्रहीत हुए मुनिवर। आपके बारे में कौन नहीं जानता? सांसारिक माया, सुखों से निर्लिप्त हैं आप! जगत कल्याण के लिये आप सम्पूर्ण आर्यावर्त का चक्कर बिना थके लगाते हैं। न आपको वायु रोक पाती है और न वर्षा। न आपको शरद ऋतु रोक पाती है और न ही ग्रीष्म। न पथरीले रास्ते आपको डराते है और न काली रातें।"

"खूंखार दस्यु और जंगली पशु आपकी वीणा की मधुर धुन सुनकर जहाँ के तहाँ खड़े रह जाते हैं। ऐसे जितेन्द्रिय मुनि को आज अपने बीच में पाकर हम सब धन्य हुए।" उग्रसेन रुके और देखा सभी मुनि की ओर

श्रद्धा भाव से देख रहे हैं। पुनः बोलना शुरू किया उग्रसेन ने।

"मित्रों! आज हम सब यहाँ एक विशेष प्रयोजन से उपस्थित हुए हैं। जैसा कि आप सभी जानते हैं कि हम यादव गणराज्यों के द्वारा यादव संघ प्रमुख चुना जाता है। कई वर्षों पूर्व आप सबने मुझे इस पद पर बिठाया था और इस नाते मैं मथुरा का शासक बना। मेरे पुत्र कंस ने बालात् मुझे राजगद्दी से हटाया और स्वयं मथुरा का शासक बन बैठा, जो हमारे गण विधान के प्रतिकूल था। इसीलिए न तो यादव गणपरिषद आयोजित हुई और न ही कंस को यादव प्रमुख की मान्यता दी गयी। मेरे पुनः राजतिलक के पश्चात ही यह आवश्यकता प्रतीत हो रही थी कि हम अपना नया संघ प्रमुख चुनें क्योंकि मेरी भी अवस्था हो चली है। आज यह अवसर आया है, जो हर्ष और सौभाग्य की बात है। हमारे संघट-गण उपस्थित हैं। मैं आप सभी गण प्रधानों से आग्रह करूँगा कि संघ-मुख्य चुनने की प्रक्रिया प्रारम्भ करें।" कहते हुए उग्रसेन ने वाणी को विराम दिया।

"आप ही नाम सुझाएँ। हम सब आपकी इच्छा पर ही सहमति देने को तत्पर हैं महाराज," कुक्कुर प्रधान बोला।

"मैं जानता हूँ कि आप सभी मुझमें भरोसा रखते हैं और मैं भी आप सभी को निराश नहीं करूँगा। आज के परिवेश में मेरे मतानुसार तो कृष्ण ही इस पद हेतु सर्वदा उपयुक्त हैं। क्योंकि जिस प्रकार उन्होंने हाल के वर्षों में अपने साहस, बल, पौरुष अपनी शूरवीरता और बुद्धिमत्ता का परिचय दिया है, असहायों के सहायक बने हैं, विपरीत परिस्थितियों को अपनी सूझ-बूझ से अनुकूल बनाया है वह किसी से छिपा नहीं है।" उग्रसेन ने मत रखा।

"यह क्या कह रहे हैं महाराज? क्या संघट-गण में कोई उपयुक्त यादव प्रधान नहीं रह गया जो इस ग्वाले को यादव संघ प्रमुख बनायेंगे?" चेदि नरेश शिशुपाल ने खड़े हो कर विरोध जताया।

"मैं चेदि नरेश से सहमत हूँ। बाल्यावस्था के अति उत्साह में किये गये कार्यों से यह नहीं मान लेना चाहिए कि कृष्ण संघ मुख्य पद हेतु उपयुक्त हैं। यह बड़ा दायित्व पूर्ण पद है जिस पर कोई अनुभवी, कूटनीतिज्ञ यादव प्रधान ही चुना जाना चाहिए।" सात्वत प्रधान विरोध में बोला।

"किन्तु हमारा मानना है कि महाराज उग्रसेन ने सर्वथा उपयुक्त प्रत्याशी का नाम लिया है। आज आर्यावर्त में कोई ऐसा नहीं, जो इतनी कम वय में

इतनी विलक्षण प्रतिभा का धनी हो। कृष्ण बल में, विद्या में, बुद्धि में अद्भुत हैं। इन्हें यादव संघ मुख्य बना कर हम सब धन्य हो जायेंगे।" अंधक प्रमुख ने उत्साह में कहा।

"हाँ, हाँ, हम सब कृष्ण को ही अपना मुख्य बनायेंगे। कृष्ण के नेतृत्व में मथुरा राज्य के साथ सभी यादवगण राज्य उन्नति करेंगे।" शूर प्रधान बोला।

"क्षमा करें। मेरा बोलना छोटा मुँह बड़ी बात होगी। किन्तु इस सभा में सभी आयु में योग्यता में मुझसे बड़े हैं। आप सबके रहते मैं कैसे इतना बड़ा पद ले सकता हूँ? महाराज आपके राज्य में प्रजा सुखी है, यादव संघ एकजुट है। तब आप ही इस पद को अपने पास बनाये रखें वही हम सब के लिए मंगलकारी होगा।" कृष्ण बोले।

"महाराज, यह अत्यंत रोमांचित करने वाला प्रसंग होगा जब कृष्ण यादव संघ मुख्य बनेंगे। हम सभी की इच्छा भी आपके मतानुकूल प्रतीत हो रही है। किन्तु कृष्ण की बात से सहमत होते हुए मैं इसमें एक व्यवस्था चाहूँगा। कृष्ण को संघ मुख्य बनाया जाये जो सबके लिए हितकारी होगा, क्योंकि असीम ऊर्जा से भरे कृष्ण यादव संघ को प्रतिष्ठा और ऊँचाईयों पर ले जायेंगे। किन्तु मथुरा के शासक आप ही रहें महाराज। इससे कृष्ण राजकाज के नित्य कार्यों से मुक्त रह कर यादव संघ और आर्यावर्त के कल्याण हेतु अधिक समय दे पायेंगे।" वृष्णि प्रमुख बोला।

"तुमने विचार तो उत्तम किया है। किन्तु एक तो हमारे यादव संघट-गण का विधान है कि जो संघ मुख्य, वही मथुरा शासक। दूसरे, मेरी अवस्था अब राजकाज करने की नहीं रही। कृष्ण सभी प्रकार से योग्य हैं और मथुरा में अत्यंत लोकप्रिय हैं, जो किसी राजा का पहला गुण माना जाता है।" उग्रसेन व्याकुल हो बोले।

"क्षमा करें, यह आपका आन्तरिक विषय है। मुझे बोलना नहीं चाहिए। किन्तु महाराज, वृष्णि का सुझाव मानने योग्य है। यह मथुरा के साथ-साथ सम्पूर्ण आर्यावर्त के हित में होगा कि आप मथुरा के राजा रहें और कृष्ण संघ-मुख्य।" नारद बीच में बोल पड़े।

"किन्तु मुनिवर ऐसा कभी हुआ नहीं। अब तक तो जो यादव संघ प्रमुख वही मथुरा नरेश। संघ मुख्य ही पदेन मथुरा नरेश होता है।"

"व्यवस्था तो हमें ही बनानी होती है, राजन। समय और काल अनुसार निर्णय लेने वाले ही इतिहास में विजेता कहलाते हैं। इसलिए आप भ्रम त्याग कर कृष्ण को संघ मुख्य बनने दें, महाराज।" नारद ने सुझाया।

"किन्तु मुनिवर। यदि मथुरा नरेश नहीं बनेंगे कृष्ण, तो संघ मुख्य के रूप में वे कहलायेंगे क्या?" असमंजस में पूछा उग्रसेन ने।

"यादव संघ प्रमुख को ईश्वर संज्ञा देने की परम्परा रही है आपके यहाँ। वैसे भी मथुरा के आसपास ग्रामीण क्षेत्र में तो कृष्ण की पूजा प्रारम्भ भी हो गयी है। इसलिए इनके लिए पदनाम मथुरा ईश अति उत्तम रहेगा।" नारद ने सुझाया।

"अति उत्तम, यही उचित है... मथुरा ईश ...मथुरा ईश... क्या पदनाम है।" अंधक अपने में ही बेसुध हो कर बुदबुदा रहा था। राजा चारुपाद प्रसन्न हो गाये जा रहा था... मथुरा ईश... मथुरा ईश।

"मथुरा ईश ...मथुरा ईश," के समवेत स्वर उभर रहे थे। हर कोई प्रसन्न था, सिवाय शिशुपाल, सात्वत, शाल्व व भद्रक के। चारों उठे दरबार से बाहर निकल गये।

"महाराज! हम सभी कृष्ण को अपने यादव संघट-गण का संघ मुख्य मान्य करते हैं। आप से आग्रह है कि विधिवत घोषणा करने का कष्ट करें।" वृष्णि, अंधक, शूर, कुक्कुर, भोजगण प्रमुख एक साथ खड़े हो बोले।

"आज इस यादव संघ प्रमुख के चयन में हम सभी कृष्ण को संघ मुख्य घोषित करते हैं। चूँकि संघ मुख्य को ईश्वर की उपाधि देने का प्रावधान है इसलिए कृष्ण को मथुरा ईश की उपाधि देते हैं। मथुरा पर अब से कृष्ण का नैसर्गिक अधिकार होगा। वे जब चाहें मथुरा का राज्य ले सकते हैं। हमारे नये संघ-मुख्य से आग्रह है कि वे अपना स्थान ग्रहण करें। परम्परानुसार हम सभी अपने नये मुखिया का प्रथम पूजन कर उन्हें पद की मान्यता प्रदान करेंगे।" उग्रसेन ने कहा तो अंधक, वृष्णि प्रमुख कृष्ण के पास पहुँच उन्हें ले चले निर्धारित स्थान की ओर।

कृष्ण को प्रथम पूजन दे संघ मुख्य की मान्यता प्रदान की गयी। दरबार में कोई ऐसा नहीं था जिसने हर्षित हो कृष्ण का पूजन न किया हो। पूजन उपरांत कृष्ण से संबोधन हेतु आग्रह किया गया।

"मैं इस सम्मान से अभिभूत हूँ। आपने मुझे जो दायित्व सौंपा है, वह मेरी वय के अनुसार गुरुतर है। मैं आप सबको वचन देता हूँ कि यादवों के कल्याण और आर्यावर्त की प्रगति में कोई कसर नहीं छोड़ूँगा। जब भी, जिसे भी मेरी आवश्यकता हो, मुझ तक सूचना आते ही मैं दौड़ पड़ूँगा बिना अपना आराम देखे। चुनौती कितनी भी सबल हो मैं सामना करने से कभी पीछे नहीं हटूँगा।" कृष्ण ने कहा तो सभी "जय कृष्ण, जय मथुरा ईश" का घोष करने लगे।

"पधारे सभी महानुभावों का आभार। महा मुनि नारद से आग्रह है कि हमारा आतिथ्य स्वीकार कर आज यहीं विश्राम करें," उग्रसेन बोले।

"महाराज यदि उचित हो तो मैं महमुनि को अतिथि शाला तक छोड़ने जाऊँ," कृष्ण ने कहा।

"अवश्य यह तो अति सुंदर विचार है," कहते हुए उग्रसेन ने सभा विसर्जित की।

• • •

कृष्ण, बलराम नारद मुनि के साथ अतिथि शाला में उनके कक्ष में थे।

"महामुनि, आप देश काल के जानकार श्रेष्ठ ज्योतिषी हैं, यायावर संत हैं और वीणा जैसे मधुर वाद्य के जनक हैं, यह जानकर हम भाइयों की इच्छा आपसे मिलने की कई दिनों से थी, जो आज पूरी हुई।" कृष्ण बोले।

"आपके विलक्षण गुणों के भी ख़ूब चर्चे आर्यावर्त में हो रहे हैं माधव, इसीलिए मुझे भी आपसे मिलने की उत्कट अभिलाषा थी। आज आपसे मिलकर और आपको संघ मुख्य के रूप मे चुने जाने पर मैं अत्यंत हर्षित हूँ," मुनि नारद बोले।

"मुनिवर, इतनी कम वय में मुझे इतना बड़ा दायित्व दे दिया है। कैसे निभाऊँगा यह सब?"

"आर्यावर्त की राजनीति में यादव संघ के महत्त्व और उसकी भूमिका को देखते हुए इस समय आप ही सर्वथा उपयुक्त थे इस पद को धारण करने हेतु। वर्तमान में मगध नरेश जरासंध, चेदि के शिशुपाल, विदर्भ के रुक्मि, हस्तिनापुर के कुरु महत्त्वाकांक्षी होने के कारण अशांति उत्पन्न करते हैं।

विदेशी भी घात लगाते रहते हैं। ऐसे में कोई बल और बुद्धि में अद्भुत, धीर, शौर्य और साहस में अतुलनीय, निस्वार्थ और निर्विवाद आप जैसा नायक ही आर्यावर्त को एक रख सकता है। यूँ तो आर्यों में राजा को ईश्वर व विष्णु रूप मानने की सदियों पुरानी परम्परा है। इसी परम्परा को स्वीकारते हुए यादव संघ ने भी अपने संघ-मुख्य को ईश्वर का अलंकरण दिया है। अब तक भी संघ प्रमुख रहे, ईश्वर उपाधि धारण करने वाले रहे किन्तु आपकी बात ही निराली है आप न सिर्फ़ इस उपाधि को धारण कर रहे हैं अपितु मथुरा के आसपास आप ईश्वर रूप में पूजे जाने लगे हैं इसीलिए आपका दायित्व अब तक के संघ मुख्य से निश्चित ही बड़ा है। आप सफल होंगे तो अत्यंत लोकप्रिय होंगे जनमानस में, और असफल हुए तो अत्यंत अलोकप्रिय हो जायेंगे।" नारद बोलते जा रहे थे।

"मुनिवर आप महाज्ञानी, भविष्यदृष्टा हैं। जितना आपको भूगोल का ज्ञान है उतना ही इतिहास का। आप ही मार्गदर्शन दें कान्हा को, राजनीति के गुण बतायें," बलराम ने कहा तो नारद ने बोलना शुरू किया।

"जो भी आपने आज दरबार में देखा, वह इस तरह के संघों का आवश्यक गुण है, श्री कृष्ण। अब आप संघ मुख्य हैं और आपका प्रथम दायित्व है कि संघ के आन्तरिक कलह को दूर कर संघ की एकता सुनिश्चित की जाये। इसके लिए आपको कठोरता से विद्रोह को कुचलना होगा। बहुत ज्यादा समझाने के प्रयास नहीं करें, यदि कोई नहीं समझना चाहे तो उसे पूरी निर्ममता से संघ से पृथक करें। यह भी ध्यान रहे कि आन्तरिक कलह किसी भी संगठन को दीमक की तरह चट कर जाती है।"

"जैसा आपने कहा, वैसा ही किया जायेगा मुनि श्री," कृष्ण ने कहा ही था कि द्वार प्रहरी ने सूचित किया कि लवण क्षेत्र के राजा चारुपाद पधारे हैं।

अनुमति मिलते ही चारुपाद को लेकर उपस्थित हुआ प्रहरी। सभी का अभिवादन कर एक ओर खड़े हो गये राजा चारुपाद।

"बतायें राजन कुशल तो है, कैसे कष्ट किया?" नारद बोले।

"मुनिवर मैं संघ-मुख्य से भेंट करना चाहता था, सूचना मिली कि वे आपके पास हैं तो लगा कि स्थितियाँ मेरे अनुकूल हैं। कदाचित मेरी समस्या निराकरण में आपका आशीर्वाद भी मिल सकेगा," चारुपाद बोले।

"कैसी समस्य? आराम से बैठें और बतायें," कृष्ण बोले।

"ईश, मेरा राज्य लवण क्षेत्र में है, जो आर्यावर्त की दक्षिण-पश्चिम सीमा के निकट है। दक्षिण-पश्चिम सीमा पर लगे सागर तट पर विदेशी यवनों ने अपनी बस्तियाँ बसा ली हैं। उनका राजा काल यवन आये दिन मेरे क्षेत्र में घुस कर लूटपाट करता है। उसके अत्याचारों से मैं और मेरी प्रजा दोनों दुखी हैं। इस बार तो समस्या भीषण है, सुना है कि वह मथुरा पर चढ़ाई करने आ रहा है।" चारुपाद बोला।

"काल यवन? कौन है यह विदेशी और मथुरा पर क्यों चढ़ाई करना चाहता है?" कृष्ण ने आश्चर्य से पूछा।

"यवन वही विदेशी हैं जिनका मैं अभी जिक्र कर रहा था। ये पश्चिम देशों से आये विदेशी हैं जिन्होंने आर्यावर्त के विदेशी व्यापार में अपनी भूमिका बनाई और धीरे-धीरे इन यवनों ने विदेशी व्यापार पर अपना एकाधिकार कर लिया है। अब इनकी राजनीतिक महत्त्वाकांक्षा जोर पकड़ रही है। पहले सीमान्त क्षेत्र में अपना राज्य बनाया। अब ये समीपवर्ती राज्यों में घुसपैठ करने लगे हैं। किन्तु काल यवन मथुरा पर क्यों आक्रमण करना चाहता है?" नारद बोले।

"यादव संघ प्रमुख चुनाव में सम्मिलित होने के लिए आते समय मेरे चरों ने आकर सूचना दी थी कि मगध नरेश जरासंध ने प्रलोभन दिया है उसे मथुरा पर शासन करने का।"

"यह सचमुच अति गंभीर घटना है, इन यवनों को शीघ्र रोकना आवश्यक है अन्यथ आर्यावर्त की स्वतन्त्रता और सुरक्षा को ख़तरा होगा," नारद चिंतित हो बोले।

"आप क्या चाहते हैं राजन? क्या करना चाहिए हमें?" कृष्ण ने अधीर हो पूछा।

"मेरे मत अनुसार काल यवन को लवण क्षेत्र में ही नहीं रोका गया तो मथुरा तक आने में और जरासंध एवं काल यवन की सम्मिलित शक्ति से मथुरा को बचाने में बहुत शक्ति लगानी होगी। संभवतः इस कार्य में सफलता न मिले।" चारुपाद बोला।

"राजा चारुपाद ने सत्य ही कहा है। काल यवन को लवण क्षेत्र में रोकना आवश्यक है। यह जितना शीघ्र हो उतना उचित होगा," नारद बोले।

"तब आप क्या सुझाव देते हैं, क्या मुझे राजा चारुपाद के साथ निकलना होगा?" कृष्ण ने पूछा नारद से।

"अवश्य। और कोई रास्ता नहीं दिखता। संभव है कि आप अपने विवेक, बुद्धि कौशल से पराक्रम से उसे वहीं रोक पायें," नारद बोले।

"तब विलम्ब न होगा। हम अभी निकलेंगे," कृष्ण बोले।

"किन्तु अभी कान्हा, गोकुल से माँ-बाबा आये हैं। हमें उनसे भी तो मिलना है," बलराम बोले।

"दाऊ, आप उनसे मिलना और उन्हें मेरे वापस आने तक रोकना," कृष्ण ने कहा।

"किन्तु मैं तो तुम्हारे साथ चलूँगा। तुम्हें अकेले नहीं जाने दूँगा।"

"दाऊ, आपका यहाँ रहना नितांत आवश्यक है। नथुरा को आपकी आवश्यकता है। संभव है कि जरासंध कोई चाल चले, मथुरा पर आक्रमण का प्रयास करे। इसलिए आप रहेंगे तो स्थिति को सँभाल लेंगे," कृष्ण बोले।

• • •

"रुको दारुक," लवण क्षेत्र की वीरान पहाड़ियों को एकटक देखते हुए कृष्ण बोले। सारथि दारुक ने रथ रोक दिया। कृष्ण उतरे, चल दिए पहाड़ियों की ओर, साथ में चारुपाद भौंचक। समझ ही नहीं आ रहा था कि कृष्ण क्या देखने जा रहे हैं।

"मित्र चारुपाद, आप राह में बता रहे थे कि काल यवन तीव्र चलने वाले अपने अश्व पर बैठ अद्भुत संतुलन के साथ तलवार चलाता है," पहाड़ियों में बनी गहरी कन्दराओं के पास पहुँच कर कृष्ण बोले।

"हाँ, वह अश्व पर बैठे-बैठे ही चपलता से युद्ध करता है। जितनी तीव्र अश्व की गति होती है, उतनी ही तीव्रता से उसकी तलवार चलती है। वह एक साथ दस-दस योद्धाओं को मार सकता है, फिर चाहे वे अश्वारोही हों या पैदल।" चारुपाद ने स्पष्ट किया। कुछ देर गुफाओं को निहारते रहे,

फिर मुड़े और तेज़ चल दिए कृष्ण, रथ की ओर। चारुपाद भी पीछे-पीछे, बिना जाने कि क्या चल रहा है कृष्ण के नस्तिष्क में।

“काल यवन को मुझे इन्हीं पहाड़ियों के पास लाना होगा। मित्र, अपने चरों से पता लगाओ कि कहाँ तक आ गया है वह?” रथ के पास पहुँचकर कृष्ण बोले। “प्रजा में, अधिकारियों में सब स्तर पर यह सूचना दे दें कि मथुरा कुमार कृष्ण अभी आपके राज्य में हैं।”

“किन्तु इससे क्या प्रयोजन है आपका?”

“मित्र, आप ही कह रहे थे कि वह आपकी प्रजा में लूटपाट करता है। निश्चित ही मथुरा जाते समय वह आपको तंग करेगा। उसका लालच उसे विवश करेगा कि आपके यहाँ आकर सम्पत्ति और सामग्री को लूट सके। हमें उसके इसी अवगुण का लाभ उठाना है। मुझे यहाँ पास के किसी ग्राम में अपने चुनिन्दा सैनिकों के साथ इस प्रकार छोड़ दें जैसे कि मैं आपकी अभिरक्षा में हूँ।”

“यह आप क्या कह रहे हैं ईश?” व्याकुल हो कर चारुपाद बोला।

“पूरी योजना तो सुन लें मित्र, और हाँ यह अति गोपनीय होगी जो केवल आपको और मुझे ज्ञात होगी। ज्यों ही काल यवन के आपके नगर के पास पहुँचने की सूचना चरों से मिले आप तुरंत बाहर निकल कर उससे मिलना और कहना कि आपने मथुरा कुमार कृष्ण को लवण क्षेत्र में घेर लिया है। आप यदि मेरे क्षेत्र से बिना मेरी प्रजा को हानि पहुँचाए निकल जायेंगे तो मैं कृष्ण को आपके सुपुर्द कर दूँगा। यह भी कहना कि कृष्ण को बंदी बनाते ही मथुरा स्वतः आपकी हो जायेगी, बिना कोई अन्य प्रयास किये।” कृष्ण धीरे-धीरे बोलते जा रहे थे।

“क्या तभी आप किसी निकट ग्राम में मेरे सैनिकों की अभिरक्षा में रहने का कह रहे हैं?” चारुपाद को गुत्थी सुलझती जान पड़ी।

“हाँ, मित्र! हम इस समय आपके राज्य में है। स्थान-स्थान पर बनी सैन्य चौकियों से कुछ सैनिक शीघ्र बुलवा लें, और उन्हें रहस्य न बताया जाये। कहना कि आपके अन्य आदेश तक मुझे घेर कर रखें दूर से, मेरे निकट न आयें। ग्रामिणी से कह कर ग्राम से बाहर किसी राजकीय भवन में मुझे रोकने की व्यवस्था कराएँ,” कृष्ण ने कहा।

"यदि सब कुछ योजना अनुसार हुआ और मैं उसे आपके पास तक ले आया तो आगे क्या करना होगा? क्योंकि यह आत्मघाती प्रतीत होता है। संभव है आपको देखते ही वह प्राणघातक वार करे आप पर," शंकित हो चारुपाद बोले।

"यहाँ हमें अति सावधानी प्रदर्शित करनी होगी। आप उसके साथ अपना पर्याप्त सैन्य बल लेकर चलना। मेरे अस्थाई शिविर के पास पहुँचने से पूर्व आप काल यवन को भरोसा दिलाना कि कृष्ण अति चालाक और चपल व्यक्ति है। यदि उसे किसी सेना के आने का आभास हुआ तो वह अभिरक्षा में नियुक्त सैनिकों को चकमा दे भाग निकलेगा।" कृष्ण बोलते जा रहे थे और चारुपाद समझ ही नहीं पा रहे थे। चारुपाद को असमंजस में देख कृष्ण पुनः बोले।

"यह मैं इसलिए कह रहा हूँ कि हमारी योजना का महत्त्वपूर्ण भाग अब शुरू होगा जिसमें उपयुक्त होगा कि स्वयं काल यवन अकेला ही मुझ तक आये। उसके सैनिक आपके सैनिकों के साथ इस प्रकार रहें कि आवश्यकता पड़ने पर उन्हें घेरे में लिया जा सके।" कृष्ण ने रहस्य खोला किन्तु चारुपाद जान रहे थे कि अभी भी पूरा रहस्य नहीं खुला है। संभवतः कुछ और है जो कृष्ण बताना नहीं चाह रहे। चारुपाद अपने में ही खोये थे तभी कृष्ण का स्वर सुनाई दिया।

"एक बात और विशेष है मित्र, अभिरक्षा में लगे अपने सैनिकों को यह सूचना अवश्य दें कि काल यवन और मेरा आमना-सामना होने पर वे बीच से हट जाएँ। किन्तु यह सूचना भी उसी समय दी जाये जब काल यवन मुझ तक पहुँचने वाला हो।"

• • •

"कहाँ है मथुरा का कृष्ण? तुम्हारे राजा ने उसे मेरे सुपुर्द किया है। तत्काल लेकर आओ उसे," कृष्ण के शिविर के पास पहुँच कर काल यवन दहाड़ा, तो भयभीत हुए सैनिक एक ओर हट गये। घोड़ा, शिविर के निकट पहुँचा वेग से। कृष्ण ने देखा एक गोरा बलिष्ठ व्यक्ति घोड़े पर सवार है। लम्बे केश, प्रभावी व्यक्तित्व किन्तु आँखों से टपकती धूर्तता।

भय और घबड़ाहट का अभिनय करते हुए कृष्ण दौड़ कर चढ़े रथ पर। दारुक ने रथ दौड़ा दिया पहाड़ियों की दिशा में, जैसे सब कुछ पूर्व में ही सोच लिया था। वेग से दौड़ता रथ बढ़ चला पहाड़ियों की ओर। पीछे-पीछे काल यवन अपने अश्व पर सवार।

"रुक जा कायर, मुझसे बच कर नहीं जा सकेगा," गला फाड़ कर चिल्ला रहा था काल यवन।

दौड़ते-दौड़ते रथ पहुँचा पहाड़ियों के निकट। दारुक ने घोड़ों की लगाम खींची, कुछ क्षण के लिए रथ की गति धीमी हुई। कृष्ण रथ से कूदे और सरपट भाग चले कन्दराओं की ओर। काल यवन का अश्व पहुँचा पहाड़ियों के पास, पैदल ही कृष्ण को दौड़ते देखा पहाड़ियों की ओर। इससे पूर्व काल यवन कुछ समझ पाता, एक संकरे मुख वाली गुफा में घुस गये कृष्ण। गुफा के मुख पर पहुँच अश्व को रोका काल यवन ने। वह अश्व पर सवार होकर ही प्रतीक्षा करने लगा।

"निकल बाहर कहाँ छिपा है? कायर आज बच नहीं पायेगा मुझसे। जितना विलम्ब करेगा मृत्यु उतनी ही कष्टकारी होगी," ज़ोर से चिल्लाया काल यवन।

एक पल, दो पल, अनेक पल बीत चले। आधा प्रहर निकलने को आया किन्तु कृष्ण का कोई चिह्न नहीं। हताश काल यवन उतरा घोड़े से और तलवार ले चल पड़ा गुफा की ओर। गुफा द्वार पर पहुँचा, कुछ क्षण खड़ा हो अनुमान लगाता रहा। अचानक तेज़ी से अंदर प्रवेश कर गया। हाथ में तलवार लिया ललकारते हुए आगे बढ़ा किन्तु गुफा में ज्यों-ज्यों भीतर पग रखता जा रहा था, अंधकार भी बढ़ता जा रहा था। कुछ सूझ नहीं था, गुफा भी किसी भूल भुलैया से कम नहीं थी। बिना ध्वनि किये सावधानी से बढ़ने लगा अंदर। धीरे-धीरे बढ़ रहा था कि प्रतीत हुआ एक तरफ़ कोई वस्त्र ओढ़े सो रहा हो। कुछ देर खड़ा रहा। आँखें तब तक अंधकार में देखने की अभ्यस्त हो चली थीं।

'हाँ, सचमुच कोई सो रहा है वस्त्र ओढ़े। यह तो पीताम्बर-सा दिख रहा है। ऐसा वस्त्र धारण किये तो अभी कृष्ण भी दिखा था। कहीं यह कृष्ण ही तो नहीं? सोने का अभिनय कर रहा है ताकि या तो मैं देख न पाऊँ

या किसी ओर को समझ आगे बढ़ जाऊँ। बहुत बुद्धिमान बनता है, किन्तु मुझसे अधिक नहीं।'

सोचते हुए काल यवन ने अति तीव्र प्रहार किया। तलवार पूरे वेग से वस्त्र को काटती पत्थर की शिला से टकराई। टक्कर इतनी भयंकर थी कि अग्नि की चिंगारियाँ निकलने लगीं और देखते-देखते शिला का आवरण बना पीताम्बर जल उठा। शिला से तलवार के टकराते ही गुफा के छत में बनी कोटर से कृष्ण कूदे, काल यवन के ऊपर। काल यवन कुछ समझ पाता कि भुजा का फंदा गले में फँसा दिया कृष्ण ने। गला दबने लगा, आवाज़ गले में फँसने लगी काल यवन की। कृष्ण ने ज़ोर का झटका दिया और गर्दन चटक गयी काल यवन की। बिना एक पल गँवाए कृष्ण ने जलता हुआ पीताम्बर लपेट दिया काल यवन के चारों ओर। काल यवन के वस्त्रों ने आग पकड़ ली और अग्नि चिता-सा जल उठा काल यवन, प्राण निकल गये शरीर से। कृष्ण वेग से निकले गुफा से। दारुक रथ निकट लाया। कृष्ण के संकेत पर रथ के पीछे काल यवन का घोड़ा बाँध दिया।

रथ दौड़ चला कृष्ण को लेकर वहाँ, जहाँ कालयवन की सेना को घेरे चारुपाद खड़े थे अपने सैनिकों के साथ। कृष्ण का रथ आता देख चारुपाद के मुख पर चमक आ गयी। निकट पहुँचे कृष्ण, सबको सम्बोधित करते हुए बोले।

"काल यवन को काल ने ग्रस लिया है। आज उन अत्याचारों का अंत हुआ जिनके कारण काल यवन का नाम काल यवन पड़ा। हमारा किसी यवन से कोई द्वेष नहीं है किन्तु हम चाहेंगे कि अब कोई यवन इतना क्रूर नहीं बने कि उसे काल यवन कहा जाये।"

"जय मथुरा ईश ...जय जय मथुरा ईश," चारुपाद ने घोष किया, तो उनकी सारी सेना भी जय घोष करने लगी।

"इन यवन सैनिकों के लिए क्या आदेश है ईश?" आत्मसमर्पण कर चुके यवन सैनिकों की ओर देखते हुए चारुपाद ने पूछा।

"इन सबको अपनी राजधानी ले चलो। आपके राजदरबार में इनके बारे में निर्णय करेगे। तब तक ये आपके राजबंदी होंगे," कृष्ण ने व्यवस्था दी।

"जैसी आपकी आज्ञा," चारुपाद बोले।

8

राजा चारुपाद का दरबार। कई दिनों के बाद दरबार की शोभा पूर्ववत स्वरूप में आयी थी। राजा कई दिनों से राज्य के बाहर रहे, काल यवन प्रसंग के कारण भी समय नहीं मिल सका था दरबार लगाने का। सो आज पूरी सज-धज के साथ सुंदर दिख रहा था दरबार। राजा ने दरबार में घोषणा कर दी थी कि यादव संघ मुख्य कुछ ही समय में पधारने वाले हैं। यह जानकर भी दरबार में उल्लास का वातावरण था।

द्वारपाल ने आकर सूचना दी कि श्री कृष्ण पधार रहे हैं। राजा सहित सभी दरबारी उठ खड़े हुए। कृष्ण की शोभा देखते ही बनती थी। श्याम वर्ण, ऊँचा क़द, गठीला बदन, धावकों जैसी चाल, सिर पर मोर मुकुट, पीताम्बर कंधे पर। वसन के ऊपर मेखला और मेखला में बँधा चक्र, जिसे कृष्ण ने सुदर्शन नाम दिया था। एक हाथ में बंसी, एक हाथ में शंख। चारुपाद ने सिंहासन से उतर आगवानी की। उनके लिए लगाये गये विशेष सिंहासन पर ले जाकर उन्हें बिठाया चारुपाद ने। यादवों की परम्परा अनुसार संघ मुख्य के पैर पखार कर पूजन किया। मधुपर्क दिया।

"हम सब का अहोभाग्य, जो हमारे बीच यादव संघ मुख्य मथुरा ईश श्री कृष्ण पधारे हैं। आपकी यश गाथाएँ निरंतर आर्यावर्त में गूँज रही हैं और इनमें काल यवन के वध से और रत्न जड़ गये हैं। काल यवन के आतंक से हम सब भयभीत रहते थे। क्या राजा, क्या प्रजा सभी को बेचैन कर रखा था काल यवन ने। हम सब पर उपकार किया है, आपने आतंक के उस काल का अंत कर।' प्रणाम के मुद्रा में खड़े चारुपाद बोल रहे थे, कुछ क्षण रुके, सेनापति की ओर आदेशात्मक भाषा में बोले।

"ईश की इच्छानुरूप अब उन बंदी यवन सैनिकों को दरबार में प्रस्तुत किया जाये।" राजा की आज्ञा सुन यवन बंदियों को दरबार में लाया गया।

"मैं ईश से विनती करूँगा कि यवन सैनिकों के लिए क्या दंड उपयुक्त है? निर्णय दें," कृष्ण से विनती कर बोले चारुपाद।

"सर्वप्रथम तो मैं इस राज दरबार का, यहाँ उपस्थित राजा चारुपाद, उनकी मंत्रिपरिषद के सदस्य, राज पुरोहित, रत्निन, श्रेष्टी सबका धन्यवाद करता हूँ, जो मुझे यह सम्मान दिया। राजन! मैंने यवन सैनिकों को राजदरबार में किसी दंड हेतु बुलाने की इच्छा नहीं की थी। मैं इन्हें समाप्त नहीं करना चाहता, मेरा आशय तो इनके विरोध को समाप्त करना है।"

"विरोध को समाप्त? किन्तु कैसे?" चारुपाद ने आश्चर्य से पूछा।

"इन्हें अपने में मिलाकर। मित्र, यवन बड़े बहादुर और जीवट वाले लोग हैं। रोम और अन्य देशों से भारत के व्यापार को इन्होंने ही सँभाला है। यदि यवन तीव्र आवृत्ति से अपने उच्च कोटि के जलपोतों से सामग्री का परिवहन न करते तो हम इस समय सारे विश्व में अपने व्यापार के कारण अग्रणी नहीं कहलाते।" कृष्ण ने कहा, कुछ क्षण रुके, देखा सभा की ओर, सब एक चित्त होकर उन्हीं को सुन रहे थे। समय का अन्तराल देते हुए कृष्ण ने पुनः बोलना शुरू किया।

"यह वीर जुझारू वर्ग है, जो पृथक देश, पृथक जलवायु, पृथक रीति-रिवाज, पृथक भाषा के साथ समन्वय कर अपना अस्तित्व बनाये हुए है, अपनी सत्ता स्थापित कर चुका है, अपना राज्य बना चुका है। क्या इन्हें हम स्वेच्छा से आर्य संस्कृति में सम्मिलित होने का विकल्प नहीं दे सकते? हमारे महान ऋषियों ने आर्य संस्कृति का विस्तार कर अनेक अनार्यों को आर्यों में सम्मिलित किया था और सम्मिलित स्वरूप की हिन्दू जाति का उदय हुआ था। इसी उदारता की आवश्यकता इस वर्तमान समय में है और हमें यह अवसर मिला है। तो क्यों न हम इन्हें विकल्प दें कि ये बिना किसी दवाब के स्वेच्छा से यदि आर्य संस्कृति अपनाते हैं, तो इन्हें क्षत्रियों में स्थान दिया जाये।" कृष्ण का यह कहना ही था कि राज पुरोहित उठ खड़े हुए।

"यह क्या अनर्थ कह रहे हैं आप? कहाँ उच्च आर्य जाति और कहाँ ये विदेशी म्लेच्छ? ऐसा सोचना भी धर्म विरुद्ध है!"

"जो आप कहें वही धर्म है। जो आपकी न माने वही अधर्मी। ये किस प्रकार का धर्म परिभाषित कर रहे हैं आप ब्राह्मण लोग? यदि आप जैसे कट्टर हमारे पूर्वज होते तो विश्वास कीजिये कभी आर्य इस देश में स्थापित नहीं

हो पाते," कृष्ण की वाणी में ओज था।

"आर्यों ने अपना अस्तित्व ही जाति की उच्चता के कारण बनाया है। इतिहास ने कितने थपेड़े खिलाये किन्तु हम उच्च थे इसीलिए मिटे नहीं, बचे रहे," उग्र स्वर में पुरोहित बोला।

"न केवल बचे रहे अपितु अपनी श्रेष्ठता के कारण बढ़े भी," अध्वर्यु ने जोड़ा।

"यही तो अहंकार है आप पुरोहित वर्ग का जो आज जनमानस को बेचैन किया हुए है। आप सब अपने अहंकार में इतने डूब गये हैं कि यह आभास ही नहीं कि बहुसंख्यक जनता आज धर्म को लेकर किंकर्तव्यविमूढ़ है। उसे समझ ही नहीं आ रहा कि क्या किया जाये जिससे उनका धर्म बचा रहे, बना रहे और उनका सहायक रहे," कृष्ण बोले।

"यह आप कैसे कह सकते हैं? हमसे ही तो धर्म है। हम ही तो हैं जो धरा पर धर्म को धारण किये हैं। हमने तो यज्ञ, बलि आदि को स्पष्ट परिभाषित किया है। उनकी पवित्रता, उनकी विधियाँ, उनकी क्रियाओं की शुद्धता सब कुछ तो हमने विस्तार से वर्णित किया है," अब तक चुप बैठे होत्री बोल पड़े।

"विस्तार से नहीं, जटिलताओं से, क्लिष्टताओं से। यही तो आज जनमानस का सबसे बड़ा संकट है। जिसे वे धर्म कहते थे, उसे ब्राह्मणों, पुरोहितों ने इतना क्लिष्ट, इतना जटिल, इतना ख़र्चीला और इतना समय साध्य बना दिया है कि सामान्य व्यक्ति चाह कर भी उसे करने में स्वयम् को असमर्थ पाता है। ब्राह्मणों के अहंकार का चरम तो देखिये, वे कहते हैं कि देवता उनकी मुट्ठी में हैं। ब्राह्मणों के मन्त्रों में इतनी शक्ति है कि देवताओं को उनके अनुसार साधक को फल, कुफल देने पड़ते हैं। साधारण जन का तो सामर्थ्य ही नहीं रहा, आप ब्राह्मणों के लालच को संतुष्ट करने का। राजपरिवार और धनाढ्य वर्ग ही पुरोहितों के अनुसार धार्मिक क्रियाएँ कर सकते हैं किन्तु अब वे भी भयभीत होने लगे हैं। इसका कारण आप लोगों के द्वारा उन्हें आतंकित किया जाना है। आप उन्हें डराते हैं कि यदि आपको अनुकूल द्रव्य नहीं दिया गया तो मन्त्रों के द्वारा आप उनकी सम्पत्ति, उनका राज्य, उनकी सेना नष्ट कर सकते हैं। सच तो ये है कि यज्ञ, बलि क्रियाओं को कराने वाले आप ब्राह्मण इतने उद्दंड,

इतने अहंकारी हो गये हैं कि धरती पर स्व-घोषित देव बन गये हैं। यज्ञ, बलि के ज्ञाता अल्प ब्राह्मण ही ऐसे लालची और पतित हैं। अधिसंख्य ब्राह्मण तो अभी भी दरिद्र हैं और आचरण में शुद्ध हैं।" कृष्ण के स्वर में उत्तेजना थी।

"किन्तु ईश, तब और क्या विकल्प है धर्म का पालन करने का?" चारुपाद ने पूछा।

"राजन, आज हम सब संक्रमण काल से गुजर रहे हैं। हमारे आर्य-अनार्य मिश्रित हिन्दू धर्म की उदारता को ये ब्राह्मण खा गये हैं। उपनिषद, जिनका अध्ययन मैंने गुरु संदीपनी के आश्रम नें किया था, और जिनमें अद्भुत ज्ञान का भंडार है आज एक विकल्प बन सकते हैं। ज्ञान के द्वारा आत्मा का उत्सर्ग, आत्मा में परम आत्मा का अनुभव, आत्मा में ही देव की अनुभूति, जीव आगमन का सिद्धांत, मोक्ष, पुनर्जन्म जैसे गूढ़ रहस्य से परिचित कराते हैं हमारे ये महान ग्रन्थ।" कृष्ण बोल रहे थे कि सभी ध्यान मग्न थे, जैसे कोई देव वाणी हो, जो कानों में पड़ रही हो।

"उपनिषद के बारे में हम सबने भी सुना है ईश किन्तु क्षमा करें ये हमारे समाज में लोकप्रिय नहीं हो पाए हैं," चारुपाद ने कहा।

"आपने सच कहा। वास्तव में हमारे महान ज्ञानी ऋषियों और राजा जनक जैसे विद्वानों ने इनकी रचना की है। ये ज्ञान के सागर हैं किन्तु इनका ज्ञान गूढ़ है, क्लिष्ट है, जनमानस की समझ के परे है। इनमें ज्ञान के द्वारा स्व उन्नति करते हुए मोक्ष प्राप्ति का मार्ग बताया है। उपनिषद कहते हैं कि आत्मा ही परमात्मा है, आत्मा अमर है और अजर है। इनके ज्ञान में अद्वैत की कल्पना की गयी है अर्थात आत्मा और परमात्मा एक ही हैं पृथक नहीं, दो नहीं, द्वैत नहीं। किन्तु साधारण जनमानस इसे समझ नहीं पा रहा है। इसलिए आवश्यक है कि हम अपने उपनिषद के ज्ञान के साथ भक्ति और कर्म को भी ईश्वर प्राप्ति का मार्ग मानना प्रारम्भ करें। जनमानस के लिए सबसे सरल मार्ग, कर्म मार्ग व भक्ति मार्ग का मिश्रण है। अपना कर्म करते हुए अपने ईश्वर की भक्ति की जाये। यह द्वैत मार्ग है जिसमें आत्मा और परमात्मा पृथक है। आत्मा का मिलन परमात्मा से ज्ञान के द्वारा हो सकता है, कर्म के द्वारा हो सकता है और भक्ति के द्वारा हो सकता है।" कृष्ण का तेज बढ़ता जा रहा था।

"किन्तु प्रभु भक्ति कैसे मान्य होगी लोगों को?" चमत्कारिक, ओज पूर्ण वक्तव्य से कृष्ण को 'प्रभु' कहने पर विवश हुआ चारुपाद।

"भक्ति ही सर्वथा सरल विकल्प है। इसमें प्रतीक रूप में इष्ट का पूजन सरल विधियों से हो। ब्राह्मणों, पुरोहितों के कष्ट व समय साध्य आडम्बरों से मुक्त हो। इसमें अपने इष्ट से प्रेम हो, भय न हो। इसका प्रयोग मैं ब्रज में कर चुका हूँ। यद्यपि उस समय मुझे उपनिषद का ज्ञान नहीं मिला था किन्तु गोवर्धन पूजन प्रारम्भ करा कर मैंने भक्ति की लोकप्रियता को अवश्य जाना था। उपनिषदों के अध्ययन के समय ही मैंने सोच लिया था कि यह पवित्र और उच्च ज्ञान भक्ति और कर्म के साथ ही चल पायेगा, जीवित रह पायेगा। इसलिए मैं कहता हूँ कि या तो ज्ञान के उस स्तर तक पहुँचा जाये जहाँ वस्तुएँ स्पष्ट दिखने लगें, जहाँ ज्ञान परमात्मा को पाने का साधन बन जाये अथवा यदि ज्ञान के उस स्तर तक पहुँचना जन सामान्य को अपनी व्यस्त दिनचर्या में असंभव दिखे, तो अपना कर्म करते हुए ऐसे की भक्ति की जाये जो अपने ज्ञान से जन सामान्य को परमात्मा तक ले जाये। यह होगा उपनिषद का नवीन स्वरूप, जो सबको मान्य होगा।"

"सच कहा आपने प्रभु! अपना कर्म करते हुए, ऐसे की भक्ति की जाये जो अपने ज्ञान से साधक को परमात्मा तक ले जाये। उपनिषद की इससे परिष्कृत परिभाषा और क्या हो सकती है? परमात्मा को पाने का इससे सरल उपाय क्या होगा? इस भक्ति की सरल क्रियाएँ साधारण ब्राह्मणों से भी कराई जा सकती हैं। इसे तो बहुसंख्य ब्राह्मण भी मानेंगे। मैं तो आज ही इस भक्ति मार्ग को अपनाता हूँ। मैं चारुपाद, इस सभा में घोषणा करता हूँ कि अपना कर्म करते हुए मैं ऐसे की भक्ति करूँगा जो मुझे परमात्मा तक ले जाये और जिसकी भक्ति मैं करूँगा वे होंगे हमारे मथुरा ईश, हमारे श्री कृष्ण," उत्तेजना में बोला चारुपाद।

"यह क्या कह रहे हैं मित्र? मैंने तो मार्ग बताया है इसका अर्थ ये तो नहीं कि आप मेरी ही भक्ति करने लगें," कृष्ण विस्मय से बोले।

"नहीं प्रभु! मैं आपका मित्र नहीं, आपका भक्त हूँ। आप अपने ज्ञान से ले चलें मुझे परम आनन्द की ओर, परमात्मा की ओर," सिंहासन से उतर पैरों में झुक कर चारुपाद बोला।

"अवश्य, यदि तुम मुझमें पूर्ण भरोसा करते हो तो मैं ले चलूँगा तुम्हें अपने ज्ञान से वहाँ तक।"

"प्रभु! आपकी जय हो। अब इन यवनों के लिए आदेश करें।"

"जो स्वेच्छा से हमारी आर्य संस्कृति अपनाना चाहते हैं उन्हें सामान्य ब्राह्मणों से सरल विधान करा कर क्षत्रियों में सम्मिलित करें और जो नहीं बनाना चाहते उन्हें वहाँ जाने दिया जाये सकुशल, जहाँ वे जाना चाहें," कहते हुए कृष्ण बढ़ चले द्वार की ओर। धीरे-धीरे बढ़ते कृष्ण का क़द विराट होता जा रहा था। दरबार में ऐसा कौन था, जो कृष्ण के चरणों में झुकने को लालयित नहीं था। यवन सैनिक ऐसे खिंचने लगे कृष्ण की ओर जैसे लौह चुम्बक की ओर खिंचता है। अनेक यवन चरणों में लोट गये कृष्ण के। राजपुरोहित के पास से निकले कृष्ण, ठिठके, पलट कर बोले।

"यह समय की माँग है राज पुरोहित जी। हमें उदारता से अनार्य विदेशियों को आर्यों में सम्मिलित करना होगा, आर्यों को संकीर्णता त्याग कर अनार्यों को अपनाना होगा। इससे पूर्व कि आर्यों से निकल कर लोग नये धर्म बनाने लगें आर्यों को सरल सहज स्वीकार्य धर्म देना होगा।" जादू ही था कृष्ण की वाणी में कि राजपुरोहित का सिर प्रणाम के लिए झुकता गया कृष्ण के आगे।

• • •

'मथुरा नगर का प्रवेश द्वार और इतना सुनसान। न अंतपाल दिख रहे हैं और न ही प्रहरी,' मथुरा में प्रवेश करते ही कृष्ण को झटका लगा। सोचा पहले दाऊ के निकट पहुँच कर सारा हाल मालूम किया जाये। आगे चले ही थे कि बलराम आते दिखे।

"मैं तुम्हें लेने ही आ रहा था कन्हैया। चरों ने अभी अभी सूचना दी कि तुम मथुरा पहुँच रहे हो।"

"दाऊ, मथुरा इतनी निर्जीव पहले कभी नहीं लगी। क्या बात है?" बलराम को झुक कर प्रणाम करते हुए कृष्ण बोले।

"जरासंध का आतंक है, जो मथुरा के उल्लास को खा गया है," बलराम बोले।

"जरासंध का आतंक? क्या जरासंध ने पुनः आक्रमण किया है?" कृष्ण ने व्याकुल हो पूछा।

"सब बतायेंगे। किन्तु पहले महाराज से मिलने चलेंगे। वे तुम्हारी कुशलता को लेकर अति चिंतित हैं। उन्होंने चारों दिशाओं में हरकारे भेजे थे

जो तुम्हारे सम्बन्ध नें सूचना देते। वैसे भी राजनीतिक रूप से तुम्हारा पहले मथुरा नरेश के पास जाना आवश्यक है। महाराज से मिलने के पश्चात माँ, बाबा और माता-पिता के पास चलेंगे।" कहते हुए कृष्ण को अपने साथ रथ पर ले चल दिए बलराम मथुरा नगर में राज प्रसाद की ओर।

उग्रसेन को देखते ही कृष्ण दौड़ कर चरणों में झुके। हृदय से लगा लिया उग्रसेन ने। बहुत देर छाती से चिपकाये रहे।

"तुम्हें कुशल देख कर मन हर्षित हो रहा है। तुम्हारी वीरता के किस्से तो सुने कि कैसे तुमने काल यवन को मारा। चर तुम्हारे बारे में नित्य सूचनाएँ दे रहे थे कि अब तो जनमानस में तुम एक किंवदती, एक चमत्कारी, एक देव के रूप में चर्चित हो चले हो। किन्तु मेरे लिए तो तुम मेरे नाती हो और जैसे हर किसी को अपने बच्चे की चिंता रहती है, मैं भी तुम्हें लेकर चिंतित रहता था।" बोलते-बोलते गला भर गया उग्रसेन का।

"जब आपका आशीर्वाद साथ है तो कौन-सा शत्रु, कौन-सी बाधा हमें रोक सकेगी? आपके आशीष से शत्रु पराजित होने लगते हैं, बाधाएँ स्वतः दूर होने लगती हैं, स्थितियाँ अनुकूल होने लगती हैं नाना श्री, किन्तु मथुरा को देख कर लग रहा है कि यहाँ सब कुछ ठीक नहीं है, भैया बता रहे थे कि जरासंध ने फिर आतंक मचाया है।" कृष्ण बोले।

"हाँ, कान्हा। यह जरासंध तो सचमुच नासूर बन गया है मथुरा के लिए। बार-बार यहाँ आक्रमण करता है। काल यवन को भी उसी ने न्योता था - मथुरा आक्रमण हेतु। उसका विचार था कि दो तरफ़ से मथुरा को घेर कर आक्रमण किया जाये। किन्तु तुम्हारे द्वारा पश्चिम क्षेत्र में जाकर काल यवन को मारने से उसकी योजना को दोहरी हानि हुई, इसी को लेकर वह और भड़का हुआ है।" उग्रसेन बोले।

"दोहरी हानि? वह कैसे?" कृष्ण ने विस्मय से पूछा।

"कन्हैया वास्तव में जरासंध को तुमसे अपने जामाता की मृत्यु का बदला लेना है। इसीलिए जब तुम नहीं होते हो मथुरा में तो वह यह कह कर चला जाता है कि उसे मथुरा की प्रजा से कोई वैर नहीं, उसका वैरी तो कृष्ण है। वह अभी तक जितनी बार आया तुम मथुरा में नहीं मिले, इस बार भी नहीं थे। एक तो यह हानि और दूसरी हानि है काल यवन की मृत्यु जिसका उपयोग वह अपने विरोधियों के विरोध में कर सकता था।" बलराम बोले।

"तो क्या हर बार की तरह इस बार भी वह आक्रमण करने आया और बिना आक्रमण किये चला गया?" कृष्ण बोले।

"कान्हा वह चला तो जाता है किन्तु प्रजा को भयभीत कर जाता है। जब उसकी आततायी सेना मथुरा से गुज़रती है तो युद्ध से अधिक हानि कर जाती है। संभव है कि वह पुनः आक्रमण करे क्योंकि उसने चेतावनी दी है कि कृष्ण के आते ही वह फिर आयेगा।" उग्रसेन चिंतित स्वर में बोले।

"तभी मैं सोचूँ कि मुझे देखते ही मथुरा वासी जिस प्रकार प्रफुल्लित हो जाते थे वैसा इस बार क्यों नहीं हो रहा? इस जरासंध का उपचार अब करना ही होगा। आप निश्चिंत रहें, यादव संघट-गण इस बार अपनी पूरी शक्ति से जरासंध से युद्ध कर उसे परास्त करेगा। आने दें उसे, इस बार वह जीवित नहीं लौटेगा," आवेश में आ कर कृष्ण बोले।

"मैं निश्चिन्त हूँ कान्हा, अब तुम आ गये हो तो उसका भी कोई हल निकल ही आएगा। दूर यात्रा से थके होगे, जाओ घर जाओ विश्राम करो कल दरबार में योजना बनायेंगे। संघ मुख्य के नाते तुम्हारा प्रसाद तैयार करा दिया गया है," उग्रसेन बोले।

"धन्यवाद महाराज। मैं दाऊ के साथ माँ-बाबा, और माता-पिता के पास जा रहा हूँ।"

"यही उचित होगा। वे सभी अक्रूर के अतिथि हैं। जाओ वे राह देख रहे होंगे तुम्हारी।"

• • •

कल देर तक सब बातें करते रहे। भोर होते ही फिर सब बैठ कर बतियाने लगे। कृष्ण को पास बिठाये यशोदा उनके बचपन के किस्से देवकी, वसुदेव को सुना रही थीं। बड़ा विचित्र दृश्य था। कभी सुनाते-सुनाते माँ रोने लगती, कभी सुनते-सुनते माता रोने लगती। वात्सल्य का यह रूप देख ऐसा कौन था वहाँ जिसकी आँखें न छलक जाती हों। कृष्ण के किस्से भी तो इतने थे कि समाप्त होने का नाम ही नहीं ले रहे थे। धूल में लिपटे कृष्ण, माखन चुराते कृष्ण, बंसी बजाते कृष्ण, गोवर्धन उठाते कृष्ण, कालिया मर्दन, बका वध आदि न जाने कितने किस्से थे जो सुनाते-सुनाते रोमांचित हो रहे

थे नन्द और यशोदा। सुनते-सुनते रोमांचित हो रहे थे देवकी और वसुदेव। अक्रूर परिवार भी इस कथा को सुनकर सौभाग्यशाली हो रहा था।

चर्चाएँ चल रही थीं कि उद्धव ने आकर सूचना दी कि महाराज ने तत्काल राज प्रसाद में बुलवाया है। सबसे विदा ले कर बलराम और उद्धव के साथ चल दिए उग्रसेन के महल की ओर।

तेज़-तेज़ डग भरते हुए पहुँचे तीनों उग्रसेन के विशेष कक्ष में। देखा महाराज उद्विग्न हो टहल रहे हैं और यह क्या... मुनि नारद बैठे हैं आसन पर। दोनों को प्रणाम किया सबने।

"तुम आ गये कन्हैया। देखो मुनि नारद कैसी चिंताजनक सूचना लेकर आये हैं।" उग्रसेन व्यग्र हो कर बोले तो सभी नारद की ओर विस्मय से देखने लगे।

"जरासंध मथुरा पर आक्रमण के लिए बढ़ रहा है। श्री कृष्ण के मथुरा पहुँचने की सूचना उसे कल ही मिल गयी थी। पांचाल नरेश ने उसे अपनी सीमा से गुज़रने की अनुमति नहीं दी थी, इसलिए उसका पड़ाव पांचाल की सीमा पर लगा है। इस बार उसके साथ चेदि नरेश शिशुपाल और विदर्भ का रुक्मी भी अपनी सेनाओं के साथ है। यदि वे पांचाल से गुज़र सके तो तीन दिवस में और यदि अनुमति नहीं मिली तो राह बदल कर संभव है कि सात दिवस में मथुरा तक पहुँच जायें।" मुनि नारद ने रहस्य खोला।

"यदि ऐसा है तो हम उन्हें मुँहतोड़ जवाब देंगे। आने दो, जरासंध इस बार बच कर नहीं जाना चाहिए," बलराम बोले। क्रोध में उनकी भुजा फड़क रहीं थीं, नथुने फूल रहे थे।

"महाराज, अप निश्चिन्त रहें। हम यादव संघ के सभी गण राज्यों को संदेश भेजते हैं। वे सभी अपनी सेनाओं के साथ मथुरा पहुँच जायेंगे तीन दिवस से पूर्व ही," कृष्ण बोले।

"आपका विचार तो ठीक है, किन्तु मेरा मत भिन्न है आपसे। इस समय जरासंध के साथ जो सेना है, वह आपके सम्पूर्ण संघट-गण की सेना से संख्या व शक्ति में कई गुना है। इस समय जरासंध से टकराना आत्मघाती होगा," नारद बोले।

"यदि ऐसा है तो मैं अकेला ही उससे युद्ध करूँगा। चूँकि वह मुझसे ही वैर मानता है इसलिए उससे लड़ते-लड़ते मैं मारा भी जाता हूँ तो उसका प्रतिशोध पूरा हो जायेगा। इससे मथुरा तो बची रहेगी, गणराज्यों की सेना तो हानि से बच जायेगी।" कृष्ण बोले, उत्सर्ग की भावना से मुख पर अपार तेज फैल गया था।

"यदि इतने भर से ही बच जाये मथुरा और अन्य गण तो यह दाँव भी बुरा नहीं। किन्तु इसकी सम्भावना न्यून है। क्योंकि जैसा जरासंध का स्वभाव है, आपको हत करने के बाद वह मथुरा को नष्ट कर देगा," नारद ने आशंका प्रकट की।

"तब क्या करना चाहिए महामुनि?" चिंतित हो उग्रसेन बोले।

"मेरे विचार से इस समय जरासंध से टकराना मूर्खता होगी। श्री कृष्ण का मथुरा छोड़कर जाना ही एकमात्र विकल्प है," नारद ने व्यवस्था दी।

"इस प्रकार पीठ दिखाना तो कायरता होगी। मैं और कान्हा अपने विशिष्ट योद्धाओं के साथ क्यों न जरासंध के शिविर पर आक्रमण कर दें?" बलराम बोले।

"ये सब उपाय आत्मघाती हैं। आर्यावर्त में इस समय जरासंध का सामना करने की शक्ति किसी में नहीं है। इसलिए जब तक शक्ति का संचय न कर लिया जाये, जरासंध से न टकराया जाये," नारद बोले।

"किन्तु रणक्षेत्र छोड़ कर भाग जाना कायरों का काम है महामुनि। क्षत्रिय योद्धाओं का धर्म तो युद्धभूमि में शत्रु को मार देना या लड़ते-लड़ते प्राण दे देना है," बलराम आक्रोश में बोले।

"आपने सर्वथा सत्य और धर्मानुकूल कथन किया है बलराम जी, किन्तु श्रीकृष्ण मात्र एक योद्धा ही नहीं है, ये युग निर्माता हैं। इस राष्ट्र के भाग्यविधाता हैं। इसलिए बड़े व महान उद्देश्य की पूर्ति के लिए छोटे समझौते करते चलना ही बुद्धिमत्ता है। क्या हुआ जो लोग उन्हें अभी रणभूमि से पीठ दिखाने वाला कहेंगे? समाज, देश, मानव कल्याण के लिए यह अपयश भी बुरा नहीं। क्योंकि आने वाले समय में महान नायकों द्वारा किये जाने वाले महान एवं कल्याणकारी कार्य उनके पुराने अपयशों को धो देते हैं," नारद ने दर्शन दिया तो सब मौन हो गये। सबके मन में चिन्तन चल रहा था। सबके

मस्तिष्क तीव्र गति से चल रहे थे। कुछ क्षण के मौन को कृष्ण ने तोड़ा।

"ठीक है महामुनि, यदि मेरे मथुरा छोड़ने से मथुरा और अन्य गणों की हानि रुकती है तो मुझे यह अपयश भी स्वीकार है। किन्तु यह सुनिश्चित कैसे होगा कि मेरे जाते ही जरासंध वापस चला जाये," कृष्ण मन ही मन किसी निर्णय पर पहुँचते हुए बोले।

"वह आप मुझ पर छोड़ दें। मैं यायावर हूँ, सब जगह जाता रहता हूँ। जरासंध को जाकर कहूँगा कि आपके भय से कृष्ण रणछोड़ हो गये हैं। मथुरा छोड़कर भाग गये हैं। अब आप जैसे शक्तिशाली राजा को निरुद्देश्य निरीह प्रजा पर आक्रमण कर अपयश का भागी नहीं होना चाहिए," नारद बोले।

"बार-बार मथुरा पर जरासंध के आक्रमण की सम्भावना को समाप्त करने मैं सदैव के लिए कहीं और बस जाऊँगा।" कृष्ण ने विचार दिया।

"कहीं और बस जाओगे, पर कहाँ?" उग्रसेन ने पूछा।

"महाराज, जब मैं और भैया गुरुपुत्र पुनर्दत्त को जल दस्युओं से छुड़ाने प्रभास तट तक गये थे, तो वहाँ कुश स्थली के पास रमणीक सागर तट मिला था, जो मुझे भाया था, मैंने भैया से कहा भी था। कुश स्थली के राजा काकदिमन को वहाँ जल दस्यु आये दिन सताते रहते हैं। उन्होंने भी हम दोनों से आग्रह भी किया था कि यदि हम वहां बस जाएँ तो वह स्थान अशांत नहीं रहेगा। काकदिमन तो अपनी पुत्री का विवाह भी भैया से करना चाहते थे और भैया भी राजकुमारी रेवती की ओर आकृष्ट हो रहे थे। तभी मैंने सोच लिया था कि मथुरा लौटकर आप सबसे यह चर्चा करूँगा किन्तु समय ही नहीं मिला," कृष्ण बोले तो बलराम का मुख हर्ष व लज्जा से सुर्ख हो गया।

"किन्तु किसी अनजान देश में घूमने जाना और वहाँ सदैव के लिए बसना पृथक-पृथक बातें हैं। वहाँ के निवासी तुम्हें ग़ैर राज्य का जान क्यों तुम्हारा सहयोग करेंगे?" उग्रसेन चिंतित हो बोले।

"महाराज श्री कृष्ण विलक्षण हैं, अद्भुत हैं। ये जहाँ रहेंगे वहाँ के लोग सदैव के लिए इन्हीं के हो जायेंगे। यह उपयुक्त होगा कि श्री कृष्ण कहीं दूर अपना पृथक राज्य स्थापित करें। जो लोग इनके साथ जाना चाहें वह भी अगर जाते हैं तो उपयुक्त रहेगा।" नारद बोले।

"मैं तो कान्हा बिना रह ही नहीं सकता। ये जहाँ रहेगा, मैं वहीं रहूँगा," बलराम बोले।

"मेरे बिना या भावी भाभी के बिना," कृष्ण ने चुहल की तो बलराम शरमा गये।

"मैं भी चलूँगा," उद्धव बोले।

"उद्धव हमें कल ही निकलना है इसलिए जो भी चलना चाहें अभी तैयारी कर लें। हम सब भोर में प्रस्थान करेंगे," कृष्ण बोले।

• • •

"लेकिन कान्हा इसके लिए इतनी दूर बसने की क्या आवश्यकता है?" देवकी बोली।

रात भर से तैयारियाँ चल रही थीं। कृष्ण स्वयं सब व्यवस्थाओं को देख रहे थे। वसुदेव, देवकी, नन्द, यशोदा सभी समझा रहे थे किन्तु कृष्ण ने जैसे ठान लिया था। बलराम से अक्रूर ने कहा तो उन्होंने यह कह कर पल्ला झाड़ लिया कि कन्हैया ने निर्णय लिया है वही जाने। उन्हें तो कन्हैया के साथ ही रहना है, जहाँ वह रहे।

"और यदि जाना आवश्यक है, तो हम सब चलेंगे। क्या कहते हो मित्र नन्द?" वसुदेव देवकी बोले।

"यह तो अति उत्तम होगा। हम सब चलते हैं," नन्द ने 'हाँ' में 'हाँ' मिलाई।

"आप सब मुझसे, भैया से, हम सबसे इतना स्नेह करते हैं कि हमारे दूर जाने की कल्पना ही आपको दुखी कर रही है। किन्तु सोचिये हम लोगों के चले जाने मात्र से हमारा राज्य सुरक्षित होता है तो हमें यह त्याग देश हित में करना होगा। आप सब यहीं रहें, नाना श्री के सहयोगी बनें, उनकी शक्ति दृढ़ करें। मुझे प्रसन्नता होती आप सबको साथ ले चलने में किन्तु कर्तव्यपालन मोह से सर्वथा बड़ा होता है, और महाराज को, मथुरा को आप की आवश्यकता है। इसलिए पुत्र मोह को त्याग कर राज्य के लिए अपने कर्तव्य पालन हेतु यहीं रहें, इस राज्य में। यही विनती है," कृष्ण प्रणाम की मुद्रा में सबके सामने झुक कर बोले।

उद्धव ने आकर सूचना दी कि सब तैयारियाँ पूर्ण हैं। रास्ते के लिए आवश्यक खाद्य सामग्री रख ली गयी है। अतिरिक्त सामग्री जो भार बन रही थी, हटा दी गयी है। रथ तैयार हैं। सीमित सैनिक, गिनती के राजकर्मी, स्वेच्छा से चलने वाले राजनयिक, कारवाँ को भोजन, विश्राम की व्यवस्था करने वाले सेवक। सब तैयार हैं और कृष्ण बलराम की बाट देख रहे हैं।

“हमें आज्ञा दें आप सभी। माता-पिता का आशीष सन्तानों पर सदैव रहता है फिर हम तो सौभाग्यशाली हैं कि दो-दो माता-पिता का हमें दुलार और स्नेह मिला है।” कृष्ण भावुक हो कर बोले।

सबके चरणों में झुक कृष्ण, बलराम ने आशीष लिया। चाचा अक्रूर से विदा ली। एक-एक कर सबसे बारम्बार मिल कर कृष्ण यशोदा के पास आकर रुक गये।

“माँ ...” कहते-कहते रुक गये कृष्ण। यशोदा समझ गयीं कि कुछ है, जो कृष्ण के मन में चल रहा है।

“हाँ, कान्हा क्या है जो कहना चाह रहा है? मैं जानती हूँ तू बचपन से ही ऐसा है जब भी कोई गंभीर बात होती थी तो ऐसे ही कहते-कहते रुक जाना तेरा स्वभाव रहा है।” हृदय से लगा यशोदा बोलीं।

“बोल मेरे सुत, क्या है जो अपनी माँ से कहना चाह रहा है?”

“माँ... माँ, राधा का ब्याह करा देना माँ। उसकी आकृति मुझे बैचेन करती है।” कहते-कहते फफक कर रो पड़े कृष्ण। यशोदा ने ज़ोर से भींच लिया छाती से, झर-झर आँसू बह निकले।

“ना मेरे पुत्र... शांत हो जा। मैंने, तेरे बाबा ने, काका वृषभान, काकी कपिला सबने समझा-समझा कर हार मान ली। वह तो कहती है, जिस चुलबुली राधा को आप समझाना चाह रहे हैं वह तो कान्हा के साथ ही चली गयी है। जो है, वह तो दूसरी राधा है जिसके ध्यान से कान्हा हटता ही नहीं है। इसलिए कोई अन्य बात न उसे सुनाई देती है और न ही समझ में आती है। किन्तु पुत्र अशांत मन से मत जा। हम सब तेरा सन्देश देकर उसे समझायेंगे। वह समझेगी, अवश्य समझेगी... शांत हो जा पुत्र,” रोते - रोते हिचकियाँ आने लगीं यशोदा को।

9

"द्वारकाधीश की जय हो।"

रथ से उतर कृष्ण अपने भवन में प्रवेश करने वाले थे कि पीछे से किसी ने आवाज़ दी। द्वारका बसाने के बाद वहाँ का शासक बनते ही कृष्ण ने घोषणा कर दी थी कि किसी भी प्रार्थना को लेकर, कोई भी उनसे कभी भी मिल सकता है। यही सुनकर उस अजनबी ने पुकार लगाई। मुड़कर देखा कृष्ण ने, कोई अपरिचित व्यक्ति है। निकट गये, पूछा।

"कहो... क्या बात है?" करुणामयी स्वर में बोले कृष्ण।

"प्रभु! मैं आपके लिए यह गुप्त सन्देश लाया हूँ। क्षमा करें यदि आवश्यक न हो तो मैं अपनी पहचान छुपाये रहूँगा।" धीरे से बोल उसने एक पत्र थमा दिया, कृष्ण को।

"अवश्य," कहते हुए पत्र खोला कृष्ण ने। सायं हो चली थी किन्तु अभी इतना उजाला था कि पत्र पढ़ा जा सके।

'गोविन्द,

मैं आपको इसी नाम से पुकारूँगी। सुना है ब्रज में आप सबसे बड़े गौ संरक्षक, गौ रखवाले थे। ब्रज की समस्त गायें आपके संरक्षण में स्वस्थ थीं, प्रसन्न थीं। पितामह कहते हैं कि मैं भी एक गाय हूँ, एक निरीह गाय। जो कहने को तो विदर्भ की राजकुमारी है किन्तु अपने भाई की इच्छा पर निर्भर। राजा की एक निर्जीव, विनिमय में दी जाने वाली सम्पत्ति। मेरा भाई रुक्मी मेरा विवाह मेरी इच्छा के प्रतिकूल चेदि नरेश शिशुपाल से कराना चाहता है। मेरे पिता भी उसकी हाँ में हाँ मिलाते हैं। शिशुपाल ब्याह हेतु बारात लेकर आने वाला है। उसके साथ विवाह करने से पूर्व मैं आत्महत्या

कर लूँगी। तारणहार हो सबके, आपके सम्बन्ध में लोग तो यही कहते हैं। मैं भी देखूँ, क्या यह सच है?'

रुक्मिणी

पत्र हाथ में लिए कुछ देर किंकर्तव्यविमूढ़ हो खड़े रहे कृष्ण। फिर पलटे और पत्र वाहक को जाने की अनुमति दे अंदर चले गये। द्वारपाल को बोल गये कि दारुक को रोका जाये।

अंदर कक्ष में बैचेन टहलते हुए कृष्ण को सुध ही नहीं थी कि परिचारिका कब जलपान रख गयी। कभी खड़े हो शून्य में निहारते, कभी तेज़ चहलक़दमी करने लगते। अचानक द्वार पर खड़े प्रहरी को आवाज़ दी। प्रहरी के आते ही दारुक को लिवा लाने की आज्ञा दी। कुछ क्षणों पश्चात दारुक उपस्थित हुआ।

"दारुक तुम मेरे सारथि ही नहीं मेरे साथी भी हो। हम दोनों के लिए परीक्षा की घड़ी आ गई है। संभव है हमें अभी निकलना पड़े। चलो भैया के प्रसाद की ओर," कृष्ण भावावेश में बोले।

• • •

"किन्तु कान्हा यह भी तो हो सकता है कि ये जरासंध की चाल हो। रुक्मी, जरासंध का अंध समर्थक है। संभव है शिशुपाल, जरासंध और रुक्मी ने मिलकर कोई षड्यंत्र रचा हो तुम्हें फँसाने का। क्योंकि दो वर्षों की अल्प अवधि में तुमने न सिर्फ़ एक नया राज्य स्थापित किया अपितु उसे आर्यावर्त के सबसे समृद्धशाली राज्यों में से एक बना दिया है। यह सब तुम्हारे विरोधियों को खटक रहा होगा," बलराम ने शंका प्रकट की।

"आपका संदेह उचित है और राजनीतिक रूप से समीचीन भी। किन्तु दाऊ वह पत्र गोपनीय है। मेरे लिए ही है, इसलिए आपको पढ़ा नहीं सकता, किन्तु यह विश्वास दिलाता हूँ कि वह मात्र एक पत्र नहीं, एक आर्तनाद है। जैसे तैरना न जानने वाला पानी में प्राणों के लिए छटपटाता है वही छटपटाहट है उन शब्दों में। और मेरा प्रण रहा है कि जो भी संकट में मुझे पुकारेगा अपने प्राणों की, अपनी हानि की चिंता न कर मैं उस तक पहुँचूँगा।" कृष्ण बोले।

"वह तो ठीक है किन्तु इस प्रकार विदर्भ जाना आत्मघाती हो सकता है। तुमने दिन रात एक कर बिना भोजन और नींद की चिंता किये इस राज्य को बनाया है। तुम्हारी प्रजा तुम्हें अपना राजा ही नहीं मानती अपितु उसके लिए तुम सच्चे मार्गदर्शक, सच्चे पथ प्रदर्शक हो। तुमने उन्हें आर्थिक और राजनीतिक नेतृत्व के साथ-साथ धार्मिक पथ प्रदर्शन भी किया है, आध्यात्मिक नेतृत्व भी दिया है। द्वारका का व्यापार दिन दूना, रात चौगुना बढ़ रहा है। आर्यावर्त का पश्चिमी प्रवेश द्वार है यह। रोम और दूसरे देशों से आर्यावर्त के व्यापार की हम धुरी बन गये हैं। भृगुकच्छ, सुपारा के हमारे बन्दरगाह सोना उगल रहे हैं। प्रजा सम्पन्न हुई है। धर्म में भी तुमने ब्राह्मणों के ख़र्चीले कर्म कांड के स्थान पर ज्ञान, कर्म एवं भक्ति का जो दर्शन दिया है उसे भी जनमानस ने हाथों-हाथ लिया है। क्योंकि इससे उनका समय, श्रम एवं धन तीनों बच रहे है। इसीलिए प्रजा तुम्हें द्वारिका नरेश या द्वारका महाराज नहीं कहती अपितु 'द्वारकाधीश' कहती है। तुम अपने राज्य की भौगोलिक सीमाओं के ही स्वामी नहीं हो, अपनी प्रजा के जीवन, उसके जीवन की हर क्रियओं के स्वामी हो। यदि तुम्हें कुछ हो गया तो इन सबका क्या होगा? तुम्हारी प्रजा तुम्हारे बिना रहने की कल्पना भी नहीं कर सकती," बलराम चिंतित दिखे।

"भैया, आपका मुझ पर अति स्नेह ही आपको चिंतित किये है। पर निश्चिंत रहें, मुझे कुछ नहीं होगा।" कृष्ण बोले।

"यह सच है कन्हैया, तुम्हारे भैया सदैव तुम्हारी कुशलता को लेकर चिंतित रहते हैं। और क्यों न हों? तुम सदैव ख़तरों के खिलाड़ी जो रहे हो। जब तुम्हारे भैया तुम्हारे किस्से सुनाते हैं तो रोंगटे खड़े हो जाते हैं, उन्हें सुन कर। कन्हैया यह सच है कि द्वारका से पूर्व यहाँ एक पिछड़ा राज्य था, जो आये दिन जल दस्युओं के आतंक से पीड़ित रहता था। पिता श्री भी कहते हैं की कुश स्थली के अविकसित और पिछड़े क्षेत्र को तुमने द्वारका-सा विकसित और धनी राज्य बना दिया है और वह भी इतने अल्प समय में। तुम्हारी क्षमताएँ अपार हैं। मैं और तुम्हारे भैया तो आये दिन यही चर्चा करते हैं कि तुम तो जगत कल्याण में आठों प्रहर व्यस्त रहते हो, कैसे तुम समय निकाल पाओ कि तुम्हारा ब्याह हो जाये? संभव है विधाता ने यह प्रसंग तुम्हारे विवाह हेतु ही उपस्थित किया हो और रुक्मिणी यदि हमारे कुल की वधु बनती है तो यह सर्वथा उत्तम ही होगा। किन्तु जिस प्रकार तुम अकेले जाना चाह रहे हो वह निश्चित ही चिंता में डालने वाला है," रेवती बोलीं।

“भाभी श्री, आप दोनों ही मेरी चिंता करते रहते हैं। पर मेरा सुरक्षा कवच तो आप दोनों का, सभी बड़ों का आशीर्वाद है जो सदैव मेरे साथ रहता है। मैं सकुशल लौटूँगा और रुक्मिणी को लेकर लौटूँगा। बस आप दोनों निश्चिंत हो मुझे जाने की अनुमति दें,” कृष्ण बोले।

“किन्तु किसी को तो साथ ले जाओ। उद्धव, सात्विक और कुछ चिह्नित योद्धा ही लिए जाओ,” बलराम ने ज़ोर डाला।

“भैया, यह अभियान मुझे अकेले ही पूरा करना होगा। इसमें कोई मेरा साथी नहीं हो सकता। इसकी गोपनीयता ही इसकी सफलता का सोपान रचेगी,” आत्म विश्वास से भरे कृष्ण बोले

“कब निकलना चाहोगे?” बलराम ने पूछा।

“अभी,” कृष्ण ने कहा तो बलराम, रेवती आश्चर्य से देखने लगे उन्हें।

• • •

“एक महानुभाव आपसे मिलने की अनुमति चाह रहे हैं। कह रहे हैं कि बड़े महाराज को जाकर बताओ कि कोई ग्वाल हैं, जो दूर से आये हैं आपके दर्शन को,” प्रहरी ने कहा।

‘ग्वाल ...ग्वाल,’ कौशिक सोचने लगे फिर अचानक बोले।

“हाँ-हाँ ग्वाल, ले आओ अंदर। और सुनो जब तक वे मेरे पास रहें कोई भी भीतर नहीं आएगा।”

“आ गये गोविन्द? यही नाम दिया है न रुक्मिणी ने तुम्हें।” जैसे ही महानुभाव अंदर आये, कौशिक बोले।

“हाँ पितामह,” कहते हुए कृष्ण ने झुककर अभिवादन किया।

“यशस्वी भव, विजयी भव। श्री विष्णु तुम्हें तुम्हारे उद्देश्य में सफलता दिलायें।” आशीष दिया कौशिक ने।

“पितामह मार्गदर्शन दें, क्या करना चाहिए मुझे?” पास में बैठते हुए कृष्ण बोले।

“गोविन्द कुछ योजना बनाने से पूर्व यहाँ की पृष्ठभूमि जान लो।” कौशिक बोले, कुछ क्षण रुके, पुनः बोलना शुरू किया।

"विदर्भ भारत राष्ट्र के दक्षिण पथ पर स्थित एक शक्तिशाली राज्य है। वर्तमान में यहाँ मेरे पुत्र भीष्मक का शासन है। भीष्मक यूँ तो सरल व्यक्ति है, किन्तु अपने पुत्र रुक्मी के प्रभाव में रहता है। रुक्मी एक उद्दंड, क्रूर और अभिमानी राजकुमार है। रुक्मी की इन दिनों मगध नरेश जरासंध और चेदि नरेश शिशुपाल से अच्छी निभ रही है। जरासंध तुमसे प्रतिशोध लेने को इतना उतावला है कि उसने शिशुपाल और रुक्मी के साथ अपना गुट बना लिया है। सदैव के लिए मगध, विदर्भ और चेदि तीनों एकजुट रहें, इस हेतु जरासंध विवाह नीति का उपयोग कर रहा है। इसीलिए वह शिशुपाल का विवाह रुक्मिणी से कराना चाहता है। इतना ही नहीं रुक्मी का विवाह वह अपनी पोती अप्नवी से कराने का विचार कर रहा है। मगध जैसे शक्तिशाली राज्य से नातेदारी होने की सम्भावना के कारण भीष्मक को भी लालच ने घेर लिया है और वह भी आँखें मूँद रुक्मी की हाँ में हाँ मिला रहा है। आर्यावर्त में सदियों से विवाह सम्बन्धों को राजनीति का एक महत्त्वपूर्ण भाग माना जाता रहा है। किन्तु कन्या कोई विनिमय की वस्तु है? जो अपने राजनीतिक लाभ के लिए उसका उपयोग किया जाये? कृष्ण मेरी पौत्री रुक्मिणी सुंदर, सुशील और दयालु हृदय है। वह सर्वथा तुम्हारी भार्या बनने के योग्य है। उसे शिशुपाल जैसे निर्दयी, अभिमानी और कृपण के हाथों में नहीं जाने देना।" बोलते बोलते आवाज़ भर्रा गयी कौशिक की।

"पितामह आप निश्चिंत रहें, आपकी इच्छा मेरे लिए आदेश है। बस इतना और बता दीजिये कि रुक्मिणी तक मैं पहुँचूँगा कैसे?" कृष्ण बोले।

"वह भी मैंने सोच लिया है। रुक्मिणी हर रोज मेरे पास आने के बाद नगर बाहर उत्तर में स्थित श्री विष्णु के मन्दिर जाती है। मैं उससे कहूँगा कि कैसे भी अपनी सखियों से दूर मन्दिर के पिछवाड़े पहुँचे। वहीं सें तुम उसका हरण कर जितनी शीघ्रता कर सकते हो, निकल जाना कुंडनिपुर से।

• • •

कुंडनिपुर नगर के बाहर उत्तर दिशा में श्री विष्णु का भव्य मन्दिर। राजकीय संरक्षण में मन्दिर का रख-रखाव और निर्माण कार्य चलता ही रहता था। मंदिर में गर्भ गृह में मुख्य देव मूर्ति स्थापित थी। गर्भगृह के चारों ओर परिक्रमा पथ का विशाल गोपुरम था। गोपुरम में स्थान-स्थान पर द्वार बने

थे जिनमें से परिक्रमा पथ से बाहर निकल कर जाया जा सकता था। ये द्वार सामान्यतः बंद रहते थे और मन्दिर के सफ़ाई कर्मियों के आने-जाने हेतु ही उपयोग में रहते थे। किन्तु राज परिवार के सदस्यों के आगमन के समय गोपुरम के वे बाह्य द्वार खोल दिए जाते थे, जिससे परिक्रमा करते समय राज परिवार को बाह्य हवा मिलती रहे। गोपुरम के बाहर मन्दिर के पीछे के भाग में विभिन्न प्रकार के फलदार वृक्षों का उद्यान था। फलों से वृक्ष लदे रहते थे। बाग के पीछे के भाग में एक बड़ा कूप था, जिसकी मुँडेर पक्की ईंटों की बनी थी। बगीचा तीन तरफ़ से कँटीले बागड़ से घिरा था।

उस दिन सायं के समय श्री विष्णु के दर्शन कर रुक्मिणी गोपुरम में परिक्रमा कर रही थी। सखियाँ भी साथ थीं। दो परिक्रमा के बाद अचानक रुक्मिणी ने सखियों से कहा कि उसे घुटन-सा आभास हो रहा है। वह थोड़ी देर बाहर बाग में बैठ कर आती है, तब तक वे परिक्रमा पूरी कर लें और फिर बाहर उसकी प्रतीक्षा करें।

गोपुरम के एक खुले द्वार से बाहर निकल रुक्मिणी धीरे-धीरे कूप की ओर बढ़ने लगी। कूप के पास पहुँच जगत पर बैठ गयी। घड़ी, दो घड़ी ऐसे ही बैठी रही। शांत बैठी रुक्मिणी की दृष्टि बाहर की ओर थी। अकस्मात उसे बागड़ के कंटीले झाड़ों के पीछे एक हाथ दिखाई दिया, धीरे-धीरे हाथ ऊपर उठा और उस पर मुरली दिखने लगी। जिसकी प्रतीक्षा थी, उसे आया जान रुक्मिणी बढ़ी बागड़ की ओर। कृष्ण ने झाड़ हटाए, रास्ता बनाया, वेग से घुसे अंदर और चपलता से रुक्मिणी का हाथ पकड़ कर बाहर को दौड़े। दारुक ने कोई चूक नहीं की। जहाँ कृष्ण ने बागड़ में रास्ता बनाया था, वहीं लाकर रथ खड़ा कर दिया। रुक्मिणी का हाथ पकड़े दौड़ते हुए कृष्ण रथ तक आये। रुक्मिणी को चढ़ाया, स्वयम् चढ़े और दारुक को संकेत किया। दारुक ने तीव्र गति से रथ दौड़ा दिया उत्तर दिशा की ओर।

मन्दिर के पीछे से तेज़ी से निकलते रथ को देख सुरक्षा सैनिकों का माथा ठनका। उनमें से कुछ दौड़ कर अन्दर गये। रुक्मिणी को देखा, नहीं दिखी, सखियों से पूछा, दौड़कर पीछे गये। रुक्मिणी कहीं नहीं दिखी।

"राजकुमारी जी... राजकुमारी जी..." बार-बार चिल्ला रहे थे, साथ आये सैनिक। किन्तु रुक्मिणी के वहाँ होने का कोई चिह्न नहीं दिखा। दौड़कर बाहर आये, साथ के सैनिकों को बताया। दो सैनिक राजधानी में

अंदर रुक्मी को सूचित करने भागे। शेष सभी रथों पर सवार दौड़े उस अज्ञात रथ के पीछे।

दारुक ने रथ की गति बढ़ा रखी थी। पीछे सुरक्षा सैनिकों के रथ चले आ रहे थे वायु वेग से। सैनिक जानते थे कि रुक्मिणी यदि नहीं मिली तो रुक्मी उन्हें यहीं मार देगा। प्राणों का भय जो न कराये वह थोड़ा। अतः पीछे दौड़ रहे तीनों रथ देखते-देखते दारुक के रथ के पास आने लगे।

"दारुक तुम रथ नहीं रोकना। मैं इन्हें रोकता हूँ तीरों से," कहते हुए कृष्ण ने रथ में से अपना धनुष उठाया। प्रत्यंचा खींची, तीर रखा और चलते रथ से ही छोड़ दिया। बाण सीधा जाकर लगा पीछे आ रहे एक रथी को। वह रथ से गिरा। रथ में सवार दूसरे सैनिक ने अपना तीर चलाया कृष्ण तक पहुँचने से पूर्व ही, दूरी का सही अनुमान न लगा पाने के कारण बीच में ही गिर गया। इससे पूर्व कि रथी दूसरा बाण चला पाता, वायु की गति से आता कृष्ण का तीर छाती बेध गया उसकी। दारुक का रथ वेग से दौड़ा जा रहा था और रथ में विपरीत दिशा में मुख किये कृष्ण तीर पर तीर चलाये जा रहे थे। चलते रथ से तीर चलाना और उसे लक्ष्य तक सटीक समय में पहुँचाना युद्ध कौशल था और रुक्मिणी को कृष्ण इसमें पारंगत लग रहे थे।

रुक्मी का रथ दौड़ा जा रहा था, उत्तर की ओर। साथ में सेना की टुकड़ी। दौड़ते रुक्मी को रास्ते में स्थान-स्थान पर कहीं घायल, कहीं मृत सैनिक मिले। ज्यों ही कोई सैनिक मार्ग में गिरा मिलता, रुक्मी के रथ और क्रोध का वेग एक साथ बढ़ जाता था।

कुंडनिपुर से बहुत दूर विदर्भ की सीमा तक पहुँचने वाला था रुक्मी किन्तु अपहरणकर्ता का कोई चिह्न नहीं मिला अब तक। अचानक दौड़ते रथ से दिखे दूर दो रथ। निकट पहुँच देखा दोनों रथों के चक्के निकले थे। कोई भी सैनिक रथ के पास नहीं थे। लगता था कि बचे हुए सैनिक रुक्मी के भय से प्राण बचाकर भाग गये थे। एक रथ के ऊपर ध्वज दंड पर एक तीर फँसा था जिसमें पीत वस्त्र उलझा था। सैनिक को रथ पर चढ़ा उतरवाया। प्रतीत होता था कि शर संधान करने वाले ने सोच कर ही उसे वहाँ फँसाया था। सैनिक वस्त्र निकाल कर लाया।

"यह तो पीताम्बर है जो उत्तरीय के रूप में कृष्ण ओढ़ता है। तो क्या कृष्ण ने रुक्मिणी का हरण किया है और पीताम्बर को संकेत के रूप में छोड़ गया है? तो वह हमें शब्दों से नहीं संकेत से ललकार कर गया है। मैं उसे छोड़ूँगा नहीं," रुक्मी, पीताम्बर को हाथ में लिये खड़ा सोचता रहा।

10

"नारायण, नारायण" द्वारका के दरबार में कृष्ण राजकाज निपटा रहे थे कि आवाज़ सुनकर दृष्टि गयी द्वार की ओर। देखा मुनि नारद चले आ रहे हैं दरबार में, द्वार प्रहरी के साथ।

"मुनि नारद, अहोभाग्य हमारे जो मुनिवर आप पधारे। द्वारका के दरबार में आपका स्वागत है। हम सबका यथोचित अभिवादन स्वीकार हो। आसन ग्रहण करें ताकि आपको मधुपर्क भेंट कर हम आपका सम्मान कर सकें," सिंहासन से खड़े हो कृष्ण बोले।

"नारायण... नारायण," बिना आसन ग्रहण किये नारद बीच दरबार में आ दुहराने लगे।

"आसन पर विराजें मुनिवर और यह क्या 'नारायण, नारायण' लगा रखा है," हँसते हुए कृष्ण बोले।

"नारायण... नारायण। प्रभु दो ही नारायण हैं एक श्री विष्णु और दूसरे आप। इस समय आर्यावर्त में सर्वत्र आपको ईश्वर रूप में देखा जाने लगा है। आम जन ही नहीं, ऋषि मुनि भी आपमें देवत्व स्वरूप का अनुभव कर रहे हैं और मेरे इस विचार से वे भी सहमत हैं कि दो ही नारायण हैं एक श्री विष्णु और दूसरे आप," नारद भावुकता में बोले।

"मुनिवर आप जैसा ज्ञानी मोह वश आज कैसी बातें कर रहा है? मुझे तो कृष्ण ही रहने दें श्री विष्णु स्वरूप न बनाएँ। मैं जानता हूँ कि आप मुझसे अत्यधिक प्रेम रखते हैं और उसी के वशीभूत हो आपको मुझमें श्री विष्णु दिखाई देते हैं।" नारद को खड़े देख कृष्ण भी खड़े-खड़े ही बोले।

"मुझे ही नहीं सम्पूर्ण आर्यावर्त को। आप मात्र यादवों के ही नहीं सभी के ईश हैं। निर्बलों का सहारा हैं, दुखियारों के तारणहार हैं, निर्धनों के पालन

हार हैं। लोग तो यहाँ तक कहते हैं कि जिसका इस धरा पर कोई नहीं उसके आप हैं। इसीलिये हम सबने, समस्त ऋषियों ने श्री विष्णु को आपका स्वरूप देने का मन बना लिया है।" नारद मन्त्रमुग्ध बोलते जा रहे थे।

"श्री विष्णु को मेरा स्वरूप? क्या कहते जा रहे आप?" चौंक कर बोले कृष्ण।

"मैं इसी दरबार में सबसे पूछता हूँ कि क्या खड़े हुए द्वारकाधीश श्री विष्णु से नहीं दिख रहे, या श्री विष्णु इन जैसे दिखेंगे तो कितने मोहक लगेंगे देव?" नारद पलट कर सबसे पूछने लगे।

"सत्य कह रहे हैं मुनिवर। हमारे द्वारकाधीश जैसे ही हैं श्री विष्णु। इतने ही मोहक, इतने ही दयालु और इतने ही करुणामय," सब स्वर में स्वर मिला रहे थे।

"मुनिवर यह क्या है सब?" कृष्ण बोले। उनके स्वर में ठहराव, मुख पर शांति दिख रही थी।

"प्रभु देवासुर संग्राम को आर्यों ने श्री विष्णु के संरक्षण में लड़ा और जीता था। उस समय हमारे देव नीलवर्ण और द्रविड़ों के लाल वर्ण होते थे। जब हमने श्री विष्णु को अपना मुख्य देव घोषित किया तो उन्हें नील वर्णमय कर दिया था। देवासुर संग्राम के बाद किसी को भी विष्णु का स्वरूप नहीं माना गया और वही आदि विष्णु जो संग्राम में थे, को अंतिम मान कर उनके अंश की कल्पना भिन्न-भिन्न समय पर की जाती रही। जिन्हें भी देव रूप माना गया वे अपने ही स्वरूप में विष्णु क अंश कहलाये।"

"तब से अब तक वही देवासुर संग्राम वाले नील वर्ण विष्णु की छवि सभी ने अपने-अपने अनुसार बनायी है। किन्तु स्मृतियों में भी स्पष्ट नहीं हो रहा कि कैसे दिखते होंगे श्री विष्णु। किन्तु आपने समस्या का समाधान कर दिया है। आपके अब तक के कृत्यों ने न केवल आपको ईश्वर के रूप में स्थापित करना प्रारम्भ किया है, अपितु श्री विष्णु और आपको एक स्वरूप मानने पर भी सहमति बन रही है। मैं समस्त ऋषि, मुनियों की इच्छा से ही यहाँ आया हूँ। आर्य, द्रविड़ एकीकरण के परिणामस्वरूप हमारे और द्रविड़ों के देव अब एक हैं इसीलिये नये स्वरूप में श्री विष्णु को आपकी छवि देते हुए आर्य और द्रविड़ों के प्रतीकों को एक साथ दिखाना होगा। आपका वर्ण

श्याम है, जो नील वर्ण से मिलता है। इसलिये आपके रूप को नीलवर्ण दे उसमें चतुर्भुज स्वरूप की कल्पना की जा रही है। चतुर्भुज स्वरूप में आप श्री विष्णु के रूप में अपने दो प्रतीक धारण करेंगे। जिनमें एक होगा आपका सुदर्शन चक्र और दूसरा आपका पांचजन्य शंख। ये दोनों आपकी ऊपर की भुजाओं में दिखेंगे। द्रविड़ों के दो प्रतीकों में एक हाथ में होगा उनका प्रमुख शस्त्र गदा और दूसरे हाथ में, द्रविड़ों द्वारा हड़प्पा और मोहनजोदड़ो के समय से पूजा की क्रियाएँ पुष्पों से करने के कारण, पुष्प। ये होगा आपकी छवि के साथ श्री विष्णु का नीलवर्ण चतुर्भुज स्वरूप। प्रभु आपने ही गोवर्धन पूजन प्रारम्भ करा प्रतीक पूजा का सरल विकल्प दिया जिसे तेज़ी से मूर्ति पूजा के रूप में लोकप्रियता मिली।"

"स्वयं आपकी मूर्तियाँ बंसी बजाते, गोवर्धन उठाते, बाल रूप में मथुरा और उसके ग्रामों से प्रारम्भ हो सभी जगह फैल रही है। काल यवन वध के बाद जिस प्रकार आपने यवनों को क्षत्रियों में सम्मिलित कराया, राजा चारुपाद और उनकी प्रजा को ज्ञान, कर्म और भक्ति का मिला-जुला सरल उपासना स्वरूप बतलाया, उसी का परिणाम है आपको श्री विष्णु का पूर्ण स्वरूप मानना। प्रभु आप ही ने भक्ति का सरल मार्ग दिया है और जनमानस यदि आपकी भक्ति से धर्म के जटिल कर्मकांडों से बचता है, तो जगत कल्याण का व्रत लिये आप, इस स्वरूप को स्वीकार करें।" धारा प्रवाह बोलते जा रहे थे नारद। आज दरबार में कोई भी कुछ भी न पूछना चाह रहा था, न कहना चाह रहा था। हर कोई साँस रोके नारद को सुन रहा था।

"मुनिवर, यदि मेरे कारण जन कल्याण का कोई भी प्रसंग उपस्थित होता है तो मैं आगे बढ़ उसे स्वीकार करता आया हूँ, और करूँगा। यह मेरा वचन है आपको, आप सबको और स्वयं को। मैंने पाया कि आर्यावर्त में धर्म का भटकाव था। हमारे महान पूर्वजों ने आर्य-द्रविड़ सभ्यताओं के मिश्रण से उदार हिन्दू धर्म की कल्पना की, उसमें सरल उपासना विधियों को मान्यता दी। उसे यज्ञ, बलि की विधियों में निपुण ब्राह्मणों ने अपने स्वार्थ की पूर्ति के लिये जटिल, श्रम और समय साध्य बना दिया, अति ख़र्चीला बना दिया।"

"यही नहीं क्या राजा, क्या प्रजा सबको भयभीत कर दिया कि जो उनके अनुसार नहीं चलेगा, जो उनके द्वारा बताये गये कृत्य नहीं करेगा उसका, उसके परिवार का अनिष्ट हो जायेगा। मैंने इसी स्थिति को बदलने का

प्रयास किया है। लोग धर्म को प्रेम का प्रतीक माने, भय का नहीं। इसीलिये मैंने प्रतीक पूजा, मूर्ति पूजा का समर्थन किया। उपनिषद के महान ज्ञान को कर्म और भक्ति से जोड़ कर जनमानस को जीविकोपार्जन हेतु अपने नित्य कर्म करते हुए पूजा की सरल पद्धतियाँ बताने की चेष्टा की है," कृष्ण ने स्पष्ट किया।

"इसीलिये तो जन मानस आप में ही ईश्वर का रूप देख रहा है। सच तो ये है प्रभु कि अधिकांश ब्राह्मण भी आपके द्वारा सुझाये गये पथ के समर्थक हो गये हैं। प्रभु धर्म का विकृत स्वरूप, जो कर्मकांड में निपुण ब्राह्मणों ने बनाया था, वह जितना अन्य वर्गों को कष्टकारी था उतना ही ग्रामों में, नगरों में रहने वाले साधारण ब्राह्मणों को भी था। क्योंकि कर्मकांडी ब्राह्मण इन्हें भी किसी पूजन प्रक्रिया में सम्मिलित नहीं करते थे और परिणामतः ये बहुसंख्य जन्मजात ब्राह्मण निर्धन हो चले थे। आपके द्वारा दिए गये नये पूजन सिद्धान्त इन सबके भी अनुकूल हैं। क्योंकि साधारण पूजन क्रियाओं में किसी विशेष योग्यता की आवश्यकता न होने से इन सबको ग्रामों, नगरों में कथा, पूजन करने के अवसर मिलने लगे और ब्राह्मणों के एक वर्ग को जाने वाली धन राशि सभी ब्राह्मणों में बँटने लगी। अब ग्राम का साधारण पढ़ा जन्मजात ब्राह्मण भी न सिर्फ़ अपने परिवार के भरण-पोषण हेतु धन पा रहा है, अपितु सम्मान भी प्राप्त कर रहा है," नारद बोले।

"किन्तु महामुने अभी भी इस क्षेत्र में बहुत कुछ करने की आवश्यकता है। मैं आप सब ऋषि-मुनियों की इच्छानुरूप जो भी आप स्वरूप मुझे देना चाहें, स्वीकार करता हूँ। किन्तु आपको, आप जैसे यायावर संतों को इसमें जन मानस का सहयोग निरंतर करना होगा तब कहीं हम जाकर रूढ़िवादी विचारों से, जटिल कर्मकांडों के चंगुल से जनमानस को निकाल पाएँगे। हम लोगों तक सरल शब्दों में यह सन्देश पहुँचाएँ कि हमारे महान उपनिषद ग्रन्थ हमें बताते हैं कि आत्मा का परिष्कृत रूप ही परमात्मा है। आत्मा अजर है, अमर है और अविनाशी है। इसे न अग्नि जला सकती है, न वायु उड़ा सकती है, न जल डुबा सकता है।"

"आत्मा और परमात्मा दो नहीं एक हैं, अद्वैत हैं। इसलिये अपने आत्मस्वरूप को मनुष्य पहचाने। मुनिवर ज्ञान का यह संदेश सब तक पहुँचे। किन्तु ज्ञान की अधिकता भी जटिलता उत्पन्न करती है इसीलिये बहुसंख्य

जन को ज्ञान की सीमित मात्रा के साथ, कर्म का सिद्धांत भी दिया जाना आवश्यक है। पुरोहित ऋत्विक, अग्निध्र तो यहाँ तक कहते हैं कि कोई कैसे भी कर्म करे चाहे अच्छे, चाहे बुरे, देवताओं से फल क्या मिलेगा, ये इन पुरोहित वर्ग की इच्छा पर निर्भर है क्योंकि इनके मन्त्रों में वह शक्ति है कि देवता इनके अधीन होकर वैसा फल साधक को देते हैं जैसे ये चाहते हैं। यही इनका स्वघोषित सिद्धांत इनके आतंक का कारण बना आर्यावर्त में। इसने दुष्ट व्यक्तियों को ख़ूब पाप कार्य करने की छूट दी और सीधे-सरल व्यक्तियों को निराशावादी बनाया। मुनिवर ऐसा समाज, किसी भी राष्ट्र के लिये सम्पत्ति न होकर बोझ होता है।"

"हमें जो कर्म का सिद्धांत देना है वह यही है कि हर मनुष्य को उसके कर्मों के अनुसार फल मिलता है। जो अच्छे कार्य करेगा उसे अच्छा फल, जो बुरे कार्य करेगा अंततोगत्वा उसे बुरा फल मिलना ही नियति है। मनुष्य को चाहिए कि वह स्वयम् को सत्कर्मों में लगाये। अपने कर्तव्य पालन हेतु सदैव सचेत रहे। तीसरा सिद्धांत है भक्ति का सिद्धांत। ज्ञान, कर्म और भक्ति ये इष्ट प्राप्ति के मार्ग हैं। मोक्ष के मार्ग हैं।"

"इनमें भक्ति मार्ग सबसे सरल है जिसमें अपना कर्म करते हुए किसी ऐसे की उपासना की जाती है, जो अपने ज्ञान से भक्त को परमात्मा तक ले जाये, मोक्ष तक ले जाये। इसमें द्वैत की कल्पना है अर्थात आत्मा और परमात्मा एक नहीं दो हैं। परमात्मा तक पहुँचने के लिये आत्मा धारक को अपना कर्म करते हुए किसी ऐसे इष्ट की उपासना करना है, जो अपने ज्ञान से उपासक को परमात्मा तक पहुँचा दे।" कृष्ण बोलते जा रहे थे, नारद सहित पूरा दरबार मोह ग्रस्त हो सुन रहा था।

"अवश्य प्रभु, मैं तो स्वतः ही आपके इस महा अभियान से जुड़कर स्वयम् को धन्य समझ रहा हूँ। जनमानस को आपका भक्ति सिद्धांत ही भा रहा है और वे तो आपकी ही भक्ति करना चाह रहे हैं। क्योंकि उन्हें लगता है कि आप ही उनके इष्ट हैं। आपको पूजने से, आपकी भक्ति करने से आप उन्हें अपने ज्ञान से परमात्मा तक ले जायेंगे," नारद हाथ जोड़ बोले।

"अवश्य मुनि नारद। जो मुझमें भरोसा रखेगा, अपने कर्म को बिना परिणाम की चिंता किये पूरे मनोयोग से करेगा उसे मैं अपने ज्ञान से परमात्मा तक ले जाऊँगा।"

"नारायण... नारायण," नारद गुनगुनाने लगे, "नारायण... नारायण।"

"नारायण... नारायण..." सारा दरबार गा रहा था।

"जय द्वारकाधीश... जय-जय द्वारकाधीश," सारा दरबार जय घोष कर रहा था।

11

गंगा किनारे नौका लिये खड़े नाविक को एक साथ छह परछाइयाँ पास आती दिखीं। जैसे-जैसे पास आती जा रही थीं, स्पष्ट होता जा रहा था कि उनमें पाँच पुरुष और एक स्त्री है। सभी पुरुष युवा वय के और स्त्री अधेड़ आयु की दिख रही थी। निकट आये सभी।

"नाविक, हमें शीघ्रता से गंगा पार उतार दो," सबसे आगे चलने वाले युवा ने कहा और बिना उत्तर की प्रतीक्षा किये सभी शीघ्रता से नाव पर चढ़ने लगे। सभी मौन थे। नाविक ने भी कुछ पूछना उचित नहीं समझा। जैसे उसे निर्देश थे, शांत हो नाव खेता रहा। गंगा पार पहुँची नाव, सभी उतरे, नाविक को धन्यवाद दे तेज़ डग भरते हुए नाविक की आँखों से ओझल हो गये।

"माँ, अब कहाँ चलना उचित होगा? " घने वनों की पगडंडी पर चलते हुए युधिष्ठिर बोले।

"पुत्र, हमें अपनी पहचान छिपानी होगी। उचित अवसर की प्रतीक्षा करनी होगी," चलते-चलते कुंती बोली।

"हम क्यों पहचान छिपायें माँ? मुझे तो यही उचित अवसर जान पड़ रहा है, दुर्योधन की गर्दन तोड़ने का।" भीम उत्तेजित हो बोले।

"भीम उत्तेजित न हो भाई। माँ सही कह रही हैं। हमें अभी अपनी पहचान छिपानी होगी। उचित अवसर आने पर ही प्रति उत्तर दिया जाना उचित होगा," एक पेड़ के नीचे शिला पर कुंती को सहारा दे बिठाते हुए युधिष्ठिर बोले।

"पर भैया, भीम भैया का क्रोध अप्रासंगिक भी नहीं है। जिस प्रकार हमें छल से वारणावत भेजा गया, यह कह कर कि महाराज चाहते हैं कि हम कुछ दिवस वहाँ विश्राम करेंगे तो मन बहलेगा। कैसे महाराज ने भी स्वीकृति

दी थी? क्या उन्हें मालूम नहीं था कि वहाँ हमारे लिये कितना बड़ा षड्यंत्र रचा गया था?" अर्जुन क्रोध में भर भड़के।

"हाँ, भैया। यह लाक्षागृह हमें जला कर मार डालने के लिये बनवाया था दुर्योधन ने," नकुल बोले। उनके स्वर में व्याकुलता थी।

"जैसी करनी वैसी भरनी। वह दुष्ट शिल्पी पुरोचन अपने परिवार के साथ उसमें जल मरा और सभी सोच रहे होंगे कि हम सब मारे गये," सहदेव हर्षित हो कर बोले।

"मेरे पुत्रों! वह तो विदुर का भला हो, कैसे उन्होंने हमारी सहायता की। नाविक की व्यवस्था की। यदि वे चलते समय आगाह न करते तो तुम लोग इतनी जल्द उस जलती चिता से कैसे बच पाते?" कुंती बोलीं।

"हाँ, माँ। यह तो मानना पड़ेगा कि बड़े भैया की कुशाग्र बुद्धि ही थी जो विदुर काका का यह संकेत समझ पायी कि जंगल में जब आग लगती है तो कौन प्राणी सुरक्षित रहता है।"

"और भीम भैया की ताक़त, जो उन्होंने अल्प अवधि में सुरंग खोद दी उस भवन में। उसे भी तो मानना होगा भैया," सहदेव बोले तो सभी हँस पड़े।

"सचमुच वह भीम ही था जिसने बिना सोये रातों में वह सुरंग खोदी। यद्यपि पुरोचन और उसके परिवार की जली लाशें देख सबने यही अनुमान लगाया होगा कि हम सभी भाई अपनी माँ के साथ जल गये हैं और यही सूचना पा दुर्योधन प्रसन्न हो रहा होगा। अंधे महाराज अपने पुत्र के मुख पर अति प्रसन्नता के भाव नहीं देख पा रहे होंगे और मन से अथवा ऊपर से दुखी दिख रहे होंगे। किन्तु हमें यह ध्यान में रखना होगा कि हस्तिनापुर के गुप्तचर कभी भी इसकी सत्यता तक पहुँच सकते हैं। इसलिये जितना शीघ्र हो सके हमें यहाँ से निकलना होगा। दूर, बहुत दूर," युधिष्ठिर बोले।

"मैं भी यही सोच रही हूँ। हम जितनी जल्दी हो निर्धन ब्राह्मणों का वेश धर यहाँ से निकलें," कुंती बोलीं।

"माँ निर्धन ब्राह्मणों का ही क्यों?" नकुल जिज्ञासा रोक नहीं सके।

"पुत्र ब्राह्मण यायावर होते हैं। ये स्थान-स्थान पर जाते रहते हैं इसलिये इन्हें कोई शंका की दृष्टि से नहीं देखता," कुंती ने समाधान किया।

"पर माँ चले कहाँ, कौन-सी दिशा अनुकूल होगी?" युधिष्ठिर ने पूछा।

"पुत्र तुम विद्वान हो। विचार करो कि हमारे चारों ओर कौन-कौन राज्य हैं? कौन सहायक होगा, कौन घात कर सकता है?" कुंती बोलीं।

"माँ, यदि हम विचारें तो हमारे दक्षिण में चेदि राज्य है पश्चिम में अवन्ति और उत्तर में पांचाल राज्य है। चेदि का शिशुपाल, अवन्ति का जय सिंह और पांचाल का द्रुपद हमारे सहायक नहीं हो सकते। शिशुपाल प्रिय भाई कृष्ण से वैरभाव रखने के कारण, जय सिंह हस्तिनापुर से न टकराने की नीति के कारण और द्रुपद अर्जुन से द्वेष रखने के कारण हमारे सहायक नहीं होंगे।" युधिष्ठिर ने कहा, सबका ध्यान अपनी ओर जान युधिष्ठिर ने पुनः बोलना शुरू किया।

"जहाँ हम अभी हैं वहाँ से हमारे पूरब में कोसल, म्ल्ल और मिथिला राज्य हैं, जो हमारे सहायक हो सकते हैं और यदि सहायक न भी हुए तो विरोधी नहीं होंगे। काका विदुर ने भी हमें गंगा के पूरब में नौका भेजी। संभवतः वे भी यही सोच रखते हैं।"

"तब ठीक है पुत्रों, हम अभी पूरब की ओर बढ़ना प्रारम्भ करें। यही दिशा अभी सबसे अनुकूल लग रही है। किन्तु सदैव के लिये यह स्थान उपयुक्त नहीं होगा क्योंकि ये राज्य भी आर्यावर्त के महत्त्वपूर्ण राज्यों में से हैं। यहाँ की सक्रिय राजनीतिक गतिविधियाँ, संभव है कि शीघ्र हमारी पहचान खोल दें। सो हम पूर्व में बढ़ते हुए हिमालय की तलहटी में पहुँच वहाँ से हिमालय के नीचे-नीचे चलते हुए सुदूर उत्तर में पहुँचेंगे। वहाँ के पहाड़ी क्षेत्र अभी भी द्रविड़ बहुल हैं, उतने विकसित नहीं हैं जितने मैदानी राज्य हैं। वहाँ हमें अपनी पहचान उचित समय आने तक छिपाने में कोई समस्या नहीं होनी चाहिए," कुंती बोलीं।

"हाँ, माँ यह उचित रहेगा। सुना है पहाड़ी क्षेत्र में खाने की सामग्री, विभिन्न रसीले फल प्रचुर मात्रा में मिलते हैं," भीम ने कहा तो सभी ऐसे संकट के समय भी ठहाका लगा हँस पड़े।

• • •

चरों ने आकर जब कृष्ण को यह सूचना दी कि वारणावत में बने लाक्षागृह में पांडव अपनी माँ कुंती के साथ जल मरे, तभी से मन उद्विग्न

था कृष्ण का। दरबार से भी जल्दी महल में आ गये थे। विचलित हो कक्ष में घूमते देखा रुक्मिणी ने तो पूछा।

“क्या है जिसने आपको इतना व्याकुल, इतना बैचेन कर रखा है?”

“जानती हो प्रिये क्या हुआ? वारणवत में लाक्षागृह में पांडव, बुआ कुंती के साथ जल मरे,” एक साँस में बोत गये कृष्ण।

“यह क्या अप्रिय बोल बोले जा रहे हैं आप? क्या वारणावत, कैसा लाक्षागृह?” व्यग्र हो रुक्मिणी बोलीं।

“भार्ये! यह तो मैंने तुम्हें बताया ही था कि हस्तिनापुर राज्य में जन्मांध धृतराष्ट्र राजा हैं। उनका पुत्र दुर्योधन और उसके भाई, अपने चचेरे भाई पांडवों से द्वेष रखते थे। मेरी बुआ कुंती और पांडु के पुत्र पांडव पाँच भाई थे। जिनमें सबसे बड़े युधिष्ठिर, दुर्योधन से भी वय में बड़े होने के कारण राज्य के उत्तराधिकारी थे। यही बात दुर्योधन को खलती थी। उसका मानना था कि राजा का ज्येष्ठ पुत्र होने के नाते राज्य पर उसका अधिकार है। यद्यपि युधिष्ठिर परम संतोषी थे, उन्हें राज्य का कोई मोह भी नहीं था। उनके भाई भी लालच विहीन थे। किन्तु सिंहासन के संरक्षक पितामह भीष्म और महामात्य विदुर सदैव से चाहते थे कि युधिष्ठिर कुल में बड़े हैं, योग्य हैं, धर्मात्मा हैं अतः राज्य उन्हें ही मिले जिससे हस्तिनापुर की उन्नति हो सके।”

“भीष्म का राज्य में बड़ा प्रभाव है राजा भी उनकी बात नहीं काट सकता। इसीलिये मन ही मन दुर्योधन को युवराज बनाने की इच्छा रखे धृतराष्ट्र भी पितामह के मतानुसार अनिच्छा से ही सही किन्तु युधिष्ठिर को युवराज बनाने को सहमत हो गये थे। दुर्योधन ने जब यह जाना तो वह पांडवों का शत्रु बन गया और उन्हें समाप्त करने का षड्यंत्र करने लगा। उसकी महत्त्वाकांक्षा बढ़ी। उसे पाप कर्म में लिप्त करने में उसका मामा शकुनि का बड़ा हाथ रहा।”

“गांधार राज्य का राजकुमार शकुनि अपने राज्य को छोड़ वहीं पड़ा रहता है। उसी की दुष्टता रही होगी यह, दुर्योधन ने उसी के साथ मिलकर षड्यंत्र रचा होगा। वारणावत, हस्तिनापुर से दक्षिण में गंगा के किनारे एक सुंदर छोटा-सा नगर है। गंगा का किनारा और विभिन्न प्रकार के वृक्षों से आच्छादित घने वन के कारण अति रमणीक हो गया है वह स्थान। कुंती बुआ उस स्थान के बारे में बताती रहती थीं। अक्सर वहाँ राजपरिवार के

सदस्य मन बहलाने, हिंसक पशुओं का आखेट करने जाते रहते हैं। योजना बना कर वहाँ भेजा गया बुआ और उनके पुत्रों को।"

"किन्तु यह कैसे संभव है कि उनके लिये लाक्षागृह बना और महाराज को सूचना ही नहीं थी। आख़िर कई माह लगे होंगे उसे बनाने में। तो क्या आँख से अंधा राजा क्या कानों से भी बहरा है, जो उसे उसके गुप्तचर कुछ भी नहीं बता पाते? या इस भयानक षड्यंत्र में राजा की भी मूक सहमति थी?" कृष्ण बोलते जा रहे थे शून्य की ओर ताकते हुए।

"पर उस लाक्षागृह में कैसे जल गये बुआ और उनके पुत्र? क्या उन्हें इस षड्यंत्र का तनिक भी भान नहीं था। जब वे जानते थे कि दुर्योधन उनसे कैसा भाव रखता है तो वे क्यों गये उसकी बात मान वहाँ? यदि यह मान भी लिया जाये कि वह राजाज्ञा थी तो अपनी सुरक्षा को लेकर उन्हें सजग होना ही चाहिए था। जैसा आप बताते रहते थे और आर्यावर्त में भी चर्चाओं में था कि अर्जुन जैसा धनुर्धर और भीम जैसा गदायुद्ध में पारंगत कोई दूसरा नहीं राष्ट्र में। तब क्या इतने प्रतिभावान, इतने महावीर ऐसी साधारण मृत्यु के हक़दार थे?" रुक्मिणी आवेश में बोलती जा रही थीं।

"हाँ, प्रिये! तुम सही कहती हो। विचारवान मनुष्य को चाहिए कि परिस्थितियों के अनुसार स्वयं सजग रहे और यदि वह ऐसा नहीं कर सकता तो क्या अधिकार है उसे जीवित रहने का? क्योंकि पग-पग पर तो कोई नहीं जायेगा सहायता हेतु, यदि मनुष्य अक्षम है स्वयं की सहायता करने में। हाँ, तुम सही कहती हो ...हाँ," अपने में ही खोये कृष्ण बड़बड़ा रहे थे।

"तुम्हारा सोचना उचित है। किन्तु पांडव इतने लापरवाह नहीं हो सकते कि आसन्न संकट न भाँप पाए हों। तुम सही कह रही हो, समाचार ही ऐसा था कि मेरा विवेक खो गया था। कई बार जो होता है वह दिखता नहीं और जो दिखता है वह होता नहीं। संभव है पांडवों ने अपने सुरक्षित निकलने की योजना बना ली हो और जो प्रचारित किया जा रहा है, वह उन्हीं की योजना का भाग हो। मुझे तथ्यों तक पहुँचना होगा, सत्य तक पहुँचना होगा। यह तो उचित ही रहा कि मैंने अभी भैया को नहीं बताया। अन्यथा या तो वे हम दोनों को शीघ्र हस्तिनापुर चलने का कहते या स्वयम् अभी तक निकल गये होते।"

"कोई कार्य ऐसा नहीं जो आपके लिये असम्भव हो। अपने चरों को भेजें वारणावत और उसके आसपास खोजबीन करने," रुक्मिणी बोली ही

थीं कि द्वार प्रहरी ने आकर सूचना दी कि विशेष संदेश ले कर हस्तिनापुर का दूत खड़ा है। मिलने की अनुमति चाहता है। संकेत किया कृष्ण ने और प्रहरी कुछ ही क्षणों में दूत को लेकर उपस्थित हुआ। दूत के हाथ में एक राजपत्र था, जो उसने अभिवादन कर बिना कुछ बोले कृष्ण को थमा दिया। पढ़ना शुरू किया कृष्ण ने।

"द्वारकाधीश,

मैं हस्तिनापुर का महामात्य विदुर महाराज की आज्ञा से यह पत्र लिख रहा हूँ। हस्तिनापुर के समक्ष बड़े दुःख की घड़ी उपस्थित हुई है। पूर्व महाराज पांडु के पुत्र पांडव अपनी माँ कुंती के साथ वारणावत में एक दुर्घटना का शिकार हो मृत्यु को प्राप्त हो गये हैं। वारणावत सदैव से हस्तिनापुर के राजपरिवार के लिये मन और जलवायु दोनों बदलने का स्थान रहा है। गंगा किनारे उस रमणीक स्थान पर पांडवों के वास हेतु एक भव्य नवीन भवन बनवाया गया था। क्या पता था कि वही भवन उनकी जलती चिता बन जायेगा। पूरे हस्तिनापुर में शोक है। आर्यावर्त में ऐसा कोई राज्य नहीं जो आपसे प्रभावित न हो, कोई प्रसंग ऐसा नहीं जो आपके दख़ल के बिना पूर्ण हो सके। हस्तिनापुर भी इस संकट की घड़ी में आपकी ओर देख रहा है। हम सबको इस शोक से निकालने का हल आपको ही ढूँढ़ना होगा। ...ढूँढ़ना होगा। यथोचित अभिवादन एवं आग्रह के साथ।

महाराज की ओर से।
विदुर।"

पत्र पढ़ा कृष्ण ने। दूत को जाने का संकेत कर बैठ गये पीढ़े पर। रुक्मिणी ने उनके भावों को समझ मौन रहना ही उचित जाना। पुनः पत्र को पढ़ने लगे। पूरा पढ़ डाला। अचानक उनकी दृष्टि अंतिम वाक्य पर गयी। *'ढूँढ़ना होगा... ढूँढ़ना होगा दो बार क्यों लिखा है विदुर जी ने? कहीं मुझे कोई संकेत तो नहीं देना चाह रहे? कहीं ऐसा तो नहीं कि विदुर जी किसी सत्य को जानते हों और मुझे बताना चाह रहे हों? क्या पांडवों को ढूँढ़ने की बात कर रहे हैं पत्र में?'* सोचते-सोचते खड़े हुए कृष्ण। द्वार प्रहरी को बुला गुप्तचर विभाग प्रमुख को शीघ्र उपस्थित कराने का आदेश दिया।

"तुम ठीक ही कहती थीं रुक्मिणी। मुझे सत्य तक पहुँचना होगा, शीघ्र पहुँचना होगा," कृष्ण उत्तेजना में बोले।

• • •

हिमालय के नीचे आर्यावर्त के उत्तर में द्रविड़ सभ्यता का क्षेत्र। यद्यपि राम के समय ही आर्य-द्रविड़ एकीकरण हो चुका था और सभी ओर आर्यों और द्रविड़ों ने एक हो हिन्दू धर्म को मानना प्रारम्भ कर दिया था। किन्तु पहाड़ी क्षेत्र के कुछ द्रविड़ कबीले अभी भी अपनी पुरानी परम्पराओं के साथ ही जीते आ रहे थे। वे हिन्दू धर्म की मान्यताओं को भी मानते थे किन्तु आदि द्रविड़ कालीन परम्पराओं का महत्त्व उनके जीवन में अधिक था। वर्तमान में उन द्रविड़ कबीलों का राजा हिडिम्ब था, जो कबीलों के प्रधानों की सहायता से अपना शासन चलाता था। ये कबीले अपने आसपास के विकास से अनभिज्ञ अपनी ही रूढ़ियों, अपनी ही जीवन पद्धतियों, अपने ही आदि कालीन अस्त्रों के साथ जीते थे। राजा का अधिकांश समय कबीलों के आपसी झगड़ों को ही निपटाने में लग जाता था इसीलिये विकास की बातें न वे सोच पाते थे और न ही उन्हें आवश्यकता लगती थी।

आसपास के राज्य शक्ति सम्पन्न हो चले थे। पहाड़ी सौन्दर्य का आकर्षण, पहाड़ों पर आधिपत्य का लालच आये दिन समीप के राजकुमारों, राजाओं को लालायित करता रहता था। फलतः पहाड़ों में अशांति बढ़ चली थी। द्रविड़ कबीलों के लोग भरसक प्रयास करते थे उन्हें रोकने का। किन्तु विघटित शक्ति, पुराने शस्त्र असमर्थ थे रोकने में। हिडिम्ब को लगता था कि राजा होने के नाते उसका कर्तव्य है कि राज्य में शांति, सुरक्षा स्थापित की जाये। इसीलिये उसने अपने चरों से कह रखा था कि कुछ ऐसे योद्धा ढूँढ़ने का प्रयास हों, जो आर्यों के नवीन परिष्कृत शस्त्रों को चलाने में निपुण हों और राज्य की सेवा में सहर्ष आ सकें।

इन्हीं चिंताओं पर चर्चा हेतु एक दिन हिडिम्ब अपना दरबार लगाये बैठा था। सचिव, सैनिक, आखेट एवं खाद्य प्रभारी, कबीलों के प्रधान, विभिन्न दायित्वों को निभाने वाली प्रमुख स्त्रियाँ सभी थे वहाँ। विमर्श चल ही रहा था कि प्रधान गुप्तचर उपस्थित हुआ।

"द्रविड़ राज की जय हो," छाती पर हाथ लगा अभिवादन किया प्रधान ने।

"कहो, क्या समाचार लाये हो?" हिडिम्ब उतावली में पूछने लगा।

"द्रविड़ राज, राज्य की सुरक्षा हेतु कुछ बाह्य योद्धाओं की खोज हेतु आपने मुझे कार्य सौंपा था।"

"हाँ, हाँ... जल्दी बताओ क्या हुआ?" अधीर हो बोला हिडिम्ब।

"स्वामी आपने जो कार्य मुझे दिया था आज वह पूर्ण हुआ। मेरे चरों ने सूचना दी थी कि बाहर राज्य के कुछ लोग अपने क्षेत्र में घूमते पाये गये हैं। मैंने स्वयं जाकर देखा वे पाँच पुरुष हैं और एक स्त्री। पुरुष वय में युवा और स्त्री अधेड़ आयु की है, जो उनकी माँ प्रतीत होती है। वे निरुद्देश्य पहाड़ी क्षेत्र में घूम रहे हैं। सभी आर्य ब्राह्मणों के वेश में हैं किन्तु मेरी भेदिया आँखों ने ताड़ लिया है कि वे साधारण ब्राह्मण नहीं हैं। उनके पास परिष्कृत आर्य शस्त्र हैं जिन्हें वे छिपाने का प्रयास करते हैं। शरीर सौष्ठव से वे आर्य योद्धा प्रतीत होते हैं। यदि आपकी आज्ञा हो तो उन्हें पकड़ कर लाया जाये आपके पास।"

"पकड़ कर नहीं ससम्मान ले कर आया जाये। यदि उनमें एक स्त्री है तो उचित होगा कि महिला सैन्य दल प्रभारी हिडिम्बा सैनिकों के दल के साथ जायें। ध्यान रहे उनके साथ शिष्ट व्यवहार हो। शस्त्र तभी उपयोग में लाये जायें जब वे उद्दंड प्रतीत हों एवं आक्रमण की मंशा रखते हों। यदि वे अतिथि रूप में कल हमारे दरबार में उपस्थित होते हैं तो हम सबको प्रसन्नता होगी," हिडिम्ब बोला।

"उचित होगा कि सभी कबीलों के प्रमुख कल उपस्थित रहें। वे भी जो आज आये हैं और वे भी जो आज नहीं आये। यह हमारे सम्पूर्ण क्षेत्र की सुरक्षा का प्रश्न है इसलिये सब कबीलों का प्रतिनिधित्व होना आवश्यक है।" एक बुजुर्ग कबीला प्रमुख बोला।

"अवश्य, सभी को सूचना भेज दी जाये। सैनिकों का दल सेनानी के साथ अभी निकले। प्रधान गुप्तचर अपने विश्वसनीय चरों को ले साथ जायेंगे। हिडिम्बा कुछ महिला सैनिकों के साथ दल में जायेंगी। पूरा दल हिडिम्बा के नेतृत्व में अभी कूच करेगा। यदि आज सायं तक वापस आ सको तो उन्हें

अतिथि शाला में ठहराया जाये।"

"जो आज्ञा द्रविड़ राज," सेनानी और हिडिम्बा एक साथ झुककर अभिवादन करते हुए बोले।

• • •

"माँ, राजकुमारी हिडिम्बा का कितना स्नेहिल व्यवहार है। जबसे हमें मिलीं हैं, हमारे यहाँ इस अतिथि शाला में आने तक कितना ध्यान रख रहीं हैं, वे हम लोगों का। आग्रह के साथ इतना खिला दिया है हमें कितने दिनों के बाद अच्छा भोजन और सुखकर बिछौना मिला है। यह उनके आतिथ्य का ही परिणाम है," भोजन से निवृत्त हो युधिष्ठिर बोले। वह कुंती और नकुल, सहदेव के साथ एक कक्ष में थे।

"आतिथ्य का परिणाम है या आसक्ति का?" नकुल हँस कर बोले।

"क्या कहना चाह रहे हो?" युधिष्ठिर ने पूछा।

"क्या भैया, आपको दिख नहीं रहा कि प्रथम बार देखते ही भीम भैया और राजकुमारी हिडिम्बा एक दूसरे के प्रति आसक्ति रोग से पीड़ित हो गये हैं।" सहदेव ने हाँ में हाँ मिलाई।

"यह कैसी ठिठोली कर रहे हो तुम दोनों?" आँखें तरेरते हुए कुंती बोलीं।

"माँ ठिठोली नहीं, सत्य है यह सब। राजकुमारी हिडिम्बा भैया भीम के प्रति जितनी आकर्षित हुई हैं उतने ही भैया भी उनमें खो गये हैं," नकुल बोले।

"मैं नहीं मानती यह सब," कुंती बोलीं।

"अच्छा तो बताइए भैया कहाँ हैं? हमारे साथ तो नहीं हैं," सहदेव बोले।

"वह तो नित्य की भाँति भीम और अर्जुन अपना शस्त्र अभ्यास कर रहे होंगे। जबसे हम वारणावत से चले हैं यह तो नित्य का ही नियम है। दिन में भेद खुलने के भय से दोनों अपने अपने शस्त्रों के साथ रात्रि में अभ्यास करते है," कुंती बोलीं।

"सत्य कहा माँ आपने किन्तु आज यह अर्द्ध सत्य है," मुस्कराते हुए बोले नकुल।

"क्या तुम दोनों आज पहेली बुझा रहे हो? माँ को तंग करने का विचार बना रखा है आज तुम दोनों ने? अर्द्ध सत्य माँ ने कहा तो पूर्ण सत्य क्या है?" युधिष्ठिर रुष्ट हो बोले।

"माँ, बड़े भैया रुष्ट न हों। सत्य तो ये है कि अर्जुन भैया अपने गांडीव से अभ्यास करने पहाड़ी वन में भीतर चले गये हैं। किन्तु भीम भैया राजकुमारी हिडिम्बा के साथ सरोवर के किनारे बैठ कर प्रीति की बातें कर रहे हैं," सहदेव ने रहस्य खोला।

"पुत्र युधिष्ठिर ये ऐसे नहीं मानेंगे, जाओ तो इन दोनों के साथ और देख कर आओ," कुंती बोलीं।

"जो आज्ञा माँ किन्तु दोनों नहीं, नकुल तुम माँ के पास रहो। अनजान स्थान है। सहदेव मेरे साथ आओ," झटके से उठते हुए युधिष्ठिर बोले।

• • •

"हिडिम्ब के दरबार में आपका स्वागत है। द्रविड़ पहाड़ी राज्य के आतिथ्य में आपको कोई कष्ट तो नहीं हुआ?" कुंती के साथ पांडव भाइयों के उपस्थित होते ही हिडिम्ब बोला।

"आपका बहुत बहुत आभार। राजकुमारी हिडिम्बा ने जिस प्रकार हमारी देख-रेख की उससे हम गदगद हैं," कुंती हिडिम्बा की ओर देखते हुए बोलीं।

"तब तो राजकुमारी हिडिम्बा ने आपको यहाँ आमंत्रित करने का उद्देश्य भी बताया होगा। हम द्रविड़ लोग हैं, जो अपने कबीलों में रहते हैं। प्रत्येक कबीले का एक प्रमुख होता है। सभी कबीलों के प्रमुखों द्वारा एक राजा चुना जाता है जो पूरे क्षेत्र की सुरक्षा और शासन कबीले प्रमुखों के सहयोग से करता है। मैं हिडिम्ब वर्तमान में इस द्रविड़ पहाड़ी क्षेत्र का राजा हूँ।"

"वैसे तो द्रविड़ और आर्य एक होकर अब हिन्दू कहलाते हैं। किन्तु हम पहाड़ी लोग अभी भी द्रविड़ सभ्यता के पोषक हैं। हमारे आपसी झगड़े भी बहुत हैं तथा हम पहाड़ी लोगों की आवश्यकताएँ भी न्यून हैं। इसीलिये

हमारे यहाँ आप जैसे मैदानी क्षेत्र की तरह विकास नहीं हो पाया है। हम जैसे भी हैं अपने में संतुष्ट हैं, किन्तु आसपास के विकसित राज्य हमें चैन से नहीं रहने देते। आये दिन हमारे क्षेत्र में घुसते हैं। हमारे रमणीक वनों, पहाड़ों को उन्होंने अपने भोगविलास का साधन बना लिया है। वनों में आकर आखेट करना, मैयार मांस की दावतें करना, हमारी पहाड़ी सुंदर कन्याओं को बलात ले जाना इन अभिमानी राजाओं व राजकुमारों के व्यसन हो गये हैं। हम उनके परिष्कृत शस्त्रों ने नहीं लड़ पाते। इसलिये हमें कुछ ऐसे योद्धा चाहिए जो उन्हीं के शस्त्रों से उन्हें जवाब दे सकें," हिडिम्ब ने स्पष्ट किया।

"तो क्या इसीलिये आपने हमें पकड़वाया है? आपने कैसे सोचा कि हम आपके रक्षा प्रहरी बनेंगे?" क्रोधित हो अर्जुन बोले।

"क्रोध न करें महानुभाव। आपकी इच्छा के विरुद्ध कुछ भी आपसे कराने का हमारा उद्देश्य नहीं है। यह सब आपकी स्वीकृति पर ही निर्भर करता है। हम जानते हैं कि आप ब्राह्मण वेश धारी हैं किन्तु ब्राह्मण नहीं हैं। आप निश्चित ही आर्यों की क्षत्रिय जाति से सम्बन्ध रखते होंगे। किन्तु यदि आप अपनी पहचान छिपाना चाहते हैं तो कोई भी आपसे इस सम्बन्ध में नहीं पूछेगा। यदि आप हमारी सहायता न भी करना चाहें तो हम इसका न बुरा मानेगें और न ही आपसे कोई द्वेष रखेंगे।"

"और हाँ तब भी आप हमारे राज्य में अतिथि रहेंगे। जहाँ जाना चाहें आप जा सकते हैं, जहाँ रहना चाहे रह सकते हैं।" हिडिम्ब आत्मीय स्वर में बोला।

"और यदि यहाँ रहेंगे तो आप के सुरक्षा कर्मी बन कर," नकुल ने खिन्नता प्रकट की।

"सर्वथा नहीं। यह तो हम सोच भी नहीं सकते। आप हमारे मित्र होंगे। पथ प्रदर्शक होंगे। हमारे राज्य का शासन आप जैसा चाहें चलायें। हम सब आपके अनुसार चलेंगे," हिडिम्ब बोला।

"द्रविड़ राज, ये राज्य आपका है। आप ही इसके संचालक रहेंगे। हमें आपके राज्य का कोई लालच नहीं। हम सब तो अपनी माँ की आज्ञा से चलते हैं। जैसा माँ आदेश देंगी हम सब वैसा ही करेंगे," युधिष्ठिर ने कहा।

"तब तो मैं द्रविड़ राज, अपने सभी कबीले प्रमुखों के साथ आपसे विनती करता हूँ कि आप अपने पुत्रों के साथ हमारे क्षेत्र में वास करें। हमारे साथ अथवा इस पहाड़ी क्षेत्र के दो भाग कर आधा भाग आपके पुत्रों को देकर हम कृतज्ञ होंगे। आप अपने अनुसार वहाँ का शासन करें," विनीत भाव से हिडिम्ब बोला कुंती से।

"मेरे पुत्र अवश्य आपको सुरक्षा देंगे, आप सब अब निश्चिंत रहें। मेरे पुत्रों के होते किसी का साहस नहीं, जो इस सुंदर पहाड़ी क्षेत्र में किसी कुत्सित भावना के साथ प्रवेश भी कर सकें। हमें आप के राज्य से, राज्य की सम्पत्ति से, राज्य के किसी भाग से कुछ भी लेना-देना नहीं है।" कुंती बोलीं तो पूरे द्रविड़ दरबार में हर्ष की लहर दौड़ गयी। कुछ क्षण शांत रहीं कुंती पुनः बोल पड़ी।

"किन्तु हम यह नहीं कह रहे कि हमें कुछ नहीं चाहिए आपसे प्रतिउत्तर में।"

सबने सुना तो कुछ क्षण पूर्व आया हर्ष का प्रसंग अकस्मात थम गया। सब मौन हो कर एक दूसरे का मुख देख रहे थे कि जाने क्या माँग बैठे इन युवाओं की माँ। तभी कुंती का स्वर सुनायी दिया।

"और हम चाहते हैं कि द्रविड़ राज अपनी भगिनी हिडिम्बा का विवाह मेरे पुत्र भीम से कर दें," हिडिम्बा की ओर देख कुंती बोलीं तो लजा गयी हिडिम्बा। नेत्र भूमि पर कर लिये किन्तु कान भैया की ओर थे कि क्या कहेंगे कहीं न नहीं कह दें। भीम पर सबकी दृष्टि गयी तो भीम भी लजा गये किन्तु मन ही मन माँ का आभार मान रहे थे।

"हाँ, द्रविड़ राज! ये दोनों ही एक दूसरे को चाहते हैं। मुझे तो दोनों को विवाह सूत्र में बाँधने के अतिरिक्त और कोई मार्ग नहीं दिख रहा इन दोनों की प्रीति का," कुंती बोलीं।

"माँ जो सोचती है उसमें सबका भला निहित होता है। जो आपने सोचा वह सबके लिए, हम सबके लिये कल्याणकारी ही होगा। आज्ञा दें कि कब विवाह सम्पन्न कराना है," हिडिम्बा ने कहा तो हिडिम्बा दौड़ कर कुंती से लिपट गयी। कुंती ने हृदय से लगा लिया।

12

द्वारका समुद्र तट पर बसा एक सुंदर नगर बन गया था। व्यापारिक गतिविधियों के कारण नगर में सम्पन्नता आती जा रही थी। एक तल और अनेक तल के सुंदर भवन। सुसज्जित बाज़ार, दूर देशों से आये व्यापारियों को ठहरने हेतु समुद्र तट पर बने विशाल व सर्व सुविधायुक्त पंथागार। चौकन्ने राजकर्मी। त्वरित न्याय एवं दंड व्यवस्था। निर्धन, अपंग व असहाय की सहायता को तत्पर नगर के श्रेष्ठि। मार्गों की सुरक्षा में सजग अन्तपाल। जैसे मधुमक्खी पुष्प से पराग लेती है उतना भर, जिससे उसका काम चल जाये और पुष्प भी प्रफुल्लित रहे, उसी प्रकार कर लेने वाले समाहर्ता। अग्रहार के रूप में भूमि पाए ब्राह्मणों ने कृषि उपज को बढ़ाने हेतु किये गये प्रयोगों से पल्लवित धरती। स्वच्छता, सुरक्षा और सुसंचालन हेतु प्रसिद्ध द्वारका, प्रभास, भृगुकच्छ, सोपरा जैसे बन्दरगाह। सुकर्मों के लिये दान देने हेतु तत्पर धनाढ्य वर्ग। राजा में पूर्ण आस्था रखने वाली प्रजा। सभी ने मिलकर द्वारका को एक लोक कल्याणकारी राज्य बना दिया था। रोम, मिस्र, यवन राष्ट्र आदि से व्यापार ज़ोरों पर था। जलपोत एवं जल सेना उच्च कोटि की थी। व्यापार की अनुकूलता ने आर्यावर्त से बाहर भी आर्य बस्तियाँ बसा दी थीं। सोकोट्रा अथवा सुखन द्वीप समुद्र में दूर बसा एक टापू था, जिस पर हिन्दू एवं विदेशी व्यापरियों ने मिलकर अपनी बस्ती बसाई थी। जल पोतों के सुदूर में आने जाने की बीच समुद्र में देखभाल, आवश्यकतानुसार वस्तुओं को जलयानों में चढ़ाना, उतारना आदि काम सभी इस द्वीप से संचालित थे। व्यापार की सुरक्षा एवं लाभ की बढ़ोतरी के लिये हिन्दू एवं विदेशी व्यापारी मिलकर कृष्ण को पान देवता के नाम से पूजने लगे थे।

कृषि के महत्त्व को भी भाँप लिया था कृष्ण और बलराम ने। बलराम की स्वयम् की रुचि कृषि को बढ़ावा देने में थी। कोसों फैले कुश के मैदानों को साफ़ कर कृषि योग्य बनाने में बलराम ने कोई कसर नहीं छोड़ी थी। बलराम

स्वयम् हल चला लोगों को प्रेरित करते थे, अधिक से अधिक अन्न उपजाने हेतु। ये बलराम के ही प्रयास थे कि पाँच हाथ से भी अधिक लम्बी कुश के दलदल युक्त भूमि पर कुछ ही वर्षों में बाजरा की फसल लहलहाने लगी थी। बलराम के इन्हीं प्रयासों के कारण प्रजा में वे हलधर के नाम से लोकप्रिय हो गये थे।

द्वारकाधीश के रूप में कृष्ण ने राज्य को सुखकारी, समृद्धशाली बनाने में कोई कसर नहीं उठा रखी थी। कृष्ण जानते थे कि शक्ति ही है जो शांति स्थापित करती है। इसीलिये उन्होंने शक्तिशाली सेना का निर्माण किया था। वैज्ञानिक तरीक़े से सेना के भाग बनाये थे। एक हाथी, एक रथ, तीन घोड़े, पाँच सैनिक की एक टुकड़ी को पट्टी नाम दिया। तीन पट्टी का एक सेनामुख और तीन सेनामुख का एक गुल्म बनाया। द्वारका में एक अक्षौहिणी सेना थी जो इक्कीस हजार आठ सौ सत्तर पट्टी से बनी थी।

राजकाज में डूबे कृष्ण समय निकाल कर कभी अकेले, कभी रुक्मिणी के साथ कौसों फैले द्वारका के मनोहारी सागर तट पर आ जाते थे। बन्दरगाह के कर्मी और व्यापारी इसीलिये सदैव चौकन्ने रहते थे और अनायास ही व्यापारिक गतिविधियाँ सुचारू चलती रहती थीं। कृष्ण न भी आ पायें पर बलराम और रेवती का नित्य का नियम था सायं सागर तट पर आने का। बलराम ने तट पर एक व्यायामशाला भी खुलवा दी थी जिसमें कभी-कभी वे मल्ल युद्ध एवं गदा युद्ध का अभ्यास भी करते थे।

ऐसी ही एक सायं बलराम अपनी व्यायामशाला में थे कि कृष्ण का रथ आकर रुका द्वार पर। रथ से उतर अंदर आये बलराम को अभिवादन किया। कृष्ण के स्वभाव से भलीभाँति परिचित बलराम अखाड़े से बाहर आ कृष्ण की ओर बढ़े।

"दाऊ, आज दरबार में पांचाल का दूत एक विशेष आमन्त्रण ले उपस्थित हुआ था।" पास आते कृष्ण बोले।

"कैसा आमंत्रण कन्हैया?" जिज्ञासा से बलराम ने पूछा।

"काम्पिल्य में इस बार वसंतोत्सव धूनधाम से मनाया जा रहा है। उसी में विशेष अतिथि के रूप में पधारने हेतु आग्रह किया है महाराज द्रुपद ने।"

"वसंतोत्सव में विशेष अतिथि? कोई राजनयिक कारण तो नहीं उपस्थित हुआ आर्यावर्त में। क्योंकि यह तो सत्य है कि आज मेरे कन्हैया के बिना

आर्यावर्त में पत्ता भी नहीं हिलता।" कृष्ण को देख गदगद होते हुए बलराम बोले।

"दाऊ, सब आपके आशीष का ही सुफल है। आप भी चलिये बहुत दिनों से दोनों भाई एक साथ कहीं गये भी नहीं हैं," उल्लास से कृष्ण बोले।

"नहीं कान्हा, जब से पांडवों के बारे में सुना है मेरा तो कहीं जाने का मन नहीं करता।"

"हाँ, दाऊ! वह घटना तो जब जब याद आती है मन दुखी हो जाता है। मुझे तो अनेक बार लगता है कि कोई चमत्कार हो जाये और वे पाँचों किसी दिन बुआ के साथ सकुशल हमारे सम्मुख आ आ जायें।" कृष्ण शांत स्वर में बोले।

"विधाता करे तुम्हारा कथन सत्य हो कान्हा। हाँ, अभी तो तुम काम्पिल्य जाने की तैयारी करो। वसंतोत्सव में अब दिन ही कितने बचे हैं?"

"जो आज्ञा दाऊ," झुक कर अभिवादन किया और पलट कर तेज़ पग धरते हुए व्यायामशाला से बाहर निकल गये कृष्ण।

• • •

पांचाल की राजधानी काम्पिल्य आज किसी दुल्हन की तरह सजी थी। पूरे नगर में उमंग का वातावरण था। हर बार वसंतोत्सव काम्पिल्य में बड़े हर्षोल्लास से मनाया जाता रहा है। किन्तु इस बार का उत्सव न जाने क्यों प्रजा को विशेष लग रहा था। नगर की सजावट विशेष थी। प्रतियोगिताएँ भी अधिक थीं। रथ दौड़, घुड़सवारी, तीरंदाजी, तलवारबाज़ी, न जाने कितने आयोजन। उपरिक राजाओं को भी बुलाया गया था बलि-हृत देने। मित्र राज्यों को भी आमंत्रित किया था। द्रुपद स्वयम् सब व्यवस्थाएँ देख रहे थे। मित्र राजा एक एक कर आ रहे थे। किन्तु जिसे द्रुपद की आँखें खोज रहीं थीं वह अभी तक क्यों नहीं आया? आयोजन का सबसे बड़ा आकर्षण, उत्सव का विशेष अतिथि, द्वारका से लेकर मगध तक अपनी उपस्थिति का आभास कराने वाले द्वारकाधीश कृष्ण। कल तो मुख्य आयोजन है। सायं हो चली थी। द्रुपद की चिंता बढ़ती जा रही थी। तभी धृष्टद्युम्न ने आकर सूचना दी कि कृष्ण नगर की सीमा पर पधार चुके हैं। चैन की साँस ले द्रुपद चल दिए अगवानी करने।

कृष्ण ने देखा स्वयम् महाराज द्रुपद चले आ रहे हैं तो रथ से उतर गये। आगे बढ़े द्रुपद ने गले लगा लिया।

"आँखें तुम्हारी राह देख रही थीं और मन बेचैन हो रहा था कन्हैया।" द्रुपद बोले।

"आप अकारण ही मुझे इतना महत्त्व दे रहे हैं। मेरे लिये तो आप बड़े हैं पूज्य हैं, जब आपने बुलाया तो आना ही था महाराज," विनम्र हो कृष्ण बोले।

"धृष्टद्युम्न कृष्ण को ले जाओ और विशेष अतिथि शाला के विशेष कक्ष में ठहराओ। कल आयोजन स्थल तक लाने का कार्य भी तुम्हें ही करना है।" फिर कृष्ण की ओर पलट कर बोले, "विश्राम करें कन्हैया। महात्मा विदुर भी उसी अतिथि शाला में ठहरे हैं। यदि उचित लगे तो मिलियेगा उनसे। महा ज्ञानी हैं विदुर, उनसे मिलकर समय का सदुपयोग हो सकेगा।"

• • •

विदुर ने सुना कि द्वारकाधीश पधारे हैं और इसी अतिथिशाला में ठहरे हैं तो स्वयं पहुँच गये मिलने। विदुर को अपने कक्ष में देख कृष्ण आश्चर्यजनक हर्ष से भर उठे और उनसे मिले, कुशलक्षेम पूछी, निकट बैठ कुछ क्षण दोनों एक दूसरे को निहारते रहे, कृष्ण ने मौन तोड़ा।

"आपको देखकर अति प्रसन्नता हो रही है काका श्री। बहुत अन्तराल के बाद आपसे मिल रहा हूँ।"

"हाँ, आपके यादव संघ मुख्य बनते समय मथुरा गया था। तभी आपसे संक्षिप्त भेंट हो सकी थी।" विदुर बोले।

"पर उस छोटी-सी भेंट ने मेरा कितना बड़ा काम किया था। अनुमान है आपको?" कृष्ण ने आदरभाव से कहा।

"बड़ा काम, कौन-सा बड़ा काम?"

"आपको स्मरण होगा कि वहाँ आपने ही सर्वप्रथम मुझे जरासंध, शाल्व और काल यवन की दुरभिसंधि के बारे में चेतावनी देकर सावधान रहने को कहा था," कृष्ण बोले।

"और जिस प्रकार आपने सजगता से काल यवन का वध किया उस पर तो सम्पूर्ण आर्यावर्त में आपके नाम का डंका बज गया था," कृष्ण पर मुग्ध होते हुए विदुर बोले।

"काका श्री, जिस प्रकार आपने संकेतों में मुझे प्रथम भेंट के समय चेताया था उसी प्रकार आपके पत्र में भी मुझे संकेत मिले थे जिन पर मैंने अनुमान लगा लिया था कि पांडव जीवित हैं और आप जानते हैं। कदाचित मुझे आप उन्हें ढूँढ़ने और उनकी सहायता करने को कह रहे हैं। मेरा अनुमान सही था न काका श्री।"

"हाँ द्वारकाधीश, तुम तो लोगों के मन पढ़ लेते हो फिर पत्र पढ़ कर अर्थ निकालना तुम्हारे लिये कौन बड़ा कार्य है," विदुर बोले।

"आपकी मंशा जान मैंने अपने विश्वसनीय चरों को सर्वत्र फैला दिया है। संभव है जल्द कोई सूचना मिले," कृष्ण बोले।

"वारणावत से पूर्व या सुदूर उत्तर-पूर्व में सम्भावना अधिक है। नाविक उन्हें गंगा के पूर्व तट पर उतार कर आया था।" विदुर ने संकेत दिए।

"आपके कहे अनुसार मैं इन दिशाओं में सघन गुप्तचरी कराऊँगा। किन्तु काकाश्री यह सब क्यों? हस्तिनापुर में चल क्या रहा है? पितामह और आपके होते हुए राजपरिवार में इतने पाप कर्म?" आश्चर्य से पूछा कृष्ण ने।

"तुम तो सब जानते हो। आर्यावर्त में ऐसा क्या है, जो तुमसे छिपा है। ऐसी कौन-सी जानकारी है जो मैं तुम्हें दूँ और तुम्हें पता नहीं। द्वारकाधीश हमारी आर्य संस्कृति में राजा को विष्णु का अवतार कहा जाता है क्योंकि वह प्रजा के लिए, देश के लिये देव तुल्य होता है। वह हज़ार हाथों से कल्याणकारी कार्य करता है, हज़ार कानों से सुनता है और हज़ार आँखों से देखता है। यह परिकल्पना इसलिय की गई थी कि राजा को अपने राज्य की उन्नति के लिए, प्रजा की भलाई के लिए, राज्य में न्याय व्यवस्था सुदृढ़ करने के लिए, सीमाओं पर शांति स्थापित करने के लिये सदैव सजग होना चाहिए। राजा को सदैव जागते रहना चाहिए। अपने सुखों को तिलांजलि दे सदैव प्रजा के हित में लगे रहना चाहिए और इसके लिये उसे अपनी शक्तिशाली सेना, पर्याप्त संख्या में कर्तव्यनिष्ठ कर्मियों, चतुर भेदियों और चालक गुप्तचर रखने चाहिए जो उसके हाथ, कान, आँख बन उसे लोक कल्याणकारी राज्य की स्थापना में निरंतर सहयोग दें। ये सब सिद्धांत अब

कोरी आदर्श बातें बन कर रह गयी हैं आर्यावर्त में। सत्ता के मद में चूर अधिकांश राजा भोग-विलासी होते जा रहे हैं। उनके राज्य में क्या हो रहा है, आसपास राज्यों में क्या चल रहा है इन सब बातों से अनभिज्ञ वे या तो रंगरेलियों में डूबे हैं या अपने ही भाई-बंधुओं को समाप्त करने के षड्यंत्र में लगे हैं। नैतिकता, उच्च मूल्यों के साथ जीने वाले पुरुष नैराश्य में डूब चुके थे तभी धूमकेतु की तरह भारतवर्ष की राजनीति में तुम्हारा पदार्पण हुआ। देखते-देखते तुमने पुनः हमारे उच्च सांस्कृतिक मूल्यों की स्थापना कर सन्मार्ग पर चलने वालों को आस बँधाई है। तुम्हारे कृत्यों के कारण आर्यावर्त तुम्हें सचमुच विष्णु का अवतार मानने लगा है। तुम सचमुच हज़ार हाथों से करते हो, हज़ार आँखों से देखते हो, हज़ार कानों से सुनते हो। अब तुम्हीं बताओ ऐसे अन्तर्यामी को मैं क्या जानकारी दे पाऊँगा।" स्नेह से भर विदुर बोले।

"ठीक है काकाश्री, तब यह चर्चा कर लें कि आगे क्या किया जाये? क्योंकि राजनितिक रूप से अभी भी कुरु वंश आर्यावर्त का सबसे अधिक प्रभावशाली वंश है और कुरु पांचाल क्षेत्र सबसे महत्त्वपूर्ण भूदेश। जो भी हस्तिनापुर में होगा वह सम्पूर्ण भारतवर्ष को प्रभावित करेगा।" कृष्ण बोले।

"तुम्हारे सारे अनुमान सही हैं द्वारकाधीश, किन्तु आँख से अंधे और पुत्र मोह में फँस कर कान से भी बहरे हो चुके महाराज को न पितामह की सीख सुनायी देती है और न मेरी विनती। राजकुमार दुर्योधन अति उद्दंड, अहंकारी और महत्त्वाकांक्षी युवा है। वह सरेआम दरबार में अपनी बात मनवाने महाराज पर दवाब डालता है। यदि पितामह भी उसे रोकते हैं तो उनसे भी दुर्व्यवहार करने लगता है।"

"पितामह से दुर्व्यवहार! क्या वो जानता नहीं कि कुरु वंश की ओर यदि किसी की आँख उटा कर देखने शक्ति आज पूरे आर्यावर्त में नहीं है तो वह पितामह भीष्म के कारण। अपनी अधिक वय के बाद भी वे इतने पराक्रमी आज भी हैं कि सम्पूर्ण सेना को अकेले नष्ट कर सकते हैं। पूरा राज्य यदि किसी की सामर्थ्य पर टिका है तो वे हैं पितामह भीष्म," आवेश में भर कृष्ण बोले।

"सच कह रहे हो द्वारकाधीश। किन्तु पितामह की हस्तिनापुर के सिंहासन के प्रति निष्ठा से ही अब तो कोफ़्त होने लगी है। यदि वे चाहें तो अकर्मण्य धृतराष्ट्र को पदच्युत कर सकते है। वे चाहें तो सब प्रकार से योग्य युधिष्ठिर को राजगद्दी पर बिठा सकते हैं और कोई उनका विरोध

करने का साहस नहीं करेगा। किन्तु सिंहासन पर बैठने वाले के प्रति सदैव समर्पित रहूँगा, जैसी उनकी प्रतिज्ञा ही उन्हें विवेकपूर्ण सोच से रोकती है।" हताश विदुर बोले।

"निराश न हों काकाश्री! हम सब मिलकर अधर्म नहीं होने देंगे। हस्तिनापुर के भविष्य की रचना हेतु अपनी पहचान छिपाए निरुद्देश्य भटक रहे पांडवों को ढूँढ़ कर उन्हें हस्तिनापुर लाया जायेगा। वे ही अब सिंहासन के सम्मुख खड़े हो अपना अधिकार माँगेंगे। हस्तिनापुर का भविष्य माँगेंगे," आत्मविश्वास से भरे कृष्ण बोले।

"अब तो सचमुच तुम्हीं पर सारी आस टिकी है। हस्तिनापुर आशा भरी दृष्टि से तुम्हारी ओर देख रहा है। पूरा आर्यावर्त तुम पर आस लगाये है।" अपने में ही खोए-खोए विदुर बोलते जा रहे थे।

• • •

काम्पिल्य का विशाल रंग महल रंग-बिरंगी पताकाओं, पुष्प मालाओं से सजा था। रंगशाला, रंगमंच सभी पर सुगन्धित द्रव्यों का छिड़काव किया जा गया था। विभिन्न प्रतियोगिताओं के प्रतिभागी अपने-अपने केतु ले मैदान में पंक्ति बद्ध खड़े थे। सजे हाथियों पर महावत तोमर लिये रंगशाला में गोल घूम रहे थे। अक्ष वाट, अक्षवाप, हस्तिपाल, घुड़दौड़ प्रभारी सभी अपने अपने दलों के साथ खड़े थे। सभी के रंग-बिरंगे ध्वज पूरी रंगशाला में अद्‌भुत दृश्य उपस्थित कर रहे थे। तूर्य, गोमुख, पण्व बज रहे थे। पूरा रंगमहल खचाखच भरा था। काम्पिल्य का वसंतोत्सव बड़ा प्रसिद्ध है। इसे देखने न सिर्फ़ पांचाल अपितु दूर राज्यों के दर्शक भी आते थे और इस बार तो द्वारकाधीश के विशेष अतिथि होने के समाचार ने सर्वत्र लोगों में उल्लास भर दिया था। प्रतीत होता था कि काम्पिल्य का हर मार्ग आज रंग महल तक आ रहा था।

एक बड़ा मंच बनाया गया था जिस पर राजपरिवार के सदस्यों को आयोजन के विशेष अतिथि के साथ बैठना था। पास ही मंच से कम ऊँचाई पर अन्य राज्यों के प्रतिनिधि, मंत्रिपरिषद, रत्निन, श्रेष्ठी, सेनानी सभी के बैठने की व्यवस्था थी। धीरे-धीरे सभी पदधारियों के आ जाने के पश्चात राजपरिवार को सूचना भेजी गयी। कुछ समय के बाद राजा द्रुपद, महारानी सौत्रामणि और पुत्री द्रौपदी के साथ उपस्थित हुए। आसन ग्रहण किया तभी

सैनिक ने आकर सूचना दी कि कुमार धृष्टद्युम्न के साथ द्वारकाधीश श्री कृष्ण पधार रहे हैं।

कृष्ण आये। द्रुपद ने खड़े हो कर स्वागत किया। आसन ग्रहण करने का आग्रह किया। सभी औपचारिकतायें पूर्ण होने पर महामात्य उद्भाष ने मंच के आगे पहुँच कर महाराज की आज्ञा से वसंतोत्सव के शुभारम्भ की घोषणा की।

कृष्ण द्रुपद के निकट ही बैठे थे। अचानक उनकी दृष्टि द्रौपदी पर गयी। *'संभवतः यही है द्रौपदी, जिसके लावण्यमयी सौन्दर्य के चर्चे ख़ूब हो रहे हैं इन दिनों आर्यावर्त में। सचमुच अतीव सुन्दरी है यह। साँवले वर्ण ने तो इसके सौन्दर्य को और बढ़ा दिया है।'* कृष्ण सोच रहे थे कि द्रुपद ने देख लिया कि कृष्ण द्रौपदी की ओर आकृष्ट हैं।

"द्वारकाधीश! यह द्रौपदी है मेरी पुत्री। मैं इसके विवाह हेतु योग्य वर की तलाश में हूँ," अवसर जान वह प्रसंग छेड़ दिया द्रुपद ने जिसके लिये यह सारी भूमिका रची गयी थी।

"महाराज राजकुमारी तो अतीव सुन्दरी हैं, वो बड़भागी होगा जिन्हें ये वरेंगी," कृष्ण बोले।

"और यदि मैं ये कहूँ कि आज वो बड़भागी मेरे साथ है, तो क्या सही न होगा?" द्रुपद ने दाँव खेला।

"क्या तात्पर्य है आपका?" अनभिज्ञ हो कृष्ण पूछ बैठे।

"मैं चाहता हूँ कि आप द्रौपदी से विवाह कर लें। मेरी सदैव से इच्छा रही है कि जो आर्यावर्त का सबसे वीर पुरुष हो वही मेरी पुत्री का वरण करे। इस समय न तुमसे बड़ा योद्धा कोई है न ही तुम जैसा राजनीतिज्ञ। पांचाल तुम जैसा जामाता पाकर धन्य होगा।"

"किन्तु महाराज बिना किसी प्रतियोगिता के कैसे जान लिया जाये कि मैं ही सबसे वीर पुरुष हूँ। संभव है कुछ और भी योग्य प्रतिभागी निकलें। इस वसंतोत्सव पर एक प्रतियोगिता इसकी भी करा लेते तो उपयुक्त होता," हँस कर कृष्ण बोले।

"मेरी बात को उपहास में न टालो गिरधर। क्या द्रौपदी जैसी पुत्री का पिता होने के नाते मैं अधिकारी नहीं हूँ श्रेष्ठ जामाता को पाने का?" द्रुपद बोले।

"आप तो पूज्य हैं मेरे लिए। भला मैं आपकी किसी बात पर कैसे उपहास कर सकता हूँ? मेरा आशय भी यही है कि द्रौपदी को श्रेष्ठ वर मिले और इसके लिये स्वयंवर का आयोजन कर श्रेष्ठ वर खोजा जाना उचित होगा।" कृष्ण बोले।

"स्वयंवर का आयोजन? उसके द्वारा किस प्रकार श्रेष्ठ वर मिलेगा द्रौपदी को?" द्रुपद की जिज्ञासा बढ़ी।

"इस समय सम्पूर्ण आर्यावर्त में धनुर्विद्या अपने विकास की पराकाष्ठा पर पहुँच गयी है। एक से एक धनुर्धर हैं इस राष्ट्र में। क्यों न हम धनुर्विद्या की प्रतियोगिता आयोजित करें और जो इसमें जीते, द्रौपदी उसी का वरण करे।" कृष्ण ने सुझाव दिया।

"हाँ, यह विचार उत्तम है। इस प्रकार मुझे उस दम्भी द्रोण से भी अच्छा धनुर्धर मिलेगा उसका दम्भ तोड़ने को," द्रुपद बोले।

"अवश्य आप आर्यावर्त का श्रेष्ठ धनुर्धर पा सकेंगे अपने जामाता के रूप में।"

"मैं सहमत हूँ आपके विचार से। आप ही सुझाएँ की कब की जाये ये प्रतियोगिता?" द्रुपद ने पूछा।

"यह प्रतियोगिता आर्यावर्त की सबसे आकर्षक वधु को प्राप्त करने की है। इसलिये प्रतियोगियों को पर्याप्त समय दिया जाना होगा तैयारी हेतु।" कृष्ण बोले द्रौपदी की ओर देखते। कुछ क्षण शांत रह द्रुपद को संबोधित करते हुए पुनः बोले, "महाराज! आज अच्छा अवसर है आप इसी वसंतोत्सव में घोषणा कर दें कि आज से तीसरे माह पड़ने वाली पूर्णिना के दिन द्रौपदी का स्वयंवर आयोजित होगा जिसमें धनुर्विद्या की प्रतियोगिता होगी। जो इस प्रतियोगिता को जीतेगा उसे ही द्रौपदी वरण करेगी।"

"जैसा तुम उचित जानो, वही किया जायेगा। यद्यपि मैं चाहता था कि तुम द्रौपदी का हाथ थाम उसके जीवन साथी बनते तो मैं अति प्रसन्न होता।" द्रुपद बोले।

"मैं द्रौपदी का हाथ थामूँगा किन्तु एक भाई की तरह। मैं उसका साथी बनूँगा किन्तु सखा की तरह," कहते हुए कृष्ण अपने स्थान से उठे और द्रौपदी के पास बैठ गये। द्रुपद खड़े हुए, मंच पर आगे जाकर घोषणा

करने लगे, जैसी कि कृष्ण चाह रहे थे।

• • •

द्वारका में प्रवेश करते हुए कृष्ण को हर बार की तरह प्रफुल्लित नहीं लगी उनकी नगरी। लोगों के भावों को पढ़ने में सिद्धहस्त कृष्ण को नगर की वायु में अदृश्य तनाव दृष्टिगोचर हो रहा था। सोचा रुक्मिणी के पास जाने से पूर्व भैया से मिलकर पता लगाया जाये। बलराम के भवन में पहुँचे तो पता चल कि भैया और भाभी दोनों रुक्मिणी के पास ही रुके हैं कुछ दिनों से। चिकित्सकों ने किसी भी समय रुक्मिणी के माँ बनने की घोषणा जो कर दी है। शीघ्र पहुँचे अपने भवन में। भैया बाहर ही बैठक कक्ष में मिल गये, देखते ही पहले रुक्मिणी के पास जाने को कहा। अंदर रुक्मिणी के पास गये। चिकित्सकों का दल, महिला चिकित्सकों के साथ उपस्थित था। रेवती भाभी रुक्मिणी के पास ही अंदर कक्ष में थीं। कृष्ण अंदर पहुँचे भाभी ने मुस्कराकर देखा और उठ खड़ी हुईं बाहर जाने को, पति-पत्नी को कुछ समय के लिये एकांत देने।

कृष्ण आगे बढ़ बैठ गये रुक्मिणी के पास, उनका हाथ अपने हाथ में लेकर। रुक्मिणी के मुख पर प्रसन्नता और शान्ति के भाव थे। दोनों एक दूसरे को बड़ी देर तक निहारते रहे, जैसे शब्दों से अधिक मौन बोल रहा हो। तभी कंधे पर किसी के हाथ का आभास हुआ पलट कर देखा कृष्ण ने, रेवती भाभी खड़ी थीं।

"कन्हैया, तुम्हारे भैया ने शीघ्र बुलवाया है तुम्हें। लगता है सदा की भाँति फिर कोई राजनीतिक प्रसंग उपस्थित हो गया है।"

"मैं क्या करूँ भाभी? मन तो बहुत करता है अपने परिवार के साथ रहने का। किन्तु ये राजकाज। इस समय मुझे रुक्मिणी के पास रहना चाहिए और मैं..." कहते-कहते रुक गये कृष्ण, विचलित दिखे रेवती को।

"मन छोटा न करो कान्हा, हम हैं न यहाँ। मैं, तुम्हारे भैया, हम सब तुम्हारा परिवार। हम जानते हैं कि तुम जगत कल्याण के कार्यों में इतना आगे जा चुके हो कि अब चाह कर भी वापस नहीं आ सकते, चाह कर भी अपने लिए, हम सबके लिये समय नहीं निकाल सकते। किन्तु हम सबको कोई शिकायत नहीं है तुमसे। तुम जिस पथ पर चल रहे हो वहाँ निज हित

से अधिक जनहित का महत्त्व है। जनकल्याण सर्वोपरि है। सो किसी भी अपराध बोध से ग्रसित न होना कभी। तुम्हारा परिवार तुम्हारे साथ है और सदैव रहेगा। मैंने ठीक कहा न, रुक्मिणी?" रेवती बोलीं तो रुक्मिणी ने सिर हिला मुस्कराकर सहमति दी।

• • •

"कैसी है रुक्मिणी, क्या कहते हैं चिकित्सक?" कक्ष में प्रवेश किया ही था कृष्ण ने कि बलराम पूछ बैठे।

"ठीक है भैया सब। चिकित्सक कहते हैं कि एक-दो दिन में कभी भी माँ बन सकती हैं रुक्मिणी। भाभी स्वयं सारी व्यवस्थाएँ देख रहीं हैं।"

"विधाता हम पर कृपा करें। हमारे कुल का बच्चा हमारे लिए, इस द्वारका राज्य के लिये सौभाग्य बन कर आये, यही कामना है," ऊपर की ओर हाथ जोड़ बलराम बोले।

कुछ क्षण कक्ष में मौन छाया रहा। कृष्ण ने देखा सात्यकि भी वहाँ उपस्थित है। दोनों मित्रों ने एक-दूसरे को मूक अभिवादन दिया। बलराम ने ही मौन तोड़ा।

"कन्हैया, तुम्हारे काम्पिल्य प्रवास के समय सत्राजित आया था। बहुत उद्दंडता करके गया है यहाँ से।"

"सत्राजित यहाँ क्यों आया था? और उद्दंडता का दुस्साहस क्यों किया उसने?" उत्तेजित हो कृष्ण ने पूछा।

"सत्राजित के पास एक अद्‌भुत रत्न था। इसे वह स्यमंतक मणि कहता है। किसी ने उसके भाई की हत्या कर वह मणि छीन ली। सत्राजित को शंका थी कि तुमने उसके भाई प्रसेन की हत्या कर वह मणि ली है। इसीलिये वह एक दिन बलात द्वारका में आ गया और न सिर्फ़ दरबार में अपितु नगर के सार्वजनिक स्थानों पर जाकर कुप्रचार करने लगा कि कृष्ण ने मेरे भाई की हत्या कर मेरी मणि चुरा ली है, और उसी मणि को विदेश में बेच कर अत्यधिक धन प्राप्त करना चाहता है। जो भी समृद्धि कृष्ण की दिख रही है वह इसी प्रकार छल से, चोरी से प्राप्त की है। किन्तु वह नहीं जानता कि उसका सामना इस बार सत्राजित से है। यदि एक माह में मेरी मणि मुझे वापस नहीं मिली तो मैं कृष्ण सहित द्वारका को भी नष्ट कर दूँगा। जब मैंने

जाकर उसे ललकारा तो वह यह कहते हुए चला गया कि अभी तो जा रहा हूँ किन्तु एक माह बाद पुनः आऊँगा, अपने सर्वनाश के लिये तैयार रहें।"

"सत्राजित का इतना दुस्साहस। तभी मुझे इस बार द्वारका उल्लास मय नहीं लगी। भैया, सत्राजित को सबक़ सिखाना होगा। मेरे यादव संघ मुख्य बनते समय भी उसने विरोध किया था। वह प्रारम्भ से ही हमसे ईर्ष्या रखता है। द्वारका की प्रगति को वह पचा नहीं पा रहा तभी ऐसे झूठे आरोप लगा रहा है। आप आज्ञा दें, हम उसी के राज्य में जाकर द्वारका के अपमान का बदला लेंगे।" आवेश में भरे कृष्ण बोले।

"नहीं कान्हा, उत्तेजना में न तुमने कभी कोई कृत्य किया है और न अभी करने की आवश्यकता है। यह सत्य है कि सत्राजित मन ही मन हमारी प्रगति से जलता है और शाल्व के साथ मिलकर उसने हमें कमज़ोर करने के सदैव प्रयास किये हैं। किन्तु यह भी सत्य है कि उसके भाई प्रसेन की हत्या कर मणि को छीना गया है किन्तु किसने, मैंने सात्यकि को यही पता लगाने भेजा था। सात्यकि ने कई दिनों के परिश्रम से सत्य का पता लगा लिया है। यही बताने वह यहाँ आया है।" बलराम ने रहस्य खोला फिर सात्यकि की ओर मुड़ कर बोले, "सात्यकि अब तुम ही पूरा वृतांत कहो।"

"प्रसेन, सत्राजित का भाई अक्सर गिरनार के घने वनों की ओर अकेला जाता था। सभी समझते रहे कि वनों में आखेट हेतु जाता होगा प्रसेन। किन्तु वहाँ जाने का कोई और ही कारण था। जब मैंने छानबीन की तो पता चला कि गिरनार के घने वनों के बीच पहाड़ियों पर रीछ प्रतीक वाले द्रविड़ सभ्यता के लोग वास करते हैं। रीछराज जामवन्त की कन्या जामवंती पर प्रसेन रीझ गया था और उसी से मिलने के बहाने वह अक्सर चुपचाप गिरनार जाता था। रीछ राज की कन्या शिष्टता वश प्रसेन से बात कर लेती थी। बात आगे न बढ़ते देख प्रसेन को लगा कि यदि वह स्यमंतक मणि ले जाकर जामवंती को दे दे, तो वह अवश्य उसकी हो जायेगी। किन्तु जब वह मणि लेकर वहाँ गया और मणि देकर जामवंती से प्रणय निवेदन किया, तो जामवंती क्रोधित हो गयी और उसने जामवन्त को सारी स्थिति बताई। जामवन्त के सैनिकों ने घेर कर प्रसेन का वध कर दिया और शव को उसके रथ में रख दिया। प्रसेन के समझदार घोड़े बिना सारथि के रथ को सीधे सत्राजित के पास ले गये। चूँकि गिरनार का रास्ता द्वारका के समीप से गुज़रता है इसलिये सत्राजित को शंका हुई कि आपने ही उसके भाई की

हत्या कर मणि ले ली है।" सात्यकि ने वर्णन किया।

"और वह मणि कहाँ है?" कृष्ण ने पूछा।

"वह तो अभी भी रीछ राज के पास ही है।"

"कन्हैया, यह तुम्हारे और द्वारका की प्रतिष्ठा का प्रश्न है। अपने ऊपर से चोरी का कलंक मिटाना होगा तुम्हें," बलराम बोले।

"क्या आपकी मंशा है कि मैं रीछ राज से वह मणि लाकर सत्राजित को दूँ?" कृष्ण ने पूछा।

"हाँ, कान्हा यही इस समय की माँग है। तुम जाओ और सात्यकि को भी साथ लिये जाओ। यह उस क्षेत्र की भौगोलिक स्थिति से परिचित है।"

"जो आज्ञा दाऊ," झुककर अभिवादन किया आज्ञा ली और चल दिए सात्यकि को साथ ले कर।

• • •

"रीछराज की जय हो। मैं द्वारका का धनुर्धारी दल प्रमुख सात्यकि हूँ। द्वारकाधीश आये हैं, आपसे मिलना चाहते हैं।" सभासदों के साथ बैठे जामवन्त को अभिवादन कर सात्यकि बोले।

"क्या द्वारकाधीश स्वयम् पधारे हैं? कहाँ हैं वे?" कहते हुए उठ खड़ा हुआ जामवन्त और सात्यकि के साथ बाहर निकला अपने सभाकक्ष से।

"प्रणाम द्वारकाधीश, अहो भाग्य हमारे जो आप पधारे," कहते हुए झुककर अभिवादन किया जामवन्त ने।

"आभार आपका, मुझे भी प्रसन्नता हो रही है यहाँ आकर," रथ से उतरते हुए कृष्ण बोले।

कृष्ण को ले सभा में पहुँचे जामवन्त। सभासदों ने खड़े हो कर अभिवादन किया। अपने सिंहासन के समीप पहुँचे कृष्ण को लेकर, बोलना शुरू किया।

"मित्रों! आज हम बड़भागी हैं, जो हमारे बीच द्वारकाधीश श्री कृष्ण पधारे हैं। मैं उनसे आग्रह करूँगा कि रीछसभा के सिंहासन पर विराजमान हो इस सभा को शोभायमान करें। हमें अनुग्रहीत करें," प्रणाम की मुद्रा में झुककर बोले जामवन्त।

"रीछराज, ये आपका बड़प्पन है जो मुझे इतना मान दे रहे हैं," संकोचवश कृष्ण बोले।

"आप इससे भी अधिक मान के पात्र हैं हमारे यहाँ। द्वारकाधीश मैं इसका विस्तृत विवरण देना चाहूँगा आपको, किन्तु अनुरोध है कि पहले आप इस सिंहासन पर विराजे।" जामवन्त ने कहा तो संकोच सहित सिंहासन पर बैठ गये कृष्ण। सात्यकि एवं अन्य सभासद भी अपने आसन पर बैठ गये। जामवन्त सिंहासन के पास खड़े रह बोलने लगे। कृष्ण भी आतुर थे सुनने को।

"द्वारकाधीश, हम द्रविड़ जाति के लोग हैं। रीछ हमारे कबीले का प्रतीक चिन्ह है। हमारे पूर्वजों ने रीछराज जामवन्त के नेतृत्व में आर्य श्री राम की रावण से युद्ध में सहायता की थी। राम-रावण युद्ध से पूर्व श्री राम ने आर्य-द्रविड़ एकीकरण करा हिन्दू धर्म की स्थापना की थी। उसी समय हमारे पूर्वज भी हिन्दू बन गये थे। राम की रावण पर विजय के उपरांत रीछराज जामवन्त ने यहाँ गिरनार के वनों में अपना कबीला बसाया। तबसे अब तक जितने भी कबीले प्रधान बने, सबने जामवन्त नाम अपनाया और जामवन्त रीछ क्षेत्र के राजा का पदनाम बन गया।" जामवन्त बोलते जा रहे थे और सभी ध्यान मग्न सुन रहे थे।

कुछ क्षण विश्राम ले कर जामवन्त ने पुनः बोलना शुरू किया।

"यद्यपि हम हिन्दू बन गये थे किन्तु हमने अपनी द्रविड़ संस्कृति नहीं छोड़ी इसीलिये हम अभी भी कबीलों में रहते हैं। वनोपज, वन्य प्राणियों से सम्बन्धित व्यापार में संलग्न हैं। शिव और राम के हम उपासक हैं। चूँकि राम को विष्णु का अंश माना गया है और आपको भी विष्णु का स्वरूप माना जाने लगा है। इसीलिये हम आपके प्रति सम्मान प्रदर्शित करते हैं क्योंकि आपमें हमें राम का रूप दिखता है।"

"आपके सरल व्यवहार से मैं अभिभूत हूँ। जो मान आपने मुझे दिया है यदि मैं उसके योग्य स्वयम् को प्रमाणित कर पाया तो अपने आपको धन्य समझूँगा। एक जिज्ञासा है रीछराज, आप सभी वन पर निर्भर हैं। क्या वन से आपको पर्याप्त सामग्री प्राप्त हो जाती है? कैसे आप अपने उत्पाद को बाज़ार दिला पाते हैं?" कृष्ण बोले।

"आपके द्वारका राज्य स्थापित करने से पूर्व तो वनोपज उतनी लाभकारी नहीं थी किन्तु द्वारका की स्थापना के बाद तो हमारा व्यापार

भी चल निकला। राज्य की समृद्धि से प्रभास जैसे नगर में धन की आमद होने लगी। विदेशी व्यापारियों ने प्रभास और अन्य पत्तनों से व्यापार बढ़ाया और उसके फलस्वरूप हमारे वनों की उपज शहद, मेवा, फल, चन्दन, हाथीदाँत, औषधि, मृगछाल, कबूतर, तोता जैसे पंछी, बन्दर जैसे जीव, जिनकी अन्य देशों में बड़ी माँग है, का व्यापार भी बढ़ गया। प्रभास में अनेक अष्टकोटिशविभव श्रेष्ठी हैं जो हमारे उत्पादों का मुँहमाँगा दाम देते है। हमारे कबीले की समृद्धि में आपके बसाये राज्य का हाथ है इसलिये भी हम आपके प्रति कृतज्ञ हैं।" हाथ जोड़ जामवन्त बोले। फिर कुछ देर मौन हुए कि अचानक कुछ याद आया, बोल पड़े।

"प्रभु, अपने सम्बन्ध में बताने के फेर में हम यह पूछना तो भूल ही गये कि आपने कैसे कष्ट किया?"

"रीछराज, आपके पास एक मणि है जो प्रसेन लेकर आया था। मुझे उस मणि की आवश्यकता है।" बिना कोई भूमिका बाँधे कृष्ण बोले।

"स्वामी वह मणि भी हमारी ही है," जामवन्त ने कहा।

"आपकी है, वह कैसे?" आश्चर्य से पूछा कृष्ण ने।

"रावण पर विजय के बाद विभीषण को लंका का राजा बनाकर श्री राम तो चले गये। किन्तु अपने सेना नायकों को कुछ दिवस विभीषण की मेहमानी करने का बोल गये थे। जब विभीषण ने सबको विदा किया तो लंका में होने वाले उत्तम रत्न विदाई में भेंट स्वरूप दिए। रीछराज जामवन्त को लाल रंग का अमूल्य रत्न दिया गया था। इसे उन्होंने अपने मित्र सत्राजित के पूर्वज को दे दिया, क्योंकि रीछ कबीला स्थापित करने में उन्होंने सहायता दी थी।"

"प्रभु, हम द्रविड़ों में स्त्री पुरुष समानता पर सदैव से बल दिया गया है। सत्राजित का भाई प्रसेन एक बार आखेट करता हमारे स्थान तक आ गया। अतिथि स्वागत की कबीला परम्परा के अनुसार मेरी पुत्री जामवंती ने उसकी आवभगत की। कुछ दिवस प्रसेन यहीं रुक गया। जामवंती का स्वछन्द व्यवहार उसे आकृष्ट कर रहा था। जामवंती शिष्टता स्वरूप प्रसेन से बातें करती थी। बातों-बातों में उसने प्रसेन को बताया कि कैसे दोनों के पूर्वज मित्र थे और कैसे वह बहुमूल्य रत्न जामवन्त ने अपने मित्र को भेंट किया था। प्रसेन को लगा कि रत्नादि चूँकि स्त्रियों की कमज़ोरी होती है, सो यदि वह उस रत्न को, जिसे सत्राजित ने स्यमंतक मणि नाम दिया था, लाकर

जामवंती को दे दे तो संभव है कि जामवंती उसकी हो जाये। और इसीलिये प्रसेन ने वह मणि लाकर जामवंती को देकर जब आपनी मंशा बताई तो क्रोधित हो जामवंती ने प्रकरण मुझसे कह दिया। हमने प्रसेन की हत्या कर दी। चूँकि प्रसेन ने मरने से पूर्व ही मणि जामवंती को दे दी थी इसलिये वह उसी के पास है।"

"किन्तु उस मणि की चोरी का आरोप सत्राजित ने मुझ पर लगाया है और वह मणि ही मेरे ऊपर लगे इस कलंक को धो सकती है," कृष्ण बोले।

"यदि ऐसा है तो अभी मँगाते हैं। यदि हम आपके कुछ काज कर सकें तो हमें प्रसन्नता होगी।" कहते हुए जामवन्त ने सूचना भिजवाई कि जामवंती वह मणि लेकर आये। कुछ समय उपरांत जामवंती मणि लेकर उपस्थित हुई। कृष्ण ने जामवंती को देखा, जामवंती ने कृष्ण को देखा और दोनों ही खो गये एक दूसरे में। जामवंती का वनीय स्वछन्द द्रविड़ रूप कृष्ण को लुभा रहा था वहीं कृष्ण का मोहक साँवला स्वरूप लालायित कर रहा था जामवंती को।

जामवन्त ने देखा कि दोनों ही एक दूसरे में बेसुध हो रहे हैं, तो बोले, "पुत्री ये द्वारकाधीश श्री कृष्ण हैं जिनके बारे में तुम अक्सर बातें करती रहती हो। इन्हें इस मणि की आवश्यकता है। हमारे अहोभाग्य कि इसी बहाने सही श्री कृष्ण हमारे बीच आये। पुत्री वह मणि द्वारकाधीश को दे दो।" जामवन्त ने कहा तो आगे बढ़ जामवंती ने मणि कृष्ण को थमा दी। कब जामवंती ने मणि बढ़ाई और कब कृष्ण ने ले ली दोनों में से किसी को भी आभास नहीं हुआ क्योंकि दोनों हो एक दूसरे में खोये थे।

"द्वारकाधीश मणि आपके पास है इसलिये यह न समझें कि जो भी मैं कहने जा रहा हूँ वह इसके बदले में माँग रहा हूँ।" जामवन्त बोले तो कृष्ण उनकी ओर जिज्ञासाभरी दृष्टि से देखने लगे।

"प्रभु! यदि मेरी पुत्री जामवंती से आप विवाह कर लें तो मैं, मेरा यह रीछ कबीला आपका आभारी होगा," हाथ जोड़ कर बोले जामवन्त। दोनों की दशा देख वही कह दिया जो दोनों को भा गया।

"अवश्य रीछराज, यदि आपकी पुत्री मुझसे विवाह करना चाहे तो मुझे अति प्रसन्नता होगी," जामवंती की ओर देखते हुए कृष्ण बोले। जामवंती के मुख पर हर्ष और लज्जा के मिश्रित भाव थे। दृष्टि को नीची कर लजा गयी जामवंती।

"हमारे द्रविड़ परम्पराओं में विवाह की सूक्ष्म रीतियाँ होती हैं। हम आज ही हिन्दू और द्रविड़ परम्पराओं का पालन कर इस विवाह को सम्पन्न करा सकते है। यदि आप अनुमति दें," जामवन्त कृष्ण को संबोधित कर बोले।

"जैसी आपकी इच्छा," कृष्ण का उत्तर था।

तुरत जामवंती को वधु-शृंगार से सजाया गया उनकी सखियों द्वारा। जामवन्त अपने सभासदों के साथ ले चले कृष्ण और सात्यकि को मन्दिर की ओर। मन्दिर पहुँचे कृष्ण, देखा भव्य पूजन स्थल है। अंदर ले गये जामवन्त कृष्ण को, दो स्थान बने थे। एक पर शिव लिंग बना था और दूसरे स्थान पर धनुष-बाण धारण किये राम की सुंदर मूर्ति। जामवन्त बताते जा रहे थे।

पुरोहित ने आकर विवाह हेतु स्वस्तिक बना वेदी तैयार की। द्रविड़ मिश्रित हिन्दू रीति से विवाह सम्पन्न कराया। विवाह पश्चात वर कन्या ने जामवन्त, उनकी पत्नी और अन्य बुजुर्गों का आशीष लिया।

"हमारे कबीले की परम्परा के अनुसार आपको आज यहीं हमारा अतिथि बनना होगा। नव दम्पति के विश्राम की व्यवस्था कबीले के द्वारा की जाती है।" जामवन्त बोले।

"आप हमारे पूज्य हैं अब, आपकी इच्छा हमारे लिये आदेश होगी। जैसा आप चाहें," जामवन्त से बोले कृष्ण, फिर सात्यकि की ओर मुख कर बोले।

"सात्यकि मुझे आज यहीं रुकना होगा। तुम शीघ्र निकल कर सत्राजित को सूचित करो कि मैं मणि ले कर आ रहा हूँ।

"जैसी आपका आदेश। और हाँ, आपको विवाह की बहुत-बहुत शुभकामनाएँ।"

• • •

जामवंती को ले कृष्ण पहुँचे तो नगर के बाहर ही सत्राजित को अपने प्रमुख अधिकारियों, मंत्रियों के साथ आगवानी करते देख आश्चर्यचकित रह गये। *'यह क्या? जो कल तक घोर विरोधी था वह आज इतना विनीत कैसे हो गया। सच है, माया जो न कराये सो थोड़ा।'* सोचते हुए रथ से उतरे तो सत्राजित ने आगे बढ़ हृदय से लगा लिया।

"मैं शर्मिंदा हूँ कृष्ण, जो तुम पर इतना घृणित आरोप लगा बैठा। मुझे सात्यकि ने सब सच बता दिया है," भावुक हो सत्राजित बोले।

"आप बड़े हैं और बड़ों का गुस्सा भी आशीर्वाद होता है। यह आपका ही आशीष रहा होगा कि मणि को ढूँढ़ कर आपके सम्मुख उपस्थित हो सका हूँ। यह लीजिये अपनी मणि," कहते हुए सत्राजित को सौंप दी स्यमंतक मणि। मणि लेते हुए सत्राजित की दृष्टि जामवंती की ओर गयी। आशय समझ कृष्ण बोले।

"क्षमा करें मैं परिचय कराना भूल गया। ये हैं जामवंती रीछराज जामवन्त की पुत्री और मेरी पत्नी।"

"रथ से नीचे उतर आयें बेटी। इसे भी अपने पिता का घर ही समझो," सत्राजित बोले तो प्रणाम कर नीचे उतर आईं जामवंती।

"तुम्हारे जैसी ही मेरी पुत्री है सत्यभामा। कहने को तो मेरी बेटी है, किन्तु कई बार लगता है कि मुझसे अधिक समझदार और विवेकी है। वह सदैव से ही कह रही थी कि द्वारकाधीश पर लगाया गया आरोप मिथ्या है वह कभी ऐसा घृणित कार्य नहीं कर सकते। किन्तु मैं इसे सत्यभामा की कृष्ण के प्रति छिपी चाह समझ कर अमान्य करता रहा।" जामवंती के सर पर हाथ रख सत्राजित बोले। सभी मंत्री, पदाधिकारी कृष्ण और जामवंती का अभिवादन कर रहे थे। सबसे मिल कृष्ण ने देखा सात्यकि पीछे खड़े मुस्करा रहे हैं। प्रत्युतर में कृष्ण भी मुस्करा दिए।

"अब हमें आज्ञा दें, द्वारका पहुँचना है," कृष्ण हाथ जोड़ बोले।

"क्या मुझे प्रायश्चित का अवसर दिए बिना चले जाओगे द्वारकाधीश," भावुक हो बोले सत्राजित।

"प्रायश्चित? कैसा प्रायश्चित महाराज?" कृष्ण विस्मय से बोले।

"आपको झूठा मानने का प्रायश्चित। मैं अपनी पुत्री सत्यभामा को आपको अर्पित करता हूँ। कृपया उसे अपनी अर्धांगिनी स्वीकार करें और यह स्यमंतक मणि भी आप रखें।"

"सत्यभामा को पत्नी रूप में पाना मेरा सौभाग्य होगा किन्तु यह स्यमंतक मणि मुझे नहीं चाहिए। जब से मिली है दो पत्नियाँ मिल गयीं,

जाने आगे कितनी और मिलें," कृष्ण बोले तो सभी ठहाका लगा हँस दिए।

• • •

दारुक के रथ पर सवार कृष्ण, एक ओर जामवंती और दूसरी ओर सत्यभामा। द्वारका के मार्गों पर चल समारोह के रूप में निकलती इस झाँकी को देख हर कोई आनंदित हो रहा था। बलराम ने जब सुना कि कृष्ण जामवंती और सत्यभामा को ब्याह कर ला रहे हैं तो उन्होंने, द्वारका की प्रजा इस सुखद प्रसंग को देखे इस नाते, चल समारोह की व्यवस्था कराई थी। जब कृष्ण के रथ ने द्वारका में प्रवेश किया तभी रुक्मिणी द्वारा पुत्र जन्म की सूचना भी जनमानस तक पहुँची तो आनन्द और उत्साह दुगुना हो गया प्रजा का। ढोल बजाते लोग, रंग उड़ाते लोग, हँसते गाते लोग आगे-आगे चल रहे थे। आज पूरी द्वारका जैसे मार्गों पर उमड़ आयी थी। अपने द्वारकाधीश को देख-देख गर्वित हो रहे थे लोग और रथ पर सवार कृष्ण सचमुच मोहक स्वरूप में देवतुल्य दिख रहे थे।

पूरी द्वारका का भ्रमण कर चल समारोह महल पर पहुँचा। दूर से देखा कृष्ण ने भैया स्वयम् खड़े हैं महल के द्वार पर। रथ से उतरे, सत्यभामा और जामवंती के साथ आगे बढ़े और चरणों में झुक गये बलराम के। हृदय से लगा लिया कृष्ण को। दोनों वधुओं ने आकर चरण छुए। आशीष दिया।

"आज हमारे पूर्वजों के सत्कर्म उपस्थित हुए हैं, जो हमें एक साथ इतनी खुशियाँ मिलीं। कुल चिराग का जन्म और दो-दो कुल वधुओं का आगमन। कान्हा इन्हें महल में अंदर ले जाओ," बलराम ने कहा तो कृष्ण सत्यभामा और जामवंती को ले भीतर चले महल में पीछे-पीछे सात्यकि, उद्धव और ढोल बजाते गन्धर्व।

रुक्मिणी के कक्ष तक पहुँचा दल। रेवती भाभी बाहर ही मिल गयीं। कृष्ण ने झुककर चरण छुए। सत्यभामा और जामवंती प्रणाम के लिए झुकीं तो गले लगा लिया दोनों को। अंदर ले गईं कृष्ण और सत्यभामा, जामवंती को। कृष्ण और रुक्मिणी ने एक दूसरे को देखा मुस्कराकर कर जैसे एक दूसरे को पुत्र जन्म की बधाई दे रहे हों। पुत्र पर दृष्टि गयी तो मंशा जान रुक्मिणी के बग़ल से उठा उसे कृष्ण को दे दिया रेवती ने।

"सँभालो अपने 'प्रद्युम्न' को।" रेवती ने कहा तो आश्चर्य से देखने लगे कृष्ण रेवती को।

"तुम्हारे भैया ने रखा है नाम। जैसे ही जन्म की सूचना मिली बरबस उनके मुख से निकल गया कि हमारा 'प्रद्युम्न' आ गया। क्यों नाम ठीक है न कान्हा?"

"भैया और आप कोई कार्य करें और वह उत्तम न हो यह कैसे संभव है?" हँसते हुए कृष्ण बोले।

"दीदी, हमने कोई त्रुटि तो नहीं की? हमें अपनी सौत नहीं सेविका समझना," रुक्मिणी के निकट बैठ जामवंती बोलीं।

"तुम दोनों तो मेरी छोटी बहन हो। तुम्हारे शुभ क़दम पड़े द्वारका में और कुल दीपक का जन्म हुआ," कहते हुए रुक्मिणी ने दोनों को हृदय से लगा लिया।

"दीदी, आपके बारे में सच ही सुना था कि जितना विराट व्यक्तित्व द्वारकाधीश का है, उतनी ही विशाल हृदय की स्वामिनी रुक्मिणी देवी हैं।" कहते हुए रुक्मिणी से चिपट गयी सत्यभामा।

घर की महिलाओं को आपसी चर्चा नें तल्लीन देख कृष्ण, प्रद्युम्न को रेवती भाभी को सौंप कक्ष से बाहर निकले। उद्धव को निकट बुलाया।

"उद्धव, तुम्हें अति आवश्यक गोपनीय कार्य से अभी पांचाल की सीमा से लगे एकचक्रा क्षेत्र में जाना है। गुप्तचरों की सुचना अनुसार पांडव बुआ कुंती के साथ उस क्षेत्र में आ गये हैं। द्रौपदी के स्वयम्वर की सूचना उन्हें मिल चुकी है। किन्तु वे दुविधा में हैं कि प्रतियोगिता में भाग लें या अभी पहचान छिपाए रहें। तुम उनसे जाकर कहो कि यह आर्यावर्त के श्रेष्ठ धनुर्धर को प्रमाणित कराने की प्रतियोगिता है, जो अर्जुन के लिये ही मेरे द्वारा आयोजित कराई गयी है। इसमें उन्हें निःसंकोच भाग लेने के लिये आना है। मैं उन्हें वहीं मिलूँगा। आर्यावर्त के भाग्य का निर्माण करेगी यह प्रतियोगिता, इसलिये इसे अर्जुन को जीतना ही होगा।" उद्धव को एक कोने में ले जाकर कृष्ण बोले।

13

"मैं सूत पुत्र से विवाह नहीं करूँगी," धनुष हाथ में लिये जैसे ही कर्ण प्रतियोगिता मंच पर चढ़े हाथ में वरमाला लिये द्रौपदी अपने स्थान से खड़े हो कर बोली।

द्रुपद ने द्रौपदी स्वयम्वर हेतु धनुर्विद्या की प्रतियोगिता रखी थी। इसमें मंच पर एक कड़ाहे में तेल भरा था और ऊपर एक खम्ब पर चक्र घूम रहा था उसी चक्र में एक मछली की आकृति बनी थी, जिसकी एक आँख स्पष्ट दिख रही थी। प्रतियोगियों को इसी घूमती मछली की परछाईं को तेल में देख कर उसकी आँख पर निशाना लगाना था। खुली प्रतियोगिता थी जिसमें आर्यावर्त का कोई भी वीर पुरुष भाग ले सकता था, जिसका उपनयन संस्कार हुआ हो। आर्यावर्त के सभी राजा और राजकुमार, योद्धा आयोजन में उपस्थित थे।

जब द्रौपदी पूर्ण शृंगार के साथ आयोजन स्थल पर आयी तो उसका सौन्दर्य देख सभी लालायित हो गये उसे पाने को। न राजा अपनी वय देख रहे थे और न राजकुमार अपने सामर्थ्य को पहचान रहे थे। सबकी मंशा थी कि कैसे भी द्रौपदी मिल जाये। एक-एक कर सब अपना भाग्य आज़मा रहे थे और असफल हो सिर झुकाए अपने स्थान पर बैठते जा रहे थे। अंग राज कर्ण जब मंच पर पहुँचे तो सब देखते रह गये ऊँचा क़द, चौड़ी छाती, उन्नत ललाट। काम देव-सा प्रतीत हो रहा था कर्ण का व्यक्तित्व। कृष्ण के कहे अनुसार बोल तो दिया द्रौपदी ने किन्तु मन डावांडोल हो गया था कर्ण को देखकर।

"यह क्या अनर्थ कह रही हो कन्या? सूत पुत्र होना क्या अपराध है? सूत को ऋग्वेदकाल से ही राज्य का बड़ा अधिकारी माना गया है। राजा का रथवान 'सूत' बड़े सम्मान का पद होता है, इसे मंत्रियों में स्थान दिया गया

है। इस सभा में यह कहकर तुमने सूत को छोटा कैसे मान लिया?" संदीपनी मुनि ने कहा तो सभा में सन्नाटा छा गया। द्रौपदी की दुविधा यह थी कि कृष्ण के कहे अनुसार बोल तो दिया किन्तु मुनि की बात का क्या उत्तर दे ज्ञात नहीं था। कृष्ण भी असमंजस में थे, उन्होंने इस स्थिति की कल्पना नहीं की थी। संदीपनी गुरु से कह भी नहीं सकते थे और उनके तर्क का कोई उत्तर भी नहीं था। लगता था कि गुरु पूरी योजना पर पानी फेर देंगे। तभी कर्ण की ओजपूर्ण आवाज़ सभा में गूँजी।

"क्षमा करें मुनिवर, मैं इस बहस में नहीं पड़ना चाहता कि सूत पुत्र छोटा होता है या नहीं। जब राजकुमारी ने मुझे अस्वीकार कर दिया तो मैं इस प्रतियोगिता से स्वयम् को पृथक करता हूँ," कहते हुए कर्ण ने प्रतियोगिता के प्रतीक को प्रणाम किया और मंच से नीचे उतरे, तेज़ पग भरते समारोह स्थल से बाहर निकल गये। कृष्ण ने चैन की साँस ली, मन ही मन कर्ण को धन्यवाद दिया। अब कोई प्रतियोगी अपने स्थान से नहीं उठ रहा था। महामंत्री ने सभा में टेर लगाई।

"जो भी योद्धा, वीर पुरुष प्रतियोगिता में भाग लेने से छूट गया हो, भाग ले सकता है अन्यथा प्रतियोगिता अनिर्णीत घोषित की जायेगी।" कुछ क्षण के अन्तराल पर कोने में बैठे ब्राह्मण दल से एक पुरुष उठा। देखने में वीर योद्धा जान पड़ रहा था। कर्ण-सा ही आकर्षक व्यक्तित्व था। वही ऊँचा क़द, वैसा ही शरीर सौष्ठव हाथ में धनुष-बाण ले मंच पर चढ़ गया।

"ठहरिये, ये तो ब्राह्मण है, इसे कैसे प्रतियोगिता में सम्मलित किया जा सकता है?" दुर्योधन ने आपत्ति जताई।

"यह खुली प्रतियोगिता है इसमें कोई भी वीर पुरुष, जिसका उपनयन हो चुका है भाग ले सकता है। ब्राह्मण ने यदि शस्त्र उठा रखे हैं तो वह भी इसमें भागीदारी कर सकता है।" संदीपनी ने व्यवस्था दी तो दुर्योधन चुपचाप अपने स्थान पर बैठ गया।

ब्राह्मण युवक मंच पर आगे बढ़ा, धनुष पर बाण रखा, कड़ाहे पर ध्यान को स्थिर किया, दृष्टि नीचे की, दोनों हाथों से पकड़े धनुष-बाण को ऊपर उठाया, प्रत्यंचा खींची, लक्ष्य पर स्थिर किया बाण का फल। एक-एक पल किसी प्रहर जैसा जान पड़ रहा था। युवक में कोई हड़बड़ाहट नहीं थी। सब साँसें रोक देख रहे थे। द्रौपदी ने इतनी देर में सभी इष्ट सुमिर लिये

थे। अचानक बाण चला युवक का, और सीधे जा लगा मछली की आँख पर। कन्या पक्ष में हर्ष और प्रतियोगियों में ईर्ष्या की लहर दौड़ गयी।

द्रौपदी ने आगे बढ़ कर वरमाला गले में डाल दी ब्राह्मण युवक के। द्रुपद उठे अपने स्थान से आगे बढ़े और हृदय से लगा लिया ब्राह्मण युवक को।

"मैं द्रुपद, पांचाल की ओर से इस ब्राह्मण युवक का आभारी हूँ, जिसने इस असाध्य लग रही प्रतियोगिता को जीत कर राजकुमारी द्रौपदी का वरण किया है। मैं द्वारकाधीश श्री कृष्ण का आभारी हूँ, जिन्होंने मेरी पुत्री हेतु श्रेष्ठ धनुर्धर का चयन कराया। मैं आयोजन में पधारे आप सभी राजा, राजकुमारों और वीर योद्धाओं का आभारी हूँ, जिन्होंने इस आयोजन में उपस्थित होकर इसे गौरवान्वित किया है।" द्रुपद बोले, कुछ क्षण का मौन लिया फिर ब्राह्मण युवक की ओर देखते हुए बोले।

"अब मैं परम्परानुसार विवाह की समस्त क्रिया को करने से पूर्व अपने होने वाले जामाता से चाहूँगा कि वे अपना परिचय दें ताकि भाट दोनों पक्ष की विरुदावली गाकर सभा में उपस्थित सभी सुधिजनों को आवश्यक विवरण दे सकें।"

"मैं पांडु पुत्र अर्जुन हूँ," अर्जुन ने जैसे ही भेद खोला सभा में ऐसा सन्नाटा छाया कि सुई भी गिरे तो आवाज़ आये। दुर्योधन के मुख पर हवाइयाँ उड़ रही थीं। साथ आये कौरव भाई क्षोभ और पीड़ा से एक दूसरे का मुख देख रहे थे।

'यह क्या अनर्थ करा दिया? जिस अर्जुन ने द्रोण के लिये मुझे पराजित किया उसी को मेरा जामाता बनवा दिया।' द्रुपद आश्चर्य से कृष्ण को देखते हुए सोच रहे थे।

"महाराज, इतने विस्मय से न देखें मुझे। द्रौपदी हेतु अर्जुन से अधिक योग्य कोई वर नहीं था। वह अर्जुन ही है जिसने धनुर्विद्या को आर्यावर्त में श्रेष्ठता की ऊँचाइयों तक पहुँचाया है। पूर्व की सभी घटनाओं को मन से निकाल दें, महाराज। पुरानी स्मृतियाँ न मनुष्य का विकास होने देती हैं और न ही चैन से जीने देती हैं। इसलिये विवेकी मनुष्य कभी पुरानी स्मृतियों से नहीं चिपके रहते। याद रखना ही महत्त्वपूर्ण नहीं है, महाराज। संसार उन्हीं का है, जो भूलना भी जानते हैं और क्षमा करना भी," कृष्ण के

ओजस्वी बोल सुन कर द्रुपद सामान्य मनःस्थिति में आये। अर्जुन आगे बढ़े और चरणों में झुक गये द्रुपद के। सीने से लगा लिया द्रुपद ने।

"किन्तु तुम और तुम्हारे भाई तो वारणावत में दुर्घटना का शिकार हो गये थे। फिर अचानक कैसे प्रकट हो गये और तुम्हारे अन्य भाई कहाँ हैं?" द्रुपद ने पूछा।

"जलाने वाले से बचाने वाला सदैव बड़ा होता है," दुर्योधन की ओर देखते हुए अर्जुन बोले तो दृष्टि फेर ली दुर्योधन ने चोरी पकड़े जाने की लज्जा से।

"महाराज मेरे सभी भाई यहीं हैं इस सभा में और आपके आशीर्वाद के आकांक्षी हैं।" अर्जुन ने कहा और सभी भाइयों को संकेत से बुलाया, महाराज से परिचय कराया। एक-एक कर सभी भाई मिले द्रुपद से।

"ये हमारा सौभाग्य है कि आज कुरु और पांचाल राज्य रिश्तेदारी में बँध रहे हैं। विवाह की विधियों हेतु राज पुरोहित शुभ लग्न निर्धारित करें, जो शीघ्र हो। मैं द्वारकाधीश से अनुरोध करूँगा कि मेरे प्रतिनिधि बनकर पांडवों की माता कुंती देवी से विवाह की अनुमति लेने हेतु साथ जाएँ और द्रौपदी को भी साथ ले जाकर उनका आशीर्वाद दिलाएँ। विवाह आयोजन तक रुकने का मैं सभी अतिथियों से आग्रह करता हूँ।" द्रुपद हाथ जोड़ बोले।

• • •

"यह तो अतीव सुन्दरी है, कान्हा। मेरे पुत्रों में फूट पड़ जायेगी इसे लेकर," द्रौपदी को आशीष देने के बाद कृष्ण को एक तरफ़ ले जाकर कुंती बोलीं।

"क्या अनर्थ कह रही हो बुआ? कैसे फूट पड़ जायेगी? अर्जुन ने स्वयम्वर में इसे जीता है। विधिवत विवाह होना है दोनों का। सारे भाई भी कितने खुश हैं आज। समारोह स्थल में जब अर्जुन ने लक्ष्य वेधा तब से लेकर अब तक उनकी प्रसन्नता देखते ही बनती है। और क्यों न हों, पहचान छिपाए मारे-मारे फिरने वाले पांडव अचानक इस प्रतियोगिता से आर्यावर्त के श्रेष्ठ योद्धाओं में सम्मिलित हो गये हैं।" कृष्ण विस्मित हो बोले।

“कन्हैया, तुम दूरदृष्टा हो, लोगों के भाव समझने में, मन पढ़ने में अद्वितीय हो। इसीलिये आर्यावर्त की राजनीति के केंद्र बिंदु बनते जा रहे हो, पर मैं एक माँ हूँ। कान्हा, माँ अपने पुत्रों की हँसी में भी उनकी पीड़ा देख लेती है। मैं देख रही हूँ कि शेष चारों भाइयों के मन में द्रौपदी को न पा सकने का दर्द है।” कुंती बोलीं।

“बुआ, द्रौपदी वर्तमान में आर्यावर्त की सबसे सुंदर युवती है। स्वाभाविक है कि उसे देखते ही उस सभा में उपस्थित सभी लोगों के मन में उसे पाने की लालसा जगे। पांडव भाइयों को भी रही होगी, किन्तु अब तो वह अर्जुन की ब्याहता होने वाली है। अब तो अन्य सभी भाइयों के भाव भी बदल जायेंगे।” कृष्ण ने तर्क दिया।

“द्रौपदी का लावण्यमयी रूप उन्हें भाव बदलने देगा तब न। और अर्जुन भी, संभव है कि इसके सौंदर्य में डूब कर अपने कर्मों से उदासीन हो जाएँ।” कुंती ने शंका प्रकट की।

“हाँ, बुआ यह तो आपने सही अनुमान लगाया पर अब तो कुछ भी नहीं किया जा सकता। अर्जुन ने उसे जीता है तो अर्जुन को उससे विवाह करना ही होगा। आपको उसे अपनी पुत्र वधु बनाना ही होगा।”

“द्रौपदी को पुत्र वधु बनाना तो मेरा सौभाग्य होगा किन्तु मैं चाहती हूँ कि उसका विवाह अर्जुन से ही न हो अपितु पाँचों भाइयों से हो।”

“क्या...? ये कैसे सोच लिया आपने?” आश्चर्य से कुंती को देखने लगे कृष्ण।

“यही इन पाँचों भाइयों की एकता अखंड रखने का उपाय है कान्हा।”

“किन्तु यह तो अनुचित है बुआ। पाँच भाइयों की एक पत्नी!”

“तुम-सा ज्ञानी किस उचित-अनुचित के फेर में पड़ रहा है? हाँ, यह व्यवहार सामान्य स्थितियों में निषिद्ध है किन्तु हमारी आर्य संस्कृति में विशेष परिस्थितियों में इसे मान्य किया है। क्या अश्विनीकुमार नाम के दो भाइयों की उषा, एक पत्नी नहीं है? गौतम ऋषि की पुत्री जटिला का विवाह सात ऋषियों के साथ हुआ। वीर धनुर्धर दस प्रचेतस भाइयों की एक पत्नी थी।” कुंती बोलीं तो सहमति से सिर हिलाया कृष्ण ने।

• • •

"आप सभी से कुंती बुआ कुछ कहना चाहती हैं," घर के बाहर कच्चे ईंटों की दीवार से घिरे खुले प्रांगण में बैठे पांडवों और द्रौपदी को सम्बोधित कर कृष्ण बोले तो सभी की दृष्टि कक्ष से निकलते कुंती और कृष्ण पर गयी।

"पुत्रों! जैसा सदैव होता आया है। जो भी तुम्हें मिलता था, तुम पाँचों भाई उसे बराबर-बराबर बाँट लेते थे। मैं चाहती हूँ कि काम्पिल्य के आयोजन से जो भी मिला है उसे भी तुम भाई आपस में बाँट लो।"

"अवश्य माँ। यही आपकी मंशा है तो वस्त्र, आभूषण, धन जो भी आयोजन में मिला है उसे हम सब बराबर बाँट लेंगे," युधिष्ठिर बोले।

"द्रौपदी भी।"

"क्या ...क्या कह दिया माँ आपने? ये कैसा परिहास है, जो पुत्रों से कर रहीं हैं आप?" युधिष्ठिर विचलित हो बोले।

"ये परिहास नहीं है पुत्र, अपितु माँ की इच्छा भी है और माँ का आदेश भी," दृढ़ स्वर में बोलीं कुंती।

"किन्तु... द्वारकाधीश आप कुछ बोलते क्यों नहीं?" विस्मय से बोले युधिष्ठिर। अन्य भाई समझ ही नहीं पा रहे थे की क्या हो रहा है।

"बड़े भैया, माँ के स्नेह को अन्यथा न लें। वे चाहती हैं कि तुम पाँचों भाइयों में एकता रहे इसलिये तुम सभी द्रौपदी से विवाह कर लो।"

"ये कैसा अनर्गल प्रलाप कर रहे हैं द्वारकाधीश आप? मैं कोई वस्तु हूँ जिसे बाँट दिया जायेगा इस तरह?" द्रौपदी बिफर पड़ी।

"कृष्णा... आश्चर्य लगा यह नाम सुनकर? जानती हो जिस दिन तुम्हें बहन माना था, उसी दिन तुम्हारा नाम मुझे यही सूझा था। कृष्ण की बहन कृष्णा ही तो होगी। हाँ, कृष्णा! मैं तुम्हारा सखा भी हूँ और भाई भी। मेरे रहते संसार में कोई ऐसा कृत्य नहीं हो सकता जो तुम्हारे प्रतिकूल हो। जीवन में किसी भी संकट में मुझे पुकारोगी तो मैं दौड़ा आऊँगा। तुम्हारी इच्छा के विरुद्ध कोई भी कार्य नहीं किया जायेगा। जब बुआ ने ममता वश तुम्हारा ब्याह अपने पाँचों पुत्रों से करने की बात की तो जानती हो मैं क्यों सहमत हो गया?" कृष्ण ने कहा तो द्रौपदी का सारा क्रोध पिघल गया कृष्ण को देखने लगीं स्नेह से।

"हाँ कृष्णा, ये बात मात्र पाँचों भाइयों के साथ तुम्हारे विवाह की नहीं है। इस प्रकार के विवाह पूर्णतः निषिद्ध नहीं हैं। आर्यावर्त में जब आर्यों की दूसरी खेप पश्चिम से प्रवेश कर आयी तो जलवायु की प्रतिकूलता के कारण आर्य अपनी स्त्रियों और बच्चों को साथ नहीं ला सके। इसीलिये उन्होंने यहाँ के द्रविड़ों के साथ विवाह सम्बन्ध बनाये और एक से अधिक भाइयों का विवाह एक कन्या से करने की प्रथा भी प्रारम्भ की।"

"विशेष परिस्थितियों में किये गये ऐसे विवाह अनैतिक नहीं माने गये। किन्तु बुआ की बात मानने के पीछे यही कारण नहीं था। आर्यावर्त इस समय संक्रमण काल से गुज़र रहा है। मगध, कुरु, विदर्भ जैसे राज्य शक्ति के पीछे भाग रहे हैं। पग-पग पर संघर्ष अवश्यम्भावी है, ऐसे में पांडवों की भूमिका निर्णायक होगी इस राष्ट्र के इतिहास में। पांडवों को आवश्यकता है ऐसे मित्र, पथ प्रदर्शक की जो सदैव उनके साथ रह कर उन्हें अच्छे, बुरे का भान कराये। तुम जैसी रूपवती कोई नहीं है और न ही तुम जैसी विदुषी कोई है इस समय आर्यावर्त में। संघर्षों में जूझ रहे पांडवों को तुम्हारी आवश्यकता है, जो इन्हें न सिर्फ़ एक रख सके अपितु इन्हें मार्ग भी दिखा सके।" कृष्ण ने कहा तो द्रौपदी सहित सभी भावुक हो गये वहाँ।

"किन्तु जिस अर्जुन ने द्रौपदी को जीता, उससे तो किसी ने नहीं पूछा। क्या उसकी इच्छा, भावना का कोई मोल नहीं?" भीम बोले।

"भैया, यदि द्रौपदी अपनी सहमति दे दें तो मुझे अति प्रसन्नता होगी। जो माधव सोच रहे हैं, जिसमें माँ की आज्ञा है वह हम सबके लिये कल्याणकारी होगा।" अर्जुन बोले।

"मैं महाराज द्रुपद को सारी स्थिति बता कर उनसे अनुमति लेता हूँ विवाह आयोजन की। विवाह सम्पन्न होने के बाद पूरे दल-बल, राजा द्रुपद द्वारा दिए दहेज सामग्री के साथ शोभायात्रा के रूप में हस्तिनापुर जाने की तैयारी करें। हस्तिनापुर अपनी पुत्र वधु के स्वागत को आतुर होगा," कृष्ण ने कहा और सभी को वहीं छोड़ चल दिए द्रुपद से भेंट करने।

• • •

"महाराज, आपके प्रिय पांडव अपनी माँ और पुत्रवधु के साथ उपस्थित हैं। आपसे आशीष माँग रहे हैं। जैसी आपकी इच्छा थी, इन्हें हस्तिनापुर

के प्रवेश द्वार से शोभायात्रा के रूप में लाया गया है।" दरबार में उपस्थित कराते हुए विदुर बोले। सभी ने झुककर प्रणाम किया धृतराष्ट्र को। दरबार में उपस्थित पितामह भीष्म, गुरु द्रोण, कृपाचार्य सभी से पांडवों ने माता और पत्नी सहित आशीर्वाद माँगा।

"तुम लोगों को कल्पना भी नहीं होगी कि कितना मंगल प्रसंग आया है हस्तिनापुर में तुम सब को सकुशल देख कर। जबसे यह सुना कि पांचाल राज्य की कन्या का वरण प्रतियोगिता जीत कर पांडवों ने किया है, तभी से हस्तिनापुर में दुगुनी खुशियाँ मनाई जा रही हैं। एक तो तुम सबके सकुशल होने की और दूसरे हस्तिनापुर को पांचाल जैसे प्रमुख राज्य का रिश्तेदार बनाने की।" पांडवों को हृदय से लगा भीष्म बोले, कुंती और द्रौपदी को आशीष दिया। धृतराष्ट्र को देखते हुए बोले भीष्म।

"महाराज, आज तो दिल खोल कर इन्हें उपहार दें, यही आग्रह है। आर्यावर्त में कुरु वंश का सिर गर्व से ऊँचा किया है इन्होंने।"

"पितामह, गर्व से सिर ऊँचा किया है या एक युवती से पाँचों भाइयों ने विवाह कर हस्तिनापुर का सिर झुका दिया है," दुर्योधन ने आग उगली।

"सामान्यतः यह होता नहीं है कि एक कन्या का विवाह एक से अधिक भाइयों से हो। किन्तु यह अधर्म भी नहीं है। ऐसे अनेक उदाहरण हैं आर्य इतिहास में जब भाइयों की संयुक्त पत्नी रही है। पांडवों ने विधिवत द्रौपदी से विवाह किया है, इसलिये यह कहना अनुचित है कि पांडवों ने हस्तिनापुर का सिर झुका दिया।" द्रोण बोले।

"और फिर जो कार्य युग पुरुष श्री कृष्ण की सहमति से हुआ हो वह नैतिक ही होगा," कृपाचार्य ने भी समर्थन किया।

"जो भी हो किन्तु मैं इन अधर्मियों के साथ नहीं रह सकता। मैं कई वर्षों से हस्तिनापुर का युवराज हूँ। मेरी माँग है कि मैं अपने हस्तिनापुर का बँटवारा नहीं करूँगा इनके साथ। इन्हें जो भी क्षेत्र देना हो महाराज पृथक दें।" दुर्योधन की ईर्ष्या स्पष्ट थी।

"यह क्या अप्रासंगिक विषय छेड़ रहे हो इस समय दुर्योधन? अभी तो हमें अपनी पुत्रवधु के स्वागत और हमारे प्रिय पांडवों के सकुशल लौटने की खुशी मनाने हेतु आयोजन की तैयारी करनी है।" धृतराष्ट्र बोले।

"यद्यपि मुझे परिवार के व्यक्तिगत विषयों पर बोलना नहीं चाहिए किन्तु मात्र यह कहना चाहूँगा कि युवराज ने जो भी प्रश्न उठाया है वह अप्रासंगिक नहीं है। युवराज होने के नाते उनका कर्तव्य है कि राज्य के भविष्य की वे चिंता करें और बिना समय की प्रतीक्षा किये राज्य से सम्बन्धित राजनयिक विषयों को सभा में रखें। संभव है कि जो भी पांडवों ने किया शास्त्र उसकी अनुमति देते हों किन्तु लोक धारणाएं भी राजा के व्यवहार को अनुशासित करती हैं। हस्तिनापुर की प्रजा कदाचित ही यह स्वीकार करेगी कि उनके राजपरिवार में एक पत्नी के पांच पति हों। इसलिये उपयुक्त होगा की पांडवों को पृथक क्षेत्र दे दिया जाये," शकुनि ने आग में घी डाला।

"ठीक है, किन्तु क्या इसका निर्णय हम बाद में नहीं कर सकते हैं?" धृतराष्ट्र बोले।

"नहीं, महाराज! मैं अपनी प्रजा को यह सन्देश देना चाहूँगा कि राज्य का युवराज होने के नाते मैं पांडवों के साथ नहीं हूँ, राज्य का भविष्य पांडवों के साथ नहीं है," दुर्योधन बोला।

"तात श्री, क्या परामर्श देंगे इस समय?" धृतराष्ट्र ने पूछा।

"यदि नित्य-प्रतिदिन का क्लेश इससे मिटता है तो उपयुक्त होगा कि राज्य का विभाजन कर दिया जाये? किन्तु प्रत्येक भूमि, सम्पत्ति और सामग्री का बराबर-बराबर विभाजन होना चाहिए और राजधानी का भी बँटवारा करना होगा।" भीष्म ने सुझाव दिया।

"मैं हस्तिनापुर का विभाजन नहीं होने दूँगा पितामह। उत्तम होगा इनका क्षेत्र अलग हो इनकी राजधानी अलग हो।" दुर्योधन बोला।

"महामंत्री के रूप में मेरा सुझाव है कि यदि राज्य को भाइयों में विभाजित किया जाना अवश्यम्भावी है, तो यही उचित होगा कि राज्य की विधिवत सीमायें निर्धारित हों और पृथक एवं दूर राजधानियाँ हों," विदुर ने कहा।

"किन्तु पांडवों से भी तो परामर्श लिया जाये कि वे क्या चाहते हैं?" द्रोण बोले।

"गुरुदेव! हम पांडवों की कोई प्राथमिकता नहीं है, जो पितामह चाहें, जैसी महाराज की आज्ञा, हम उसी में राजी हैं," युधिष्ठिर हाथ जोड़ बोले।

“जैसा महामंत्री ने सुझाव दिया है। उचित होगा कि पृथक राज्य हो और पृथक राजधानी। कुरु वंश की पूर्व में खांडवप्रस्थ राजधानी थी। यहाँ से उत्तर-पश्चिम की ओर यमुना नदी के किनारे कभी वहाँ भव्य नगर था। हमारे महान पूर्वजों पुरुरवा, नहुष और ययाति की राजधानी रहा है खांडवप्रस्थ। अभी भी यमुना किनारे राजमहल के अवशेष मौजूद हैं। विदेशी आक्रमण से सुरक्षा देने हेतु मेरे पितामह और महाराज शांतुन के पिता महाराज हस्ति ने हस्तिनापुर बसाकर यहाँ राजधानी परिवर्तित की थी।” भीष्म बोलते जा रहे थे, रोमांचित हो सुन रहे थे पांडव। वे पुनः पांडवों की देखते हुए बोले।

“तब से खांडवप्रस्थ अपना वैभव खो कर खांडव वन रह गया है। युधिष्ठिर तुम पाँचों भाई परिश्रमी हो, जुझारू हो। हमारी उस महान धरोहर खांडवप्रस्थ को पुनः बसाओ, उसे समृद्धशाली बनाओ, उसे इन्द्रप्रस्थ बनाओ वत्स,” कहते कहते रोमांचित हो रहे थे भीष्म।

“जो आप हमारे लिये सोचेंगे वह कल्याणकारी होगा हम सबके लिए। प्रयास होगा हमारा कि आपकी अपेक्षा पर हम खरे उतरें,” चरणों में झुक गये भावुक होकर युधिष्ठिर।

“महाराज! तब राज्य के विभाजन की घोषणा, दोनों राज्यों की सीमाओं का निर्धारण एवं खांडवप्रस्थ के विभाजित दूसरे राज्य की राजधानी होने की औपचारिक घोषणा अभी, इसी सभा में करना उचित होगा ताकि राज्य में, प्रजा में कोई संशय न रहे,” महामंत्री विदुर बोले।

“मैं कुरुवंश का राज प्रधान धृतराष्ट्र, कुरु राज्य का विभाजन कौरव और पांडव भाइयों में करता हूँ। यमुना नदी के पश्चिम का भाग नवीन राज्य होगा और इसके पूर्व का भाग हस्तिनापुर राज्य का भाग रहेगा। नवीन राज्य की राजधानी खांडवप्रस्थ होगी जिसे इन्द्रप्रस्थ के नाम से जाना जायेगा। हस्तिनापुर राज्य का प्रमुख पूर्व की भाँति मैं स्वयम् और युवराज कुमार दुर्योधन होंगे। नवीन राज्य का प्रधान युधिष्ठिर होंगे। वे पूर्ण स्वतंत्र होंगे। जब जैसे चाहें राज्य का संचालन करें, अपना राज्याभिषेक कराएँ, अपने अधिकारी रखें। हस्तिनापुर का कोई दख़ल नहीं होगा।”

14

"इन्द्रप्रस्थ से अर्जुन पधारे हैं।"

रेवती ने कक्ष में प्रवेश करते हुए कहा। बलराम और कृष्ण बहन सुभद्रा के विवाह पर चर्चा कर रहे थे। प्रातः ही बलराम ने कृष्ण को अपने भवन में बुला लिया था। सुभद्रा का विवाह सुयोग्य वर से करने की चिंता कई दिनों से बलराम के मन में थी। उनका ध्यान रह-रह कर दुर्योधन की ओर जाता था। हस्तिनापुर का भावी नरेश, वीर योद्धा, गदा विद्या में उनका शिष्य, हर प्रकार से योग्य दिखता था दुर्योधन, सुभद्रा के लिए। इसी महत्त्वपूर्ण विषय पर परामर्श करने और किसी निर्णय पर पहुँचने के लिये ही कृष्ण के साथ बैठे थे। कृष्ण सुभद्रा की राय लेने का निवेदन कर रहे थे और बलराम थे कि अडिग थे कि उनका प्रस्ताव सभी प्रकार से उत्तम है। द्वारका और हस्तिनापुर की रिश्तेदारी होने से दोनों राज्यों की धाक सम्पूर्ण भारतवर्ष में जम जायेगी। दोनों भाइयों में यही खींचातानी चल रही थी तभी रेवती ने अर्जुन के आने की सूचना दी तो कृष्ण ने चैन की दीर्घ साँस ली।

"स्वागत है कुमार अर्जुन। द्वारका में आपका स्वागत है," अर्जुन के कक्ष में प्रवेश करते ही बलराम बोले। अर्जुन ने झुककर बलराम के चरण छुए, कृष्ण को प्रणाम करने झुके ही थे कि उठकर कृष्ण ने गले लगा लिया।

"बड़े शुभ समय पर आये हैं पार्थ, जानते हैं मैं और भैया बहन सुभद्रा के विवाह की ..." कृष्ण बोल पाते कि उनकी बात काटते हुए बलराम बोले।

"अरे छोड़ो इन बातों को, ...हाँ बताओ अर्जुन इन्द्रप्रस्थ में सब कुशल तो है? बुआ कुंती, तुम सब भाई, द्रौपदी सभी आनन्द से तो हैं? हम लोग तुम भाइयों की जीवटता, जिजीविषा के किस्से सुनते रहते थे कि कैसे तुमने तीन वर्ष के अल्प समय में एक नया राज्य स्थापित कर दिया, कैसे खांडवप्रस्थ जैसे वीरान क्षेत्र को वैभवशाली इन्द्रप्रस्थ जैसे नगर में बदल दिया।"

“सब आप लोगों की शुभकामनाओं का असर है। जिनके आप जैसे शुभाकांक्षी हों उनके यहाँ सर्वत्र मंगल ही होगा भैया।” अर्जुन बोले।

“आपकी मुख मुद्रा से प्रतीत होता है कि और भी मंगल प्रसंग उपस्थित होने वाले हैं इन्द्रप्रस्थ में,” कृष्ण बोले।

“हाँ, माधव। सही अनुमान लगाया आपने। महाराज युधिष्ठिर राजसूय यज्ञ करना चाहते हैं। उसी के सम्बन्ध में आपसे परामर्श करने और आप लोगों को इन्द्रप्रस्थ न्योता देने मुझे भेजा है महाराज ने।”

“यह तो उत्तम विचार है। चूँकि इन्द्रप्रस्थ नया राज्य है इसलिये इसके राजा को वैदिक पद्धतियों से आर्यावर्त में मान्यता देने हेतु राजसूय यज्ञ किया जाना उचित है। राजसूय यज्ञ राजा को सम्राट की पदवी प्रदान करता है और इसमें अधीनता स्वीकार करने वाले राजा उपस्थित होकर उपहार देकर सम्राट के प्रति अपनी कृतज्ञता ज्ञापित करते हैं।”

“तब द्वारका का समर्थन और आप दोनों भाइयों का आशीर्वाद हमें प्राप्त है यह मानकर मैं महाराज की तरफ़ से आप लोगों के इन्द्रप्रस्थ चलने का आमंत्रण देता हूँ। आप चलें और अपने मार्गदर्शन में सब क्रियाएँ सम्पन्न कराएँ, तो अति कृपा होगी।” हाथ जोड़ कर अर्जुन बोले।

“हम दोनों भाइयों का एक साथ द्वारका छोड़ जाना तो उचित नहीं होगा। राजसूय यज्ञ एक धार्मिक आयोज्न से अधिक एक राजनीतिक आयोजन है, इसलिये मित्र राज्य के राजा के रूप में कान्हा का इसमें उपस्थित होना आवश्यक है। सो कुछ दिवस द्वारका की अतिथिसेवा का लाभ लें तत्पश्चात कन्हैया के साथ जाना चाहो तो जा सकते हो।” बलराम बोले।

“दाऊ, अर्जुन पहली बार द्वारका आये हैं। यदि आपकी अनुमति हो तो मैं द्वारका के सौंदर्य का अर्जुन को दर्शन करा इनके विश्राम की व्यवस्था करता हूँ,” कृष्ण ने आज्ञा चाही।

“अवश्य,” बलराम का उत्तर था।

• • •

“पार्थ, ये है हमारी द्वारका का विशाल और रमणीक सागर तट,” अर्जुन को साथ लिये सागर तट पर पहुँच कृष्ण बोले।

"सुंदर, अति सुंदर। सचमुच जैसा सुना था, द्वारका का सौन्दर्य वैसा ही पाया। इस दूर-दूर तक फैले सागर तट को देखते हुए तो आँखें ही नहीं थकतीं।" अपलक समुद्र को देखते हुए अर्जुन ने कहा।

बहुत देर तक समुद्र की लहरों के पास बैठे उन्हें देख रहे थे दोनों। कैसे द्रौपदी को साथ ले हस्तिनापुर में पहुँचे। कैसे दुर्योधन ने राज्य विभाजन कराया, कैसे पितामह की इच्छा से खांडवप्रस्थ को पुनः बसाया। कैसे इन्द्रप्रस्थ की स्थापना की। सभी कुछ अर्जुन बताते जा रहे थे और कृष्ण सुनते जा रहे थे। बहुत कुछ तो कृष्ण को ज्ञात था किन्तु ऐसा किसी से आँखों देखा हाल पहली बार सुन रहे थे सो उन्हें भी अति रुचि हो रही थी। सूर्य पश्चिम में डूब रहा था। द्वारका के समुद्र तट से सूर्यास्त का दृश्य अति नयनाभिराम लगता था। अर्जुन ने देखा तो खो गये उसमें। तभी दारुक ने आकर कृष्ण से संकेत में कुछ कहा।

"पार्थ, हमारे द्वारका के समुद्र किनारे का सूर्यास्त देखते ही बनता है। चलो अब तुम्हें यहाँ का प्रसिद्ध मन्दिर दिखाते हैं," कहते हुए कृष्ण उठे। अर्जुन भी उठ खड़े हुए। तेज़ पग भरते हुए दोनों पहुँचे दारुक के रथ के पास। रथ में सवार हुए। दारुक ले चले रथ को मन्दिर की ओर। मंदिर पहुँचे, रथ से उतर अंदर गये दोनों। शिव का द्रविड़ काल के समय का प्राचीन एवं भव्य मन्दिर, गर्भ गृह में शिवलिंग, शिव लिंग को लपेटे नाग की प्रतिमा अद्भुत दृश्य उपस्थित कर रही थी। कृष्ण ने अर्जुन से कहा कि पुरोहितों के सहयोग और निर्देशन में विधि-विधान से पूजन करा लें और बाहर निकल आएे। मन्दिर प्रांगण में वट वृक्ष के नीचे बहन सुभद्रा बैठी थीं। संकेत से निकट बुलाया।

"सुभद्रा, तुम्हें विशेष प्रयोजन से मैंने बुलवाया है। दाऊ तुम्हारा विवाह दुर्योधन से कराना चाहते हैं। मैं तुम्हारी सहमति जानना चाह रहा हूँ।" जल्दी-जल्दी बोले कृष्ण।

"भैया, यह आप कह रहे हैं। आप तो जानते हैं कि दुर्योधन कितना स्वार्थी और दुष्ट है। मैं तुम्हारी बहन हूँ, और तुम से अधिक मुझे कौन समझता है कि मैं ऐसे व्यक्ति के साथ कभी खुश नहीं रह सकती।" सुभद्रा ने चिंतित भाव से कहा।

"मैं जानता था, किन्तु तुम्हारे मुख से सुनना चाहता था। सुनो बहन, इस समय इस मंदिर में पांडव श्रेष्ठ अर्जुन उपस्थित हैं। मैं अर्जुन को सर्वथा तुम्हारे उपयुक्त पाता हूँ। तुम अर्जुन से मिल लो। यदि तुम दोनों की सहमति हुई तो तुम्हें अर्जुन के साथ इस प्रकार जाना होगा जैसे वह तुम्हारा हरण कर ले जा रहे हैं। क्योंकि तुम दाऊ का स्वभाव जानती हो। यदि उन्होंने हठ कर लिया तो किसी की भी नहीं मानते और मैं भी तब उनका विरोध करने का साहस नहीं कर पाऊँगा।" कृष्ण सुभद्रा से बात कर ही रहे थे कि पूजा समाप्त कर अर्जुन बाहर निकले। कृष्ण को किसी युवती से बात करते देख निकट चले आये। कृष्ण ने अर्जुन को अपनी ओर आते देख संकेत से बुलाया।

"पार्थ, ये मेरी बहन सुभद्रा है। सुभद्रा ये हैं अर्जुन," दोनों का परिचय कराया। दोनों एक दूसरे को देखने लगे, दोनों का आकर्षण एक दूजे में दिख रहा था। समय की संवेदनशीलता समझ कृष्ण कुछ क्षण के लिये दूर हट गये। वट वृक्ष के नीचे बने चबूतरे पर बैठ गये दोनों। आर्यावर्त में ऐसा कौन था जिसने अर्जुन की वीरता के किस्से न सुने हों, उन्हीं अर्जुन को अपने पास पाकर रोमांचित हो रही थीं सुभद्रा। अर्जुन भी सुभद्रा के निश्छल सौंदर्य में खोये थे। अवसर जान कृष्ण आ गये दोनों के पास। कृष्ण को देख उठ खड़े हुए दोनों।

"पार्थ मैं चाहता हूँ कि तुम दोनों विवाह कर लो। मेरी बहन सुंदर, सुशील, दयालु कन्या है। तुम सदैव इसे पत्नी के रूप में पाकर गौरान्वित समझोगे स्वयम् को। मेरा अनुरोध मान लो पार्थ।"

"मुझे सहर्ष स्वीकार है माधव।"

"किन्तु तुम्हें सुभद्रा का हरण करना होगा। उत्तम होगा कि कल प्रातः सूर्योदय के पूर्व ही धुंधलके में इसी मन्दिर से तुम सुभद्रा को ले जाओ। विवाह की रीतियाँ इन्द्रप्रस्थ पहुँच कर सम्पन्न कराना," कृष्ण बोले फिर सुभद्रा की ओर मुख कर कहा।

"इसी स्थान पर कल तड़के ही आ जाना। अब जाओ, मुझे भी पार्थ के विश्राम की व्यवस्था करनी है।"

सुभद्रा मुड़ी और निकल गयी अपने रथ की ओर। कृष्ण, अर्जुन को ले मन्दिर प्रांगण से बाहर निकलने लगे।

• • •

"द्वारकाधीश की जय हो," मन्दिर प्रांगण से निकल रथ की ओर जा ही रहे थे दोनों कि किसी ने पीछे से आवाज़ दी। मुड़कर देखा।

"द्वारकाधीश मैं त्वष्टा मुनि हूँ। भारतवर्ष के उत्तर पूर्व से आ रहा हूँ। प्रागज्योतिषपुर के पास मेरा आश्रम है। प्रागज्योतिषपुर के राजा भौम ने मेरी पुत्री का अपहरण कर लिया है। आपके पास प्रार्थना लेकर आया हूँ।"

"आपकी पुत्री का अपहरण... पर क्यों," कृष्ण ने पूछा।

"प्रभु प्रागज्योतिषपुर में द्रविड़ नागों का शासन है। वहाँ का राजा भौम अति दुष्ट है। आर्यों ने सदैव से नाग कन्याओं को, उनकी सुन्दरता के कारण, उनका हरण किया है। यद्यपि आर्यों ने नाग कन्याओं का हरण अवश्य किया किन्तु उन्हें सदैव अपनी संगिनी, अपनी भार्या बनाया। भौम इसी का बदला लेना चाहता है। उसने आर्य कन्याओं का अपहरण कर उन्हें नागों के भोग हेतु देने का निर्णय किया है। सोलह हजार से अधिक आर्य कन्यायें उसकी क़ैद में हैं। वह स्वयम् के उपभोग हेतु चयन कर शेष को अन्य नागों को उपहार में देने हेतु राज्य के वार्षिक देवी पूजन आयोजन की प्रतीक्षा कर रहा है। भौम के शासन में उत्तर-पूर्व का वह क्षेत्र निरंकुशता, अमानवीयता के चरम पर पहुच गया है। जीव, पशुओं की तो बात ही क्या है वहाँ मनुष्यों की आये दिन बलि दी जाती है। पंछियों, पशुओं और मनुष्यों का मांस बाजारों में खुलेआम बिकता है। इसीलिये आज उत्तर-पूर्व का वह क्षेत्र नरक और भौम को नरकासुर कहा जाता है।"

"क्या कभी किसी ने उन अत्याचारों को रोकने का प्रयास नहीं किया?" कृष्ण ने पूछा।

"नरकासुर बेहद चालाक है। उसने शक्तिशाली पड़ोसी राज्यों से मधुर सम्बन्ध बनाये हैं ताकि कोई उसका विरोध न करे। पड़ोसी शक्तिशाली आर्य राजा चित्रवाहन ने भी कभी उसे रोकने की चेष्टा नहीं की। आपके मित्र अर्जुन भी एक बार चित्रवाहन के अतिथि रहे चुके हैं। उसकी कन्या चित्रांगदा में रुचि लेने के कारण वीर अर्जुन ने भी नरकासुर के अत्याचारों पर ध्यान नहीं दिया जबकि इनसे भी उस समय पीड़ित दल मिला था।"

"क्या ये सत्य है पार्थ?" कृष्ण बोले तो अर्जुन का सर ग्लानि से झुक गया।

"पार्थ! जीवन में सदैव ध्यान रखना कि शरण में आये हर पीड़ित की सहायता अपने निज स्वार्थों, निज सुखों को परे रख करना चाहिए, ...प्राणों पर खेल कर भी करना चाहिए। हर वीर का यह कर्तव्य है, और कर्तव्य विमुख व्यक्ति बाहर से जीवित दिखता है किन्तु अंदर से मर चुका होता है, और मरणासन्न शरीर के साथ जीवित रहने से अच्छा है कर्तव्य का निर्वहन करते हुए मर जाना।" कृष्ण ने कड़ा सन्देश दिया।

"माधव मैं शर्मिंदा हूँ। आप मुझे अनुमति दें। मैं अभी मुनि के साथ जाता हूँ और उस नरकासुर का अंत कर ही लौटूँगा।" अर्जुन विनती करने लगे।

"नहीं पार्थ, समय, काल के अनुसार कर्तव्य भी बदलते रहते हैं। बुद्धिमान मनुष्य वही है जो इसे पहचाने और उसके अनुसार अपना कर्म करे। अब यह मेरा कर्तव्य है और इस समय तुम्हारा कर्तव्य सुभद्रा को दिया वचन निभाना है। तुम अपना कर्म करो मैं अपना कर्म करता हूँ।" कृष्ण दृष्टा भाव से बोले।

"किन्तु सुभद्रा से ब्याह तो बाद में भी हो जायेगा। मैं इस समय आपके साथ चलता हूँ।"

"नहीं पार्थ, अभी किया जाने वाला कार्य बाद में कभी नहीं होता। इसलिये जो कर्म जब नियत है, उसे तभी करना चाहिए। ध्यान रखो पार्थ कि समय किसी की प्रतीक्षा नहीं करता और ना ही बलवान समय का कार्य किसी के कारण रुकता है। इसलिये जब भी समय तुम्हें अपने किसी कार्य में निमित्त बनाये तो तुरंत स्वीकार लेना चाहिए। तुम उस कर्तव्य को करने में अपना समय चूक गये और अब मैं चूक जाऊँगा यदि मैंने इसे अभी नहीं किया। सो चलो, तुम अपने विश्राम स्थल पर पहुँच कर कुछ घड़ी विश्राम कर लो, तुम्हें धुँधलके में ही इस मन्दिर पर आना है। सुभद्रा तुम्हारी प्रतीक्षा करेगी। पार्थ... जहाँ प्रतीक्षा हो वहाँ अवश्य जाना चाहिए। मैं भी जा रहा हूँ जहाँ मेरी प्रतीक्षा है।" कहते हुए कृष्ण मुनि की ओर मुड़े।

"मुनिवर, आप निश्चिंत रहें। नरकासुर का अंत आ गया है। आप से एक समर्थन चाहिये। आप इसी मन्दिर में रुकें रात्रि को। भोर में अर्जुन आपको एक सन्देश भोजपत्र में देंगे जिसे आप मेरे भाई बलराम तक पहुँचा दें।"

"मैं... सन्देश...? कैसा सन्देश," चौंक गये अर्जुन।

"जब सुभद्रा को तुम लेकर जाओ तो सुभद्रा का लिखा पत्र मुनि को सौंपना जिसमे सुभद्रा स्वेच्छा से तुम्हारे साथ जाने की सूचना देकर विनती करेगी कि न उसके पीछे द्वारका के सैनिक भेजें और न ही इस निर्णय का विरोध करें। साथ ही, आशीर्वाद दें तुम दोनों को। अब चलो, मुझे बहुत कार्य करने हैं। दाऊ से प्रागज्योतिषपुर जाने की अनुमति लेनी है। रुक्मिणी, जामवंती, उद्धव और सात्यकि को तैयार करना है कि तुम्हारे द्वारा सुभद्रा हरण की सूचना जब दाऊ तक पहुँचे तो उन्हें सँभालें। सत्यभामा को तैयार करना है अभियान के लिए।"

"कैसा अभियान केशव?" जिज्ञासा भरे स्वर में अर्जुन ने पूछा।

"भौम का नाश, भामा के साथ," कृष्ण ने कहा और आगे बढ़ गये। अर्जुन विस्मित हो देखते हुए पीछे हो लिए।

• • •

सुदूर उत्तर-पूर्व का क्षेत्र। पहाड़ों से घिरा प्रागज्योतिषपुर। अपनी प्राकृतिक सुन्दरता के कारण जिसे स्वर्ग कहा जाना चाहिए था, अनाचार, अनैतिकता के कारण नरक कहा जाने लगा था। नाग द्रविड़ों का बसाया राज्य आर्य-द्रविड़ मिश्रित हिन्दू संस्कृति के उत्थान के साथ ही समानांतर रूप से उन्नति करता गया। हिमालय के नीचे, मणिपुर का पड़ोसी प्रागज्योतिषपुर राजनीतिक रूप से भी महत्त्वपूर्ण था। जिस प्रकार द्वारका पश्चिम में भारत वर्ष का प्रवेश द्वार था वैसा ही पूर्व का द्वार प्रागज्योतिषपुर था। नागों ने सदैव आर्य-द्रविड़ एकता का समर्थन किया और भौम से पूर्व उनके सभी राजाओं ने आर्यावर्त में सम्मान प्राप्त किया। किन्तु भौम के राजा बनते ही स्थितियाँ बदल गईं। आर्यावर्त के सभी प्रमुख आर्य राजाओं से सम्बन्ध टूट गये थे भौम के। मगध का जरासंध और मणिपुर का चित्रवाहन अपने स्वार्थों के चलते भौम से मित्रता बनाये हुए थे। भौम के द्वारा किये गये सभी अनैतिक कार्यों का वे दोनों समर्थन करते थे। भौम था कि उसके अत्याचार बढ़ते ही जा रहे थे। भौम का मानना था कि प्रजा में आतंक स्थापित करने से ही सत्ता निर्द्वन्द्व चलती है। इसीलिये उसके कर्मचारी दम्भी और पाखंडी होकर प्रजा का हर प्रकार से शोषण करते थे। धनिकों का धन छीन लेना,

स्त्रियों का शारीरिक भोग करना, पुरुषों को बलात् श्रमिक बना राजा और राजकर्मचारियों का दास बनाना, उस राज्य में आम बात थी। आये दिन प्रकृति माता की पूजा और नरबलि देना वहाँ चलन में था। भौम के मन में यह कूट-कूट कर भरा गया था कि नाग कन्याओं का आर्य सदैव से उपभोग करते आये हैं इसलिये शक्तिशाली नाग राजा होने के नाते उसका कर्तव्य है कि आर्यों से इसका बदला ले। इसीलिये उसने सोलह हजार से अधिक आर्य स्त्रियों, कन्याओं का अपहरण कर लिया था।

नगर में प्रवेश करते ही कृष्ण और सत्यभामा उसकी सुन्दरता पर रीझ गये। जल्द ही गोपनीय रूप से रुकने का स्थान ढूँढ़ना था लेकिन बिना अपनी पहचान बताये। हिमालय की तलहटी में मणिभान पहाड़ी पर शिव का सुंदर मन्दिर था। मन्दिर के नीचे से एक छोटी नदी, जिसे लोहित गंगा का नाम स्थानीय लोगों ने दिया था, निकलती थी। उसी रमणीक स्थल पर डेरा जमाने की ठानी दोनों ने।

• • •

भौम का दरबार। सारे मंत्री, सेनापति, पुरोहित आदि उपस्थित थे। द्रविड़ लोगों में स्त्री, पुरुष दोनों को समान माना जाता था इसलिये उनके दरबार में भी स्त्रियाँ अपने दायित्वों के साथ बैठती थीं। भौम के दरबार में उसकी पत्नी और माँ दोनों का महत्त्वपूर्ण स्थान था। तिब्बत से आये राजदूत से व्यापार को बढ़ाने और मलमल, मांस के दाम बढ़ा कर देने हेतु भौम तिब्बत के राजदूत पर दवाब बना रहा था। तभी द्वारपाल ने आकर सूचना दी कि कोई स्त्री दूर देश से आयी है और महाराज से न्याय चाहती है।

'स्त्री, मुझसे न्याय चाहती है? अभी तक तो यही सुना था कि स्त्रियाँ मेरे विरुद्ध किसी और से न्याय माँगती हैं, यह तो उल्टा हो रहा है। देखना चाहिए कि कौन है, जो मुझमें विश्वास करती है।' सोचते हुए भौम ने स्त्री को दरबार में आने की अनुमति दी।

"परम वीर, ईश्वर रूप महाराज भौम की जय हो," कहते हुए एक सुंदर स्त्री ने दरबार में प्रवेश किया। झुक कर भौम का अभिवादन किया। स्त्री का लावण्यमयी सौन्दर्य, अल्प वस्त्रों के साथ किया गया मोहक शृंगार।

भौम ने देखा तो देखता ही रह गया। राजा को अनजान स्त्री के सौन्दर्य में खोया जान राज्यपाल निशुंग बोला।

"कौन हो तुम? और क्या विनती लेकर आयी हो महाराज से?"

"महाराज, मैं एक आर्य स्त्री हूँ। मेरे पिता ने मेरा विवाह मुझसे अधिक वय के एक कुकर्मी व्यक्ति से कर दिया है, जो आये दिन मुझे मैयार के नशे में पीटता है। मुझ पर शक करता है, स्वयम् अन्य स्त्रियों से सम्बन्ध रखता है और मुझे कुलटा कहता है। उसके अत्याचारों से तंग आकर मैंने आत्महत्या की ठानी तभी आपके बारे में सुना कि आप न्याय प्रिय हैं, स्त्रियों के रक्षक हैं और मुझ जैसी अनेक अभागी स्त्रियों को आपने शरण दी है। मैं भी आपकी शरण में हूँ। मुझे उस दुष्ट आततायी से बचाएँ।" मांसल यौवना का रूप धरे सत्यभामा हाथ जोड़ कर बोली।

"तुम सही स्थान पर आयी हो, आज से मेरी शरण में हो, मेरी देखभाल में हो," एकटक सुन्दरी को निहारते हुए भौम बोला।

"आप बड़े कृपालु हैं। मैं बड़भागी हूँ जो आपने मुझे स्वीकारा। आपकी दासी बन कर मैं धन्य रहूँगी।" स्त्रियोचित आकर्षण वाणी में ला भामा ने कहा।

"कहाँ है तुम्हारा दुष्ट पति? मैं अभी चलकर उसे सदैव के लिये समाप्त कर दूँगा," सिंहासन से उठते हुए भौम बोला।

"मैं उसे कैसे भी बहला कर इस नगर के बाहर मणिभान पहाड़ी तक ले आयी हूँ। चलिये मैं आपको वहाँ ले चलती हूँ।"

• • •

प्रौढ़ व्यक्ति का रूप धरे कृष्ण ने देखा कि मन्दिर के पास पहाड़ी के नीचे तीन रथ आकर रुके हैं। *'लगता है भामा ले आयी है भौम को,'* सोचते हुए मन्दिर में बनाया आश्रय स्थल से बाहर निकले कृष्ण। देखा रथ से उतर एक द्रविड़ क़दकाठी का राजपुरुष हाथ में तलवार लिये चला आ रहा है। दूसरे रथ से भामा उतरी और तीसरे रथ में सवार कोई सेनापति कुछ सैनिकों के साथ उतर रहा था। भामा आगे चल रहे व्यक्ति को रास्ता बताती जा रही थी। जैसे ही मन्दिर के पास पहुँचा दल, कृष्ण बाहर निकले।

"कहाँ गयी थी कुलटा और ये किसे ले आयी है?" प्रौढ़ व्यक्ति बने कृष्ण ने चीख़ कर कहा।

"प्रिय राजा यही है मेरा पति," सम्मोहन भरे स्वर में बोली सत्यभामा।

"नीच, पतित तू जनता है कि किससे बात कर रहा है? मैं प्रागज्योतिषपुर का स्वामी भौम हूँ और आज से ये तेरी पत्नी नहीं है, अब यह मेरी है। इसके लिये मैं तेरा वध करने आया हूँ," भौम दहाड़ा।

"मुझे क्षमा करें महाराज, आप जैसे शक्तिशाली राजा से मैं मिलूँगा यह सोचा भी नहीं था। मैं अभी अपनी पत्नी के साथ आपका राज्य छोड़ कर चला जाऊँगा और कभी भी इसे सताऊँगा नहीं," थर-थर काँपने का अभिनय करते हुए कृष्ण बोले।

"तू अभी भी इसे साथ ले जाने का मन बना रहा है दुष्ट, ठहर जा तुझे अभी मृत्यु दंड देता हूँ," कहते हुए भौम बढ़ा कृष्ण की ओर। समय न गँवाते हुए कृष्ण ने छलाँग लगाई बायीं ओर, पहाड़ी से नीचे सरपट भागना शुरू किया। सत्यभामा को अपने पराक्रम से प्रभावित करने भौम ने दौड़ लगाई कृष्ण के पीछे। दौड़ते हुए कृष्ण पहाड़ी से उतरे और नगर की दिशा में दौड़ पड़े। भौम भी पीछे भागने लगा। भौम को भान भी नहीं था कि जिसका वह पीछा कर रहा है वह आर्यावर्त के श्रेष्ठ धावकों में एक है। बलराम और भीम ही थे जो कृष्ण को दौड़ में टक्कर दे सकते थे, अन्य किसी का साहस नहीं था। दौड़ते-दौड़ते कृष्ण नगर के प्रवेश के पूर्व एक बड़े समतल मैदान में पहुँचे। उस समय तक यह समाचार कि अनिंद्य सुन्दरी के मोहपाश में उलझा राजा उसके पति को मारने गया है, सम्पूर्ण नगर में फैल गया था। द्रविड़ शैली में बने परकोटे के पास और मणलूर जाने वाले मार्ग पर पर्याप्त भीड़ हो गयी थी। कृष्ण मैदान में जाकर रुके, पलट कर देखा, दूर था अभी भौम।

कृष्ण ने अपना स्वांग हटाया। दौड़ते आते भौम ने देखा कि जिसके पीछे वह भाग रहा था वह कोई कुरूप प्रौढ़ व्यक्ति नहीं अपितु सुंदर युवा है। षड्यंत्र की भनक से माथा ठनका भौम का। आकार रुका, तलवार हाथ में थी, ललकारा कृष्ण को।

"दुष्ट बहरुपिये तू कौन है, और क्या षड्यंत्र है तेरा? मृत्यु से पूर्व सब सच-सच बता "

"भौम, मैं द्वारका नरेश कृष्ण हूँ। तुझे तेरे पापों की सजा देने आया हूँ।"

ज़ोर से चीख़े कृष्ण कि दूर खड़े लोग सुन सकें। कृष्ण का नाम सुनते ही लोगों में हलचल हुई, जिज्ञासा बढ़ गयी यह जानने की कि क्या होगा आगे?

"तूने अब तक कई बलवीर योद्धाओं को छल से मारा है किन्तु मैं तुझे यह अवसर दिए बिना तेरा काम तमाम किये देता हूँ।" कहते हुए भौम तलवार हाथ में लिये दौड़ा कृष्ण की ओर। कृष्ण ने बिना क्षण गँवाए मेखला में फँसा सुदर्शन निकाला, दायें हाथ की तर्जनी पर लिया, तीव्रता से घुमाया और सुदर्शन के गति में आते ही भौम को निशाना बना दिया। चक्र द्रुत गति से घूमता हुआ पास आते भौम की गर्दन में जा धँसा। कट कर शीश सहित गिरा भौम भूमि पर।

पलक झपकते सब हो गया। सब ओर सन्नाटा पसर गया। दौड़ कर सैनिक ने भगदत्त को सूचना दी। सैनिकों के साथ ही दौड़ पड़ा भगदत्त नगर के बाहर। देखा मैदान में पिता का सिरकटा शव पड़ा है और सम्मुख ही कोई देव पुरुष सदृश्य व्यक्ति खड़ा है जिसके हाथ की तर्जनी पर चक्र घूम रहा था। दौड़ कर पिता के शव से लिपट गया भगदत्त। कृष्ण निकट आये सिर पर हाथ रखा, सांत्वना दी। कोई सम्मोहन ही था उस व्यक्ति में, कि यह जानते हुए भी कि यही उसके पिता का हन्ता है, बैठे-बैठे ही देव पुरुष की जंघाओं से लिपट रोने लगा भगदत्त।

"धैर्य से काम लो कुमार भगदत्त, मृत्यु तो अवश्यभावी है, जो यहाँ आया है उसे जाना ही है। विवेकवान पुरुष कभी शोक में नहीं पड़ते, चाहे कितना भी प्रिय न रहा हो। यह जीवन तो कर्तव्य पथ है और बड़ा चलायमान है। क्षण, क्षण इसका स्वरूप बदलता रहता है। कुछ समय पूर्व जहाँ तुम राजकुमार थे, अब राजा हो। इसलिये तीव्रता से बदले अपने कर्तव्यों को पहचानो। अपने पिता का अंतिम संस्कार करो, अपना राजतिलक कराओ।" कृष्ण ओजपूर्ण वाणी में बोल रहे थे। भगदत्त अभी भी रोये जा रहा था।

उस समय तक सत्यभामा का रथ और निशुम्भ का रथ पास आकर रुका। नगर की ओर से दौड़ता हुआ भौम की माँ और पत्नी को लेकर राज्यपाल मूर आ पहुँचा। सभी प्रजा जन मौन साधे खड़े थे। कहीं न कहीं अत्याचारी शासक के अंत से प्रसन्न थे, कृष्ण को मन ही मन धन्यवाद दे रहे थे, यद्यपि प्रत्यक्ष में भाव नहीं दिखा रहे थे। भौम की माँ और पत्नी मृत

शरीर से लिपट रोने लगीं। कृष्ण ने ढाँढस बँधाया सभी को।

"दिवंगत नरेश भौम के अंतिम संस्कार की व्यवस्था की जाये और कल विशेष राजसभा का आयोजन हो नये राजा के चुनाव हेतु। हम अब उसी में मिलेंगे," दोनों राज्यपालों को पास बुला उच्च स्वर में बोले कृष्ण और सत्यभामा का हाथ पकड़ मैदान से बाहर चले गये।

• • •

प्रागज्योतिषपुर का राज दरबार। सभी उपस्थित थे राजकुमार भगदत्त, माता भू देवी, पितामही, मंत्रिपरिषद, सचिव, सेना प्रमुख, राज्यपाल और राज अधिकारी। सभी स्थान भरे हुए थे। एक ही रिक्त था और वह था राज सिंहासन। दरबार में जिसकी प्रतीक्षा थी उसी को देखने सबकी दृष्टि बार-बार द्वार की ओर चली जाती थी। अनिश्चित भविष्य को निश्चित करने वाला जब आयेगा तभी सबकी बढ़ी धड़कन सामान्य हो पायेगी। प्रतीक्षारत दरबारी अपने में ही खोये हुए एक दूसरे से बात भी नहीं कर रहे थे। तभी द्वारपाल की आवाज़ सुनायी दी।

"सावधान, द्वारकाधीश श्रीकृष्ण पधार रहे हैं," सबने सुना, सब उठ खड़े हुए अपने स्थान से। कृष्ण का आकर्षक व्यक्तित्व आज और भी मोहक दिख रहा था। साँवला गठीला शरीर, लम्बा क़द, सिर पर मोर मुकुट, एक हाथ में शंख, दूसरे में बाँसुरी, मेखला में बँधा सुदर्शन, उत्तरीय में ओढ़े पीताम्बर, मुख पर मंद-मंद मुस्कान। जिसने देखा सम्मोहित हो गया क्षण भर को। साथ में सुवर्णा सत्यभामा पूरे राजसी ठाट में अपनी सुन्दरता से चकाचौंध कर रही थीं पूरे दरबार को।

"द्वारकाधीश आपका, देवी सत्यभामा के साथ इस दरबार में स्वागत है। मैं आप दोनों से आग्रह करूँगा कि विशिष्ट स्थान ग्रहण करें," धड़ को आधा झुका वरिष्ठ राज्यपाल हयग्रीव बोला। कृष्ण सत्यभामा के साथ आगे बढ़े और निर्धारित विशिष्ट स्थान पर बैठ गये।

"प्रागज्योतिषपुर का राज्य और यह दरबार आज आपकी कृपा पर निर्भर है द्वारकाधीश। जैसा आप निर्णय लें उसे पूरा किया जायेगा," हयग्रीव ने निवेदन किया।

"मैं यहाँ आपके राज्य पर कोई निर्णय करने नहीं आया था। ये राज्य आपका है, राजकुमार भगदत्त का है।"

"हमें आपसे कोई शिकायत नहीं है द्वारकाधीश। मेरे पुत्र भौम के कुकृत्यों की सजा मिली है उसे। मैंने, भू देवी ने सदैव उसे सुमार्ग पर चलने हेतु कहा, पर उसने हमारी एक न सुनी। बस, आपसे एक ही विनती है मेरे प्रपौत्र पर कृपा बनाये रखें। हम नागों ने सदैव आर्यों का साथ दिया है। अतः हम पर कोप न करें।" पितामही बोलीं।

"आप सारी शंकाएँ अपने मन से निकाल दें माता। भगदत्त मेरे लिये पुत्र समान है और फिर नागों के सम्बन्ध में तो कुछ भी कहने की आवश्यकता ही नहीं है। कौन नहीं जानता नागों का गौरवशाली अतीत?" कृष्ण ने खड़े होकर कहना शुरू किया। सब मन्त्रमुग्ध सुनने लगे। कुछ क्षण विश्राम ले सबकी ओर देखते हुए पुनः बोले कृष्ण।

"वे महान नाग राजा वासुकि ही थे जिन्होंने आर्यों का साथ देकर देवासुर संग्राम में आर्यों की विजय और द्रविड़ आर्यों का संविलियन कराने में महत्त्वपूर्ण भूमिका निभायी। द्रविड़ों में नाग पहले थे जिन्होंने आर्य-द्रविड़ मिश्रित हिन्दू धर्म को स्वीकार किया। हिन्दू रीतियाँ, हिन्दू परम्पराएँ नागों ने अपनायीं और सदैव आर्यों के साथ एकीकरण पर ज़ोर दिया। अनेक नाग कन्याएँ आर्यों की पत्नी बनीं और नये महान वंशों की स्थापना हुई।"

"दिवगंत राजा भौम ने नाग परम्परा को अमान्य कर अत्याचार, अनाचार की पतित परम्परा अपना ली। फलतः स्वर्ग जैसा सुंदर राज्य नरक में परिवर्तित हो गया। जिस नाग राजा को आर्य-द्रविड़ एकता का सिरमौर होना चाहिए था वह नरकासुर बन गया। आश्चर्य तो ये है कि अब आर्यावर्त में द्रविड़ राज बचे ही नहीं जिन्हें असुर कहा जाता हो, भौम को नरकासुर कहलाया जाना पसंद था। अतीत को भूल कर आप सभी एक महान राज्य की स्थापना करें। भगदत्त का राजतिलक कर उन्हें सिंहासन पर बिठाएँ। मेरा सदैव समर्थन आपको रहेगा। जब भी आप आवश्यकता समझें मैं उपस्थित रहूँगा।" दरबार में सभी कृष्ण की इच्छा जान तुरंत भगदत्त के अभिषेक की तैयारी में लग गये। हिन्दू रीति के अनुसार नदियों के जल का भगदत्त पर छिड़काव किया गया। द्रविड़ रीति से स्वास्तिक दोनों भुजाओं पर बनाया गया। सिंहासन पर ले जाकर पुरोहितों ने मन्त्रोच्चार से भगदत्त को बिठाया।

नाग प्रतीक बने मुकुट को भगदत्त ने धारण किया। सिंहासन पर बैठते ही 'द्वारकाधीश की जय,' 'नाग राज भगदत्त की जय' के उद्घोष से दरबार गूँज गया। भगदत्त ने सिंहासन से खड़े हुए हाथ जोड़ प्रणाम किया कृष्ण को, और बोलना शुरू किया।

"द्वारकाधीश, आपकी कृपा मुझ पर, मेरे राज्य पर बनी रहे यही आकांक्षा है। मैं सर्वप्रथम उन स्त्रियों, कन्याओं को मुक्त करने की घोषणा करता हूँ जिन्हें अवैध रूप से पूर्व नरेश ने क़ैद कर लिया था। मैं आपको वचन देता हूँ कि अपने पूर्वजों के गौरव अनुसार शासन करूँगा, आर्य द्रविड़ एकता का सदैव प्रयास करूँगा, हिन्दू धर्म का पालन करूँगा। मेरा आग्रह है कि मुझे, मेरे दरबार को धर्म की व्याख्या देने का कष्ट करें।"

"नाग राज, धर्म मात्र उपासना पद्धति नहीं है। ये मनुष्य का मनुष्य से, मनुष्य का समाज व देश से व्यवहार निर्धारित करता है। धर्म समाज में नैतिक मूल्यों की आचार संहिता स्थापित करता है। किसी राष्ट्र की प्राण वायु है धर्म। धर्म के बिना राष्ट्र प्राणहीन शरीर की तरह होता है। इसलिये धर्म की स्थापना राष्ट्र की प्रगति, समाज के एकीकरण हेतु आवश्यक है। मैं चाहता हूँ कि धर्म मानव जीवन का प्रेरक, सहायक और परम मित्र बने।"

"इसीलिये मैं ब्राह्मणों द्वारा जटिल और भयभीत करने वाले क्लिष्ट व ख़र्चीली उपासना पद्धतियों के स्थान पर उपनिषदों के ज्ञान से शोभायमान उदार व नवीन हिन्दू धर्म का समर्थक हूँ। जिसमें आत्मा को अजर, अमर अविनाशी कहा है।" कृष्ण अपने स्थान पर खड़े होकर दृष्टांत दे रहे थे और सारा दरबार मन्त्रमुग्ध हो कर सुन रहा था।

"आत्मा न कभी मरती है और न ही नष्ट होती है। आत्मा को परिष्कृत कर परमात्मा बनाया जा सकता है। हर आत्मा परमात्मा के स्तर तक पहुँच सकती है। इसलिये मनुष्य को अपनी आत्मा को परिष्कृत करने का प्रयास करना चाहिए और इसके लिये आवश्यक है कि ज्ञान के उच्च्य स्तर तक पहुँचा जाये जहाँ अकर्ता भाव से अपने कर्तव्यों का निर्वहन निर्लिप्त भाव से बिना किसी मोह और लोभ के करते हुए आत्मा और परमात्मा को एक कर दिया जाये, अद्वैत बना लिया जाये।"

"स्वामी, हम नाग लोग भी द्रविड़ आर्य मिश्रित हिन्दू धर्म अपनाना चाहते हैं किन्तु ब्राह्मणों की उपासना पद्धति और उपनिषद का ज्ञान दोनों

ही हमारे लिये अति क्लिष्ट हैं। इसी दुविधा ने प्रोत्साहित किया पूर्व नरेश एवं पिताश्री को कि उन्होंने दोनों सभ्यताओं के प्रतीकों को वीभत्स रूप में स्वीकारा। द्रविड़ों की प्रकृति देवी, मातृदेवी की मूर्ति पूजा प्रारम्भ की और आर्यों की बलि प्रथा ली किन्तु विकृत रूप में मनुष्य, पशु की हत्या को बलि नाम दे दिया गया। प्रजा में यह सन्देश दिया कि यह मिश्रित पूजन विधि तुरंत फल देने वाली है। धर्म के इस भटकाव को रोकने हेतु क्या कोई उपासना की सरल पद्धति नहीं है?" भगदत्त ने विनती की।

"नागराज आपकी चिंता सर्वथा उपयुक्त है। सम्पूर्ण भारतवर्ष धर्म की इस दोहन प्रथा से पीड़ित था। इसीलिये उपनिषद के ज्ञान को आधार बना मैं भक्ति मार्ग का अनुसरण करने पर बल देता हूँ। मेरा मत है कि या तो अपने ज्ञान को इतना उन्नत कर लिया जाये जो आत्मा को परमात्मा के स्तर पर ले जाये अथवा अपना कर्म करते हुए किसी ऐसे की भक्ति की जाये, जो अपने ज्ञान से भक्त को परमात्मा तक ले जाये। सामान्य मनुष्य को यह द्वैत सिद्धांत आकर्षित करता है जिसमें आत्मा और परमात्मा को दो माना है, पृथक माना है। इसलिये मैं कहता हूँ कि गूढ़ ज्ञान के रहस्य में न उलझ व्यक्ति भक्ति मार्ग को अपनाये जिसमें अपने कर्म को करते हुए किसी ऐसे की भक्ति करे जो उसे परमात्मा तक ले जा सके," कृष्ण बोलते जा रहे थे और भगदत्त को प्रतीत हो रहा था कि धीरे-धीरे कृष्ण का स्वरूप विराट होता जा रहा है।

भगदत्त कब सिंहासन से उठा और यंत्रवत चलता हुआ कब कृष्ण के चरणों में गिर गया, उसे भी भान नहीं था।

"प्रभु! अपना कर्म करते हुए किसी ऐसे की भक्ति की जाये जो अपने ज्ञान से भक्त को परमात्मा तक ले जा सके। यही सबसे आकर्षक और सरल विधि है पूजा की और आप से अधिक ज्ञानी कौन है? तो क्यों न हम आपकी ही भक्ति करें? आप ही ले जायेंगे हमें परमात्मा तक।" चरणों में गिरा भगदत्त बोल रहा था।

"उठो भगदत्त। धर्म की एकता से ही राष्ट्र की एकता संभव है। मेरा प्रयास है कि हिन्दू धर्म को उदार बनाया जाये, बहुमत को आकर्षित करने वाला भक्ति मार्ग प्रचलन में आये। भारतवर्ष एक विशाल राष्ट्र धार्मिक एकता से ही बन पायेगा। द्वारका से प्रागज्योतिषपुर तक, कश्मीर से लंका तक हिन्दू धर्म अपने उदार स्वरूप में ही स्थापित रह सकता है। यदि हिन्दू

धर्म ने जड़ता नहीं छोड़ी तो अनेक नये धर्म पैदा होंगे और राष्ट्र की एकता पर संकट आएगा। इसलिये राष्ट्र की एकता हेतु, समाज के कल्याण हेतु मुझे ईश्वर बनने में भी आपत्ति नहीं। ... हाँ मैं कहता हूँ कि मेरी भक्ति करो मैं तुम्हें अपने ज्ञान से परमात्मा तक ले जाऊँगा।" कृष्ण बोल रहे थे और प्रागज्योतिषपुर का राजदरबार सम्मोहित हो सुन रहा था। राजा को कृष्ण के चरणों में झुका देख हर दरबारी प्रणाम की मुद्रा में था, नतमस्तक था।

15

राजसूय यज्ञ की तैयारियाँ ज़ोरों पर थीं। छोटे-बड़े सभी राजाओं के यहाँ व्यक्तिगत रूप से पांडव भाइयों ने जाकर समर्थन माँगा था और यज्ञ में आने हेतु निमंत्रित किया था। अतिथियों का आगमन प्रारम्भ हो गया था। सबको ठहराने की व्यवस्था स्वयम् युधिष्ठिर देख रहे थे। जिनकी सबसे अधिक प्रतीक्षा थी, जब उन कृष्ण के आगमन का समाचार सुना, तो प्रफुल्लित हो गये सभी भाई किन्तु साथ में यह सन्देश कि द्वारकाधीश के आने तक अर्जुन और भीम इन्द्रप्रस्थ से बाहर न जाएँ, जिज्ञासा पैदा कर रहा था।

इन्द्रप्रस्थ का वैभव अपनी गाथा खुद ही बयान कर रहा था। पांडव भाइयों की जीवटता ही थी कि तीन वर्ष से भी कम समय में खांडवप्रस्थ जैसा विशाल वन इन्द्रप्रस्थ जैसा सुंदर नगर बन गया था। चौड़ी सड़कें, एक तल और अनेक तल के ईंटों के बने भवन, विस्तृत बाज़ार, सामग्रियों से भरीं दुकानें, क्रेता-विक्रेता सभी मगन। पशुओं के बाज़ार, कृषि उत्पादन के बाज़ार आदि सभी में चहल-पहल रहती थी। नवीन राज्य में बाहर से आकर बसे लोगों को कृषि एवं वाणिज्य कर में छूट दी गयी थी। इसी से प्रोत्साहित होकर हस्तिनापुर एवं अन्य पड़ोसी राज्यों से आकर लोग बस गये थे इन्द्रप्रस्थ एवं उसके आसपास। नये राज्य में नयी प्रजा ने जी-तोड़ मेहनत की थी और प्रजा पालक राजा के साथ मिलकर अल्प अवधि में एक समृद्धशाली राज्य बना दिया था। यमुना ने भी अपनी जल धारा से सींच कर राज्य पर ख़ूब स्नेह लुटाया था।

तीन साल तो राज्य बनाने में लग गये। युधिष्ठिर का राजतिलक प्रारम्भ में ही हो गया था। किन्तु ऋषि व्यास ने सलाह दी थी कि वैदिक रीति से नये राज्य के प्रथम राजा को मान्यता लेनी आवश्यक है और इस हेतु राजसूय यज्ञ का प्रावधान है। राजसूय यज्ञ राजा की वैधानिकता स्थापित करता है।

सभी राज्यों से इसमें समर्थन माँगा जाता है और उन्हें निमंत्रित किया जाता है। अधीनता स्वीकारने वाले राजा, आयोजन में आकर उपहार देकर अपनी निष्ठा प्रदर्शित करते हैं। मित्र राजा आते हैं और बराबरी से नये राजा के साथ बैठ कर उसे मान्यता प्रदान करते हैं। जो राजा स्वयम् नहीं आ पाते वे अपने प्रतिनिधि सन्देश के साथ भेजते हैं। मध्य और उत्तर क्षेत्र के अधिकांश राजाओं ने अपना समर्थन दिया था। विदर्भ, मगध और चेदि के शासक विरोध में थे जिन्हें दुर्योधन गुप्त रूप से उकसा रहा था कि इन्द्रप्रस्थ को वैधानिक राज्य मान लिये जाने से आर्यावर्त में वह शक्ति केंद्र बन जायेगा।

"स्वागत है द्वारकाधीश, इन्द्रप्रस्थ में आपका स्वागत है," इन्द्रप्रस्थ के द्वार पर जैसे ही कृष्ण का रथ रुका, युधिष्ठिर सभी भाइयों के साथ आगे बढ़ कर बोले।

"धन्यवाद इन्द्रप्रस्थ पति। आप सभी भाई एक साथ? ज्येष्ठ भ्राता श्री मैं अभिभूत हूँ, आप लोगों द्वारा दिए गये मान से," रथ से उतरते हुए कृष्ण बोले। सभी भाइयों से गले मिले।

"हम भाइयों के लिये तो आप बन्धु, मित्र, मार्गदर्शक और दार्शनिक सब हैं। जिसके आने पर मन सबसे अधिक प्रफुल्लित है, वह आप हैं। तो कैसे यहाँ सब नहीं आते?" कहते हुए युधिष्ठिर सभी भाइयों सहित ले चले पैदल, शोभायात्रा के रूप में कृष्ण को। ढोल बजाते, रंग उड़ाते चल रहे थे लोग। कृष्ण की लोकप्रियता ही ऐसी थी कि जिसने सुना वही साथ हो लिया और देखते-देखते चल समारोह में बदल गया जन समूह। कृष्ण नगर की सुन्दरता को देख प्रफुल्लित हो सराहना भरी दृष्टि से देख रहे थे पांडव भाइयों को। नगर के मुख्य मार्ग पर आते ही विशाल राजकीय उद्यान में बने अतिथि भवन की ओर मुड़ गया दल।

"हम सबके पूज्य और मेरे गुरु बलराम भैया नहीं आये," अतिथि कक्ष में पहुँचने पर भीम ने पूछा।

"हम दोनों भाइयों में एक अलिखित समझौता है कि सामान्यतः दोनों एक साथ द्वारका छोड़ कर नहीं जाते। भैया इसी बहाने के कारण नहीं आये। बहाना मैं इसलिये कह रहा हूँ कि विशेष आयोजनों में ऐसा नहीं होता और फिर इन्द्रप्रस्थ का राजसूय यज्ञ तो विशिष्ट है। वास्तव में भैया अभी भी रुष्ट हैं अर्जुन से, सुभद्रा हरण के कारण। और सच तो ये है कि अर्जुन से भी

अधिक वो मुझसे कुपित हैं कि मैंने उन्हें क्यों नहीं बताया। ... ख़ैर छोड़ो भैया का गुस्सा कब स्थाई रहा है?" कहते हुए मुस्कराने लगे कृष्ण।

"अब आप आ गये हैं। आप ही संभालें सब। हम सब भाई तो आपकी इच्छा अनुरूप अपने कृत्य करने को तैयार है।" युधिष्ठिर बोले।

"माधव, आपने मुझे और भीम भैया को इन्द्रप्रस्थ में रुकने हेतु सन्देश दिया था। कोई विशेष प्रयोजन?" अवसर जान अर्जुन ने जिज्ञासा शांत करनी चाही।

"पार्थ! तुमने सही अनुमान लगाया। एक ऐसा प्रयोजन जिसके पूर्ण हुए बिना राजसूय यज्ञ निरर्थक होगा," कहते हुए कृष्ण ने ग़ौर से देखा सभी भाइयों को। सबके मुख पर प्रश्न थे, अनभिज्ञता थी, जिज्ञासा थी। पुनः बोलना शुरू किया कृष्ण ने।

"ज्येष्ठ भ्राता, आप तो जानते ही हैं कि राजसूय का अर्थ है राजा को वैधानिकता दिलाना, जिससे अन्य राज्य उसे मान्यता दें, उसके राज्य को मान्यता दें। यह तभी संभव है जब बड़े और शक्तिशाली राज्य राजसूय का समर्थन करें। क्योंकि शक्तिशाली राज्य के विरोध वश अन्य छोटे और सामान्य राज्य भी अपना समर्थन वापस ले लेते हैं। इसलिये राजसूय की सफलता इस पर निर्भर करेगी कि आर्यावर्त का कोई बड़ा राज्य विरोध न करे।"

"किन्तु कौन विरोध करेगा? हमारी तो किसी से शत्रुता भी नहीं है।" नकुल ने पूछा।

"राजनीति सर्वाधिक अस्थिर और चलायमान होती है, नकुल। इसमें न कोई मित्र होता है न शत्रु। सब कुछ काल और परिस्थितियों पर निर्भर रहता है। आज की परिस्थिति इंगित करती है कि राजसूय यज्ञ की सफलता इन्द्रप्रस्थ को आर्यावर्त में सर्वाधिक महत्त्वपूर्ण राज्यों में से एक बना देगा और भला मगध, चेदि और विदर्भ जैसे बड़े राज्य इसे आसानी से पचा पाएँगे?"

"हमने इन तीनों बड़े राज्यों का समर्थन माँगा है और इन्हें आमंत्रित भी किया है। स्वयम् नकुल इन राज्यों में गये हैं आमंत्रण देने हेतु। किसी ने भी विरोध तो नहीं किया," युधिष्ठिर बोले।

"राजनीतिक वैमनस्यता की विशेषता ही यही होती है बड़े भैया कि यह प्रत्यक्ष नहीं दिखती और समय आने पर अपना काम करती है।"

"तब क्या किया जाना उचित होगा कन्हैया?" युधिष्ठिर चिन्तित दिखे।

"जरासंध का अंत," निर्णय सुनाते हुए कृष्ण बोले।

"जरासंध का अंत? किन्तु क्यों? हमारी उनसे तो कोई शत्रुता नहीं है," युधिष्ठिर ने विस्मय से पूछा।

"जरासंध की शत्रुता के पात्र ही कहाँ थे अभी तक आप! हस्तिनापुर के दर-दर भटकने वाले राजकुमार, नये राज्य इन्द्रप्रस्थ, जिसका कोई महत्त्व ही नहीं था अब तक, के शासक। भला जरासंध को आपसे क्या चुनौती थी, जो आपको शत्रु मानता। किन्तु अब राजसूय की सफलता आपको उसके समकक्ष खड़ा कर देगा। और जैसा उसका स्वभाव है, वह कभी नहीं चाहेगा कि आप आर्यावर्त की राजनीति में महत्त्वपूर्ण बनें। इसीलिये वह कोई भी प्रयास नहीं छोड़ेगा यज्ञ को असफल बनाने का। इसलिये यह स्पष्ट है कि यदि राजसूय को निष्कंटक बनाना है तो जरासंध का नाश आवश्यक है।"

"और हमारे प्रिय भाई दुर्योधन भी उसे उकसाने में कोई क़सर नहीं छोड़ेंगे।" भीम ने कहा।

फिर कृष्ण की ओर पलट कर बोले, "पर यह कैसे संभव होगा?"

"गिरिव्रज जाकर। हाँ... जरासंध को उसके घर में ही जाकर मारना होगा तभी यज्ञ प्रारम्भ होने से पूर्व इन्द्रप्रस्थ की धाक जमेगी," कृष्ण का स्वर स्पष्ट था।

"आपने अवश्य कोई योजना बना ली होगी क्योंकि बिना विचारे तो आप कोई कार्य करते नहीं," सहदेव पूछ बैठे।

"हाँ, योजना है और स्पष्ट योजना है। मैं, भैया भीम और अर्जुन जायेंगे गिरिव्रज।"

"कब?" युधिष्ठिर ने पूछा।

"आज रात्रि में... यज्ञ में पन्द्रह दिन से कम समय बचा है। इसलिये आज ही निकलना होगा। पर बड़े भैया आपको भी एक कार्य करना होगा। यद्यपि आपने हस्तिनापुर निमन्त्रण भेज दिया था, किन्तु आप स्वयम् वहाँ जाएँ और सबको आग्रह कर लेकर आयें। पितामह, महाराज धृतराष्ट्र, महारानी और उनके सभी पुत्र। काका विदुर, गुरु द्रोण सभी को साथ लेकर आइये।

कहियेगा कि कम दिवस बचे हैं, सभी चलकर व्यवस्था देखें घर के इस आयोजन में। और हाँ, व्यास जी को अवश्य सादर बुलवाइए क्योंकि यज्ञ के प्रधान ऋत्विक तो वे ही बनेंगे।"

"जैसा तुम चाहोगे कान्हा, वैसा ही होगा। किन्तु मगध तुम तीनों का इस प्रकार जाना मुझे व्यग्र कर रहा है। क्यों नहीं सैनिकों का दल ले जाते? जरासंध जैसा शक्तिशाली राजा और मात्र तुम तीनों, क्या ये आत्मघाती नहीं होगा?" युधिष्ठिर के स्वर में स्नेह और चिंता दोनों थी।

"भैया, आप निश्चिन्त रहें। हर बड़े से बड़े व्यक्ति का, बड़ी से बड़ी वस्तु का, विशाल से विशाल राज्य का अंत अपने समय पर होता है। बुद्धिमत्ता उस समय की आहट को सुन लेने में है। जरासंध का अंत समय आ गया है, और समय की आहट मुझे स्पष्ट सुनाई दे रही है। दिखने में अति शक्तिशाली जरासंध अपने ही राज्य में निर्बल हो चुका है। उसका निरंकुश शासन, स्वेच्छाचारिता, सनकी स्वभाव, लम्बे समय से मगध पर राज, बढ़ती वय इन सबने उसे अपने ही गिरिव्रज में अकेला कर दिया है। उसके अपने भी उसके बिना मगध की कल्पना करने लगे हैं। यही उचित अवसर है उसके नाश का और यह किसी सेना से नहीं होगा अपितु कूटनीति से होगा, गुप्त रणनीति से होगा," कृष्ण मंद-मंद मुस्कराते हुए बोले।

• • •

"गिरिव्रज में तो हम लोग बिना किसी बाधा के आ गये अब आगे क्या करना है केशव?" ब्राह्मण वेश धरे कृष्ण, भीम और अर्जुन ने नगर में प्रवेश किया तो अर्जुन ने पूछा।

"सबसे पहले हम जरासंध के ज्येष्ठ पुत्र सहदेव से मिलेंगे, जो जरासंध के बाद इस राज्य का नैसर्गिक उत्तराधिकारी है। तुम दोनों शांत रहना, मैं उससे वार्ता करूँगा। उसमें पिता के अत्याचारी कार्यों के बारे में बताऊँगा, उसमें राजा बनने की वर्षों से दबी आकांक्षा जगाऊँगा।" कृष्ण ने कहा और सहदेव के आवास का पता लाने अर्जुन को निर्देश दिया।

सहदेव के आवास का पता जान तीनों चल पड़े। द्वार पर पहुँचे। द्वारपाल से सूचना भेजी कि दूर हिमालय से तीन ब्राह्मण आये हैं और युवराज से मिलना चाहते हैं।

'ब्राह्मण वह भी हिमालय से? सुना है हिमालय के तपस्वी ब्राह्मण त्रिकालदर्शी होते हैं: अपने भविष्य के बारे में जानना चाहिए,' सोचते हुए अंदर बुलवाया तीनों को। ब्राह्मणों के आते ही झुककर प्रणाम किया सहदेव ने।

"आप विप्रजनों का स्वागत है सहदेव के आवास पर। कहिये मैं क्या आदेश पाऊँ जिसका पालन किया जाये?" हाथ जोड़ कर पूछा सहदेव ने।

"युवराज, हम हिमालयी विप्र हैं। सदैव भ्रमण पर रहते हैं और जहाँ कोई अधार्मिक कृत्य होता है हम वहाँ जाकर राजा, मंत्री और राजकुमार को आगाह करते हैं। आपके यहाँ भी इसी प्रयोजन से आना हुआ है हमारा।" कहते हुए कृष्ण ने भाव देखे सहदेव के मुख पर।

"किन्तु हमारे मगध में क्या अधार्मिक कृत्य हुआ है जिसने आपको यहाँ आने हेतु विवश किया है?" सहदेव ने जिज्ञासावश पूछा।

"युवराज, आप भलीभाँति जानते हैं कि आपके पिता और मगध के महाराज जरासंध जी ने अनेक राजाओं को कै़द कर लिया है और उनकी बलि देकर स्वयम् को सर्वशक्तिशाली सम्राट घोषित करना चाहते हैं। यह न तो हमारी वैदिक रीति से धर्म राज्य की स्थापना है और न ही हिन्दू धर्मानुसार यह नैतिक है। यह अत्याचार है शक्तिशाली का निर्बल पर जो अन्याय है, पाप कर्म है और इसमें राजा का साथ देने वाली प्रजा, राजपरिवार, रानी, राजकुमार सभी दोषी होते हैं।" दृढ़ता से बोले कृष्ण जो विप्र रूप में आकर्षक और प्रभावी लग रहे थे।

"विप्रवर! आपका कथन सर्वथा सत्य है। महाराज की हठधर्मिता के सम्मुख हम सभी असहाय हैं। अधिकतर प्रजा, मंत्रिपरिषद, रनिवास, मैं स्वयम् इस राज्य का युवराज सभी चाहते हैं कि यह अनर्थ न किया जाये। बंदी बनाये गये सभी राजा छोड़ दिए जायें। अनेक बार हमने महाराज को अपने मत से अवगत भी कराया है किन्तु महाराज की सनक कब सुनती है किसी की। अपनी बढ़ती आयु और स्वेच्छाचारी व्यवहार के कारण निरंतर अलोकप्रिय होते जा रहे हैं पिताश्री। उनके आये दिन के अधर्मी कार्य प्रजा में किसी अनिष्ट की आशंका को बलवती किये रहते हैं। आप हिमालयी ब्राह्मण बड़े प्रभावशाली होते हैं। आप ही समझाने का प्रयास करें," सहदेव हाथ जोड़ विनती करने लगा।

"अवश्य! जगत कल्याण के लिये बिना अपने प्राणों का मोह किये हम ऐसे अविवेकी, अधार्मिक, निरंकुश राजाओं को पाठ पढ़ाते हैं। हम मिलकर मगध महाराज और आपके पिता को समझायेंगे और उन्हें यह अमानवीय कृत्य करने से रोकेंगे," हाथ उठा कर कृष्ण बोले। सहदेव सम्मोहित हो रहा था विप्र रूपी कृष्ण को देख कर।

"आपकी मगध राज्य पर अति कृपा होगी, विप्र प्रभु। मेरे लिये क्या आदेश है?" सहदेव ने कहा।

"आप इतना करें युवराज कि हमारा सामना कल महाराज से दरबार में जाने से पूर्व उनके महल के पास हो जाये और जब हम उनसे चर्चा करें, उन्हें किसी भी तरह समझायें, डरा कर, धमकाकर कैसे भी किन्तु कोई भी हमारे बीच नहीं आना चाहिये।"

"जैसा आप चाह रहे हैं वैसा ही होगा। आप इस अधर्म को मगध की भूमि पर घटने से रोकें, कैसे भी, यही आग्रह है," सहदेव सम्मोहन में बोला।

"अवश्य युवराज, आख़िर मगध आपका ही तो है। आपको ही तो आगे इसे सँभालना है राजा बनकर। इसलिये आप क्यों चाहेंगे कि आपके मगध में अमानवीय कृत्य हों, पाप कर्म हों? जिसका दुष्प्रभाव आपके राज्य पर पड़े, आपकी प्रजा पर पड़े, आप पर पड़े," कृष्ण ने आख़िरी पाश फेंका।

• • •

"मगध नरेश की जय हो। ठहरिये महाराज, चर्चा करनी है आपसे," जरासंध महल से निकल अपने रथ की ओर बढ़ा ही था कि तीन ब्राह्मण रास्ता रोकने की मुद्रा में रथ के सम्मुख आकर खड़े हो गये।

"कैसी धृष्टता है ये, और तुम्हें किसी ने रोका नहीं, कहाँ गये सभी प्रहरी?" ज़ोर से दहाड़ा जरासंध।

"युवराज सहदेव ने आपसे मिलने की व्यवस्था करायी है। हमारी और उनकी एक इच्छा है कि आप पापकर्म रोकें और जिन राजाओं को आपने बंदी बनाया है उन्हें ससम्मान मुक्त करें।" कृष्ण बोले विप्र रूप में।

"यदि तुम विप्र न होते तो मैं तुम तीनों का यहीं, इसी क्षण शीश काट देता। चले जाओ यहाँ से अन्यथा मैं भूल जाऊँगा कि निःशस्त्र ब्राह्मण अवध्य

होता है।" कहते हुए जरासंध चढ़ा अपने रथ पर।

"उन निरपराध राजाओं को मुक्त किये बिना तो नहीं जा पाएँगे आप महाराज," कृष्ण बोले विप्र रूप में।

"कौन, तुम साधारण ब्राह्मण रोकोगे जरासंध को?" जरासंध चीख़ा, कुछ क्षण रुका, सोचते हुए बोला।

"मैं उन राजाओं की बलि चढ़ाने वाला हूँ, पुरुषमेध यज्ञ कर सम्राटों का सम्राट 'विराट' बनना चाहता हूँ - आर्यावर्त की राजनीति का सबसे शक्तिशाली राजा। किन्तु तुम ब्राह्मणों को राजनीति से क्या काम? ...कौन हो तुम लोग, ब्राह्मण तो नहीं हो सकते। सच-सच बताओ अन्यथा तुम्हारे शीश धड़ से अलग हो जायेंगे इसी क्षण," क्रोध के अतिरेक में जरासंध के नथुने फड़क रहे थे।

"मगध नरेश आपकी शंका निर्मूल नहीं है। मैं कृष्ण हूँ और ये मेरे साथ पांडु पुत्र भीम और अर्जुन हैं।" कृष्ण ने भेद खोला।

"हाँ, तुझ जैसा छलिया और ठग ही यह कार्य कर सकता है। तू तो मेरे भय से मथुरा छोड़ कर भाग गया था," जरासंध चिल्लाया।

"इसीलिये तो आया हूँ तुम्हारे ही घर में तुम्हें मारने," कृष्ण मंद-मंद मुस्कराते बोले और भीम की ओर देखा। संकेत समझ भीम बोले।

"उन बंदी राजाओं को छोड़ दें मगध नरेश अन्यथा गदा व मल्ल युद्ध की चुनौती स्वीकार करें भीम की ओर से।"

"तुम करोगे मुझसे मल्ल युद्ध? क्यों इस छली कृष्ण के बहकावे में आकर यहाँ तक चले आये? तुम्हें तो अपने यज्ञ की तैयारियों में लगे होना था और तुम हो कि मगध में मरने आ गये। अभी भी समय है मुझसे क्षमा माँग लौट जाओ और इस कृष्ण को यहीं छोड़ दो मेरे बंदी राजाओं की संख्या बढ़ जायेगी इसके सम्मिलित होने से।"

"हम लौट जायेंगे किन्तु उन राजाओं को मुक्त करा कर। या तो आप सहमत हों उन्हें छोड़ने हेतु या भैया भीम ने मल्ल युद्ध की चुनौती स्वीकार करें," अर्जुन ने उकसाया।

"जब तुम अपने प्राणों का मोह त्याग चुके हो तो मैं कैसे रोक सकता हूँ मरने से तुम्हें?" कहते हुए अपने रथ से उतरा जरासंध, आगे बढ़ा भीम की ओर गदा ले कर। राजा के भाव देख दूर खड़े सैनिक बढ़े, वचन के अनुसार सहदेव ने रोका उन्हें निकट जाने को।

जरासंध को आता देख दौड़े भीम उसकी ओर, गदा को ऊपर दोनों हाथों से उठा, जरासंध ने भी अपनी गदा हवा में लहराई और देखते-देखते दोनों योद्धाओं की गदा टकरायीं। ज़ोर की आवाज़ आयी। जरासंध ने गदा खींची, भीम का संतुलन बिगड़ा, जरासंध को पार कर उसकी पीठ के पीछे भूमि पर गिरने को हुए, सँभले, पलट कर द्रुत गति से जरासंध की पीठ पर वार किया गदा का। जरासंध मुँह के बल गिरा। दोनों हाथों का सहारा ले भूमि से पुनः उठा, पलटा भीम के सिर पर वार करने प्रहार किया, बीच में ही भीम की गदा टकराई जरासंध की गदा से, जरासंध ने भीम की गदा को फँसाया अपनी गदा से और हवा में तेज़ी से गोल घुमा, झटका दिया और भीम की गदा छूट गयी उनके हाथ से।

निहत्थे भीम पर वार किये गदा से जरासंध ने। जरासंध वार पर वार कर रहा था और भीम अपने हाथों से बचाव कर रहे थे। गदा का एक तेज़ वार कंधे पर लगा और भीम गिर गये। भूमि पर पड़े भीम की छाती को निशाना बना जरासंध ने वार किया। चपलता से भीम ने भूमि पर गिरे हुए ही गदा पकड़ खींची। हाथ से गदा छूट गयी जरासंध से। अवसर जान भीम उठे और भिड़ गये जरासंध से। अब दोनों योद्धा बिना गदा के मल्ल में संलग्न थे।

मगध के सैनिक, राजकुमार सहदेव दर्शक बन देख रहे थे। महल के बाहर महाराज और अपिरिचित बलिष्ठ ब्राह्मण की भिड़ंत का समाचार पा मंत्रिपरिषद के सदस्य, अन्य नागरिक भी आ गये थे, देखने। अभी तक के संघर्ष में मगध नरेश ही भारी जान पड़ रहे थे सो सभी सैनिक आनन्द ले रहे थे इस भिड़ंत का। भीम को मल्ल युद्ध में भी बली जान पड़ रहा था जरासंध। भीम को एक के बाद एक तीन पटकनी दे दी जरासंध ने। भीम ने भुजाओं का आँकड़ा बना जरासंध का धड़ पकड़ा पीछे से और उसे लिये पीठ के बल गिरना चाहा भूमि पर किन्तु पकड़ छूट गयी और संतुलन बिगड़ने से स्वयम् गिरे भूमि पर।

बिना क्षण गँवाए जरासंध छाती पर चढ़ बैठा भीम के और मुष्टिका से प्रहार करने लगा। एक के बाद एक प्राणघाती प्रहार से भीम को लग रहा था कि प्राण न निकल जाएँ।

'इसके धड़ को पकड़ने का प्रयास कर रहा हूँ किन्तु पकड़ने में नहीं आ रहा, भुजाओं को पकड़ना चाहा तो वे भी हाथ से फिसल गईं। क्या कारण है, कहीं ये कोई पतला चिकना लौह आवरण तो नहीं पहने?' मरणासन्न हो चले भीम ने सोचा, कोई उपाय न जान धरती पर पड़े-पड़े ही गर्दन घुमा कृष्ण की ओर देखा। कृष्ण इसी क्षण की तो प्रतीक्षा कर रहे थे। संकेत किया भीम को कि जंघाओं के संधि स्थल पर प्रहार करो। संकेत समझ भीम को नई ऊर्जा का आभास हुआ शरीर में। चपलता से हाथों से पीछे धकेला जरासंध को। जरासंध गिरा भूमि पर। बिना पल गँवाए भीम उठे और एक पैर को जरासंध की जंघा पर रखा और उसकी दूसरी जंघा को खड़े-खड़े ही अपनी छाती की ओर खींचा। बल इतना प्रबल था कि सँभलने का अवसर नहीं मिल पाया जरासंध को और उसकी जांघ संधि स्थल से चिर गयी। ज़ोर से चिंघाड़ा जरासंध। चीत्कार सुन दौड़े सैनिक। कृष्ण ने संकेत से रोका।

"अभी स्पर्धा पूर्ण नहीं हुई है। इसलिये किसी का भी बीच में जाना उचित नहीं," कृष्ण तेज़ आवाज़ में बोले।

सहदेव ने संकेत किया सैनिक पीछे लौट दिए। जरासंध अभी भी भूमि पर पड़ा छटपटा रहा था, भीम के दाँव से निकलने का प्रयास कर रहा था किन्तु उसके पैर को पकड़े भीम लगातार उसे अपनी छाती की ओर खींच रहे थे जैसे कि चीर कर उसके दो भाग करना चाह रहे हों। अत्यधिक पीड़ा और रक्तस्राव से जरासंध के प्राण शरीर से छूटने लगे और देखते-देखते निढाल हो शांत हो गया महायोद्धा।

धीरे-धीरे भीम उठे, कृष्ण और अर्जुन को देखा, जैसे कहना चाह रहे हों कि साँस बंद हो गयी है जरासंध की। अर्जुन और कृष्ण दौड़ कर निकट आये, देखा कि मृत्यु को प्राप्त हो चुका है जरासंध। जरासंध की मृत्यु की घोषणा करते हुए कृष्ण ने कहा।

"मगध नरेश महाबली जरासंध अब नहीं रहे। यह प्रतिस्पर्धा उन्होंने स्वयम् स्वीकारी थी। इसलिये इसमें किसी का दोष नहीं क्योंकि इस तरह की प्रतियोगिता में कोई हारता है तो कोई जीतता है और कभी-कभी किसी

के प्राण भी चले जाते हैं।" कृष्ण बोल रहे थे कि तभी सहदेव, मंत्रिमंडल, सैनिक और अन्य नागरिक दौड़ते हुए निकट आये। कृष्ण ने आगे बोलना शुरू किया।

"उन जैसा वीर योद्धा आर्यावर्त में कोई और नहीं था। मैं कृष्ण अपने साथी पांडु पुत्र अर्जुन और भीम के साथ उनकी मृत्यु पर संवेदना प्रकट करता हूँ और राजकुमार सहदेव से आग्रह करता हूँ कि राज सिंहासन रिक्त न रहे इसलिये स्वयम् राज-पाठ सँभालने की घोषणा करें। मृतात्मा पूर्व महाराज का विधिवत राजकीय सम्मान से अंतिम संस्कार हो। तत्पश्चात राजतिलक करा राज्य में लोक हितकारी शासन की शुरुआत उन बंदी राजाओं की मुक्ति से करें जिन्हें मुक्त कराने पांडु पुत्रों को यहाँ तक आना पड़ा।"

"द्वारकाधीश आप स्वयं यहाँ तक आये। सच है कि आर्यावर्त की राजनीति के केंद्र बिंदु बन गये हैं वर्तमान समय में आप। मैंने अनेक बार पिता श्री से कहा था कि निरपराध राजाओं को अपनी कुख्याति के लिये न मारें, इन्हें छोड़ दें। मगध की मंत्रिपरिषद ने भी अनेक बार महाराज को समझाने की चेष्टा की थी किन्तु वे नहीं माने। यह भी विनती उनसे की गयी थी कि जिसने मथुरा से द्वारका तक अपना राज्य फैलाया, जिसने सम्पूर्ण आर्यावर्त में अपनी धाक जमायी, जिसने पूरे भारतवर्ष में अपना प्रभाव बनाया, ऐसे कृष्ण से अपनी शत्रुता त्याग उनके मित्र बन जाएँ। किन्तु मेरे सारे प्रयास निरर्थक गये।" कहते हुए गला रुंध गया सहदेव का।

"मन छोटा न करें युवराज। यह संसार का नियम है, यहाँ हर किसी को अपने कर्मों का भोग भोगना पड़ता है। यही कर्म सिद्धांत है जो शाश्वत है। महाराज ने भी अपने कर्मों का फल पाया है। विवेकी पुरुष किसी की मृत्यु से विचलित नहीं होता, क्योंकि वह जानता है कि किसी को पहले, किसी को बाद में किन्तु जाना सभी को है। अतः आप भी विचलित न हों और कर्तव्यपालन में लग जाएँ क्योंकि कर्तव्य पालन सारे रिश्तों से बड़ा है, धर्म में सर्वोपरि है।" कृष्ण ने दर्शन दिया।

"द्वारकाधीश की जय हो! आपसे आग्रह है कि युवराज सहदेव का राजतिलक सम्पन्न होने तक आप यहीं, इस राज्य में रहें। धर्मानुकूल शासन चलाने हेतु उन्हें और उनके मंत्रिपरिषद के सदस्यों को मार्गदर्शन दें," महामात्य बोले।

“मगध की स्थापना महाराज बृहद्रथ के समय हुई और महाराज जरासंध के समय यह आर्यावर्त का सर्वाधिक शक्तिशाली राज्य बना जिसका श्रेय निःसंदेह महाराज जरासंध को जाता है। किन्तु यह उदाहरण भी आपके सामने है कि धर्मनुकूल शासन, न्याय का शासन ही सतत रहता है। अहंकार, अत्याचार और हठधर्मिता से राज्य करने वाले राजा का अंत होता ही है फिर चाहे वो महाराज जरासंध जैसा शक्तिशाली ही क्यों न हो।” कृष्ण बोल रहे थे, अचानक रुके सबकी प्रतिक्रिया देखी। सभी उनको ध्यानपूर्वक सुन रहे थे, जैसे उनके एक-एक शब्द को आत्मसात करना चाह रहे हों मगध वासी। पुनः बोलना शुरू किया कृष्ण ने।

“मगध के नये राजा सहदेव एक न्याय प्रिय, प्रजावत्सल शासक बनेंगे आप सबके सहयोग से यही अपेक्षा है। मगध की उन्नति हो, अपने नये राजा के राज में यह ख़ूब फले-फूले, हमारी शुभकामनाएँ हैं। अब हम चलना चाहेंगे। इन्द्रप्रस्थ में राजसूय यज्ञ का आयोजन है इसलिये वहाँ शीघ्र पहुँचना आवश्यक है अन्यथा अवश्य आपका आतिथ्य स्वीकार करते। इन्द्रप्रस्थ युवराज आपसे कुछ कहना चाह रहे हैं,” कहते हुए कृष्ण ने भीम को संकेत किया।

“मगध के होने वाले महाराज को, मंत्रिपरिषद को, सैनिकों और प्रजाजनों को भीम का अभिवादन स्वीकार हो। मगध और इन्द्रप्रस्थ की न कभी कोई शत्रुता थी और न ही भविष्य में होगी इसी कामना के साथ मेरा निवेदन है कि पूर्व महाराज से युद्ध करने की कोई मंशा नहीं थी हमारी किन्तु असहाय बंदी राजाओं को छुड़ाना धर्मानुकूल था। महाराज से प्रार्थना भी की थी किन्तु उन्होंने अस्वीकार कर दी इसलिये विवशता में उनसे लड़ना पड़ा। हम किसी भी पुरानी बात को याद न रखते हुए द्वारकाधीश को साक्षी मान यह वचन लेते हैं कि दोनों राज्य मित्र होंगे। मेरा यह भी आग्रह है कि आप सभी, मगध का पूरा राजदरबार अपने महाराज के साथ राजसूय यज्ञ में अवश्य पधारें। आपको अतिथि के रूप में पा कर हमें प्रसन्नता होगी। मेरी यह भी विनती है कि इन्द्रप्रस्थ की ओर से उन सभी बंदी राजाओं को अभी मुक्त कर दें ताकि यहाँ से प्रस्थान के पूर्व हम उन्हें भी यज्ञ में सम्मिलित होने हेतु आमन्त्रित कर सकें।”

“अवश्य... अवश्य जैसा आप चाहें ” सहदेव ने कहा और कारापति को संकेत किया।

कारापति अपने प्रहरियों के साथ गया और शीघ्र ही बंदी राजाओं को मुक्त कर उसी स्थान पर लेकर आया जहाँ सभी खड़े थे। बंदी राजाओं ने जाना कि स्वयम् द्वारकाधीश आये हैं पांडु पुत्रों के साथ उन्हें छुड़ाने तो नतमस्तक हो गये उनके सम्मुख सभी। कृष्ण के संकेत पर भीम ने बोलना प्रारम्भ किया।

"आज से आप लोग मुक्त हैं। हम चाहते हैं कि आप सभी अपने अपने राज्य लौट जायें। इन्द्रप्रस्थ में होने जा रहे राजसूय यज्ञ में सम्मिलित होंने हेतु आप निमंत्रित हैं।"

"आप सबका बहुत-बहुत आभार। हम सभी राजसूय में सम्मिलित हो स्वयम् को बड़भागी समझेंगे। द्वारकाधीश के बारे में हम्ने बहुत सुना है, आज हमें उनसे मिलने का सुअवसर मिला है। उनके प्रति आदर भाव रखते हुए उनसे आग्रह है कि हमें मार्गदर्शन दें कि हम प्रजा पालक राजा के रूप में अपना राज्य चला सकें।" वय में वरिष्ठ एक राजा बोला।

"मित्रों! मुझमें भरोसा करने और मुझे मान देने का धन्यवाद। मैं आप सबसे यही कहना चाहूँगा कि राजा शब्द संस्कृत के 'रंज्यति' से बना है। अर्थात ऐसा व्यक्ति जो प्रसन्नता दे। राजा को अपनी प्रजा की प्रसन्नता में ही अपनी प्रसन्नता ढूँढ़नी चाहिए। स्वेच्छाचारी, हठधर्मी और स्वयम् को सर्वेसर्वा समझने वाला राजा अंत में वैसा ही अंत पाता है जैसा जरासंध ने पाया। राजा का सबसे पुनीत कर्म है कि उसके राज में जन-जीवन समान्य रहे, प्रजा सम्मान से अपना जीवनयापन करे। राजा को अपने किसी भी निर्णय से प्रजा में भय का वातावरण नहीं बनाना चाहिए।"

"राजा का व्यवहार अति संतुलित हो कि उसके किसी भी क़दम से, किसी भी वक्तव्य से प्रजा में उत्तेजना न फैले, अराजकता न फैले, प्रजा स्वयम् को असुरक्षित न समझे। राजा का कार्य है कि वह पूर्व राजाओं की निंदा न करे अपितु उनके द्वारा किये गये अच्छे कार्यों की सराहना करे। क्योंकि यदि राजा ने गरिमायुक्त व्यवहार नहीं किया तो उसके चाटुकार राजा को प्रसन्न करने की होड़ में अमर्यादित भाषा बोलते हैं और राज्य का वातावरण दूषित होने लगता है। राजा का शील ही प्रजा का शील होता है इसलिये राजा का दायित्व है कि उसके राज्य में प्रजा नैतिक हो, निर्भय होकर अपना व्यवसाय करे। राजा को कभी भी अपने औचक निर्णयों से प्रजा में घबड़ाहट उत्पन्न

नहीं करनी चाहिए। अपितु राजा का चरित्र इतना पारदर्शी होना चाहिए कि उसकी प्रजा उसके व्यवहार के सम्बन्ध में सहज अनुमान लगा सके। वहीं उसे इतना रहस्यमय भी होना चाहिए कि शत्रु उसके आगामी क़दम का अनुमान ही न लगा पायें। मित्रों! सदैव स्मरण रहे कि राजा पद नहीं, संस्था है। और यह सहयोग से ही संचालित हो सकती है, अकेले नहीं। जो इसे अकेले चलाने का प्रयत्न करता है, वह कालान्तर में तानाशाह बन अपनी ही प्रजा पर अत्याचार कर अंत में अंत को प्राप्त होता है, जैसे जरासंध हुए, क्योंकि जितने भी अवगुण मैंने अभी बताये हैं वे सभी उनमें थे।" कृष्ण का ओजपूर्ण संभाषण सुन सभी के मस्तिष्क झुक गये उनके सम्मुख श्रद्धा से।

• • •

इन्द्रप्रस्थ अपनी पूरी सजधज के साथ तैयार हो रहा था, राजसूय यज्ञ के आयोजन हेतु। सुंदर नगर को और दर्शनीय बनाया जा रहा था। बाहर से आये अतिथि राजा दल-बल के साथ अपने अपने शिविरों में डेरा जमा रहे थे। नगर के सुंदर मार्ग, सुंदर बाज़ार और सुंदर उपवन देखने झुंड के झुंड लोग जाते थे, फलतः बाज़ारों, मार्गों और उपवनों में खूब चहल-पहल थी इन दिनों।

हस्तिनापुर से सभी आ चुके थे। पितामह, महाराज धृतराष्ट्र, गुरु द्रोण, विदुर को राजकीय उपवन में ठहराया गया था। दुर्योधन को भी वहीं परिवार के साथ रोकना चाह रहे थे युधिष्ठिर, किन्तु उसने नगर के बाहर बने विशेष अतिथि प्रासाद को चुना अपने लिए और अपने भाइयों के लिए ताकि स्वतन्त्रता में कोई बाधा न पड़े। दुर्योधन के हठी स्वभाव के कारण युधिष्ठिर ने व्यवस्था की थी कि अर्जुन, नकुल और सहदेव में से कोई न कोई नित्य दुर्योधन के पास जाये। साथ ही यह भी प्रयास था कि बाहर के राजाओं को कुरु कुल में एकता दिखे। उस दिन सहदेव की बारी थी दुर्योधन के पास जाने की। अतिथि प्रासाद में जब पहुँचे सहदेव तो बाहर ही मिल गया दुर्योधन। अभिवादन के बाद कुशलक्षेम पूछी सहदेव ने।

"बड़े भैया, लगता है कहीं जाने की तैयारी है?" सहदेव ने पूछा।

"हाँ, अनुज सहदेव बहुत सुना है नये राज प्रासाद के अद्भुत शिल्प के बारे में। आज देखने का जी हो रहा है," दुर्योधन बोला।

"अवश्य भैया! सचमुच अद्भुत है राज प्रासाद पूरे आर्यावर्त में उससे सुंदर भवन नहीं होगा।" दुर्योधन की ईर्ष्या से अनभिज्ञ सहदेव उत्साह में बोलते जा रहे थे।

"चलो आज दिखाओगे सहदेव," कहते हुए दुर्योधन ने दुःशासन और विकर्ण को पुकारा और चल दिया सहदेव के साथ।

राज महल में पहुँचे सभी। सहदेव गर्व से आगे होकर बता रहे थे प्रासाद की विशेषताएँ दुर्योधन और उसके भाइयों को।

"सचमुच अद्भुत है यह महल तो। काँच का बना है या ईंटों का समझ ही नहीं आ रहा।" विकर्ण सराहनीय स्वर में बोला।

"फ़र्श देखें भैया कितना रंगीन है। विशेष पत्थरों का उपयोग किया है इसमें। भ्रम उत्पन्न करती है इनकी चमक और चिकनाहट।" बढ़-चढ़ कर बखान कर रहे थे सहदेव। ईर्ष्या के कारण दुर्योधन और दुःशासन कुछ भी नहीं सुन पा रहे थे। दुर्योधन शीघ्र निकलना चाह रहा था बाहर, अचानक चलते चलते सम्मुख पानी आ गया। बग़ल से निकलने को रास्ता बदला कि पानी में गिरा। सहदेव ने पूर्व में ही चेतावनी दी थी किन्तु अनसुना करने के कारण भ्रम में फँस गया था दुर्योधन और जिसे पानी समझा वह पक्का फ़र्श निकला और जिसे फ़र्श समझा वहाँ पानी। झेंप के कारण झपट कर निकला पानी से कि किसी स्त्री की खिलखिलाहट सुनी। दृष्टि दौड़ाई तो ऊपर कक्ष की खिड़की से द्रौपदी को देखा और सुना उसका व्यंग्य, जो था तो दबे स्वर में किन्तु दुर्योधन ने सुन लिया, "अंधे का पुत्र अंधा" कहते हुए हँस रही थी द्रौपदी। व्यंग्य और अपमान से तिलमिलाया दुर्योधन, दुःशासन और विकर्ण को ले महल से बाहर निकल गया।

"भैया, देखा अहंकार। पुरुष तो पुरुष यहाँ की तो स्त्रियाँ भी उद्दंड और घमंडी हैं। स्वयम् पाँच-पाँच पतियों वाली अधर्मी हमें अंधा कह रही थी।" दुःशासन ने घृणा को भड़काया।

"बाहर ये दुष्ट पांडव, उस कृष्ण का साथ ले पूरे आर्यावर्त में अधर्म कर रहे हैं। महाराज जरासंध को छल से मारने के बाद तो इनका अहंकार आकाश में पहुँच गया है। अब तो इनकी स्त्रियाँ भी सामान्य शिष्टाचार भूल गयी हैं। मेरा सत्कार करने के स्थान पर मुझ पर हँस रही थी, व्यंग्य कर

रही थी वह नीच द्रौपदी।" अपमानजनित क्रोध के अतिरेक में दुर्योधन के नथुने फूल रहे थे।

"भ्राताश्री, द्वारकाधीश कृष्ण ने भले ही कोई मार्ग अपनाया हो किन्तु जिस प्रकार उन्होंने काल यवन को मार आर्यावर्त को विदेशी घुसपैठ से बचाया, प्रागज्योतिषपुर में नरकासुर को मार हज़ारों स्त्रियों को बचाया और मगध नरेश जरासंध को समाप्त करा अनेक राजाओं को छुड़ाया उससे तो उनकी तूती पूरे राष्ट्र में बोल रही है। लोग उन्हें शक्तिशाली राजाओं से लेकर सामान्य प्रजाजन का उद्धारक मान रहे हैं," विकर्ण बोला।

"तू भाई तो हमारा है किन्तु तेरे स्वर पांडवों से मिलते हैं," दुर्योधन आग बबूला हो बोला।

"वे भी तो हमारे भाई हैं," विकर्ण बोला तो दुःशासन रार रोकने के उद्देश्य से दूर ले गया उसे।

• • •

यज्ञ स्थल का विशाल मंडप। रंग-बिरंगी पताकायें लहरा रही थीं चहुँ ओर। खम्बों को पुष्प मालाओं से सजाया गया था। भिन्न-भिन्न राज्यों के राजा, अधीनता स्वीकारे उपरिक सामंत, विशिष्ट अतिथियों के स्थान। सभी के आगे उनके केतु फहरा रहे थे। पक्का नवीन मंच स्थल पास में ही बना था, और जिस पर अति विशिष्ट व्यक्तियों के बैठने के पृथक-पृथक आसन बने थे। मंच के बीच में सबसे ऊँचा आसन बनाया गया था, जो आयोजन स्थल के एक सिरे पर बीच में बना था और जिससे पूरा आयोजन स्पष्ट दिखता था।

पूरे आयोजन स्थल पर सुगन्धित द्रव्यों का छिड़काव किया गया था। मंच के एक सिरे पर प्रधान ऋत्विक का स्थान और दूसरे सिरे पर होत्रा का स्थान नियत था। विदुर के मार्गदर्शन में भीम और अर्जुन आयोजन स्थल की व्यवस्था देख रहे थे। पितामह बीच-बीच में जो भी कहते, उसे आज्ञा मान दोनों भाई तुरंत करने का प्रयास करते। युधिष्ठिर आने वाले सभी अतिथियों का अभिवादन कर उन्हें नकुल अथवा सहदेव के साथ कर देते। नकुल, सहदेव के साथ सभी अतिथियों को उनके स्थान पर बिठा रहे थे। काशी नरेश बाह्लीक, चेदि नरेश शिशुपाल, गंधार नरेश सुबल, द्वारकाधीश कृष्ण, पांचाल नरेश द्रुपद, हस्तिनापुर नरेश धृतराष्ट्र, महिष्मती नरेश कृतवर्मा के

साथ मथुरा, भोदापुर, सुसंकुल, उल्लूक, मगध, तिब्बत, नेपाल, कश्मीर और अन्य अनेक राज्यों के प्रतिनिधि। सभी के स्थान नियत थे। एक-एक कर सभी राजा आ गये। पुरोहित वर्ग आ गया। मुख्य ऋतिक व्यास ऋषि और मुख्य होत्रा धौम्य ऋषि ने अपने स्थान ग्रहण किये।

"सभी तैयारियाँ पूर्ण हैं, अतिथि भी आ चुके हैं। पूज्य ऋषि व्यास से निवेदन है कि यज्ञ को प्रारम्भ कराने की कृपा करें," भीष्म बोले।

"अवश्य! इन्द्रप्रस्थ नरेश युधिष्ठिर जी से आग्रह है कि मुख्य यज्ञ वेदी स्थल पर आने का कष्ट करें।" व्यास जी बोले तो युधिष्ठिर मंच के निकट पहुँचे। मंत्रोच्चार से होत्रा धौम्य द्वारा वेदी का पूजन युधिष्ठिर से कराया। ऋषि व्यास पुनः बोले।

"यज्ञवेदी के पूजन पश्चात अब अग्रपूजा सम्पन्न होगी। युधिष्ठिर जी जिसे भी चाहें अग्रपूजा हेतु आव्हान कर सकते हैं। इसमें कोई भी हो सकता है कोई पूर्वज, कोई ईश अथवा उपस्थित कोई ज्ञानी, कोई योद्धा जिसे वे चाहें यह उनका विशेषाधिकार है इस राजसूय में।"

"मैं इन्द्रप्रस्थ के राजा के रूप में इस अग्रपूजा हेतु द्वारकाधीश श्री कृष्ण का नाम घोषित करता हूँ। क्योंकि वर्तमान में पूरे भारतवर्ष में न उन जैसा कोई योद्धा है और न ही कोई ज्ञानी। वे न केवल हमारे शुभचिंतक हैं अपितु सम्पूर्ण राष्ट्र के कल्याणकर्ता हैं। मेरा उनसे आग्रह है कि स्थान ग्रहण करने का कष्ट करें।" युधिष्ठिर ने कहा तो कृष्ण अपने स्थान से उठे और चले मंच की ओर।

"ठहरो!" तेज़ स्वर सुनाई दिया आयोजन स्थल में सभी को। कृष्ण रुके, पलट कर देखा चेदि नरेश शिशुपाल अपने आसन से खड़ा हो चिंघाड़ रहा था।

"क्या हो रहा है यहाँ? क्या हम सबको इसीलिए अपमानित करने बुलाया था। एक से बढ़कर एक राजा यहाँ हैं, ऋषि, मुनि हैं, विद्वान ब्राह्मण हैं फिर भी एक ग्वाले को अग्र पूजा हेतु चुना जा रहा है। पितामह, आपके रहते इतना अनर्थ!" भीष्म की ओर मुड़ शिशुपाल बोला।

"चेदि नरेश संयम से काम लें। युधिष्ठिर ने मुझसे पूछ कर ही यह निर्णय लिया है। हम सभी सहमत होंगे कि किस प्रकार श्री कृष्ण ने अल्पावधि में पूरे आर्यावर्त को राजनीतिक दृढ़ता दी है। स्वयम् पश्चिमी क्षेत्र में अपना

राज्य स्थापित कर राष्ट्र की सबसे संवेदनशील सीमा, जिसके द्वारा विदेशी आक्रमण की सर्वाधिक सम्भावना थी, को सुरक्षा प्रदान की है। अहंकार, अत्याचार और हठधर्मिता से राज्य करने वालों का अंत किया है। इन्होंने न केवल राजनीतक क्षेत्र में कार्य किया है अपितु धार्मिक क्षेत्र में भी उल्लेखनीय सुधार कराये हैं। ब्राह्मणों की स्वेच्छाचारिता और धर्म पर उनके अधिपत्य को तोड़ जटिल, श्रम और समय साध्य, डरावनी पूजन विधियों के स्थान पर सरल भक्ति मार्ग को लोकप्रिय कराया। तभी तो मथुरा और उसके आसपास के ग्रामों में ईश रूप में प्रारम्भ हुई कृष्ण की पूजा, संपूर्ण आर्यावर्त में फैल रही है। युधिष्ठिर ने अग्रपूजा हेतु इनका चयन कर वास्तव में इन्द्रप्रस्थ का मान बढ़ाया है।" भीष्म बोले।

"यह सब इस छलिया द्वारा फैलाया गया भ्रम जाल है जिसमें आप उलझ गये हैं। मगध नरेश जरासंध के भय से भाग गया था यह मथुरा छोड़ कर और आप कहते हैं कि द्वारका का राज्य बना इसने आर्यावर्त की सीमाएँ सुरिक्षत की हैं। यह तो वही बात हुई कि चोर पकड़ में आने पर कहे कि वह तो प्रहरी है। यह तो नीच है, कपटी है इसने हर किसी को कपट से मारा है। जिस मामा कंस ने इसे मथुरा आदर सहित बुलवाया भांजे का सम्मान दिया उसी मामा को इसने कपट से मार दिया।"

"वाणी को विराम दे शिशुपाल कहीं ऐसा न हो कि मेरा धैर्य छूट जाये।" कृष्ण दहाड़े।

"क्या करेगा तू नीच? तूने मुझे क्या औरों जैसा मूर्ख समझा है, जो तेरे जाल में फंस अपने प्राण गँवाते रहे। मैं शिशुपाल हूँ, आभार मान अपने ईश का कि तू अभी तक मेरे फंदे में आया नहीं है अन्यथा जीवित नहीं बचता," शिशुपाल बोल रहा था। अविवेक के आधिक्य में देख ही नहीं पाया कि कब मेखला से सुदर्शन चक्र निकला और कब कृष्ण की तर्जनी पर घूमने लगा। पूरे मंडप ने देखा ज्यों-ज्यों चक्र की गति तेज़ हो रही थी कृष्ण के मुख पर कठोरता त्यों-त्यों बढ़ रही थी।

"सँभाल ...स्वयम् को शिशुपाल," तेज़ स्वर आया कृष्ण का और तेज़ी से घूमता आया सुदर्शन। शिशुपाल सँभल ही नहीं पाया। चक्र आकर गर्दन को काटता हुआ रक्तरंजित हो कर वापस मुड़ा और पलक झपकते ही कृष्ण की तर्जनी पर पुनः घूमने लगा।

पूरे आयोजन मंडप में सन्नाटा ऐसा था कि सुई भी गिरे तो आवाज़ आये। सभी किंकर्तव्यविमूढ़ एक दूसरे को देख रहे थे। कृष्ण की मुद्रा अभी भी डरावनी लग रही थी सबको। कुछ घड़ी निःशब्द रहा मंडप। तभी महिष्मती नरेश कृतवर्मा उठा।

"यह तो अशुभ हो गया। जिस मंडप में नर हत्या हुई हो वहाँ अब इस मंगलकारी कार्य का आयोजन कैसे संभव होगा?" कृतवर्मा बोला तो शिशुपाल की मृत्यु से दुखी दुर्योधन यज्ञ बिगड़ने की सम्भावना से मन ही मन प्रसन्न हो गया।

"जो कार्य मंगल ले कर आये वह अमंगलकारी कैसे हो सकता है? जिस शिशुपाल के वध से आर्यावर्त में अशांति और षड्यंत्र का एक प्रमुख घटक चला गया हो वह तो शुभ कार्य हुआ। हर अच्छे कार्य का विरोध करना, एकता में विघ्न उत्पन्न करना, भलाई में बुराई ढूँढ़ना शिशुपाल जैसे लोगों का प्रिय कार्य होता है इसलिए इन जैसों का अंत जितना शीघ्र हो उतना अच्छा। और भी कोई यदि अभी इस सभा में विरोध प्रकट करना चाहे तो मेरा चक्र तैयार है।" तर्जनी पर घूमते चक्र को देख कृष्ण बोले तो भयभीत कृतवर्मा अपने स्थान पर बैठ गया।

"सत्य कथन है द्वारकाधीश का। इस राजसूय यज्ञ का यही प्रयोजन होता है कि राजा को वैधानिकता मिले। अशांति और क्लेश का अंत हो, समृद्धि आये, राज्य की उन्नति हो, प्रजा की प्रगति हो। इसलिए ऐसा कोई भी कृत्य, जो शांति स्थापित करे मंगलकारी होता है। चेदि नरेश की मृत्यु का सब को दुःख है किन्तु जिस प्रकार उन्होंने इस आयोजन में अनावश्यक प्रपंच रचा उससे स्पष्ट है कि उनकी मंशा यज्ञ को असफल करने की थी। शिशुपाल का अंत कर द्वारकाधीश श्री कृष्ण ने सिद्ध कर दिया कि वे अग्रपूजा के सर्वथा पात्र हैं। उन्होंने यह भी सन्देश दिया है कि जो उनमें विश्वास रखेगा उसे सहायता देने में वे कभी भी पीछे नहीं हटेंगे। इस राजसूय यज्ञ से दो प्रयोजन सिद्ध होंगे। एक तो इन्द्रप्रस्थ को राज्य की, युधिष्ठिर को राजा की मान्यता मिलेगी और दूसरा श्री कृष्ण के रूप में आर्यावर्त को एक मुखिया मिलेगा, जो राजनीतिक रूप से ही नहीं अपितु धार्मिक रूप से भी नेतृत्व देगा राष्ट्र को।" महर्षि व्यास ने व्यवस्था दी।

"राजा युधिष्ठिर से आग्रह है कि द्वारकाधीश की अग्रपूजा कर यज्ञ आयोजन को विधिवत प्रारम्भ करावें, शुभ महूर्त बीता जा रहा है।" होत्रा ऋषि धौम्य बोले।

युधिष्ठिर कृष्ण को ले चले मंच की ओर। उच्च स्थान पर बने निर्धारित आसन पर बिठाया। सोने की परात में पैर रखे कृष्ण के, जल से धोया युधिष्ठिर ने और उस जल का छिड़काव पहले स्वयम् पर किया तत्पश्चात भीम को बुला पूरे मंडप में छिड़कने हेतु दिया। भीम ने मंडप में बैठे सभी अतिथियों, भाइयों पर उस जल का छिड़काव किया।

"अपने सर्वोच्च आसन से इस आयोजन के परम पूज्य रूप में संदेश देना चाहेंगे कृष्ण?" व्यास जी के पूछने पर कृष्ण आसन से उठे, बोलना शुरू किया।

"आज इस आयोजन में जो आदर मुझे दिया गया है, मैं अभिभूत हूँ। इन्द्रप्रस्थ और राजा युधिष्ठिर के लाभ हेतु मुझे अपनी हानि भी स्वीकार है। इन्द्रप्रस्थ ही नहीं यहाँ उपस्थित सभी राजा, समस्त राज्यों का मैं सहायक रहूँगा। जिन्होंने मुझे समर्थन दिया है वे सदैव के लिए मेरे होंगे। आप सबने मुझमें विश्वास जताया है, मैं प्राणों का मोह लिए बिना उसे निभाऊँगा।"

"भारतवर्ष में राजनीतिक एकता रहे। इस राष्ट्र में सभी राज्य अपनी स्वायत्तता के साथ फलें-फूलें। धर्म का शासन हो। प्रजा पालक राजा हों। सभी का सम्मान हो, सभी से बिना भेद राज्य का व्यवहार हो। यदि बड़ा राज्य निर्भीक हो, तो छोटे राज्य भी किसी से भयभीत न हों। उनकी स्वतन्त्रता किसी सत्तालोलुप राजा के हत्थे न चढ़े। रष्ट्र में राज्य आपसी संघर्ष में न उलझें, वहीं विदेशी आक्रमणों से सावधान रहें और मौक़ा पड़ने पर उन्हें मुँहतोड़ जवाब दें। यही प्रयास मेरे द्वारा किये जा रहे हैं। आप सबका सहयोग मिले तो यह लक्ष्य अवश्य पूर्ण होगा। राष्ट्र बचे, चाहे ख़ुद मिट जायें; चाहे वंश नष्ट हो, चाहे कुल। यही प्रयास हम सबका होना चाहिए, तभी राजनीतिक एकता बनी रहेगी," कृष्ण बोल रहे थे, सभी ध्यानपूर्वक सुन रहे थे। कुछ क्षण रुके पुनः बोलना शुरू किया कृष्ण ने।

"राजनीतिक एकता, बिना धार्मिक एकता के संभव नहीं। इसलिए हमें धार्मिक एकता पर भी प्रयास करते रहने होंगे। धर्म अभी संक्रमण काल में है। वैदिक मन्त्रों द्वारा क्लिष्टता और जटिलता से किये जाने वाले पूजन कार्य

से साधारण मनुष्य अति दुखी हो गया है। उद्दंड और अभिमानी ब्राह्मणों द्वारा धर्म को अपने स्वार्थ सिद्धि हेतु, अधिक धन और सम्मान पाने हेतु उपयोग किया जा रहा है। भोली-भाली प्रजा की तो बात ही क्या, राजा भी इन ब्राह्मणों से भयभीत रहते हैं। इन ब्राह्मणों का दावा है कि देवों को इनके अनुसार कार्य करना होता है। ये चाहेंगे तो वरदान मिलेगा, ये चाहेंगे तो दंड।" कृष्ण बोलते जा रहे थे सभी मन्त्रमुग्ध सुन रहे थे।

"हमारे महान ऋषियों ने वेदों की ऋचाओं की रचना की। यज्ञ बलि द्वारा देवों की स्तुति की व्याख्या की। उनके देव आव्हान पर उनके पास आते थे, उनके साथ हँसते गाते थे, उनके साथ खाते थे और प्रसन्न हो उन्हें वर देते थे। ऋग्वेद में यज्ञ, बलि, हवन से देव स्तुति एक आनन्ददायक क्रिया थी। ब्राह्मणों ने इसे अपने स्वार्थ हेतु क्लिष्ट, जटिल और भयभीत करने वाली क्रिया बना दिया। इच्छापूर्ति हेतु कराया गया अनुष्ठान उसे सम्पन्न कराने वाले ब्राह्मणों की इच्छानुसार धन, द्रव्य, मान न मिलने पर वे उद्दंड और हठी ब्राह्मण साधक को कुफल दिलाने की शक्ति रखते थे। राजा पर कुपित हो जायें तो उसका राज्य, संपदा, सन्तान नष्ट कर सकते थे।"

"किंकर्तव्यविमूढ़ समाज जब हमारे महान ऋषियों की ओर देख रहा था तब उन्होंने महान उपनिषदों की रचना की। जिनमें आत्मा को सर्वोच्च बताया और अपनी आत्मा को परिष्कृत कर प्रत्येक व्यक्ति परमात्मा के स्तर तक जा सकता है। उपनिषद ने कर्म सिद्धांत दिया जिसमें कहा गया कि व्यक्ति अपने कर्मों के अनुसार फल पाता है न कि ब्राह्मणों की इच्छा से। जीव आगमन का सिद्धांत दिया जिसमें बारम्बार जीव के जन्म का सिद्धांत माना गया और मोक्ष प्राप्ति को जीव आगमन से मुक्ति का मार्ग माना गया। आत्मा को ही परमात्मा मान कर अद्वैत सिद्धांत दिया जिसमें मनुष्य को कहीं ईश हेतु भटकने के स्थान पर अपनी आत्मा को ही परमात्ना मान आत्मा को परिष्कृत करते रहना आवश्यक माना गया। उपनिषद का ज्ञान ही ब्राह्मणों के चंगुल से समाज को निकाल सकता है। किन्तु उपनिषद का ज्ञान भी जटिल है और सांसारिक कार्यों में लगा सामान्य जन न तो इन्हें समझ सकता है और न ही समझने हेतु समय दे सकता है।"

"तब इस ज्ञान को आवश्यकतानुसार संशोधित करने में ही बुद्धिमत्ता है। वह संशोधन है - ज्ञान और कर्म के साथ भक्ति को जोड़ना। जिसमें

व्यक्ति या तो अपने ज्ञान के स्तर को इतना उन्नत कर ले कि परम प्राप्ति हो सके। अथवा अपना कर्म करते हुए किसी ऐसे की भक्ति करे जो अपने ज्ञान से साधक को परम स्थान तक ले जा सके, परमेश्वर तक ले जा सके। यही भक्ति मार्ग है जो उपनिषद पर आधारित है और समय की माँग है क्योंकि धार्मिक एकता ही किसी राष्ट्र की राजनीतिक एकता स्थापित कर सकती है।" कृष्ण अपने एक-एक शब्द से विराट होते जा रहे थे, सभा मंडप में सभी सिर झुके थे कृष्ण के सम्मुख। हाँ, घमंडी दुर्योधन का सिर भी झुक गया था इस समय तो कृष्ण के आगे।

मंच वैसे ही सभा में उच्च था और उस पर खड़े कृष्ण अपने दर्शन से, अपने विचारों से और अपने कर्मपथ से विशाल स्वरूप दिख रहे थे। पितामह भीष्म, द्रोण जैसे मनीषी, व्यास, विदुर, धौम्य जैसे ज्ञानी और बड़े से बड़े योद्धा भी नतमस्तक थे, आज कृष्ण के आगे। सबको लग रहा था कि एक राष्ट्र के रूप में विशाल भारतवर्ष का नेतृत्व करने कृष्ण से अधिक उपयुक्त और कौन हो सकता है? कृष्ण ने पुनः बोलना शुरू किया।

"एक धर्म, एक राष्ट्र। हाँ, यही सबसे प्रभावी मन्त्र है वर्तमान में धार्मिक एकता से राजनीतिक एकता स्थापित करने में। धर्म की स्थापना से राजनीतिक रूप से शक्तिशाली राष्ट्र की स्थापना सर्वथा संभव है। इसी धर्म की स्थापना में मैं अपना सम्पूर्ण जीवन अर्पित करने का संकल्प आज इस राजसूय यज्ञ में मेरी पहली आहुति है। यहाँ धर्म का अर्थ ईश आराधना के साथ-साथ उच्च मूल्यों की स्थापना भी है, नैतिक मूल्यों की स्थापना भी है।"

"मनुष्य का मनुष्य से व्यवहार, व्यक्ति का परिवार, समाज और स्वयम् के प्रति कर्तव्य, प्रजा पालक राज्य, न्याय पर ज़ोर कि अन्याय नहीं होने पाए। यद्यपि एक धर्म, एक राष्ट्र हमारा सिद्धांत हो किन्तु अन्य उपासना विधियों के साथ अपना पृथक सम्प्रदाय बनाने वालों के प्रति भी हम सहिष्णु रहें। हमारा धर्म इतना उदार, इतना लचीला, इतना मनभावन हो कि बहुसंख्य जन इसे स्वेच्छा से अपनाएँ। हमारे महान पूर्वजों ने आर्य-द्रविड़ सभ्यताओं का एकीकरण कर एक सहिष्णु हिन्दू धर्म की स्थापना की थी, जिसे कालान्तर में क्लिष्ट पूजन विधियाँ सीखे ब्राह्मणों के समूह ने अपने स्वार्थ के लिए डरावना बना दिया। हमें फिर से धर्म में आयी कुरीतियों को दूर करना होगा। धर्म को शोषण का अस्त्र के स्थान पर उमंग, उल्लास का साधन बनाना होगा।"

"हमारे देव ऐसे हों कि लोग उनसे प्रेम के कारण उन्हें पूजें न कि भय से। सत, न्याय और धर्म को स्थापित करने के मार्ग में जो भी विघ्न बनेगा, उसका अंत मैं वैसे ही करूँगा जैसे शिशुपाल का किया। शिशुपाल मेरा भाई था, मेरी बुआ का लड़का। किन्तु राष्ट्र किसी वंश, जाति, कुल, समाज और व्यक्ति से बड़ा होता है। इसलिए कर्तव्य पथ पर बाधा बन आने वाले हर किसी को मैं समाप्त करूँगा चाहे वो भाई हो, मित्र हो, या पुत्र हो।" कृष्ण का एक-एक शब्द सभा में सभी को ऐसे सम्मोहित कर रहा था जैसे वे उन्हें किसी अन्य लोक में ले गये हों और वहाँ सर्वत्र शांति हो अगर गूँज रही हो तो मंद, सुगन्धित बयार-सी बहने वाली कृष्ण की वाणी।

• • •

"क्या बात है भांजे? जब से इन्द्रप्रस्थ से आये हो अंदर ही अंदर घुटते रहते हो। कौन-सी बात है जो तुम्हें बैचेन किये है? इतने माह हो गये उस आयोजन को किन्तु तुम सामान्य स्थिति में नहीं आ पाए हो। क्या उस वैभवशाली यज्ञ ने तुम्हें विचलित कर दिया है?" रोज़-रोज़ दुर्योधन को अपने में ही खोये देख एक दिन शकुनि ने पूछा। उस समय सायंकाल में हस्तिनापुर के राज उद्यान में दुर्योधन, कर्ण, शकुनि, दुःशासन बैठे थे।

"मित्र, इसमें इतना सोचने की क्या आवश्यकता है? हम हस्तिनापुर में इससे भी बड़ा आयोजन कर सकते हैं। आप महाराज को तैयार कर लें कि वे आपके राजतिलक की घोषणा कर दें और हम हस्तिनापुर के नये राजा के रूप में आपके अभिषेक पर राजसूय यज्ञ का आयोजन करेंगे। सच मानो मित्र हमारा आयोजन इतना भव्य होगा कि जैसा कभी आर्यावर्त में नहीं हुआ होगा," कर्ण बोले।

"सच कह रहे हैं अंगराज। हस्तिनापुर का राजा तो तुम्हें ही बनना है तो फिर महाराज से कह कर अभी घोषणा क्यों नहीं। तुम्हारे राजतिलक पर भव्य राजसूय का आयोजन कर हम पांडवों के यज्ञ को फीका कर देंगे," शकुनि बोले।

"हाँ, भ्राताश्री! आप मन छोटा न करें। पांडव तो पाँच भाई हैं किन्तु आप तो सौ भाई हैं। कुछ आपके वास्तविक भाई हैं। कुछ को आपने भाई माना है तो कुछ को पिता श्री ने पुत्रवत मानने की घोषणा की है। आपका

आयोजन तो आर्यावर्त के लिए उदाहरण बनेगा," दुःशासन बोला।

"आप लोग असत्य अनुमान लगा रहे हैं। मैं उस आयोजन के कारण विचलित नहीं हूँ। मुझे तो रह-रह कर द्रौपदी द्वारा किया गया अपमान याद आता है। मैं चाह कर भी उसके शब्द 'अंधे का पुत्र अंधा' भूल नहीं पाता हूँ। मुझे रात्रि में भी जब वे शब्द याद आते हैं तो निद्रा खुल जाती है।"

"द्रौपदी द्वारा किया गया अपमान तो मेरे सीने में भी शूल की तरह चुभता है। 'मैं सूत पुत्र से विवाह नहीं करूँगी' भुलाये नहीं भूलता हूँ, जो उसने कहा था," कर्ण बोला।

"बहुत अहंकारी और उद्दंड है वह स्त्री। जितना अभिमान पांडवों को हो गया है राजसूय की सफलता के बाद उससे तो द्रौपदी का अहंकार और बढ़ गया होगा," दुर्योधन बोला।

"राजकाज में मन लगाओ भांजे। समय के साथ वे सब बातें भूल जाओगे। अंग राज को भी अंग देश जाने दो, उन्हें भी अपना राज्य देखना है," शकुनि ने समझाया।

"नहीं मामा श्री। मैं भूल नहीं पाता हूँ, ये आप भी जानते हैं। अब तो मुझे तभी चैन मिलेगा जब अपने सौन्दर्य और साम्राज्य के अहंकार में डूबी कामुक द्रौपदी अपने पाँच-पाँच पतियों के साथ मेरी दासी बनेगी। कुछ भी करना हो किन्तु उन्हें अपने सम्मुख झुकाना है।"

"आप इतना ही विचलित हैं तो इन्द्रप्रस्थ पर आक्रमण कर उन सब को बंदी बना लेते हैं," दुःशासन बोला।

"बचपना न दिखाओ भांजे। हर तरफ आप सबकी थू-थू होगी कि इन्द्रप्रस्थ की उन्नति से जल गये हैं आप लोग।" शकुनि ने डपटा दुःशासन को।

"तो आप क्या सुझाव देते हैं मामा श्री," व्यग्र हो दुर्योधन बोला।

"अभी वसंतोत्सव आने वाला है क्यों न राजा युधिष्ठिर को द्यूत कीड़ा के लिए आमंत्रित करो। पारिवारिक आयोजन का रूप देते हुए इसमें सभी को आमंत्रित करें और सामान्य गतिविधियों के साथ द्यूत का आयोजन रखें। द्यूत क्रीड़ा का आमंत्रण सामान्यतः राजा को मानना ही होता है। हाँ, आमंत्रित

तुम करोगे किन्तु खेलूँगा मैं तुम्हारी तरफ़ से।" शकुनि मन ही मन षड्यंत्र का ताना-बाना बुनते हुए बोला।

"क्या मामा श्री, द्यूत क्रीड़ा से प्रतिशोध लेंगे? अब ये दिन आ गये हैं हमारे कि द्यूत क्रीड़ा से राजनीतिक निर्णय होंगे। क्षत्रियों को ये सब शोभा नहीं देता। जो भी करना है युद्ध क्षेत्र में किया जाये, मेरी तो यही मंशा है।" कर्ण बिफ़र गया।

"अंगराज हर वो निर्णय जो सत्ता दिलाये, अधिकार दिलाये राजनीतिक ही होता है। इन्द्रप्रस्थ को पाठ पढ़ाना ही समय की माँग है। हर निर्णय युद्ध भूमि में लिया जाना ही अच्छी कूटनीति नहीं होती। कुछ निर्णय बुद्धिमत्ता और चातुर्य से लिए जाते हैं।" शकुनि ने स्पष्ट किया।

"मैं आपसे सहमत हूँ मामा श्री। इस वसंतोत्सव में सपरिवार सम्मिलित होने का निमन्त्रण महाराज की ओर से कल ही भेज दिया जायेगा। मित्र कर्ण मेरी इच्छा है कि आप भी वसंतोत्सव तक यही रुकने का कष्ट करें।" दुर्योधन ने निर्णय दिया।

"मित्र तुम्हारी प्रसन्नता में ही मेरी प्रसन्नता है," कर्ण बोला।

"चलूँ भांजे। मुझे तो आज से ही अपनी सेना तैयार करनी है भीषण युद्ध हेतु," शकुनि उठते हुए बोला।

"आपकी सेना?, भीषण युद्ध?" दुर्योधन ने जिज्ञासा प्रकट की।

"हाँ भांजे हाँ ...मेरे पाँसे मेरी सेना हैं जिनसे मैं कोई भी युद्ध जीत सकता हूँ। इस युद्ध को भी मैं तुम्हारे लिए जीतूँगा," अपने में खोया शकुनि बड़बड़ा रहा था।

• • •

"द्वारकाधीश की जय हो!" पुष्कर नरेश चेतिकान ने अभिवादन किया तो कृष्ण का ध्यान विदेशी व्यापार के लेखा से हट कर चेतिकान पर गया।

"आहा मित्र चेतिकान! आओ आपका स्वागत है द्वारका के दरबार में। आपको यहाँ देखकर सुखद अनुभव हो रहा है। कहो क्या हाल हैं? सब कुशल ही होगा।"

“द्वारकाधीश आपको स्मरण होगा कि इन्द्रप्रस्थ के राजसूय यज्ञ आयोजन के पश्चात जब आप वहाँ से द्वारका के लिए प्रस्थान कर रहे थे, तो मुझे बुला कर एक दायित्व सौंपा था।”

“हाँ, हाँ मित्र कैसे भूल सकता हूँ? मैंने आपको राजसूय की क्या प्रतिक्रिया हुई हस्तिनापुर में इस हेतु हस्तिनापुर पर दृष्टि रखने को कहा था। ...तो क्या कोई विशेष समाचार है?” कृष्ण व्यग्र हो बोले।

“हाँ, द्वारकाधीश! मैंने अपने पुष्कर पर हस्तिनापुर की कुदृष्टि न पड़े, इस भय का बहाना बना कर समय-समय पर हस्तिनापुर जाना बनाये रखा। मैं अभी भी हस्तिनापुर से लौट कर सीधे आपके पास आया हूँ।”

“आप यहाँ आये हैं ये तो मेरे लिए प्रसन्नता की बात है। किन्तु क्या कोई चिंतनीय बात है जिसने आपको पुष्कर के स्थान पर सीधे यहाँ आने को विवश किया?”

“हाँ, द्वारकाधीश अति चिंताजनक बात है। प्रतीत होता है कि पांडवों के विरुद्ध हस्तिनापुर में कोई बड़ा षड्यंत्र रचा गया है।”

“विस्तार से बतायें मित्र, यहाँ सभी अपने हैं कुछ भी न छिपायें,” अधीरता बढ़ती जा रही थी कृष्ण की।

“दुर्योधन और शकुनि ने पांडवों के साथ राजकीय द्यूत खेलने का आयोजन रखा है। वसंतोत्सव के अवसर का बहाना लेकर पूरे परिवार के साथ पांडव हस्तिनापुर आमंत्रित किए गये हैं। वसंतोत्सव आयोजन के समय ही अक्षवाप, महाराज धृतराष्ट्र की ओर से इन्द्रप्रस्थ नरेश को हस्तिनापुर दरबार में द्यूत खेलने का निमन्त्रण देगा। दरबार में दिया गया आमंत्रण स्वीकार करना ही होगा राजा युधिष्ठिर को, यही प्रावधान है। जहाँ तक मुझे जानकारी मिली है यह खेल नहीं है, युधिष्ठिर और पांडवों से सब कुछ छीनने का गहरा षड्यंत्र है।” स्पष्ट किया चेतिकान ने।

“क्या?...मित्र चेतिकान आपका बहुत आभार। वसंतोत्सव तो आने वाला है। हाँ, विलम्ब नहीं कर सकते। चलो मित्र, हम अभी निकलेंगे।” कृष्ण बोले।

• • •

"चलो भ्राता दुर्योधन, चाल चलो," युधिष्ठिर चौप्ड़ पर बैठते हुए बोले।

हस्तिनापुर का दरबार पूरा भरा था। महाराज धृतराष्ट्र अपने सिंहासन पर बैठे थे। उनके विशेष सचिव संजय उन्हें बता रहे थे कि वसंतोत्सव में आये पांडवों को अक्षवाप ने दरबार में राजकीय द्यूत खेलने का आमंत्रण दिया था, जिसे भाइयों के विरोध के बाद भी युधिष्ठिर ने यह कह कर स्वीकार किया है कि राजकीय आमंत्रण ठुकराना उचित नहीं होगा। पितामह भीष्म इस प्रकार के आयोजन के प्रति वितृष्णा से भरे दरबार में शांत बैठे थे। महामंत्री विदुर दरबार में अन्य राजनीतिक व्यवसाय के समय इस प्रकार के आयोजन की अनुमति देने पर महाराज के सम्मुख विरोध जताना चाह रहे थे किन्तु धृतराष्ट्र सुनना ही नहीं चाह रहे थे। अंगराज कर्ण और शकुनि दुर्योधन के निकट बैठे थे और दुर्योधन बैठा था चौपड़ के सम्मुख रखे पाँसों को हाथ में लिए। कुछ देर हाथों से मसलता रहा पाँसों को, अचानक बोला।

"भ्राताश्री, यदि आपको कोई आपत्ति न हो तो मैं अपने स्थान पर मामा शकुनि को खिलाना चाहूँगा।"

"अवश्य, मुझे भला क्यों आपत्ति होगी और वैसे भी छोटों की शर्त खेल में मानने की परम्परा है," युधिष्ठिर बड़प्पन दिखाते बोले।

शकुनि दुर्योधन के स्थान पर बैठ गया। प्रारम्भ की तीन चालों में युधिष्ठिर लगातार जीत गये। हर चाल के साथ जीते हुए ग्रामों की संख्या बढ़ती जा रही थी।

"आज तो प्रतीत होता है कि भांजे, युधिष्ठिर का दिन है।" हँसते हुए शकुनि बोला।

"मामा श्री! आपको अपने स्थान पर बिठा कर तो मुझे घाटा हो रहा है। जब तीन चालों में सोलह गाँव चले गये तो आगे जाने क्या होगा?" व्यग्रता प्रदर्शित करते हुए दुर्योधन बोला।

"यह तो खेल है, कोई जीतता है तो कोई हारता है। किन्तु युद्ध भूमि की तरह इस द्यूत के भी नियम हैं। इसमें बीच में खेल छोड़ नहीं उठा जाता इसलिए अब तो तुम्हें जी कड़ा कर अंत तक देखना होगा कि क्या परिणाम होता है?" शकुनि दुर्योधन से बोला फिर युधिष्ठिर की ओर देखने लगा।

"मामा श्री क्या माँगते हो?" लगातार जीत रहे युधिष्ठिर के पास ही पाँसे थे।

"भांजे इस बार तो दुग्गी ही ठीक है। बड़े-बड़े तो बहुत माँग लिये," शकुनि बोला तो युधिष्ठिर ने पाँसे फेंके।

"दुग्गी," पाँसों के भूमि पर गिरते ही दुर्योधन चिल्लाया। जीते गाँव से दुगुने चले गये एक ही चाल में और चले गये पाँसे शकुनि के हाथ में।

"माँगो भांजे," पाँसों को हाथ में घुमाता शकुनि बोला और क्या लगाते हो दाँव पर?"

"बड़े भ्राता तो कंजूस हैं, धीरे-धीरे दाँव बढ़ाएँगे," दुर्योधन ने व्यंग्य किया तो तिलमिला गये युधिष्ठिर।

"पाँच। और राज्य के बदले राज्य बोलो स्वीकार है," युधिष्ठिर आवेश में आकार बोले तो भीष्म से रहा नहीं गया।

"ये क्या हो रहा है यह खेल है या कुछ और? युधिष्ठिर तुमसे ऐसी नासमझी की आशा नहीं थी। अपना दाँव वापस लें और खेल को खेल की तरह खेलें," क्रोधित हो बोले भीष्म।

"पितामह यह खेल ही है और इसे दोनों पक्ष की सहमति से ही खेला जा रहा है। इसमें दोनों पक्ष को समान अवसर होते हैं। जितना राज्य मैंने जीता है और जो सीधे मेरे नियन्त्रण में है, उतना मैं दाँव पर लगाता हूँ। हाँ, क्षेत्रफल में वह इन्द्रप्रस्थ के बराबर ही है। मैं तो दाँव स्वीकार करता हूँ यदि बड़े भ्राता अपनी बात से पलटना चाहें तो कोई आपत्ति नहीं।" कुटिलता भरे स्वर में दुर्योधन ने कहा।

"मैं अपने दाँव पर अडिग हूँ। पाँसे फेंकें मामा श्री," युधिष्ठिर अपना आपा खो चुके थे दुर्योधन की बातों से।

"तो भांजे युधिष्ठिर के पाँच और मेरे चार," कहते हुए शकुनि ने हाथ से मसल कर फेंके पाँसे।

"चार," कौरव भाई चिल्ला उठे आवेश से। युधिष्ठिर ने पाँसों की ओर देखा और देखा भाइयों की ओर।

"राज्य इन्द्रप्रस्थ तो मेरा हुआ। अब तो आपके पास कुछ बचा ही नहीं भ्राताश्री। अब कहाँ जायेंगे और कैसे क्योंकि राज्य के साथ उसकी सारी सम्पत्ति भी मेरी है। तो रथ भी मेरे हुए जिनसे आये थे। हाँ, यदि आप अनुनय करें तो मैं अपने रथ से आपको जहाँ आप कहें पहुँचा सकता हूँ," अट्टहास करते हुए दुर्योधन ने कहा तो युधिष्ठिर सहित सभी पांडवों का विवेक खो गया।

"कैसी बात करते हो भांजे? अभी दाँव पूरे नहीं हुए हैं सो कैसे जान लिया आपने कि वत्स युधिष्ठिर हार चुके हैं," शकुनि बोला।

"किन्तु अब क्या लगा सकते हैं दाँव पर भ्राताश्री, क्योंकि राज्य हारने से सब कुछ हार गये हैं, इसलिए जो भी दाँव पर लगेगा इनकी ओर से वह तो मेरा ही होगा" दुर्योधन ने आशंका प्रकट की।

"ध्यान रहे भ्राता दुर्योधन! जब तक व्यक्ति बचा है, आशा बची है। इसलिए जब तक हम भाई बचे हैं सब कुछ हार गये हम, यह सोचना भी अपराध है," युधिष्ठिर बोले।

"तो क्या अब भाइयों को दाँव पर लगाओगे?" आश्चर्य से विदुर ने पूछा।

विदुर सदैव से ही पांडवों को हृदय से चाहते थे। जब से उन्होंने पांडवों को वसंतोत्सव में निमंत्रित करने के सम्बन्ध में सुना था तभी से किसी अनिष्ट की आशंका से ग्रसित थे। वे चाहते थे कि पांडव हस्तिनापुर न आयें। इसीलिए जब पांडव सपरिवार हस्तिनापुर आये तो उन्होंने कुंती को आग्रह कर अपने यहाँ ठहराया था और कुंती से भी अनेक बार पांडवों को शीघ्र बिना किसी षड्यंत्र के हस्तिनापुर से चले जाने हेतु तैयार करने को कहा था। चूँकि निमन्त्रण राजकीय था इसलिए अस्वीकार करना या बीच से चले जाना पूरे आर्यावर्त में पांडवों को अपकीर्ति न दिला दे, यही सोच कर चाह कर भी पांडव वापस नहीं जा रहे थे।

"हाँ, मैं अपने भाइयों सहित स्वयं को दाँव पर लगात हूँ। क्या है इसके प्रतिफल में?" युधिष्ठिर अपना मानसिक संतुलन खो रहे थे।

"जो राज्य आपका मैंने जीता है वह वापस कर दूँगा। यदि आप हार गये तो सभी पांडव भाई मेरे सेवक होंगे।" दुर्योधन कुटिलता से बोला।

“मुझे स्वीकार है। मेरा चार, पाँसे फेकें मामा श्री,” युधिष्ठिर तीखे स्वर में बोले।

“भांजे मेरा ...पाँच,” शकुनि ने कहा और हाथ में घुमा फेंके पाँसे।

“पाँच ...पाँच ...पाँच...मामा श्री,” दुर्योधन, कर्ण और कौरव भाई हर्षित हो रहे थे। पाँचों भाई अब दुर्योधन के दास थे। हताश और निराश पांडव एक दूसरे का मुख देख रहे थे। ज्येष्ठ भ्राता युधिष्ठिर के प्रति सम्मान के कारण कुछ कह भी नहीं पा रहे थे। युधिष्ठिर सिर नीचा किये उठे अपने स्थान से, अपने भाइयों से दृष्टि मिलाने का साहस नहीं हो रहा था।

“क्या हुआ भांजे, उठ क्यों रहे हैं? अभी खेल समाप्त नहीं हुआ है,” कुटिल शकुनि बोला।

“अब तो कुछ भी नहीं बचा है दाँव पर लगाने को,” धीमे स्वर में बोले युधिष्ठिर।

“भूल रहे हैं भ्राताश्री, अभी तो द्रौपदी है आपके पास दाँव लगाने को।”

“दुर्योधन, क्या तुम्हें लज्जा नहीं आती? ये क्या कह दिया तुमने?” क्रोध से फुफकारते भीष्म उठे।

“पितामह, मैं पुनः आपसे आग्रह कर रहा हूँ कि दोनों पक्ष की सहमति से ही यह खेल हो रहा है। मैंने तो एक सुझाव दिया था। मानना, न मानना तो बड़े भ्राता के हाथ है,” दुर्योधन बोला तो भीष्म मन मसोस कर अपने स्थान पर बैठ गये।

“अगर मैं द्रौप्दी को दाँव पर लगाऊँ तो विपक्ष से क्या रहेगा?”

“भ्राताश्री, क्या कह रहे हैं आप?” भीम चिल्ला पड़े युधिष्ठिर पर।

“बोलो तुम क्या रखोगे दाँव पर,” भीम की बात को अनसुना कर युधिष्ठिर बोले।

“मैं आपका रज्य और आप पाँचों भाइयों को मुक्त कर दूँगा यदि हार गया तो,” दुर्योधन ने प्रलोभन दिया।

“मुझे स्वीकार है। मैं छह पर दाँव लगाता हूँ। अपना अंक बोलें और पाँसे फेकें मामा श्री,” जी कठोर कर बोले युधिष्ठिर।

"मेरा चार है," कहते हुए हाथ से मसल फेंके पाँसे शकुनि ने तो नेत्र बंद हो गये युधिष्ठिर के घबड़ाहट में।

"चार ...चार" भूमि पर पाँसों के गिरते ही ज़ोर की ध्वनि आयी। डरते हुए आँख खोली युधिष्ठिर ने। भूमि पर पड़े अपने भाग्य को देखा, जो सम्पूर्ण जीवन काल में इतना क्षत-विक्षत कभी नहीं रहा। अब तो उठने तक का बल नहीं बचा था। घुटनों में सिर छिपा वहीं बैठ गये। चारों भाई युधिष्ठिर के प्रति क्रोध और वितृष्णा से भरे थे और किंकर्तव्यविमूढ़ थे, सोच ही नहीं पा रहे थे कि क्या करें। तभी दुर्योधन का स्वर गूँजा सभा में।

"द्रौपदी अब मेरी दासी है, दुःशासन जाओ उसे पकड़ कर सभा में लाओ," दुःशासन भाई की आज्ञा सुन चला तो भीम क्रोध में उठा उसे रोकने।

"भीम, ये मत भूलो कि तुम भी अपने सभी भाइयों के साथ मेरे दास हो। वह तो उस दासी द्रौपदी का सौभाग्य है कि मैं उसे ल़ाने भाई को भेज रहा हूँ अन्यथा तुम जैसा कोई दास भी उसे यहाँ ला सकता है," दुर्योधन कुटिल मुस्कान भर बोला तो भीम हताश अपने स्थान पर बैठ गये।

• • •

"छोड़ दे मुझे नीच दुःशासन," सबने देखा द्रौपदी चिल्लाती जा रही थी और दुःशासन था कि उसे बालों से पकड़ घसीटता हुआ सभा में ला रहा था।

"ये रही आपकी दासी भ्राता श्री," दुर्योधन के सम्मुख ले जा कर दुःशासन बोला।

"शाबाश दुःशासन। इसे मेरी जंघा पर बिठा दो," जंघा की ओर संकेत किया दुर्योधन ने।

"निर्लज्ज। इतनी धृष्टता, इतना दुस्साहस!" चिल्लाई द्रौपदी, तभी उसकी दृष्टि पाँचों पतियों पर गयी।

"तुम सबके होते हुए मेरा इतना अपमान और तुम सभी हाथ पर हाथ धरे बैठे हो। क्या हाथों में चूड़ियाँ पहन ली हैं या जानबूझ कर इसी दिन के लिए मुझे लाने का षड्यंत्र तुम पाँचों ने किया था?" बिफ़र गयी द्रौपदी। देखा पाँचों में से कोई नहीं बोल रहा है। सभी सिर झुकाए बैठे हैं।

"क्या शर्म बेच खाई है तुम सबने? उत्तर क्यों नहीं देते?"

"दास क्या उत्तर देंगे? हाँ, ये सभी मेरे दास हैं और तू मेरी दासी। मैंने तुम सब को जुए में जीता है," अट्टहास करने लगा दुर्योधन।

"पितामह आपके होते हुए यह सब? क्या कुरु वंश की स्त्रियों को इस प्रकार दरबार में अपमानित करने की परम्परा रही है आपकी?" द्रौपदी बोली तो तिलमिला गये भीष्म।

"पुत्री, हमारे कुरु वंश की परम्परा तो सदैव स्त्रियों का सम्मान करने की रही है। किन्तु जब तुम्हारे पतियों ने ही तुम्हारी लाज नहीं रखी तो किसी को क्या दोष दें?"

"क्या मैं कोई वस्तु थी जिसे दाँव पर लगा दिया? किसने अधिकार दिया तुम्हें यह? क्या पति होने के अधिकार से? क्या यही पति धर्म है? जो पति अपनी पत्नी के सम्मान की रक्षा नहीं कर सकते उनसे अधिक कायर और कौन होगा! पतियों के सम्मुख पत्नी का अपमान! डूब मरना चाहिए तुम सबको," पाँचों भाइयों के सम्मुख आकर चीख़ी द्रौपदी।

"पाँच-पाँच भाइयों की भोग्या पत्नी नहीं वेश्या होती है। और वेश्या का मान क्या और अपमान क्या?" स्वयम्वर का अपमान आज शब्दों में निकल आया कर्ण के।

"दु:शासन इसे अभी निर्वस्त्र कर मेरी जंघा पर बिठाओ। क्षत्रियों की सभा में वेश्याओं के नृत्य प्रदर्शन होते रहते हैं किन्तु इस प्रकार का प्रदर्शन पहली बार होगा।" दुर्योधन कामुक वाणी में बोला तो दु:शासन बढ़ा और द्रौपदी के केश एक हाथ से पकड़ दूसरे हाथ से उसकी साड़ी खींचने लगा।

द्रौपदी को अभी भी भान नहीं हो रहा था कि यह कोई स्वप्न है या सच्चाई। उसने देखा कि इस सभा में कोई नहीं है, जो उसे इस मरणांतक अपमान से बचाये। लगता था कि पृथ्वी फट जाये और वह उसमे समा जाये।

दु:शासन साड़ी खींच रहा था। *'क्या सचमुच वह निर्वस्त्र हो जायेगी इस भरी सभा में?'* द्रौपदी सोच रही थी।

'कृष्ण ने कहा था कि जब कोई आस न दिखे तो मुझे पुकारना, मैं दौड़ा चला आऊँगा। हाँ, मरने से पूर्व कृष्ण को भी आज़मा लूँ,' द्रौपदी हाथों

से छाती को ढँके घूमती जा रही थीं और 'कृष्ण-कृष्ण' बुदबुदाती जा रही थीं। दुःशासन साड़ी खींच रहा था और उसके साथ कौरव भाई द्रौपदी को निर्वस्त्र देखने की कल्पना में मगन थे।

"ठहरो!" ज़ोर का स्वर आया दरबार में। सभी की दृष्टि गई सभा द्वार की ओर। देखा कृष्ण वेग से चले आ रहे है। क्रोध के अतिरेक में उनका मुख लाल हो रहा था। भागते हुए पहुँचे द्रौपदी के पास।

"क्या हो रहा है यह सब? घोर आश्चर्य पितामह बैठे हैं, महाराज स्वयम् बैठे हैं, गुरु द्रोण बैठे हैं, कृपाचार्य बैठे हैं और इतना अनर्थ? क्या सबने ठान लिया है कि कुरु वंश का पतन करा कर ही दम लेंगे?"

"किसी को भी दोष देने की आवश्यकता नहीं है। द्रौपदी के पति ने ही द्यूत में इसे हारा है। और जब पति ने ही दाँव पर लगाया तो तुम किस अधिकार से बीच में पड़ रहे हो?" कृष्ण को देख दुर्योधन आगबबूला हो बोला।

"भाई के अधिकार से! बहन के सम्मान की रक्षा करने का अधिकार भाई का सदैव होता है। उस समय भी जब पति उसके मान की रक्षा करने में असमर्थ हों," पांडवों को देख कटाक्ष किया कृष्ण ने और अपना उत्तरीय उड़ा दिया द्रौपदी को। दुःशासन का हाथ झटका, कंधे पर सहारा दे कर ले चले द्रौपदी को राज सिंहासन की ओर।

"चेतिकान का बहुत-बहुत आभार जो समय रहते मुझे आगाह कर दिया। महाराज, जो अनर्थ आज हुआ है उसका परिणाम दूर तक जायेगा। आने वाला समय आपको कभी इस कुकृत्य के लिए क्षमा नहीं करेगा। किसी ने भी आपको स्मरण नहीं कराया कि सिंहासन पर बैठे राजा के सम्मुख होने वाले अधर्म का पूरा दायित्व राजा पर ही आता है," कृष्ण बोले धृतराष्ट्र से।

"मैं बहुत शर्मिंदा हूँ द्वारकाधीश। युवराज दुर्योधन, जो भी पांडवों से जुए में जीता है वह सब वापस किया जाये।"

"कृष्ण के दबाव में मेरे साथ अन्याय हो रहा है इस सभा में। दूसरे पक्ष ने सहर्ष खेला था द्यूत। फिर मुझे ही क्यों दोषी माना जा रहा है? मुझसे क्यों सारी जीत को छोड़ने हेतु कहा जा रहा है?" दुर्योधन ने खीज उतारी।

“यह सत्य है कि युधिष्ठिर चाहते तो नहीं खेलते किन्तु उन्होंने दुष्परिणाम की चिंता किये बिना इसे खेला। जो उनके अविवेक पूर्ण कृत्य को प्रदर्शित करता है। इसलिए दुर्योधन किसी शर्त के साथ इन्हें कोई राहत देना चाहे तो दे सकता है।” भीष्म ने व्यवस्था दी।

“मैं पाँचों भाइयों को उनकी पत्नी सहित मुक्त करता हूँ किन्तु राज्य उन्हें तभी वापस मिलेगा जब वे बारह वर्ष का वनवास और एक वर्ष का अज्ञातवास करेंगे,” शर्त सुना दी दुर्योधन ने।

“इतने दंड के भागी हैं पांडव। क्योंकि आज हुए अनर्थ के भागीदार वे भी हैं,” कृष्ण बोले।

“मैं अपने भाइयों और पत्नी के साथ शर्त स्वीकार करता हूँ। इस सभा में अपने सभी बड़ों को क्षमा प्रार्थना के साथ अभिवादन करते हुए चलने की अनुमति लेता हूँ,” युधिष्ठिर यह कहते हुए भाइयों और द्रौपदी को संकेत करते हुए बाहर चले। द्रौपदी को ले चारों भाई चल दिए पीछे दरबार के द्वार पर पहुँचे। अचानक द्रौपदी रुकी, पलटी और तेज़ स्वर में बोली।

“जो अपमान मेरा दुःशासन ने किया आज, मैं प्रण लेती हूँ मेरे केश, जो राजसूय के पवित्र जल से धुले थे, आज दुःशासन के अपवित्र हाथों ने खोल दिए हैं, अब दुःशासन के रक्त से ही बंधेंगे।”

“और मैं इस दुःशासन की छाती का लहू पिऊँगा,” द्रौपदी की वाणी सुन होश खो बैठे भीम भी। सारे दरबार में सन्नाटा छा गया। किसी के मुख से एक शब्द नहीं निकला। युधिष्ठिर ने आकर भीम का कंधा दबाया, अर्जुन ने द्रौपदी को संकेत किया और तीव्रता से पाँचों भाई द्रौपदी के साथ सभा से बाहर निकल गये।

16

"दाऊ काम्यक वन से पांडवों का सन्देश आया है," सायंकाल अपने उद्यान में रेवती के साथ बैठे बलराम के पास आ कृष्ण बोले।

"पांडवों का संदेश, क्या है संदेश कन्हैया?" बलराम उद्विग्न हो गये।

"हमें बुलाया है उन्होंने।"

"पांडवों ने बुलाया है? कान्हा, पांडव इस समय संकट में हैं और उनकी सहायता हमें करनी ही होगी। यह भी देखना होगा कि कैसे दस वर्ष उन्होंने वन में बिताये हैं?"

"हाँ, दाऊ आप सत्य कह रहे हैं। दस वर्ष से अधिक समय से पांडव वन में हैं अभी तो उनके कष्ट साध्य तीन वर्ष बचे हैं। संभव है कि काम्यक वन में उन्हें आगे की वन अवधि काटना अनुकूल न लग रहा हो तब हम उन्हें अपने गिरि वन में आकर रहने का कह सकते हैं। दाऊ एक समस्या है। उन्होंने हम दोनों को बुलाया है। मांगलिक कार्य का निमन्त्रण होता तो हम दोनों में से कोई एक चला जाता किन्तु ऐसी स्थिति में दोनों को ही चलना चाहिए।"

"अवश्य कान्हा। दोनों ही चलेंगे।"

"किन्तु दाऊ, द्वारका?" कृष्ण बोले ही थे कि रेवती ने बात काटी।

"द्वारका की क्यों चिंता करते हो कन्हैया? अब तो प्रद्युम्न सयाना हो गया है, सब तरह से योग्य है, वह करेगा देखभाल और फिर हम सब तो हैं। तुम दोनों भाई जाओ। पांडवों को तुम्हारी आवश्यकता है।"

"हाँ, भाभी! आप सबके होते क्यों चिंता हमें करनी चाहिए? तो आज्ञा दें दाऊ कब निकलना है?"

"संकट में पुकारे जाने पर शीघ्र सहायता देनी चाहिए, तुम्हारा ही तो सिद्धांत है। फिर देर क्यों, हम भोर ही निकलेंगे," बलराम ने निर्णय दिया।

• • •

काम्यक वन, इन्द्रप्रस्थ से अस्सी कोस पश्चिम में फैला घना वन। कभी इसमें से लहराती, इठलाती सरस्वती नदी निकलती थी, जो अब लगभग सूख चुकी थी। कभी-कभी वर्षा में थोड़ी रौनक आ जाती थी, जब बारिश का पानी बहता था इसमें, अन्यथा जब से यमुना, सरस्वती का साथ छोड़ पूर्व की ओर बहने लगी है, तब से पानी के अभाव में मरुस्थल तक पहुँचते-पहुँचते दम तोड़ देती है ऋग्वेद काल की यह सबसे पवित्र नदी।

काम्यक वन नें रहते हुए पांडवों को दस वर्ष हो गये थे। अपने मृदु स्वभाव और सबकी सहायता करने को तत्पर रहने के कारण आरण्यक क्षेत्र में रहने वाले सारे ऋषि, मुनि और आश्रम वासियों के प्रिय थे पांडव। ज्यों-ज्यों वनवास अवधि पूर्ण होने का समय आ रहा था, भविष्य की चिंता सताने लगी थी पांडवों को। वनवास की तो कोई चिंता नहीं किन्तु एक वर्ष का अज्ञातवास सशंकित कर रहा था दुर्योधन की ओर से। यदि दुर्योधन के मन में कोई खोट नहीं होता तो क्यों वह एक वर्ष के अज्ञातवास की शर्त रखता। संभव है कि उस अवधि में पांडवों को ढूँढ़ने का सघन प्रयास करे दुर्योधन, ताकि पुनः वनवास अवधि बढ़ाई जा सके।

आने वाले समय में क्या उचित, अनुचित रहेगा पांडवों के लिए? क्या रणनीति अपनाई जाये? कैसे बची हुई अल्प अवधि व्यतीत की जाये। यही सब विचार करने के लिए पांडवों को अपने मित्र, मार्गदर्शक, दार्शनिक कृष्ण की आवश्यकता लगी तो बुलवा लिया दोनों भाइयों को। कृष्ण ने आकर परामर्श दिया कि दुर्योधन की अनीति के विरुद्ध आर्यावर्त में जनमानस बनाया जाये और इस हेतु संभावित सभी मित्र राजाओं को काम्यक वन में आमंत्रित करें पांडव। कृष्ण की सलाह पर ही भोज, वृष्णि, अंधक यादव राजा, पांचाल के धृष्टद्युम्न, चेदि के धृष्टकेतु और कैकेय नरेश बुलाये गये थे। सभी अतिथि आ चुके थे। वनवासी भील, आश्रमों की सहायता से सब राज प्रमुखों के ठहराने की व्यवस्था की गयी थी। सभी प्रमुखों के पृथक-पृथक शिविर लगाये गये थे।

सभी के आगमन की सूचना मिलने पर कृष्ण ने सभा का आयोजन किया। सभा लगी, सभी विचार करने लगे पांडवों के भविष्य पर। कैकेय नरेश वृहतक्षत्र पांडवों के तर्क सुन कर बोले।

"जब तक वह दुष्ट शकुनि हस्तिनापुर में है, किसी शांति की अपेक्षा न करें। वह जब तक गांधार में रहा कैकेय और गांधार की शत्रुता बनी रही।"

"सत्य कहा कैकेय नरेश ने किन्तु मात्र शकुनि ही जिम्मेदार नहीं है इन स्थितियों के लिए। स्वयम् दुर्योधन और उसके सभी भाई दुष्ट हैं, विकर्ण को छोड़। शकुनि ने तो वही किया है जिसे कौरव अच्छा मानते हैं," धृष्टद्युम्न ने कहा।

"किन्तु दुर्योधन को ही दोष देकर पांडवों को निर्दोष मान लेना भी ठीक नहीं। आप सब जानते हैं कि दुर्योधन पांडवों के प्रति सदैव से ही ईर्ष्यालु रहा है। तो क्या पांडव यह नहीं जानते थे? क्या युधिष्ठिर को विवेक से काम नहीं लेना चाहिए था? इसलिए अब इन बातों की चर्चा न कर आगे क्या करना चाहिए पांडवों को, पर विचार किया जाना उचित होगा," दुर्योधन की निंदा सुन भड़क गये बलराम।

"दाऊ सही कह रहे हैं, हमें पुरानी बातों को भूल कर समस्या से आगे कैसे निपटना है, इस पर चर्चा करना चाहिए," कृष्ण ने बात सँभाली।

"हम प्रस्ताव करते हैं कि हमारे राज्य में पांडव चल कर रहें। दो वर्ष निकलने पर एक वर्ष के अज्ञातवास की व्यवस्था भी गोपनीय रूप से कर ली जायेगी।" चेदि नरेश धृष्टकेतु ने सुझाव दिया।

"मेरा तो मानना है कि पांडव स्वयम् अपने वनवास के दो वर्ष देशाटन कर व्यतीत करें। कब किस वन में हैं हमें किसी को भी ज्ञात न हो। एक वर्ष का अज्ञातवास कहाँ उचित रहेगा, यह भी इस दो वर्ष की अवधि में घूमते हुए पांडव तय कर सकते हैं। क्योंकि दो वर्ष का वनवास तो वन में ही काटना होगा किन्तु अंतिम एक वर्ष का अज्ञातवास वन में, नगर में कहीं भी किया जा सकता है," कृष्ण ने सुझाव दिया।

"तब हम क्या सहायता कर सकते हैं?" धृष्टद्युम्न बोले।

"हमारी सहायता बड़ी होगी पांचाल कुमार। हमें अप्रत्यक्ष पांडवों की सहायता करनी होगी। पांडवों के साथ हुए अन्याय को जन चर्चा बनाना

होगी आर्यावर्त में। ताकि तेरह वर्ष बाद पांडवों का हक़ देने में जन दवाब से दुर्योधन आनाकानी न करने पाए और यदि वह ऐसा करे तो सभी प्रमुख राजा उसके विरुद्ध खड़े हो जायें," कृष्ण ने समझाया।

"हम सब आप से सहमत हैं। जैसा आप चाहते हैं वैसा ही होगा," वयोवृद्ध कैकेय ने कहा तो सबने हाँ में हाँ मिलाई।

• • •

एक माह से अधिक का समय काम्यक बन में पांडवों के साथ व्यतीत कर उन्हें साहस बंधा लौट चले कृष्ण और बलराम द्वारका की ओर। रास्ते में चेतिकान का क्षेत्र पड़ता था। सोचा पुष्कर होते हुए चला जाये। सूचना भेज दी। पुष्कर प्रवेश स्थल पर ही चेतिकान के मिलने की सम्भावना थी। किन्तु जब नगर द्वार आ गया और चेतिकान नहीं मिले तो अचम्भा हुआ। फिर सोचा अवश्य किसी महत्त्वपूर्ण कार्य में संलग्न होंगे चेतिकान अथवा संभव है कि चेतिकान को सूचना ही नहीं मिली हो। सोच ही रहे थे दोनों भाई कि तभी महामंत्री बदहवास दौड़ते हुए उपस्थित हुआ।

"क्षमा करें द्वारकाधीश! आने में विलम्ब हुआ," प्रणाम करते हुए महामंत्री बोला।

"मन मलिन न करें, सब ठीक तो है? चेतिकान जी कहाँ हैं?" कृष्ण ने कहा।

"प्रभु, महाराज तो द्वारका ही गये हैं सूचना मिली थी कि आप दोनों भाइयों की अनुपस्थिति का लाभ उठा मार्तिकावत नरेश शाल्व ने द्वारका पर आक्रमण कर दिया है।"

"क्या ...? यह क्या कह रहे हैं आप?" बलराम अधीर हो उठे।

"हाँ स्वामी, यह सूचना मिलते ही महाराज चुनिन्दा सैनिकों के साथ द्वारका की सहायता को निकल गये हैं।"

"चेतिकान जी का हृदय से आभार, जो उन्होंने संकट के समय द्वारका को सहायता पहुँचाई है। दाऊ क्या हमें अभी बिना पुष्कर में रुके, निकलना होगा?" कृष्ण ने पूछा।

"हाँ, कन्हा बिना पल गँवाए शीघ्र चलेंगे," कहा बलराम ने और वेग से चल दिए दोनों भाई द्वारका की ओर।

आबू पहाड़ों के चारों ओर बड़े क्षेत्रफल में फैला शाल्व का राज्य। आबू के नीचे बसा मार्तिकावत, उसकी राजधानी।

काशीराज की पुत्री अम्बालिका और शाल्व की प्रेम कथा विवाह मंडप तक पहुँचती, तभी भीष्म ने काशी नरेश की तीनों पुत्रियों का अपहरण अपने भाईयों के विवाह हेतु कर लिया था। भीष्म के इस कृत्य से शाल्व हस्तिनापुर और उसके मित्र राज्यों का विरोधी हो गया था। हस्तिनापुर का समर्थन मथुरा को था इसीलिए शाल्व जरासंध गुट का सक्रिय सदस्य बन गया था। धीरे-धीरे कृष्ण आर्यावर्त के सबसे प्रमुख व्यक्ति बन गये। जरासंध वध के पश्चात उनका क़द बहुत ऊँचा उठ गया था और इन्द्रप्रस्थ के राजसूय में कृष्ण को कुरु वंश द्वारा अग्रपूजा का अधिकारी बना कर उनको सम्पूर्ण भारतवर्ष में राजनीतिक एवं धार्मिक वैधानिकता दो गयी थी। कृष्ण की उन्नति जरासंध गुट के लिए मृत्यु समान थी और यह निश्चित था कि कृष्ण की श्रेष्ठता जरासंध गुट के बचे योद्धाओं के शीघ्र पतन को सुनिश्चित करने वाली थी। शाल्व यह जानता था इसीलिए अवसर जान उसने द्वारका पर आक्रमण कर कृष्ण की शक्ति को नष्ट करना चाहा।

• • •

द्वारका में जिधर देखो अफरा-तफरी का वातावरण था। शाल्व का आक्रमण अचानक हुआ जिसने न राज परिवार को और न ही आम जन को सँभलने का अवसर दिया। प्रद्युम्न ने पूरी वीरता से मोर्चा सँभाला था किन्तु शाल्व और उसके मित्र दंतवक्त्र की संयुक्त सेना के सामने प्रद्युम्न की शक्ति क्षीण होती जा रही थी। शाल्व का विचित्र रथ सौभ, जो एक चलता-फिरता महल था, जिसमें अनेक घोड़े जुते थे, द्वारका की गलियों को रौंद रहा था। दंतवक्त्र भी जैसे प्रिय सखा शिशुपाल की मृत्यु का बदला द्वारका के जनों से ले रहा था।

कृष्ण और बलराम जब द्वारका पहुँचे तो प्रद्युम्न और शाल्व का भीषण युद्ध चल रहा था। दोनों बिना समय व्यर्थ किये शीघ्र प्रद्युम्न के पास तक पहुँचना चाह रहे थे। इससे पूर्व कि वे पहुँच पाते शाल्व के आक्रमण से प्रद्युम्न

घायल हो गया। पुत्र की यह अवस्था देख कृष्ण व्याकुल हो गये। बलराम भैया को सब प्रकार समझा कर प्रद्युम्न को उनकी देखभाल में छोड़ कृष्ण क्रोधित हो दौड़ पड़े। वे देखते ही देखते शाल्व के रथ तक पहुँच गये। अपने बंद रथ सौभ में बैठा शाल्व समझ ही नहीं पया कि कब कृष्ण उसके रथ पर जा चढ़े हैं। शाल्व को पहली बार आभास हुआ कि बंद रथ सुरक्षित तो है किन्तु घातक भी। यदि बाहरी व्यक्ति रथ में बैठे रथी को नहीं देख पाता, तो रथी भी खुले रथ की तुलना में बंद रथ से आसन्न संकट कम देख पाता है।

क्रोध में फुंफकारते कृष्ण ने शाल्व को बिना अवसर दिए खड्ग प्रहार से उसका सिर काट दिया। शाल्व की मृत्यु देख दंतवक्त्र ने मोर्चा संभाला किन्तु कृष्ण की चप्लता के आगे उसकी एक न चली और कृष्ण का गदा प्रहार झेल नहीं पाया दंतवक्त्र, वहीं ढेर हो गया। दोनों की मृत्यु से शाल्व सेना के पैर उखड़ गये।

कृष्ण रथ में आरूढ़ हो, महल में पहुँचे। बाहर ही बलराम मिल गये। प्रद्युम्न अब ख़तरे से बाहर है यह जान कर संतोष की साँस ली कृष्ण ने, तब तक चेतिकान और सात्यकि के साथ शाल्व की सेना के बचे हुए योद्धाओं के साथ महामंत्री उपस्थित हुआ।

“द्वारकाधीश की जय हो! मार्तिकावत आपके अधीन है, जैसा चाहें निर्णय लें,” हाथ जोड़ कर महामंत्री बोला।

“मेरा कोई संघर्ष मार्तिकावत से नहीं था और न ही मैं इस पर अपना आधिपत्य चाहता हूँ। आप सभी अपने राज्य लौट जायें मेरे प्रतिनिधि के रूप में चेतिकान जी और सात्यकि साथ जायेंगे, जो हताहत योद्धाओं के अंतिम कर्म में और नये राजा के चयन में सम्मलित होंगे। मेरा यह सन्देश अवश्य मार्तिकावत को दिया जाये कि द्वारका उनकी शत्रु नहीं, मित्र है। किन्तु द्वारका को कमज़ोर करने का कोई षड्यंत्र वहाँ नहीं होना चाहिए। हम सब को मिलकर आर्यावर्त में धर्म राज स्थापित करना है, जिसमें न राजनीतिक अत्याचार हो और न ही धार्मिक शोषण। मार्तिकावत के नये राजा से अपेक्षा रहेगी कि इस महाभियान में सहर्ष सम्मिलित हों।”

“अवश्य द्वारकाधीश! मार्तिकावत सदैव द्वारका के साथ रहेगा अपितु आपका ऋणी भी रहेगा जो आपने हमें हमारा राज्य सम्मान समेत सौंपा है,” महामंत्री बोला।

"आप सब से अनुरोध है कि शीघ्र मार्तिकावत लौट जायें और राज्य की व्यवस्था सँभालें ताकि प्रजा असुरक्षित महसूस न करे। और हाँ, चेतिकान जी आपका आभार जो आपने संकट के समय सच्चे मित्र के रूप मे द्वारका की सहायता की।" कृष्ण ने कहा तो भावविभोर हो गया चेतिकान।

• • •

"कहाँ खो गये कीचक?" विराट नरेश के शब्द सुन तन्द्रा टूटी कीचक की। कुछ झेंपते हुए बोला।

"क्षमा करें महाराज! मैं उस नयी दासी के सौन्दर्य में खो गया था। कौन है यह, महारानी?"

"यह सैरन्ध्री है हमारी विशेष और प्रिय दासी," महारानी बोलीं।

"और हाँ यह नयी नहीं है, इसे तो एक वर्ष होने को आया।"

"एक वर्ष, किन्तु मैं तो पहली बार ही देख रहा हूँ।"

"तुम एक वर्ष से राज्य में रह ही कहाँ पाए हो। त्रिगर्त पर आक्रमण कर उसे रौंदने में ही उलझे रहे। पर इस एक वर्ष में हमें कुछ अच्छे सेवक मिले हैं। यह सुन्दरी जिसे तुम अपलक देखे जा रहे हो, तुम्हारी बहन की प्रिय दासी है, तो इसका पति महल का उत्तम रसोइया है। इन दोनों के अतिरिक्त एक कंक जय है जो मेरा सलाहकार है, मेरे साथ चौपड़ खेलता है, बड़ा अच्छा स्वाभाव है उसका। पुत्री उत्तरा को नृत्य सिखाने विजय बृहन्नला मिला जिसने उत्तरा को अल्प अवधि में ही नृत्य में पारंगत कर दिया है।" विराट नरेश बोले जा रहे थे किन्तु कीचक कुछ भी नहीं सुन रहा था, जैसे कुछ सुनना ही नहीं चाहता हो, मात्र सैरन्ध्री को पाने की लालसा के।

"भैया, तुम चाहो हो तो इस दासी को तुम्हारी सेवा में लगा दें," भाई के मन के भाव जान महारानी बोलीं।

"तुम भी क्या चुहल कर रही हो महारानी? तुम जानती नहीं कि तुम्हारा भाई और इस राज्य का सेनापति महाबली कीचक सम्पूर्ण आर्यावर्त में भय का पर्याय बना है। कौन राज्य है, जो कीचक के शौर्य का सामना कर सके। त्रिगर्त जैसा शक्तिशाली राज्य एक वर्ष में ही कीचक के पराक्रम से क्षत-विक्षत हो गया है। ऐसे बली को तुम एक स्त्री के सौन्दर्य में डुबा कर

कमज़ोर करना चाह रही हो?" महाराज ने हस्तक्षेप किया।

"किन्तु महाराज! मैं कुछ दिवस अवकाश चाहता हूँ निरंतर युद्धों में संलग्न रहने से थक गया हूँ। उचित होगा महारानी कि आप इस दासी को मेरी सेवा मे लगा दें," हाथ आयी सफलता पर पानी फिरते देख कीचक अधीर हो उठा।

"जैसी तुम्हारी इच्छा। मैं इसे अभी अवकाश दिए देती हूँ। सायं यह तुम्हारे भवन में पहुँच जायेगी," महारानी बोली तो कीचक को लगा जैसे मुँहमाँगा वरदान मिल गया हो।

• • •

"किन्तु तुम यह कैसे कह सकती हो कि तुम्हें पाने की लालसा से उसने यह सब किया हो? संभव है कि तुम्हारे कार्य में निपुणता ने उसे प्रभावित किया हो और तुम्हें अपनी दासी के रूप में उसने माँग लिया हो?" बल्लव बोला।

"मैं एक स्त्री हूँ और स्त्री पुरुष के मन के भावों को पढ़ने में कभी त्रुटि नहीं कर सकती। कीचक निश्चित रूप से मुझे पाना चाहता है तभी उसने महारानी से मुझे माँगा है," सैरन्ध्री बोली।

"तो क्या विचारा तुमने?"

"महारानी की आज्ञा है कि मैं सायं ही उसके भवन में जाऊँ और सज-धज कर जाऊँ।"

"क्या? और तुम जाओगी?"

"जाना तो होगा ही चूँकि महारानी की आज्ञा है।"

"तो ठीक है, मैं भी चलूँगा तुम्हारे साथ।"

"किन्तु उसे भोजन तो नहीं बनवाना है, जो रसोइया की आवश्यकता हो।"

"रसोइया के रूप में नहीं तुम्हारे पति के रूप में तो चल सकता हूँ।"

सैरन्ध्री और बल्लव सायं होते ही कीचक के भवन की ओर चले। आगे-आगे सैरन्ध्री चली जा रही थी और कुछ दूरी बनाये बल्लव पीछे था।

सजी-धजी सैरन्ध्री का यौवन और निखर गया था। कीचक के भवन में पहुँची सैरन्ध्री। देखा कीचक उसी की प्रतीक्षा में उतावला हो रहा था। दिए की मद्धिम रोशनी में सैरन्ध्री को देखते ही अपने होश खो बैठा कीचक, अपलक उसे निहारता रहा।

"आपकी दासी आपकी सेवा में उपस्थित है स्वामी।"

"दासी नहीं प्रिये कहो। आओ मेरे पास बैठो," कीचक बोला।

"दासी का स्थान बराबर पर नहीं होता स्वामी, मैं नीचे ही ठीक हूँ," सैरन्ध्री ने कहा और नीचे बैठने को हुई कि कीचक ने हाथ पकड़ लिया।

"यह क्या अनर्थ कर रहे हैं आप, लज्जा आनी चाहिए," कहते हुए हाथ झटका सैरन्ध्री ने और द्वार की ओर बढ़ी। कीचक झपटकर पीछे भागा। जैसे ही द्वार से बाहर निकली सैरन्ध्री, बल्लव ने आगे बढ़ रास्ता रोक लिया कीचक का।

"दुष्ट, कौन है तू और क्या तेरी मृत्यु खींच लाई है तुझे यहाँ?" चीख़ा कीचक और मुख पर मुष्टिका मारी बल्लव के। बल्लव गिरा भूमि पर। अवसर पा भागा कीचक सैरन्ध्री के पीछे। सैरन्ध्री भवन के द्वार से निकल महल को जाने वाले मुख्य मार्ग पर आ गयी। कीचक ने सोचा महल में शिकायत करने जा रही है। उद्दंड कीचक निर्भय हो पीछे भागा। बल्लव भी भूमि से उठ कीचक के पीछे हो लिया।

मुख्य मार्ग से लगे बाज़ार में दुकानों पर सायं की रोशनी हो रही थी। स्त्री के पीछे भागते कीचक को देख बाज़ार में कौतूहल वश लोग भी पीछे हो लिए। तभी भीड़ ने देखा एक हृष्ट-पुष्ट व्यक्ति भी पीछे से दौड़ता, लोगों को हटाता चला आ रहा है।

बलिष्ठ व्यक्ति के धक्के से लोग तितर-बितर हो रहे थे। सिर को ढँके साफे को बाँधे बल्लव पहुँच गया कीचक तक। भागते कीचक ने सैरन्ध्री को पकड़ा ही था कि बल्लव ने पीछे से धक्का दिया और कीचक मुँह के बल भूमि पर गिरा। पलट कर चपलता से उठ खड़ा हुआ कीचक और बल्लव को दोनों हाथों का फंदा बना धड़ से पकड़ भूमि पर पटक दिया। भूमि पर गिरे बल्लव को पैर से दबाने के लिए प्रहार किया, बल्लव हट गया एक ओर और सिर को कीचक के पेट में फँसा धकियाते हुए ले चला और एक झटके

से दोनों पैर पकड़ पटक दिया नीचे। नीचे पड़े कीचक को उठने का अवसर दिए बिना उसकी छाती पर कूद पड़ा बल्लव। घातक प्रहार था, कीचक के दोनों हाथ उठे बल्लव के झुके सिर को पकड़ना चाहा किन्तु साफा ही हाथ आ पाया और दोनों हाथ शिथिलता से नीचे गिरे। साफा खुलते ही बल्लव के पूरा मुख दिखा भीड़ को।

"अरे! ये तो भीम है। पांडु पुत्र भीम," भीड़ में से एक चिल्लाया।

कीचक की अंतिम साँस निकलते ही भीम उठा उसकी छाती से। पलट कर सैरन्ध्री आ पहुँची जहाँ कीचक मृत पड़ा था। कीचक वध का समाचार द्रुत गति से राजमहल और नगर में फैल गया। विराट नरेश अपने प्रिय सलाहकर जय के साथ चौपड़ खेल रहे थे। जैसे ही उन्होंने समाचार सुना दौड़ पड़े कीचक के पास। कीचक के मृत शरीर के पास पहुँचे, झुके कीचक का हाथ अपने हाथ में ले कर देर तक बैठे रहे। राजा की आँखों से अश्रुओं को बहते सबने देखा।

तब तक यह बात फैल चुकी थी कि कीचक को मारने वाला हस्तिनापुर के पूर्व नरेश पांडु का पुत्र भीम है।

"क्या यह सच है कि तुम भीम हो? किन्तु पांडव तो अज्ञातवास कर रहे थे। निश्चित रूप से तुम अकेले नहीं होगे। तुम्हारे अन्य भाई कहाँ हैं?" विराट नरेश कीचक के पास से उठते हुए बोले।

"आपने सही अनुमान लगाया महाराज भीम अकेले नहीं है, उनके सभी भाई यहीं हैं, आपकी नगरी में।" जय बोला।

"तुम यह कैसे कह सकते हो जय?"

"क्योंकि इनमें से एक मैं हूँ, इन सबका बड़ा भाई युधिष्ठिर," कहते हुए जय बने युधिष्ठिर ने अपनी पगड़ी हटाई।

"युधिष्ठिर जी आप? यह क्या मैं एक वर्ष से आपको अपना सहायक समझता रहा। मुझे खेद है आपका सम्मान नहीं रख पाया। अन्य भाई कहाँ हैं आपके?"

उस समय तक लगभग आधा नगर एकत्र हो चुका था। सभी पांडव भाई भी आ चुके थे। बृहन्नला विजय को संकेत से बुलाया युधिष्ठिर ने।

"महाराज, यह अर्जुन है जो विजय के रूप में आपकी पुत्री को नृत्य सिखा रहा था।"

"क्या? धनुर्धर अर्जुन और बृहन्नला के रूप में?" आश्चर्य से मुँह खुला रह गया विराट नरेश का।

ग्रन्थिक बने नकुल और तंतिपाल बने सहदेव को बुला युधिष्ठिर ने महाराज से परिचय कराया। सैरन्ध्री को निकट बुला कर बोले युधिष्ठिर।

"और महाराज यह सैरन्ध्री वास्तव में द्रौपदी है, हमारी पत्नी।"

"क्या ...द्रौपदी! यह क्या अनर्थ कर रहा था कीचक? मैं कीचक के अशोभनीय कृत्य के लिए आप से, आप सबसे क्षमा प्रार्थी हूँ।"

"महाराज, शर्मिंदा न करें। संकट काल में आप हमारे आश्रय दाता बने। हम सदैव आपके ऋणी रहेंगे।"

"महामंत्री वीर कीचक की अंतिम क्रिया की तैयारी करें। मुझे महारानी को यह दुखद समाचार देना है। मैं सभी पांडव भाइयों और द्रौपदी जी को राजमहल ले जा रहा हूँ। उलूक मुनि को समाचार दिया जाये कि मैंने उन्हें स्मरण किया है," महाराज ने आदेश दिया।

महल में पहुँच रानी को भाई की मृत्यु का समाचार दिया। पहले तो रानी सैरन्ध्री को ही दोषी मान रही थी किन्तु जब ज्ञात हुआ कि सैरन्ध्री ही द्रौपदी है तो भाई का कृत्य ही दोष पूर्ण लगने लगा। द्वारपाल ने आकर सूचना दी कि मुनि उलूक पधारे हैं तो महाराज स्वयम् बाहर निकले और मुनि को आदर से अंदर लेकर आये।

"मुनिवर ये पांडव हैं, हमारे नगर में अपना अज्ञातवास काट रहे थे। आप को विदित होगा कि किस प्रकार छल से इनका राज्य इन्हीं के चचेरे भाई दुर्योधन ने हथिया लिया था। इनके वनवास की अवधि शर्त अनुसार पूरी हुई।"

"आप से आग्रह है कि आप हस्तिनापुर जायें और महाराज धृतराष्ट्र से पांडवों के सम्बन्ध में सूचना देकर उनका राज्य वापस करने की प्रार्थना करें। मेरी ओर से भी विनती कर लें कि पांडवों ने अनेक कष्ट उठाये हैं, इसलिए इन्हें इनका अधिकार देने की कृपा करें।"

"अवश्य मुझे प्रसन्नता होगी यदि मैं धर्मात्मा युधिष्ठिर जी और उनके भाइयों के काम आ सकूँ," कहते हुए मुनि ने सबको आशीष दिया और विदा ली।

"एक विनती आप से है श्रेष्ठ धनुर्धर अर्जुन। आप मेरी पुत्री उत्तरा से विवाह कर मुझे और महारानी को अनुग्रहीत करें," विराट नरेश हाथ जोड़ कर बोले।

"यह क्या कह रहे हैं महाराज? उत्तरा को मैंने नृत्य सिखाया है, वह मेरी शिष्या है, मेरी पुत्री समान। हाँ, यदि ज्येष्ठ भ्राता अनुमति दें तथा आप और महारानी स्वीकार करें तो इसे मैं अपने पुत्र अभिमन्यु की पुत्रवधु अवश्य बनाना चाहूँगा," अर्जुन बोले।

"अति उत्तम प्रस्ताव है यदि आप मानें तो हम सब की इसमें प्रसन्नता है," युधिष्ठिर बोले।

"आप जैसे श्रेष्ठ कुल में अपनी कन्या देकर कौन प्रसन्न नहीं होगा और फिर महवीर अर्जुन का पुत्र तो महायोद्धा ही होगा। हमें सहर्ष स्वीकार है। क्यों महारानी?"

"अवश्य महाराज हमारी पुत्री के लिए इससे योग्य वर हो ही नहीं सकता," महारानी बोलीं।

"आप सभी अब हमारे अतिथि ही नहीं, सम्बन्धी भी हैं। उपवल्य में आप राजकीय अतिथि के रूप में ठहरेंगे। जब तक मुनिवर हस्तिनापुर से आमंत्रण नहीं लाते तब तक आप हमें अपने आतिथ्य का अवसर दें। इसी बीच हम मिलकर उत्तरा और अभिमन्यु के विवाह का शुभ मुहूर्त भी निकलवा लेंगे," पुलकित हो कर विराट नरेश बोले।

17

द्वारका की समृद्धि दिन प्रतिदिन बढ़ती जा रही थी। कृष्ण का कुशल नेतृत्व, प्रजा का परिश्रम, अधिकारियों की कर्मठता ने द्वारका को अल्प समय में आर्यावर्त का अग्रणी राज्य बना दिया था। क्षेत्रफल अनुसार छोटा राज्य द्वारका अपने व्यापार और कुशल आर्थिक प्रबन्धन के कारण सम्पन्नता में किसी भी विशाल राज्य से कमतर नहीं था। नर्मदा के मुहाने पर बने भृगुकच्छ, सुपारा के बंदरगाह और सिन्धु नदी पर बना बंदरगाह पटाला के कर्मियों का मृदु व्यवहार, ईमानदारी और सामान सुरक्षा का दायित्व निर्वहन, विदेशी व्यापरियों का अतिथियों सदृश्य स्वागत, सामग्री के सही मूल्य, नाप-तौल में पारदर्शिता आदि सबने मिलकर उन्नत व्यापार स्थापित कर दिया था राज्य में। बाजरा, घी, नमक, तिलहन का प्रचुर उत्पादन और अल्प समय में देश के भीतर और बाहर परिवहन की अच्छी व्यवस्था ने मालामाल कर दिया था द्वारका को। बारह योजन में फैला सुंदर नगर, सुंदर रमणीक समुद्र तटों का विकास और उन्हें और आकर्षक बनाने से देशी-विदेशी पर्यटकों की आवाजाही भी बढ़ गयी थी और पर्यटन उद्योग भी ख़ूब फल-फूल रहा था राज्य में।

द्वारका अर्थात स्वर्ग का द्वार, ब्रह्मा का द्वार। कुशस्थली का नाम सोच विचार कर द्वारका रखा गया था। द्वार अर्थात् दरवाज़ा और "का" अर्थात ब्रह्मा। कृष्ण का दैवीय व्यक्तित्व भी इस नाम के अनुरूप था और राज्य की उन्नति में सहायक हो रहा था। हर कोई यह मान कर कि उसके श्रम का सुफल मिलना निश्चित है, अपना सर्वश्रेष्ठ दे रहा था।

द्वारका से अस्सी योजन दूर बसे सुखन द्वीप से आये व्यापरियों के जत्थे से उस दिन दरबार में कृष्ण मिल रहे थे कि दरबान ने आकर ध्यान भंग किया।

"द्वारकाधीश की जय हो। मत्स्य नरेश का दूत दर्शन की अनुमति चाहता है।" दरबान ने दरबार में आकर कहा तो कृष्ण चौंके।

"विराट नरेश का दूत, क्या प्रयोजन हो सकता है? बुलाओ उसे," दूत ने आकर अभिवादन किया। कृष्ण ने बिना विलम्ब किये पूछा।

"क्या सन्देश लाये हो विराट प्रतिनिधि?"

"द्वारकाधीश, हमारे महाराज ने आपको आमन्त्रित किया है उपवल्य में और साथ ही यह आग्रह भी किया है कि जितनी शीघ्रता से आ सकें उतना ही उचित होगा।"

'ऐसा क्या आपातकाल आ गया कि महाराज विराट ने शीघ्र बुलवाया है। गुप्तचरों से यह सूचना तो मिल गयी थी कि पांडवों का अज्ञातवास विराट की नगरी में समाप्त हुआ। भीम के द्वारा कीचक वध, कीचक की मृत्यु से उत्साहित हो त्रिगर्त का मत्स्य राज्य पर आक्रमण और पांडवों द्वारा विराट की सहायता कर त्रिगर्तों को परास्त करना। उत्तरा अभिमन्यु विवाह। हस्तिनापुर से पांडवों का राज्य वापस करने की अपील - यह सब तो सुना है फिर क्या कारण हो सकता है? हस्तिनापुर में फैले द्वारका के चरों ने अवश्य संदेश भेजे हैं कि सत्ता हस्तांतरण की कोई तैयारी हस्तिनापुर में नहीं है। तो क्या फिर कोई षड्यंत्र रचा है दुर्योधन ने। हस्तिनापुर यदि अशांत रहा तो पूरे आर्यावर्त में शांति नहीं रह सकती। भारतवर्ष को एक राष्ट्र के रूप में देखने का मेरा स्वप्न कैसे आकार लेगा? मुझे शीघ्र जाना होगा।' कृष्ण ने सोचा। दूत को शीघ्र आने का आश्वासन देकर विदा किया। दरबार के कार्यों को निपटाया और सायं होने से पूर्व ही बलराम के पास पहुँच विराट का संदेश बता कर जाने की अनुमति ली।

• • •

"तुम्हें कब से इस दरबार में आने हेतु अनुमति की आवश्यकता पड़ने लगी द्वारकाधीश?" हस्तिनापुर के दरबार में कृष्ण के प्रवेश करते ही स्नेह से पूछा भीष्म ने।

"क्षमा करें पितामह आज मैं दूत बन कर आया हूँ। मत्स्य नरेश विराट का दूत, पांडवों का दूत।"

"आपको दौत्य कर्म करने की क्यों आवश्यकता आन पड़ी?" दुर्योधन बात काटते हुए बोला।

"यदि महाराज की आज्ञा हो तो मैं निवेदन करूँ," दुर्योधन को अनसुना करते हुए धृतराष्ट्र का रुख़ कर कृष्ण बोले।

"अवश्य, हम अवश्य सुनना चाहेंगे," धृतराष्ट्र बोले।

"महाराज आपको ज्ञात है कि पांडवों ने अपना वनवास पूर्ण कर लिया है। उनका राज्य वापस करने का सन्देश महाराज विराट ने मुनि उलूक से भिजवाया था जिसे हस्तिनापुर द्वारा अस्वीकार किया गया। महाराज इसी अनर्थ को रोकने, पांडवों का अधिकार उन्हें वापस करने की प्रार्थना लेकर मैं उपस्थित हुआ हूँ।"

"पांडवों ने वनवास की शर्त, एक वर्ष के अज्ञातवास का उलंघन किया है। अज्ञातवास की निर्धारित अवधि पूर्ण होने से पूर्व ही उनका भेद उपवल्य में खुल गया था," दुर्योधन पुनः बीच में बोला।

"क्षमा करें महाराज, यह अशिष्टता है जब दूत का सम्वाद राजा से चल रहा हो तो बिना राजा की अनुमति के किसी को भी बीच में नहीं बोलना चाहिए," क्रोधित हो बोले कृष्ण।

"कृष्ण ठीक कह रहे हैं, सामान्य शिष्टाचार भी यही कहता है। इसलिए दुर्योधन बार-बार बीच में न बोलो," भीष्म ने समर्थन किया।

"मैं महाराज की आज्ञा से ही बोल रहा हूँ पितामह। यदि आपको अनुचित लगता है तो पूछ लीजिये महाराज से अथवा शांति से बैठिये," दुर्योधन ने उद्दंडता पूर्वक कहा।

"तात्पर्य यह है कि जो दुर्योधन बोल रहे हैं उन्हें ही आपके शब्द समझा जाये महाराज," कृष्ण ने कटाक्ष किया।

"किन्तु शंका का समाधान तो आवश्यक है द्वारकाधीश," मंद स्वर में धृतराष्ट्र बोले।

"सत्य कहा आपने, शंका का समाधान आवश्यक है। किन्तु जब शंका ही निर्मूल है तो कैसा समाधान? पांडवों ने बारह वर्ष वनवास और एक वर्ष अज्ञातवास की निर्धारित अवधि पूर्ण की है," कृष्ण की वाणी प्रभाव उत्पन्न कर रही थी।

"कीचक वध के समय जब भीम का भेद खुला तब पांडवों के अज्ञातवास की अवधि पूर्ण हो चुकी थी। जिस दरबार में विदुर जी, संजय जी जैसे मंत्री, गुरु द्रोण, आचार्य कृपा जैसे शिक्षक और स्वयम् पितामह जैसे लोग बैठे हों वहाँ इस प्रकार के कुतर्क हास्यास्पद ही लगेंगे।"

"जो भी हो हस्तिनापुर एक बार निर्णय कर चुका है, उसे बदलेगा नहीं और वह अटल निर्णय है कि पांडवों को उनका राज्य वापस नहीं किया जायेगा," दुर्योधन आवेश में आ बोला।

"क्या इसे महाराज का निर्णय माना जाये या निरंकुश युवराज का हठ?" चिढ़ कर बोले कृष्ण।

दरबार में मौन छा गया। कोई कुछ नहीं बोल रहा था। कृष्ण धृतराष्ट्र की ओर देख रहे है। धृतराष्ट्र थे कि जैसे दुर्योधन के बंधक हों, उसकी इच्छा के विरुद्ध जाने का जैसे साहस ही नहीं हो राजा में।

"महाराज उत्तर दें, दूत की बात का उत्तर देना राजा का धर्म है," विदुर बोले।

"हस्तिनापुर की नीति स्पष्ट है, और वही है जो युवराज ने बखानी है," महीन स्वर में बोल सके धृतराष्ट्र।

"महाराज पांडवों ने यह भी कहलाया है कि उन्हें राज्य का कोई मोह नहीं, दुर्योधन राज्य करें या युधिष्ठिर कोई अंतर नहीं, राज्य तो कुरुवंश का ही रहेगा। वे तो मात्र पाँच ग्रामों से भी संतुष्ट हो जायेंगे।" कृष्ण ने अंतिम प्रयास किया।

"पाँच ग्राम तो क्या सुई की नोक बराबर भूमि भी नहीं मिलेगी पांडवों को!" दुर्योधन चिल्ला पड़ा।

"महाराज, पुत्र मोह त्याग कर राज धर्म का पालन करें। रोकें अपने उद्दंड और अहंकारी पुत्र को। पूरा आर्यावर्त आपकी ओर देख रहा है। कहीं ऐसा न हो कि आप न्याय न कर पायें और अधर्म का अपयश आपको मिले। समय आपसे हस्तक्षेप की अपेक्षा कर रहा है। कहीं ऐसा न हो कि आप अवसर खो दें। कहीं ऐसा न हो कि संघर्ष छिड़ जाये और आप महाविनाश के कारण बन जायें," कृष्ण का क्रोध फट पड़ा।

"यह अनर्गल प्रलाप बंद करें अन्यथा हम यह भूल जायेंगे कि आप दूत हैं और दूत अवध्य होता है। चले जायें यहाँ से और जाकर कह दें उन पांडवों से कि राज्य चलाना उनके वश की बात नहीं वे तो वनों में ही भटकते अच्छे लगते हैं। हस्तिनापुर की ओर आने का साहस भी न करें, उन्हें यहाँ से कुछ भी नहीं मिलेगा," दुर्योधन बोला।

"मिलेगा दुर्योधन, मिलेगा, अब उन्हें पूरा हस्तिनापुर मिलेगा। राज्य का एक भाग नहीं, पूरा राज्य मिलेगा और तुम्हें मिलेगी मृत्यु। हस्तिनापुर साक्षी रहे कि पर्याप्त अवसर दिए गये, किन्तु असहाय राजा और दम्भी राजकुमार ने कैसे महाविनाश को आमंत्रित किया है।"

क्रोध से फुँफकारते कृष्ण दरबार से चले तो लग रहा था जैसे उनके मुख से शब्द नहीं अंगार बरस रहे हों। कृष्ण का यह रूप भयभीत कर रहा था सभी को। दूत का दरबार में सत्कार करने की परम्परा भी धरी रह गयी। किसी की शक्ति नहीं थी कि कृष्ण को रोक सके, उनके सम्मुख भी आ सके।

दरबार में कुछ क्षण के लिए सन्नाटा छा गया। क्या राजा, क्या दरबारी सभी किंकर्तव्यविमूढ़ थे। अचानक जैसे तन्द्रा टूटी हो धृतराष्ट्र की, बोले।

"विदुर जाओ, शीघ्रता करो। द्वारकाधीश को राजकीय अतिथिगृह में ससम्मान ले जाओ, देखना उनके आतिथ्य में कोई चूक न हो।"

"जो आज्ञा महाराज," विदुर ने कहा और वेग से निकले दरबार से। कृष्ण रथ पर आरूढ़ होने ही वाले थे कि पास पहुँचे।

"क्षमा करें द्वारकाधीश। हस्तिनापुर के राजकीय अतिथिगृह में आपकी व्यवस्था है। मैं महाराज की आज्ञा से आपको वहाँ ले जाने आया हूँ।"

"काका श्री आप?" कृष्ण मुड़े, विदुर को देखते हुए बोले।

"हस्तिनापुर का आतिथ्य मुझे स्वीकार नहीं। मैं तो आपके निवास पर जा रहा था। कुंती बुआ से मिले कई वर्ष हो गये और फिर काकी श्री का आशीर्वाद भी लेना है। यदि आप चलना चाहें तो चलें।"

"अवश्य। जब तक आप हस्तिनापुर में हैं, आपके साथ रहने की राजाज्ञा है मुझे और कदाचित मेरा सौभाग्य भी," पुलकित हो उठे विदुर।

"किन्तु अब हस्तिनापुर में रहना सौभाग्य नहीं है काका श्री," कहते हुए रथ पर आरूढ़ हुए कृष्ण।

"मैं जानता हूँ माधव," रथ पर चढ़ते हुए विदुर बोले।

"खेद है कि जहाँ आप जैसा नीतिवान मंत्री, पितामह सा धर्मज्ञ संरक्षक वहाँ इतनी अनीति।"

"अदूरदर्शी, अविवेकी, अकुशल राजा के राज में कितने भी नीति निपुण, धर्मज्ञ मंत्री, सलाहकार हों, कितने भी शूरवीर सैनिक हों, सब अप्रभावी होते हैं। यदि ऐसा अयोग्य राजा पुत्र मोह में फंसा हो, ऐसे पुत्र के मोह में जो स्वयम् दुष्ट, पाखंडी और अहंकारी हो तब तो सर्वनाश निश्चित ही है," जैसे-जैसे रथ दौड़ता जा रहा था, विदुर की पीड़ा निकल रही थी।

"मैं समझता हूँ काकाश्री और मैंने देखा है कि कितने विवश हैं आप और कितने विवश हैं पितामह। कैसे दायित्वों के बोझ से दबे हैं आप लोग, कैसे अपनी ही बनाई सीमा में बंधे है आप दोनों।"

"अब तो जो नियति को स्वीकार होगा वही होगा। पांडवों का आप जैसा मित्र, सलाहकार और मार्गदर्शक है तो किसी अन्य को उनकी चिंता करने की आवश्यकता ही नहीं। किन्तु फिर भी उनसे कहना कि उनके काका की इच्छा भी है और आदेश भी कि हर परिस्थिति का डट कर सामना करें। ईश उनके साथ है, आने वाला कल उनके साथ होगा।"

"अवश्य काका श्री आपका कहा अक्षरशः उन तक पहुँचेगा," कृष्ण ने मुस्कराते हुए कहा तो चैन की साँस ली विदुर ने।

• • •

"किन्तु हम युद्ध में जीत कर यदि राज्य पा लेते हैं तो क्या करेंगे ऐसे राज्य का, जिसे पाने हेतु अनेक जीवन चले जायें। नहीं, नहीं माधव हम युद्ध नहीं करेंगे। यदि भ्राता दुर्योधन राज्य नहीं देना चाहते तो न दें, हम पाँचों भाई तो किसी तरह अपना जीवनयापन कर लेंगे। क्या कहेंगे लोग कि राज्य के लालच में अपने ही भाइयों से युद्ध कर रहें हैं पांडव?" हस्तिनापुर से लौट कर उपवल्य में जब कृष्ण ने बिना युद्ध किये दुर्योधन की राज्य न देने की मंशा बताई तो युधिष्ठिर बोले।

“भीरु न बनें बड़े भैया। कर्तव्य पथ से विमुख व्यक्तियों का न जीवन सम्मान पूर्ण रहता है और न ही मृत्यु गरिमा पूर्ण। कर्तव्य च्युत व्यक्ति मरणासन्न होता है। इसलिए हर हाल में अपने कर्तव्य को करते जाना ही धर्म है। परिस्थितियों से भागने वाले कायर होते हैं, उन्हें उनकी आने वाली पीढ़ियाँ भी आदर नहीं देती।”

“युद्ध तो अंतिम विकल्प होना चाहिए माधव। क्यों न हम समझौते के और प्रयास करें?” युधिष्ठिर ने कहा।

“यह अंतिम विकल्प ही है। युद्ध तो अवश्यम्भावी है और यह मैं हस्तिनापुर जाने से पूर्व ही जानता था कि स्वभाव से हठी दुर्योधन कदाचित ही मानेगा। किन्तु जाना आवश्यक था ताकि युद्ध का आरोप पांडवों पर न आये। कोई यह न कहे कि पांडवों ने संधि के प्रयास नहीं किये।”

“क्या करना चाहिए तब?” युधिष्ठिर ने पूछा।

“युद्ध की तैयारी।”

“युद्ध की तैयारी?” अर्जुन ने विस्मय से पूछा।

“हाँ, एक धर्म युद्ध की तैयारी, एक धर्म विजय की तैयारी, एक धर्म राज की तैयारी। यही समय की माँग है पार्थ,” दृढ़ता स्पष्ट थी कृष्ण के स्वरों में।

“अभी तक इसे घर का मसला समझ मैं शांत था किन्तु द्वारकाधीश के तर्क से मैं पूरी तरह सहमत हूँ। अब यह हस्तिनापुर का ही विषय नहीं रहा अपितु सम्पूर्ण आर्यावर्त का हित जुड़ा है इससे। इसलिए इस धर्म युद्ध को लड़ना ही होगा पांडवों को,” अभी तक चर्चा को सुन रहे विराट अवसर जान बोले।

“किन्तु किसी भी युद्ध को बिना पूर्ण तैयारी लड़ना पराजय को आमंत्रित करना है। अतः आज से ही घोर परिश्रम करना होगा। हस्तिनापुर में युद्ध की चेतावनी और युद्धभूमि का चयन करने हेतु सन्देश भेजा जाये। सभी राजाओं से समर्थन माँगा जाये। अन्याय का प्रचार आर्यावर्त में किया जाये क्योंकि बिना जनमत को पक्ष में किये कोई युद्ध नहीं जीता जाता,” कृष्ण ने निर्णय दिया।

"युद्ध के संभावित स्थान और उसके काल का प्रस्ताव शीघ्र भेजना होगा। द्वारकाधीश आप ही सुझाएँ कि किसे भेजा जाये?" विराट बोले।

"मैं चाहूँगा कि उपलव्य से राजदूत मित्र सात्यकि के साथ जायें और पांडवों तथा मत्स्य का संयुक्त सन्देश हस्तिनापुर को दें जिसमें युद्ध की सहमति, दो माह बाद की तिथि देकर हस्तिनापुर राज से ही स्थान चुनने का आग्रह करें।"

"जैसा आपका विचार। हम सब सहमत हैं," युधिष्ठिर ने कहा।

• • •

"अंधकार में क्यों बैठे हैं तातश्री? क्या किसी सेवक ने रोशनी नहीं जलाई?" अपने भवन में एकांत में बैठे भीष्म से आकर विदुर ने कहा।

"जब पूरा हस्तिनापुर ही अँधेरे में डूबा हो तो मैं अपने भवन में कैसे उजाले में बैठ सकता हूँ विदुर?"

"सत्य कह रहे हैं तात समझ ही नहीं आ रहा कि हस्तिनापुर का भाग्य क्या करवट लेने वाला है? आज सात्यकि और मत्स्य राजदूत के औपचारिक सन्देश के बाद तो समझौते की सभी संभावनाएँ भी समाप्त हो गयी हैं।"

"विदुर, मैं अपने सम्पूर्ण जीवन काल में इतना निर्बल कभी नहीं रहा जितना आज आभास हो रहा है। मैं अपने आप से प्रश्न करता हूँ कि क्यों मैंने हस्तिनापुर जैसे महान राज्य की बागडोर धृतराष्ट्र जैसे अयोग्य राजा के हाथ में जाने दी?"

"एक क्षण की ग़लती युगों को प्रभावित करती है तात। भावावेश में लिया गया निर्णय इतिहास बदल देता है। आप जैसा बड़े से बड़े तपस्वी भी अपने ही लिए गये एक ग़लत निर्णय का फल भोगने को विवश है, और विवश है पूरा राज्य। किन्तु तातश्री राष्ट्र हित हर प्रतिज्ञा से बड़ा होता। आप क्यों नहीं पुनर्विचार करते हस्तिनापुर के लिए?"

"विदुर मैं जानता हूँ कि राष्ट्र हर मनुष्य से ऊपर होता है। मनुष्य की व्यक्तिगत इच्छा अनिच्छा का राष्ट्र के सम्मुख कोई मोल नहीं। किन्तु विदुर यह मेरा भावनात्मक विषय है। मेरा पिता को दिया वचन कि कभी राजगद्दी पर नहीं बैठूँगा, सदैव हस्तिनापुर सिंहासन पर बैठने वाले के प्रति निष्ठावान

रहूँगा, ही आज मुझे और मेरे हस्तिनापुर की सर्वाधिक हानि पहुँचा रहा है किन्तु मैं इसे तोड़ नहीं सकता। हाँ, यदि पिता श्री जीवित होते तो अवश्य उनकी स्वीकृति से निर्णय लेता।"

"तब तो आप हस्तिनापुर की ओर से पांडवों से युद्ध करेंगे क्योंकि आपका स्व धर्म यही सीख देता है, आपको।"

"हाँ, विदुर यही विवशता तो मुझे खाये जा रही है। पांडवों ने हस्तिनापुर से युद्ध छेड़ने की घोषणा की है। अब यह दुर्योधन बनाम पांडव संघर्ष नहीं रह गया। यह राजनीतिक युद्ध होगा जिसमें हस्तिनापुर के मित्र राज्य भी पांडवों से युद्ध करने को वैसे ही विवश होंगे जैसे मैं हूँ।"

"किन्तु जो हस्तिनापुर के शत्रु हैं, हस्तिनापुर की प्रगति के प्रति ईर्ष्यालु हैं, वे सभी राज्य तो पांडवों के पक्ष में जायेंगे और यदि द्वारकाधीश भी पांडवों के साथ रहे तब तो उनका पलड़ा भारी रहेगा," विदुर बोले।

"हाँ, कृष्ण का स्वयम् पांडवों का दूत बन कर आना और आज अपने मित्र सात्यकि को भेजने से तो यही प्रतीत होता है कि वे पांडवों के खेमे में ही रहेंगे और यदि ऐसा होता है तो पांडवों की जीत की सम्भावना कौरवों से अधिक होगी। यद्यपि पाँचों भाइयों की एक पत्नी और जुए में पत्नी को दाँव पर लगाने के कारण इनके विरोध में भी पर्याप्त वातावरण बना था, इसलिए कौरवों को भी समर्थन ख़ूब मिलेगा इससे इंकार नहीं।"

"यह तो सत्य कहा आपने किन्तु तात श्री आर्यावर्त में पांडवों ने अपने प्रति अन्याय का पर्याप्त प्रचार कर जनमत को और तटस्थ राज्यों को अपने पक्ष में करने के प्रयास प्रारम्भ कर दिए होंगे।"

"विदुर, दुर्योधन में कितने भी अवगुण क्यों न हों मित्रता निभाने में वह सबसे आगे है, सो उसके मित्र राजा उसके लिए युद्ध को सदैव तत्पर रहेंगे, और उनकी संख्या कम नहीं है।"

"हाँ, तात श्री। वैसे वह दम्भी है किन्तु स्वभाव से उतना कटु नहीं है जितना पांडवों के प्रति रहा है," विदुर बोले।

"पांडवों के प्रति बचपन से ही उसके मन में घोर ईर्ष्या रही है और इसमें कदाचित कुल के बड़ों का भी हाथ रहा। मेरा भी हाथ रहा। मैं सदैव कौरवों की तुलना में पांडवों का ही पक्ष लेता रहा। सच तो यह है कि इसे

प्रारम्भ से ही रोकने का प्रयास हमारे द्वारा नहीं किया गया और तो और इनके अच्छे भले नाम सुयोधन और सुशासन को पांडवों ने बिगाड़ कर दुर्योधन और दुःशासन कर दिया। तब भी हम इसे ठिठोली मान स्वीकार करते रहे और देखते ही देखते सच में उनके नाम दुर्योधन और दुःशासन पड़ गये। कौरवों और पांडवों की बचपन की स्वाभाविक ईर्ष्या बड़े होकर इतना विकराल रूप ले लेगी किसी ने अनुनान नहीं लगाया।"

"बिन पिता के बच्चों के प्रति कुल के बुजुर्गों का विशेष लगाव होना स्वाभाविक है तात श्री इसलिए आप स्वयम् को दोष न दें, और जो हो गया उस पर खेद प्रकट करने का समय नहीं है अब। अब तो सम्मुख खड़े काल का सामना करना होगा। कृष्ण जैसा दूरदृष्टा यदि सक्रिय है तो यह छोटी लड़ाई नहीं महासंग्राम होगा, निर्णायक युद्ध होगा। इसलिए इस युद्ध में सबको अपनी भूमिका स्पष्ट करनी होगी तात... आपको भी।"

"मेरा मत स्पष्ट है विदुर ...जो हस्तिनापुर का शत्रु, वह मेरा शत्रु," दृढ़ता से कहा भीष्म ने।

• • •

"सौवीर नरेश जयद्रथ, त्रिगर्त नरेश सुशर्मा, कलिंग राज शुक्रदेव, मद्र नरेश शल्य हमारे साथ हैं। प्रागज्योतिषपुर नरेश भगदत्त के साथ आने की पूरी सम्भावना है।" हस्तिनापुर के राज उद्यान में एक सायं बैठे कर्ण, शकुनि से मैयार का चषक हाथ में ले उत्साहित दुर्योधन बोला।

"किन्तु अपने घर के योद्धाओं को भी तो टटोलो भांजे। तुम्हारे पितामह, गुरु द्रोण क्या ये तुम्हारे पक्ष में लड़ेंगे?" शकुनि ने शंका जताई।

"यह युद्ध मेरा नहीं है मामा श्री। पांडवों ने तो हस्तिनापुर से युद्ध करने का सन्देश भेजा है। हस्तिनापुर का जो शत्रु है वह पितामह का शत्रु होगा, गुरु द्रोण का शत्रु होगा।"

"यह तो तुमने सत्य अनुमान लगाया। अपने स्वधर्म से बंधे हस्तिनापुर दरबार के सभी योद्धा पांडवों से युद्ध करने को विवश होंगे।" कर्ण बोला।

"और कृष्ण? उनके पास भी तो तुम द्वारका गये थे।" शकुनि ने पूछा।

"वहाँ भी मेरी कूटनीति कार्य कर गयी। जब मैं वहाँ पहुँचा तो उसी समय समर्थन की माँग लेकर अर्जुन भी आ गया। मैंने कृष्ण को उलाहना दिया कि वे तो अर्जुन को ही चाहते हैं इसलिए मेरे साथ न्याय नहीं करेंगे। मेरी बात सुनकर उन्होंने व्यवस्था दी की एक तरफ़ उनकी पूरी सेना और दूसरी ओर वे स्वयम्, जिसे जो लेना हो ले ले। मैं जानता था कि अर्जुन कृष्ण को नहीं छोड़ सकता सो मैंने अर्जुन को कहा कि वह छोटा है, पहले वह माँग ले जो रहेगा वह मेरा। सुनते ही अर्जुन ने कृष्ण को माँग लिया और मुझे मिल गयी पूरी सेना।" अपनी चतुराई पर गर्व कर रहा था दुर्योधन।

"मित्र, कृष्ण की क्षमताओं को तुमने जाना नहीं। आर्यावर्त की राजनीति की धुरी हैं कृष्ण। राज्य उनके हाथों में ऐसे खेलते हैं जैसे वे राज्य नहीं गेंदें हों। कृष्ण एक साथ कई गेंदों को उझालते हैं और यह उनकी इच्छा पर निर्भर करता है कि कितनी गेंदें हवा में रहें, कितनी हाथ में," कर्ण बोले।

"अंग राज सत्य कह रहे हैं भांजे! कृष्ण की यह ख़ूबी भी है कि वे रिश्तों के मकड़जाल को समझ उसके तन्तुओं के एक सिरे को पकड़ दूसरा सिरा खोज लेते हैं। शरीर रूपी धमनियों की तरह फैले इस मकड़जाल में वे एक कुशल वैद्य की तरह जानते हैं कि किस नस को दबाने से कहाँ दर्द उठेगा और कहाँ गुदगुदी होगी। वे जानते हैं कि किस रिश्ते की डोर कहाँ तक गयी है। कितनी भी जटिल गाँठों के बाद भी कृष्ण हर रिश्ते का अंतिम सिरा ढूँढ़ लेते हैं और सही समय आने पर उसका उपयोग करते हैं। कृष्ण को मिली सफलताओं के पीछे एक महत्त्वपूर्ण कारण यह भी है," शकुनि ने रहस्य खोला।

"किन्तु आप लोग यह क्यों भूल रहे हैं कि कृष्ण ने अपनी पूरी सेना मुझे दी है, पूरे सेना नायकों के साथ। उस सेना में अनेक कृष्ण के पुत्र और सम्बन्धी हैं। क्या अपने ही पुत्रों के विरुद्ध वे पांडवों के सहायक हो पायेंगे?"

"भूल तुम कर रहे हो मित्र, हम नहीं। हाँ... कृष्ण को समझने की भूल। कर्तव्य पथ पर बाधा बन कर आये वे किसी भी पुत्र को हत करा सकते हैं। बिना किसी मोह के, बिना किसी झिझक के। कृष्ण के यही गुण तो उन्हें असाधारण बनाते हैं, अति लोकप्रिय बनाते हैं... और सच पूछो तो पूज्य बनाते हैं," कर्ण जैसे आज कृष्ण के गुणों का बखान करने का मन बना बैठा था।

"यह क्या? आप लोग आज कृष्ण की प्रशंसा कर मुझे डराने का सोच रहे हैं? मैं आप दोनों के साथ आगे की रणनीति बनाने आया था और आप कृष्ण के गुणों का बखान ले बैठे हैं," चिढ़ गया दुर्योधन।

"डरा नहीं रहे मित्र, आगाह कर रहे हैं। युद्ध की तैयारियों का आवश्यक अवयव है ये कि अपनी शक्तियाँ भी समझें और कमज़ोरियों को भी जानें। हमें उन सारे पहलुओं पर विचार करना होगा, जो युद्ध में हमारे काम आयेंगे, हमारे विरोध में जायेंगे।"

"अंग राज का कथन विचारणीय है, भांजे। कूटनीति यह कहती है कि पुराने मित्रों को तो जोड़ कर रखना ही है तथा नये मित्र भी बनाने हैं। तटस्थ राजाओं को अधिक से अधिक अपने पक्ष में करने हेतु कोई ऐसा मुद्दा छेड़ा जाये, जो सबको प्रभावित करे कोई ऐसी दुखती रग पर हाथ रखा जाये जिससे अधिकांश प्रभावित हों," शुकिन कुटिलता से बोला।

"दुखती रग? ऐसी कौनसी दुखती रग है जिससे अधिकांश प्रभावित हों?"

"सबसे अधिक दुखने वाली रग तो स्वयम् द्रौपदी है। कितने ही राजा भूल नहीं पाए होंगे कि द्रौपदी का लावण्यमयी सौन्दर्य और उसे प्राप्त करने की लालसा। पाँच-पाँच पतियों की भोग्या बन जाने से उसके प्रति डाह और बढ़ गयी होगी सबके मन में और वे स्वाभविक रूप से पांडवों के विरोधी बन जायेंगे। उनके विरुद्ध युद्ध में हमारा साथ देंगे। द्रौपदी इस महासंग्राम का कारण भी रहेगी और इसके केंद्र में भी। सत्य कहा न अंग राज?"

"हाँ, मामा श्री! सचमुच द्रौपदी को न पा सकने की डाह और पांडवों के प्रति ईर्ष्या मेरे मन में भी थी। और इसी कारण उस दिन द्रौपदी के साथ कुरु दरबार में मेरे द्वारा अशोभनीय शब्द कहे गये जो मेरे स्वभाव के प्रतिकूल थे, जिनका मुझे आज तक पश्चाताप है। मेरा पांडवों के प्रति युद्ध का कारण तो दुर्योधन से मेरी मित्रता है और यही मेरी सबसे बड़ी कमज़ोरी, सबसे अधिक दुखती रग है।" कर्ण की ग्लानि स्पष्ट थी।

18

युद्ध की आग में सम्पूर्ण आर्यावर्त जलने लगा। उत्तर में गांधार, कंबोज, कैकेय से लेकर दक्षिण में चेदि व विंध्यपर्वत तथा पूर्व में प्रागज्योतिषपुर से लेकर पश्चिम में द्वारका तक कोई ऐसा राज्य नहीं था, जो अप्रभावित रहा हो। ज्यों-ज्यों युद्ध की तिथि निकट आ रही थी आग की लपटें त्यों-त्यों फैलती ही जा रही थीं और देखते ही देखते पूरे भारतवर्ष को इसने अपनी चपेट में ले लिया। कलिंग, विदर्भ, कुंतल और पाण्ड्य जैसे दक्षिण के राज्य भी युद्ध का भाग बन गये।

पांडवों का साथ न्याय और शांति चाहने वाले राज्य दे रहे थे। कृष्ण का व्यक्तित्व और उनके दैवीय गुणों की चर्चा ने अनेक तटस्थ राज्यों को जहाँ पांडवों के पक्ष में मोड़ दिया था वहीं कौरवों के खेमे में सम्मिलित होने वाले राजाओं की संख्या भी कम नहीं थी। हस्तिनापुर जैसे शक्तिशाली राज्य से वर्षों के राजनीतिक सम्बन्ध, राज्य की सुदृढ़ विदेश व युद्ध नीति, भीष्म का पराक्रम, दुर्योधन के व्यक्तिगत रिश्ते, हस्तिनापुर से वैर न लेना जैसे अनेक कारण थे जिन्होंने कौरवों के पक्ष में पांडवों से अधिक सेना इकट्ठी कर दी थी।

आर्यावर्त से निकल कर आर्यों ने राम के नेतृत्व में दक्षिण को जीता था। किन्तु रावण से युद्ध के पूर्व ही राम को यह आभास हो गया था कि बिना धार्मिक एकता के दक्षिण में द्रविड़ों का पूर्ण समर्थन मिलना असंभव है। इसीलिए उन्होंने आर्य-द्रविड़ एकीकरण करा एक धर्म, एक संस्कृति की स्थापना कर दी और वैदिक आर्यों व द्रविड़ों के मिश्रण से नवीन हिन्दू धर्म ने आकार लेना शुरू किया।

राम की रावण पर विजय के पश्चात हिन्दू धर्म ने विस्तार पकड़ा और अल्प अवधि में अपनी सरल उपासना विधियों, मूर्ति पूजा, ब्रह्मा-विष्णु-महेश की त्रिमूर्ति ने अपनी लोकप्रियता के कारण घर-घर में पैठ बना ली और

आर्य-द्रविड़ दोनों को स्वीकार्य हिन्दू धर्म ने पूरे भारत को राजनीतिक एकता प्रदान कर दी।

राम के पश्चात ब्राह्मणों ने वैदिक क्रियाओं में ऋचाओं के साथ मन्त्रों को जोड़ कर धर्म को जटिलता प्रदान कर दी। द्रविड़ों से सम्मिलित हुए नवीन ब्राह्मणों ने भी कट्टरता को बढ़ावा दिया और धर्म का जो सरल, सहज होकर प्रसन्नता देने वाला रूप था वह क्या राजा क्या प्रजा सबको भयभीत करने लगा *अथर्ववेद* के जादू टोना ने धर्म का भय स्थापित करने में ब्राह्मणों की सहायता की।

अपनी सर्वोच्चता स्थापित करने के लिए ब्राह्मणों ने स्वयम् को धरती पर देव के रूप में प्रचारित किया, जो मनुष्य रूप में सभी जीव धारियों को न्याय प्रदान करने हेतु है। ब्राह्मणों ने दावा किया की सभी आकाशीय देव उनके अनुसार व्यक्तियों को सुफल अथवा कुफल देने को विवश हैं। चाहे राजा हो या प्रजा, ब्राह्मणों के मन्त्रों में वह शक्ति है कि रुष्ट होने पर वे राज्य, कुल, वंश, सम्पत्ति और व्यक्ति सभी का नाश कर सकते हैं। अधिक से अधिक धन और सम्मान प्राप्त करने के लालच में ब्राह्मणों ने धार्मिक क्रियाओं को कष्टकारी बना दिया। आश्चर्य तो यह था कि वेदों और मन्त्रों का विधिवत अध्ययन करने वाले अल्पसंख्यक ब्राह्मणों ने पूरे धर्म को अपनी मुट्ठी में कर लिया था। ग्रामों में रहने वाले अधिकांश ब्राह्मण जिन्होंने वेदों का ख़र्चीला अध्ययन नहीं किया था, अभी भी विपन्नता में जी रहे थे।

कृष्ण ने अपनी तीक्ष्ण बुद्धि से किशोर वय में ही समझ लिया था कि धर्म ब्राह्मणों के लालची पंजों में फंस लहुलुहान हो रहा है। इन्द्र की कष्टप्रद और ख़र्चीली पूजा के स्थान पर गोवर्धन पर्वत की सरल उपासना प्रारम्भ करा उन्होंने दम्भी ब्राह्मणो के विरुद्ध विद्रोह का बिगुल फूंक दिया। गुरु संदीपनी के आश्रम में कृष्ण ने वेद और उपनिषद का अध्ययन किया और वहीं किशोर वय से मन में गहरे पैठ गयी धर्म की दुर्दशा का उत्तर उन्हें उपनिषद के ज्ञान में मिला। आत्मा, जीव आवागमन, पुनरागमन, कर्म, मोक्ष के सम्बन्ध में ऋषियों के दिए दिव्य ज्ञान का बार-बार अध्ययन किया। ब्रह्म आत्मा में है। आत्मा को परिष्कृत कर परमात्मा बनाया जा सकता है। आत्मा और परमात्मा दो नहीं एक हैं, अद्वैत हैं। मनुष्य अपने ज्ञान से परमात्मा के स्तर तक पहुँच सकता है। कर्म सिद्धांत, जिसमें मनुष्य को सुफल या कुफल कर्मों के

अनुसार मिलता है न कि ब्राह्मणों की इच्छा से, ने कृष्ण को प्रभावित किया।

कृष्ण उपनिषदों का सूक्ष्म अध्ययन करते गये और अपना लक्ष्य तय करते गये। कृष्ण ने पाया कि जटिल वैदिक क्रियाओं का उत्तर उपनिषद ही हो सकते हैं। किन्तु उपनिषदों का गूढ़ ज्ञान आम मनुष्य की समझ से परे था। उपनिषदों के अनुसार ज्ञान और कर्म दोनों आवश्यक हैं और दोनों में महत्त्वपूर्ण ज्ञान है जिसके बिना न परमात्मा के स्तर तक और न ही मोक्ष तक पहुँचा जा सकता है। कृष्ण ने यहीं हस्तक्षेप किया और ज्ञान के साथ कर्म को जोड़ा। उन्होंने कहा कि ज्ञान और कर्म दो पृथक मार्ग नहीं एक ही हैं, और इन दोनों के साथ उन्होंने जोड़ा भक्ति को। घोर अंगिरस ऋषि ने उपनिषद के आधार पर कृष्ण को उपदेश दिया कि तू "अक्षित-अक्षय" है। "अच्युत-अविनाशी" है। इस शिक्षा ने कृष्ण को अपना मार्ग तय करने का गूढ़ मन्त्र दे दिया।

उपनिषद के महान ज्ञान में उन्होंने एक और संशोधन किया। महान ऋषियों के ज्ञान से सजे उपनिषद निराशावाद के समर्थक थे। उपनिषदों के अनुसार मनुष्य का जीवन निराशाओं से भरा है और इनसे छुटकारा ज्ञान प्राप्त कर ही क्या जा सकता है। कृष्ण ने सिद्धांत दिया कि जीवन निराशाओं से नहीं आशाओं से भरा है और ज्ञान जीवन से भागने के लिए नहीं, जीवन को आनन्द से भोगने के लिए है। ज्ञान, मात्र मोक्ष प्राप्ति का साधन नहीं अपितु जीवन को उमंग उल्लास के साथ जीना सीखता है। ज्ञान जटिल नहीं अपितु यह मिल जाये तो जीवन सरल बन जाता है।

राम की तरह ही कृष्ण को भी आभास हो गया था कि बिना धार्मिक एकता के राजनीतिक एकता संभव नहीं। भारत एक राष्ट्र के रूप में तभी विकसित हो सकेगा जब यहाँ धार्मिक एकता स्थापित होगी। धार्मिक एकता तभी संभव होगी जब धर्म भय और शोक प्रदान करने के स्थान पर आनन्द देने वाला हो, उल्लास देने वाला हो। इसलिए उन्होंने धर्म में ज्ञान और कर्म के साथ भक्ति को प्रमुख स्थान दिया। कृष्ण ने सिद्धांत दिया कि अपने ज्ञान को इतना उन्नत कर लो कि अपनी आत्मा को परमात्म के स्तर तक ले जा सको। कृष्ण जानते थे कि सांसारिक मनुष्य के लिए यह संभव नहीं कि अपने कर्मों को छोड़ कर वह ज्ञान की खोज में लग जाये। उसे तो ऐसा धर्म ही लुभा सकता है जिसमें वह अपने कर्म को करते हुए सरल उपासना कर सके। तब उन्होंने कहा कि या तो अपने ज्ञान से परमात्मा के स्तर तक पहुँचा

जाये अथवा अपना कर्म करते हुए किसी ऐसे की भक्ति की जाये जो अपने ज्ञान से भक्त को परमात्मा तक ले जा सके। कृष्ण का यही ज्ञान, कर्म और भक्ति का मिश्रित सिद्धांत आर्यावर्त में शीघ्र लोकप्रिय हो गया।

कृष्ण की विलक्षण प्रतिभा और उनके द्वारा किये गये नायकत्व से भरे अद्‌भुत कार्यों के कारण जन मानस ने उन्हें ही ऐसा ज्ञानी मान लिया जिसकी भक्ति कर वह परमात्मा तक पहुँच सकता है। कृष्ण की भक्ति मथुरा के आसपास प्रारम्भ हुई और पूरे आर्यावर्त में फैल गयी। घुमंतू मुनि नारद ने कृष्ण को विष्णु स्वरूप नारायण के रूप में स्थापित करने में उल्लेखनीय भूमिका निभाई। कृष्ण ने भी जन मानस को ब्राह्मणों के चंगुल से निकालने और उन्हें धर्म को भय की वस्तु के स्थान पर प्रेम की वस्तु के रूप में देखने हेतु स्वयम् को ईश रूप में स्थापित होने दिया।

कृष्ण के अथक प्रयासों से धार्मिक एकता के साथ राजनीतिक रूप से एक राष्ट्र की ओर बढ़ रहा भारतवर्ष अब एक महायुद्ध का सामना कर रहा था। जिस प्रकार शरीर का कोई भाग सड़ने लगे, तो उसे काट कर फेंक देना ही श्रेयस्कर होता है, उसी तरह राष्ट्र रूपी शरीर में कोई उद्दंड, अहंकारी, अत्याचारी राजा के होने पर उसे नष्ट कर देना ही उचित होता है। कृष्ण ने राष्ट्र रूपी शरीर की शल्य क्रिया को आवश्यक जान युद्ध का न केवल समर्थन किया अपितु सभी राज्यों को इसमें सक्रिय भाग लेने हेतु प्रेरित किया। इसी का परिणाम था की भारतवर्ष के सभी बड़े राज्य अपनी भूमिका निभा रहे थे।

एक से बढ़ कर एक योद्धा अपनी सेनाओं के साथ युद्ध में भाग लेने आ रहे थे। पांडवों की ओर से लड़ने हेतु एकत्र होने वाले योद्धाओं में मत्स्य नरेश विराट और उनके पुत्र, काम्पिल्य के धृष्टद्युम्न, चेदि के धृष्टकेतु, भीम पुत्र घटोत्कच, सुदूर उत्तर से कैकेय नरेश, सुदूर दक्षिण के पाण्ड्य, कौशिक, सात्यकि, मगध के सहदेव, पुष्कर के चेतिकान, पाँचों पांडव, अर्जुन पुत्र अभिमन्यु प्रमुख थे।

कौरवों के खेमे में भीष्म, अंग राज कर्ण, मद्र नरेश शल्य, कंबोज नरेश, सौवीर के जयद्रथ, कोसल राज, त्रिगर्त नरेश सुशर्मा, अवन्ति के कुमार विन्दु, अनुविंदु, बाह्लीक, महिष्मती के यादव प्रमुख कृतवर्मा, सुदक्षिण, शकुनि, दुर्योधन और उसके भाई, प्रागज्योतिषपुर के भगदत्त, कलिंग राज,

आचार्य द्रोण, अश्वत्थामा जैसे महा योद्धा थे। उन दिनों आर्यावर्त में क्षत्रियों की स्वघोषित अचार संहिता थी कि युद्ध हेतु आमंत्रित किये जाने पर उसमें भाग लेना अनिवार्य है। वह शूरवीरता का युग था, धनुर्विद्या अपने सर्वोच्च स्तर तक पहुँच गयी थी। युद्ध लड़ना क्षत्रियों का खेल था और वे सभी जातियाँ क्षत्रिय थीं जो राज कर रही थीं, सेनाओं में थीं, लड़ाकू थीं और जिनका मूँज जनेऊ से उपनयन संस्कार हुआ था। ऐसे युग में कौन क्षत्रिय इतने बड़े युद्ध में स्वयम् को निरपेक्ष रख सकता था? इसलिए किसी भी पक्ष में हो, किन्तु युद्ध हेतु अपनी आमद हर राजा दे रहा था।

• • •

"दादा मुनि आप हम दोनों पक्ष के पूज्य हैं, सारा आर्यावर्त आपको सम्मान की दृष्टि से देखता है। आपने जो भी सोचा दोनों पक्ष के लिए हितकर है। हम पांडव आपकी आज्ञा मानने को तैयार हैं। यदि दुर्योधन को आप समझा लें तो हम युद्ध भूमि से पीछे हट जायेंगे।" मुनि व्यास से बोले युधिष्ठिर।

उपवल्य से आज ही पहुँचे पांडव युद्ध क्षेत्र में अपने खेमे लगा रहे थे तभी मुनि व्यास का आगमन हुआ। मुनि कौरव और पांडव दोनों के ही कुल पूज्य थे, अंतिम समय तक चाह रहे थे कि युद्ध टल जाये। इसी उद्देश्य को लेकर मुनि युद्ध क्षेत्र तक चले आये थे। सोचा पहले पांडवों से बात की जाये क्योंकि वे ही पीड़ित हैं और समझदार भी। यदि पांडव मान गये तो कौरवों को, दुर्योधन को मनाना आसान होगा क्योंकि उन्हें तो कुछ देना नहीं है।

"यह कैसी अनीति पूर्ण बात कर रहे हैं ज्येष्ठ? जब सारा भारतवर्ष युद्ध हेतु एकत्र हो रहा है तब आप पीछे हट जायेंगे?" कृष्ण जो आज ही पहुँचे थे, बीच में बोल पड़े।

"किन्तु युद्ध को तो किसी भी स्तर पर टालना उचित होता है केशव," युधिष्ठिर ने तर्क किया।

"अवश्य! किन्तु तब जब दोनों पक्ष एक-सा सोचें, एक दूसरे को मान दें। आप जानते है कि आपको कुछ नहीं मिलना अपितु दम्भी दुर्योधन आपको अपमानित ही करेगा यदि आप अब समझौते के लिए तैयार हुए तो।"

"हज़ारों निरपराध के ख़ून से हमारा अपमान अति तुच्छ है माधव।"

"अहंकारी दुर्योधन कुछ भी देना नहीं चाहेगा यह तो सत्य है। द्वारकाधीश का यह कहना नितांत सही है कि पांडव यदि पीछे हटेंगे तो उन्हें अपमान और जग हँसाई ही मिलेगी। चूँकि दोनों ही मेरे बच्चे हैं इसलिए मोह वश आया था कि अंतिम प्रयास कर लूँ। किन्तु श्रीकृष्ण का कहना विचारणीय है कि दोनों पक्ष एक दूसरे को मान दें तभी समझौते की सम्भावना बनती है। पांडवों को दुर्योधन क्या मान देगा? मुझे तो शंका है कि वह मेरा ही अपमान न कर दे।"

"मुनिवर! आप महाज्ञानी हैं। तटस्थ भाव से बिना मोह के कृपया बतायें कि क्या अब पांडवों का युद्ध से मुँह मोड़ना धर्मानुकूल होगा," कृष्ण ने व्यास की ओर श्रद्धाभाव से देखते हुए पूछा।

"कदाचित नहीं, अब न यह धर्मानुकूल होगा न समयानुकूल।"

"सुन लिया बड़े भैया, सुन लिया भैया भीम तो अपनी गदा उठाओ, सुन लिया पार्थ तो अब अपना गांडीव उठाओ," कृष्ण बोले।

"किन्तु केशव क्या अपने ही सगे-सम्बन्धियों से युद्ध करना न्याय संगत होगा? जिन पितामह की गोद में खेला क्या उन्हीं के विरुद्ध अस्त्र उठा लूँ, जिन गुरु द्रोण ने शिक्षा दी क्या उन्हीं पर उनके सिखाये बाण चला दूँ? जिन्हें मैं प्रेम करता हूँ क्या उन्हीं से युद्ध करने लगूँ?"

"किसने कहा तुम उनसे प्रेम करते हो पार्थ?" आवेश भरे स्वर में बोले कृष्ण। "वो तुम्हें प्रिय हैं इसलिए नहीं कि तुम उन्हें प्रेम करते हो अपितु इसलिए कि तुम अपने आप से प्रेम करते हो।"

अर्जुन सहित सभी चकित हो कृष्ण को देखने लगे। मुनि व्यास की रुचि भी बढ़ी कृष्ण को सुनने में। सभी को अपनी ओर देखते हुए कृष्ण बोले।

"एक पति को अपनी पत्नी प्रिय होती है इसलिए नहीं कि वह पत्नी से प्रेम करता है अपितु इसलिए कि वह अपने आप से प्रेम करता है। प्रातः जो पत्नी प्राणों से प्रिय थी, यदि पति को यह ज्ञात हो जाये कि पत्नी का किसी और से प्रेम है तो वही पत्नी सायं होते होते शत्रु दिखने लगती है, जबकि पत्नी का पति के प्रति प्रेम वैसा ही है जैसा प्रातः था या एक दिवस पूर्व था। तब क्यों वही पत्नी प्रिय नहीं रही... क्योंकि वस्तुतः पति, पत्नी से नहीं अपने आप से प्रेम करता है। अपने हर व्यक्ति, अपनी हर वस्तु से प्रेम

करता है। किन्तु जिस क्षण उसे पता चला की वह व्यक्ति, वह वस्तु उसकी नहीं उसी क्षण उसका प्रेम समाप्त हो जाता है। भाई का प्रेम भाई के लिए दिखता है इसका अर्थ यह नहीं कि भाई, भाई से प्रेम करता है अपितु वह अपने आप से प्रेम करता है तभी तो जिस क्षण भाई अहितकर दिखता है, उसी क्षण वह अपने ही भाई का शत्रु हो जाता है।"

"मित्र का मित्र से प्रेम तभी तक है जब तक यह न ज्ञात हो जाये कि मित्र ही मित्र से षड्यंत्र कर रहा है और पता चलते ही मित्रता तत्काल शत्रुता में बदल जाती है। मर्यादा के नाम पर एक पिता अपनी ही प्रिय पुत्री को मार देता है जब उसे पता चलता है कि उसकी पुत्री ने कुल की आन के विरुद्ध कोई कार्य कर दिया है। क्योंकि वस्तुतः पिता अपनी पुत्री से प्यार नहीं कर रहा था, वह तो अपने आप से प्रेम करता था, तभी तो अपनी झूठी शान के लिए उसने अपनी ही पुत्री की जान ले ली। ये सब उदाहरण हैं जो सिद्ध करते हैं कि मनुष्य वस्तुतः अपने आप से ही प्रेम करता है और इसीलिए उसे अपनी हर वस्तु, अपना हर व्यक्ति प्रिय होता है किन्तु तभी तक जब तक वह व्यक्ति, वह वस्तु उसके लिए हानिकारक नहीं है।" कृष्ण बोल रहे थे सभी ध्यानपूर्वक सुन रहे थे। कुछ क्षण रुके और पुनः बोले कृष्ण।

"तुम जिनसे प्रेम करने का दावा कर रहे हो, जिन्हें अपने प्रिय बता रहे हो पार्थ, वस्तुतः वे अब तुम्हारे शत्रु हैं। क्योंकि वे तुमसे प्रेम नहीं करते थे अपने आप से प्रेम करते थे। आज जब तुम उनके विरुद्ध खड़े हो तो वे तुम्हारे प्रति अपना वात्सल्य भाव नहीं रखेंगे अपितु शत्रु भाव रखेंगे। पितामह भीष्म अपने आप से प्रेम करते हैं अपने स्वधर्म से प्रेम करते हैं, अपनी हस्तिनापुर के प्रति निष्ठा से प्रेम करते हैं। जो भी उनके मार्ग में आयेगा उसे वे शत्रु भाव से ही देखेंगे चाहे वह उनका प्रपौत्र ही क्यों न हो। गुरु द्रोण तुम से नहीं अपने आप से प्रेम करते हैं। तुम उनके प्रिय शिष्य इसलिए नहीं थे कि उन्हें तुम्हारे प्रति स्नेह था अपितु तुम्हारी योग्यता उनका मान बढ़ा रही थी। तुम्हारा श्रेष्ठ धनुर्धर होना उन्हें आर्यावर्त का श्रेष्ठ गुरु बना रहा था। आज उनके स्वधर्म ने उन्हें हस्तिनापुर के साथ खड़ा कर रखा है और हस्तिनापुर के सम्मुख खड़ा हर व्यक्ति उनका शत्रु है फिर चाहे उनका प्रिय शिष्य ही क्यों न हो। हर किसी को अपने स्वधर्म का पालन करना होता है पार्थ इसलिए अपने स्वधर्म का पालन करने वाले पितामह भीष्म, गुरु द्रोण को कोई दोष नहीं देगा यदि वे तुम्हारा युद्ध भूमि में वध भी कर दें तो।"

"और हमारा, हम पांडवों का स्वधर्म क्या है आज माधव?" अर्जुन ने प्रश्न किया।

"तुम पांडवों के निमन्त्रण पर अनेक राजा आज तुम्हारे पक्ष में युद्ध करने एकत्र हुए हैं। तुम्हारा स्वधर्म है कि जो तुम्हारे विपक्ष में खड़े हैं उनसे युद्ध करो बिना यह सोचे कि वे कौन हैं। वे कल तुम्हारे क्या थे यह महत्त्वपूर्ण नहीं है, वे आज तुम्हारे दुश्मन हैं और तुम्हारा कर्तव्य है कि तुम उन्हें शत्रु भाव से देखो और उनका वध करो। इसलिए अपने स्वधर्म को जानो पार्थ! यह देश, काल और समय के अनुसार बदलता है। इसे न जान पाने वाला असफल होता है, पराजित होता है, अपयश का भागी होता है। अपने कर्तव्य को न करने वाला पाप का भागी होता है।"

"पाप का भागी?" युधिष्ठिर अकस्मात पूछ बैठे।

"हाँ, धर्मराज! पाप का भागी। जानते हैं बड़े भैया मैंने आपको धर्मराज क्यों कहा क्योंकि इन्द्रप्रस्थ में अपने अल्प शासन काल में आपने धर्मानुसार राज कर प्रजा का हृदय जीता था। धर्मानुसार आचरण ही कर्म है और कर्म से विमुख जीवन का कोई अर्थ नहीं होता। यह कर्म भी सभी वर्णों के लिए पृथक कर्तव्य पथ होता है। राजा का, क्षत्रिय का कर्तव्य युद्ध करना, प्रजा की देखभाल करना है और इससे आप जीवन की अंतिम साँस तक मुँह नहीं मोड़ सकते।"

"इसलिए अपने स्वधर्म को समझो, अपने कर्तव्य को पहचानो और अपने कर्म में लग जाओ, बिना परिणाम की चिंता किये," कृष्ण की ओजस्वी वाणी जादू उत्पन्न कर रही थी।

"बिना परिणाम की चिंता किये कैसे कर्म किया जा सकता है केशव? परिणाम तो हर कर्म के मूल में है," अर्जुन से रहा नहीं गया।

"कर्म करना तुम्हारे हाथ में है, परिणाम नहीं। यदि परिणाम की चिंता के साथ कर्म करोगे तो कर्म का आनन्द नहीं ले पाओगे, कर्म की प्रक्रिया का आनन्द नहीं ले पाओगे और कर्म को पूरे मन से नहीं कर पाओगे, क्योंकि मन में तो परिणाम का भय बैठा है। जैसा कर्म करोगे फल वैसा ही आना स्वाभाविक है। ज्ञानी यह रहस्य जानते हैं इसलिए वे कर्म को आनन्दित होकर करते हैं किन्तु साधारण मनुष्य इस रहस्य को नहीं जानता और अपने कर्म को करते समय परिणाम को लेकर चिंतित रहता है।"

"किन्तु हम तो इतने ज्ञानी नहीं हैं तब हमें क्या करना चाहिए कि कर्म के परिणाम की चिंता से हम मुक्त हो जायें?" सहदेव बोले।

"अपने कर्म को समर्पित कर दो उसे जिसकी तुम भक्ति करो और भय मुक्त हो जाओ। किसी ऐसे ज्ञानी की भक्ति करो जो तुम्हें अपने ज्ञान से तुम्हारे कर्मों का उचित फल दिलाये, तुम्हें तुम्हारे सुकर्मों के कारण ईश तक ले जाये, तुम्हारी आत्मा को परमात्मा तक ले जाये। भय मुक्त होकर, चिंता मुक्त होकर कर्म करो। अपना सम्पूर्ण उस कर्म में लगा दो, परिणाम अनुकूल आएगा।"

"किन्तु किस ज्ञानी की भक्ति की जाये माधव? किसे अपना ईश बनाया जाये जो इस महासंग्राम में हमें विजय दिलाये, इस धर्म युद्ध में हमारी जीत सुनिश्चित करे?" भीम ने पूछा।

"तुम पांडवों के इस भटकाव का कारण मुझे समझ नहीं आता। जब श्री कृष्ण सा सखा, मार्गदर्शक, पथ प्रदर्शक तुम्हारे साथ है तो संशय कैसा? इन्हें तो सम्पूर्ण आर्यावर्त आज ईश रूप में देख रहा है। उठो और इनकी शरण पकड़ लो। इन जैसा ज्ञानी तो आज कोई नहीं। अपने सारे कर्म इन्हें समर्पित कर दो और चिंता मुक्त होकर अपने कर्तव्य का पालन करो," कृष्ण की वाणी से रोमांचित हो रहे मुनि व्यास बोले।

"हाँ, मैं तुम पांडवों के साथ हूँ तो पूरे मन से प्रयास करना कि तुम्हारी जीत हो। यही आज मेरा स्वधर्म है, मेरा कर्तव्य है। दुर्योधन मेरी पूरी सेना ले आया है और उस सेना में मेरे कई पुत्र और बन्धु-बांधव हैं। किन्तु मेरा कर्तव्य है कि मैं उन सबका वध करा कर तुम्हें विजयी बनाऊँ। इसलिए यदि तुम मेरी शरण में आते हो, मुझे ईश मानते हो तो हाँ... हाँ, मैं तुम्हें तुम्हारे कर्मों का सुफल दिलाऊँगा। तुम्हें परमात्मा तक ले जाऊँगा। अपने सारे भय, अपनी सारी चिंताएँ मुझे देकर अपने कर्म में लग जाओ। अपने सारे कर्म मुझे समर्पित कर दो, मैं समय आने पर उनका परिणाम तुम्हारे अनुकूल दिलाऊँगा," कृष्ण बोल रहे थे और सभी सुन रहे थे। कृष्ण के शब्द थे कि मंद-मंद बयार की भाँति उनके कानों में जा रहे थे। वाणी में कोई नशा था जो उन्हें बांधे जा रहा था।

"संशय त्याग दो, क्योंकि परिस्थितियों के अनुकूल कर्म का चयन कर बिना व्यक्तिगत रुचि और भावना के अपना सम्पूर्ण प्रयास करना ही ईश पूजा है। जो अपने कर्म को निरपेक्ष भाव से करता है, अकर्ता होकर करता

है, स्वयम् को कर्म के निमित्त मानकर इस भाव से करता है कि करने वाला वह है किन्तु कराने वाला कोई और है, वह तो मात्र निमित्त है उस कर्म को करने का, वह ईश के निकट होता है। यदि तुम मुझे ईश मान रह हो तो अपने कर्म को इस भाव से करो कि मैं करने वाला हूँ तुम कर रहे हो किन्तु अकर्ता होकर, तब तुम अपने सारे कर्मों को मुझे समर्पित कर मेरे निकट हो जाओगे। मुझे प्राप्त हो जाओगे। यह कर्म ही है जो पूजा है और जो अपने कर्म को पूजेगा वह अपने ईश को पूजेगा, मुझे पूजेगा।" कृष्ण का अद्भुत रूप आज न केवल पांडवों को अपितु महाज्ञानी व्यास को भी अचम्भित कर रहा था। कृष्ण बोल रहे थे और व्यास जैसे उनके कहे एक-एक शब्द को रट रहे थे। अपनी स्मृतियों में सुरक्षित कर रहे थे।

"कर्म कर्तव्य के द्वारा निर्धारित होता है और यह देश, काल और समय के अनुसार हो नहीं बदलता अपितु वर्ण अनुसार भी बदल जाता है। ब्राह्मण का कर्तव्य विद्यादान, वेदपाठ और पुरोहित कार्य है तो क्षत्रिय का युद्ध करना, निर्बल की सबल से रक्षा करना, वैश्य का व्यापार करना और शूद्र का धर्म सेवा करना है। अपने वर्ण हेतु निर्धारित कर्मों को अपनी सर्वोच्च क्षमता से, ईश को समर्पित करते हुए, बिना व्यक्तिगत महत्त्वाकांक्षा के करने वाला जीव के आवागमन से मुक्त होकर मोक्ष प्राप्त करता है। प्रत्येक का कर्म ही उसकी ईश भक्ति है। दूसरों को निर्धारित कर्म को करने से उत्तम है कि अपने लिए नियत कर्म को किया जाये।"

"जो अपने कर्म को पूजा की तरह करता है, वह भक्त है ईश का, वह अधिकारी है ईश प्राप्ति का, मोक्ष प्राप्ति का। फिर चाहे वह शूद्र ही क्यों न हो," रहस्य खोलते जा रहे थे कृष्ण।

"क्या जिनकी अँगुली पकड़ कर बड़े हुए उन्हें मार देना ही हमारा कर्म है केशव?" युधिष्ठिर बार बार शंकालु हो रहे थे।

"वे सब आदर्श हैं आज। उन सब ने इस युद्ध का विरोध किया था। चाहे पितामह भीष्म हों, गुरु द्रोण हों, आचार्य कृपा हों, सभी चाहते थे कि युद्ध न हो किन्तु जब एक बार युद्ध निर्धारित हो गया तो वे कौरवों के पक्ष में खड़े हैं तुम से युद्ध करने हेतु। ये उनका कर्तव्य है आज, उनका कर्म है जिसे वे पूर्ण कर रहे हैं। तुम पांडवों के साथ क्या हुआ यह जानते हुए भी वे तुम्हारे विरुद्ध युद्ध को तैयार खड़े हैं, क्योंकि यही उनका कर्तव्य है, उनका

कर्म है। जब वे अपने कर्म से विमुख नहीं हो रहे तो तुम क्यों होते हो?"

"ठीक है केशव, हमारा कर्तव्य है कि हम उनसे युद्ध करें, उन्हें पराजित करें किन्तु उन्हें मारना क्या आवश्यक है?" अर्जुन बोले।

"जिसे तुम बार-बार मारने से झिझक रहे हो वह तो शरीर है जो अर्थहीन है। मुख्य तत्व तो आत्मा है, जो शरीर में बसती है और वह अजर है, अमर है, अविनाशी है। आत्मा न कभी जन्म लेती है, न कभी मरती है। आत्मा को न तो अस्त्र मिटा सकता है न अग्नि जला सकती है। न जल गला सकता है, न वायु सुखा सकती है। जैसे मनुष्य पुराने वस्त्रों को त्याग कर नवीन वस्त्र धारण करता है वैसे ही आत्मा पुराने शरीर को त्याग नया शरीर धारण करती है। आत्मा का सम्बन्ध भौतिक नहीं है। यह तो ब्रह्म का स्वरूप है और यह समस्त जीवों में विद्यमान रहती है छोटे से छोटे बीज में बड़ा वृक्ष छिपा होता है क्योंकि उस छोटे से बीज में सूक्ष्म आत्म तत्व होता है। इस सूक्ष्म आत्मा की यात्रा परमात्मा से मिलने तक अनवरत चलती है। बार-बार आत्मा नया शरीर धारण कर जन्म लेती है। तुम जिसे मारोगे पार्थ वह निष्प्रभावी शरीर होगा। वास्तविक तत्व तो आत्मरूप में शरीर से मुक्त होकर नयी यात्रा पर निकल जायेगा। अपनी निरंतर यात्रा में आत्मा परिष्कृत होती है और अंतिम परिणाम के रूप में मोक्ष को प्राप्त कर परमात्मा से मिल जाती है। शरीर तो नश्वर है, इसे समाप्त करने में कैसा सोच-विचार? इसलिए उठो और अपना कर्म करो। कर्मयोगी बनो, कर्म को निस्वार्थ भाव से करो, बिना फल की चिंता किये करो, निष्काम कर्म में संलग्न हो। यह संसार कर्मशील वीरों को याद रखता है। कर्महीन, भीरु लोग न वर्तमान में सराहे जाते हैं न ही भविष्य में सम्मानित होते हैं।" कृष्ण बोल रहे थे, सबके संशय मिट रहे थे।

• • •

कुरुक्षेत्र। हस्तिनापुर से अस्सी योजन दूर उत्तर-पश्चिम में हिरणावती नदी के किनारे दूर-दूर तक फैला समतल मैदान। यही युद्धभूमि के रूप में निश्चित किया था कुरु राज ने, जब सात्यकि सन्देश लेकर गये थे हस्तिनापुर। युद्ध भूमि कौरवों ने तय की थी और युद्ध तिथि पांडवों की मानी गयी। दोनों का आज महूर्त आ चुका था। तय मैदान और तय तिथि। दोनों पक्ष

की सेनाएँ खड़ी थीं आमने-सामने, ध्वज लहरा रहे थे। नगाड़े बज रहे थे। जय घोष लग रहे थे। घोड़ों ही हिनहिनाहट और हाथियों की चिंघाड़ से पूरा वातावरण गुंजायमान था।

कृष्ण सारथि बने अर्जुन के रथ को ले आये युद्ध भूमि में। अर्जुन ने इच्छा प्रकट की कि दोनों सेनाओं के मध्य रथ ले जाया जाये। अर्जुन की इच्छा जान रथ को बीचों-बीच खड़ा कर दिया कृष्ण ने।

"क्या दिखा पार्थ?" पूछा कृष्ण ने।

"केशव, कौरव पक्ष के सारे योद्धाओं की पहचान नहीं हो पा रही। तनिक और निकट ले चलें," अर्जुन ने कहा तो रथ को कौरव पक्ष की दिशा में कुछ और पास तक ले गये कृष्ण और पूछा, "क्या दिखा?"

"हाँ, केशव! अब स्पष्ट दिख रहा है। सामने पितामह, उनके बाजू में गुरुदेव, आचार्य कृप, कौरव बन्धु सभी साफ़-साफ़ दिख रहे हैं। मुझे याद नहीं आता कि कभी पितामह और गुरुदेव मेरे सन्मुख हों और मैंने उन्हें प्रणाम न किया हो, उन्होंने चिरंजीवी भव का आशीष न दिया हो। कैसी विडम्बना है कि मैं उनके विरोध में खड़ा हूँ, उनका आशीर्वाद लेने का अधिकारी नहीं हूँ आज।"

"मन को डावाडोल न होने दो पार्थ। वे अपना कर्तव्य कर रहे हैं, तुम अपना कर्तव्य करो।" कृष्ण बोले।

"किन्तु केशव मेरे तो हाथ काँप रहे हैं। मैं कैसे अपना गांडीव उठाऊँ उन पर, कैसे मारूँ उन्हें?" विचलित हो उठे अर्जुन।

"यह सोचना तुम्हारा कार्य है। गांडीव तो तुम्हें ही उठाना होगा, युद्ध तो तुम्हें ही करना होगा।"

"मैं मोह ग्रस्त हो रहा हूँ। आपकी शरण में हूँ, मुझ पर कृपा करें जैसे गुरु शिष्य पर करता है, ईश भक्त पर करता है।"

"तो सुन अर्जुन, तेरा कर्म तेरे हाथ में है उसे बोझ समझ कर नहीं, भार समझ कर नहीं कर, अपितु इसलिए कर तेरा कर्म ही तुझे प्रिय है, तेरा कर्म ही तेरी भक्ति है ईश के प्रति। परिणाम तेरे हाथ में नहीं किन्तु कर्म तेरे हाथ में है। इसे बिना किसी फल की आकांक्षा के, बिना किसी व्यक्तिगत भावना के निरपेक्ष भाव से कर। कर्म में आनन्द की अनुभूति कर। अपने सारे कर्मों को मुझे समर्पित कर, मैं तुझे तेरे कर्मों का सुफल दिलाऊँगा।"

घोड़ों की रास छोड़ खड़े हो गये कृष्ण, रथ पर दोनों भुजाओं को फैला, बोले अर्जुन से।

"तू मेरी शरण में आ, अज्ञानता के मोह से निकल एक कर्मयोगी बन, निष्काम कर्म में संलग्न हो। तू कर्म का निमित्त है। यदि तू मुझे ईश मानता है तो जान ले कि यह कर्म मैं तुझसे करवा रहा हूँ। यदि तू असफल होगा तो मैं किसी और से यह कर्म करवाऊँगा, क्योंकि कर्म की तो नियति है घटित होना। तेरा सौभाग्य है कि तू इसके निमित्त बन रहा है। ये तेरी योग्यता का परीक्षण है, तेरे वर्षों के अभ्यास का प्रतिफल है ये। यदि आज तू चूक गया तो युगों-युगों तक तेरी कायरता बखानी जायेगी और यदि तू सफल हुआ तो इतिहास तेरी जय-जयकार करेगा इसलिए उठ और अपने कर्म में लग जा। सम्मुख खड़ी सारी कौरव सेना को समाप्त करना ही आज तेरा कर्तव्य है, तेरा कर्म है।" अर्जुन सुनता जा रहा था और कृष्ण बोलते जा रहे थे। अर्जुन को आभास हो रहा था कि एक-एक शब्द से कृष्ण विराट होते जा रहे थे।

"तू इन सबको मार दे अर्जुन। इन्हें तो मरना ही हैं किन्तु वास्तव में इनका शरीर नष्ट होना है। आत्मा जो इनके शरीर में है, वह तो अमर है। इनका शरीर छोड़ वह अपनी यात्रा पर निकल जायेगी, परिष्कृत होने की यात्रा पर। जो ज्ञानी इसे समझते हैं वे आत्मा को परिष्कृत कर परमात्मा तक ले जाते हैं। जैसे खिले कमल की पंखुड़ियों पर जल की एक बूँद नहीं ठहरती, वैसे ही ज्ञानी जनों की आत्मा हर बुरे कर्म से अछूती रहती है। किन्तु साधारण मनुष्य इस रहस्य को नहीं जानते इसलिए उन कर्मों में भी संलग्न होते हैं, जो उन्हें नहीं करने चाहिए।"

"तब साधारण जन अपनी आत्मा के परिष्कृत हेतु क्या उपाय करें?" अर्जुन ने जिज्ञासा प्रकट की।

"ज्ञानी को जितना कठिन है, साधारण जन को उतना ही सरल है, अपनी आत्मा का परिष्कृत स्वरूप पा जाना। वे तो अपना कर्म करें और अपने सारे कर्मों को अपने गुरु, ज्ञानी, ईश को समर्पित कर दें। तब यह उनका कर्तव्य होगा अपने शिष्य को, अपने भक्त को उन्नत करना, उनकी आत्मा को परिष्कृत कर परमात्मा से मिलाना।" कृष्ण का हर शब्द उनके विराट स्वरूप का दर्शन करा रहा था अर्जुन को। अर्जुन झुका था कृष्ण के आगे, कृष्ण खड़े थे रथ पर दोनों हाथ फैलाये। वह दृश्य उपनिषद के अर्थ

को परिभाषित करता हुआ जान पड़ रहा था। उपनिषद का शाब्दिक अर्थ ही है गुरु के सम्मुख झुक कर बैठना और ज्ञान के रहस्यों को जानना। कृष्ण के सम्मुख झुके अर्जुन आज सारे रहस्य जान लेना चाह रहे थे।

"आप ही मेरे ईश हैं आप ही मुझे जहाँ चाहें ले जायें। मैं पूरी तरह आपको समर्पित हूँ," अर्जुन बोले।

"तो सुन अर्जुन! यदि तू मुझे ईश मानता है तो यह जान ले कि मेरा न कोई आदि है न कोई अंत। मैं नभ में भी हूँ, थल में भी हूँ। मैं वायु में भी हूँ, जल में भी हूँ। सूर्य मेरे प्रकाश से चमकता है, आकाश मेरी इच्छा पर बरसता है। जो सामने खड़े हैं, तू इन्हें मारने वाला कोई नहीं। क्योंकि हे अर्जुन! न कोई मरता है न कोई मारता है। हर मनुष्य अपने ही कर्मों का फल पाता है। एक जन्म में नहीं जन्म-जन्म में। ये सब मुझसे ही जन्मे हैं, मुझमें ही समाए हुए हैं। मैं इन्हें इनके कर्मों के अनुसार फल देता हूँ। मैं यह इसलिए कह रहा हूँ अर्जुन कि मैं अपने स्वरूप को जानता हूँ। तू भी यदि जान लेता तो यही कहता जो मैं कह रहा हूँ। ये सम्मुख खड़े सभी यह कहते जो मैं कह रहा हूँ।"

"अर्जुन हम सब ईश रूप हैं। अंतर है कि कौन अपने स्वरूप को पहचान पाया और कौन नहीं? जो ज्ञान प ले वह भी और जो कर्म करते हुए ज्ञानी की शरण में जाये, ज्ञानी की भक्ति करे वह भी परमात्मा तक जा सकता है, मोक्ष प्राप्त कर सकता है। ज्ञान, कर्म और भक्ति ये मार्ग तीन हैं किन्तु आगे चलकर एक हो जाते हैं। इसलिए अर्जुन तू अपना कर्म कर, मेरे निमित्त कर, मेरी इच्छा से कर क्योंकि तेरा कर्म ही तुझे फल दिलाएगा, मुझसे मिलाएगा। तू इन्हें मारने में संकोच न कर क्योंकि ये सब तो पूर्व से ही मरकर मेरे स्वरूप में समाहित हो चुके हैं तू तो निमित्त मात्र है, अकर्ता है। मैं हूँ वास्तविक कर्ता, सबका निर्णय करने वाला, कर्म अनुसार सबको फल देने वाला।" कृष्ण का क़द उनकी वाणी के साथ उठता ही जा रहा था।

अर्जुन को लगा कि जैसे कृष्ण अपने विराट स्वरूप में आकाश तक जा लगे हों। कृष्ण के सामने स्वयम् को कितना छोटा, कितना बौना पा रहे थे आज अर्जुन। लग रहा था जैसे शरीर किसी सूक्ष्म रूप में परिवर्तित हो किसी अन्य लोक में पहुँच गया हो जहाँ भक्त के रूप में वे और भगवान के रूप में कृष्ण खड़े हों। चरणों में गिर गये अर्जुन भावावेश में।

"उठो अर्जुन, अपना गांडीव उठाओ और बताओ कि कौन दिख रहा है सम्मुख?"

"शत्रु।"

"कौन-कौन दिख रहा है सामने?"

"शत्रु, शत्रु।"

"ज़ोर से बोलो, कौन दिखा?"

"शत्रु, शत्रु, शत्रु!" गरजे अर्जुन और साथ ही गरजा पांचजन्य कृष्ण के अधरों से लग।

पांचजन्य की तीव्र ध्वनि संकेत थी - युद्ध के आरम्भ का। भीष्म का शंख भी प्रत्युत्तर में बजा। देखते-देखते महायुद्ध का शंखनाद हो गया।

कौरवों की ओर से भीष्म और पांडवों की ओर से धृष्टद्युम्न प्रधान सेनापति थे। युद्ध के नियम दोनों पक्ष की सहमति से पूर्व में ही बना लिये गये थे। निहत्थे पर वार नहीं होगा, सूर्यास्त के बाद युद्ध नहीं होगा। पांडवों की ओर से कोई भी प्रधान सेनापति रहे किन्तु युद्ध का प्रतिदिन प्रारम्भ और सायं युद्ध बंदी का शंखनाद कृष्ण के पांचजन्य से होगा। कौरवों की ओर से उनके प्रधान सेनापति यह दायित्व सँभालेंगे। कृष्ण, अर्जुन के सारथि रहेंगे, युद्ध भूमि में अस्त्र नहीं उठाएँगे। स्त्री और बच्चों पर वार नहीं होगा। सायं को किसी के खेमे में कोई भी जा सकता है। रथी के साथ रथी, गजारोही के साथ गजारोही, अश्वारोही के साथ अश्वारोही और पैदल के साथ पैदल ही युद्धरत रहेंगे। अस्वस्थ, युद्ध से हटे और शरणार्थी के साथ युद्ध निषिद्ध होगा।

युद्ध भूमि में अतिरथी प्रधान सेनापति भीष्म पांडव सेना में हाहाकार मचाये थे। उनके बाण आग बरसा रहे थे। कौरवों के अन्य अतिरथी कृतवर्मा, शल्य महारथी अश्वत्थामा, रथ यूथप द्रोण और कृपा भीष्म के नेतृत्व में शौर्य दिखा रहे थे। रथोदर के रूप में दुर्योधन और उसके भाई अपना कौशल दिखा रहे थे।

• • •

पांडव पक्ष के प्रधान सेनापति अतिरथी धृष्टद्युम्न के साथ महारथी चेतिकान, चेदि के धृष्टकेतु, विराट और रथी अर्जुन, भीम, रथ यूथुप

अभिमन्यु, घटोत्कच, सात्यकि कौरव सेना को जम कर टक्कर दे रहे थे। पांडव पक्ष के रथोदर में मुख्य थे युधिष्ठिर, कौशिक, कैकेय बन्धु, व्याघ्रदत्त के साथ रथिन नकुल और सहदेव भी पहले दिन युद्ध भूमि में थे। युधिष्ठिर ने युद्ध प्रारम्भ होते ही एक और सन्देश दिया कौरव पक्ष को कि जो इस युद्ध में न्याय के साथ रहना चाहता है वह हमारे पक्ष में आ जाये, उसका स्वागत है। युधिष्ठिर के सन्देश से प्रभावित हो धृतराष्ट्र पुत्र युयुत्सु कौरव खेमा छोड़ पांडवों की तरफ़ आ गया।

विराट के छोटे पुत्र उत्तर ने भीष्म को ललकारा, उनका रथ तोड़ दिया, उनके सारथि को मार दिया। उत्तर तीव्रता और चपलता से युद्ध कर रहा था, भीष्म ने उसे रोकने का प्रयास किया पर रोक नहीं पाए। किंकर्तव्यविमूढ़ हो गये भीष्म सोच नहीं पा रहे थे कि इस किशोर वय योद्धा के साथ क्या करें। तभी शल्य आगे बढ़े और उत्तर की छाती पर भाले का प्रहार किया। भाला छाती चीरता हुआ पार निकल गया।

सायं हुई। प्रथम दिन का युद्ध समाप्त हुआ। आज पहले दिन कौरवों का पलड़ा भारी रहा। शल्य ने विराट पुत्र उत्तर को मारा। यह पहला अधार्मिक कृत्य था इस युद्ध का। विराट के बड़े पुत्र श्वेत ने भीषण युद्ध किया किन्तु सायं होते होते भीष्म के बाणों के आगे निस्तेज हो कर मारा गया।

विराट के दोनों पुत्रों की मृत्यु पर दोनों खेमों में प्रतिक्रिया तीव्र हुई। कौरव पक्ष जहाँ प्रसन्न था, वहीं पांडवों के शिविर में शोक की लहर थी। युधिष्ठिर जितने विराट पुत्रों की मृत्यु से दुखी थे उतने ही चिंतित आज भीष्म द्वारा दिखाए पराक्रम से थे।

"माधव, पितामह तो अपनी बढ़ती वय के वावजूद विध्वंस मचाये हुए थे आज हमारी सेना में। लग रहा था कि यदि जल्दी सायं नहीं हुई तो आज ही वे हमारी सेना को नष्ट कर देंगे।" रात्रि में अपने शिविर में चिंतित युधिष्ठिर बोले कृष्ण से।

"ज्येष्ठ भाई, परिस्थितियों पर अपने भय का आवरण चढ़ा उन्हें घातक मत बनाइए। सायं को तो होना ही था, वह क्यों नहीं होती और क्यों हमारी सेना को पितामह समाप्त कर देते? जो आज हुआ बस उतना ही होना था। हाँ आज कौरवों का पलड़ा भारी रहा किन्तु ध्यान रहे विजयी वही युद्ध में होता

है जो अंतिम समय तक आस नहीं छोड़ता। जो युद्ध को युद्ध भूमि से पूर्व अपने मस्तिष्क में जीतता है।" कृष्ण का दर्शन पांडवों को हिम्मत दे रहा था।

• • •

दूसरा दिन। भीष्म के बाण पांडवों की सारी व्यूह रचना छिन्न-भिन्न कर रहे थे। जिधर निकल पड़ते थे भीष्म उधर ही काई की तरह फट जाती थी पांडव सेना। अर्जुन ने अपनी सेना की दुर्दशा देखी तो जा भिड़े भीष्म से। भीष्म के बाणों ने अर्जुन को घायल कर दिया। तभी भीम ने कलिंगराज के पुत्र शक्रदेव को मार दिया। अपने नायक के मरते ही कलिंग सेना बिखर गयी और पीछे लौटने लगी। पांडव सेना ने तहस-नहस कर दिया कलिंग सेना को। दूसरे दिन पांडवों की यह बड़ी सफलता थी। किन्तु अभी भी भीष्म हाहाकार मचाये हुए थे पांडव सेना में। कोई योद्धा उनके सम्मुख ठहर नहीं पा रहा था। घायल अर्जुन ने इच्छा जताई भीष्म के सामने जाने की किन्तु परिस्थितियों के अनुकूल मस्तिष्क और रथ चलाने वाले कृष्ण ने टाल दिया।

आज का युद्ध समाप्त हुआ। आज भी कौरव पक्ष हावी रहा। कलिंग सेना को पराजित करने के अतिरिक्त पांडवों की कोई अन्य बड़ी सफलता आज नहीं थी जबकि भीष्म ने पांडवों के प्रत्येक बड़े योद्धा को घायल कर दिया था।

'यह तो तब है जब कर्ण नहीं लड़ रहा। किन्तु दो दिवस से कर्ण युद्ध हेतु नहीं आया है। या तो पितामह के नेतृत्व में लड़ना नहीं चाहता या कोई बड़ी रणनीति है। पता लगाना होगा आज ही,' शिविर की ओर वापस आते समय कृष्ण सोच रहे थे।

"घायलों के तत्काल उपचार की व्यवस्था की जाये। नकुल स्वयम् देखो कि सबके घावों पर औषधि का लेप हो। वैद्य जिस भी जड़ी-बूटी की आवश्यकता बतायें तत्काल उपलब्ध कराई जाये।" नकुल को समझाते हुए युधिष्ठिर तेज़ स्वर में बोले। जैसे-जैसे युद्ध भूमि से घायल योद्धा लौट रहे थे सबको चिकित्सा शिविर में ले जाया जा रहा था। अचानक कृष्ण आ पहुँचे अर्जुन को लेकर।

"माधव, अच्छा हुआ आप अर्जुन को सीधे यहाँ ले आये। चिकित्सक इनका उपचार कर सकेंगे। जब तक घाव ठीक नहीं हो जाते अर्जुन इसी शिविर

में विश्राम करेंगे। कल के युद्ध में अन्य रथी भाग लेंगे।" युधिष्ठिर बोले।

"ज्येष्ठ भ्राता युद्ध तो मैं लडूँगा चाहे कितने भी गहरे घाव क्यों न हों। आप चिंतित न हों औषधि लगवा कर रात्रि में विश्राम कर लूँगा तो भोर तक ठीक हो जाऊँगा।"

• • •

तीसरा दिन। भीष्म ने आज गरुड़ व्यूह की रचना की थी। स्वयम् बीच में चोंच स्थान पर, दायीं आँख पर द्रोण, बाईं पर कृतवर्मा थे। अर्जुन ने यह देखा तो अर्ध चन्द्राकार व्यूह बनाया दाहिने भाग पर भीम और उसके नीचे विराट, स्वयम् वाम भाग पर और नीचे द्रुपद तथा आगे बढ़ते हुए भीष्म को तीन ओर से घेर लिया। द्रोण और कृतवर्मा ने देखा तो तुरंत दोनों ओर से आ गये भीष्म की सहायता हेतु। दोनों को साथ पा भीष्म घातक हो गये। बाणों की वर्षा पांडव सेना पर ऐसे कर रहे थे जैसे अग्नि बरस रही हो आसमान से।

भीष्म के निरंतर आक्रमण से अर्जुन पस्त दिखने लगा। भीम, विराट और द्रुपद भी असहाय थे और भीष्म के बाणों से घायल हो लौट चुके थे। सायं होते-होते कृष्ण का धैर्य भी जवाब दे गया और रथ से कूद सुदर्शन ले दौड़े भीष्म पर आक्रमण करने। पीछे से टेर लगाई अर्जुन ने और युद्ध भूमि में अस्त्र न उठाने का उनका संकल्प दुहराया, तब जा कर होश आया कृष्ण को, जहाँ थे वहीं खड़े रह गये। कुछ क्षण बाद मानो जैसे ही तन्द्रा टूटी, देखा सूर्यास्त होने को है। लौटे और रथ पर सवार हो रथ को घुमा पांचजन्य बजा लौट चले खेमे की ओर, अर्जुन को लेकर।

"पितामह तो आग बरसा रहे हैं, केशव! किसी के रोके नहीं रुक रहे। आज तो आप भी अपनी प्रतिज्ञा तोड़ अस्त्र ले दौड़ पड़े उन पर," रात्रि मन्त्रणा के समय युधिष्ठिर बोले।

"तो क्या करता भ्राता? जब आप पांडव भाई अभी भी विपक्ष को रिश्तेदार बता रहे हैं। जब अस्त्र चलाते समय आप सबके हाथ काँप रहे हों तो मुझे तो अस्त्र उठाना ही था। यदि आज भी वे आपके लिए पितामह हैं तो कौन मरेगा उन्हें। मुझे अपनी प्रतिज्ञा से अधिक प्रिय है अपना कर्तव्य। मेरा कर्तव्य है कि इस धर्म युद्ध में मैं अपने पक्ष को विजय दिलाऊँ। ध्यान

रहे जब-जब मुझे लगेगा कि आपके आक्रमण में तीव्रता नहीं है, घातकता नहीं है तब-तब मैं ऐसे ही हथियार उठाने पर विवश होऊँगा। इसलिए मैं पुनः कहता हूँ पूरा प्रयास जीत के लिए आवश्यक है। आधे-अधूरे प्रयासों से न जीत मिलती है और न ही जय इसलिए अपने आक्रमण को धारदार बनाओ और टूट पड़ो शत्रु सेना पर सभी भाई। विजय में इतना साहस नहीं की वीरों से मुँह फेर सके।" कृष्ण की वाणी में ओज था, निर्भीकता थी, परिणाम के प्रति निश्चिंतता थी।

• • •

युद्ध का चौथा दिन। तीन दिनों से सुरक्षात्मक लड़ रहे थे पांडव। अधिकांश समय कौरवों के पक्ष में चल रहे युद्ध में उस दिन अचानक पांडवों ने वापसी की जब भीम ने सुषेण व जलसंध सहित धृतराष्ट्र के दस पुत्र मार दिए। आज भीम की बर्बरता भयाक्रांत कर रही थी कौरव सेना को। कौरव सेना ने भीम को घेरना चाहा किन्तु भीम तो जैसे काल का रूप बन गया हो। किसी के रोके नहीं रुक रहा था। सूर्यास्त हुआ दोनों पक्ष के अनेक योद्धा मारे गये। भीष्म के घातक प्रहारों के बावजूद पांडव आज कौरवों से बराबरी पर आ गये थे।

पाँचवाँ दिन। भीष्म ने प्रातः से ही बढ़त बना ली, जो सायं तक चलती रही। पांडव पूरे दिन भीष्म के बाणों से सुरक्षा ढूँढ़ते दिखाई दिए।

छठवाँ दिन। युद्ध ने आज पाँसा पलटा। विकराल रूप धर भीम घुस गये कौरवों की सेना में। भीम जान चुके थे कि कौरव प्रधान सेनापति के साथ अपनी क्षमता नष्ट करने से अच्छा है उधर से ध्यान हटा कौरव भाइयों को नष्ट किया जाये। भीम ने अपना लक्ष्य निर्धारित कर लिया था, इसलिए जहाँ अर्जुन आज भी भीष्म से संघर्ष में लिप्त रहे। भीम ने चुन-चुन कर आज दुर्योधन के सोलह भाई मार दिए।

प्रतीत होता था कि पांडवों ने गुप्त रणनीति बना ली थी कि अर्जुन भीष्म से भिड़ेंगे जिससे भीष्म की रक्षा हेतु बड़े-बड़े योद्धा उलझे रहेंगे और अवसर पा कर भीम कौरव भाइयों का वध करते रहेंगे। कृष्ण की सीख कि बाणों से या थक कर स्वतः ही गिरेंगे वृद्ध भीष्म युद्ध क्षेत्र में। इसलिए जब तक भीष्म टक्कर दे रहे थे तब तक दुर्योधन के अधिकांश भाई हत कर लिए

जायें। यही रणनीति सातवें दिन भी ज़ारी रही और आठवें दिन का युद्ध समाप्त होते-होते कुल बियालीस भाई मारे जा चुके थे दुर्योधन के।

तिलमिलाया दुर्योधन जा पहुँचा रात्रि होते ही भीष्म के शिविर में। अपने घावों पर वैद्य से औषधि लगवा कर शैया पर लेटे ही थे भीष्म कि द्वार प्रहरी ने सूचना दी कि युवराज पधारे हैं। भीष्म ने कक्ष में बुलवा लिया।

"पितामह यह कब तक चलता रहेगा? आप किसी पांडव को मार नहीं रहे हैं और मेरे बयालीस भाई अभी तक पांडवों के हाथ खेत रहे। प्रतीत होता है कि पांडव भाइयों को न मारने की प्रतिज्ञा कर ली हो आपने।" दुर्योधन बड़बड़ाते हुए खेमे में घुसा।

"प्रतिज्ञा तो एक ही ली थी वत्स और उसी का परिणाम भोग रहा हूँ मैं। उसी का परिणाम भोग रहा है मेरा हस्तिनापुर। अब कोई प्रतिज्ञा लेने का जी नहीं करता," कराहते हुए उठे शैया से भीष्म।

"तो क्या कारण है कि आठ दिन हो गये आज किन्तु एक भी पांडव का शव देख नहीं पाया हूँ मैं?"

"तुम कौन होते हो यह पूछने वाले? तुम्हें कुछ दिखाने के लिए बाध्य नहीं हूँ मैं। ध्यान रहे कि युद्ध तुम्हारे लिए नहीं लड़ा जा रहा, हस्तिनापुर के लिए लड़ा जा रहा है। प्रधान सेनापति के रूप में मैं और मेरी पूरी सेना की निष्ठा हस्तिनापुर के प्रति है, वहाँ के युवराज के प्रति नहीं।" क्रोधित हो उठे भीष्म।

"जिस सेना के प्रधान सेनापति आप हैं और जिस सेना में आचार्य द्रोण, कृपाचार्य, कृत वर्मा, भूरिश्रवा, विकर्ण, भगदत्त जैसे वीर हों वह आज आठवें दिन भी विजय से दूर है। सोच कर आश्चर्य होता है पितामह," स्वर में नरमी आ गयी दुर्योधन के।

"युद्ध भूमि सोचने के लिए नहीं करने के लिए होती है। जब सोचना चाहिए था तब नहीं सोचा तो अब सोचने में समय मत गँवाओ," भीष्म के कटाक्ष को समझ तिलमिला गया दुर्योधन।

"अभी भी सनय है पितामह कर्ण को अतिरथी बना लो वह अकेला युद्ध का पाँसा पलट सकता है। उसकी यही तो इच्छा है कि उसे अर्द्धरथी के रूप में नहीं अतिरथी के रूप में लड़ना है," गिड़गिड़ाने लगा दुर्योधन।

"कदापि नहीं, जो निर्णय मैंने दे दिया वही अटल रहेगा। कर्ण को मेरे नेतृत्व में अर्द्धरथी के रूप में ही भाग लेना होगा।"

"तब आप ही परिणाम के लिए युद्ध करिए। सारे योद्धा आपके अधीन आपके निर्देश पर लड़ रहे हैं। आर्यावर्त के जितने भी राज्य हमारे पक्ष में लड़ रहे हैं, सबका आपमें भरोसा है। अब तो परिणाम निकलना ही चाहिए," दुर्योधन पहली बार भीष्म की हठ के आगे झुक रहा था।

"परिणाम के लिए तो मैं पहले दिन से ही युद्ध कर रहा हूँ। मैं क्या हर योद्धा जब युद्ध करता है तो परिणाम के लिए ही करता है। युद्ध भूमि में खड़े योद्धा के लिए यह जानना भी आवश्यक नहीं होता कि सम्मुख कौन है। वह अपने धर्म के लिए लड़ता है, अपने यश के लिए लड़ता है। वास्तविक योद्धा वही होता है, जो जीतने के लिए लड़ता है फिर सामने उसके अपने बच्चे ही क्यों न हों। वह जानबूझकर उनसे हार, कभी अपयश का भागी नहीं बनना चाहेगा। हाँ, यदि सचमुच अपना सर्वश्रेष्ठ देते हुए अपनों बच्चों से हार जाता है तो यह बड़े मान की बात है। प्रसन्नता की बत है। अब जाओ और मुझे विश्राम करने दो क्योंकि जिनसे मैं युद्ध कर रहा हूँ वह बड़ा विकट योद्धा है, उनके पास चतुर रणनीतिकार हैं," भीष्म ने विदा दी दुर्योधन को।

• • •

आज नौवें दिन भी भीष्म कहर बरपा रहे थे। उनके बाणों की चपेट में आ विराट का तीसरा पुत्र शंख मारा गया और अर्जुन चाह कर भी उसे बचा नहीं पाये। उधर, भीम को दुर्योधन और उसके बचे-खुचे भाइयों ने घेर लिया। लगता था सोच कर ही आये थे कि भीम का काम आज तमाम करना है। इसलिए दुर्योधन, दुःशासन सहित सभी भाई एक साथ युद्ध भूमि में थे। निश्चित ही भीम का मारा जाना बड़ी और निर्णायक उपलब्धि होती कौरव पक्ष की। प्रधान सेनापति धृष्टद्युम्न ने षड्यंत्र को भाँप लिया और चुनिन्दा सैनिकों की टुकड़ी ले घुस गये कौरव भाइयों के घेरे में। देखा मरणासन्न पड़े हैं भीम भूमि पर और कौरव भाई अंतिम प्रहार की तैयारी कर रहे हैं। सबको तितर-बितर किया और चपलता से भीम को उठाया भूमि से, रथ में डाला, द्रुत गति से रथ चल पड़ा शिविर की ओर। तब तक सूर्यास्त का शंख भी बज गया दोनों ओर से।

भीम को मरणान्तक प्रहारों से घायल जान द्रौपदी दौड़ी चली आयी थी शिविर में। युद्ध विराम के बाद रात्रि में अपने पक्ष के घायल योद्धाओं की देखभाल करने स्त्रियाँ युद्ध क्षेत्र में जा सकती हैं, इसी नियम के तहत आयी थी द्रौपदी।

"सखा, तुम्हारे होते हुए यह सब?" भीम की हालत देख विचलित हो गयी द्रौपदी।

"हर क्रिया की प्रतिक्रिया स्वाभविक है कृष्णा! इसमें मेरा होना न होना कहाँ आ गया। जिनके अर्द्ध शतक भाई मारे हों भीम भैया ने, उन्हें क्या वे ऐसे ही छोड़ देंगे?" शांत स्वर में बोले कृष्ण।

"किन्तु इस युद्ध का निर्णय कैसे निकलेगा मधुसूदन? अभी तो पितामह से ही पार नहीं पाया जा सका है," चिंतित द्रौपदी बोली।

"मात्र चिंता करना ही पर्याप्त नहीं, प्रयास भी करना चाहिए, सबको अपना भाग अदा करना होता है पूर्ण विजय के लिए।"

"क्या कहना चाहते हैं आप? क्या मुझे भी प्रयास करना होगा?"

"हाँ, तुम्हें भी क्योंकि जो तुम कर सकोगी वह और किसी का नहीं, तुम्हारा ही भाग होगा।"

"तो बताओ केशव मैं क्या करूँ कि मेरे पतियों की विजय हो?"

"चलो मेरे साथ," कह कर कृष्ण चल दिए पीछे-पीछे द्रौपदी।

"कहाँ ले जा रहे हैं द्रौपदी को कान्हा?" पूछा युधिष्ठिर ने।

"द्रौपदी को सौभाग्यवती भव का आशीष दिलाने," कहा कृष्ण ने और खेमे से बाहर निकल गये द्रौपदी को लेकर।

• • •

भीष्म अपने कक्ष में टहल रहे थे। विश्राम करना चाहते थे किन्तु निद्रा ने नाता तोड़ लिया था जैसे। तख़्त पर बैठे, पलकें बंद कीं तो पूरे जीवन की घटनाएँ जीवंत दृश्यों की भाँति चलने लगीं स्मृति में।

हस्तिनापुर के गरिमामय दिन, पिता का द्वितीय विवाह, स्वयं राज न लेने की प्रतिज्ञा, विचित्रवीर्य के विवाह हेतु काशी राज की कन्याओं का

हरण। दो कन्याओं ने तो सहर्ष विवाह कर लिया किन्तु बड़ी कन्या अम्बा ने शाल्व से विवाह की इच्छा जताई तो शाल्व के पास जाने हेतु मुक्त कर दिया अम्बा को। अपहृत रह चुकी अम्बा के साथ शाल्व ने विवाह करने से मना करने पर लाचार अम्बा लौट आयी और भीष्म से विवाह करने की शर्त रखी किन्तु आजीवन विवाह न करने का व्रत ले चुके भीष्म राजी नहीं हुए तो तिरष्कृत अम्बा ने आत्मदाह कर लिया। यह पहला कृत्य था जीवन का, जिसने भीष्म का मन ग्लानि से भर दिया। राजा पांडु की मृत्यु, अंधे धृतराष्ट्र का राजा बनना। धृतराष्ट्र पुत्र कौरवों और पांडु पुत्र पांडवों का वैमनस्य। राज्य का बँटवारा, पांडवों को नवीन राज्य इन्द्रप्रस्थ का मिलना। छल से पांडवों का राज्य दुर्योधन द्वारा हथियाना। भरी सभा में कुल वधु द्रौपदी का अपमान।

द्रौपदी अपमान की घटना सामने आते ही घबराहट से आँखें खोल लीं भीष्म ने। यह उनके जीवन काल की दूसरी घटना थी जिसकी ग्लानि जब तब उनके मस्तिष्क पर छा जाती थी। उद्विग्न हो पुनः टहलने लगे खेमे में तभी द्वारपाल ने आकर सूचना दी की कुरु कुल वधु द्रौपदी उपस्थित है और दर्शन की अनुमति चाहती है।

"द्रौपदी, यहाँ इस समय? शीघ्र सादर अंदर लेकर आओ।"

"प्रणाम पितामह," शिविर के द्वार की चिक हटा अंदर प्रवेश करते बोली द्रौपदी।

"पुत्री, तुम यहाँ, इस समय, सब कुशल तो है?" घबराहट में पूछ बैठे भीष्म।

"कैसी कुशल पितामह? आप के रहते पांडवों के यहाँ कैसी कुशल?" द्रौपदी उद्विग्न हो बोली।

"मेरे रहते क्यों पुत्री? स्पष्ट करो क्या कहना चाहती हो।"

"आप से क्या छिपा है? आप तो जानते हैं कि जब तक आप हैं कौरवों से पांडव जीत नहीं पाएँगे। मेरे पतियों में तो साहस नहीं आपको मारने का, तो क्या मुझे युद्ध भूमि में आना होगा पितामह?"

"यदि यह संभव हो सके तो अवश्य तुम आ जाओ युद्ध क्षेत्र में। स्त्रियों पर अस्त्र न उठाने की परम्परा है हमारे कुल की और मैं तुम्हें अपने

सामने पा इस परम्परा का निर्वहन करते हुए मर जाना स्वीकार कर लूँगा सहर्ष। कदाचित यह तुम्हारे कुरु राज सभा में मेरी उपस्थित में हुए अपमान का मेरे द्वारा प्रायश्चित होगा। पश्चाताप की अग्नि में जल रहे मेरे हृदय को कुछ शीतलता मिलेगी इससे।"

"जब स्त्रियाँ आ ही नहीं सकतीं तो मैं कैसे आ जाऊँ?"

"स्त्री वेश में न सही पुरुष वेश में आ जाओ। जो पुरुष नहीं वह मेरे बाणों से बचा रहेगा, मेरा अभयदान है उसे, चाहे वह कितना भी पुरुष वेश में रहे।"

"क्या कोई और उपाय नहीं है पितामह मेरे पतियों की जीत हेतु?"

"पुत्री मैं क्षत्रिय हूँ और मेरा धर्म कहता है कि बिना लड़े, बिना सामने वाले को मारे या बिना स्वयम् मरे मैं युद्ध भूमि से मुँह नहीं मोड़ सकता।"

"क्या अपने ही प्रपौत्र जनों को मारेंगे आप?"

"पुत्री यह युद्ध क्षेत्र है। एक क्षत्रिय के लिए सबसे बड़ा धर्म क्षेत्र। यह रिश्ते-नाते भावनाओं से परे होता है, यहाँ होता है तो सिर्फ़ कर्तव्य। कर्तव्य निर्वहन से चूके क्षत्रिय का यश, मान, वैभव सब नष्ट हो जाते हैं और रह जाता है पाप की गठरी सदृश्य जीवन।"

"तो क्या मैं निराश जाऊँ यहाँ से?"

"तुम विपक्ष के सेनापति के शिविर में हो, यहाँ से तुम्हें कुछ नहीं मिलेगा।"

"विपक्ष के सेनापति के रूप मे नहीं घर के बुजुर्ग के रूप में तो आप मुझे आशीर्वाद दे सकते हैं," कहते हुए द्रौपदी आगे बढ़ी और चरणों में झुक गयी भीष्म के।

"सौभाग्यवती भव," भीष्म के मुख से निकला आशीर्वाद।

• • •

अर्जुन अपना गांडीव और तरकश उठा शिविर से निकले और रथ की ओर चले। रथ के पास शिखंडी को खड़ा देखा तो पूछ बैठे कृष्ण से।

"केशव, शिखंडी और यहाँ। कोई विशेष प्रयोजन?"

"बहुत बड़ा प्रयोजन सिद्ध होना है आज शिखंडी से। यह हमारे साथ चलेंगे युद्ध भूमि में।"

"हमारे साथ, क्या हमारे ही रथ पर?"

"हाँ, हमारे ही रथ पर। तुम्हारे साथ रथी बन कर," कहते हुए कृष्ण आगे बढ़े और रास थामी घोड़ों की। किंकर्तव्यविमूढ़ अर्जुन शिखंडी के साथ चढ़े रथ पर।

धूल उड़ाता रथ जा पहुँचा युद्ध भूमि में। भीष्म के सामने पहुँच रास खींची कृष्ण ने और एक झटके से रथ रुका। भीष्म ने अपने धनुष पर बाण चढ़ाया और कानों तक खींच निशाना साधा अर्जुन की ओर।

'यह क्या ये अर्जुन तो नहीं, अरे ये तो शिखंडी है! द्रुपद का बृहन्नला पुत्र। नहीं, नहीं यह मैं क्या अनर्थ कर रहा था? किन्नर पर अस्त्र नहीं उठा सकता भले ही वह पुरुष वेश में हो,' सोचते हुए भीष्म का धनुष झुक गया।

"अर्जुन अस्त्र उठाओ। शर संधान करो भीष्म पर," चीख़े कृष्ण।

"किन्तु माधव पीछे से वार करना क्या नैतिक होगा?" संशय में थे अर्जुन।

"यह सोचना तुम्हारा कार्य नहीं, जब तुम मुझे अपने कर्म समर्पित कर चुके हो तो अकर्ता भाव से कार्य करो। जो तुम कर रहे हो सोचो मैं करा रहा हूँ तुमसे। शीघ्रता करो भीष्म अपने शस्त्रों को झुका चुके हैं। यही उपयुक्त अवसर है इन्हें मारने का। एक बार इन्होंने अस्त्र उठा लिए तो फिर असम्भव होगा इनसे पार पाना।"

कृष्ण ने कहा तो शिखंडी के पीछे खड़े अर्जुन ने अपना गांडीव उठाया बाण रखा कानों तक खींचा और लक्ष्य पर छोड़ा। बाण सीधा भीष्म की छाती में जा लगा। रक्त का फ़व्वारा फूट निकला छाती से। एक के बाद एक अनेक बाण आकर लग रहे थे भीष्म को। अर्जुन थे कि बाणों से भीष्म के पूरे शरीर को पाट देना चाह रहे थे। बाणों के प्रहार से बेसुध होने लगे भीष्म और रथ से नीचे गिरे। भूमि पर गिरने से पूर्व ही बाणों ने रोक दिया। शरीर जैसे शरों की शैया बन गयी हो।

भीष्म के हत होते ही कौरव सेना उखड़ गयी और पीछे लौटने लगी शिविर की ओर। कुरु वंश के सूर्य के डूबते ही पश्चिम में सूर्य भी डूबने लगा था।

• • •

"मुझे क्षमा कर दें पितामह। मैंने स्वप्न में भी नहीं सोचा था कि आपसे युद्ध करूँगा और आपको मारूँगा।" भीष्म के लहुलुहान शरीर से चिपटकर रोते हुए अर्जुन बोले।

आज का युद्ध बंद हो चुका था। दोनों पक्ष की सेनाएँ अपने शिविरों में लौट चुकीं थीं। सायं गहराते ही पांडव कृष्ण के साथ वहाँ आ पहुँचे जहाँ भीष्म शर शैया पर लेटे थे।

"पितामह, इस युद्ध को हमने आपको मार कर जीतने की कल्पना नहीं की थी। हम ग्लानि से भरे हैं। अब यह युद्ध हमें नहीं लड़ना, आज के बाद युद्ध भूमि छोड़ हम चले जायेंगे। हम तो वनों में रह लेंगे आप तो जानते ही हैं कि हमें वैराग्य है राज पाठ से।" युधिष्ठिर हिचकी लेते हुए बोले।

"यह वैराग्य नहीं है बड़े भैया, यह तो कर्तव्य से भागना है। वैराग्य का अर्थ है कर्म को करना किन्तु उससे निर्लिप्त रहना। वैभव में रहते हुए उसका भोग करना किन्तु उससे निर्लिप्त रहना वैराग्य है। ऐश्वर्य में रहना किन्तु उसमें लिप्त न होना वैराग्य है। जब तक था वैभव का, ऐश्वर्य का सुख भोगा, जब छोड़ना पड़ा छोड़ दिया फिर पलट कर न देखना वैराग्य है। युद्ध भूमि में हैं तो युद्ध लड़ना कर्तव्य है किन्तु उससे निर्लिप्त रहना वैराग्य है। कर्म को पूरा करना कर्तव्य है उसे बीच में छोड़ना कायरता है वैराग्य नहीं," दृढ़ता थी कृष्ण की वाणी में।

"मधुसूदन तुम-सा मित्र, मार्गदर्शक है तो पांडव अपने कर्तव्य से कैसे मुँह मोड़ सकते हैं। सच कहा केशव, सबको अपना कर्तव्य करना होता है। तुम सब मेरे बच्चे हो किन्तु युद्ध छिड़ने के बाद मेरा और तुम्हारा कर्तव्य बदल गया था। जहाँ मेरा कर्तव्य था तुमसे लड़ना वहीं तुम्हारा कर्तव्य मुझे मारना था। हम दोनों ने अपने कर्तव्य का पालन किया है इसलिए अपने जी को छोटा नहीं करो। तुम्हारे हाथों मरने में मुझे प्रसन्नता है और इस बात का संतोष कि अपना कर्म करते हुए मैं युद्ध भूमि में वीरगति को प्राप्त हुआ

हूँ। हे केशव! सारा जीवन मैं अपनी मर्यादाओं अपने सिद्धांतों के साथ जिया किन्तु अंत समय में अपने ही कुल में ऐसा वैमनस्य देखना पड़ा, जाते-जाते यह बात मुझे विचलित कर रही है क्या त्रुटि हो गयी मुझसे जो यह दिन देखने पड़े। आप मेरे लिए ईश रूप हैं मैं आपसे जानना चाहता हूँ।"

"तो सुनो देवव्रत," कृष्ण ने भीष्म का वास्तविक नाम पुकारा तो सभी चौंक गये।

"जानते हैं मैंने आपको देवव्रत क्यों पुकारा, क्योंकि भीष्म नाम में अहंकार है, अपनी प्रतिज्ञा का अहंकार, अपने व्रत का अहंकार, अपने आदर्शों का अहंकार और अब जब ब्रह्म लीन होने का समय है तो सारे अहंकार मिट जाने चाहिए। आत्मा कभी मरती नहीं तुम्हारी आत्मा भी तुम्हारे शरीर से निकल ब्रह्म में मिल जायेगी, परमात्मा में मिल जायेगी ब्रह्म लीन हो जायेगी। यह सत्य है कि तुमने सदैव अपने सिद्धान्तों के साथ उच्च आदर्शों के साथ जीवन जिया और अपनी निष्ठा हस्तिनापुर सिंहासन पर बैठने वाले के प्रति रखी और वही तुम्हारी आसक्ति रही। आसक्ति बुरी नहीं किन्तु उसको सीमित भाव से देखना बुरा है। यदि तुम हस्तिनापुर के प्रति निष्ठावान थे तो तुम्हें पूरे राज्य को, हस्तिनापुर की सम्पूर्ण प्रजा को हस्तिनापुर समझना चाहिए था न कि मात्र सिंहासन को। राज्य की भलाई, प्रजा का कल्याण व्यक्तिगत प्रतिज्ञा से सदैव बड़ी होती है और एक बार नहीं सौ बार अपनी प्रतिज्ञा तोड़नी पड़े तो व्यापक हित के लिए तोड़ देनी चाहिए। राजा के प्रति निष्ठावान होना अच्छा है किन्तु तब तुम्हें पूरी प्रजा को, पूरे राज्य को राजा सदृश्य समझना चाहिए था। देवव्रत व्यक्ति से बड़ा परिवार, परिवार से बड़ा राज्य और राज्य से बड़ा राष्ट्र होता है और बड़े उद्देश्य के लिए छोटे की बलि देना ही धर्म सम्मत है," कृष्ण बोल रहे थे और सभी मन्त्र मुग्ध सुन रहे थे।

"हे नारायण! मुनि नारद ने यही नाम दिया है तुम्हें और मैं आज इसी नाम से पुकारूँगा तुम्हें। नारायण, मैं तो अपनी बाज़ी खेल कर जा रहा हूँ। अब जैसी मेरी बुद्धि ने उचित-अनुचित जाना मैंने किया किन्तु मेरे इस महान कुरु वंश की डोर अब तुम्हारे हाथ में है। इसे सही दिशा देना, मेरी तुमसे प्रार्थना है। एक और प्रार्थना है कि जब तक प्राण नहीं निकलते सिर्फ़ और सिर्फ़ तुम्हारा नाम ही ईश रूप में स्मरण करूँ," हाथ जोड़ कर बोले भीष्म।

“यह अभ्यास की बात है देवव्रत। यदि मनुष्य चाहता है कि अंत समय में ईश स्मरण हो तो उसे सतत अभ्यास ईश का नाम लेने का करना होता है। क्योंकि अंत समय वही स्मरण आता है, जो प्राणी ने सारा जीवन रटा है। कृपण सारा जीवन धन की रट लगाये रहता है इसलिए अंत समय उसे धन ही याद आता है। कामी सदैव काम में आसक्त रहता है इसलिए अंत समय उसे कामवासना ही याद रहती है। सच्चा भक्त अपने कर्म को करते हुए अपने ईश का सदैव स्मरण करता है इसलिए अंत समय उसे ईश ही याद रहता है।”

“सो हे देवव्रत! यदि तुम चाहते हो कि मैं ही ईश रूप में तुम्हें अंत समय याद आऊँ तो अभी से सिर्फ़ और सिर्फ़ मेरे नाम का ही स्मरण करो।” कृष्ण बोलते जा रहे थे और भीष्म सुनते जा रहे थे। प्रतीत हो रहा था कि दूर असमान में खड़ा कोई देव मंद-मंद स्वर लहरियों के बीच उन्हें पाठ पढ़ा रहा हो। आँखें मुँदती चली गयीं भीष्म की। पांडव मौन खड़े सिरहाने किंकर्तव्यविमूढ़ कृष्ण की ओर देख रहे थे। तभी दुर्योधन अपने प्रमुख सेना नायकों और भाइयों के साथ आया। पितामह के चरणों में पुष्प अर्पित किये, कुछ देर खड़ा रहा शांत। सैनिकों के जत्थे को देखभाल और जंगली पशुओं से सुरक्षा हेतु चारों ओर खाई खोदने के आवश्यक निर्देश दिए, बिना पांडवों की ओर देखे पलटा और वेग से चला गया।

“भीष्म! तुम्हारे कुल के पूज्य ही नहीं सम्पूर्ण आर्यावर्त इन्हें आदर से देखता था। यह त्याग, बलिदान और वीरता की अद्भुत मिसाल थे। अवसर है कि इनसे ज्ञान और धर्म पर मार्गदर्शी सिद्धांत की जानकारी ली जाये, जो कि तुम्हारे, हम सबके काम आएँगे।” कृष्ण ने कहा तो अर्जुन आगे बढ़े और भीष्म के मुख में जल की बूँदें डाली। थोड़ी देर बाद आँखें खोलीं भीष्म ने, देखा पांडव भाई, अभी भी कृष्ण के साथ उनके निकट खड़े हैं।

“जाओ वत्स! कल के युद्ध की तैयारी भी तो करना है तुम लोगों को,” धीमे स्वर में बोले भीष्म।

“पितामह हमें सीख दें और सफलता का आशीर्वाद दें,” हाथ जोड़ कर नीचे झुकते हुए युधिष्ठिर ने कहा।

“मैं तुम्हें आशीर्वाद दूँगा, किन्तु विजय का नहीं...” सुनकर पांडव स्तब्ध रह गये तभी पुनः बोले भीष्म।

"विजय तो वहाँ होगी ही जहाँ कृष्ण हैं। क्योंकि जहाँ कृष्ण हैं वहाँ धर्म है, और जहाँ धर्म वहाँ जीत। किन्तु कृष्ण को लेकर कभी भुलावे में न रहना क्योंकि मोह-माया से विरत ये निरपेक्ष हैं और सदैव उसके साथ हैं, जो धर्म के साथ है। इसलिए यदि सदा के लिए कृष्ण का साथ चाहते हो, तो धर्म का साथ नहीं छोड़ना, विजय तुम्हारी होगी। युधिष्ठिर युद्ध जीतना महत्त्वपूर्ण नहीं, महत्त्वपूर्ण है युद्ध के बाद का व्यवहार। धर्मानुकूल शासन करना, प्रजा को पुत्रवत जानना, न्याय करना और देखना कि अन्याय न होने पाए। इस महायुद्ध के बाद यदि धर्म और सदाचार की स्थापना होती है तो इस युद्ध की बड़ी उपलब्धि होगी। सो अपने कर्तव्यों से विमुख न होना अपने कुल का मान बढ़ाना।"

युधिष्ठिर सहित पांडव झुके भीष्म के चरणों में।

"यशस्वी भव," दोनों हाथ उठा आशीर्वाद दिया भीष्म ने।

• • •

कौरव सेना के नये प्रधान सेनापति के रूप में द्रोण अपने योद्धाओं की जमावट कर रहे थे। अतिरथी के रूप में आज ही कर्ण ने युद्ध भूमि में प्रवेश किया था। आचार्य के नेतृत्व में युद्ध को तैयार कर्ण सीधे अर्जुन से भिड़ना चाह रहा था किन्तु द्रोण की आज्ञा कुछ और थी।

अर्जुन का रथ हाँकते हुए कृष्ण ने युद्ध भूमि में प्रवेश किया। सम्मुख पड़ गया भगदत्त। हाथी पर बैठा भगदत्त अर्जुन को ललकार रहा था। प्रागज्योतिषपुर के आसपास के घने जंगलों में हाथी बहुतायत में पाए जाते थे। हाथियों की सहज उपलब्धता के कारण भगदत्त के पिता भौम के समय से ही हाथियों की प्रशिक्षित टुकड़ी सेना का दमदार भाग थी। भौम को मार कर भगदत्त को प्रागज्योतिषपुर का राजा बनवाया था कृष्ण ने। किन्तु इस महायुद्ध में दुर्योधन से पुरानी मित्रता के कारण न चाहते हुए भी भगदत्त को कौरव पक्ष की ओर से युद्ध लड़ना पड़ा था। अर्जुन के साथ पूरी वीरता से युद्ध किया भगदत्त ने किन्तु बहुत देर तक टिक नहीं सका अर्जुन के सामने और दूसरा प्रहर लगते-लगते ढेर हो गया।

भगदत्त के मरते ही कृष्ण का माथा ठनका। *"आज कोई बड़ा योद्धा सामने क्यों नहीं आया है। कहीं कोई षड्यंत्र तो नहीं,"* कृष्ण ने सोचा और

रथ को घुमा दिया युधिष्ठिर की दिशा में।

तीव्र गति से दौड़ता रथ पहुँचा युधिष्ठिर के निकट। जिसकी शंका थी कृष्ण को वही हो रहा था वहाँ। द्रोण, दुर्योधन, कर्ण और शकुनि सभी घेरे थे युधिष्ठिर को। रथ पर खड़े युधिष्ठिर अकेले ही चारों से युद्ध कर रहे थे पर एक अकेला कब तक लड़ पाता? घेरा सघन था और घना होता जा रहा था। तभी अर्जुन ने वेग से पहुँच चारों योद्धाओं पर बाण चलाये। बाण इतनी तीव्र गति से आ रहे थे कि किसी को भी सँभलने का अवसर ही नहीं मिला। घेरा अर्जुन के आक्रमण से टूट गया, तभी कर्ण ने अर्जुन को अपने आक्रमण से उलझाया। अर्जुन की दृष्टि कर्ण पर थी किन्तु कृष्ण कहीं और ही देख रहे थे। तभी उन्होंने द्रोण का रथ तेज़ी से युधिष्ठिर की ओर बढ़ते पाया।

"पार्थ! कर्ण को छोड़ो और ज्येष्ठ भ्राता की सुरक्षा पर ध्यान दो," कहते हुए रथ को मोड़ा युधिष्ठिर की ओर।

विद्युत गति से अर्जुन पहुँचे युधिष्ठिर के निकट। चारों ओर बाणों का घेरा बना दिया जिसे द्रोण तोड़ नहीं पाए। द्रोण के हर बाण के रास्ते में रुकावट बन रहा था अर्जुन का बाण। सायं हो चली थी तभी कृष्ण ने पांचजन्य फूँका और युद्ध विराम हो गया।

• • •

द्रोण के सेनापतित्व का दूसरा दिन। युद्ध भूमि में जैसे ही प्रवेश किया अर्जुन ने सामने त्रिगर्त नरेश सुशर्मा को ललकारते पाया।

"अर्जुन आज त्रिगर्त के वीरों ने संशप्तक व्रत लिया है तुम्हारे ऊपर। जानते हो क्या होता है संशप्तक व्रत? ये आज या तो तुम्हें मार देंगे या खुद मर जायेंगे किन्तु कार्य पूर्ण किये बिना वापस नहीं आयेंगे। अर्जुन यह विराट से मेरी हार का मेरा प्रतिकार है।" कहते हुए सुशर्मा पीछे हटा उसके हटते ही त्रिगर्त योद्धा आगे बढ़े आक्रमण हेतु।

"पार्थ संशप्तक व्रत धारियों की चुनौती स्वीकार करना युद्ध का धर्म है। इसलिए इनसे युद्ध करना होगा," कहते हुए कृष्ण ने रथ को मोड़ा संशप्तकों की ओर। संशप्तकों ने बाण छोड़े अर्जुन पर किन्तु अर्जुन के बाणों के आने से पूर्व ही पश्चिम की ओर बढ़े संशप्तक।

"ये पश्चिम की ओर क्यों बढ़ रहे हैं। उधर तो हिरणावती नदी के किनारे के जंगल हैं? ...जो दिख रहा है, वह है नहीं। पर चुनौती को स्वीकार तो करना ही होगा।" कृष्ण ने सोचा और रथ को दौड़ा दिया संशप्तकों के पीछे।

हिरणावती किनारे के जंगलों में पहुँच कर रुके संशप्तक। अर्जुन का रथ दौड़ता हुआ पीछे ही लगा था। संशप्तक के रुकते ही अर्जुन के बाण चलने लगे। एक-एक संशप्तक वीरता से लड़ रहा था किन्तु किसी का भी प्रहार अर्जुन तक नहीं पहुँच पा रहा था। उधर, अर्जुन के घातक प्रहारों से संशप्तक की संख्या कम होने लगी। हिरणों के झुण्ड में एक-एक को लक्ष्य बना, जैसे सिंह शिकार करता है, वैसे ही हिरणावती के किनारे अर्जुन एक-एक संशप्तक को निशाना बना शिकार करने लगे। चुनौती बड़ी नहीं थी किन्तु संख्या बड़ी थी सो एक-एक संशप्तक को मारने के फेर में पूरा दिन निकल गया। आख़िरी संशप्तक के धराशयी होते ही सायं हो चली और कृष्ण ने शंख बजा कर उस दिन के युद्ध को बंद करने की घोषणा कर दी।

विजयी मुद्रा में अर्जुन सीना चौड़ा किये रथ पर खड़े थे। कृष्ण ने कनखियों से देखा, तो अर्जुन के मुख पर दर्प स्पष्ट दिखा कृष्ण को।

"अद्‌भुत पार्थ! आज तो तुमने विकराल योद्धा का रूप धर लिया था। संशप्तकों की चुनौती स्वीकार कर उन्हें समाप्त कर देने के उदाहरण विरले ही हैं इतिहास में," कृष्ण बोल तो रहे थे किन्तु जान भी रहे थे कि वास्तविक युद्ध यह नहीं था, वह तो कुछ और ही था, पर क्या था, यह तो आगे चल कर ही पता लगेगा।

• • •

युद्ध विराम के बाद दोनों पक्ष के योद्धा पीछे हटने लगे थे। सायं को जब भी युद्ध रोका जाता, दोनों पक्ष वापस उसी स्थान पर लौटते थे जहाँ सुबह युद्ध प्रारम्भ से पूर्व एकत्र होते थे। ताकि जान सके कि कितने बचे हैं और कितने हत हुए।

अर्जुन का रथ अपने खेमे की ओर बढ़ रहा था। एक विचित्र-सा सन्नाटा पसरा दिख रहा था खेमे में। रास्ते में सैनिक दिखते, रास्ता दे हट जाते। जैसा नित्य अर्जुन के आने पर उत्साह का वातावरण बनता था, वह आज दिख नहीं रहा। मन में संशय के भाव लिए अर्जुन कृष्ण की ओर

देख रहे थे, किन्तु पूछने का साहस नहीं हो रहा था। *"कहीं ज्येष्ठ युधिष्ठिर आज बंदी तो नहीं बना लिए गये।"* कृष्ण और अर्जुन दोनों ही एक समान अनुमान लगा रहे थे। क्योंकि दूसरी ओर कौरव खेमा आज रोज की तुलना में प्रफुल्लित लग रहा था।

ज्यों-ज्यों रथ शिविर के निकट पहुँच रहा था अर्जुन की धड़कन बढ़ रही थी। अभी पहुँचे भी नहीं थे कि दूर से भीम भैया दौड़ते हुए आते दिखे।

'अवश्य कोई अनर्थ घट गया,' अर्जुन ने सोचा और कूद पड़े रथ से। दौड़ते हुए पहुँचे भीम के पास। तभी युधिष्ठिर सहित अन्य भाई भी आते दिखे।

"क्या हुआ, सब कुशल तो है?" पास आते हुए चिल्लाये अर्जुन।

"अर्जुन, अर्जुन," कहते हुए भीम ने आगे बढ़ चिपटा लिया। तभी युधिष्ठिर ने आकर सिर पर हाथ रखा।

"क्या बात है भैया?" हृदय बैठा जा रहा था अर्जुन का।

"अर्जुन, अभिमन्यु," कहते हुए फफक पड़े युधिष्ठिर।

"क्या हुआ अभिमन्यु को? कहाँ है वो?" अर्जुन चीख़ पड़े। कृष्ण को इतनी देर में आभास हो गया था। वे अर्जुन के निकट आ खड़े हो गये।

"पुत्र अभिमन्यु वीरगति को प्राप्त हुआ," भीम बोले।

"क्या..." सुनते ही बेसुध हो गिरने को झुके ही थे अर्जुन कि कृष्ण ने अपनी भुजाओं का सहारा दिया।

कृष्ण की भुजाओं में कुछ देर बेसुध से पड़े रहे अर्जुन ऐसे जैसे शोकाकुल व्यक्ति ईश का सहारा ढूँढ़ता है। तन्द्रा टूटी तो कृष्ण को अपने पास पाया। जैसे कि वह कह रहे हों कि जितना बड़ा दुःख उतना ही ईश निकट। सहारा दे कृष्ण ने पास पड़ी चट्टान पर बिठाया अर्जुन को।

"आप सबके होते यह कैसे हुआ भैया?" कुछ देर बाद जब मनोदशा शांत हुई तो पूछा अर्जुन ने।

"धोखे से मारा है हमारे अभिमन्यु को उन दुष्टों ने," भीम मुट्ठियाँ भींचते हुए बोले।

"आज तुम्हारे संशप्तकों के पीछे जाते ही पद्म व्यूह की रचना की थी आचार्य द्रोण ने। तुम तो जानते ही हो कि हम सब में से तुम्हीं थे जो उस चक्रव्यूह को तोड़ना जानते थे। शत्रु की चुनौती को स्वीकार करना युद्ध भूमि में धर्म होता है इसलिए लड़ना आवश्यक था। हमारी चिंता देख बालक अभिमन्यु पास आया और बताया कि तुमने उसे पद्म व्यूह में अंतिम बिंदु तक घुसने की सीख दी है, किन्तु उससे बाहर निकलना अभी नहीं सीखा है। भीम ने अपने गदा से बाहर निकलने का रास्ता बनाने का तर्क दिया और अभिमन्यु भीम और सभी योद्धाओं के साथ टूट पड़ा उस चक्रव्यूह पर। वीरता से लड़ता हुआ वह व्यूह में अंदर घुस रहा था और उसके पीछे कौरव धोखे से मार्ग बंद करते जा रहे थे, ताकि पीछे के योद्धा नहीं आ सकें। जब अंतिम द्वार तोड़कर अभिमन्यु व्यूह के अंदर घुसा तो द्रोण, कृपा, कर्ण, जयद्रथ, वृहद्बल, दुर्योधन और कृतवर्मा ने घेर लिया। हमारा अभिमन्यु वीरता से लड़ता रहा उन सातों से किन्तु कब तक लड़ पाता। वे सात और यह अकेला। लड़ते-लड़ते शहीद हो गया।" रोते-रोते बताया युधिष्ठिर ने।

"कहाँ है मेरा सिंह?" अर्जुन ने कहा तो सभी ले चले अभिमन्यु के शव के पास। श्वेत वस्त्र से ढँके शव से कपड़ा हटाया नकुल ने। मुख पर असीम शांति का भाव लिए चिरनिद्रा में लीन था वीर। विलाप करने लगे अर्जुन। अकस्मात दृष्टि गयी बाएँ कंधे के नीचे। मिट्टी के निशान के साथ मसला गया उत्तरीय दिख रहा था। एकटक देख रहे थे अर्जुन।

"जब हमारा अभिमन्यु हत होकर भूमि पर गिरा तो दुष्ट जयद्रथ ने पैर से उसकी छाती पर प्रहार किया था, यह उसी का निशान है भैया," सुबकते हुए सहदेव बोले।

"जयद्रथ..." अचानक खड़े हो ज़ोर से दहाड़े अर्जुन। जैसे अति शोक अति क्रोध में बदल गया हो। कौरव खेमा तक स्वर पहुँचा अर्जुन का।

"जयद्रथ... दुष्ट, अधम यदि सुन रहा है तो सुन कल सूर्यास्त से पूर्व यदि तेरा वध नहीं किया मैंने, तो स्वयम् का अग्निदाह कर लूँगा।" चिंघाड़े अर्जुन। दूर-दूर तक ध्वनि गयी। क्या पांडव, क्या कौरव दोनों खेमे स्तब्ध रह गये सुन कर!

• • •

युद्ध भूमि में आज दोनों पक्ष के लक्ष्य बदले हुए थे। अर्जुन जहाँ जयद्रथ को ढूँढ़ रहे थे वहीं पूरी कौरव सेना युद्ध लड़ना छोड़ जैसे जयद्रथ को छिपाने के जतन में तल्लीन थी। कौरव पक्ष जानता था कि बस आज की ही बात है। यदि सारे प्रयास कर सायं तक जयद्रथ को बचा लिया जाता है, तो अर्जुन स्वतः ही समाप्त हो जायेगा। यदि अर्जुन ही नहीं रहेगा तो पांडव किसके दम पर लड़ेंगे?

कृष्ण यह जान रहे थे इसलिए तेज़ी से रथ को दिशा बदल-बदल कर दौड़ा रहे थे। रास्ते में विभिन्न योद्धा मिल रहे थे किन्तु बिना जयद्रथ का सुराग़ पाए किसी से भी अर्जुन को उलझाना नहीं चाह रहे थे। अर्जुन के अतिरिक्त जयद्रथ को ढूँढ़ने में भीम, नकुल, सहदेव और सात्यकि को लगा दिया था कृष्ण ने। सभी की दिशाएँ और सभी के अलग-अलग संकेत स्वर निर्धारित कर दिए थे। ताकि जिसे भी जयद्रथ की सूचना मिले वह अपने संकेत स्वर से तत्काल सूचित करे।

दुर्योधन ने जयद्रथ की रक्षा हेतु आज कर्ण, भूरिश्रवा, शल्य, वृषसेन और कृपा को लगा रखा था। हर योद्धा एक दिशा का प्रभारी था। स्वयम् प्रधान सेनापति द्रोण एक निश्चित दूरी बनाये थे जयद्रथ से। दोनों पक्ष जी-तोड़ प्रयास कर रहे थे और जयद्रथ था कि आज के युद्ध का सर्वाधिक महत्त्वपूर्ण व्यक्ति बन गया था।

'बिना सोचे-समझे प्रतिज्ञा लेने का बड़ा शौक़ है कुरु वंश धारियों को।' सोचते हुए कृष्ण रथ को हाँकते जा रहे थे। कृष्ण की पैनी और दूर दृष्टि से भी जयद्रथ बचा था।

भूरिश्रवा और सात्यकि का आमना-सामना हो गया। सात्यकि के प्रहारों से स्वयम् को बचा नहीं पाया भूरिश्रवा और खेत रहा। भूरिश्रवा से योद्धा का मारा जाना कौरव पक्ष की बड़ी हानि थी किन्तु अर्जुन से लक्ष्य के समक्ष सब स्वीकार।

दिन ढलने लगा किन्तु जयद्रथ का कहीं अता-पता नहीं। ज्यों-ज्यों सूर्य पश्चिम की ओर बढ़ रहा था, पांडव पक्ष की चिंता भी बढ़ रही थी। आकाश में भी बादल थे आज और उनसे आँख-मिचौली खेल रहा सूर्य भी जैसे चिढ़ा रहा था पांडवों को।

अंतिम घड़ियाँ आने को थीं। सभी कौरव योद्धा एकत्र होने लगे। पांडवों के रथ अर्जुन की ओर मुड़ने लगे। देखते-देखते सूर्य ओझल होने लगा क्षितिज में। अर्जुन ने कृष्ण को देखा, कृष्ण ने पांडव भाइयों की ओर।

"सहदेव, क्षत्रिय अपनी बात पर अडिग रहते हैं इसलिए तत्काल सूखी लकड़ियों को डाल चिता तैयार करो," कृष्ण तेज़ स्वर में बोले।

कृष्ण की आज्ञा पा सहदेव सूखी लकड़ियों को इकट्ठा करने लगे। कृष्ण के सुझाव पर बहस की सम्भावना नहीं रहती थी इसलिए कोई बहस करता भी नहीं था। पांडव जैसे बिना किन्तु-परन्तु किये आगे नियति को देखने का मन बना चुके थे। कौरव खेमे में जब समाचार पहुँचा कि अर्जुन की चिता तैयार हो रही है तो सब एकत्र होने लगे। दुर्योधन अपने भाइयों के साथ पहुँच गया और प्रसन्न हृदय उस मंजर को देखने लगा। जानता था कि इस चिता के जलते ही पांडवों की सारी आशाएँ जल जायेंगी। वह यह भी जानता था कि इसी चिता के प्रकाश से उसका भाग्य चमकने वाला है। क्योंकि अर्जुन ख़त्म तो सब चुनौती ख़त्म पांडवों की। चिता तैयार हुई। अर्जुन बढ़े उस पर बैठने।

"पार्थ! तुम युद्ध भूमि में अग्नि समाधि ले रहे हो तो, एक योद्धा की भाँति प्रवेश करो चिता में," कृष्ण ने परामर्श दिया। सभी ने देखा कि उत्तेजना के कारण आज कुछ ज़्यादा ही तेज़ स्वर निकाल रहे थे कृष्ण।

अपना गांडीव और बाण ले अर्जुन चले, चिता में प्रवेश कर बैठ गये।

"एक योद्धा की मुद्रा में बैठो, अर्जुन। तुम वीरों को भाँति मृत्यु का वरण कर रहे हो इसलिए वीरों की तरह बैठो।" कृष्ण ने कहा तो अर्जुन बैठ गये गांडीव पर बाण चढ़ाये।

"केशव! अभी भी सोच लो कहीं हम अति आदर्श को मानने के फेर में तो नहीं है जबकि सामने वाला पक्ष अनीति पर चल रहा है, अनैतिक हो गया है," युधिष्ठिर बोले।

"सत्य कहा बड़े भैया! क्यों हम अपनी ही कही बात के जाल में उलझें? जब वे अधर्म के सहारे हैं तो हम ही क्यों अपनी प्रतिज्ञा पर अडिग रहें। जब युद्ध में सभी आदर्श विपक्ष तोड़ रहा है तो यह भी टूट जायेगा, क्या अंतर पड़ता है।" भीम ने तर्क दिया।

"अंतर पड़ता है भीम भैया! अपने जीवन मूल्यों को न मानने से अंतर पड़ता है। क्या हुआ जो विपक्ष आदर्शों का गला घोंट रहा है। क्या हुआ जो विपक्ष अनैतिक हो गया बड़े भैया? आप तो अपना धर्म का मार्ग, नीति का मार्ग नहीं छोड़ सकते। यदि छोड़ दिया तो क्या पा लोगे, अर्जुन को? तो क्या अर्जुन धर्म से बड़ा है, उच्च जीवन मूल्यों से बड़ा है, आदर्शों से बड़ा है? नहीं, कोई नहीं है, इन सबसे बड़ा। जीवन क्षणिक जीत या क्षणिक हार नहीं है। यह तो निरंतर चलने वाली क्रिया है और इसमें किसी के होने नहीं होने से अंतर नहीं पड़ता, मूल्यों से समझौता करने से पड़ता है। इसलिए अर्जुन को अपना वचन निभाने दो क्योंकि वचन नहीं बचा पाए और जीवन बचा लिया तो ऐसा जीवन रोज़-रोज़ के मरने जैसा शर्मनाक रह जायेगा।" कृष्ण की दृढ़ता निरुत्तर कर रही थी सबको।

रुंधे गले और बुझे मन पांडव चिता के पास आ गये। किसी चमत्कार की सम्भावना के नहीं होने से पूरा पांडव खेमा निराश था। एक अर्जुन ही तो थे जिनके कारण विजय की आस थी और वही आस ही तो थी, जो युद्ध क्षेत्र जैसे नीरस स्थान पर भी उमंग बनाये थी। अब कौन लड़ेगा, कौन-कौन लड़ेगा और कौन रह जायेगा, कौन चला जायेगा? शेष रहे पांडव भी लड़ते हैं या हार मान कर पीछे हट जायेंगे? सभी प्रश्नों का उत्तर भविष्य के अंधकार में था।

चिता पर निर्विकार भाव से बैठे अर्जुन कभी भाइयों के बारे में सोचते तो कभी माँ के बारे में। कभी हस्तिनापुर में बिताये बचपन पर ध्यान जाता तो कभी अभिमन्यु का बचपन याद आ जाता। कभी कौरवों की शत्रुता पर ध्यान जाता तो कभी कृष्ण-सा सखा और पथ प्रदर्शक के होते हुए भी नासमझी में की अपनी प्रतिज्ञा पर जाता।

"चिता में अग्नि दी जाये," हर्षातिरेक में चिल्लाया दुर्योधन।

"हाँ, अवश्य ...समय हो गया है अग्नि देने का। कौन होगा इस चिता को अग्नि देने का अधिकारी?" कृष्ण ज़ोर से बोले।

"मैं हूँ अधिकारी," तेज़ स्वर आया कौरव भीड़ के पीछे से। सबने पलट कर देखा, दूर खड़ा जयद्रथ हँस रहा था।

"हाँ... मैं हूँ अधिकारी। मेरे कारण अर्जुन चिता में जीवित जल रहा है तो मुझे ही इस चिता को अग्नि देने का अधिकार मिलना चाहिए,"

जयद्रथ बोला, प्रसन्नता उसके सिर चढ़ रही थी।

"दुष्ट, नीच नाम भी न लेना इस चिता का। पापी, तुझे मैं अभी समाप्त करता हूँ," भीम जयद्रथ को देखते ही दौड़ा।

"रुको, भीम भैया। जयद्रथ सही कह रहा है। इस चिता में अग्नि देने का अधिकार उसे ही है। आख़िर वही तो कारण है अर्जुन के अग्निदाह का।"

कृष्ण से अपनी बात पर सहमति पा जयद्रथ ख़ुश होते हुए आगे बढ़ा। कौरव खेमा हर्ष के अतिरेक में जयद्रथ के पीछे-पीछे बढ़ा। अपनी आँखों से इस मंजर को देखने की होड़ में धक्का-मुक्की होने लगी। तीनों भाइयों के साथ युधिष्ठिर मौन खड़े अपने आँसू पी रहे थे। क्रोध के अतिरेक में भीम बार-बार बढ़ता जयद्रथ की ओर किन्तु हर बार कृष्ण रोक देते थे।

चिता से कुछ दूरी पर रुका जयद्रथ। सूखी लकड़ी जलाई और मशाल की भाँति पकड़ बढ़ने लगा चिता की ओर।

"वार करो अर्जुन, अभी दिन नहीं डूबा है," ज़ोर से चीख़े कृष्ण और आज्ञाकारी सेवक की भांति अर्जुन के गांडीव से बाण चला। पलकें भी नहीं झपक पाईं किसी कीं कि जयद्रथ का सर कट कर गिरा भूमि पर।

सन्नाटा ऐसा की सुई भी गिरे तो आवाज़ आये। क्या कौरव, क्या पांडव सभी हतप्रभ। अर्जुन उठे चिता से और अपना गांडीव सँभाले कृष्ण के पास आ गये। पांडव भाइयों की जान में जान आयी। युधिष्ठिर तो अर्जुन को चिपटा रो पड़े। मनोदशा शांत हुई कि दुर्योधन चिल्ला पड़ा।

"धोखा है ये, युद्ध के नियमों का उल्लंघन।"

"कोई नियम नहीं टूटा, ऊपर देखो दुर्योधन। अभी सूर्यास्त नहीं हुआ है। सूर्य बादलों में से अभी भी झाँक रहा है।" कृष्ण बोले तो सब ऊपर देखने लगे। वास्तव में घने बादलों को हटा सूर्य नीचे ही देख रहा था। कृष्ण ने पुनः बोलना शुरू किया।

"वैसे भी विज्ञान कहता है कि क्षितिज पर सूर्य सूर्यास्त के बाद भी रहता है इसलिए वास्तविक सूर्यास्त कुछ घड़ी बाद होता है। इसीलिए मेरा पांचजन्य सूर्यास्त के कुछ समय बाद ही बजता है। दुर्योधन जैसे मूर्ख जन हर्ष के अतिरेक में जीती बाज़ी हार जाते हैं जबकि धैर्यवान पुरुष अंतिम दाँव

में बाज़ी पलट देते हैं। जब ढूँढ़ने पर भी शिकार न मिले तो चारा डालना होता है ताकि शिकार स्वयम् आये निकल कर। यद्यपि मैं भी इस सफलता को लेकर सशंकित था कि कदाचित ही जयद्रथ इस जाल में उलझेगा। किन्तु आज पांडवों का दिन था, इसलिए कि वे शांत रह कर परिस्थिति का सामना कर रहे थे और कौरव उद्विग्न हो यह भी भूल गये कि युद्ध विराम के समय नित्य बजने वाला मेरा पांचजन्य अभी बजा ही नहीं था। जो अब बजेगा सूर्यास्त हो जाने के कारण," कहते हुए शंख फूँक दिया कृष्ण ने।

• • •

"पितामह के जाने के बाद युद्ध दिन-प्रतिदिन अनैतिक होता जा रहा है। इसे शीघ्र समाप्त किया जाना आवश्यक है। हमें भी कुछ समझौतों को तैयार होना होगा ताकि जन-धन की अधिक हानि हुए बिना परिणाम आ सके।" सायं को शिविर में कृष्ण ने बात रखी।

"क्या कहना चाहते हैं मधुसूदन?" युधिष्ठिर पूछ बैठे।

"द्रोण को धनुर्विद्या में हराना कठिन है। इन्हें अन्य युक्ति से मारना होगा।"

"अन्य युक्ति, कैसी युक्ति केशव?" अर्जुन ने पूछा।

"ऐसी युक्ति जिससे द्रोण का काम भी हो जाये और द्रुपद का भी।"

"अर्थात...?" नकुल बोले।

"द्रोण को युद्ध भूमि में वीर गति और द्रुपद का प्रतिशोध जिसके लिए पुत्र की चाह की थी द्रुपद ने," कृष्ण बोले।

"कैसी पहेली बुझा रहे हैं माधव? कुछ तो स्पष्ट कहें," भीम ने कहा। अति गूढ़ बातों को समझने में परेशानी होती थी भीम को।

"कल द्रोण के सम्मुख जा बड़े भैया कहेंगे कि उनका पुत्र मारा गया है।"

"कौन मारा गया है?" युधिष्ठिर ने चकित हो पुछा।

"अश्वत्थामा!"

"क्या... आचार्य पुत्र अश्वत्थामा? पर वो तो जीवित है क्या कल कोई उसे मारने वाला है?"

"अश्वत्थामा को कल कोई नहीं मार रहा किन्तु आपको झूठ बोलना होगा। क्योंकि आपकी बात का ही द्रोण विश्वास करेंगे।"

"किन्तु केशव मैं झूठ कैसे बोल सकता हूँ। नहीं, नहीं यह अनर्थ मुझसे न होगा। मैंने सदैव सत्य कहा है इसलिए मैं असत्य भाषण नहीं कर सकता।"

"बड़े उद्देश्य की प्राप्ति, अधिकाधिक लोगों के हित के लिए अपने वचनों को तोड़ देना चाहिए भैया। यदि एक झूठ सबका भला करता हो तो बोल देना चाहिए।"

"नहीं केशव मैं झूठ नहीं बोल सकता। आप तो हमारे पथ प्रदर्शक हैं, ईश हैं हमारे और आप ही हमें अधर्म करने को कह रहे हैं," अडिग थे युधिष्ठिर।

"यह तुम्हारी समस्या है युधिष्ठिर, तुम्हारे संशय की समस्या है, तुम्हारे अविश्वास की समस्या है। एक ओर तो मुझे ईश कहते हो पर दूसरी ओर मुझमें भरोसा करने में बुद्धि लगाते हो। यह तुम्हारी ही नहीं हर आम जन की समस्या है। वह ईश्वर के अस्तित्व को मानता तो है किन्तु भरोसा पूरा नहीं कर पाता।"

"सदैव अपने ही किन्तु, परन्तु में जकड़ा रहता है। देखो मेरी ओर तुम, तुम और तुम सब," कृष्ण बोल रहे थे और युधिष्ठिर ही नहीं सभी पाँचों भाई सम्मोहित हो उन्हें सुन रहे थे।

"अपनी बुद्धि को, अपने मस्तिष्क को मेरे ऊपर केन्द्रित करो और तुम मुझे पा लोगे। अपने सारे संशय त्याग दो और मेरी शरण में आ जाओ। मैं विश्वास दिलाता हूँ कि मैं तुम्हें सारे पापों से मुक्त कर दूँगा। सारे दोषों से मुक्त कर दूँगा और तुम्हें मोक्ष तक ले जाऊँगा। मेरे पास सारे प्रश्नों के उत्तर हैं, सारे असमंजस के जवाब हैं। मेरे साथ रहो, धर्म के साथ रहोगे ओर धर्म संकट से मुक्त रहोगे। मुझमें पूर्ण समर्पण करो, पूरा भरोसा रखो मैं तुम्हें हर मुश्किल हर तूफ़ान से बाहर निकालूँगा। यदि मुझे ईश माना है तो ईश मानो," कृष्ण की वाणी जादू जगा रही थी।

"मैंने आपको भी धर्म संकट से निकालने का सोच लिया था," वातावरण गंभीर हुआ जान कृष्ण ने हँस कर कहा।

“मैं इस स्थिति के लिए भी तैयार था भैया। आज के दिन के लिए ही तो मैंने गज सेना के एक हाथी का नाम अश्वत्थामा रखवाया था आप से, याद हैं।”

“हाँ, याद है किन्तु उसका इस प्रकरण से क्या नाता?”

“नाता है बड़े भैया, आपको धर्म संकट से निकालने का नाता है। भीम भैया उस हाथी को अपनी गदा से मार देंगे और द्रोण से आप कहेंगे कि अश्वत्थामा मारा गया।”

“नहीं, नहीं वह तो हाथी है उसे गुरु पुत्र कैसे बता सकता हूँ?”

“ठीक है उसका भी मार्ग है मेरे पास,” कृष्ण बोले।

“आपके पास तो सबका मार्ग है, और सारे मार्ग आप ही तक तो आते हैं। किन्तु यह पहेली तो बुझाओ,” नकुल बोले।

“वह पहेली ही क्या जिसे इतनी जल्दी बूझ लो,” मंद-मंद मुस्कराते हुए कृष्ण बोले।

“तुमने ने तो उलझा कर हम सबको चिंता में डाल दिया केशव,” अर्जुन बोले।

“यही तो सारी समस्याओं की जड़ में है पार्थ! सब मनुष्य अपनी चिंताओं की गठरी को बुद्धिहीन बंदरों की तरह ढोते रहते हैं बिना यह स्वीकार किये कि ईश सबके अंदर है। हर कष्ट को हरने, हर चोट को झेलने हर दम तैयार। मैं तुम्हारा सारथि हूँ अर्जुन तो तुम्हें सही मार्ग पर ले जाऊँगा, सद्मार्ग पर ले जाऊँगा। ठीक इसी तरह मनुष्य के अंदर ईश सारथि की भाँति बैठा है जो उसे सत्यमार्ग पर ले जायेगा, सद्मार्ग पर ले जायेगा यदि वह भरोसा करे, विश्वास करे तो,” कृष्ण का दर्शन चमत्कृत कर रहा था।

• • •

द्रोण आज सुबह से ही अग्नि बरसा रहे थे। उनके सेनापतित्व में जयद्रथ जिस प्रकार मारा गया था, ग्लानि से भर गये थे द्रोण। ज्यों-ज्यों जयद्रथ का कटा सर और अपनी असहायता ध्यान आती, क्रोध और बढ़ जाता।

क्रोध से भरे द्रोण जिधर निकल जाते पांडव सेना तितर-बितर हो जाती। द्रोण की संहारक शक्ति कर्ण के साथ से और बढ़ गयी थी। अर्जुन को ही लक्ष्य बनाने को आतुर कर्ण का सामना भीम पुत्र घटोत्कच से हो गया। बालक घटोत्कच से न उलझने का इरादा लिए कर्ण ने टालने का प्रयास किया किन्तु घटोत्कच जैसे ज़िद पर ही अड़ गया था। कर्ण को अर्जुन तक पहुँचने ही नहीं देना चाह रहा था। बार-बार कर्ण मार्ग बदल निकलने का प्रयास करता और बार बार घटोत्कच सामने आ बाणों से प्रहार करने लगता। संतुलन खो दिया खीझ कर कर्ण ने और अर्जुन के लिए ले कर आये अपने सर्वोत्तम बाण घटोत्कच पर चला दिए। घातक प्रहार से निर्जीव हो भूमि पर गिरा घटोत्कच और उसके प्राण निकल गये।

इधर, कर्ण ने भीम पुत्र घटोत्कच को मारा उधर कर्ण के पुत्रों को नकुल ने मार गिराया। महा संहारक बन द्रोण ने द्रुपद और विराट दोनों का वध कर दिया। दिन का दूसरा प्रहर चल रहा था। दोनों पक्ष तीव्रता से युद्ध रत थे कि अचानक द्रोण ने एक ओर हर्ष मिश्रित कोलाहल सुना और सुनी भीड़ में से आतीं आवाज़ें - "अश्वत्थामा मारा गया," "अश्वत्थामा मारा गया।" द्रोण किंकर्तव्यविमूढ़ थे तभी भीम आता दिखाई दिया।

"मैंने अश्वत्थामा को मार दिया," भीम हर्षातिरेक में बोलता चला आ रहा था।

"मिथ्या भाषण कर रहे हो तुम, अश्वत्थामा नहीं मर सकता इतनी आसानी से। वह मेरा पुत्र ही नहीं विकट योद्धा भी है उसे मारना इतना सरल नहीं हो सकता।"

"मैंने अश्वत्थामा मार गिराया," बोलता चला आ रहा था भीम।

"मैं नहीं मानता जब तक स्वयम् युधिष्ठिर नहीं कहते मैं नहीं मानता," बड़बड़ा रहे थे द्रोण। तभी युधिष्ठिर का रथ आ कर रुका द्रोण के सम्मुख।

"अश्वत्थामा हतो... नरो वा कुंजरो," एक साँस में कह गये युधिष्ठिर। सबने देखा कि कैसे युधिष्ठिर के 'नरो वा कुंजरो' कहते ही कृष्ण ने शंख बजाया। शंख ध्वनि इतनी तीव्र थी कि 'नरो वा कुंजरो' किसी ने भी नहीं सुना। संभवतः ठीक से सुन नहीं पाया कोई।

सदैव सत्य बोलने वाले युधिष्ठिर के वक्तव्य के बाद किसी से पूछने की आवश्यकता ही नहीं रही। द्रोण शोकाकुल हो झुक गये रथ में। अस्त्र रख दिए और घुटनों के बल बैठ गये। अवसर की तलाश में लड़ रहे धृष्टद्युम्न आज पिता की पराजय और पिता की मृत्यु का बदला लेने को तत्पर था। तभी तो जैसे ही द्रोण बैठे असि का प्रहार किया धृष्टद्युम्न ने और द्रोण का सिर, धड़ से अलग हो गया।

अर्जुन पहुँचे, रथ से उतरे, प्रणाम किया गुरु को। कृष्ण ने शंख बजा दिया दिन समापन का।

• • •

घटोत्कच की मृत्यु ने भीम को तोड़ दिया। अपने दुःख को छिपाने की चेष्टा कर रहे थे, किन्तु मनोभाव कहाँ छिपाए छिपते हैं। शिविर में सभी एकत्र थे, सांत्वना दे रहे थे भीम को किन्तु भीम जैसे शून्य में ताकते हुए स्मृतियों में जाना चाह रहे थे।

'वन में भटकते हुए पांडव जब अपने दुर्भाग्य को काट रहे थे तब हिडिम्बा का साथ मिला। जैसे भीम ने पहली बार जीवन को जाना कि लड़ना और लड़ते रहना ही जीवन नहीं अपितु प्रेम करना जीवन है। द्रविड़ हिडिम्बा का समर्पण भाव देख उसके प्रेम में पूरी तरह खो गये थे। पुत्र घटोत्कच का जन्म हुआ और कुछ ही दिवस का हो पाया था बेटा कि कर्तव्य पथ पर आगे बढ़ना पड़ा भीम को। कैसे उस दिन घटोत्कच को गोद में उठाये हिडिम्बा ने विदा किया था भीम को। यह कहते हुए कि जाओ अपने कर्तव्य पूरे करो, मेरी चिंता कभी न करना, जो निशानी पुत्र रूप में तुम दिए जा रहे हो, मैं उसी के सहारे पूरा जीवन काट लूँगी। माँ के समान दृढ़ वही घटोत्कच आज...' सोचते हुए आँखें भर आयीं भीम की।

"हिम्मत से काम लो, भीम भैया। युद्ध क्षेत्र में वीर गति को प्राप्त करना तो गौरव की बात होती है। वीर घटोत्कच की मृत्यु का शोक कर हम उसके शौर्य को कम करेंगे।" कंधे पर हाथ रख कृष्ण बोले।

"कहना सरल है माधव, पर जिस पर बीतती है वही जानता है कि दुःख क्या है।"

"सत्य कहा आपने, जिस पर बीतती है वही जानता है। किन्तु वह यह क्यों सोचता है कि उस पर बीती है, मात्र उस पर। वह प्रकृति से, संसार से स्वयम् को पृथक कर क्यों सोचता है। जबकि जो कुछ भी घट रहा है वह तो समय पर, प्रारब्ध पर बीत रहा है, फिर वह अकेला कहाँ से आ गया अपने ऊपर लेने।"

"क्योंकि उसी के ऊपर तो आया है दारुण दुःख, तो वही तो लेगा अपने ऊपर। पुत्र की मृत्यु से बड़ा दुःख क्या होगा और वह कैसे अप्रभावित रह सकता है जिसका तरुण पुत्र चला गया हो। ...नहीं, नहीं माधव दूसरों को सीख देना और बात है। जब खुद पर आती है तो सारा ज्ञान धरा रह जाता है।"

"भैया, घटोत्कच के जाने का हम सबको दुःख है, पीड़ा है भारी। किन्तु यह न कहें केशव से कि सीख देना और बात और स्वयम् पर लेना और बात। भैया इनकी यही तो सबसे बड़ी विशेषता है कि ये जो कहते हैं वही करते भी हैं।" अर्जुन भीम को सांत्वना देते हुए कह रहे थे।

"युद्ध के इतने दिनों में इन्हें निकट से देखने का अवसर मिला है मुझे और सच जाने भैया कि इनकी कथनी और करनी में लेशमात्र भी भेद नहीं है। आपको क्या लगता है कि ये हमें मात्र शब्दों की सीख देते हैं। नहीं भैया, इनके कर्म इनके शब्दों से भी अधिक प्रभावकारी हैं। जानते हैं ये जो आपको अविचलित, निरपेक्ष दिख रहे हैं, आज मेरे ही हाथों अपने पुत्रों, संबंधियों को मरवा कर आ रहे हैं।" कहते-कहते गला भर्रा गया अर्जुन का।

"क्या अपने ही पुत्रों, सम्बन्धियों को ...पर क्यों माधव?" आश्चर्य से पूछा युधिष्ठिर ने।

"क्योंकि वो मेरे कर्म पथ पर आड़े आ रहे थे। आप तो जानते हैं ज्येष्ठ, मेरी सेना दुर्योधन की ओर से लड़ रही है। आज लड़ते-लड़ते मेरे पुत्र और सम्बन्धी अर्जुन के सम्मुख आ गये। अर्जुन तो उन्हें छोड़ कर निकलना चाह रहे थे किन्तु मैंने ही रोका और कर्तव्य की दुहाई दी। मेरे संबधियों का कर्तव्य था कि कौरव सेना के रूप में वे अपना सर्वश्रेष्ठ दें और मेरा कर्तव्य है कि पांडवों की विजय के लिए मार्ग में आने वाली हर बाधा को मैं हटाऊँ चाहे वे मेरे पुत्र हों, सम्बन्धी हों या कोई और।" दृढ़तापूर्वक कहा कृष्ण ने।

“मुझे क्षमा करें केशव जो मैं अपने दुःख को अनावश्यक ओढ़े हुए था। किन्तु आप कैसे हर परिस्थिति में इतने अविचलित इतने समरूप रह पाते हैं। हम जैसे साधारण मनुष्य जिन स्थितियों में टूट जाते हैं आप उनमें भी निर्विकार दिखते हैं,” भीम आँसू पोंछते हुए बोले।

“परिस्थितियाँ हमारी दास हैं भैया, हम परिस्थितियों के दास नहीं। जो भी घटित हो रहा है उसे नियति मान, उसे प्रारब्ध जान। यही एक योगी की पहचान होती है। योगी का अर्थ है जो योग में संलग्न रहे और योग से तात्पर्य है जीवात्मा का परमात्मा से मिलना। जीवात्मा का परमात्मा से योग ध्यान से आता है, समाधि से आता है। मन, कर्म और वचन तीनों में एकरूपता से होता है योग पूर्ण। इसे पाने हेतु क्रियाएँ करनी होती हैं। शरीर के साथ प्राणायाम, ध्यान, धारणा के बाद समाधि के स्तर पर जाना होता है तब जाकर योगी हर कर्म को, हर घटना को परमात्मा से जोड़ लेता है और स्वयम् को उन्मुक्त पाता है, निश्चिंत पाता है। यह कठोर अभ्यास माँगता है किन्तु एक बार यदि सिद्ध करना आ जाये तो फिर कोई चिंता नहीं रहती, कोई दुःख नहीं रहता। रहता है तो कर्म का आनन्द बिना फल की चिंता के,” कृष्ण दृष्टांत दे रहे थे।

• • •

सरोवर में नहा सूर्य को अर्घ्य दे कर्ण निकले तो सम्मुख विपन्न से दिख रहे ब्राह्मण को खड़े पाया। सोचा अच्छा शगुन है, जो आज ब्राह्मण को दान देने का अवसर मिलेगा। कर्ण की दानप्रियता के किस्से पूरे आर्यावर्त में प्रसिद्ध थे। ग्रामों और नगरों में जहाँ भी सार्वजनिक स्थल पर लोगों की चर्चाएँ होती थीं अक्सर योद्धाओं की वीरता के साथ कर्ण की दान शीलता भी चर्चा में रहती थी। यहाँ तक कहा जाता था कि कर्ण ने कभी माँगने वाले को निराश नहीं किया। कभी किसी को ख़ाली हाथ नहीं लौटाया। अंग का राज्य मिलने के पूर्व ही कर्ण की ख्याति एक अतुलनीय योद्धा और अतुलनीय दान दाता के रूप में फैल चुकी थी। सूत पुत्र कर्ण का नाम बचपन में उसकी माँ के नाम पर राधेय पड़ गया था। दुर्योधन ने उसकी योग्यता को पहचान उसे कर्ण का नाम दे सामाजिक सम्मान दिलाया था। अंग का राज्य दिला उसे राजनीतिक प्रतिष्ठा दिलाई थी और इसे कर्ण बख़ूबी जानता था। इसीलिए दुर्योधन की मित्रता कर्ण के जीवन का सबसे बहुमूल्य कोष था और इस कोष

के अतिरिक्त वह कुछ भी लुटाने को सदैव तत्पर रहता था।

सरोवर के तट पहुँच कर्ण ने विप्र को प्रणाम किया। विप्र ने आशीष में हाथ उठाया।

"कहो ब्राह्मण देव! इस राधेय से क्या अपेक्षा है आपकी?" कर्ण ने झुक कर पूछा।

"बड़ी दूर से आया हूँ अंग राज! आपकी दान वीरता के किस्से सुन। कहा जाता है कि आप किसी को निराश नहीं करते।"

"कहने वालों का बड़प्पन है यह सब, हाँ प्रयास करूँगा कि आपको भी निराशा न मिले। कहो क्या चाहते हो?" कर्ण दृढ़ता से बोला।

"जो मैं चाहूँगा वह दोगे अंग राज? बिना कोई प्रश्न किये?"

"यदि मेरे पास होगा तो अवश्य दूँगा। माँगो ब्राह्मण देव।"

"मुझे तुम्हारा कवच और कुंडल चाहिए अंग राज।"

कर्ण के पास विशेष प्रकार के कवच और कुंडल थे। महीन लौह के तारों से बने कुंडल वास्तव में चेहरे को दायीं और बायीं दिशा से पूरी तरह ढँक लेते थे और हर संभव वार से मुख को बचाते थे। कवच भी महीन लौह तन्तुओं से बना था और उसे उत्तरीय की तरह पहना जाता था। कवच पूरे धड़ को ढँक लेता था और आगे या पीछे से वार होने पर धारक को बचाता था। कर्ण के कवच, कुंडल की विशेषताओं की कहानियाँ भी ख़ूब प्रचलित थीं और कहा जाता था कि अब तक हर युद्ध में अजेय रहे कर्ण की विजयों में इन विशेष गुणों वाले कवच-कुंडल का भी हाथ था। कर्ण ने कभी उन्हें किसी को भी नहीं दिखाया था ताकि कोई उस प्रकार से बनवा न ले।

"कवच, कुंडल उनका आप क्या करेंगे?" कर्ण ने पूछा।

"क्षमा करें आप शर्त से बँधे हैं अंग राज। बिना कोई प्रश्न किये आप ने दान का भरोसा दिया है," विप्र बोला।

"मुझे स्वीकार है, यह दान देना," कहते हुए अपने कुंडल और कवच उठा दे दिए ब्राह्मण को।

ब्राह्मण ने लिए कवच-कुंडल और धन्यवाद दिया कर्ण को। आशीष में हाथ उठा चल पड़ा तभी कर्ण ने आवाज़ दी।

"ब्राह्मण देव, मैंने कोई प्रश्न नहीं किया किन्तु मेरा एक कार्य कर देंगे?"

"अवश्य अंग राज आपसे महादानी के किसी भी काम में आ सकूँ तो स्वयम् को धन्य सनझूँगा," भर्राए स्वर में बोला ब्राह्मण।

"जिसने आपको भेजा है उनसे जा कर इतना भर कहियेगा कि मैं जानता हूँ कि उन्होंने आपको क्यों भेजा है और क्या प्रयोजन है इस क्रिया का? उनसे कहना कि फिर भी मुझे उनसे कोई शिकायत नहीं," कर्ण का तेज़ हर शब्द के साथ बढ़ रहा था।

"यशस्वी भव अंग राज! इस संसार में युगों-युगों तक तुम्हारी दानवीरता के किस्से गाये जायेंगे। यह जानते हुए कि इस दान का क्या परिणाम होगा, तुम देने से नहीं झिझके। न भूतो, न भविष्यति, कोई तुम-सा दानी इस धरा पर न होगा," आँखें भर आयीं ब्राह्मण की, हाथ उठा दिया आशीष कर्ण को।

• • •

युद्ध का सोलहवाँ दिन और कर्ण-सा सेनापति पा कौरव जैसे इस महासंग्राम में वापस आ गये थे। जब से युद्ध प्रारम्भ हुआ था दुर्योधन की इच्छा कर्ण के नेतृत्व में कौरव सेना को रणक्षेत्र में उतारने की थी किन्तु अनेक राजा साथ थे और वे किसी ऐसे के नेतृत्व में ही युद्ध कर सकते थे जिसकी स्वीकार्यता हो। सूत पुत्र के रूप में ख्यात कर्ण को कौन स्वीकारता इसीलिए भीष्म और उनके बाद द्रोण को प्रधान सेनापति बनाना पड़ा था। किन्तु आज तो जैसे दुर्योधन के मन की हुई थी। बचे हुए राजा भी अब कर्ण का नेतृत्व मानने तैयार थे। समस्या थी कर्ण के सारथि के चुनाव की। यह तो तय था कि कर्ण का संघर्ष अर्जुन से होना है और जिस प्रकार कर्ण और अर्जुन सम योद्धा हैं वैसे ही सम सारथि भी आवश्यक थे। कृष्ण-सा सारथि कौन हो जो कर्ण का रथ हाँक सके, न सिर्फ़ रथ हाँके अपितु कर्ण को मानसिक संबल भी दे, जो कर्ण का पथ प्रदर्शक भी हो और मार्गदर्शक भी। बहुत सोचने के बाद मद्र नरेश शल्य को इस योग्य समझा गया।

युद्ध भूमि में कर्ण के रथ ने विध्वंस मचा रखा था। पांडव सेना में कौन था अर्जुन के अतिरिक्त जो इस आँधी को रोक सकता। शल्य भी सोच

रहे थे कि सचमुच कर्ण अप्रतिम योद्धा है। एक-एक कर सभी भाई युद्ध हेतु सम्मुख आ रहे थे किन्तु कर्ण का लक्ष्य तो अर्जुन था इसलिए किसी भी अन्य से युद्ध लड़ने में अरुचि दिखा रहे थे। भीम को छोड़ आगे बढ़े कर्ण तो नकुल और सहदेव से सामना हो गया। दोनों भाइयों ने एक साथ आक्रमण कर दिया कर्ण पर। कर्ण की चपलता और विद्युत वेग से बाण चलाने की योग्यता के आगे दोनों भाई असहाय हो गये। एक साथ दो मारक बाण छोड़ दोनों को घायल कर दिया कर्ण ने। नकुल, सहदेव के अस्त्र छूट गये, बारम्बार कर्ण के बाण आकर मरणासन्न कर रहे थे दोनों को। निर्णायक घड़ी थी, शल्य जान गये कि आज दोनों भांजे उनके सम्मुख ही मारे जायेंगे। नकुल और सहदेव दोनों धराशायी हो गये मात्र एक-एक बाण आवश्यक था दोनों को मारने हेतु। कर्ण ने बाण चढ़ाये धनुष पर, शल्य ने आँखें मूँद लीं। कैसे अपने सामने ही दोनों को मरते देखते।

"रथ आगे बढ़ाएँ मद्रराज," ध्वनि सुन आँखें खोलीं शल्य ने देखा नकुल, सहदेव अभी भी भूमि पर पड़े हैं मरणासन्न किन्तु अंतिम प्रहार से पूर्व ही कर्ण ने अपना मत बदल दिया। आश्चर्य से देखने लगे शल्य कर्ण को।

"ये मेरा लक्ष्य नहीं हैं मद्रराज। मेरा लक्ष्य तो कोई और है।" कहते हुए रथ चलाने का निर्देश दिया।

"इतना अहंकार उचित नहीं अंग राज! युद्ध भूमि में शत्रु पक्ष को इस प्रकार जीवन दान देना उत्तम दान नहीं हो सकता। इसका परिणाम भोगना होता है रणक्षेत्र में," भांजों से पर्याप्त दूर रथ ले आने के बाद शल्य ने तंज कसा।

"किसे मारना है किसे छोड़ना यह सोचना मेरा कार्य है। आपका कार्य मेरे निर्देश पर रथ चलाना है," शल्य के अनावश्यक परामर्श से चिढ़ कर कर्ण बोला।

"अवश्य अंग राज! जब सारथि बना हूँ तो सारथ्य तो निभाना ही होगा," कर्ण के तिरस्कार से आहत हो कर बोले शल्य।

भीम का सामना उससे हो गया जिसे पहले दिन से ढूँढ़ रहे थे। कर्ण से लड़ने पहुँचे भीम को कर्ण ने कोई महत्त्व नहीं दिया तो कौरव खेमे में आगे बढ़े भीम कि सम्मुख आ गया दुःशासन। घटोत्कच की मृत्यु पर शोक कर रहे भीम को सीख दी थी कृष्ण ने की शोक भी एक ऊर्जा है यदि इसे

क्रोध में बदल लो जैसे अर्जुन ने बदली थी अभिमन्यु की मृत्यु के बाद। भीम को वही सीख याद आ गयी और याद आ गये द्रौपदी के खुले केश जो किसी प्रतीक्षा में हैं।

"तेरा तो मैं रक्त पीने का अवसर पहले दिन से ढूँढ़ रहा हूँ अधम," कहते हुए भीम ने गदा का प्रहार किया दुःशासन पर। सँभल भी नहीं पाया दुःशासन कि दूसरा प्रहार सिर पर किया भीम ने और गिरा दुःशासन भूमि पर। भीम ने गदा फेंकी एक ओर और कूद पड़ा दुःशासन की छाती पर। दोनों हाथ बाँध मुष्टिका का प्रहार किया और छाती फट गयी दुःशासन की। लहू निकल पड़ा छाती से। उस वीभत्स दृश्य की कल्पना भी नहीं कर सकता था कोई जो उस समय युद्ध भूमि में उपस्थित था। भूमि पर पड़ा मरणासन्न दुःशासन, छाती पर बैठा भीम, दुःशासन की छाती से निकलता रक्त और अंजुलि में भर रक्त पीता भीम। क्या कौरव, क्या पांडव किसी का साहस नहीं था - उस दृश्य को देखने का। भीम पर तो जैसे पागलपन सवार था। अर्जुन का रथ ले कृष्ण पहुँचे देखा भीम का भयानक कृत्य। सामान्य स्थिति बहाल करने आज का युद्ध बंद करना आवश्यक था। सायं हो चली थी। दिवस युद्ध संपन्न की घोषणा पांचजन्य बजा कृष्ण ने की। भीम उठा, अंजली में भरा रक्त और चल पड़ा शिविर की ओर।

शिविर में पहुँच पात्र में रक्त रख सेवक को बुलाया और द्रौपदी को शिविर में लाने हेतु भेजा। द्रौपदी ने आकर देखा भीम के मुख पर रक्त लगा, किसी हिंसक वन्य पशु सदृश्य लग रहा था भीम।

"पांचाली तुम्हारे खुले केश जिसकी बाट जोह रहे थे उसी रक्त को लाया हूँ, मैं दुःशासन की छाती फाड़ कर। अब तुम्हें केश खुले नहीं रखने पड़ेंगे। लो इन्हें धो लो," कहते हुए रक्त से भरा पात्र द्रौपदी की ओर बढ़ा दिया भीम ने। द्रौपदी ने पात्र लिया और केश पर लगाने को उद्धत हुई।

"ठहरो," तेज़ स्वर आया कृष्ण का।

"सखा देखो मेरे पति का पौरुष! मेरी प्रतिज्ञा पूरी करने दुःशासन का रक्त ले आये हैं बली भीम। आज मेरे केशों की प्यास बुझेगी।"

"तुम क्या सोचती हो द्रौपदी कि तुम्हारे केशों को रक्त से नहलाने हेतु हो रहा है यह महायुद्ध। तुमने स्वयम् को इतना महत्त्वपूर्ण जान लिया कि विक्षिप्तता में ली गयी तुम्हारी शर्त को पूरा करने लगा है पूरा भारतवर्ष। तुम

भैया भीम, इतने बर्बर हो सकते हो किसने सोचा था?" कृष्ण का मुख क्रोध से रक्तिम हो रहा था।

"किन्तु माधव उस घटना के तो तुम भी गवाह हो। तुम्हीं ने तो आकर द्रौपदी की लाज बचाई थी। तुम्हारे सम्मुख ही तो हम दोनों ने प्रतिज्ञा ली थीं," भीम दबे स्वर में बोले जैसे अपनी ग़लती का कुछ आभास हो चला था।

"क्रोध के अतिरेक में कही गयी बात को पूरा करने क्या कुछ भी करोगे तुम? कर्ण और अर्जुन का भीषण युद्ध चल रहा था तभी मैंने तुम्हारी वह हिंसक दहाड़ सुनी और अर्जुन को ले पहुँचा तुम्हारे पास। तनिक विलम्ब हुआ अन्यथा मैं अर्जुन से कहता कि तुम पर वार करे दुःशासन को तुम्हारे ख़ूनी पंजों से छुड़ाने के लिए। आज तो आकाश से तुम्हारे पूर्वज भी लज्जित होंगे तुम्हारे इस कृत्य पर," क्रोध बढ़ता ही जा रहा था कृष्ण का।

"शांत हो जायें मधुसूदन... शांत हो जायें। हम साधारण मनुष्य सदैव अपनी भावनाओं में बह जाते हैं। आप जैसे धीरजवान योगी नहीं हैं हम, आप तो पुरुषोत्तम हैं। हमारे कर्मों पर आपका अधिकार है। भीम ने घृणित कृत्य किया है, अब आप ही इस महापाप से हमें मुक्ति दिलाएँ केशव," हाथ जोड़ युधिष्ठिर बोले।

"क्षमा करें माधव। अपनी कृपा से हमें विरत न करें। हम सब तो आप के सहारे ही लड़ रहे हैं आप ही तो ईश हैं हमारे।" भीम चरणों में झुक गये कृष्ण के।

"उठो भीम भैया। यदि मुझे ईश माना है, तो मुझमें पूर्ण समर्पण लाओ। हर चर-अचर में मुझे देखने का अभ्यास करो क्योंकि मैं ही क्षर हूँ मैं ही अक्षर हूँ। मैं हर प्राणी के प्राणों में हूँ इसलिए किसी के भी साथ कोई व्यवहार करो तो ध्यान रहे कि मुझ तक वह व्यवहार पहुँचेगा। अपने कर्मों को करते हुए मेरी भक्ति करो ताकि मैं अपने ज्ञान से तुम्हारी आत्मा को परमात्मा में मिला सकूँ। भक्ति की कोई भी डगर मुझ तक लाती है। यदि क्रियाएँ कठिन लगें, यदि वैदिक मन्त्र कठिन लगें तो सिर्फ़ मेरे नाम का जप करो, वही मेरी भक्ति है। उठते-बैठते सदैव मेरे नाम का, अपने ईश के नाम का जप करने से तुम्हें यह आभास होगा कि कोई सर्वोच्च सत्ता है, जो तुम्हारे ऊपर है। इससे तुम्हारे कर्म नियंत्रण में रहेंगे तुम्हारा व्यवहार नियंत्रण में रहेगा और तुम निष्काम कर्म को करोगे। अपने ईश के निमित्त

कर्म करोगे, अकर्ता बन कर्म करोगे। इससे न तुम अहंकारी बनोगे और न ही ऐसे बर्बर जैसे आज बन गये थे," कृष्ण के अमृत वचन विश्रांति दे रहे थे भीम के साथ सभी भाइयों को।

"द्रौपदी, पत्नो का धर्म है कि पति को सन्मार्ग पर रखे। पति की क्रोधाग्नि को अपने प्रेम से शीतल करे न कि उसे और प्रज्ज्वलित करे। पत्नी को गृह लक्ष्मी इसीलिए कहा गया है कि वह घर को श्री प्रदान करती है, आने वाले हर अतिथि का वाणी से, व्यवहार से और वस्तु से सम्मान करती है। भूल से भी किसी को आहत नहीं करती है," बोल रहे थे कृष्ण, द्रौपदी ही नहीं, सभी सुन रहे थे।

"जब भी इस महा युद्ध के कारण लिखे जायेंगे तुम्हारा नाम उस सूची में ऊपर होगा। ध्यान रहे द्रौपदी, युद्ध का कारण कुछ भी हो युद्ध के उद्देश्य सदैव बड़े होते है, इस युद्ध के भी बड़े हैं। ये तुम्हारे केशों की प्यास रक्त से मिटाने नहीं लड़ा जा रहा अपितु एक धर्म राज्य की स्थापना हेतु लड़ा जा रहा है। राष्ट्र हित हर मान, अपमान से बड़ा होता है। राष्ट्र हित हर आदर्श, हर सिद्धांत से बड़ा होता है। इसलिए राष्ट्र के लिए अपमान सहना पड़े, सहना होगा। आदर्श छोड़ना पड़े, छोड़ना होगा। सिद्धांत तोड़ना पड़े, तोड़ना होगा।"

"हम सब आपकी शरण में हैं, माधव। मानवीय गुणों के कारण कभी कभी भटक जाते हैं सब, किन्तु जब आप-सा महायोगी, आप-सा पुरुषोत्तम, आप-सा ईश साथ है तो क्या भय? भटकने से पूर्व ही आप राह पर ले आते हैं द्वारकाधीश," युधिष्ठिर प्रणाम करते हुए बोले।

• • •

संजय के पैर आगे बढ़ने में संकोच कर रहे थे। आज से पहले कभी किसी सूचना को महाराज तक पहुँचाने में इतना विचार नहीं करना पड़ा था, जितना आज करना पड़ रहा था। मंत्री के रूप में संजय के पास अन्य विभागों के अतिरिक्त विशेष गुप्तचरों से प्राप्त सूचनाएँ जस की तस महाराज तक पहुँचाने का दायित्व भी था। यद्यपि गुप्तचरों से सूचनायें स्वयं राजा लेता था किन्तु धृतराष्ट्र के अंधे होने के कारण यह दायित्व निष्ठावान मंत्री के रूप में संजय निभा रहे थे और कभी भी सूचना को समय पर पहुँचाने में नहीं

झिझके किन्तु आज दुःशासन की निर्मम हत्या का वर्णन करने का महाराज के सम्मुख साहस नहीं हो रहा था।

संजय ने कक्ष में प्रवेश किया, महामंत्री विदुर को महाराज से मन्त्रणा करते पाया। संजय के आने की सूचना विदुर ने महाराज को दी।

"आज युद्ध में क्या हुआ संजय, शीघ्र वर्णन करो," धृतराष्ट्र ने आवेश में पूछा। संजय शांत रहे।

"बोलो संजय, तुम बोलते क्यों नहीं?"

"महाराज, आज युद्ध वीभत्स रूप में पहुँच गया। रोंगटे खड़े कर देने वाले दृश्य उपस्थित हो रहे हैं अब," संजय मंद स्वर में बोले।

"क्या हुआ संजय, स्पष्ट क्यों नहीं कह रहे?" उद्विग्नता बढ़ रही थी धृतराष्ट्र की।

"महाराज अनर्थ घटा है आज कुरुक्षेत्र में। दुःशासन को मार उनकी छाती फाड़ कर युद्ध क्षेत्र में भीम ने रक्त पिया है," एक साँस में कह गये संजय।

"क्या...?" कहते कहते मूर्छा आ गयी धृतराष्ट्र को।

"सँभालें महाराज, स्वयम् को सँभाले," हाथों का सहारा देते हुए विदुर बोले।

"विदुर सुना तुमने, संजय क्या कह रहे हैं?" मूर्च्छा टूटी, तो बोले धृतराष्ट्र।

"सुना महाराज। अभी तो आगे जाने क्या-क्या सुनना होगा। जैसा बीज बोया गया है फल तो वैसे ही पाने होंगे," विदुर बोले।

"विदुर सांत्वना देने के स्थान पर तुम तो उलाहने दे रहे हो," धृतराष्ट्र बोले।

"महाराज झूठी सांत्वना मुझसे दी नहीं जा सकती, क्योंकि मैं जानता हूँ कि जो हो रहा है उसे टाला जा सकता था, रोका जा सकता था और यह सब आपके हाथ में था।"

"तुम सदैव मुझे ही दोष देते दिखाई देते हो विदुर। मैं अंधा, लाचार आख़िर कैसे रोक सकता था इस विनाश को?"

"महाराज, आप अंधे थे किन्तु सिंहासन लाचार नहीं था। इस पर बैठ कर आप आर्यावर्त के सर्वाधिक शक्तिशाली राज्यों में से एक पर शासन कर रहे थे। जो आप चाहते वह होता। आप चाहते तो दुर्योधन कभी भी इतना हठी और दम्भी न होता। आप चाहते तो कभी भी पांडव अपने ही भाइयों के विरुद्ध युद्ध में नहीं उतरते। आप चाहते तो कभी भी कुरु वंश की कुलवधु को सरे दरबार लज्जित न होना पड़ता।"

"बस... बस करो विदुर। क्यों मेरी ग़लतियों की सूची पढ़ रहे हो आज।"

"क्षमा करें महाराज आपकी गलतियाँ तो इतिहास बाँचेगा और पीढ़ियाँ पढ़ेंगी। लोग यह आश्चर्य करेंगे कि कैसे एक राजा, जो सारी प्रजा का पिता होता है, अपने ही पुत्र के मोह में फँस राज्य, सम्पत्ति, संतति और प्रजा का बैरी हो गया। वे यह भी आश्चर्य करेंगे कि इतने आज्ञाकारी भतीजों के साथ इतना अन्याय कोई कैसे कर सकता है। उन्हें यह भी आश्चर्य होगा कि कृष्ण सदृश्य युग पुरुष के बारम्बार समझाने के बाद भी कोई इतना नासमझ हो कैसे विनाश को न्योता दे सकता है?"

"शांत हो जाओ विदुर। जो हुआ मैं मानता हूँ कि उसमें मेरा दोष है किन्तु अब क्या करना होगा मुझे, कैसे बताऊँ गांधारी को, कैसे परिस्थितियों का सामना करूँ अब?"

"महाराज, जो हो चुका उस पर हमारा वश नहीं किन्तु जो होने जा रहा है उससे हम अवश्य तादात्म्य बिठा सकते हैं। अब से, अभी से, इसी घड़ी से आप स्थितिप्रज्ञ हो जायें। दोनों पक्ष आपके हैं। जो जीते उसे राज्य सौंप दें और वानप्रस्थ गमन हेतु तैयार हों। महारानी के सम्बन्ध में मुझे कोई संशय नहीं, वे तो राजमहल में भी वैरागी जीवन व्यतीत करती हैं। किन्तु क्षमा करें महाराज आप को अभी से तृष्णा छोड़नी होगी। अभी से अभ्यास करना होगा," विदुर के हर शब्द में दर्शन था।

"विदुर तुम-सा ज्ञानी और सत्य कटु वचन कहने वाला महामंत्री पा कर भी मैं सांसारिक मोह-ममता में फँसा रहा, अज्ञानी ही बना रहा। किन्तु अब अपनी भूलों को सुधारूँगा, जैसा तुम कहोगे मैं वैसा ही करूँगा।"

"चलिए महाराज, महल में जाकर महारानी गांधारी को दुःशासन की मृत्यु का समाचार भी तो देना है," कहते हुए विदुर और संजय धृतराष्ट्र को ले चले महल की ओर।

• • •

कर्ण की आक्रमकता ने विध्वंस मचा रखा था आज। उसके सेनापतित्व में जिस प्रकार दुःशासन का कल पाशविक अंत हुआ उससे वह बौखलाया हुआ था। रात्रि में कौरव भाइयों ने उलाहने दे उसके क्रोध को और प्रचंड रूप दे दिया था। शेष रहे कौरव भाई भी आज दुःशासन की मृत्यु का बदला लेने यत्र-तत्र हिंसक हो रहे थे। अश्वत्थामा, कृपाचार्य, कृतवर्मा अपनी-अपनी सैन्य टुकड़ियों के साथ पांडव खेमे में आतंक फैला रहे थे। कर्ण ने आज प्रातः से ही अर्जुन पर भीषण आक्रमण किये। अनेक बार तो अर्जुन प्रति आक्रमण सफलता से कर लेते किन्तु बहुधा बचाव ही कर पा रहे थे। कृष्ण का मार्गदर्शन और कुशल सारथ्य ही था, जो आज कई बार बाल-बाल बचे थे अर्जुन कर्ण के आक्रमणों से।

कर्ण का सारथि शल्य स्वयम् की तुलना कृष्ण से कर रहा था और कर्ण से अपेक्षा रखता था कि वह भी उसे वैसा ही मान देकर उसका आज्ञाकारी बने जैसे अर्जुन थे। किन्तु कर्ण इसे हस्तक्षेप मानता था अपने निर्णयों में। यही त्रुटि भारी पड़ती जान पड़ रही थी आज सत्रहवें दिन कौरव सेना को।

दूसरे प्रहर बीतने तक कर्ण का युद्ध दो मोर्चों पर चलने लगा। शल्य उन विचित्र मनुष्यों की श्रेणी में आता था जिन्हें स्वयं को सही सिद्ध करने में अपने पक्ष की हार भी स्वीकार थी। ऐसे सारथि के होते मनोबल टूटने लगा कर्ण का यद्यपि अभी भी पूर्ण पौरुष का प्रदर्शन कर रहा था कर्ण, तभी दौड़ते रथ का पहिया जा फँसा दलदल युक्त भूमि में। कर्ण ने शल्य को देखा किन्तु शल्य की ओर से किसी भी प्रयास को न होता देख स्वयम् उतरा रथ से। पहिया निकालने लगा दलदल से।

"लक्ष्य साधो अर्जुन," कर्ण को पहिया निकालता देख कृष्ण बोले।

"किन्तु माधव वह निहत्था है, विरथ है कैसे आक्रमण कर दूँ। यह तो युद्ध के नियमों के विरुद्ध है।"

"मेरा उद्देश्य युद्ध के आदर्शों का पालन करना नहीं, राष्ट्र स्थापना है। राष्ट्र हित में हर नियम टूटना स्वीकार। रथी योद्धा और वह भी कर्ण-सा। कौन है जो उसे हरा सके, कौन है जो उसे मार सके? तब इस धर्म युद्ध का क्या? क्या आदर्शों की बलि चढ़ जाने दूँ इसे? क्या राष्ट्र को छोड़ दूँ दुर्योधन जैसे दुष्टों की दया पर? नहीं पार्थ, धर्म राज्य की स्थापना हेतु कर्ण का मरना आवश्यक है और इससे अच्छा अवसर नहीं आएगा कर्ण को मारने का। सो हे अर्जुन! इसे मेरी आज्ञा जान, कर्ण की नियति जान और गांडीव उठा, धनुष चढ़ा, प्रहार कर इससे पूर्व की कर्ण पुनः रथ पर सवार हो। शीघ्रता कर, बाण चला।"

कृष्ण के इतना कहते ही अर्जुन ने धनुष पर बाण चढ़ाया और नीचे रथ का पहिया निकाल रहे कर्ण पर लक्ष्य साधा और छोड़ दिया फल लगा बाण। लौह फल युक्त बाण जा लगा कर्ण की छाती में। कर्ण अचानक हुए इस प्रहार के लिए तैयार नहीं था और बाण के प्रहार से पीछे धरती की ओर झुका। हाथ का सहारा ले बैठा रहा, धीरे-धीरे भूमि पर पीठ के बल गिरा और बोला।

"अर्जुन विरथ और निहत्थे पर वार कर तुमने युद्ध की आचार संहिता का उल्लंघन किया है। केशव तुम्हारे होते हुए हुआ है यह सब, इसलिए मुझे कोई शिकायत नहीं, जो उचित है तुम जानो," आँखें मुँदने लगी कर्ण कीं।

"अर्जुन प्रणाम करो कर्ण को, इससे पूर्व कि ये अंतिम यात्रा पर निकले," कृष्ण बोले।

"केशव? अभी तक जो प्रधान सेनापति मारे गये हैं वे मेरे पूज्य थे। मेरे पितामह, मेरे गुरु इसलिए मैंने उन्हें प्रणाम किया था किन्तु कर्ण को प्रणाम? ये क्या कह रहे हैं,"

"क्योंकि ये पूज्य हैं तुम्हारे।"

"मेरे पूज्य?"

"हाँ, तुम्हारे पूज्य...ये बड़े भाई हैं तुम्हारे।"

"क्या...? क्या कह रहे हैं माधव?"

"यह सत्य है अर्जुन, ये तुम्हारे बड़ा भाई हैं, तुम सबके बड़े भाई।"

"हम सबके बड़े भाई! कैसे? आप जानते थे तो क्यों नहीं बताया पहले?" अर्जुन चीख़े।

"यह तुम उन्हीं से पूछो, अपने बड़े भाई से। ...हाँ अर्जुन जाओ, इससे पूर्व कि विलम्ब हो ...जाओ इनके पास," कृष्ण ने कहा तो धीरे-धीरे अर्जुन बढ़े कर्ण की ओर कर्ण ने देखा, "अर्जुन ...मेरे भाई ..." धीमे स्वर में बोला कर्ण और स्मृतियों में खो गया।

• • •

विश्राम के लिए अपनी शैया पर जाने लगे कर्ण कि तम्बू की चिक उठा प्रहरी ने प्रवेश किया।

"अंग राज की जय हो, द्वारकाधीश पधारे हैं।"

"द्वारकाधीश कृष्ण इस समय?" कहते हुए बाहर निकले। द्वार पर ही खड़े थे कृष्ण हाथ पकड़ अंदर ले कर आये।

"आप माधव, इस समय कोई विशेष प्रसंग? यद्यपि आपको जब भी देखता हूँ सदैव अपना-सा पाता हूँ। इसलिए आप मेरे शिविर में आये मेरे लिए हर्ष का विषय है किन्तु परिस्थितियों को देखते हुए आपका यहाँ होना असामान्य है, सो कहें कैसे आना हुआ?"

"मैं और तुम हैं ही एक दूसरे के, और दोनों ही एक दूसरे को देख प्रसन्न होते हैं किन्तु आज मैं अपने लिए नहीं अपनी बुआ के लिए आया हूँ। कुंती बुआ के लिए, उनके साथ।"

"आपकी बुआ, देवी कुंती, उनके साथ, किन्तु वे कहाँ हैं?

"खेमे के बाहर ही हैं।"

"बाहर हैं? अंदर क्यों नहीं लाए?" कर्ण बोले तो कृष्ण बाहर खड़ी कुंती को लेकर आये। कर्ण ने प्रणाम किया, आसन दिया बैठने को।

"कहिये आदरणीय महरानी जी। मैं क्या करूँ आपकी सेवा में?"

"अंगराज जो भी तुमसे कहने आयी हैं बुआ श्री उसे सत्य मान उस पर विश्वास करना।" कहते हुए कृष्ण ने कुंती को संकेत किया।

"मैं तुमसे यह कहने आयी हूँ कि ...कि ..." कहते-कहते गला भर गया, बोल नहीं निकले कुंती के मुख से ।

"बोलो बुआ... आज न चूकना अन्यथा इतिहास क्षमा नहीं करेगा," कृष्ण बोले।

"तुम राधेय नहीं हो तुम... तुम। तुम कौंतेय हो... मेरे पुत्र हो" एक साँस में बोल गयीं कुंती। जैसे सारी शक्ति शब्दों में खींच लायीं हों।

"क्या? ...क्या तात्पर्य है आपका?"

"हाँ, मेरे पुत्र तुम मेरी भूल का परिणाम हो, मेरी विवाह पूर्व की सन्तान। लोक लाज के भय से मैंने ही तुम्हें नदी में प्रवाहित कर दिया था। तुम मेरी सन्तान हो अपने पाँचों भाइयों के बड़े भाई।"

कर्ण ने सुना तो ठगा रह गया। विचलित हो शिविर में टहलने लगा। मनोदशा असामन्य हो गयी। साँस तेजी से चल रही थी। कुछ देर ऐसे ही मौन रहा, फिर अचानक बोले।

"तो? तो क्या यदि मैं आपका पुत्र हूँ। आपने तो त्याग दिया था, मुझ नवजात को, मरने बहा दिया। मेरी माँ राधा न उठाती नदी से, तो उसी दिन मर गया होता और आप कहती हैं कि मैं राधेय नहीं हूँ। मैं राधेय हूँ, माँ राधा ने ही जन्म दिया था मुझे उस टोकरे से उठा कर जिसमें जीवित तड़प-तड़प कर मरने के लिए बहाया गया था मुझे। मैं जानता हूँ महारानी उस दिन भी आपने अपना सम्मान बचाने मुझे मारा था और आज भी अपने ही किसी स्वार्थ की पूर्ति हेतु आयी हैं। मैंने सदैव दिया है। दान देना मेरा धर्म है। बोलो क्या दूँ आपको दान में? उस दिन ग़लती से बच गये मेरे प्राण आज आपके काम आ सकें तो बतायें मैं न नहीं कहूँगा।"

"इसलिए नहीं कि आप मेरी माँ हैं, नहीं, अपितु इसलिए कि कर्ण ने देने से कभी मना नहीं किया है।" बोलते-बोलते स्वर काँप गया कर्ण का।

"नहीं मेरे पुत्र नहीं ...मैं तो अपनी भूल सुधार करना चाहती हूँ। प्रायश्चित करना चाहती हूँ। तुम्हें अपने सीने से लगाना चाहती हूँ। पूरे संसार के सम्मुख तुम्हें पुत्र कहना चाहती हूँ। अपनी माँ के पास आ जाओ, अपने भाइयों के पास आ जाओ। वे सभी तुम्हारे छोटे भाई हैं तुम्हारी आज्ञा अनुसार ही चलेंगे। उस अधर्मी दुर्योधन को छोड़ दो बेटा।"

"दुर्योधन को छोड़ दूँ? उस मित्र को छोड़ दूँ जिसने कर्ण को वह दिया जिसके लिए वह तरस रहा था? आपकी सम्मानित दुनिया से ठुकराया ये कर्ण दुर्योधन के कारण ही सामजिक सम्मान पा सका। उसने मुझे गले लगाया, अपना मित्र बनाया, मान दिलाया, सम्मान दिलाया। आपके द्वारा, आपके संसार द्वारा ठुकराया कर्ण जिसके कारण संसार में सिर उठा कर जीने योग्य हुआ उसी दुर्योधन को छोड़ दूँ? कर्ण राधेय है या कौन्तेय है, मैं इस बहस में नहीं पड़ूँगा। हाँ, मैं इतना जानता हूँ कि कर्ण कृतघ्न नहीं है।"

"इस संसार में ऐसा कौन है जो महावीर, महादानी कर्ण को कृतघ्न कहेगा। किन्तु बुआ की बात पर भी विचार करना होगा तुम्हें। तुम इनके जाये पुत्र हो, इनका अधिकार है तुम पर। यह तो तुम भी जानते हो कि कौरव-पांडव युद्ध में पांडव धर्ममार्ग पर हैं, उनका पक्ष तुम्हारे आने से दृढ़ होगा," कृष्ण निकट आये कंधे पर हाथ रख बोले कर्ण से।

"माधव, कौन धर्म पर है कौन अधर्म पर ये सोचना आप का कार्य है। न ये मेरा विषय है और नही मेरी क्षमता। मैं तो मात्र ये जानता हूँ कि मेरा स्वधर्म इस समय दुर्योधन का पूरे मन से, पूरी शक्ति से साथ देने का है। उसे जिताना ही मेरा कर्म है, मेरा कर्तव्य है। कर्तव्य का पालन ही सबसे बड़ा धर्म है, आपकी ही सीख है।"

"हाँ, मैं सहमत हूँ तुमसे अंग राज। जो तुम कर रहे हो वही तुम्हारा धर्म है।"

"तो क्या मैं निराश लौट जाऊँ?" कुंती बोलीं। उनकी आँखें भर आयीं थीं। बहुत देर खड़ी रहीं, मूक कर्ण को देखते हुए। कर्ण मौन था। कोई उत्तर न पा निराश चलीं द्वार की ओर कुंती।

"माता," पीछे से आवाज आयी। कुंती के पैर ठिठके, मुड़ कर देखा कर्ण बोल रहा था। दौड़ कर छाती से लगा लिया अश्रु धारा बह निकली दोनों की आँखों से।

"मेरे पुत्र, मुझे क्षमा कर देना। मेरे कारण ही मेरा महाबली, महामानव पुत्र अभिशप्त जीवन जीने को विवश हुआ।" रोती जा रही थी कुंती।

"माते! मैंने कभी किसी को द्वार से ख़ाली हाथ नहीं लौटाया। आपको भी नहीं लौटाऊँगा। मैं वचन देता हूँ कि अर्जुन के अतिरिक्त किसी अन्य

से युद्ध नहीं करूँगा। हम दोनों के युद्ध में या तो अर्जुन मारा जायेगा या कर्ण पर हर स्थिति में पांडव पाँच ही रहेंगे," कहते हुए कुंती के चरणों में झुक गया कर्ण।

"यशस्वी भव," दोनों हाथों को शीश पर धर बोलीं कुंती।

"माधव! एक वचन आप से भी लेना है," कृष्ण विदा लेने लगे तो कर्ण बोल उठा।

"बोलो अंग राज, तुम्हारे लिए मुझे कुछ भी करने में प्रसन्नता होगी।"

"मेरे जीते जी यह राज न खुल पाए मधुसूदन," कहते हुए आवाज़ भर्रा गयी कर्ण की।

"मैं और तुम एक रूप हैं, क्योंकि तुम वही कहते हो जो मैं चाहता हूँ। ऐसा ही होगा," कहते हुए कर्ण को हृदय से लगा लिया कृष्ण ने।

• • •

"भैया... भैया," आवाज़ें सुन जैसे तन्द्रा टूटी कर्ण की, आँखें खोल कर देखा, युधिष्ठिर सहित सभी पांडव भाई पैरों के पास बैठे थे।

"भैया, आप हम सबसे बड़े हैं। हमें आपकी छत्रछाया में रहना है। आपको अपने स्वास्थ्य शिविर में ले चलते हैं। आप अवश्य स्वस्थ हो जायेंगे," युधिष्ठिर रोते हुए बोले, हिचकी भर आयी बोलते-बोलते।

"नहीं, इतना समय नहीं है अब मेरे पास और न ही शिविर बदलना मेरा धर्म है। तुम सब मेरे पास हो, मेरे आख़िरी समय में, यही मेरे लिए बड़ी उपलब्धि है। मैं अंत समय तक कौरव पक्ष की ओर से लड़ा हूँ और कौरव योद्धा के रूप में ही मरना चाहूँगा।"

मंद स्वर में बोला कर्ण। शल्य की आँखें भी भर आयी थीं यह सब जान कर। शल्य सोच रहे थे कि जिस कर्ण को उन्होंने शरीर से बली किन्तु चरित्र से साधारण मनुष्य जाना था वह तो महामानव निकला। कैसे एक शरीर में इतने रूप छिपाए था, कैसे एक युद्ध में अनेक युद्ध लड़ रहा था? कर्ण के प्रति अपने व्यवहार पर पश्चाताप हो रहा था शल्य को। बिना कुछ कहे सिर झुका दिया कर्ण के चरणों में।

कर्ण ने कृष्ण की ओर देखा, जैसे कुछ कहना चाह रहे थे। आशय जान निकट आये कृष्ण। कर्ण का सिर अपनी गोद में रखा।

"माधव! सब तुम्हें ईश कहते हैं मैं भी मानता हूँ कि तुम मनुष्य रूप में महामानव हो, परम पुरुष हो, पुरुषोत्तम हो। मुझे बताओ कि मैंने अपने जीवन में जो अधर्म किये उनका क्या परिणाम मिलेगा और कैसे?"

"कर्ण! मेरे मित्र तुमने इतने परोपकार और उदारता के कार्य किये हैं कि तुम्हारे द्वारा किये गये प्रत्येक अधर्म, प्रत्येक पापकार्य उनके आगे महत्त्वहीन हैं। तुम्हारा नाम और यश सदैव लोगों द्वारा याद किया जायेगा। तुम्हारी शूरवीरता, तुम्हारी दानवीरता के किस्से युगों-युगों तक गाये जायेंगे।" कर्ण का सिर सहलाते हुए बोले कृष्ण।

"किन्तु एक ग्लानि है, एक दोष है जिससे तुम्हें मुक्त करना होगा मुझे, तभी मेरी अंतिम यात्रा कष्टप्रद नहीं रहेगी।"

"बोलो मित्र मैं क्या करूँ जिससे तुम्हें विश्राम मिले?" पूछा कृष्ण ने।

"उस दिन राज दरबार में मैंने द्रौपदी के लिए अनुचित शब्द कहे, अपनी अनुज वधु का अपमान किया। इस दोष से मुझे मुक्त कर दो माधव, मुक्त कर दो ईश," कहते कहते गला भर आया कर्ण का।

"तुमने जीवन भर नारियों का सम्मान किया है। द्रौपदी के साथ तुम्हारा व्यवहार अनजाने में हुआ। तुम्हारा भी अपमान द्रौपदी से हो गया था स्वयम्वर में। उसी की प्रतिक्रिया थी, उस दिन जो तुमसे अनुचित व्यवहार करा गयी। तुम उससे भी दोष मुक्त हो कर्ण।"

"मुझे यह संतोष है कि मैंने दुर्योधन की मित्रता का भाग अदा कर दिया। मेरे भाई आज अंत समय में मुझे मिले इसकी प्रसन्नता है किन्तु मित्र दुर्योधन ही मेरा अंतिम संस्कार कराएगा जिसमें मेरे पांडव भाई भी सम्मिलित होंगे यही मेरी अंतिम इच्छा है," कहते हुए सदा के लिए आँखें मुँद गयीं कर्ण की।

कर्ण का अवसान कौरव पक्ष की सबसे बड़ी हानि थी। जब तक कर्ण था, दुर्योधन अपनी जीत को लेकर कभी अनिश्चितता की स्थिति में नहीं रहा। इसलिए जब सुना कि कर्ण हत हो गया, तो विश्वास नहीं कर पा रहा था दुर्योधन। ज्यों-ज्यों कर्ण की मृत्यु की सूचना पर भरोसा होता जा रहा था, त्यों-त्यों विक्षिप्तता बढ़ रही थी दुर्योधन की। हताश कौरव पक्ष कर्ण

की अंत्येष्टि की तैयारी कर रहा था।

उसी दिन रात्रि घिरने से पूर्व कर्ण का अंतिम संस्कार किया गया। दुर्योधन ने अपने प्रिय मित्र की चिता को मुखाग्नि दी। पाँचों पांडव पूरे समय कर्ण के पार्थिव शरीर के निकट ही रहे। जब अग्नि को समर्पित हो गयी काया तो सभी जाने लगे। जब कृष्ण, दुर्योधन और पांडव ही शेष रहे तो कृष्ण ने दुर्योधन को सांत्वना दी। बहुत देर कर्ण के शरीर को अग्नि में जलते देखता मौन रहा दुर्योधन। जब अग्नि की लपटें कम होने लगीं तो उठा अपने स्थान से और भारी मन, भारी पगों को धरते हुए चल दिया शिविर की ओर।

जब कृष्ण और पांडव ही रह गये तो कृष्ण ने संकेत किया। अंतिम बार जलती चिता को देखा पांडवों ने आँखें भर आयीं, उठे और चल दिए। कृष्ण आगे, पांडव पीछे।

अचानक रास्ता छोड़ कृष्ण एक विशाल वृक्ष की ओर चले। दुःख की अधिकता में भी कौतूहल हुआ पांडवों को, किंकर्तव्यविमूढ़ चल दिए कृष्ण के पीछे। वट वृक्ष के पीछे गये कृष्ण। पांडव भी अनुसरण कर रहे थे। अचानक एक परछाईं दिखी सबको। धुएँ की अधिकता से स्पष्ट समझ नहीं आ रहा था।

"बुआ," धीरे से बोले कृष्ण। पांडवों ने पहचानने का प्रयास किया।

"अरे ये तो माँ हैं," सहसा बोल पड़े युधिष्ठिर।

फूट-फूट कर रोने लगी कुंती, जैसे वर्षों का रुका कोई सागर आँसू बन बह निकला हो। युधिष्ठिर ने सँभाला कुंती को। सभी भाई निकट आ लिपट गये माता से। कृष्ण ने जाना कि इस समय आँसुओं का निकलना आवश्यक है, सो रोका नहीं किसी को।

• • •

"आप तो सदैव यह कहते आये हैं कि जो जैसा कर्म करेगा उसे वैसा फल मिलेगा। तब भ्राता कर्ण के मामले में यह क्यों नहीं सत्य बैठा। उनका क्या दोष था, उन्हें किस कर्म की सजा मिली?" युधिष्ठिर से रहा नहीं गया।

"कुछ कर्म औरों के होते हैं, जो औरों को सज़ा देते है। कोई पाप करता है, कोई फल भोगता है। यह भी प्रकृति की न्याय व्यवस्था है।" रात्रि में शिविर में उद्विग्न पांडवों को सीख दे रहे थे कृष्ण।

"अपने ही छोटे भाई के हाथों मरने की नियति क्यों थी भ्राता कर्ण की?" अर्जुन जैसे अपराध बोध से ग्रसित थे।

"कर्मों का परिणाम किसी तात्कालिक घटना का फल नहीं होता। यह तो सतत किये गये प्रयासों का भाग है जो देर-सबेर कर्ता को मिलता है। कर्मों का परिणाम हर कर्ता व्यक्ति को भोगना पड़ता है अच्छा या बुरा। यह सत्य है, किन्तु भूल यहाँ मनुष्य से क्या होती है, जानते हैं आप सब?" कृष्ण बोल रहे थे और सभी शांत थे जैसे प्रवचनों को सुन कर याद करने का दायित्व आ पड़ा हो।

"भूल यह है कि यहाँ व्यक्ति का अर्थ संस्था है न कि एक मनुष्य। अर्थात व्यक्ति के साथ व्यक्तियों का समूह जुड़ता है क्योंकि वह एक सामाजिक जीव है। इसीलिए उसके द्वारा किये गये कर्म मात्र उसे ही फल नहीं देते अपितु संस्था के रूप में वह अपने आसपास के निकट सम्बन्धियों को भी प्रभावित करते हैं। सो जब भी मनुष्य कर्म करे उसे यह ध्यान रखना चाहिए कि पीढ़ियों को इसका परिणाम भोगना होगा।"

"तो क्या माँ दोषी हैं बड़े भ्राता कर्ण के साथ हुए अन्याय में?" भीम से रहा नहीं गया।

"भ्राता भीम, बुआ का यह दोष नहीं कि उन्होंने किशोर अवस्था में भूल की। उनका दोष यह है कि वे यह नहीं जान पायीं कि उनका कर्म उन्हीं के सम्मुख एक दिन आकर खड़ा हो जायेगा और उसे स्वीकारने, न मानने के द्वंद्व में ही उनका जीवन निकल जायेगा। यही उनकी सबसे बड़ी सज़ा थी। कर्ण से भी बड़ी क्योंकि कर्ण तो सशरीर वैरागी था। सुखों में डूबा एक संत था जो सुखों को, विलासिता, को राज्य को, धन को एक झटके में छोड़ सकता था। इसीलिए अपनी मृत्यु पर भी वह विचलित नहीं था। कर्ण को देखो, उनके उद्देश्य छोटे थे किन्तु आदर्श बड़े थे। कर्ण जैसे क्षमतावान व्यक्ति का और उच्चतर उपयोग हो सकता था इस संसार हेतु किन्तु उसने अपने उद्देश्यों को सीमित कर लिया था।"

"दुर्योधन की मित्रता ही उसके लिए सब कुछ थी। किन्तु इससे उसके वैराग्य को कम नहीं किया जा सकता। सब कुछ दुर्योधन की मित्रता पर न्यौछावर कर देने, एक झटके में सब दान कर देने की उसकी प्रवृत्ति ही उसे सच्चा वैरागी बनाती थी। क्योंकि वैराग वह नहीं कि छोड़ दिया किन्तु

मन उसी में लिप्त है। वैराग तो वह है कि जो सम्मुख है उसका भरपूर उपभोग किया किन्तु किसी ने माँग लिया तो सब दे दिया। छोड़ना पड़े तो सब छोड़ दिया फिर पलट कर नहीं देखा। जब अपने पास है तो वस्तु बहुमूल्य किन्तु देना पड़ जाये तो मूल्यहीन। फिर उससे कोई लगाव नहीं, उसके जाने का किंचित भी दुःख नहीं। यह है वैराग्य और कर्ण इस मामले में सच्चा वैरागी था।"

"पर जाते-जाते भ्राता कर्ण हम पांडवों को ग्लानि से भर गये। सोते जागते यही दुःख सताएगा कि सारा जीवन अभिशप्त जिया और मारा भी उन भाइयों ने जिनके लिए पूजनीय थे," कहते कहते अश्रु बह निकले भीम के।

"भीम भैया, साधारण मनुष्यों की तरह विलाप न करो। ध्यान रहे कि कर्ण अपना कर्म कर रहे थे, और आप सब अपना। उन्होंने अपने कर्म को सर्वोत्तम किया, आपको अपना सर्वोत्तम करना है। कर्म से बड़ा कुछ भी नहीं। कितने ही प्रिय चले जायें, कितने भी सम्बन्धियों का साथ छूट जाये, कर्म नहीं छोड़ना चाहिए. यह छूटता भी नहीं। मनुष्य भूल जाये किन्तु यह नहीं भूलता और कितने भी दुःख आयें यह निर्दयी सम्मुख आकर खड़ा हो जाता है, और लाख मन न हो इसे करना ही होता है। इसलिए इसे करते हुए न किसी ग्लानि की आवश्यकता है और न ही किसी दुःख की। क्योंकि जब तक आप हैं तब तक दुःख कैसा और जब आप ही नहीं तो दुःख कैसा?" कृष्ण बोल रहे थे और पांडव अवाक् उनका मुख देख रहे थे।

"रहा कर्ण के जीवन को अभिशप्त कहने पर तो यह जान लें कि कोई कैसे जिया यह महत्त्वपूर्ण नहीं, महत्त्वपूर्ण है कि कोई कैसे मरा। क्योंकि इतिहास तो यही याद रखता है कि कोई कैसे गया संसार को छोड़कर। इस नाते महावीर कर्ण को संसार में युगों, युगों तक याद किया जायेगा। उसने यशस्वी अंत पाया है। उसके लिये शोक न कर प्रसन्न होना चाहिए। क्योंकि मृत्यु तो सबको आती है किन्तु ऐसी महिमामंडित मृत्यु जिसमें दोनों पक्ष हत योद्धा के गुणगान करें, विरलों को मिलती है।"

• • •

कर्ण-सा महान योद्धा जाते-जाते कृष्ण जैसे स्थितप्रज्ञ महामानव को भी विचलित कर गया। पांडवों को तो ढाँढस बँधा दिया किन्तु स्वयम् भारी मन

से शिविर की ओर चल दिए। रह-रहकर यही विचार मन में आ रहा था कि कैसे माता-पिता का अविवेक पूर्ण कृत्य सन्तान का जीवन अभिशप्त बना देता है। जिस महादानी, महबली कर्ण को संसार पर राज करना चाहिए था, वह अपमान और तिरस्कार को सहते-सहते मृत्यु को गले लगा, चला गया। संसार अपनी ही सामाजिक वर्जनाओं में कैसे इतना उलझा रहता है कि कर्ण से व्यक्तित्व की क्षमताओं का लाभ भी नहीं उठा पाता। कर्ण सदृश्य मनुज जिस काल में पैदा होते हैं, उस काल की धरोहर होते हैं और यह समाज की त्रुटि है, जो इनका लाभ न उठा पाए।

जैसे-जैसे सोचते जा रहे थे वैसे-वैसे, हर परिस्थिति में समभाव रहने वाले, कृष्ण भी आज शोकाकुल होते जा रहे थे। अपने खेमे के निकट पहुँचे ही थे कि बाहर सात्यकि को चिन्तित मुद्रा में खड़े पाया।

"सात्यकि? क्या बात है तुम इस समय यहाँ? इतने चिंता मग्न?"

"आपको स्मरण होगा कि युद्ध प्रारम्भ के समय आपकी इच्छानुसार हमने अपने कुछ विशेष चर कुरुक्षेत्र के चारों ओर लगाये थे, जो हमें कुछ भी असामान्य घटित होने की सूचना दें।"

"हाँ, और तुमने कुशल चर लगाये थे, जिन्होंने समय-समय पर हमें सूचनाएँ भी दी हैं। वे सभी धन्यवाद के पात्र हैं। अब तो युद्ध समाप्ति पर है, उन्हें हम पुरस्कृत करेंगे।"

"किन्तु प्रभु युद्ध समाप्ति पर कहाँ है अभी? दक्षिण-पश्चिम से आये चर ने अभी-अभी सूचना दी है कि बरबरीक नामक योद्धा अपनी बड़ी सेना के साथ युद्ध में भाग लेने आ रहा है।"

"बरबरीक? अहिलावती का पुत्र, वह तो विकट योद्धा है। किन्तु अभी तक युद्ध से विमुख अब क्यों आ रहा है, युद्ध समाप्ति पर?"

"उसका कहना है कि वह हारने वाले पक्ष की ओर से युद्ध करेगा," सात्यकि ने चिंता प्रकट की।

"हारने वाले पक्ष की ओर से? निर्णायक मोड़ पर पहुँच चुके युद्ध में? नहीं-नहीं सात्यकि, मैं अब किसी को भी इस धर्म युद्ध का परिणाम बिगाड़ने नहीं दूँगा। कहाँ है वह अभी?" कृष्ण ने पूछा आवेश में।

“चर की सूचना अनुसार यहाँ से पचास कोस दूर आज उसने अपना शिविर लगाया है।”

“मुझे आज ही उसे रोकना होगा, आज रात्रि में ही। सात्यकि मेरे शिविर में ही रुको, मैं भोर से पूर्व लौट आऊँगा तब तक किसी को ज्ञात न होने पाए कि मैं कहाँ हूँ।”

• • •

कुरुक्षेत्र से पचास कोस दक्षिण पश्चिम में समतल मैदान पर जलती मशालों से किसी पड़ाव का आभास हो रहा था। निकट पहुँच दारुक ने रथ रोक दिया। कृष्ण के कहने पर खेमे में जा दारुक ने सूचना दी कि द्वारकाधीश पधारे हैं और नायक से मिलना चाहते हैं। पड़ाव कर्मियों ने जाकर बरबरीक को संदेश दिया। खेमे से बाहर निकला बरबरीक और ललकारा।

“द्वारकाधीश कृष्ण यहाँ क्यों आये हो? मैं स्वयम् भोर में कुरुक्षेत्र पहुँच रहा हूँ। युद्ध भूमि में सामना होगा।”

“किन्तु अब तो युद्ध समाप्ति पर है, यदि भाग लेना ही था तो प्रारम्भ में लेते जैसे आर्यावर्त के सभी योद्धाओं ने लिया था।” बरबरीक के खेमे के निकट आ कृष्ण ऊँचे स्वर में बोले।

दोनों के उच्च स्वर में हो रहे वार्तालाप से अन्य योद्धाओं की निद्रा टूट गयी और वे सब भी निकल आये अपने-अपने शिविर से बाहर। देखा सबने मैदान में एक ओर खड़े अपने नायक बरबरीक को और दूसरी ओर सिर पर मोर पंख धारण किये राजसी वस्त्र पहने मोहक व्यक्तित्व को। अब तक जिनके बारे में सुनते आये थे, सबने अनुमान लगा लिया, ये वही कृष्ण हैं।

“मैं प्रण लेकर निकला हूँ कि युद्ध में जो पक्ष हार रहा होगा, उसका साथ दूँगा। यहाँ तक आते-आते यह पता चल गया है कि कौरव पराजित हो रहे हैं, इसलिए उनके पक्ष में लड़ूँगा,” बरबरीक बोला।

“और मेरा प्रग है बरबरीक कि मैं अधर्म को जीतने नहीं दूँगा चाहे इसके लिए मुझे कुछ भी करना पड़े। तुमसे आग्रह है कि तुम लौट जाओ।” कृष्ण के स्वर में दृढ़ता थी।

"संभव नहीं है अब। मेरा स्वभाव रहा है कि जो कमज़ोर होता है, निर्बल होता है, असहाय होता है, पराजय पर होता है, मैं अपना व्यक्तिगत अहित के उपरांत भी उसका साथ देता हूँ," बरबरीक दहाड़ा।

"यह तो तुम मेरी ही भाषा बोल रहे हो। मेरा भी यही स्वभाव है, किन्तु मैं धर्म का साथ देता हूँ, न्याय का साथ देता हूँ और तुम अधर्मी दुर्योधन का साथ देने जा रहे हो।"

"यदि मेरा तुम्हारा स्वभाव एक है, तो तुम भलीभाँति जानते होगे कि जिसका साथ देना मैंने ठान लिया, अपने प्राण देकर भी उसकी सहायता करूँगा, पीछे नहीं हटूँगा।"

"युद्धभूमि में अस्त्र नहीं उठाने की प्रतिज्ञा है मेरी किन्तु यह युद्ध भूमि नहीं है। मुझे विवश न करो कि मैं तुम्हारा वध कर दूँ बरबरीक," कृष्ण गरजे।

"मुझे स्वप्न में भी आभास नहीं था कि मेरा तुम्हारा इस तरह आमना-सामना होगा, ...कोई हम दोनों के बीच में नहीं आएगा।" चीख़ा बरबरीक और अपना धनुष उठा बाण चढ़ाया, कानों तक प्रत्यंचा खींची और कृष्ण को लक्ष्य बना छोड़ना ही चाहा कि बिना अवसर दिए कृष्ण का सुदर्शन चला और सीधा आकर लगा बरबरीक की गर्दन में। कटे वृक्ष की भाँति गिरा बरबरीक भूमि पर, धनुष कहीं और बाण कहीं। गर्दन में आधे धँसे सुदर्शन ने धड़ से उसे पृथक ही कर दिया था जैसे। साँस टूटने को थी, तभी कृष्ण ने दौड़ कर बरबरीक का सिर उठाया, गोद में लिया। उखड़े-उखड़े शब्दों से जैसे कुछ बोलना चाह रहा था बरबरीक।

"मैं तुम्हारे स्वभाव के अनुरूप हूँ। मैं तुम्हारे वर्ण के भी अनुरूप हूँ। तुम्हारे जैसा श्याम वर्ण है मेरा इसीलिए मुझे तुम्हारा श्यान नाम भाता है," कृष्ण के हाथ पर अपना हाथ रख बोला बरबरीक।

"जानते हो बरबरीक, श्याम का अर्थ होता है काला और काले रंग का एक स्वभाव यह भी है कि वह हर रंग को अपने में अवशोषित कर लेता है, जैसे तुम दूसरों के दुखों को, उनकी पीड़ाओं को, उनकी निराशाओं को अपने में अवशोषित करते हो। इसलिए मैं तो नाम का श्याम हूँ, तुम तो असली

श्याम हो, खांटी श्याम हो," कृष्ण के कहते ही पलकें मुँद गयीं वीर योद्धा की।

• • •

कर्ण की मृत्यु ने दुर्योधन को हताश कर दिया था। यूँ तो शल्य आज के कौरव सेना के प्रधान सेनापति बनाये गये थे और अभी भी संख्या बल में कौरव खेमा पांडवों से बड़ा था। किन्तु मुखिया यदि मस्तिष्क में ही युद्ध हार जाये तो उसका प्रभाव युद्ध क्षेत्र में दिखता है। मन से हारे व्यक्ति को भूमि पर भी हारना पड़ता है, इसीलिए दुर्योधन के लिए युद्ध लड़ रहे शेष योद्धा भी जैसे युद्ध की रस्म निभा रहे थे। कृपा, अश्वत्थामा, कृतवर्मा और शकुनि अपनी अपनी टुकड़ियों के साथ लड़ तो रहे थे किन्तु आधे-अधूरे मन से।

पांडवों के अक्रमण उनके उत्साह के कारण और धारदार हो गये थे। नकुल ने शकुनि पुत्र उलूक का वध कर दिया और इससे पूर्व कि शकुनि पुत्र की मृत्यु का शोक मना पाता, स्वयम् सहदेव के हाथों मारा गया। कौरव खेमा टूटने लगा और आधे दिवस का युद्ध भी पूर्ण नहीं हुआ था कि युधिष्ठिर के भाले ने घातक प्रहार से शल्य के प्राण ले लिए।

शल्य के मरते ही कौरव सेना तितर-बितर होने लगी। दुर्योधन अपनी पराजय को मान भाग निकला युद्ध मैदान से। कृष्ण ने देख, संकेत किया भीम को। भीम भागे अपनी गदा ले दुर्योधन के पीछे। सभी पांडव भाई कृष्ण के साथ पीछे हो लिए भीम के।

श्यामंतपंचक नामक बड़े सरोवर के किनारे पहुँचा दुर्योधन। द्रविड़ शैली में बने सरोवर के चारों ओर कक्ष बने थे, उन्हीं में से एक में जा छिपा दुर्योधन। भीम पहुँचे, ढूँढ़ना शुरू किया, तब तक कृष्ण आ गये। जाना कि सरोवर के कक्ष में जा छिपा है दुर्योधन, किन्तु पता नहीं कहाँ। कृष्ण ने परामर्श दिया की दुर्योधन को कक्ष, कक्ष में जाकर ढूँढ़ने से उचित है कि उसे उकसाया जाये जिससे वह स्वयम् बाहर निकलेगा।

"कायर! कहाँ छिपा है, बाहर निकल, इतने लोगों को मरवा दिया। जब अपनी बारी आयी तो युद्ध नीति त्याग कर भाग आया है युद्ध से," भीम ने ललकारा। कोई हलचल नहीं हुई।

"जब प्राणों का इतना ही मोह था तो युद्ध क्यों छेड़ा, सिर नीचा कर आ जाता और हमसे क्षमा माँग हमारा दास बन जाता। अभी भी अवसर है बड़े भैया के चरणों में गिरकर क्षमा माँग ले और हमारी दासता स्वीकार कर ले, तेरे प्राण नहीं लिए जायेंगे," अर्जुन दहाड़े।

बात जैसे लग गयी दुर्योधन को। बाहर निकला कक्ष से और विशाल चबूतरे पर गदा ले खड़ा हो गया।

"छल से कुछ योद्धा मार लिए तो अपने को वीर समझते हो निर्लज्जो! भूल गये कि अभी मैं जिन्दा हूँ और मैं अकेला ही तुम्हारी सेना पर भारी हूँ। भीम को मारे बिना मेरे भाईयों को शांति नहीं मिलेगी। आज अपनी गदा से तुम सब को मार दूँगा," कहते हुए दुर्योधन ने अपनी गदा घुमाई।

शिकार के माँद से बाहर निकलने पर जैसे शिकारी की आँखों में चमक आ जाती है भीम की आँखें भी चमकने लगीं दुर्योधन को देख। कृष्ण ने संकेत किया, गदा ले भीम कूद पड़े चबूतरे पर।

"सोचा तो था कि युद्ध भूमि में ही सबके सम्मुख तेरा वध करूँगा किन्तु अवसर यहाँ मिला इस निर्जन में," कहते हुए भीम ने गदा का प्रहार किया दुर्योधन पर।

"मृत्यु किसे कहाँ ले जाये कोई नहीं जानता, तुझे यहीं मरना था," कहते हुए दुर्योधन ने अपनी गदा से भीम का वार रोका और चपलता से प्रहार किया भीम पर। भीम सँभल नहीं पाए और बायीं भुजा पर गदा का तीव्र आघात लगा। प्रहार इतना शक्तिशाली था कि उनकी आँखों के आगे अँधेरा छा गया। लड़खड़ा कर नीचे बैठ गये, लगा जैसे मूर्च्छा आ जायेगी। दुर्योधन ने नीचे अर्ध लेटे भीम के सिर पर दूसरा प्रहार करने गदा उठाई। ऊपर से गदा भीम के सिर पर लगने ही वाली थी कि बैठे-बैठे भीम ने दाईं ओर तिरछा झुक दुर्योधन की पीठ पर गदा दे मारी। इस प्रहार के लिए दुर्योधन असावधान था सो पूरे वेग से भीम को पार करता हुआ भूमि पर गिरा मुँह के बल। समय नहीं था तत्काल उठ खड़े हुए भीम और पलट कर दुर्योधन पर दूसरा प्रहार करना चाहा किन्तु तब तक दुर्योधन भी खड़ा हो भीम की ओर गदा ले दौड़ा। दोनों की गदा हवा में टकराई। ज़ोर की ध्वनि और चिंगारी निकल रही थीं गदाओं से। गदा से गदा टकराते ही अवसर पा भीम ने लात का प्रहार दुर्योधन के पेट पर किया, दुर्योधन पीछे पीठ के

बल गिरा किन्तु इससे पूर्व कि भीम बढ़ कर दुर्योधन पर वार कर पाता दुर्योधन उठा और भीम की छाती में वार किया गदा से। शक्तिशाली प्रहार, भीम गिरे भूमि पर। इस बार उठने नहीं दिया दुर्योधन ने और कंधे पर प्रहार किया। भूमि पर गिरे भीम असहनीय दर्द से चीख़ उठे।

गदा उठा पाते तब तक दूसरे कंधे को निशाना बनाया दुर्योधन ने और मरणांतक प्रहार से जैसे चेतना शून्य हो गये भीम। भूमि पर गिरे भीम की छाती पर अंतिम वार करने गदा उठाई दुर्योधन ने। उसी क्षण भीम की चेतना लौटी, घोर संकट में स्वयं को जान दृष्टि पड़ी कृष्ण पर, कृष्ण ने अपनी जंघा पर हाथ रखा। इधर, वेग से दुर्योधन की गदा नीचे आ रही थी भीम की छाती फोड़ने और उधर भूमि पर पड़े भीम का दायाँ हाथ घूमा और गदा तीव्रता से दुर्योधन की जंघा पर लगी। वार सह न सका दुर्योधन और लड़खड़ा कर गिरा भूमि पर।

भीम तत्काल उठे, जैसे जान गये हों कि क्या करना है। उन्होंने ताबड़तोड़ दुर्योधन की जंघाओं पर गदा के प्रहार किये। एक के बाद एक प्रहार से जंघाएँ टूट गयीं दुर्योधन की, रक्त से लथपथ पड़ा भूमि पर कराहने लगा। अंतिम प्रहार हेतु गदा उठाई भीम ने।

"ठहरो," तेज़ स्वर आया कानों में। स्वर की दिशा की ओर सबका ध्यान गया। देखा उत्तर से बलराम चले आ रहे हैं वेग से।

"क्या अनर्थ हो रहा है यह? निहत्थे भूमि पर पड़े दुर्योधन की जंघाओं पर वार करते तुम्हें लज्जा नहीं आयी भीम? क्या गदा युद्ध के नियम भी भूल गये? मैं इस अनैतिक कृत्य के लिए तुम्हें सजा दूँगा।" कहते हुए गदा को हवा में लहराया बलराम ने और चले भीम की ओर।

"रुको दाऊ। ये क्या करने जा रहे हैं आप?" कृष्ण बोले।

"मुझे न रोकना कन्हैया। तुम्हारे सम्मुख भीम अपराध करता रहा और तुम देखते रहे किन्तु मैं इसे नहीं छोड़ूँगा इसने आज गदा युद्ध के सारे नियमों को तज दिया।"

"किन नियमों की बात कर रहे हैं आप? नियम खेल के लिए होते हैं, युद्ध के लिए नहीं।"

"किन्तु युद्ध के भी आदर्श होते हैं। निहत्थे पर, भूमि पर गिरे योद्धा पर वार कर किस युद्ध धर्म का पालन कर रहा था भीम?"

"आपद धर्म का। हाँ, दाऊ आपद धर्म कहता है कि अपने प्राण बचाना हर परिस्थिति में उत्तम है। नियमों का पालन करते हुए अधर्मी के हाथों मारे जाने से अच्छा है उसे मार दिया जाये चाहे नैतिकता से अथवा अनैतिकता से।"

"युद्ध की अपनी संहिता होती है। इनमें भी आदर्शों का पालन करना हर योद्धा का दायित्व है। युद्ध में किसी को इस प्रकार छल से, निर्ममता से नहीं मारा जाना चाहिए जैसे दुर्योधन को मारा गया। पांडवों का यह कृत्य अमानवीय है। प्रत्येक कर्म के अपने आदर्श होते हैं और इनसे मुँह नहीं मोड़ा जा सकता।" बलराम का क्रोध कम नहीं हो रहा था।

"किसी कर्म को सापेक्ष रूप में देखना आवश्यक है। कोई भी कृत्य अकेला नहीं होता उसके साथ पूर्व कृत्यों की शृंखला होती है। एक कृत्य किसी पूर्व कृत्य अथवा कृत्यों की प्रतिक्रिया होती है। इसलिए हर कृत्य के आदर्श उसकी पृष्ठभूमि पर आधारित होते हैं समग्र रूप में वर्णित होते हैं।" कृष्ण के शब्द थे और बलराम का क्रोध शांत होने लगा पुनः बोले कृष्ण।

"सत्य कहा दाऊ आपने, कर्मों से मुँह मोड़ना अपने दायित्वों से भागना है। किन्तु क्षमा करें यह तो आप पर भी उपयुक्त लगता है," कहते हुए मुस्करा दिए कृष्ण।

"क्या कहना चाहते हो कान्हा स्पष्ट करो?" क्रोध फिर बढ़ने लगा बलराम का।

"दाऊ धर्मक्षेत्र, कुरुक्षेत्र में कोई भी निरपेक्ष नहीं रह सकता। सबको अपना भाग अदा करना पड़ता है। जब धर्म युद्ध छिड़ा हो तब कोई कैसे इससे मुँह मोड़ सकता है? कैसे अपने दायित्वों से भाग सकता है? कोई नहीं दाऊ, आप भी नहीं। जो भागेगा इतिहास उसे सजा देगा, निर्णायक घड़ी में वह महत्त्वहीन हो जायेगा। क्योंकि राष्ट्र को अपने ऐसे पुत्रों की आवश्यकता नहीं जो संकट की घड़ी में उसका साथ छोड़ जायें और बाद में आकर आदर्शों की बात करें। आपको एक पक्ष की ओर से इस महायुद्ध में भाग लेना था दाऊ, किसी भी एक पक्ष की ओर से, किन्तु निरपेक्ष नहीं। यदि निरपेक्ष रहे हैं तो अब आपके किसी भी मत का कोई महत्त्व नहीं, आपके किसी भी वक्तव्य का कोई भी महत्त्व नहीं। क्योंकि जब कर्म करना था, जब दायित्व निभाने थे तब आप देशाटन पर चले गये। परिस्थितियों

से भागने वाले को इतिहास कभी क्षमा नहीं करता दाऊ, क्योंकि इतिहास तो उसका होता है जो अपने शत्रु पर विजय प्राप्त करे न कि उसका जो पीठ दिखाए और आदर्श की बात करे," कृष्ण की बातों से तिलमिला गये बलराम।

"छोड़ दो भैया भीम उसे। अपने घावों से रिसते रक्त के साथ धीरे-धीरे इसके प्राग भी निकल जायेंगे।" दुर्योधन के पास खड़े भीम से कहा कृष्ण ने।

मरणासन्न दुर्योधन को छोड़ भीम निकट आये। युधिष्ठिर की आँखों में दुर्योधन के लिए निकलते अश्रुओं को सबने देखा।

"ज्येष्ठ भ्राता! भावनाओं और संवेदनाओं का युद्धभूमि में कोई स्थान नहीं होता। यहाँ होती है तो सिर्फ़ निर्ममता, कठोरता। इन अश्रुओं को बचा कर रखें इनकी आवश्यकता महाराज धृतराष्ट्र और महारानी गांधारी से भेंट करते समय होगी क्योंकि अश्रु बहाने का वही उचित स्थान होगा यह नहीं," कृष्ण ने कहा और चल दिए पांडवों तथा भाई बलराम के साथ शिविर की ओर।

• • •

सरोवर किनारे मरणांतक दुर्योधन अपने अतीत के पन्ने पलट रहा था। बचपन में बिन पिता के बच्चों के प्रति स्वाभाविक सहानुभूति ने सदैव पांडवों को कौरव भाइयों से अधिक लाड़-प्यार दिलाया। पितामह, प्रपितामही, गुरुदेव, काका विदुर और तो और माता गांधारी भी जब तब उन्हीं पांडवों का पक्ष लेती थीं। यही कारण था कि दुर्योधन के मन में प्रारम्भ से ही कटुता रही पांडवों को लेकर। किन्तु यह कटुता कब वैमनस्य में बदल गयी पता ही नहीं चला। अंधे पिता धृतराष्ट्र छोटे भाई पांडु की मृत्यु के बाद राजगद्दी पर बैठे थे। किन्तु वे हस्तिनापुर में राजा अपनी योग्यता से नहीं अपितु विवशता के रूप में स्वीकारे जाते थे। इस सत्य ने भी दुर्योधन के मन में पांडवों के प्रति घृणा बढ़ाने में आग में घी का कार्य किया।

'हर किसी ने मुझे दोष दिया, क्यों नहीं किसी ने यह सोचा कि मित्रों का मित्र सुयोधन, हाँ यही नाम रखा था माँ ने किन्तु पांडवों ने बिगाड़ दिया, क्यों पांडवों से इतनी घृणा करता है? यदि सोचा होता तो मेरा पक्ष

भी विचारा जाता और तब कदाचित मन का ज़हर धीरे-धीरे बाहर निकलता, कदाचित हम भाइयों की तरह रह पाते, कदाचित मुझे भी योग्य पिता का योग्य पुत्र समझा जाता, कदाचित मुझे सुयोधन समझा जाता, दुर्योधन नहीं,' दर्द से कराहते हुए आँखें बंद किये सोच रहा था दुर्योधन। आहट सुन आँखें खोलीं। देखा कि कृपाचार्य, अश्वत्थामा और कृतवर्मा खड़े हैं सिराहने।

"आप तीनों यहाँ आये, मैं आभारी हूँ। मेरा अंत समय आ गया है, आप तीन ही कौरव सेना के प्रमुख योद्धा बचे हैं। अपने पक्ष के हत योद्धाओं का अंतिम संस्कार उचित रीति से करना। हस्तिनापुर की सेवा में रहना।"

"किन्तु मैं आपके प्रति हुए दुर्व्यवहार का बदला पांडवों के शीश काट कर लूँगा अन्यथा मुझे शांति नहीं मिलेगी," अश्वत्थामा दाँत पीसते हुए बोला।

"नहीं भांजे, हमारी पूर्ण हार हो चुकी है और इसे स्वीकार करना ही समय की माँग है। अब किसी भी घात-प्रतिघात का अवसर नहीं बचा है।" कृपा ने समझाया।

"हाँ, मित्र! तुम्हारा मेरे प्रति सदैव स्नेह रहा है, इसीलिए मेरी दशा देख उत्तेजित हो रहे हो, किन्तु सब कुछ समाप्त हो चुका है। अतः भावनाओं को नियंत्रण दो और जो घटा है उसे स्वीकार करो," दुर्योधन कराहते हुए बोला।

"किन्तु मित्र यदि अश्वत्थामा का ख़ून खौल रहा है, इस अन्याय को देख कर तो इसमें इनका क्या दोष?" कृतवर्मा ने कहा। तीनों कुछ देर रहे दुर्योधन के पास। अंगरक्षकों की व्यवस्था कर लौट गये शिविर की ओर।

• • •

रात्रि अपने पूर्ण स्वरूप में आ चुकी थी। आज यह किसी के लिए अँधेरे में भी उजाला थी और किसी को उजाला ही नहीं भा रहा था। सोच रहे थे कि यही काली रात हमेशा ही बनी रहे। पांडव पक्ष विजय के उन्माद में न डूबें इसका ध्यान रख रहे थे कृष्ण। सभी योद्धाओं के शिविर में बारी-बारी से जा रहे कृष्ण। सबको व्यक्तिगत बधाई दे रहे थे और आगामी कर्मों की ओर प्रेरित कर रहे थे। शिविरों के भ्रमण में युधिष्ठिर और भीम कृष्ण के साथ थे। सब ओर से घूमकर लौटने लगे पांडव शिविर की ओर।

खेमे के पास पहुँचे तो एक परछाईं शिविर से निकलती जान पड़ी। ठिठक गये कृष्ण, संकेत किया भीम को। दौड़कर भीम ने धर दबोचा आकृति को। कृष्ण और युधिष्ठिर पास पहुँचे, देखा सबने।

"अरे! ये तो अश्वत्थामा है।" चौंके सभी। "शिविर में क्या कर रहा था?" पूछा कृष्ण ने। तभी अंदर से द्रौपदी क्रन्दन करती हुई निकली।

"क्या हुआ द्रौपदी?" अकुलाहट से पुछा युधिष्ठिर ने।

"मेरे पुत्र...," द्रौपदी चिल्लाई और बेसुध हो गयी।

"भैया! देखो जाकर लगता है यह दुष्ट द्रौपदी के पुत्रों के..." वाक्य पूरा भी नहीं हुआ कृष्ण का कि दौड़ कर अंदर गये युधिष्ठिर और कुछ ही क्षण बाद उलटे पाँव वापस आये।

"माधव! अनर्थ हो गया द्रौपदी के पुत्रों को मार आया है दुष्ट," खेमे के द्वार से ही चिल्लाये युधिष्ठिर। भीम ने सुना तो टूट पड़े अश्वत्थामा पर।

"नीच, अधम! तुझे मैं जीवित नहीं छोड़ूँगा। तूने छल से अबोध बालकों को मारा है, तू अनैतिक है, पापी है," कहते हुए भीम गदा से प्रहार करने लगे।

"रुक जाओ भीम भैया," कृष्ण ने कहा तो थम गये भीम।

"जब तुमने छल से मेरे पिता को मारा, कर्ण को मारा, मित्र दुर्योधन को मारा उस समय तुम अनैतिक नहीं थे जो मुझे पाठ पढ़ा रहे हो," अश्वत्थामा मंद स्वर में बोला।

"वे सभी मृत्यु के अधिकारी थे। युद्ध लड़ने वाले योद्धा थे। तुम्हारे पिता धनुर्विद्या के महागुरु थे किन्तु उन्होंने अपनी सेवाओं का मूल्य लिया हस्तिनापुर राज से और इसीलिए वे हस्तिनापुर की ओर से युद्ध करने को और अंत में मरने को अभिशप्त थे। कर्ण-सा महावीर दुर्योधन की मित्रता का मूल्य प्राण देकर चुका गया और रहा प्रश्न दुर्योधन का तो सारे राष्ट्र को अपने स्वार्थ के लिए युद्ध में झोंक देने वाले का ऐसा ही निर्मम अंत होता है। अभिमन्यु भी मारा गया था किन्तु वह युद्ध भूमि थी और वह योद्धा। इसलिए अभिमन्यु को मृत्यु भी युद्ध के परिणाम के रूप में स्वीकार्य है। किन्तु तुमने इन अबोध बालकों की हत्या कर घृणित अपराध किया है," कृष्ण बोले, रुके, भीम को देखा।

"भैया भीम, अश्वत्थामा की दोनों भुजायें काट दो और आँख फोड़ दो। इसकी यही सज़ा है कि ये मृत्यु चाहेगा किन्तु मृत्यु नहीं मिलेगी। अपंग-अपाहिज यह भटकता रहेगा अपने कृत्यों को याद करता हुआ। इसे विचरने देना, जहाँ जाना चाहे, जाने देना रोकना नहीं, बोलना नहीं। क्योंकि यह सज़ा सबसे बड़ी सजा है जब अपराधी को समाज से, देश से, परिवार से मुक्त कर दिया जाये। वह बोलना चाहे पर कोई सुने नहीं, वह रुकना चाहे पर कोई रोके नहीं, वह सुनना चाहे पर कोई कुछ कहे नहीं। लाचार, महत्त्वहीन, धरती पर बोझ की तरह भटकने दो इसे," कृष्ण ने कहा तो भीम ने आज्ञा का पालन किया।

"मुझे मार दो, मेरे प्राण ले लो मैं पापी हूँ, मुझे जीवित न छोड़ो," दर्द से चीत्कार करता हुआ अश्वत्थामा बोलता जा रहा था। इस बीच, कृष्ण युधिष्ठिर के साथ चले। भीम ने द्रौपदी को उठाया, पीछे-पीछे चल दिए।

शिविर में पहुँचे द्रौपदी के मुख पर पानी के छींटे मारे भीम ने। तभी अर्जुन, नकुल और सहदेव भी समाचार सुन आ गये। सभी द्रौपदी की ओर देख रहे थे कि आँखें खोलीं द्रौपदी ने।

"मेरे बेटे, मुझे मेरे बेटे ला दो। उन्होंने किसी का क्या बिगाड़ा था, क्यों उनकी जघन्य हत्या की उस पापी ने?" रुदन करती जा रही थी द्रौपदी।

"कृष्णा धीरज धरो, यही होनी थी," सिर पर स्नेह से हाथ रख कृष्ण बोले।

"नहीं मधुसूदन तुम तो कर्मों का सिद्धांत देते हो फिर मेरे निरपराध पुत्रों को क्यों मारा गया? उन्हें किस बात की सजा मिली? उनके कौन से कर्म थे जिनका ऐसा भीषण परिणाम?"

"सन्तति को अपने माता-पिता के कर्मों का परिणाम भोगना होता है। इसीलिए मैं कहता हूँ कि कर्मों का परिणाम व्यक्ति को मिलता है किन्तु यहाँ व्यक्ति अकेला नहीं गिना जाता। व्यक्ति यहाँ संस्था होता है, समग्र होता है। अनेक उदाहरण ऐसे हैं जहाँ निरपराध माता-पिता अपराधी पुत्रों के कर्मों की सज़ा पाते हैं और अनेक उदाहरण ऐसे भी हैं जहाँ निरपराध सन्तान ने माता-पिता के कर्मों की सज़ा पायी। यही कर्मों का लेखा-जोखा है इसीलिए कर्म करते समय यह ध्यान रखना चाहिए।"

"किन्तु आप तो कहते हैं कि कर्म करते समय परिणाम की चिंता नहीं करना चाहिए," अर्जुन बोले।

"परिणाम की चिंता कर्म करते समय करोगे तो परिणाम का भय कर्म को प्रभावित करेगा। इसलिए निश्चिंत हो होकर कर्म करना चाहिए, अकर्ता बन कर्म करना चाहिए। अपने ईश को समर्पित कर कर्म करना चाहिए और इस भरोसे से कर्म करना चाहिए कि अच्छे कर्म का परिणाम अच्छा ही आएगा, ईश अच्छे कर्म का फल अच्छा ही देगा। इस भाव से कर्म करते समय भय मुक्त रहोगे और कर्म को पूरे मनोयोग से करोगे तो फल उत्तम ही आयेगा। अच्छे कर्मों के परिणाम की चिंता नहीं होनी चाहिए किन्तु बुरे कर्मों के परिणाम का भय अवश्य होना चाहिए। ईश को समर्पित कर निष्काम कर्म करने का अभ्यास करना चाहिए ताकि बुरे कर्मों को करने से झिझक हो। बुरे कर्मों की सजा का भय हो और अच्छे कर्मों को करने में सुखद परिणाम की आशा हो यही कर्म सिद्धांत है," कृष्ण समझा रहे थे।

"किन्तु मुझे किन कर्मों की सजा मिली माधव, जो मेरे पुत्र मार दिए गये?" द्रौपदी फफक कर रो पड़ी।

"द्रौपदी, इस महायुद्ध में सभी ने कुछ न कुछ खोया है तो तुम कैसे इससे अछूती रह सकती थीं? तुम्हें तो मूल्य चुकाना ही था क्योंकि इस युद्ध के कारणों में तुम्हारा भी तो नाम था। इसलिए जो हुआ उसे धर्म युद्ध की आहुति मान संतोष करो कि विजय हमारी हुई। धर्म जीता, अधर्म हारा और धर्म की जीत के लिए हर बलिदान स्वीकार होना चाहिए।" कृष्ण जैसे एक एक शब्द से सबके ज्ञान नेत्र खोल रहे थे।

"केशव, आपका मार्गदर्शन रहा इसलिए विजय हमारी हुई। किन्तु विजय के बाद जो प्रसन्नता मिलनी चाहिए उसकी अनुभूति नहीं हो रही... क्यों?" युधिष्ठिर ने प्रश्न किया।

"वास्तव में आप दो युद्ध लड़ रहे थे एक बाहर एक अंदर। बाहर के युद्ध में तो आप सबने एक मत बनाया और दृढ़ता से उसे माना इसलिए बाह्य युद्ध जीत गये आप। किन्तु अंदर का युद्ध अभी भी चल रहा है। अपनों को मारने क अपराध बोध, पितामह का बाणों से छलनी शरीर, बेबस कर्ण का मारा जाना, गुरु द्रोण का कटा सिर, अभिमन्यु की मृत्यु, दुर्योधन का अंत और अब द्रौपदी के पुत्रों की हत्या। ये सब आपको विजेता होते

हुए भी ग्लानि से भर रहे हैं। किन्तु आप को इन सब से ऊपर उठना होगा और अपने कर्तव्यों में संलग्न होना होगा। वैसे भी विजय खुशियाँ मनाने हेतु नहीं होती अपितु और गुरुतर दायित्व का निर्वहन करने हेतु होती है। जो विजेता विजय के उन्माद में यह भूल जाते हैं, जीत उनके लिए अस्थाई होती है।"

• • •

धृतराष्ट्र और गांधारी महल में शोकाकुल बैठे थे कि द्वारपाल ने आकर सूचना दी कि द्वारकाधीश कृष्ण के साथ पांडव, माता कुंती और द्रौपदी सहित पधारे हैं।

संकेत किया निज सेवकों को, सहारा दे ले चले सेवक अतिथि कक्ष में। हस्तिनापुर के नाम के अनुकूल वैभव सम्पन्न राजमहल किसी उजड़े ग्राम-सा लग रहा था। न शयन कक्ष में शोभा थी और न ही अतिथि कक्ष में।

धीमे-धीमे चलते हुए आये कक्ष में। युधिष्ठिर ने देखा भाग कर गये चरणों में शीश धर दिया गांधारी के, उठे और धृतराष्ट्र के चरणों में झुक गये।

"ज्येष्ठ पिता, हमें क्षमा करें हमने विवशतावश यह युद्ध लड़ा था। यदि आपको हमारी त्रुटि लगती है तो जो सज़ा देना चाहें हम तैयार हैं।"

"उठो, युधिष्ठिर! मुझे तुमसे कोई शिकायत नहीं, जो स्थिति बनी उसके लिए यदि सबसे अधिक कोई दोषी था, तो मैं था। युद्ध में तो एक पक्ष को हारना ही था। तुम पांडव भाई जीत के अधिकारी थे, सो जीते... और भाई कहाँ हैं?"

धृतराष्ट्र ने कहा तो कृष्ण ने सबको आगे बढ़ प्रणाम करने का संकेत किया। पहले अर्जुन को भेजा, अर्जुन ने दोनों के चरणों में माथा टेका फिर नकुल और सहदेव की बारी थी। अंत में भीम गये।

"आओ मेरे हृदय से लगो भीम," कहा धृतराष्ट्र ने और भींच लिया छाती से। भीम को समझ ही नहीं आया कि आलिंगन उन्हें ही क्यों, उनसे अधिक स्नेह क्यों दिखा रहे हैं ज्येष्ठ पिता। तभी भीम को लगा की यह स्नेहमयी आलिंगन नहीं है। ज्येष्ठ पिता तो उन्हें छाती से दबाये चले जा रहे हैं।

मन में अभी भी कहीं दबी रह गयी प्रतिशोध की अग्नि को धृतराष्ट्र भीम के रक्त से बुझाना चाहते थे, तभी तो भीम को दबा कर जैसे चूर-चूर कर देना चाह रहे थे। छाती से लगाये भीम पर दबाव बढ़ाया तभी अचानक धृतराष्ट्र की ही छाती में लौह बख़्तर चुभने लगा। *'अब समझा कि क्यों कर्ण भैया का लौह कवच पहना कर मुझे यहाँ लाये हैं कृष्ण,'* भीम सोच रहे थे।

जैसे-जैसे दबाव बढ़ा रहे थे, लौह कवच वैसे-वैसे धृतराष्ट्र को ही घायल करता जा रहा था। अंत में जैसे मन से सारा मैल निकल गया हो थककर पीछे हटे, बैठना चाहा, संजय ने सहारा देकर बिठाया।

"तुम सब भाइयों ने मेरे अविवेक के कारण बहुत कष्ट उठाये हैं। अब हस्तिनापुर की बागडोर सँभालो। कृष्ण तुम्हारे साथ हैं इसलिए हस्तिनापुर का उत्तरोतर विकास होगा, यही आशा है," धृतराष्ट्र बोले।

"हस्तिनापुर के आप राजा हैं ज्येष्ठ पिता श्री। आप तो जानते हैं कि हमने तो अपना भाग चाहा था हस्तिनापुर पर राज करने का हमारा न तब कोई ध्येय था और न अब है।"

"प्रिय युधिष्ठिर! मैं तो विजेता की राह देख रहा था ताकि गद्दी उसे सौंप कर वन गमन कर सकूँ।"

"वन गमन? ज्येष्ठ पिता इतनी कटुता न दिखाएँ। हमें तो आपकी छत्रछाया चाहिए। आप राज करें, हम भाई आपकी सेवा में रहकर प्रसन्न रहेंगे।" हाथ जोड़ कर बोले युधिष्ठिर।

"अन्यथा न लें कुमार! महाराज और महारानी तो बीच युद्ध में ही यह निर्णय कर चुके थे कि जो भी विजेता होगा उसे राज-पाठ सौंप कर वन को चले जायेंगे। महामंत्री विदुर जी के समक्ष ही यह सब तय हो चुका था।" मंत्री संजय बोले।

"पर क्यों? यहाँ क्यों नहीं रह सकते आप दोनों?" अर्जुन बोल पड़े अबकी बार।

"आप लोग विचलित न हों। महाराज का उचित निर्णय है यह। हर अवस्था के कर्तव्य नियत हैं और सभी को उनका पालन करना चाहिए, चाहे राजा हो या साधारण मनुष्य। इस अवस्था में कर्मों से निर्लिप्तता ही आदर्श आचरण है, आदर्श कर्म है, आदर्श कर्तव्य है। ताकि भावी पीढ़ी अपना कर्म

उन्मुक्त होकर कर सके, स्वच्छन्द हो कर सके, पूरे मनोयोग से कर सके," कृष्ण बोले।

"तुम सब हस्तिनापुर को सँभालो और हमें यहाँ से विरत हो जाने दो। तात श्री ने जिस प्रकार अपने अंत समय में सारा मोह त्याग दिया था यहाँ तक कि युद्ध के प्रतिदिन के परिणाम भी जानने की इच्छा प्रकट नहीं की सिर्फ़ ईश नाम का जाप करते रहे। श्री कृष्ण का नाम लेते रहे, उसी प्रकार हम पति-पत्नी भी वन में सारे मोह त्याग कर ईश स्मरण करेंगे," धृतराष्ट्र बोले।

"तब तो मुझे भी आप दोनों अपने साथ ले चलें। वहाँ आप दोनों की सेवा करूँगी और तीनों ही ईश स्मरण करेंगे," कुंती बोलीं।

"उत्तम विचार है बहन कुंती। तुम भी साथ रहोगी तो वनवास भी सहज रहेगा। पुत्रों! अब हमें जाने की सहर्ष स्वीकृति दें।" गांधारी बोलीं फिर कृष्ण की ओर पलटी।

"श्री कृष्ण, द्वारकाधीश आपको सभी इस युद्ध का सबसे बड़ा योद्धा मानते हैं। कहा जाता है कि पूरा युद्ध आपके ही कंधों पर संचालित हुआ। मैं जानती हूँ कि मेरे पुत्र अनीति पर थे, इसलिए उनकी पराजय हुई। युद्ध में एक पक्ष जीतता है और एक हारता है। मुझे हस्तिनापुर की महारानी के रूप में इस पर कुछ नहीं कहना है। किन्तु एक माँ अवश्य यह कहना चाहेगी कि जिस प्रकार आज मुझे अपने ही पुत्रों की मृत्यु, अपने ही कुल के नाश का दंश झेलना पड़ रहा है, एक दिन आपको भी यादव कुल का नाश ऐसे ही देखना होगा।" कहते-कहते बिफ़र उठीं गांधारी।

"शांत हो जायें माते! मैं आपका हर कथन मानने को तैयार हूँ। आपका क्रोध, आपका गुस्सा सब मैं अपने ऊपर लेता हूँ, यदि आपको विश्राम मिले। सबकी मृत्यु की जिम्मेदारी भी मैं लेता हूँ। पांडवों की विजय में भी मैं हूँ, दुर्योधन की पराजय में भी मैं हूँ। पितामह की मृत्यु का कारण मैं हूँ तो अभिमन्यु के मरने के पीछे भी मैं ही हूँ। कर्ण की मृत्यु भी मैंने चाही तो कटे अंगों के साथ घिसटता अश्वत्थामा भी मेरी इच्छा है। मैं सब अपने ऊपर लेता हूँ और यादव कुल यदि अपने ही कर्मों से नष्ट होता है तो उसका दायित्व भी मैं लेता हूँ, आपका शाप भी मैं अपने ऊपर लेता हूँ। आप शांत हो जायें, अपने पांडव पुत्रों को आशीष दें और बिना किसी वितृष्णा के वनगमन

करें," हाथ जोड़, मंद-मंद मुस्कराते हुए बोले कृष्ण।

कृष्ण की कोमल वाणी से क्रोध शांत हुआ गांधारी का। धीमे-धीमे चलते हुए कृष्ण के पास आयीं।

"तुम तो स्थितप्रज्ञ हो माधव! सुख में, दुःख में समभाव रहते हो इसलिए तुम्हारे लिए हर परिस्थिति में सहज रह पाना सम्भव है किन्तु हम साधारण मनुष्यों के लिए यह दुरूह है। तुम ही हम सबको अपने-अपने कर्तव्यों का भान कराओ ताकि हम तीनों सहर्ष वन गमन कर सकें और पांडव पुत्र हस्तिनापुर पर निष्कंटक राज करें।"

"ऐसा ही होगा माते! आप सब मेरे हैं इसलिए आपके आशीष, आपके शाप सब सहर्ष स्वीकार हैं। आप तीनों की वन यात्रा सुखद हो कभी किसी की भी आवश्यकता न पड़े वन में आपको यही कामना है," कृष्ण के मुख पर शांति देने वाली मुस्कान थी।

• • •

हस्तिनापुर का राज दरबार आज पूरी तरह से सजाया गया था। युधिष्ठिर का राज्याभिषेक होना था आज। पूरा नगर ही जैसे इस पल का भाग बनना चाहता था। राज्य में युधिष्ठिर की लोकप्रियता के कारण सभी उनका अभिषेक देखना चाहते थे। प्रजा की इच्छा जान युधिष्ठिर ने राज दरबार आम लोगों के लिये खुलवा दिया था। जत्थे के जत्थे राज दरबार की ओर नगर के सभी मार्गों से चले आ रहे थे। पुरोहित जन, महर्षि व्यास, ऋषि धौम्य की अगुआई में सारे विधान सम्पन करा रहे थे। सर्वप्रथम युधिष्ठिर का सात नदियों, सात समुद्रों और सभी ऋतुओं के जल से अभिषेक किया गया। सिंहासन पर युधिष्ठिर को बिठाया गया। वैदिक रीति से मन्त्रोच्चार करते हुए ब्राह्मणों ने राज मुकुट युधिष्ठिर के सिर पर रखा। राजसूय यज्ञ के समय ही कृष्ण को अग्रपूजा का अधिकारी और ईश माना गया था इसलिए राजा के रूप में युधिष्ठिर ने कृष्ण की अग्रपूजा हेतु उन्हें पीढ़े पर बैठाया और पैरों को धोकर जल का छिड़काव पूरी सभा में किया। तत्पश्चात पुनः सिंहासन पर आकर बैठे।

हस्तिनापुर के राज अधिकारियों की घोषणा हुई। भीम को युवराज, विदुर को महामंत्री और राजा का राजनीतिक सलाहकार, संजय को वित्त

मंत्री, अर्जुन को प्रधान सेनापति, धौम्य को मुख्य पुरोहित, नकुल को सेनापति बनाया गया। सहदेव राजा के विशेष रक्षक बने वहीं युयुत्सु को महल का प्रभारी बनाया गया।

"हस्तिनापुर की प्रजा के नाम महाराज कोई संदेश देना चाहेंगे?" महामंत्री विदुर बोले तो युधिष्ठिर अपने स्थान पर खड़े हुए।

"हस्तिनापुर के सम्मानीय ब्राह्मण, पुरोहित वर्ग, सेना प्रमुख, श्रेष्ठी वर्ग, प्रजा जन सभी का आभार मानते हुए मैं युधिष्ठिर हस्तिनापुर के नये राजा के रूप में आप सबको यह विश्वास दिलाना चाहूँगा कि हम और आप मिलकर हस्तिनापुर को एक श्रेष्ठ राज्य बनायेंगे जहाँ समानता हो, व्यापार-व्यवसाय हेतु अनुकूल अवसर हों, श्रमिकों को उचित पारश्रमिक मिले, बाज़ारों और सड़कों की उचित व्यवस्था हो। राज्य की आर्थिक उन्नति हेतु हम सब अपना सर्वस्व देंगे। हमें हाल ही में एक ऐसा युद्ध लड़ना पड़ा जिसे हमने नहीं चाहा था किन्तु विवशता थी। अपने ही बन्धु-बांधव से कौन लड़ना चाहता है। किन्तु युद्ध हुआ और अपना कर्तव्य मानते हुए हमने इसमें भाग लिया। जब तक युद्ध था, पक्ष विपक्ष था। किन्तु अब यह राज्य हम सबका है जो हमारे साथ लड़े उनका भी और जो हमारे विरोध में लड़े उनका भी। हमारी किसी से अब कोई कटुता नहीं इसलिए हम सब अपने हस्तिनापुर के लिए कार्य करें अपने राज्य के प्रति पूर्ण निष्ठा से कार्य करें, यही आप सब से अपेक्षा है," युधिष्ठिर बोल रहे थे और सभी सुन रहे थे।

"आज हमारे बीच हमारे पथ प्रदर्शक, ईश द्वारकाधीश श्रीकृष्ण उपस्थित हैं। यह हमारा सौभाग्य है। हस्तिनापुर के राजा के रूप में मैं उनसे आग्रह करूँगा कि वे हमें राज्य के संचालन में आवश्यक मार्गदर्शन देने का कष्ट करेंगे।"

कृष्ण अपने स्थान पर खड़े हुए, बोलना शुरू किया।

"धर्मराज! मैं आपको इसी नाम से पुकारूँगा महाराज और चाहूँगा कि धर्मानुकूल शासन करते हुए आपकी कीर्ति धर्मराज के रूप में फैले। जो युद्ध लड़ा गया था वह वास्तव में पांडव और कौरवों का युद्ध नहीं था। क्योंकि यह तो आपके परिवार का मसला था, किन्तु पूरा भारतवर्ष इस युद्ध में बड़े उद्देश्य के लिए भाग ले रहा था। धर्म का शासन हो, न्याय का शासन हो, नीति का शासन हो। इसी अपेक्षा को लेकर जुड़ा था पूरा राष्ट्र। इसलिए

अब यह आपकी महती जिम्मेदारी है कि धर्म की स्थापना हो। कहने में यह जितना कठिन है, करने में उतना ही सरल है, यदि राजा अपने निज हितों की तिलांजलि दे प्रजा के लिए कार्य करे।"

"मैं प्रजा के लिए अपना सारा जीवन देना चाहूँगा द्वारकाधीश। मुझे बताएं कि मैं क्या करूँ जिससे आपकी आशा अनुरूप इस राज्य को रूप दे सकूँ?" युधिष्ठिर पूछ बैठे।

"प्रजा के लिए राजा को अपना सर्वस्व देना भी चाहिए। प्रजा को पुत्रवत मानना चाहिए। प्रजा का शाब्दिक अर्थ ही है पुत्र, सन्तान। जैसे पिता पुत्रों के लिए दिन रात एक कर उन्हें अच्छा जीवन देना चाहता है वैसे ही राजा को प्रजा के लिए प्रयास रत होना चाहिए। दिन में, रात्रि में, सोते, जागते, भोजन करते, विहार करते कभी भी यदि किसी नागरिक को राजा की आवश्यकता है तो तत्काल राजा को जतन करना चाहिए। राजा का कोई व्यक्तिगत सुख नहीं होता। प्रजा के सुख में ही राजा का सुख है, प्रजा के दुःख में राजा का दुःख। गुप्तचर राज्य में चौकन्ने रहें और देखें कि कहीं अन्याय न होने पाये। राजा के अधिकारी प्रजा के साथ मित्रवत हों, प्रजा को राज अधिकारी सहज हों। उनके निकट जाने में प्रजा भयभीत न हो। राज कर्मियों का इतना दुस्साहस नहीं हो कि प्रजा अर्थात राजा के बच्चों से दुर्व्यवहार करे। सर्वाधिक महत्त्वपूर्ण है प्रजा का सम्मान और जो राजा अपने मद में चूर रह प्रजा का अपमान होने देता है, प्रजा के आँसू ऐसे राजा को उसके कुल सहित डुबो देते हैं। कर संग्रह कम से कम हो, न्यायोचित हो। भूमि पर कर, व्यवसाय पर कर, सड़क पर कर अनेक कर हैं जिन्हें एकत्र करने में अधिकारी अधिक लालायित रहते हैं किन्तु राजा को चाहिए कि कराधान प्रजा के अनुकूल हो, अधिकारियों के नहीं। कर की दर ऐसी हो कि देने वाला प्रसन्न्ता से दे, कर देते समय गर्व का अनुभव करे। प्रजा के न्याय मिले और त्वरित मिले यह राजा का दायित्व है," कृष्ण कुछ क्षण रुके, पुनः बोले।

"शक्ति ही है जो शांति स्थापित करती है। इसलिए हे राजन! यदि शांति चाहते हो तो सदैव युद्ध के लिए तैयार रहें। मित्र राज्य सहायता पायें, शत्रु राज्य भय ग्रस्त रहें। सीमाओं की चौकसी हो। सेना का मनोबल बढ़ा रहे, आधुनिक युद्ध तकनीकों पर कोष की राशि व्यय हो। राज्य के लिए प्राण देने वालों का राजकीय सम्मान हो उनके परिवारों की देखभाल हो। युद्ध को

टाला जाये किन्तु अनावश्यक टालमटोल उचित नहीं। अवसर आये तो आगे बढ़ युद्ध को अंगीकार करना चाहिए," कृष्ण बोल रहे थे और सभी मन्त्रमुग्ध हो कर सुन रहे थे।

"धार्मिक एकता से ही राजनीतिक एकता सम्भव है। धार्मिक एकता के लिए आवश्यक है कि राज्य का एक धर्म हो किन्तु ध्यान रहे कि धर्म को राज्यानुकूल होना चाहिए राज्य को धर्मानुकूल नहीं। धर्म राज्य के लिए है राज्य धर्म के लिए नहीं। राज्य का एक धर्म हो किन्तु राज्य को अन्य धर्मों के प्रति सहिष्णु रहना चाहिए। धर्म इतना सुखद हो, इतना उदार हो, इतना सरल हो कि लोग उसे प्रसन्नता से अपनाएँ, भय से नहीं। राजा को यह भी देखना चहिये कि धर्म के नाम पर प्रजा का शोषण तो नहीं हो रहा। इन ब्राह्मणों ने वैदिक धर्म को क्लिष्ट बना दिया था। आम जनों की बात ही क्या? स्वयम् राजा और उच्च अधिकारियों के लिए भी धन और समय साध्य बन गया था धर्म। इसीलिए मैंने प्रयास किया की सरल और सहज धर्म का स्वरूप हो जिसमें ज्ञान और कर्म के साथ भक्ति का सिद्धांत दिया गया। आम जन अपने कर्मों को ही अपना धर्म मान कर करे और अपने कर्म को करते हुए किसी ऐसे की भक्ति करे जो अपने ज्ञान से भक्त को परमात्मा तक ले जाये। यह सरल विधि है उपासना की। वैदिक मन्त्र आम जन को कठिन लगते हैं इसलिए भक्ति की सरल विधि के तहत ईश नाम का स्मरण, ईश नाम का जप ही पर्याप्त है।"

"हमारे लिये तो आप ही ईश हैं, हमें आपकी ही भक्ति करनी है, आप ही हमें, हमारी आत्मा को ले जायें ब्रह्म में विलीन कराने, परमात्मा में विलीन कराने," युधिष्ठिर प्रणाम की मुद्रा में बोले।

"ईश जिसे मानो उससे प्रेम करो, भयभीत न हो। ईश डरने का नहीं प्रेम करने का नाम है, इसलिए यदि मुझे ईश माना है तो मुझमें प्रेम और समर्पण रखो। अपने सारे कर्मों को मुझे समर्पित कर निश्चिंत हो जाओ, भय मुक्त हो जाओ। मैं तुम्हें तुम्हारे कर्मों का सुफल दिलाऊँगा, तुम्हें परमात्मा तक ले जाऊँगा," हाथ उठा बोले कृष्ण। पूरे दरबार में सन्नाटा था, जैसे जादू चल रहा हो कृष्ण का।

19

कृष्ण अपने महल के उपवन में रुक्मिणी संग बैठे थे। सागर किनारे बने उपवन में सायं को सूर्यास्त का नयनाभिराम दृश्य मन को लुभाता था इसलिए अक्सर ही सायं को कृष्ण किसी रानी के साथ आ जाते थे वहाँ। एक वर्ष से, जब से पांडव-कौरव युद्ध सम्पन्न हुआ, कृष्ण को अपने राज्य पर ध्यान देने का अवसर मिल गया और इसका ही फल था की द्वारका में सभी प्रसन्न थे। नित्य का ही नियम था कि राज दरबार से कृष्ण आकर किसी न किसी रानी के साथ महल के पीछे सागर तट पर बने इस रमणीक उपवन में सायं बिताते थे और परिवार पर, सन्तानों पर, प्रजा पर चर्चा करते थे। आज भी पटरानी रुक्मिणी संग बैठे आकाश में डूबते सूरज को निहार रहे थे जिसकी सागर में पड़ती परछाईं मन मोह रही थी। सागर की लहरें तट पर डाले गये बड़े पत्थरों से टकराकर संगीत उत्पन्न कर रही थी।

"परिवार और प्रजा सभी कितने प्रसन्न हैं एक वर्ष से और राज्य की उन्नति ने भी जैसे पंख लगा लिए हैं," रुक्मिणी मुदित हो कर बोलीं।

"हाँ, अब तो बलदाऊ के उलाहने भी बंद हो गये कि अपने राज्य को छोड़कर पूरे देश की चिंता है मुझे," मुस्करा दिए कृष्ण। तभी द्वारपाल ने आकर सूचना दी कि कोई ब्राह्मण मिलना चाह रहा है।

"ब्राह्मण? इस समय अवश्य कोई समस्या होगी उन्हें। क्या बताया अपने बारे में?" कृष्ण ने विस्मय से पूछा।

"अधिक कुछ नहीं महाराज। बोला कि कहना सुदामा मिलने आये हैं, आप समझ जायेंगे," द्वारपाल बोला।

"सुदामा... मेरा मित्र... कहाँ है?" कहते हुए दौड़ पड़े द्वार की ओर। रुक्मिणी भी अचरज से पीछे हो लीं। द्वार पर पहुँचे, देखा एक ब्राह्मण जीर्ण-शीर्ण वस्त्रों में खड़ा है। विपन्नता के कारण अपनी आयु से अधिक

दिखते ब्राह्मण को पहचानने का प्रयास कर रहे थे कि किशोरावस्था के सुदामा की छवि कहीं इस आकृति में दिख जाये। तभी सुदामा दौड़ पड़ा कृष्ण की ओर।

"सुदामा, मेरे मित्र, कहाँ थे अब तक?" कहते हुए आगे बढ़ गले लगा लिया कृष्ण ने। रुक्मिणी से परिचय कराया। हाथ पकड़ कर ले चले महल में अंदर।

सम्मान सहित कृष्ण, रुक्मिणी, अंदर महल में लाये सुदामा को। पीढ़े पर बैठाया, रुक्मिणी से परात पानी मँगाया, जल से पैर धोये, चन्दन का लेप लगाया।

"कन्हैया मैं अभिभूत हूँ इस आदर से। झिझक थी कि इस ग़रीब ब्राह्मण को पहचानोगे या नहीं, इसी झिझक ने इतने दिन तक आने से रोका तुम्हारे पास मित्र।"

"मित्र! यह झिझक ही तो है जो उचित समय पर उचित निर्णय नहीं लेने देती। इस झिझक रूपी व्याधि से तुम ही नहीं अधिकांश पीड़ित होते हैं और इसीलिए वे अपने सखा से, अपने सम्बन्धियों से और यहाँ तक कि अपने इष्ट के निकट नहीं जा पाते। उन्हें यही भय सताता रहता है कि पूछ होगी भी या नहीं। सच मानो मित्र इस झिझक में ही अधिकांश जीवन निकल जाते हैं।"

"हाँ, मैं मानता हूँ कि संकोच के कारण मैं न आ सका किन्तु यह कैसे संभव है कि सारे जगत का हाल जानने वाले तुम, जो कौन कहाँ सम्बन्ध रखता है, किसका सूत्र किससे जुड़ा है सारी सूचनाएँ रखते हो, जिसके कारण महायुद्ध में पांडव विजयी हुए, मेरे बारे में न जान सके। तुम अपने मित्र के बारे में जान कर भी अनजान रहे कन्हैया क्यों?" आँखों से अश्रु झलक आये सुदामा के।

"मेरे सखा, तुमने सही अनुमान लगाया। मुझे भान था तुम्हारी स्थिति का किन्तु मैं अपने स्वभाव से लाचार हूँ। तब तक किसी की सहायता के लिए नहीं बढ़ता जब तक वह मुझ तक न आये। उसका मुझमें पूर्ण भरोसा न हो, मुझमें पूर्ण समर्पण न हो। मैं बिना माँगे की सलाह और सहायता नहीं देता और मेरा तो मानना है कि किसी को भी नहीं देनी चाहिए। पिता पुत्र को नहीं, मित्र मित्र को नहीं, भगवान भक्त को नहीं," कृष्ण बोले।

चाँदी की तिपाई पर रुक्मिणी ने भाँति-भाँति के व्यंजन, फल, मिष्ठान लगा दिए। भोजन से पूर्व जल पान का आग्रह था, जिसे देख सुदाम ठगे रह गये। इतनी व्यंजन सामग्री देख सकुचाहट में सुदामा वह पोटली न निकाल पाए जो पत्नी ने दी थी।

"मित्र! काँख में कुछ छिपा रहे हो। गुरुकुल वाली आदत गयी नहीं तुम्हारी? उस समय गुरुमाता के बने चिवड़ा छिपाते थे, आज लगता है भाभी की भेंट छिपा रहे हो," कहते हुए कृष्ण ने पोटली खींच ली काँख से। खोल कर देखा।

"अरे वाह! भाभी को कैसे पता कि मुझे चिवड़ा पसंद है, अवश्य तुमने बताया होगा। ...आहा स्वादिष्ट," खाते हुए बोले कृष्ण। रुक्मिणी की ओर बढ़ाया, मुट्ठी भर ली रुक्मिणी ने।

"सचमुच बहुत स्वादिष्ट है," कहा रुक्मिणी ने।

"जानती हो रुक्मिणी एक बार मुझे और सुदामा को गुरु ने जंगल से आश्रम के लिए लकड़ियाँ लाने भेजा। रास्ते के लिए गुरुमाता ने चिवड़ा रख दिया सुदामा के हाथ में। सायं तक हम दोनों लकड़ी एकत्र करते रहे कि वर्षा होने लगी। हमने वर्षा में भीगने से बचने के लिये एक पेड़ की शरण ली। अँधेरा होने लगा तो सुदामा डरने लगा। मैं इसे हिम्मत बँधा रह था। मेरी निकटता में भय त्याग सुदामा सहजता से खड़ा रहा। वर्षा अभी भी तेज़ थी। अँधेरे में नैंने सुना कि सुदामा कुछ कुटकुटा रहा है। मैं जान गया कि सुदामा कुछ खा रहा है। मैंने पूछा कि क्या खा रहे हो तो ये बोला कि ठंड से दाँत किट-किट बोल रहे हैं। मैं जान गया था कि ये झूठ बोल रहा है किन्तु कुछ कहा नहीं और ये हम दोनों के लिए मिला पूरा चिवड़ा अकेले चट कर गया।"

"मित्र से किया गया वही छल तो मुझे दरिद्र बना गया। काश! तुमने उस दिन मुझे रोका होता। मेरा झूठ पकड़ लिया था, तो बोल दिया होता काश...काश!"

"मित्र से छल के कारण नहीं, बाँट कर न खाने की प्रवृत्ति के कारण, न दे पाने की प्रवृत्ति के कारण। क्योंकि मित्र सुदामा, सारा खेल तो प्रवृत्ति का ही है। यही राजा बनाती है और यही रंक। और यह न कहो कि मैंने उस दिन तुम्हें रोका नहीं, मैंने टोका था किन्तु तुमने छिपाया और इसे तुम

अपनी चतुराई जान रहे थे। इस अवस्था में मैं शांत रहता हूँ और चतुर व्यक्ति को उसके विवेक अनुसार कार्य करने देता हूँ, हस्तक्षेप नहीं करता, उस दिन भी नहीं किया।"

"किन्तु कन्हैया आज मैंने छल नहीं किया। वास्तव में मैं विविध व्यंजनों से भरे थालों को देख कर सोच में पड़ गया था कि मेरी तुच्छ भेंट तुम स्वीकार करोगे या नहीं?"

"इतना सोच ही तो दुःख का कारण है, मित्र। तुमने कैसे जान लिया कि मुझे तुम्हारी भेंट तुच्छ लगेगी? मैं तो प्रेम का भूखा हूँ। जिस प्रेम से भाभी ने इसे बनाया, जिस प्रेम से तुम इसे लेकर आये वह महत्त्वपूर्ण है मेरे लिए। इतने वर्षों बाद भी तुम्हें याद रहा कि मुझे क्या पसंद है, यह महत्त्वपूर्ण है मेरे लिए। मुझे सामग्री नहीं प्रेम चाहिए, समर्पण चाहिए। तुम दोनों पति-पत्नी ने वही दिया है इसलिए तुम दोनों मुझे प्रिय हो।"

"जीवन में तीन गुरु होते हैं, कन्हैया। पहला गुरु माता-पिता जो जन्म देते हैं, दूसरा गुरु उपनयन के साथ वेदअध्ययन कराता है और तीसरा गुरु वह होता है जो व्यक्ति को जीवन का सारतत्व सिखाता है, आत्मा को उन्नत करता है, जीवन जीने का मार्गदर्शन और मरने का दर्शन देता है। यह तीसरा गुरु सबसे महत्त्वपूर्ण होता है, बिना इसके मिले जीवन को अर्थ नहीं मिलता। मेरी तीसरे गुरु की खोज आज पूर्ण हुई कान्हा। तुम आज से मेरे सहपाठी भी हो और गुरु भी। मेरे मित्र भी हो और इष्ट भी," कहते हुए आँखें छलक आयीं सुदामा की।

कृष्ण उठे और गले लगा लिया वातावरण को हल्का करने के उद्देश्य से बोले, "मित्र अब विश्राम करो। थक गये होगे आते-आते।"

"हाँ, कन्हैया बहुत थक गया था। चवालीस कोस की यात्रा में चवालीस बरस जो लग गये, किन्तु तुमसे मिलते ही सारी थकान विलुप्त हो गई।"

"सत्य कह रहे हो मित्र एक दिवस की दूरी को पार करने में इतने बरस। तुमने बताया था कि पोर नामक बन्दरगाह के निकट है तुम्हारा ग्राम जो यहाँ से अधिक दूर नहीं है।"

"दूरियां कोसों में कहाँ होती हैं कन्हैया ये तो दिलों में होती हैं। यदि कोस नापने होते तो मैं कब का नाप चुका होता किन्तु आत्मविश्वास की कमी

से पग ही नहीं उटते थे। सोचता था पहचानोगे या नहीं, सुनोगे या नहीं? इसी उधेड़बुन में आधा जीवन निकल गया।"

"तुम्हारा तो आधा जीवन ही गया है मित्र, लोगों का तो पूरा जीवन निकल जाता है इसी उधेड़बुन में किन्तु भरोसा ही नहीं हो पाता उन्हें न मित्रों पर, न परिवार पर, न गुरु पर और न ही इष्ट पर," कृष्ण दार्शनिक की तरह बोल रहे थे।

"किन्तु अब जब तुमसे मिला हूँ तो प्रतीत होता कि सारे कष्ट दूर हो गये, सारी थकान विलुप्त हो गयी।"

"तब तो मैं चाहता हूँ कि तुम सानन्द कुछ दिवस यहाँ बिताओ। तुम्हारे सानिध्य में हम सब को अच्छा लगेगा यहाँ," कहा कृष्ण ने तो रुक्मिणी ने हर्ष व्यक्त किया।

• • •

कृष्ण का आग्रह, राजमहल का आतिथ्य सुदामा को भा गया और देखते ही देखते एक माह व्यतीत हो गया द्वारका में। पत्नी और बच्चों की याद सताने लगी सुदामा को किन्तु संकोचवश कह नहीं पा रहे थे। एक दिन प्रातः कृष्ण को अकेले देखा तो अवसर पा मन की बात कह दी।

"कन्हैया, एक माह से अधिक हो गया है तुम्हारे पास रहते हुए। तुमने और तुम्हारे परिवार ने जो आवभगत की है उसे छोड़ कर जाने का मन तो नहीं होता किन्तु तुम्हारी भाभी चिंतित हो रही होगी। बच्चों को देखने का भी जी कर रहा है। यदि अनुमति दो तो अब जाना चाहता हूँ।"

"अवश्य मित्र! तुम साथ रहे तो एक माह पता ही नहीं चला कि कब बीत गया। अब रोकूँगा तो भाभी श्री का कोप भाजन बनूँगा। आज ही तुम्हारे निकलने का प्रबंध करता हूँ," कहते हुए कृष्ण ले गये सुदामा को महल के अंदर साथ में जलपान के लिए।

रास्ते में चले जा रहे थे सुदामा। द्वारका में बिताये एक माह की स्मृतियाँ रह-रह कर मस्तिष्क को घेर रही थीं। कृष्ण का अपनत्व, रानियों का सत्कार, बलराम का स्नेह सब जैसे जीवंत चित्रों की भाँति स्मृति पटल पर घूम रहे थे। साथ ही, एक बात रह रह कर कचोट रही थी। यद्यपि कृष्ण का

दर्शन, उनके द्वारा दिया गया ज्ञान मन को रोक रहा था तुच्छ बात सोचने से किन्तु मानवीय कमज़ोरी कहाँ रोक पाती है मन को।

'मैं एक माह रहा। इतना सम्मान, इतनी ख़ातिर किन्तु चलते समय कोई भेंट नहीं। यह जानते हुए भी कि कितना विपन्न हूँ मैं, कोई सहायता नहीं की। क्यों?'

सोचते जाते थे, फिर मन के विचारों को झटक देते थे। कुछ दूर चलते कि विचार पुनः आने लगते। सोचते-विचारते सायं होते-होते पहुँच गये अपने ग्राम तक सुदामा।

गलियों में चले जा रहे थे। जो भी देखता सम्मान से सिर झुका लेता, हँस कर अभिवादन करता। व्यवहार ग्राम वासियों का बदला-बदला देख विस्मित हो रहे थे सुदामा। सोचा इतने दिवस बाहर रहा इसीलिए ग्रामीण इतना आदर दे रहे हैं। चलते चलते अपने झोंपड़े तक पहुँचे।

"यह क्या... अरे मेरा झोंपड़ा कहाँ है? ये किसने अपना भवन बना लिया यहाँ?" ज़ोर से चीख़े सुदामा। ग्रामीण एकत्र होने लगे, इससे पूर्व कि कोई कुछ कह पाता। सुदामा का स्वर पहचान भवन के अंदर से एक स्त्री निकली।

"स्वामी ये आप का ही भवन है। आपके मित्र द्वारकाधीश ने बनवाया है," पत्नी सुदामा को देखते ही प्रसन्नता से चिल्लाई।

"हाँ, सुदामा तुम्हारे जाने के बाद द्वारका के कुशल कारीगरों ने दिन-रात एक कर इसे बनाया है। राज कर अधिकारी ने कुछ दिवस पूर्व इस ग्राम का नाम सुदामापुरी रखे जाने की राजकीय घोषणा भी कर दी है," एक बुजुर्ग व्यक्ति बोले।

"काका, सच कहा था कन्हैया ने जिसे ईश मानो उसमें पूर्ण समर्पण रखो, उस पर पूरा भरोसा करो तो जो तुमने सोचा भी न होगा वह मिलेगा। कहाँ मैं बिना तथ्यों को जाने मन ही मन उन्हें दोष दे रहा था और वे जैसे कह रहे हों की यात्रा पूरी होने के पूर्व ही व्यग्र नहीं होना चाहिए। प्रयास पूर्ण होने से पूर्व ही लक्ष्य प्राप्ति हेतु नहीं सोचना चाहिए। समय से पूर्व ही दोषारोपण नहीं करना चाहिए," सुदामा का गला भर्रा गया कहते-कहते।

"स्वामी सिर्फ़ भवन ही नहीं है। अनेक गायें, धन-धान्य के भंडार! अंदर तो चल कर देखें," पत्नी उत्तेजित हो बोली।

"प्रिये! कुछ भी देखने की इच्छा नहीं है अब। अब तो एक ही इच्छा रह गयी है। अपने इष्ट का स्मरण करूँ। सदैव उनकी भक्ति में रत रहूँ। अपने सारे कर्मों को उन पर छोड़ निष्काम कर्म करूँ। जो मुझे मिला है उस तक औरों को भी ले जाऊँ। यदि आप सब का मत हो तो क्या हम द्वारकाधीश को अपना इष्ट बना उनका उपासना स्थल बनवा सकते हैं। धन मैं लगाऊँगा आप सब का समर्थन चाहिए," अपने चबूतरे पर खड़े हो सुदामा बोले।

"अवश्य। उत्त्म विचार है हम सभी सहमत हैं। धर्म का उन्होंने जो सरल रूप दिया है। भक्ति का उन्होंने जो सरल मार्ग दिया है उसे देखते हुए उनसा ईश कौन हो सकता है भला?" ग्रामिणी बोले फिर सुदामा की ओर रुख़ कर कहा।

"ग्राम की सार्वजनिक भूमि आपको दी जाती है। आप शीघ्र से शीघ स्थल निर्माण कार्य प्रारम्भ कराएँ। हम सभी ग्राम जन आपके सहायक होंगे।"

• • •

सोलह बरस व्यतीत हो गये महायुद्ध को सम्पन्न हुए। हस्तिनापुर में युधिष्ठिर ने कृष्ण की अपेक्षा के अनुरूप धर्म राज्य की स्थापना कर दी थी। एक आदर्शवादी राजा के रूप में धर्मराज ही उनका नाम पड़ गया था। राज्य की शांति ने व्यापार, व्यवसाय को उन्नति दी फलतः प्रजा ख़ुशहाल हुई। हस्तिनापुर की समृद्धि का प्रभाव अन्य राज्यों पर भी पड़ा और देखते देखते भारतवर्ष के अधिकांश राज्यों में सम्पन्नता आ गयी। पूरा भारतवर्ष इस सुखद हाल के लिए कृष्ण को ही कारण मानता था। हर आम एवं ख़ास को यह भरोसा हो गया था कि सुनहरे भविष्य के लिए ही कृष्ण ने उस धर्म युद्ध को होने दिया था। उस महायुद्ध को पूरा कराया था, बिना बीच में किसी समझौते के।

प्रजा पालक राजा के रूप में जितनी ख्याति युधिष्ठिर ने अर्जित की प्रधान सेनापति के रूप में अर्जुन के पराक्रम के भी उतने ही चर्चे होते थे आर्यावर्त में। भीम युवराज के रूप में राजा के सफल उत्तराधिकारी साबित हुए। अनेक अवसरों पर जब युधिष्ठिर राज्य से बाहर रहते थे, भीम कुशलतापूर्वक राज्य की बागडोर सँभालते थे। नकुल का अश्व प्रेम विख्यात हो चुका था। घोड़ों की चिकित्सा पर आधारित नकुल द्वारा रचित ग्रन्थ *नकुल*

संहिता अद्भुत था तो उतना ही अद्भुत था उनका अश्व दधिकृवा, जिसने गति और चपलता के नये आयाम स्थापित किये थे आर्यावर्त में। सहदेव का ज्योतिष विज्ञान और नक्षत्रों की गणना में उनकी प्रवीणता के किस्से आम हो चले थे अब।

धर्म का उत्थान भारत वर्ष में चरम पर था। इसका श्रेय कृष्ण को दिया जाने लगा था। कृष्ण की लोकप्रियता सर्वमान्य ईश के रूप में फैल रही थी और इसका आभास सभी स्थानों पर होने लगा था।

मिथिला आर्यावर्त के पूर्वी राज्य विदेह की राजधानी थी। राम के समय यहाँ के राजा जनक की ख्याति जितनी राम के श्वसुर के रूप में थी उससे अधिक एक दार्शनिक संत राजा के रूप में थी। कृष्ण अपने मित्र सात्यकि और उद्धव के साथ मिथिला की यात्रा पर गये। द्वारका से मिथिला के पूरे मार्ग पर कृष्ण की एक झलक पाने नर-नारी पंक्ति में खड़े थे और कृष्ण की मोहक मुस्कान आशीष स्वरूप उन्हें मिल रही थी। मिथिला में उस समय जनक के वंशज बहुलाश्व स्वयम् एक धर्मात्मा और दयालु राजा था। कृष्ण के स्वागत में पूरा मिथिला नगर पुष्प मालाओं और वन्दनवारों से सजाया गया था। मार्गों पर इत्र का छिड़काव किया गया था। कृष्ण के सम्मान में राजा ने महासभा का आयोजन किया जिसमें ब्राह्मण स्रुतदेव ने ईश के रूप में कृष्ण का पूजन किया। राजा बहुलाश्व ने चरणों को चाँदी के थाल में धोकर जल का झिड़काव स्वयम् पर, अपने परिवार पर और पूरी सभा में किया।

राजा बहुलाश्व और स्रुतदेव ने कृष्ण के चरित्र का वर्णन ऐसे भाव-विभोर हो कर किया जैसे भक्त भगवान का करते हैं। दोनों के आग्रह पर भरी सभा में कृष्ण ने ज्ञान, कर्म और भक्ति के मिश्रित मार्ग से ईश आराधना का विधान समझाया। फिर बिना फल की इच्छा किये निष्काम कर्म करते हुए अहंकार रहित हो कर्मों को ईश को समर्पित करने की बात कही। साथ ही यह कार्य प्रसन्न मन से इस आशय से करते रहने का कि कर्म अच्छा है तो ईश फल भी अच्छा देगा, का बखान किया। विदेह के महत्त्व को बताते हुए कृष्ण ने रहस्य खोला कि जब पुरोहित वर्ग द्वारा धर्म को क्लिष्ट, धन का अपव्यय कराने वाला और समय तथा श्रम साध्य बना दिया था उस समय सबसे पहला विद्रोह इस पुरोहित वर्ग के विरुद्ध विदेह और पांचाल राज्यों में हुआ। उसी का परिणाम था कि महान उपनिषदों की रचना हुई।

सात्यकि और उद्धव पूरी यात्रा में अचम्भित रहे कि कैसे उनके मित्र उनके सखा कृष्ण सम्पूर्ण भारतवर्ष में उत्तर से दक्षिण तक पश्चिम से पूर्व तक ईश्वर की तरह पूजे जाने लगे हैं। कैसे धनी, निर्धन, राजा, प्रजा सभी कृष्ण में विश्वास करते हैं और उनके विश्वास का सुफल निश्चित ही मिलता होगा तभी तो चहुँओर वे सभी प्रसन्न हैं, जो कृष्ण के अनुयायी हैं। यह सब देख श्रद्धा से भरे भावों को ले दोनों कृष्ण के चरणों में गिर गये। मित्र को ही तारणहार मान लिया, सखा को ही ईश मान लिया।

युधिष्ठिर ने आदर्श राज्य की स्थापना कर राम राज्य की स्मृति ताजा कर दी थी। लम्बे समय बाद राष्ट्र को राज्यों के आये दिन के आपसी संघर्षों से छुटकारा मिला था। व्यापारी, व्यवसायी, पुरोहित, ब्राह्मण, कृषक, शूद्र सभी प्रसन्न हो अपने कर्मों में लगे थे। कृष्ण के सरल ज्ञान कर्म और भक्ति के सिद्धांत ने शूद्रों को भी लालायित किया क्योंकि शूद्रों को भी कृष्ण ने भक्ति का अधिकारी माना था। नई धार्मिक दशा का लाभ उठा शूद्रों ने अपनी सामाजिक स्थिति में सुधार किया और फलतः शूद्रों के वंश आर्थिक और राजनीतिक रूप से दृढ़ होने लगे।

वाणिज्य-व्यवसाय पर आधारित नये नगर विकसित होने लगे। सुदूर उत्तर में पुष्करवती, हस्तिनापुर के पास अतरंजी खेड़ा, बटेसर, यमुना किनारे के मथुरा, इन्द्रप्रस्थ, गंगा किनारे कौशाम्बी, अयोध्या, उज्जयिनी, विराटनगर मिथिला, राजगृह आदि उत्तर में बड़े नगर बने तो दक्षिण और पश्चिम में द्वारका, प्रभास, ताम्रलिप्ति, दंतपुर, कावेरी पत्तन और मजूरी जैसे बड़े बन्दरगाह और कुण्डिनपुर, किष्किन्धा आदि जैसे नगरों का विकास हुआ। शिक्षा पर पर्याप्त ध्यान दिया जाने लगा और उत्तर में जहाँ काशी शिक्षा का बड़ा केंद्र विकसित हुआ वहीं दक्षिण में कांची ने यह प्रतिष्ठा पायी।

विनिमय के लिए गाय मुख्य साधन थी किन्तु शतमान और निष्क जैसे सोने के सिक्के व्यापारिक रूप से प्रयोग में आने लगे थे। धन-सम्पदा बढ़ने से नगरों में श्रेष्ठिन वर्ग की संख्या में भी बढ़ोतरी हो गयी थी। सम्पन्नता बढ़ने लगी थी और वह रहन-सहन, पहनावे में भी दिखने लगी थी। सूती ऊनी वस्त्रों के साथ रेशमी और मखमली वस्त्रों का चलन प्रारम्भ हो गया था।

भूमि पर राजा का अधिकार नहीं था किन्तु वह किसी को भी भूमि से हटा सकता था, इसीलिए उसे पैदावार का छठवाँ भाग कर के रूप में दिया

जाता था। बलि, भाग और शुल्क संग्रहण किये जाने वाले कर थे। किन्तु भूमि का महत्त्व दिन-प्रतिदिन बढ़ता जा रहा था और आर्य-द्रविड़ विलय के बाद भूमि मूल्यवान सम्पति बन गयी थी और सच तो यह है कि लड़ा गया महायुद्ध भूमि के लिए लड़ा जाने वाला पहला युद्ध बन गया भारतवर्ष के इतिहास में।

राजा की प्रतिष्ठा में आशातीत वृद्धि हुई और कभी कबीलों के लोगों में से ही नेतृत्व देने हेतु चुना गया राजा धीरे-धीरे परम शक्तिशाली और यहाँ तक कि पृथ्वी पर विष्णु का अवतार माना जाने लगा था। यद्यपि राजा की स्वेच्छाचारिता पर अंकुश मंत्रिमंडल के अतिरिक्त सभा और समिति नामक जनसंस्थाएँ रखती थीं।

साहित्य के क्षेत्र में भी उल्लेखनीय विकास हुआ। वेदों, ब्राह्मण, अरण्यक की रचना पूर्व में हो गयी थी। कुछ उपनिषद रचे जा चुके थे और कुछ की रचना इसी काल में हुई। वेद यद्यपि रचे तो पहले ही जा चुके थे किन्तु उनका *ऋग्वेद, यजुर्वेद, सामवेद* और *अथर्ववेद* के रूप में लिपि बद्ध किया जाना इसी समय संभव हो सका। इस युग की प्रमुख विशेषता आर्य-द्रविड़ मिश्रण के परिणाम स्वरूप द्रविड़ों के जादू-टोने का प्रभाव साहित्य पर भी पड़ा और जादू-टोनों से प्रभावित *अथर्ववेद* का निर्माण हुआ। कृष्ण के प्रादुर्भाव के परिणाम स्वरूप सरल भक्ति मार्ग जन-जन में लोकप्रिय हुआ और जैसे-जैसे भक्ति मार्ग लोकप्रिय हो रहा था वैसे-वैसे जादू-टोनों का प्रभाव कम होता जा रहा था। इसी का परिणाम हुआ कि धीरे-धीरे आर्य और द्रविड़ दोनों से ही जादू की लोकप्रियता घटती जा रही थी।

शूरवीरता का युग था। शस्त्रों में धनुर्विद्या अपने चरम पर पहुँच गयी। योद्धाओं में धनुष-बाण चालन में अपना कौशल दिखाने की होड़ लगी रहती थी। अर्जुन, कर्ण जैसे धनुर्धर इस विद्या के आदर्श नाम थे तो द्रविड़ों का प्रमुख शस्त्र गदा भी आर्य-द्रविड़ मिश्रित सभ्यता का पदार्पण होने के बाद लोकप्रिय हुआ और भीम, बलराम, दुर्योधन जैसे गदाधारी वीरों ने इस कला में परचम लहराया।

20

सरदार प्रमुखों से घिरे कृष्ण ने द्वारका के वैभवशाली दरबार में प्रवेश किया। गरिम्मामयी चाल से चलते हुए सिंहासन पर बैठे। सभी ओर से दरबार में 'द्वारकाधीश की जय हो' के घोष होने लगे। सिंहासन पर बैठते ही विदूषक ने अपनी कला दिखाई। नृत्य समूह ने नृत्य प्रस्तुत किया। भाटों ने विरुदावली का गायन किया और राजा के गौरव का बखान किया। मंत्री, दरबारी स्तुति में खड़े हो गये तथा अन्य देशों के राजदूतों ने सम्मान प्रकट किया। इतना सब होने के बाद दिन का कार्य शुरू हुआ। राज दरबार की ये समान्य परम्पराएँ थीं जिनके तहत दिन के कार्यों की शुरुआत से पूर्व ही राजा का, उसके वंश का महिमामंडित स्वरूप बखाना जाता था ताकि अपनी गौरवशाली परम्पराओं को ध्यान में रख राजा कार्य करे और भूल से भी कोई भूल न कर बैठे।

"नारायण, नारायण," ध्वनि सुन कृष्ण ने दृष्टि घुमा कर देखा।

"मुनि नारद... अहो भाग्य। पधारें। द्वारका के दरबार में आपका स्वागत है। कहाँ थे? इतने वर्षों बाद आना हुआ।"

"प्रभु, आपकी ही स्तुतिगान करता घूम रहा था पूरे आर्यावर्त में। सच मानें प्रभु मेरी वीणा की तान और 'नारायण, नारायण' का गान जादू जगा देता है हर जगह।"

"मुनिवर मैं भी आपसे रहस्य खोलूँ तो आपका कई दिवस से स्मरण कर रहा था।"

"जब भक्त बुलाता है तो भगवान आता है, तो क्यों नहीं भगवान के बुलावे पर भक्त आ सकता?" हाथ जोड़ कर नारद बोले।

"आप ऐसे ही मेरे गुणगान करते रहेंगे तो मुझे मद आ जायेगा मुनिवर, क्यों मुझे ईश बनाने पर तुले हैं आप?"

"प्रभु, किसी के बनाने से कौन बनता है? ईश तो साबित होता है, स्थापित होता है। पूरे आर्यावर्त में आप इस समय सर्वमान्य ईश के रूप में स्थापित हैं। मैंने देखा है जब मैं आपके गुणगान करता हूँ तो क्या राजा और क्या प्रजा सभी पुलकित हो जाते हैं। यह आपकी स्वीकार्यता है कि मेरे स्वर उन्हें भाने लगते हैं। जो मैं गाता हूँ उनका हृदय वही सुनना चाहता है। अन्यथा मेरे सुरों में वह जादू कहाँ जो लोगों को जोड़ सके वह तो आपका ही व्यक्तित्व है आपका ही देवत्व है। मैं तो सिर्फ़ उसका बखान करता हूँ। आपकी शंख, चक्र, गदा और पद्म धारण किये विष्णु स्वरूप छवि भी घर-घर में पूज्य हो गयी है। आपका ज्ञान, कर्म और भक्ति का मिश्रित धर्म सिद्धांत पूरे भारतवर्ष में मान्य हो गया है।"

"किन्तु नारद जी मैं तो पूरे राष्ट्र को राजनीतिक एकता देना चाहता था और चूँकि वह बिना धार्मिक एकता के संभव नहीं थी इसलिए सरल और सहज धर्म का विचार दिया जिसे लोगों ने स्वीकार किया। धर्म की स्थापना हेतु महायुद्ध होने दिया, क्योंकि वह शल्य चिकित्सा आवश्यक थी। मैंने अपने राज्य पर ध्यान नहीं दिया और इस पूरे प्रयास में मेरा कुल, मेरा वंश ही निरंकुश हो कर आपस में लड़ने लगा। कभी-कभी मैं सोचता हूँ कि मेरे इतने प्रयासों का कोई फल मेरे ही राज्य को, मेरे ही कुल को क्यों नहीं मिल पा रहा है जबकि सम्पूर्ण भारतवर्ष इससे लाभान्वित हुआ?"

"बड़े उद्देश्य की पूर्ति हेतु छोटे-छोटे समझौते करना आवश्यक होता है, आपने ही सीख दी है। राष्ट्र निर्माण से बड़ा कोई उद्देश्य नहीं हो सकता और इस हेतु परिवार, पुत्र, सम्पत्ति और कुल जिसकी भी बलि आवश्यक हो, देना चाहिए, यह भी आपने सिद्धांत दिया है। और मात्र उपदेश ही नहीं दिया, व्यवहार में भी दिखा दिया है आपने। आपके कितने ही सगे-सम्बन्धी उस युद्ध में मारे गये किन्तु आप कर्तव्य पथ से विचलित नहीं हुए। आपकी दृढ़ता और उद्देश्य की स्पष्टता ने ही उस महायुद्ध में अधर्म पर धर्म की विजय सुनिश्चित कराई। पूरा आर्यावर्त कह रहा है कि एक तरफ़ कौरवों की विशाल सेना थी और दूसरी ओर आप अकेले थे, जो कभी अर्जुन को उत्साहित करते थे तो कभी भीम को। लोग कहते हैं कि युद्ध भूमि में

आपकी सटीक रणनीति ने ही संख्या बल में कम पांडवों को विजय दिलवाई।" पुलकित मन नारद बोले।

"कर्म पथ होता ही अति पथरीला, अति रूखा है, इसमें भावनाओं का कोई स्थान नहीं होता। भावनाओं के ज्वार में बहने वाले, अविवेकपूर्ण कृत्य करते हैं और इतिहास के दोषी बनते हैं इसलिए भावनाओं पर नियंत्रण रख अपने कर्मों को सर्वोत्तम स्वरूप से करना चाहिए। यही मैंने कहा है उस युद्ध में। किन्तु यह युद्ध हेतु ही नहीं था। दैनिक जीवन में भी मनुष्य का यही व्यवहार होना चाहिए।"

"दैनिक जीवन में मनुष्य का व्यवहार? वह कैसे सुनिश्चित हो सकता है प्रभु?"

"मुनिवर..." कहा ही था कृष्ण ने कि टोक दिया बीच में नारद ने।

"प्रभु एक विनती है... मैंने मन, वचन और कर्म से आपको अपना ईश माना है। दो ही नारायण दिखते हैं मुझे एक आप, एक विष्णु और 'नारायण, नारायण' का जाप करते हुए मैं आप दोनों को ही एक रूप मानता हूँ। आप मेरे भगवान हैं और मैं आपका भक्त इसलिए मुझे मेरे नाम से ही पुकारेंगे तो आपका स्नेह दिखेगा," विनती करने लगे नारद।

"जो तुम्हें अच्छा लगे वही मुझे प्रिय... तो सुनो नारद मनुष्य को चाहिए कि वह ये जान ले कि कर्म पथ एकांगी मार्ग होता है। इस पर बढ़ते ही जाना है कितने भी संकट आयें, कितनी भी बाधा आये, कितने ही अपनों का साथ छूट जाये। फिर भी बढ़ते ही जाना है। जो विचलित हो, घबड़ा कर वापस चल देते हैं उनके सारे कर्म नष्ट हो जाते हैं और वे अपयश के भागी बनते हैं। नारद अपयश सबसे बड़ा दुर्भाग्य है और राष्ट्र द्रोह सबसे बड़ा कलंक। मनुष्य को अपने कर्म करते समय यह ध्यान देना चाहिए कि वो अपना कर्तव्य न छोड़े क्योंकि सुकर्म ही सुफल देते हैं इसलिए फल की चिंता से मुक्त हो प्रसन्न मन से आनन्द से कर्म करना चाहिए। मनुष्य फल की चिंता में कर्म का आनन्द नहीं ले पाता और जब कर्म में आनन्द नहीं लेता तो उसमे अपनी पूरी क्षमता भी नहीं लगाता और परिणाम अपेक्षा अनुरूप नहीं आता। इसीलिए कर्मों को ईश को समर्पित कर निष्काम कर्म कर्मयोगी की भाँति करना चाहिए।"

"कर्मों को ईश को समर्पित करने पर आप क्यों बार-बार बल देते हैं? युद्ध काल में पांडवों को दी गयी सीख में भी आपने यही कहा था," नारद पूछ बैठे।

"नारद कर्मों को ईश को समर्पित करने के पीछे दो कारण हैं। एक तो जब कर्ता ईश को कर्म समर्पित करता है तो यह भाव उसके मन में रहता है कि सुकर्म किये जायें ताकि ईश को समर्पित किये जा सकें। इस प्रकार वह अकर्ता भाव से कर्म करता है, फल की चिंता से मुक्त हो कर्म करता है, पूरी क्षमता से कर्म करता है और कर्म की प्रक्रिया में आनन्द लेता है। दूसरा कारण है इससे उसमें अहंकार नहीं आता क्योंकि वह इस भाव में रहता है कि कोई सर्वशक्तिमान है, जो उसके ऊपर है, जिसके लिए वह कर्म कर रहा है, वो उसे उसके अच्छे कर्मों का अच्छा फल देगा।"

"किन्तु कर्तव्यों का स्वरूप भी तो गतिमान है, प्रभु। किस कर्म को प्राथमिकता मिले यह कैसे मनुष्य सुनिश्चित कर सकता है?"

"नारद, यह तुमने उत्तम विचार किया है। मनुष्य को अपना विवेक सदैव जाग्रत रखना चाहिए, क्योंकि देश, काल, समय अनुसार परिस्थिति बदलती हैं और उसी अनुसार कर्तव्य बदल जाते हैं, कर्मों की प्राथमिकता बदल जाती है। यदि मैं उदाहरण दूँ तो मेरा कुल, मेरे परिवार की उन्नति मेरा कर्तव्य था और इस हेतु मुझे अपना श्रम, समय और साहस इनके साथ लगाना था किन्तु राष्ट्र पर अधर्म का संकट था और मेरा कर्तव्य बदल कर राष्ट्र को बचाना हो गया।"

"परिवार और कुल पर राष्ट्र की प्राथमिकता हो गयी तो मैंने पूरा समय, श्रम राष्ट्र को समर्पित कर दिया और परिवार, कुल को छोड़ राष्ट्र सेवा में चला गया। मेरे पर्याप्त ध्यान न देने के कारण नेरे ही कुल, मेरे परिवार में संघर्ष छिड़ गया और संभव है कि मेरा कुल, मेरा वंश इस संघर्ष से नष्ट हो जाये, किन्तु राष्ट्र बच गया, धर्म बच गया यह महत्त्वपूर्ण है। राष्ट्र के लिए कोई भी बलिदान दिया जाना चाहिए, यह सारे कर्तव्यों में सबसे बड़ा है, सारे कर्मों में सबसे महान।"

"किन्तु प्रभु राष्ट्र हमारा है, इसे बचाना है यह भाव नायकों में ही नहीं, आम प्रजा में भी तो होना चाहिए।"

"प्रजा में राष्ट्र प्रेम होना नितांत आवश्यक है। किन्तु यह राजा का कर्तव्य है कि वह प्रजा में राष्ट्र प्रेम जगाये। प्रजा के हितार्थ लोक कल्याणकारी कार्य किये जायें। विकास कार्य अनवरत हों। किन्तु नारद सबसे महत्त्वपूर्ण है कि प्रजा का सम्मान स्थापित हो। प्रजा से वसूले गये करों, यथा : बलि, भाग, शुल्क, चुंगी आदि से पलने वाले राज कर्मी प्रजा का ही अपमान न करें, प्रजा को प्रताड़ित न करें, प्रजा का शोषण न करें। क्योंकि नारद... जिस राज्य में प्रजा का सम्मान है, जहाँ प्रजा सिर उठा कर जी सके वहीं प्रजा में अपने राष्ट्र के लिए प्रेम उपजता है और राजा को ध्यान रहे कि बिना विकास के प्रजा रह लेगी किन्तु बिना सम्मान के नहीं। अपमान की लज्जा से निकले प्रजा के आँसू राजा और राष्ट्र दोनों को नष्ट कर देते हैं।"

"राष्ट्र प्रेम के अतिरिक्त आपने राष्ट्र द्रोह की भी बात की, इसे सबसे बड़ा कलंक बताया। किन्तु इसे रोकने के प्रयास कैसे किये जाने चाहिए प्रभु?" नारद की जिज्ञासा बढ़ती जा रही थी।

"राष्ट्र द्रोह की संभावनाएँ न्यून करना भी राजा का दायित्व है। वह इसे कम कर सकता है - होने और न होने के अंतर को कम कर।"

"होने और न होने का अंतर?"

"हाँ, नारद ...अनेक राजा होने और न होने की खाई को विकराल कर लेते हैं, अंतर को विशाल कर देते हैं। अपने वैभव का अत्यधिक प्रदर्शन करते हैं और उनके निकट सम्बन्धी ही इस कारण उनसे ईर्ष्या करने लग जाते हैं। उनके वैभव को पाने हेतु लालायित होने लगते हैं, क्योंकि उनके पास राजा के सम्बन्धी होने के अतिरिक्त कुछ नहीं होता। राजा प्रजा का सेवक होता है, स्वामी नहीं। राजा को दिन रात प्रजा के हित में अपना सुख चैन छोड़ देना चाहिए।"

"राजा के व्यवहार से यह सन्देश जाना चाहिए कि राजा के कर्तव्यों में विश्राम नहीं, परिश्रम ही परिश्रम है। प्रजा पालक, परिश्रमी राजा के विरुद्ध कोई षड्यंत्र नहीं करता क्योंकि निकट सम्बन्धी राजा की असीमित क्षमता से प्रभावित होते हैं और स्वयम् को इस योग्य नहीं पाते कि राजा के पद के गुरुतर दायित्वों का निर्वहन कर सकें। इसके विपरीत जो राजा अपनी शक्ति का, अपने धन का, अपने वैभव का प्रदर्शन करते हैं सदैव अपने सुखों में, भोग-विलास में डूबे रहते हैं वे उन सम्बन्धियों को लालायित करते हैं उस

ऐश्वर्य की प्राप्ति हेतु जिसका लेशमात्र भी उनके पास नहीं होता।"

"प्रभु सभी सदाचारी रहें राजा, प्रजा, राजपरिवार, राज कर्मी सभी अपने कर्मों को, अपने कर्तव्यों को सदाचारी बन करें यह कैसे संभव हो सकता है?" नारद ने जानना चाहा।

"इसके लिए धर्म है, नारद। धर्म है जो सदाचार सिखाता है, धर्म है जो नैतिकता सिखाता है। धर्म ही कर्तव्य पथ को परिभाषित करता है। धर्म ही शिष्टाचार है, धर्म ही सदगुणों का जनक है। धर्म का अर्थ उपासना, पूजा पद्धति आदि नहीं है। धर्म जीवन जीने की कला है। धर्म मनुष्य का मनुष्य से व्यवहार निर्धारित करता है। इसलिए धर्म की स्थापना हर राजा का पहला दायित्व है। क्योंकि धर्म से ही न्याय है, धर्म से ही प्रताप है। धार्मिक एकता ही राजनीतिक एकता स्थापित करती है। इसलिए राजा को चाहिए कि धर्म सहज हो, सरल हो सर्व स्वीकार्य हो, प्रसन्नता देने वाला हो। धर्म सत्कर्मों का संरक्षक है और सत्कर्मों का पोषक है। धर्म के महत्व को जानते हुए ही मैंने उपनिषद के आधार पर ज्ञान, कर्म और भक्ति का मिश्रित स्वरूप दिया। ज्ञान सर्वोपरि है किन्तु अति न्यून ही ज्ञान के उच्च स्तर तक पहुँच पाते हैं। अधिसंख्य तो ज्ञान की क्लिष्टता को न तो समझ पाते हैं और न ही उन्हें इतना समय है कि वे इसमें सिर खपायें।"

"अल्प वेदपाठी, उच्च विद्या अध्ययन किये ब्राह्मणों ने लोगों की इसी स्थिति का लाभ उठाया और एक जटिल, क्लिष्ट और भयभीत करने वाला धर्म परिभाषित किया जो मात्र उन ब्राह्मणों को लाभदायक था। उपासक को तो किसी सज़ा से कम न था, किन्तु उनकी विवशता उन्हें इस सज़ा को झेलने हेतु लाचार करती थी। जनमानस के इसी कष्ट को दूर करने हेतु ज्ञान के साथ कर्म और भक्ति को जोड़ा गया। कर्म ही सच्ची देव उपासना है क्योंकि कर्म से विश्राम कहाँ? तो क्यों न कर्म पर ही आधारित हो धर्म। इसीलिए राजा, प्रजा सभी को धर्म का सिद्धांत दिया गया कि अपने कर्म को करते हुए किसी ऐसे ज्ञानी की भक्ति की जाये जो उपासक की आत्मा को अपने ज्ञान से परमात्मा तक ले जाये," कृष्ण की मधुर वाणी नारद को ही नहीं पूरे दरबार को आनन्दित कर रही थी।

"हाँ, प्रभु! आपने सिद्धांत दिया और लोगों ने आपको ही ईश मान लिया। आज आर्यावर्त में ऐसा कौन राज्य है जहाँ आपकी भक्ति नहीं हो

रही? उपासना का इतना सरल उपाय, हर किसी को आकर्षित कर रहा है। शंख, चक्र, गदा, पद्म धारण किये आपका नारायण स्वरूप पूरे आर्यावर्त में लोकप्रिय हो गया है। आपको विष्णु का ही स्वरूप माना जा रहा है। तभी तो मेरा 'नारायण, नारायण' मन्त्र ऋषि, मुनि, राजा, प्रजा सब को भा रहा है।"

"नारद धर्म समाज में नैतिकता, शुचिता स्थापित करता है। मनुष्य एक सामजिक प्राणी है, और धर्म समाज में जीने की आचार संहिता देता है। मुझे ईश मानकर, अपने कर्मों को मुझे समर्पित करते हुए यदि लोग सुकर्मों में सलग्न होते हैं; यदि अपनी आत्मा का उत्थान सदाचार, सत्कर्म के साथ मेरा नाम लेते हुए करते हैं; यदि मुझमें भरोसा कर वे अपनी क्षमता का सम्पूर्ण उपयोग करते हैं तो नारद जन कल्याण के लिए मुझे ईश बनना स्वीकार है," कृष्ण भुजा उठा बोले। आत्मबल की चमक मुख पर थी।

"जन कल्याण हेतु आपने, कभी कोई प्रयास नहीं छोड़ा है। स्वयम् आगे हर वो चुनौती स्वीकार की जो जन हितार्थ थी। मुझे आपकी स्तुति गाने में इसलिए आनन्द आता है क्योंकि लोगों को उसे सुनने में सुख मिलता है," नारद पुलकित हो बोले।

"नारद, जिसमें तुम्हें आनंद मिले तुम वही करो यदि तुम्हारे प्रयासों से धर्म फैले, सदाचार फैले तो तुम चलते-फिरते रहते हुए अपने कर्म को करते रहो। जन किसी कर्मकांड में समय व धन नष्ट न करें। उपासना का अर्थ प्रसन्न मन हो कर ईश की आराधना करना है जिससे ईश प्रसन्न हो सुकर्मों का सुफल देते हैं। भक्त को कष्ट हो यह भगवान नहीं चाहते इसलिए जिसमें स्वयम् को सुख मिले, जिसमें सबको सुख मिले उस कर्म में ही ईश प्रसन्न रहता है। इसलिए कर्म सिद्धांत का प्रचार करो। प्रचार करो कि आत्मा अमर है इसे न अग्नि जला सकती है न जल गला सकता है न वायु उड़ा सकती है। आत्मा को ही ज्ञान से परमात्मा बनाया जा सकता है। यदि ज्ञान पाना दुरूह हो तो अपना कर्म करते हुए किसी ऐसे की भक्ति की जाये जो अपने ज्ञान से भक्त को परमात्मा तक ले जाये। एक सहज सरल सर्व स्वीकार धर्म का प्रचार करो क्योंकि धर्म ही समाज और व्यक्ति का दिग्दर्शक है।"

"जैसी आज्ञा प्रभु ...नारायण ...नारायण," जाप करते हुए नारद निकल गये दरबार से।

21

दिन थे कि पंख लगा कर उड़ रहे थे। भारतवर्ष एक राष्ट्र के रूप में आकार ले रहा था यद्यपि राज्य अलग-अलग थे किन्तु धर्म था जो सबको जोड़ रहा था। कृष्ण के प्रयासों से उत्तर से लेकर दक्षिण तक तथा पूर्व से लेकर पश्चिम तक धार्मिक एकता स्थापित हो गयी थी। आर्यावर्त का सबसे शक्तिशाली राज्य हस्तिनापुर बना किन्तु मात्र सैन्यशक्ति के आधार पर नहीं अपितु प्रजा वत्सल धर्मराज युधिष्ठिर के धर्म आधारित राज्य के कारण। व्यापार, वाणिज्य, कला-संस्कृति, साहित्य आदि ऐसा कोई क्षेत्र नहीं था जिसमें प्रगति न हुई हो। यादवों के अतिरिक्त हस्तिनापुर की टक्कर का कोई राज्य शक्ति बल में नहीं था। चूँकि यादवों के मुखिया स्वयम् कृष्ण थे इसलिए हस्तिनापुर को यादवों से कोई चुनौती नहीं थी। तब भी यादवों की शक्ति द्वारका से लेकर मथुरा तक फैली थी। यादव जुझारू लड़ाके थे, उनमें अनेक योद्धा थे। किसी राज्य का साहस नहीं था कि यादवों पर आक्रमण कर सके। उनका जीवन वैभवशाली था, उनके नगर सुंदर और विशाल थे, उनके ख़ज़ाने भरे हुए थे।

कृष्ण के लम्बे समय तक राज्य से बाहर रहने के कारण द्वारका और आसपास के यादव अनियंत्रित हो निरंकुश हो गये थे। महायुद्ध के बाद कृष्ण के लगातार द्वारका में रहने के कारण आपसी संघर्ष थम गया था किन्तु एक बार उठ चुके आपसी विरोध के स्वर कितने भी दब जायें एक दिन फूटते अवश्य हैं और कृष्ण भलीभाँति यह जान रहे थे।

साम्ब की उदंडता के आये दिन प्रकरण आते थे। कृष्ण इसमें स्वयम् को ही दोषी मान लेते थे।

'सन्तान को जब समय की आवश्यकता हो तब पिता अपना घर न देख दूसरों के घरों को ठीक करने में लगा रहे, दूसरों को राहत देने में लगा

रहे, तो यही होना था। किन्तु घर बचाने से महत्त्वपूर्ण था राष्ट्र बचाना।' कृष्ण सोचने लगते थे।

उस दिन दरबार में राजकर्मियों ने सूचना दी कि साम्ब और उसके मित्रों ने वन में जा कर तप कर रहे ऋषियों को सताया है, उनका उपहास उड़ाया है। इस पर ऋषियों ने कुपित हो अनिष्ट तक का शाप दे डाला है, तो प्रद्युम्न को साम्ब व उसके मित्रों को समझाने, उन पर अंकुश लगाने का कह कृष्ण अनमने नन से जल्द राजमहल चले गये।

आज किसी भी रानी के साथ राज उपवन भी नहीं गये कृष्ण। रुक्मिणी, सत्यभामा, जामवंती और मित्रविंदा चारों रानी चिंतित एक साथ कृष्ण के कक्ष में पहुँची। सबको एक साथ देख कृष्ण बोल पड़े।

"अरे सभी रानियाँ एक साथ? क्या विशेष बात है?"

"यही तो हम आप से पूछने आये हैं कि कोई विशेष कारण, जो आज न हम में से किसी को बुलाया और न स्वयम् उपवन में गये," रुक्मिणी ने पूछा।

"पत्नी का मुख देख तो सभी तानव दूर हो जाते हैं और फिर तुम सब तो एक साथ आ गये, अब कौन-सा कारण हो सकता है भला?" शीघ्र सामान्य भावों में आने का गुण रखने वाले कृष्ण मुस्कराकर बोले।

"चुहल करना तो कोई आप से सीखे... आपके पास कोई विशेष कारण नहीं है किन्तु हमारे पास है," जामवंती बोलीं।

"क्या तात्पर्य है?"

"ये आपको भामा बहन बतायेंगी।"

"स्वामी अनिरुद्ध को सोनितपुर की राजकुमारी उषा से प्रेम हो गया है और उसका कहना है कि उसने और उषा ने चुपचाप सोनितपुर में विवाह कर लिया था। अनिरुद्ध उषा के निवास पर ही छिप कर रह रहा था तभी उषा के पिता सोनितपुर के राजा बाणासुर को भान हो गया। बाणासुर ने अनिरुद्ध को बंदी बना लिया। उषा की चतुर सखी चित्रलेखा की मदद से अनिरुद्ध वहाँ से निकल भागा। वह यहाँ सकुशल आ तो गया है किन्तु उसका कहना है कि वह उषा के बिना नहीं रह सकता," भामा ने रहस्य खोला।

"किन्तु अनिरुद्ध तो अभी छोटा है। मात्र सोलह वर्ष की वय हुई है उसकी अभी। इतनी कम आयु में वह कब सोनितपुर जा कर उषा के आकर्षण में पड़ गया?"

"अपने पिता प्रद्युम्न के साथ एक बार वह सुदूर पूरब में स्थित सोनितपुर गया था उसी समय उषा को देख कर उस पर लट्टू हो गया। उस समय तो वह वापस चला आया था किन्तु कुछ समय बाद दुस्साहस कर अकेला ही चला गया," रुक्मिणी ने बताया।

"और बहन भामा का अनिरुद्ध पर अपार स्नेह है इसलिए इन्हें उसने अपने दिल का हाल बता दिया है। स्वामी, अनिरुद्ध की सहायता कर उसके द्वारा वांछित वधु लाने का प्रयास हम सभी को करना चाहिए," मित्रविंदा बोली।

"अवश्य! किन्तु गुपचुप विवाह करने की क्या आवश्यकता थी?"

"स्वामी, अनिरुद्ध कह रहा था कि उषा ने ही उसे प्रेरित किया था। उषा का कहना था कि उसके पिता बाणासुर कभी भी उन दोनों के विवाह की सहमति नहीं देंगे।"

"किन्तु क्यों?" कृष्ण ने जिज्ञासा प्रकट की।

"बालक अनिरुद्ध ने तो कारण नहीं बताया किन्तु मेरे मतानुसार क्योंकि अनिरुद्ध आर्य पुत्र है और उषा द्रविड़ कन्या, इसलिए संभवतया बाणासुर नहीं माने," अपनी बुद्धिमत्ता के लिए प्रसिद्ध सत्यभामा ने कहा।

"आर्य और द्रविड़ों के विवाह तो चलन में हैं। आर्य-द्रविड़ एकीकरण के बाद इस प्रकार के मेल विजातीय नहीं कहलाते। क्या मैंने और जामवंती ने विवाह नहीं किया? इस आधार पर क्यों बाणासुर ने आपत्ति ली?"

"इतिहास स्वयम् को दोहराना चाहता है। मुझे तो अति प्रसन्नता होगी यदि मेरी तरह कोई द्रविड़ कन्या इस परिवार में वधु बन कर आये।" जामवंती चहक उठी।

"पत्नी को अच्छा नहीं लगता यदि पति जल्दी घर आ जाये ...चलूँ, फिर काम से लगता हूँ," मुस्कराते हुए उठे कृष्ण।

"कहाँ चले द्वारकानाथ?" कृष्ण के स्वाभाव से भलीभाँति परिचित रुक्मिणी कुछ अनुमान लगाते हुए बोलीं।

“दाऊ के पास। अनिरुद्ध की बारात की तैयारी जो करनी है,” कहते हुए निकल गये महल से कृष्ण।

कृष्ण शीघ्र ही बलराम के पास पहुँचे। पूरा हाल कह सुनाया। प्रपौत्र के विवाह की कल्पना से ही रोमांचित हो गये बलराम और रेवती।

“कन्हैया ये बाणासुर तो वही है जिसे सहस्रबाहु भी कहा जाता है।”

“हाँ, दाऊ। बाणासुर का गौरवशाली अतीत है। वह दक्षिण में मजूरी के प्रतापी द्रविड़ राजा महाबली का वंशज है। बाणासुर ने मजूरी से पृथक भारतवर्ष के मध्य में अपना राज्य स्थापित किया। शिव का अनन्य भक्त बाणासुर शिव की स्तुति में वाद्य बजाने में इतना सिद्धहस्त है कि लगता है हज़ार हाथों से धुन निकाल रहा हो। इसी कारण इसका नाम सहस्रबाहु पड़ गया। पलकवती नदी के किनारे बसा सुंदर नगर सोनितपुर द्वारका से चार सौ कोस पूर्व में स्थित है। दूरी अधिक है, किन्तु सीधी राह है इसलिए तीन दिवस में पहुँचा जा सकता है। यदि आपकी अनुनति हो तो कल ही चला जाये।”

“कौन-कौन चलेगा कान्हा?” बलराम ने पूछा।

“पूरी बारात जायेगी दाऊ... आख़िर वधु लेने जा रहे हैं,” कृष्ण ने मंद-मंद मुस्कारते हुए उत्तर दिया।

• • •

“परम प्रतापी महाबली के वंशज सहस्रबाहु की जय हो। सोनितपुर के बाहर द्वारकाधीश पूरे दल-बल के साथ पधारे हैं। सन्देश भेजा है कि आपसे मिलना चाहते हैं,” गुप्तचर प्रधान ने दरबार में आकर सूचना दी।

“द्वारकाधीश दल-बल के साथ? क्या सोनितपुर पर चढ़ाई करना चाहते हैं?” हँसते हुए बोला बाणासुर।

बाणासुर जानता था कि कृष्ण ने व्यक्तिगत लड़ाइयाँ तो बहुत लड़ी हैं किन्तु कभी सेना ले कर किसी राज्य पर आक्रमण नहीं किया। यह कृष्ण के स्वभाव में ही नहीं है।

“महामंत्री आप स्वयम् जायें और द्वारकाधीश को उनके शिष्टमंडल सहित दरबार में आने का आमंत्रण दें।”

"जो आज्ञा," कहते हुए महामंत्री निकल गये कृष्ण के पास।

• • •

उषा अपने कक्ष में उदास बैठी थी तभी चित्रलेखा का प्रवेश हुआ। अपने विचारों में खोई उषा जान ही नहीं पाई कि चित्रलेखा के स्वर से उसकी तन्द्रा टूटी।

"बधाई हो सखी, विदाई की तैयारी कर लें, आपकी बारात नगर के द्वार तक आ गयी है।"

"क्या कहना चाहती हो तुम?" आश्चर्य से पूछा उषा ने।

"जिसकी बाट जोहते हुए तुम्हारा सुंदर मुख मलिन पड़ रहा है, वही तुम्हारा पति बारात ले कर आया है तुम्हें विदा कराने।"

"कोई परिहास तो नहीं कर रही हो, चित्रलेखा?"

"नहीं सखी। मेरी गुप्तचर सखियों ने सूचना दी है कि द्वारकाधीश पूरे दल-बल के साथ पधारे हैं अपने प्रपौत्र की वधु को लिवा ले जाने।"

"तुम ने सचमुच मुझे नव जीवन दिया है। किन्तु क्या पिताश्री मानेंगे? तुम तो जानती हो वे कितने हठी हैं। कोई द्रविड़ होता तो एक बार को मान भी जाते किन्तु आर्य पुत्र के लिए? चित्रलेखा मेरी प्रिय सखी तुम्हारी विद्वता को सभी मानते हैं तुम मुझसे वय में और बुद्धि दोनों में बड़ी हो। तुम ही कुछ रास्ता निकालो, जाकर अनुकूल स्थितियाँ बनाने का प्रयास करो।"

"तुम अपनी व्यग्रता मुझ पर छोड़ो, शिव कृपा करेंगे, सब उचित होगा। जाने की तैयारियाँ करो," उषा में आशा जगा चली गयी चित्रलेखा।

• • •

"द्वारकाधीश की जय हो! कुमारी उषा की सहेली चित्रलेखा दर्शन की अभिलाषी है," कृष्ण सोनितपुर नगर के बाहर अपने शिविर में थे तभी द्वारपाल ने आकर सूचना दी।

"प्रपौत्रवधु की सहेली? अवश्य उषा का कोई सन्देश देना चाहती है।"

"अवश्य... अंदर बुलाओ।"

चित्रलेखा ने कृष्ण के खेमे में प्रवेश किया। मुख पर वात्सल्य और स्नेह के भाव लिए मंद-मंद मुस्कराते हुए कृष्ण को देख चित्रलेखा को लगा ही नहीं कि किसी अजनबी से मिल रही है। जैसे घर के मुखिया हों, जैसे अपने ही परिवार के सदस्य हों कृष्ण।

"बताओ पुत्री कौन हो तुम और कैसे आना हुआ?" कृष्ण ने अपनत्व से पूछा।

"मैं उषा की सहेली चित्रलेखा हूँ। मेरा प्रणाम स्वीकार हो।"

"चित्रलेखा... हाँ, तुम्हारा नाम तो सुना था। पुत्री तुम अकेले ही चली आयी, तुम्हें भय नहीं लगा?" कृष्ण ने स्नेह से पूछा।

"पूज्य, हम द्रविड़ों में स्त्री, पुरुष समानता रहती है। इसीलिए हम द्रविड़ कन्याओं को कहीं जाने में भय या झिझक नहीं लगती। फिर आपके निकट आने से तो सारे भय दूर हो जाते हैं। क्या स्त्री, क्या पुरुष सभी भय मुक्त हो जाते हैं," चित्रलेखा बोली।

"सच कहा था भामा ने कि उषा की चतुर सखी चित्रलेखा ने सहायता की थी अनिरुद्ध और उषा की। तुम सचमुच चतुर, बुद्धिमान हो। निस्संकोच कहो क्या प्रयोजन है तुम्हारे आने का?" कृष्ण पूछ बैठे।

"प्रभु, सोनितपुर नरेश बाणासुर दक्षिण के महान द्रविड़ राजा महाबली के वंशज है, शिव के अनन्य भक्त, अपनी द्रविड़ संस्कृति को श्रेष्ठ मानने वाले, आदि द्रविड़ों की तरह संरक्षित विचारों के व्यक्ति हैं। उन्हें अपनी पुत्री उषा के किसी आर्य कुमार से विवाह को लेकर आपत्ति है। इस सम्बन्ध में उन्हें मनाना कठिन हो सकता है," चित्रलेखा ने चिंता प्रकट की।

"तुम कोई जुगत बता सकती हो, बाणासुर को मनाने की?" कृष्ण ने जानना चाहा।

"प्रभु, इस नगर के प्रवेश द्वार पर एक भव्य और विशाल शिवलिंग स्थापित है। मान्यता ये है कि शिव इस नगर की रक्षा करते हैं। आप तो जानते ही हैं कि शिव हम द्रविड़ों के प्रमुख देवता हैं। हम आर्यों के साथ मिलकर ब्रह्मा, विष्णु और शिव रूपी महेश की त्रिमूर्ति को मानने लगे हैं किन्तु शिव हमारी प्राण वायु हैं। यदि नगर प्रवेश से पूर्व आप शिवलिंग का पूजन कर शिव आराधना करते है तो सच मानिये नगरजन आपके समर्थक हो जायेंगे।"

"सच कहा तुमने पुत्री। जनसमर्थन से आधे कार्य तो स्वतः ही सफल हो जाते हैं," कृष्ण ने कहा तभी महामंत्री ने आकर बाणासुर का निमंत्रण दिया।

"द्वारकाधीश की जय हो सोनितपुर नरेश बाणासुर आपसे दरबार में मिलने के इच्छुक है। उन्होंने यह भी आग्रह किया है कि पूरे दल के स्थान पर शिष्टमंडल आये तो उचित होगा।"

"अवश्य सर्वप्रथम हम शिवलिंग का विधिवत पूजन करेंगे तत्पश्चात दरबार में उपस्थित होंगे।"

"जैसी आपकी मंशा," महामंत्री बोला।

कृष्ण अपने दल बल के साथ पहुँचे शिवलिंग स्थल पर। देखा विशाल सुंदर काले पत्थर का द्रविड़ शैली में बना शिवलिंग, नंदी बैल के साथ ऊँचे चबूतरे पर स्थापित हैं। सर्वप्रथम बलराम ने पूजन किया, फिर कृष्ण चढ़े चबूतरे पर, अभिषेक जल से कराया शिव का द्रविड़ पुरोहित ने, पुष्प अर्पित कराये। रुद्र के आवाहन हेतु ऋचाओं का पाठ कराया। बिना किसी शीघ्रता के पूरे विधान से शिव की पूजा की गयी कृष्ण के द्वारा। तत्पश्चात सात्यकि, प्रद्युम्न, अनिरुद्ध और आये सभी योद्धाओं ने शिव से आशीष माँगा। नगरजन आते-जाते देख रहे थे कृष्ण को, उनके दल को और समर्पित भाव से किये जा रहे शिव पूजन को।

नगर में द्रुत गति से यह समाचार फैल गया कि द्वारकाधीश कृष्ण अपने परिवार और योद्धाओं के साथ आये हैं और अपने पौत्र का सकुशल विवाह राजकुमारी उषा से कराने हेतु शिवलिंग का पूजन कर रहे हैं। कृष्ण से इस नगर की रिश्तेदारी और राजा से उनके सम्बन्धों की दृढ़ता सभी मना रहे थे।

• • •

"द्वारकाधीश कृष्ण और बलराम जी का स्वागत है बाणासुर के दरबार में।"

कृष्ण बलराम और प्रद्युम्न सहित चुने हुए लोगों के साथ जब बाणासुर के दरबार में पहुँचे तो राजा ने उठ कर स्वागत किया।

"स्वागत के लिए आभार। आपके सुंदर और रमणीक नगर में आकर मन प्रसन्न हो गया," कृष्ण बोले।

"क्षमा करें किन्तु बिना किसी प्रयोजन के इतना दूर तो नहीं आये होंगे आप सब?" बाणासुर ने शंका प्रकट की।

"आपने सही अनुमान लगाया है। हम अपनी प्रपौत्र वधु उषा को विदा कराने आये हैं। शिव की कृपा से हमारा उद्देश्य सफल होगा, यही आशा करते हैं," विनम्रता से बोले कृष्ण।

"असम्भव... आप हमारे अतिथि हैं। इसलिए हम शिष्टता वश इतना ही कहेंगे कि दुबारा यह धृष्टता न करें और शांति से वापस चले जायें," बाणासुर बोला स्वर में क्रोध स्पष्ट परिलक्षित हो रहा था।

"शांति से वापस जाने ही आये हैं, हमारा विश्वास करें, किन्तु उषा के साथ," बलराम बोले।

"मैं मानता हूँ कि श्री कृष्ण अजेय रहे हैं अब तक, किन्तु इसका अर्थ ये नहीं कि किसी के घर में घुस कर दुस्साहस किया जाये जबकि आप जानते हैं कि आप आर्य हैं और हम द्रविड़। हमारा आपका मेल नहीं हो सकता," बाणासुर ने निर्णय सुना दिया।

"यह किस उलझन में उलझे हैं आप? आर्य-द्रविड़ भेद तो कब का मिट चुका है इस भूमि से। मुझे देखिये, मैंने स्वयम् द्रविड़ कन्या जामवंती से विवाह किया है। आपने भी अपनी पुत्री का नाम उषा रखा है, जो आर्य नाम है। क्या इससे प्रतीत नहीं होता कि आज के युग में आर्य-द्रविड़ विभेद की बात करना अर्थहीन है," कृष्ण बोले।

"दैनिक व्यवहार में यह भेद समाप्त हो गया है, मैं सहमत हूँ। किन्तु विवाह सम्बन्ध तो अपनी ही जाति में उचित होते हैं और उस नाते मेरी पुत्री का विवाह किसी योग्य द्रविड़ कुमार से ही होगा।"

"विवाहित पुत्री का पुनर्विवाह उसके पति के रहते, यह कैसी उलटी बात सूझ रही है आपको?" अब तक शांत खड़े प्रद्युम्न से रहा न गया।

"मैं उसे विवाह नहीं मानता। तुम्हारे पुत्र ने छल से, मेरे प्रासाद में घुसकर यह धृष्टता की थी। श्री कृष्ण के आर्यावर्त पर किये गये उपकारों का यदि मुझे भान न होता तो मैं उसका वध कर देता।"

"तो मेरी ही विनती मान लें, सोनित्पुर नरेश। आर्य द्रविड़ एकीकरण के बाद तो अधिकांश द्रविड़ों ने तो सदैव आर्यों के साथ कंधा से कंधा

मिलाकर इस भूमि की सेवा की है। दोनों ने एक धर्म, हिन्दू धर्म को अपनाया। अपनी प्रथाओं को, अपने रीति-रिवाजों को एक दूसरे में ऐसे समाहित कर दिया कि लगता ही नहीं है कि कभी अलग थे।"

कृष्ण की वाणी सुन सोच में पड़ गया बाणासुर। सिंहासन पर बैठा सोचता रहा कुछ क्षण, फिर अचानक बोल पड़ा।

"मैंने सदैव अपनी परम्पराओं को पूरी दृढ़ता से माना है किन्तु आज आपकी बातें सुन मैं सोच में पड़ गया हूँ। ठीक है, मैं आपको द्वंद्व युद्ध की चुनौती देता हूँ। यदि आप जीते तो मैं अपनी पुत्री का हाथ आपके प्रपौत्र के हाथ में दे दूँगा और यदि मैं जीत गया तो आप सोनितपुर से दक्षिण के पूरे क्षेत्र में मेरी श्रेष्ठता स्वीकार करेंगे और भविष्य में कभी कोई दावा इस ओर नहीं करेंगे।"

"मुझे स्वीकार है। आज, अभी, इसी समय इसका निर्णय होगा। युद्ध का स्थान आप बतायें, मैं तैयार हूँ," कृष्ण बिना एक क्षण रुके बोले।

"चलिए शिवलिंग स्थल के निकट मैदान में," बाणासुर बोला और उठ खड़ा हुआ अपने सिंहासन से।

बाणासुर के दरबारी और कृष्ण के साथी सभी पहुँच गये मैदान में। एक ओर से बाणासुर ने और दूसरी ओर से कृष्ण ने प्रवेश किया क्षेत्र स्थल में। दोनों पक्ष अपने अपने योद्धाओं का उत्साह बढ़ा रहे थे। बाणासुर और कृष्ण ने एक दूसरे की आँखों में देखा, जैसे दो सिंह एक दूसरे पर झपटने से पूर्व देखते हैं। अचानक बाणासुर आगे बढ़ा और झुक कर कृष्ण की बाईं जंघा को अपने दोनों हाथों के घेरे में फँसा झटक दिया और कृष्ण गिरे भूमि पर, छाती ऊपर पीठ नीचे। बिना पल गँवाए बाणासुर चढ़ बैठा कृष्ण की छाती पर और मुष्टिका का प्रहार किया सिर पर। कृष्ण ने चपलता से मुष्टिका प्रहार बचाया और दोनों पैरों को बाणासुर के धड़ में फँसा पलट दिया पीछे की ओर। इस बार विद्युत गति से उठे कृष्ण और छाती पर सवार हो गये बाणासुर की। बाणासुर ने उठने का प्रयास किया किन्तु उसकी दोनों भुजाओं को विपरीत दिशा में खींच कर दबा दिया भूमि की ओर। दर्द से कराह उठा बाणासुर। कृष्ण उठे बाणासुर को अपनी भुजा के फंदे में फँसाया और ऊपर उठा कर दूसरी भुजा को धड़ में फँसा पटक दिया भूमि पर। भूमि पर पड़ा छटपटाने लगा मृतप्राय-सा बाणासुर।

कृष्ण ने खड़े-खड़े ही छाती पर पैर रख दबाया बाणासुर का शरीर और उच्च स्वर में बोले, "मैं चाहूँ तो तुम्हारा इसी क्षण वध कर सकता हूँ बाणासुर। किन्तु तुम शिव भक्त हो और जो शिव को प्रिय है वह मुझे भी प्रिय है।"

"नारायण, नारायण," नीचे गिरा बाणासुर इससे पूर्व कुछ बोल पाता, भीड़ के पीछे से आवाज आयी। सब पलट कर देखने लगे। सभी पहचान गये। मुनि नारद चले आ रहे थे, अपनी वीणा पर तान देते हुए।

"अद्भुत, सच कहा जाता है कि इतिहास अपने आपको दुहराता है," नारद निकट आ बोले। सभी आश्चर्य से देखने लगे नारद को। लोगों की जिज्ञासा शांत करते हुए नारद बोलने लगे।

"एक महाबली थे दक्षिण के प्रसिद्ध द्रविड़ राजा जिन्होंने श्री विष्णु भगवान को भूमि दान दी थी। आज उन्हीं के वंशजों में से एक महाराज बाणासुर विष्णु स्वरूप नारायण श्री कृष्ण को भूमि रूपा पुत्री भेंट करने जा रहे हैं। पुत्री भी भूमि का रूप होती है तभी तो राजा जनक ने अपनी पुत्री का नाम सीता रखा था। सीता का अर्थ ही होता है 'भूमि।' महाबली महान राजा थे जिन्होंने विष्णु को द्रविड़ बाहुल्य दक्षिण में देव रूप में स्वीकार किया था और शिव के साथ विष्णु की भक्ति प्रारम्भ करायी। आज उन्हीं के वंशज बाणासुर अपनी पुत्री का विवाह कृष्ण नारायण के पौत्र से कर आर्य द्रविड़ एकीकरण को और सशक्त बनायेंगे," नारद ने रहस्य खोला तो सभी सुखद अनुभूति से भर गये।

"आपका सेवक बाणासुर अपनी धृष्टता के लिए क्षमा प्रार्थी है। आपसे आग्रह है कि अपने पौत्र अनिरुद्ध से मेरी पुत्री उषा के आर्य द्रविड़ मिश्रित हिन्दू रीति से विवाह की अनुमति देने की कृपा करें," कृष्ण के पैर हटाते ही खड़ा हो हाथ जोड़ कर बोला बाणासुर।

"हाथ न जोड़ें मित्र बाणासुर! अब आप हमारे सम्बन्धी हैं और सम्बन्धियों का व्यवहार बराबरी का होना चाहिए। कोई बड़ा नहीं, कोई छोटा नहीं। हाँ, मुनि नारद से अवश्य आशीर्वाद लें। ये महान ज्योतिषविद, भूत-भविष्य को जानने वाले, महा ज्ञानी हैं," कृष्ण बोले तो नारद के चरणों में गिर गया बाणासुर।

"उठो राजन! स्वजनों, परिवार और मित्रों के साथ इस महान प्रसंग का आनन्द लो और अपनी पुत्री का विवाह आयोजन सम्पन्न कराओ। हम मुनियों का आशीष तो सदैव मांगलिक कार्यों के साथ रहता है," बाणासुर के शीश पर दोनों हाथ रख दिए नारद ने।

22

प्रभासपत्तन आर्यावर्त के सुदूर पश्चिम में स्थित व्यापारिक बंदरगाह। सुंदर नगर, दूर तक फैले सागर तट, जलपोतों की आवाजाही, मल्लाहों, सैनिकों और व्यापरियों का जमघट सब मिलकर प्रभास को रमणीकता प्रदान करते थे। तट पर स्थित काले पत्थर का विशाल शिवलिंग संकेत देता था कि इस स्थान पर सदियों से द्रविड़ सभ्यता फल-फूल रही थी। आर्यों ने आकर इस स्थान पर अधिपत्य जमाया और वहाँ आदिकाल से रह रही वनजातियों को पंच जन और पुण्यजन में बँटे आर्यों ने अपने में सम्मिलित कर लिया। द्रविड़ शैली का बना विशाल शिवलिंग कालान्तर में आर्यों के लिए भी उतना ही पूज्य हो गया जितना द्रविड़ों के लिए था। आर्यों ने शिवलिंग को ॠग्वैदिक काल के प्रमुख देव सोम से भी ऊपर का स्थान दिया और सोम का स्वामी घोषित करते हुए सोमनाथ नाम दिया। यहीं पर आर्य-द्रविड़ एकीकरण को बल देते हुए आर्यों ने शिव को अपने ॠग्वैदिक देवों से ऊपर मानते हुए उन्हें देवों का देव कहा, महादेव पुकारा।

सुदूर पूर्व में नरकासुर अर्थात भौम का वध कर छुड़ायी सोलह हज़ार स्त्रियों को कृष्ण ने प्रभास में ही बसाया था। कृष्ण के उदार चरित के कारण प्रागज्योतिषपुर के अनेक द्रविड़ परिवार नरकासुर वध के बाद प्रभास में आ बसे थे। इस प्रकार देखते ही देखते प्रभास एक बड़े नगर में बदलता जा रहा था।

यादवों के आये दिन के आपसी संघर्ष से दुखी बलराम ने इसी प्रभास में सभी यादवों को आमंत्रित करने के उद्देश्य से एक गोष्ठी बुलाई थी। यद्यपि कृष्ण इसके पक्ष में नहीं थे, किन्तु बड़े भैया का दृढ़ विचार देखते हुए कोई विरोध नहीं किया। प्रभास में अक्सर मांस, मदिरा आदि के आयोजन होते रहते थे, और बड़े लोकप्रिय थे। इसलिए सारे यादव सरदार, राजा, प्रमुख

योद्धा, क्षत्रप आदि प्रभास का नाम सुनते ही दौड़े चले आये।

कृतवर्मा, महिष्मती नरेश, भोज यादव प्रमुख अपने दल-बल के साथ आ चुका था। कृतवर्मा का खेमा सात्यकि के शिविर के नज़दीक ही लगा था। अन्य यादव राजा मथुरा, पुष्कर सहित सभी दिशाओं से आये अपने शिविरों में मगन हो रहे थे।

खाने-पीने की सारी व्यवस्था स्वयम् बलराम देख रहे थे। उनका मानना था कि कुछ दिवस साथ में रहने से आपसी भाईचारा बढ़ेगा यादवों में। इसलिए बिना किसी औपचारिकता के सभी को अपने खेमों में रहने, आपसी मित्रों के साथ आखेट, नौका यान करने एवं मांस-मदिरा का जी भर कर सेवन करने की छूट दी थी बलराम ने। सायं काल में भोजन से पूर्व गोष्ठी का आयोजन नित्य होता था जिसमें उन्मुक्त भाव से मैयार परोसी जाती थी।

• • •

"युद्ध में योद्धा किसी भी पक्ष से लड़े, बुरा नहीं माना जाता। किन्तु अपने पक्ष के अनैतिक कृत्यों में बढ़-चढ़ कर भाग लेना बुरा है," एक दिन सायं गोष्ठी में मैयार का चषक हाथ में ले सात्यकि बोल उठा।

"किस की ओर इंगित कर रहे हो तुम?" क्रोध में भन्नाता कृतवर्मा बोला। सात्यकि द्वारा किये गये कटाक्ष से तिलमिला गया था वह।

कृत वर्मा और सात्यकि की वैमनस्यता सबको पता थी। दोनों एक दूसरे को फूटी आँख नहीं सुहाते थे। अपने पूरे जीवन काल में दोनों को ही याद नहीं कि उन्होंने एक साथ कोई युद्ध लड़ा हो। एक एक खेमे में रहता था तो दूसरा दूसरे में। महायुद्ध में भी कृतवर्मा कौरवों की ओर से लड़ा था तो सात्यकि पांडवों की ओर से। यद्यपि सभी यादव राजा कृष्ण के कारण पांडवों के खेमे में थे किन्तु सात्यकि के कारण कृतवर्मा ने दुर्योधन का साथ दिया।

"तुम बुद्धिमान हो जो समझ गये कि तुम्हारी ओर ही संकेत था। तुमने ही अन्यायी अश्वत्थामा के साथ मिलाकर द्रौपदी के अबोध बालकों की हत्या की थी," सात्यकि कृतवर्मा की ओर मुड़ा क्रोध से।

"अपनी वाणी को विराम दो। यह यादवों की गोष्ठी न होती तो तुम्हें अभी इसका परिणाम चखा देता," आँखें तरेरते हुए बोला कृतवर्मा।

"तू अधम क्या मुझे मजा चखायेगा। मैं ही तेरा काम तमाम किये देता हूँ," कहते हुए दौड़ा खड्ग निकाल सात्यकि कृतवर्मा की ओर। इससे पूर्व कोई समझ पाता अपने खड्ग को चला शीश काट दिया कृतवर्मा का सात्यकि ने।

जिसने देखा वही हक्का-बक्का रह गया। पूरी सभा में सन्नाटा ऐसा की सुई भी गिरे तो आवाज़ आये। जो जहाँ था वहीं खड़ा रह गया। अवाक् सभी। बलराम किंकर्तव्यविमूढ़ थे कि क्या किया जाये। तभी भोज सैनिक टूट पड़े सभा स्थल पर। सभी तितर-बितर हो गये। भोज सैनिक वेग से बढ़ने लगे सात्यकि की ओर। अंधक और वृष्णि सैनिक भोजों के मार्ग में दीवार बन गये। पूरा शिविर दो भागों में बंट गया। भोज सैनिक एक तरफ़ और अंधक, वृष्णि दूसरी ओर। घमासान मच गया सभा स्थल में जो जिसके सामने आ रहा था मारा जा रहा था। बिना यह जाने कि कौन है सम्मुख, वार पर वार कर रहे थे यादव एक दूसरे पर।

बलराम बीच में कूद पड़े बीच बचाव को तभी ज्ञात हुआ कि गोष्ठी स्थल के एक कोने मे साम्ब और प्रद्युम्न की कहासुनी उग्र तकरार में बदल गयी है।

बलराम गदा ले दौड़े प्रद्युम्न और साम्ब की ओर। किन्तु इससे पूर्व संघर्ष स्थान तक पहुँच पाते बलराम, प्रद्युम्न ने घातक वार किया तलवार का और साम्ब का धड़ काट गयी प्रद्युम्न की तलवार। भाई के द्वारा भाई की हत्या देख बलराम वेक्षिप्त हो उठे किन्तु स्वयम् को असहाय पा रहे थे वे। चाहते तो सभी को अपनी गदा प्रहार से दंडित कर सकते थे। किन्तु संधि समझौते हेतु उन्हीं की बुलाई गयी गोष्ठी में सब एक दूसरे के रक्त के प्यासे हो जायेंगे, अनुमान नहीं लगा सके थे बलराम। प्रद्युम्न को क्रोध में झकझोर ही रहे थे बलराम कि भोजों के हिंसक आक्रमण ने ध्यान खींचा। दौड़े उधर, प्रघुम्न ने जाना कि भोजों ने सात्यकि को घेर लिया है तो बचाने दौड़े सात्यकि को।

भोज सैनिक अंधक और वृष्णि सैनिकों का घेरा तोड़ सात्यकि तक पहुँच गये। सात्यकि वीर योद्धा था, अकेला ही भिड़ गया भोजों से। सात्यकि की तीक्ष्ण तलवार ने अनेक भोजों को मृत्यु के घाट उतार दिया। किन्तु संख्या में अधिक भोज सैनिकों का घेरा सात्यकि पर कसता ही जा रहा था। वीर धनुर्धर के रूप में मान्यता प्राप्त सात्यकि तंग घेरे में धनुष-बाण नहीं चला

पा रहा था। उसकी तलवार ही थी जो भोजों से प्रतिकार ले रही थी। अपने अनेक सैनिकों की मृत्यु सात्यकि के हाथ से हुई देख क्रोध में भर भोजों ने सामूहिक आक्रमण किया सात्यकि पर और एक साथ अनेक प्रहार न झेल पाने से धराशायी हो गया सात्यकि।

सात्यकि को भोजों से बचाने प्रद्युम्न दौड़ता हुआ आया किन्तु सात्यकि की मृत्यु देख अपना आपा खो बैठा और भोजों पर टूट पड़ा। अंधक, वृष्णि सैनिक भोजों की ओर लपके किन्तु भोजों ने चपलता से प्रद्युम्न को अपने घेरे में ले वध कर दिया प्रद्युम्न का।

चारों ओर हाहाकर मच गया। लोग एक दूसरे को मार रहे थे। कोई दया नहीं कोई अपनापन नहीं, कोई भाईचारा नहीं। प्रभास क्षेत्र चारों ओर लहू और मांस के लोथड़ों से पट गया। बलराम सन्न थे देख कर, लगता था विवेक शून्य हो गये हों जैसे। आज से अधिक निर्बल और असहाय स्वयम् को कभी नहीं जाना। निराशा की अधिकता में चल दिए सागर तट की ओर।

'कदाचित मैंने ये गोष्ठी आयोजित न की होती। कदाचित मैंने सारे यादव एक स्थान पर न बुलाये होते। कदाचित मैंने यादवों को आमंत्रित न किया होता। कदाचित मैंने यादवों का नाश आमंत्रित न किया होता कदाचित...' सोचते जाते थे और सागर की ओर बढ़ते जाते थे। लहरों के बीच में पहुँच गये, पानी में अंदर तक धँसते जा रहे थे। तट पर खड़े इक्का-दुक्का लोग इससे पूर्व कुछ समझ पाते, गहरे पानी में चले गये बलराम, सदैव के लिए बैठ जाने को, बाहर न आने को।

• • •

प्रभास का विप्लव जब कृष्ण ने सुना तो बैचेन हो गये। उद्धव को साथ ले शीघ्र निकल पड़े द्वारका से। दारुक को कहा गया कि जितना वेग रथ का रख सकते हो रखो किन्तु शीघ्र प्रभास पहुँचाओ।

द्वारका से प्रभास की दूरी शत कोस थी किन्तु दारुक के आँधी की गति से चलते रथ ने सायं होने से पूर्व ही पहुँचा दिया प्रभास। क्षत-विक्षत प्रभास अपनी करुणगाथा स्वयम् ही बखान कर रहा था। द्वारकाधीश को अपने बीच पा प्रभास के नागरिकों को आस जागी, बल मिला। सभी दौड़ कर कृष्ण के पास एकत्र होने लगे।

ज्ञात हुआ सभी यादव योद्धा मारे गये। सात्यकि, कृतवर्मा, प्रद्युम्न, साम्ब सभी की मृत्यु ने भीतर तक हिला दिया स्थितप्रज्ञ कृष्ण को। किन्तु सम-विषम, ख़ुशहाल और विकराल सभी परिस्थितियों में स्वयम् को नियंत्रित कर समभाव रहने की अद्वितीय योग्यता के कारण शीघ्र ही सहज हो गये कृष्ण। सभी का हाल पूछ कर बलराम भैया की ख़बर ली। उपस्थित अधिकांश लोगों ने बलराम के बारे में अनभिज्ञता प्रकट की। तभी मछुआरों में से एक दिखने वाला व्यक्ति आया और बताया कि बलराम ने जल समाधि ले ली है।

"क्या दाऊ ने जल समाधि ले ली? तुम कैसे कह सकते हो?" कृष्ण ने पूछा।

"द्वारकाधीश मैं अपने कुछ साथियों के साथ उस समय सागर तट पर ही था जब वह हमारे निकट से बड़बड़ाते हुए निकले और सीधे गहरे सागर में चले गये।"

"सागर में चले गये, किन्तु तुम सब ने रोका क्यों नहीं?"

"हम इससे पूर्व कुछ समझ पाते कि वे गहरे पानी में जा चुके थे। हमें स्वप्न में भी भान नहीं था कि वे ऐसा करेंगे। स्वयम् से ही बात करते, आसपास के वातावरण से निर्लिप्त अपनी ही धुन में खोये, अपना ही फ़ैसला जैसे सुना रहे हों।"

मछुआरे ने बताया, दीर्घ साँस ली कृष्ण ने। *'दाऊ भी बिना बताये चले गये,'* सोच रहे थे कृष्ण।

"जो हुआ, अत्यधिक बुरा हुआ। किन्तु स्थितियों पर आँसू बहाने से कुछ प्राप्त नहीं होता। यहाँ के नागरिक प्रशासन के अधिकारियों से मेरा आदेश है कि शीघ्र न्याय व्यवस्था बहाल करें। शवों का सामूहिक अंतिम संस्कार कराएँ। चिकित्सा की पर्याप्त व्यवस्था हो ताकि महामारी न फैले। आपातस्थिति का लाभ ले प्रजा को न सताया जाये। सभी कर्मी जुट जायें और नगर की सामान्य स्थिति सुनिश्चित हो बाहरी व्यापारियों को सुरक्षा दें और देखें की भय का वातावरण निर्मित न हो। व्यापार-व्यवसाय सुचारू रूप से संचालित हों," कृष्ण ने कहा फिर जन समुदाय की ओर मुड़े और बोले।

"आप सभी निर्भय होकर रहें, आपके सम्मान, धन और संतति की रक्षा की जायेगी। यद्यपि बलराम भैया ने प्रभास के सौन्दर्य के कारण यहाँ

सभी यादव प्रमुख बुलाये थे ताकि सागर तट की सुरम्यता में वे आपसी कलह भुला कर पुनः एक हों। किन्तु वे सभी आपस में ही लड़ मरे। फिर भी आप सबको मेरा वचन है कि यादव प्रमुखों की वैमनस्यता का कुप्रभाव इस सुंदर नगर पर नहीं पड़ने दिया जायेगा। यहाँ की सभी सामान्य सेवाओं को तत्काल बहाल किया जायेगा। आप सब से आग्रह है कि इस प्रकार की आपात स्थितियों में सभी नागरिक भी अपना श्रम दें, राज कर्मियों के साथ कंधे से कंधा मिलाकर कार्य करें ताकि यह नगर शीघ्र अपने पूर्व गौरव को प्राप्त कर सके।"

कृष्ण के सन्देश का असर दिखा और सागर तट पर "जय हो द्वारकाधीश," "जय द्वारकाधीश," के स्वर गूँजने लगे।

• • •

भारी मन से लौट चले कृष्ण द्वारका की ओर। दारुक रथ हाँक रहा था, साथ में उद्धव भी अनमने बैठे थे। भय ग्रस्त हो कोई परिवार यदि प्रभास से निकला होगा तो द्वारका की ओर ही जायेगा। ऐसे किसी संभावित परिवार को मार्ग में सहायता की आवश्यकता होगी। यही सोच एक अतिरिक्त रथ कुछ सैनिकों को ले, साथ चल रहा था कृष्ण के।

प्रभास से निकले आधा दिवस हो गया था। द्वारका और प्रभास के बीच के वन में रथ रुकवाया कृष्ण ने। उतरे रथ से, वन में अंदर चल दिए, उद्धव को साथ ले। अश्वत्थ वृक्ष के निकट पहुँचे। मन की खिन्नता के कारण द्वारका जाने का कोई उत्साह नहीं था सो वृक्ष के नीचे लेट गये। उद्धव सिरहाने बैठ गये।

"उद्धव आज तो गोकुल याद आ रहा है। बचपन में हम ऐसे ही पेड़ों के नीचे सो जाते थे तो दाऊ ढूँढ़ते हुए आकर उठाते थे," आँखें मूँदे कृष्ण बोले।

"हाँ, कन्हैया। हम कितने आगे निकल आये किन्तु अभी भी ब्रज हमारी स्मृतियों में वैसा ही बसा है जैसा छोड़ा था हमने।"

"सब चले गये, सब छोड़ गये। माँ-बाबा, माता-पिता सभी एक एक कर महाप्रयाण कर गये और हम जा भी नहीं सके अंत समय में उनके पास," पैरों को सीधे फैलाते हुए कृष्ण बोले।

"और दाऊ भी बिना मिले ऐसे चले गये जैसे धरा पर थे ही नहीं। अंत समय उनका भी दर्शन न हो सका। ऐसा क्यों होता है कान्हा जिसे हम सारा जीवन अपना कहते हैं वही बिना किसी सूचना के चला जाता है जैसे जानता ही न हो," उद्धव भावुक हो गये।

"यहाँ हर किसी के कर्म निहित हैं उद्धव और जिसके कार्य पूर्ण हुए वही इस संसार में अनुपयोगी हो जाता है। तब उसका चला जाना निश्चित होता है। कर्तव्यपथ पर लोग मिलते हैं, और भावनाओं में जकड़ हम उन्हें अपना मानने लगते हैं। जबकि वह न मेरा है, न तेरा है। वह तो अपने कर्मों का है जब तक वे हैं, वो है जब वे समाप्त वो भी समाप्त। इसीलिए किसी के जाने का दुःख नहीं होना चाहिए।"

कृष्ण ने कहा ही था कि एक तीर वेग से आया और कृष्ण के बाएँ पैर में जा धँसा। पीड़ा से कराह उठे कृष्ण। भौंचक हो उद्धव खड़ा हुआ, दृष्टि फैलाई देखा एक बहेलिया है जिसने तीर चलाया था। उद्धव दौड़ कर उसे पकड़ने हेतु झपटे किन्तु तब तक साथ आये रथ के सैनिकों ने पकड़ लिया उसे।

तीर चलाने वाले को पकड़ कर लाये सैनिक। बहेलिया भय से थर-थर काँप रहा था। प्रतीत होता था कि त्रुटिवश किसी जंगली पशु को जान बाण चला बैठा था। कृष्ण के पैर से रक्त अविरल बह रहा था। उद्धव ने अपना उत्तरीय निकाला और कस कर लपेट दिया घाव के चारों ओर। मुख में पानी की बूँदें डाल कृष्ण का सिर उद्धव ने गोद में ले लिया।

"कन्हैया अभी चिकित्सक के निकट ले चलते हैं।" उद्धव उद्विग्न हो बोले और पलटकर सैनिकों से कहा।

"शीघ्र रथ ले कर आओ, द्वारकाधीश को चिकित्सक के पास ले चलना है और इस दुष्ट शिकारी को भी बंदी बनाकर साथ ले चलो।"

"नहीं उद्धव, मेरा समय आ गया है। अब कहीं जाने की आवश्यकता नहीं।"

"क्या कह रहे हो कन्हैया हम चिकित्सा करायेंगे। अवश्य निकट कोई अच्छा चिकित्सक होगा।"

"उद्धव हठ न करो और हाँ, इस शिकारी को छोड़ दो।"

"शिकारी को छोड़ दें, उसे छोड़ दें जिसने इतना जघन्य अपराध किया है?"

"उसने यह सब अनजाने में किया है। इसलिए वह निर्दोष है, छोड़ दो उसे," कृष्ण ने मंद स्वर में कहा तो संकेत किया उद्धव ने सैनिकों को। सैनिकों ने बंधन मुक्त कर दिया शिकारी। दौड़ता हुआ आया शिकारी और कृष्ण के चरणों में गिर गया। अश्रु थे कि अविरल बह रहे थे।

"क्षमा करें प्रभु मुझसे अनजाने में अपराध हो गया। मेरा उद्देश्य आप पर बाण चलाना नहीं था। मैं तो पशु के भ्रम में यह सब कर बैठा," रोता जा रहा था शिकारी।

"शांत हो जाओ। क्या नाम है तुम्हारा?"

"जरा कहते हैं प्रभु, मुझे। मैं अपराधी हूँ आप पर बाण चलाने का, मैं दंड का भागी हूँ। मेरी विनती है प्रभु, मुझे छोड़ा न जाये, दंड दिया जाये," रोते-रोते बोला जरा।

"तुम्हें दंड अवश्य मिलेगा जरा, किन्तु साधारण नहीं असाधारण दंड मिलेगा। तुम्हें पश्चाताप करना होगा। आज से जीव हत्या छोड़कर अपनी जीविका के लिए अन्य कार्य करो जिसमे श्रम अधिक हो, किन्तु अनर्थ न हो, अन्याय न हो।"

"प्रभु मुझ पर इतनी कृपा क्यों? मेरा तो जीवन ही बदल दिया आपने। कहाँ मैं दंड का भागी और कहाँ आपने करुणा बरसा दी प्रभु। अब तो हर साँस आपके नाम होगी, आपका स्मरण करते हुए ही हर कार्य करूँगा प्रभु," उत्तेजना में स्वर काँप रहा था जरा का।

"जाओ जरा, अपने नये जीवन का प्रारम्भ करो," कहते हुए कृष्ण ने विदा किया जरा को।

रक्त बहता जा रहा था। उद्धव का पूरा उत्तरीय गीला हो गया। उद्धव बार-बार किसी वैद्य को बुलाने की अनुमति माँगते और कृष्ण मना कर देते। जब उद्धव को लगा कि कृष्ण मान नहीं रहे तो उन्होंने दारुक को बुलाया। दारुक अपने स्वामी की दशा देख विचलित हो गया। तत्काल चिकित्सा हेतु ले जाने को रथ लेने को उद्धत हुआ कि कृष्ण ने संकेत से बुलाया।

"दारुक मेरे मित्र, निरर्थक प्रयास न करो। तुम्हें तो बड़ा दायित्व निभाना है। हस्तिनापुर जाना और अर्जुन को यहाँ के सारे हाल बता कहना कि मेरी इच्छा अनुसार द्वारका आकर वहाँ की सभी स्त्रियों और बच्चों को सुरक्षित हस्तिनापुर ले जायें।"

"स्त्रियों और बच्चों को हस्तिनापुर ले जायें? और आप कहाँ जायेंगे?" विस्मित हो पूछा उद्धव ने।

"मैंने अभी कुछ समय पूर्व ही कहा था उद्धव कि यहाँ हर किसी के कर्तव्य निश्चित हैं। प्रकृति, सृष्टि हर किसी को एक उद्देश्य हेतु रखती है। ज्यों ही किसी का उद्देश्यपूर्ण हुआ, वह अनुपयोगी हुआ। मेरा इस धरा पर रहने का उद्देश्य भी पूर्ण हुआ इसलिए मुझे अब चलना चाहिए।"

"नहीं प्रभु! आपके बिना जीवन की कल्पना ही नहीं की हम जैसे अनगिनत लोगों ने। आपको ईश जो माना है हम सबने।"

"उद्धव तुम भी मुझे ईश कह रहे हो?"

"कह नहीं रहा हूँ, मान भी रहा हूँ मानता भी हूँ। आज से नहीं गोकुल में थे तब से आपका दैवीय व्यक्तित्व मुझे सदैव चमत्कृत करता रहा है। असम्भव से असम्भव, दुरूह से दुरूह कृत्य भी आपके सम्मुख पड़ते ही सरल होते देखे हैं मैंने।"

"यह मेरा चमत्कार नहीं था उद्धव तुम्हारा मुझमें पूर्ण भरोसा था, मुझमें पूर्ण समर्पण था। यही भक्ति है उद्धव सच्ची भक्ति। इसी भक्ति की आवश्यकता है प्राणो को, इस संसार में विजयी होने हेतु। जिसे ईश मानो उसमें पूर्ण समर्पण रखो, उसमें पूरा भरोसा जताओ। सदैव उसके नाम का स्मरण करो जिससे कर्म करते हुए कर्ता के मन में अकर्ता का भाव आता है वह जानता है कि कोई है जो उससे कर्म करा रहा है। कोई है जो उसके कर्म देख रहा है। कोई है जो उसे उसके सुकर्मों का फल देगा। कोई है जो बुरे कर्मों पर दंडित करता है," कृष्ण बोल रहे थे और उद्धव ध्यानमग्न सुन रहे थे।

"उद्धव यह जान लो कि इस संसार में ज्ञान सर्वोपरि है किन्तु दैनिक जीवन की आपाधापी में ज्ञान बटोरने का समय कहाँ है? इसीलिए ज्ञान, कर्म और भक्ति का मिला-जुला स्वरूप ही मनुष्य के लिए श्रेयस्कर है। अपने कर्म

करते हुए किसी ऐसे की भक्ति करना, जो अपने ज्ञान से भक्त को ब्रह्म तक ले जा सके। उसकी आत्मा को परमात्मा से मिला सके।"

"आपने ही यह सिद्धांत दिया और सबने आपको ही ईश मान लिया। किन्तु प्रभु एक प्रश्न अवश्य मन में उठता रहेगा कि आप तो सर्वज्ञाता थे, ईश थे फिर अपने ही यादव कुल का विनाश क्यों नहीं रोका आपने?"

"तुम मुझे ईश कहते हो तो सुनो उद्धव। ईश का कार्य मार्ग दिखाना है, चलना तो राहगीर को ही पड़ेगा। मैंने तो पांडवों को भी राह दिखाई, वे मेरे बताये मार्ग पर चलते रहे तो विजयी हुए। यादवों ने अपने ही अहंकार में अपना नाश कराया। सच तो ये है उद्धव कि शक्ति के साथ जब सत्ता और धन जुड़ जाता है, तो अत्याचार का जन्म होता है और उस अत्याचार में आम जन पिसता है। यदि यादवों की शक्ति, उनका धन और उनकी सत्ता ऐसे ही बढ़ती रहती तो एक दिन ऐसा आता कि उनके अत्याचारों से अन्य जातियाँ त्राहि-त्राहि करने लगती। इसलिए हे उद्धव! कुल का नाश हुआ, इसका दुःख है। किन्तु राष्ट्र बच गया, ये संतोष है। राष्ट्र सर्वोपरि है उद्धव।"

"हाँ, तभी तो कहा जाता है कि अत्याचारियों, अधर्मियों से राष्ट्र को बचाने, धर्म की हानि बचाने ईश्वर ने आपके रूप में जन्म लिया है।"

"उद्धव, ऐसा कोई शक्तिशाली अधर्मी अब तक नहीं जन्मा जिसे मारने ईश्वर को जन्म लेना पड़े। वो मनुष्य ही है, जो परम शक्तिशाली है, जो अपने आपको परिष्कृत कर ईश्वर रूप तक पहुँच सकता है।"

"जैसे आप पहुँचे हैं। जैसे आप स्वयम् की आत्मा को परिष्कृत कर परमात्मा तक ले गये हैं।"

"मुझमें लोगों ने ईश्वर देखा और इसी विश्वास ने मुझे निरंतर स्वयम् को परिष्कृत करने हेतु प्रेरित किया। उत्तरोतर जैसे-जैसे लोगों का मुझमें विश्वास बढ़ता गया मुझे भी अपने आप को कसौटी पर हर क्षण कसना पड़ा। लोगों के भरोसे की लाज रख सकूँ यही मेरा प्रयास था। मुझे संतोष है कि जो मुझमें समर्पित हुआ उसका मैं सहायक बना। हाँ, संसार छोड़ते समय राधा का ऋण है मुझ पर, उसके अतिरक्त मैं सबके ऋण से उऋण हो गया।"

"राधा का ऋण?" उद्धव की जिज्ञासा जगी।

"उद्धव, राधा के अतिरिक्त इस जीवन यात्रा में कोई ऐसा नहीं मिला जिससे मेरा व्यवहार संतुलन में न रहा हो। माँ, बाबा, माता-पिता, गुरुजन, दाऊ, तुम सभी मित्र, नातेदार, सखा, अनुयायी, पत्नियाँ, पुत्र सभी से जो मुझे मिला मैंने दुगुना वापस किया किन्तु राधा का ऋण नहीं उतार पाया। उसका मेरे प्रति निश्चल प्रेम, मेरे प्रति समर्पण सारा जीवन मेरे नाम के सहारे काट चुपचाप एक दिन संसार को तज चली गयी।"

"पर आपने कभी राधा को स्मरण ही नहीं किया। आप चाहते तो उसे बुलवाया जा सकता था, आपका विवाह कराया जा सकता था।"

"राधा को मैं कभी भूला ही कहाँ था, जो स्मरण करता? उद्धव राधा और मेरा प्रेम लौकिक नहीं अलौकिक था, दैहिक नहीं दैविक था। एक जन्म का नहीं जन्म-जन्मान्तर का था और इसे वह भी जानती थी। तभी तो पूरा जीवन बिना किसी प्रतिकार की चाह किये बिना कोई शिकायत किये जीती रही।"

"आप दोनों का यह अलौकिक प्रेम ही प्रेम को अमर बना देगा। जब भी प्रेम की बात चलेगी राधा-कृष्ण का प्रेम उदाहरण बनेगा। आप दोनों ही असाधारण थे, किन्तु एक साधारण मनुष्य का व्यवहार दूसरे के प्रति प्रेम पूर्ण रहे, यह संभव नहीं है आम जन के लिए। ऐसा क्यों?" उद्धव ने जानना चाहा।

"संभव है उद्धव, अवश्य संभव है। दानशीलता, दूसरों के दुःख को अपना दुःख समझने का आभास होना, सदा सत्य बोलना और धर्म का पालन करना। ये वे गुण हैं उद्धव जो निश्चलता की निशानी है। जो अपने गुणों में इन्हें समाहित कर लेगा वह मनुष्य के प्रति सच्चा हमदर्द होगा। मानवता से प्रेम करने वाला होगा, अपनी हानि करा कर भी दूसरों को लाभ पहुँचाएगा, दूसरों के सुखों की चाह रखेगा।"

"जैसे आप सदैव जग के लिए ही सोचते रहते हैं, अपने लिए कुछ भी चाह नहीं, अपनों के सुखों में ही अपना सुख देखते हैं। क्यों नहीं अपने लिए आप कुछ इच्छा रखते, कोई माँग रखते?"

"सच जानो उद्धव, अपनों के मुख पर मुस्कान के अतिरिक्त कुछ भी इच्छा मन में हुई ही नहीं। आज भी जाते-जाते मेरी अंतिम इच्छा यही है कि

न मुझे मोक्ष चाहिए, न पुनर्जन्म। मेरी चाह है कि यहीं रहूँ, इस धरा पर सूक्ष्म रूप में लोगों की सहायता करने, उनके कष्ट हरने।"

कहते-कहते आँखें मुँद गईं कृष्ण की। सदैव की भाँति न किसी से कोई शिकायत, न अपेक्षा। मुख पर वही चिरपरिचित मंद-मंद मुस्कान।

• • •

कृष्ण चले गये। उन्हें जाना ही था, जैसे सभी जाते हैं। किन्तु वे कृष्ण थे, अद्वितीय थे। इसीलिए उनके न होने ने उनके होने से अधिक प्रभाव डाला। जब तक वे रहे, सभी, उनके विरोधी भी, जिनकी संख्या न्यून हो गयी थी महायुद्ध के बाद, यह मानते थे कि यदि कृष्ण न होते तो न यह राष्ट्र बचता और न ही धर्म। इसीलिए उनके जाते ही पहले से पूजनीय कृष्ण घर-घर में पूजे जाने लगे। उत्तर से दक्षिण, पूरब से पश्चिम ऐसी कौन-सी दिशा थी जहाँ उन्हें ईश न माना गया हो, उनके मन्दिर न बने हों। कृष्ण के जाते ही एक युग का अंत हुआ, किन्तु प्रारम्भ हुआ युगों-युगों तक होने वाला कृष्ण का आभास।

कृष्ण के द्वारा दी गयी अपनी नयी परिभाषा के कारण धर्म सहज, सरल और सर्व स्वीकार्य बना। क्लिष्ट और जटिल वैदिक ऋचाओं, मन्त्रों को साधने के स्थान पर सूक्ष्म और अल्प समय में की जाने वाली मूर्ति पूजा, अपने कर्म को करते हुए अपने इष्ट के नाम का जाप जैसे सूत्र दिए कृष्ण ने। धन और समय की बचत हुई और ज्ञान, कर्म तथा भक्ति के मिश्रण से बना धर्म का नया स्वरूप लोगों में लोक प्रिय होता चला गया। घुमंतू मुनि नारद और अन्य ऋषियों ने कृष्ण की शिक्षाओं को दूर-दूर तक फैलाया और देखते-देखते हिन्दू धर्म राष्ट्र में सर्वाधिक लोकप्रिय धर्म बन गया।

पूरे भारतवर्ष में राजनितिक एकता दी कृष्ण ने। विदेशी घुसपैठियों और आक्रमणों से देश को बचाया कृष्ण ने। हस्तिनापुर, कैकेय, मथुरा, मगध, प्रागज्योतिषपुर, कम्बोज, मद्र, पांचाल, मगध, मल्ल, विदेह, वज्जि, वत्स, विदर्भ, सौराष्ट्र, सौवीर, अवन्ति, कांची, पुण्डरु आदि जैसे राज्यों का विकास हुआ। किन्तु उनमें कोई आपसी संघर्ष नहीं, सहयोग था, शक्ति संतुलन था और यह कृष्ण का ही असर था। महायुद्ध में पांडवों की विजय के बाद राजाओं ने यह माना कि विजय अंत में नीति पर चलने वालों की ही होती

है। चाहे कितने भी योद्धा हों, कितनी भी बड़ी सेना हो, जीतेगा वही जो सद्मार्ग पर चलेगा, सत्य पर होगा।

हस्तिनापुर में युधिष्ठिर ने अपने नाम के अनुकूल धर्म राज्य संचालित किया। युधिष्ठिर ने अपने व्यवहार से सन्देश दिया कि राजा का कर्तव्य प्रजा हित में अपने सुख त्यागना है, प्रजा के कल्याण के लिए दिन-रात एक करना है, न्याय की स्थापना करना है, प्रजा का पालन पुत्रों की तरह करना है। राजा को अथक हो कर राज्य की भलाई, प्रजा के विकास पर कार्य करना चाहिए न कि अपने ही स्वजनों, अपने ही भाई-बंधुओं के विरुद्ध षड्यन्त्रों में लिप्त रहे। राजा नैतिक हो तो प्रजा भी नैतिक होने लगती है। फलतः हस्तिनापुर के प्रभाव से पूरे आर्यावर्त के राजाओं और प्रजा में नैतिकता फैली, सदाचार बढ़ा, धर्म बढ़ा।

समुद्र में लगातार बढ़ रहे जल स्तर से द्वारका डूबने लगी। कृष्ण की इच्छा अनुसार अर्जुन द्वारका आये और यादव स्त्रियों और बच्चों को ले गये अपने साथ हस्तिनापुर। कृष्ण चाहे निकट हों या दूर उनकी जैसे आदत हो गयी थी पांडवों को, इसीलिए कृष्ण के जाने पर राज्य से उदासीन हो गये पांडव और सत्ता हस्तांतरण एकमात्र जीवित प्रपौत्र पारीक्षित को करने का अवसर ढूँढ़ने लगे।

सारा जीवन अपने लिए कुछ न चाहने की मंशा के साथ, अपने कर्तव्यों को निरपेक्ष भाव से करने पर कैसे पूजा जाता है व्यक्ति, यह कृष्ण ने दिखाया। जो जगत के लिए कार्य करेगा, जगत उसे पूजेगा यह कृष्ण के जीवन से स्पष्ट है। कृष्ण की पूजा ने धार्मिक एकता दी देश को और धार्मिक एकता से राजनीतिक एकता की ओर अग्रसर, छोटे-छोटे राज्यों में बँटा भारत, चल पड़ा बनने महादेश।

आर्यों के आने से पूर्व यहाँ द्रविड़ों कि सभ्यता थी। द्रविड़ों ने भारत के उत्तर पश्चिम क्षेत्र एवं दक्षिण प्रायद्वीप में अपनी बस्तियाँ और नगर बसाए, तथा मेसोपोटामिया जैसे सुदूर देशों में अपना व्यापार फैलाया। मध्य एशिया से आये आर्यों ने हलके एवं तीक्ष्ण हथियारों व गतिशील रथों की सहायता से द्रविड़ों पर विजय प्राप्त की। देवासुर संग्राम के बाद आर्यों व द्रविड़ों का संविलयन प्रारम्भ हुआ।

दक्षिण की दिशा अगस्त्य की दिशा कहलाती है। मुनि अगस्त्य ही आर्यों को दक्षिण तक लेकर गए तथा अनेक द्रविड़ों को आर्यों में सम्मिलित किया। राम ने दक्षिण को जीता किन्तु राम की विजय आर्यों की दक्षिण विजय नहीं थी क्योंकि राम-रावण युद्ध से पूर्व ही राम ने आर्यों व द्रविड़ों का एकीकरण कर नई सभ्यता, नया धर्म और नई संस्कृति का निर्माण कर दिया था, जिसने भारत को एक राष्ट्र के रूप में स्थापित करना प्रारम्भ किया।

राम के द्वारा किये गए अनेक महान कार्यों में यह महानतम था, जिसने ईश्वर के रूप में उनका रूपान्तरण कर दिया।